Cixin Liu es el autor de ciencia ficción más prolífico y popular de la República Popular China. Ha sido galardonado nueve veces con el Galaxy Award (el equivalente en su país al Premio Hugo) y el Nebula chino. Además, ha convertido su trilogía de los Tres Cuerpos (*El problema de los tres cuerpos*, *El bosque oscuro* y *El fin de la muerte*) en una obra capaz de vender más de ocho millones de ejemplares en todo el mundo, obtener numerosos premios —como el Hugo 2015 a la mejor novela, el Locus 2017 y el Kelvin 505— y ganarse prescriptores de la talla de Barack Obama y Mark Zuckerberg. Su éxito en los mercados internacionales se debe a los fans del género, pero también, y sobre todo, a millones de lectores que han conseguido convertir a un perfecto desconocido en una de las grandes sensaciones literarias de los últimos años.

Papel certificado por el Forest Stewardship Council®

MIXTO
Papel | Apoyando la silvicultura responsable
FSC® C117695

Penguin Random House Grupo Editorial

Título original: 黑暗森林

Primera edición con esta presentación: abril de 2023
Octava reimpresión: octubre de 2025

Diseño de la cubierta: Penguin Random House Grupo Editorial
Ilustración de la cubierta: © Stephan Martiniere

Printed in Spain – Impreso en España

ISBN: 978-84-1314-645-4
Depósito legal: B-2.855-2023

Impreso en Novoprint
Sant Andreu de la Barca (Barcelona)

BB 4 6 4 5 4

El bosque oscuro

CIXIN LIU

Traducción de Javier Altayó y Jianguo Feng

ELENCO DE PERSONAJES

Luo Ji: Astrónomo y sociólogo.
Ye Wenjie: Astrofísica.
Mike Evans: Soporte financiero de la Organización Terrícola-trisolariana y líder principal.
Wu Yue: Capitán de la marina.
Zhang Beihai: Comisario político de la marina, oficial de la fuerza espacial.
Chang Weisi: General del ejército, comandante de la fuerza espacial.
George Fitzroy: General de Estados Unidos, coordinador del Consejo de Defensa Planetaria, enlace militar con el proyecto *Hubble II*.
Albert Ringier: Astrónomo del *Hubble II*.
Zhang Yuancho: Operario de una planta química de Pekín recientemente jubilado.
Yang Jinwen: Profesor de escuela de Pekín recientemente jubilado.
Miao Fuquan: Empresario del carbón en Shanxi, vecino de Zhang y Yang.
Shi Qiang: Agente del Departamento de Seguridad del Consejo de Defensa Planetaria, también apodado «Da Shi».
Shi Xiaoming: Hijo de Shi Qiang.
Kent: Enlace con el Consejo de Defensa Planetaria.
Secretaria General Say: Secretaria general de Naciones Unidas.
Frederick Tyler: Antiguo secretario de defensa de Estados Unidos.

Bill Hines: Neurocientífico inglés, antiguo presidente de la Unión Europea.
Keiko Yamasuki: Neurocientífica, esposa de Hines.
Garanin: Presidente de turno del Consejo de Defensa Planetaria.
Zhuang Yan: Licenciada en la Academia de Bellas Artes Central.
Ben Jonathan: Comisionado especial de la Asamblea Conjunta de la Flota.
Dongfang Yanxu: Capitana de *Selección natural.*
Mayor Xizi: Oficial científica de *Cuántica.*

Prólogo

La hormiga marrón no lo recordaba, pero aquel había sido una vez su hogar. Para aquella extensión de tierra que se sumía en la oscuridad de la noche y para las estrellas que comenzaban a aparecer en el cielo, el tiempo transcurrido era insignificantemente breve, pero, en cambio, para ella suponía una eternidad.

En un día pretérito ya olvidado, su mundo entero había sufrido la mayor de las conmociones: primero, la tierra empezó a volar por los aires y se hizo un abismo ancho y profundo; luego, aquella misma tierra regresó caída del cielo, cubriendo el abismo. En uno de los que fueran los extremos de ese abismo se erigía ahora un oscuro y brillante monolito. En realidad, aquel fenómeno era frecuente en dicha parte del mundo: una vez tras otra la tierra brotaba disparada para luego volver a caer, los abismos se cubrían casi tan pronto como se abrían y, al final, cual recordatorio visible de cada catástrofe, siempre quedaban monolitos como aquel. La hormiga y varios centenares de compañeras habían cargado con su reina y se la habían llevado hacia donde se ponía el sol para fundar un nuevo imperio. Hoy su regreso a ese paraje era casual: sencillamente iba de paso en busca de víveres.

La hormiga llegó al pie del monolito y tanteó con las antenas su imponente estructura. Advirtiendo que su superficie era lisa y resbaladiza pero aun así escalable, comenzó a trepar. Lo hacía sin un propósito concreto, movida solo por el impulso que una turbulencia aleatoria provocaba en su simple red neuronal. Turbulencias como esa estaban por todas partes: detrás de cada brizna de hierba, en cada gota de rocío, en cada nube que pasaba por el cielo y en cada estrella del firmamento. Ninguna de ellas tenía un propósito; este surgía cuando una enorme cantidad de turbulencias se unía sin razón aparente.

Sintió vibraciones en el terreno. Por el modo en que se intensificaban supo que se aproximaba una presencia gigantesca. No hizo caso y continuó ascendiendo. En el ángulo recto que formaban el lado izquierdo del monolito y el suelo había una tela de araña. La hormiga la reconoció como lo que era y rodeó con cuidado cada cabo pegajoso. Al pasar por el lado de la araña —que, expectante y con las patas dobladas, aguardaba en silencio la mínima vibración de su tela—, ambas sintieron la presencia de la otra. Sin embargo, como venía sucediendo desde tiempo inmemorial, no hubo comunicación entre ellas.

Las vibraciones del terreno continuaron creciendo para luego cesar de golpe. El ser gigantesco había alcanzado el monolito, cuya altura superaba con creces, y tapaba la mayor parte del cielo. Para la hormiga, la presencia de esa clase de seres no era nueva: sabía que estaban vivos, que frecuentaban aquella región y que su irrupción estaba estrechamente relacionada con los abismos que aparecían y desaparecían; también con la proliferación de monolitos.

Consciente de que esos seres gigantescos no representaban una amenaza más que en casos excepcionales, continuó subiendo. Mientras lo hacía, abajo la araña era precisamente víctima de una de esas excepciones: el ser, tras reparar en la tela pegada al pie del monolito, usó el tallo de una de las flores del ramo que traía para deshacerla y apartarla, enviándola, junto con su tejedora, sobre una pila de rastrojos. Luego posó el ramo con sumo cuidado frente al monolito.

Entonces, una nueva vibración, débil pero insistente, hizo saber a la hormiga que otro ser gigantesco se aproximaba al monolito. Mientras eso ocurría, topó con una larga zanja: era una cavidad en la superficie del monolito de textura mucho más rugosa y de un color gris claro. Decidió adentrarse en ella y seguirla, pues al ser rugosa resultaba mucho más fácil de escalar. La zanja tenía sendos cortes en los extremos. El inferior, horizontal y más largo, parecía una especie de base. En el extremo superior, el corte formaba un ángulo. Para cuando superó la zanja y volvió a estar sobre la superficie negra, la hormiga se había hecho una idea de su forma: un número uno.

La altura del ser se redujo de pronto a la mitad, quedando más o menos igualada a la del monolito. Era evidente que se había agachado, revelando un pedazo de cielo en el que ya asomaban varias estrellas. Sus ojos observaban la parte superior del monolito, lo cual hizo dudar a la hormiga, que, prefiriendo no entrar en su campo de visión, optó por cambiar de rumbo y avanzar en paralelo al suelo. Pronto alcanzó una nueva zanja. Al recordar el tacto agradable que había sentido al cruzar la primera, y cuánto se parecía su color al de los huevos que solían rodear a su reina, no dudó en adentrarse en ella. Enseguida advirtió que su forma era más complicada, una curva pegada a un círculo completo, y eso le recordó el modo en que siempre acababa encontrando el camino de vuelta al hogar tras pasar un tiempo rastreando olores. Su red neuronal determinó aquella nueva forma: la del número nueve.

El ser arrodillado ante el monolito emitió entonces una serie de sonidos que superaban con creces la capacidad de comprensión de la hormiga.

—El mero hecho de estar vivo es, en sí mismo, una maravilla. Si no se entiende eso, ¿cómo puede uno estar en condiciones de hallar verdades más profundas?

Acto seguido soltó una fuerte espiración que hizo vibrar la hierba: era un suspiro. Luego se puso de pie.

La hormiga siguió avanzando en paralelo al suelo y entró en una tercera zanja. Al principio era horizontal, pero después sufría un quiebro brusco: un siete. Aquella forma no fue de su agrado, pues un súbito cambio de dirección solía presagiar batallas u otra clase de peligros.

La voz del primer ser se había impuesto a las vibraciones del suelo, de modo que la hormiga no fue consciente de que el segundo había alcanzado el monolito hasta que aquel se puso de pie para recibirlo. El segundo ser era de menor estatura y tenía un aspecto más frágil y una larga cabellera blanca. Ondeaba al viento contra el oscuro azul del cielo, irradiando un aura plateada que, de un modo extraño, parecía relacionada con el creciente número de estrellas.

El primer ser se puso de pie para hablar con ella.

—Profesora Ye, ¿es usted?

—¿Xiao Luo?

—Sí, soy yo, Luo Ji. Fui al instituto con Yang Dong. Qué casualidad encontrarla aquí...

—Es un sitio muy bonito y el autobús me deja cerca. Últimamente vengo a menudo a pasear.

—Lamento muchísimo su pérdida, profesora.

—Gracias. Hace ya mucho de eso...

Abajo, sobre la superficie del monolito, la hormiga tuvo la intención de cambiar de rumbo y avanzar en dirección al cielo, pero justo antes de hacerlo descubrió una nueva zanja idéntica al nueve que había encontrado antes del siete, así que siguió en sentido horizontal para adentrarse en ella. Resultó mucho más placentero que recorrer el uno y el siete, aunque el motivo, naturalmente, escapaba a su comprensión: el suyo era un sentido estético primitivo, unicelular. El placer inexplicado que sintió dentro de aquel nueve le brindó un estado de felicidad también primitivo, unicelular. Ese placer y esa felicidad nunca habían evolucionado: seguían siendo los mismos desde hacía mil millones de años y así continuarían otros mil millones más.

—Mi Dong Dong me hablaba a menudo de ti, Xiao Luo. Me contó que te dedicabas... a la astronomía, ¿verdad? —dijo Ye Wenjie.

—Eso era antes, ahora doy clases de sociología —contestó él—. Precisamente trabajo en su universidad, profesora, pero cuando empecé, usted ya se había jubilado.

—¿Sociología? Vaya salto disciplinar...

—Pues sí... Yang Dong siempre me decía que era un culo inquieto.

—A mí me decía que tenías una mente privilegiada.

—Como mucho, despierta; nada que ver con la mente de su hija... Llegó un momento en que la astronomía se me hacía tan impenetrable como el acero. La sociología es mucho más manejable, siempre encuentro por dónde hincarle el diente, y como mínimo puedo ganarme la vida...

Albergando la esperanza de dar con otro nueve, la hormiga continuó avanzando en sentido horizontal, pero pronto topó con una línea tan recta como la de la primera zanja, solo que más corta que la de aquel uno, sin hendiduras en los extremos y paralela al suelo: un guion.

—No lo digas con ese tono, hombre... Ya es mucho poder ganarse la vida. No todo el mundo tiene que llegar tan lejos como mi Dong Dong.

—Yo nunca he tenido esa ambición —respondió Luo Ji—. Me distraigo muy fácilmente...

—Pues te sugeriré algo: ¿por qué no te dedicas a la sociología cósmica?

—¿«Sociología cósmica»?

—El nombre es lo de menos —dijo Ye Wenjie—. Supongamos que existe un vasto número de civilizaciones repartidas por el universo en un orden similar al del número de estrellas detectables. Tales civilizaciones conformarían, en conjunto, una sociedad cósmica. La sociología cósmica sería el estudio de la naturaleza de esa supersociedad.

La hormiga proseguía su camino con la esperanza de volver a dar con un placentero nueve; en su lugar halló un dos. La curva inicial fue de su agrado, pero el quiebro que siguió le resultó tan inquietante como el del siete: la premonición de un futuro incierto. Tras ello continuó avanzando y dio con una nueva forma cerrada: un cero. Al principio le pareció parte de un nueve, pero resultó ser una trampa. Si bien la vida necesitaba discurrir suavemente, también era preciso que lo hiciera en alguna dirección; uno no podía regresar siempre al punto de partida. Consciente de ello, y a pesar de que aún quedaban dos zanjas por recorrer, la hormiga perdió el interés y volvió a ascender en vertical.

—Pero... de momento nuestra civilización es la única de la que tenemos noticia —objetó Luo Ji.

—Por eso nadie hasta ahora se ha dedicado a este campo, y tú tienes la oportunidad.

—Profesora, está captando mi interés. Siga, por favor.

—Yo creo que podrías combinar tus dos disciplinas. La estructura matemática de la sociología cósmica es mucho más clara que la de la humana.

—¿Sí? ¿Por qué lo dice? —preguntó Luo Ji.

Ye Wenjie señaló en dirección al cielo. La luz crepuscular seguía iluminando el oeste y aún podían contarse las estrellas. No era difícil recordar cómo era el firmamento antes de que irrumpieran: una vasta y desolada extensión azul tan vacía como los rostros sin pupilas de las estatuas de mármol. Ahora, en cambio, aun siendo pocas, las estrellas parecían las pupilas del gigante, el vacío se llenaba, el universo tenía vista... y, sin embargo, el hecho de que las estrellas fueran tan ínfimas, meras luces plateadas y brillantes, parecía insinuar cierta reticencia por parte del escultor del cosmos... como si, al tiempo que deseaba proporcionarle pupilas, hubiera temido dotarlo de vista. Como resultado de aquella mezcla a partes iguales de temor y deseo, el contraste entre la insignificancia de las estrellas y la inmensidad del espacio constituía todo un aviso de cautela.

—¿Ves que cada estrella no es más que un punto? —dijo ella—. Las enormes distancias que separan a las distintas sociedades civilizadas del universo se encargan de difuminar los factores de caos y aleatoriedad que puedan hallarse en cada una de sus complejas estructuras, convirtiéndolas en puntos de referencia bastante fáciles de procesar matemáticamente.

—Pero esta sociología cósmica no tiene un objeto de estudio concreto, ni nada con que experimentar... —comentó Luo Ji.

—Tus resultados serían puramente teóricos —respondió Ye Wenjie—. Como ocurrió con la geometría euclidiana, partirías de unos axiomas sencillos que te servirían de base para acabar derivando todo un sistema.

—Fascinante... Y ¿cuáles serían los axiomas de una sociología cósmica?

—El primero, que la necesidad primordial de toda civilización es su supervivencia. El segundo, que aunque las civilizaciones crecen y se expanden, la cantidad total de materia del universo siempre es la misma.

Antes de que pudiera ascender demasiado, la hormiga notó ante ella una complicada estructura laberíntica formada por muchas otras zanjas. Sabiéndose sensible a las formas, estaba segura de poder reconocer aquella, aunque fuese nueva, pero la limitada capacidad de almacenamiento de su minúscula red neuronal la obligó a olvidar las formas por las que había deambulado previamente.

No le apenó relegar el nueve, pues el olvido representaba una constante en su vida. Eran muy pocas las cosas que necesitaba recordar de modo permanente, y todas ellas estaban grabadas por sus genes en esa área de almacenamiento que era su instinto. Después de borrar por completo su memoria, se adentró en el laberinto. Cuando hubo recorrido el último de sus recovecos, una nueva forma se estableció en su sencilla conciencia: *mù*, el carácter chino de «tumba». La hormiga desconocía tanto el carácter como su significado. Y aunque más arriba le esperaba una nueva maraña de zanjas, esta vez algo más simple, para continuar explorando no tuvo otro remedio que borrar nuevamente su memoria y decir adiós al *mù*. Entonces entró y recorrió una hermosa línea curva, cuya forma le recordó la del abdomen de un grillo muerto que había descubierto hacía poco. Enseguida se hizo una idea de la nueva estructura: *zhī*, el modificador posesivo del chino formal.

Más adelante, al continuar ascendiendo, topó con otros dos grupos de concavidades. La primera consistía en dos depresiones en forma de gota seguidas de otro estómago de grillo: el carácter *Dōng*, que significa «invierno». La segunda, arriba de todo, se dividía en dos partes bien diferenciadas que, unidas, formaban el carácter *Yáng*, «álamo».* Aquel fue el último obstáculo que la hormiga distinguió en su periplo de aquel día; también el único que recordaría de todos cuantos había hallado a su paso, al tener que relegar el resto al olvido.

—Desde una perspectiva sociológica, estos dos axiomas son impecablemente sólidos —observó Luo Ji—. No parece que se le acaben de ocurrir.

—Llevo pensando en ello casi toda la vida, pero eres el primero a quien se lo cuento, no me preguntes por qué... Ah, y una cosa más: para poder derivar un esquema general de la sociología cósmica a partir de estos dos axiomas, necesitarás otros dos conceptos importantes: el de «cadenas de sospecha» y el de «explosión tecnológica».

—Qué términos tan intrigantes. ¿Puede explicarme su significado?

Ye Wenjie echó un vistazo al reloj.

—No tengo tiempo —respondió—, pero para alguien de tu inteligencia no será difícil averiguarlo. Primero, trata de usar esos dos axiomas como punto de partida de esta nueva disciplina; si lo

* De arriba abajo: *Yáng Dōng zhī mù*, esto es, «tumba de Yang Dong». *(N. de los T.)*

consigues, te convertirás en el Euclides de la sociología cósmica.

—Ese nombre me iría muy grande... Pero me quedo con lo que me ha dicho e intentaré hacer algo con todo ello. Eso sí: en el futuro, probablemente requeriré de su ayuda.

—Eso no será posible... Mira, por mí puedes hacer lo que quieras, como si decides olvidarte de todo lo que te he dicho; yo, en cualquier caso, ya he cumplido con mi parte. Adiós, Xiao Luo, ahora tengo que irme.

—Cuídese mucho, profesora.

Ye Wenjie se perdió en la penumbra, camino de su cita con el destino.

En su ascenso, la hormiga había alcanzado una cuenca circular bajo cuya superficie resbaladiza había una imagen extremadamente complicada, que su minúscula red neuronal era incapaz de almacenar. Pero tras determinar la forma aproximada, su primitivo sentido estético volvió a ser estimulado como lo había sido al percibir el nueve y, de algún modo, le pareció reconocer parte de la imagen: unos ojos. En la medida en que estos auguraban peligro, la hormiga era sensible a su presencia. Y, sin embargo, al comprender que carecían de vida, no le inquietaron. Ya no recordaba que los había mirado cuando aquel gigante llamado Luo Ji se había arrodillado frente al monolito.

Tras salir de aquella cuenca alcanzó la cima del monolito. Allí no tuvo miedo, ni tampoco sintió grandeza o majestuosidad alguna; había salido ilesa a múltiples caídas desde alturas mayores que esa. Desprovista del miedo a las alturas, era incapaz de apreciar su belleza.

Al pie del monolito, aquella araña que Luo Ji había barrido con las flores comenzaba a reconstruir su tela, viajando con la agilidad de un péndulo entre la superficie del monolito y el suelo, mientras deslizaba su brillante hilo. Al cabo de tres vaivenes, la estructura básica volvía a dibujarse. La tela iba a ser destruida mil veces, y ella mil veces la reconstruiría; siempre sin hastío ni desesperación, tampoco con deleite, tal como venía sucediendo desde hacía millones de años.

Luo Ji guardó silencio durante un rato más, y luego se fue. Cuando la vibración del suelo se hubo disipado, la hormiga comenzó a descender por el monolito siguiendo un camino distinto del anterior, y lo hizo más deprisa; debía compartir la ubicación del escarabajo muerto que acababa de descubrir. En el cielo, las estrellas se habían multiplicado. Tras alcanzar el pie del monolito y pasar al lado de la araña, ambas sintieron su mutua presencia, pero no se comunicaron.

Ni la una ni la otra eran conscientes de que, exceptuando cierto mundo lejano en atenta escucha permanente, de todos los seres vivos del planeta Tierra ellas dos eran las únicas que habían visto nacer los axiomas de la sociología cósmica.

Horas antes, en otro punto del planeta, y justo en mitad de la noche, Mike Evans había estado aguardando de pie sobre la cubierta de proa del *Juicio Final*. La tersa superficie del océano Pacífico se deslizaba bajo el cielo estrellado como una enorme sábana de raso oscuro.

A esas horas, a Evans le gustaba departir con ese mundo lejano, tal vez porque el texto que el sofón hacía aparecer ante sus ojos contrastaba con el mar y el cielo nocturno.

Esta es nuestra conversación en tiempo real número veintidós. Hemos topado con ciertas dificultades de comunicación.

—Sí, mi Señor. Ya veo que no consigue entender buena parte de los materiales de referencia sobre la humanidad que le proporcionamos.

Así es. Nos has explicado cada parte de forma muy clara, pero aún somos incapaces de comprender el todo. Hay algo que no cuadra. A veces, es como si vuestro mundo tuviera algo más que el nuestro y otras es todo lo contrario, como si le faltase algo.

—¿Hay alguna área concreta de confusión?

Tras estudiar minuciosamente los documentos, creemos que gran parte de nuestras dificultades de comprensión se deben a un par de términos sinónimos.

—¿Sinónimos?

En vuestras lenguas, hay muchos sinónimos y cuasisinónimos. En la primera en que os recibimos, el chino, existen palabras como «gélido» y «frío», «hondo» y «profundo», o «apartado» y «lejano», que expresan un mismo significado.

—¿Qué par de sinónimos es el que obstaculiza la comunicación?

«Pensar» y «decir». Para nuestra sorpresa, según acabamos de descubrir, en realidad no son sinónimos.

—No lo son en absoluto.

Pues a nosotros nos parece que deberían serlo: «pensar» significa usar los órganos de pensamiento para realizar una actividad mental, y «decir» significa comunicar el contenido de los pensamientos a los semejantes. En vuestro mundo, esto último se consigue mediante la modulación de la corriente respiratoria por parte de las cuerdas vocales. ¿Son correctas estas definiciones?

—Lo son. ¿No demuestra eso que pensar y decir no son sinónimos?

Desde nuestro punto de vista, lo que demuestra es que sí lo son.

—¿Me permite meditarlo durante unos minutos?

De acuerdo. Ambos necesitamos tiempo para pensar.

Evans reflexionó con la vista fija en el mar.
—Mi Señor, ¿cómo son sus órganos de comunicación?

Carecemos de ellos. Nuestros cerebros son capaces de mostrar al mundo exterior lo que pensamos, logrando así la comunicación.

—¿Mostrar los pensamientos? ¿Y eso cómo se consigue?

Al pensar, nuestros cerebros emiten ondas electromagnéticas en todas las frecuencias, incluyendo lo que para nosotros es luz visible.

Nuestros pensamientos pueden verse desde una distancia significativa.

—Entonces, para ustedes, pensar equivale a decir.

De ahí que sean sinónimos.

—Ya veo... Pero ese no es nuestro caso. De todos modos, no debería suponer un obstáculo a la hora de comprender los documentos.

Ciertamente. En esencia, las distintas formas en que pensamos y nos comunicamos no difieren tanto: ambos contamos con cerebros dotados de inteligencia gracias a ingentes cantidades de conexiones neuronales. Nuestras ondas cerebrales son más potentes y pueden ser recibidas directamente, eliminando la necesidad de órganos de comunicación; pero eso es todo, es la única diferencia.

—Me temo que está obviando una diferencia aún más importante. Mi Señor, permítame volver a reflexionar unos minutos.

Está bien.

Evans se paseó por la cubierta. Frente a él, el océano Pacífico seguía subiendo y bajando en plena noche. Parecía un cerebro pensante.

—Mi Señor, quiero contarle un cuento —dijo por fin—. Pero antes de hacerlo, quisiera asegurarme de que comprende los siguientes conceptos: «lobo», «niños», «abuela» y «cabaña en el bosque».

Todos son fáciles de entender, pero en el caso de «abuela», aunque sé que es un parentesco y que suele equivaler a «mujer de edad avanzada», aún no tengo claro el grado de consanguinidad.

—En este caso eso es irrelevante, mi Señor. Solo debe saber que su relación con los niños es de extrema confianza; ella es la única persona de la que se fían.

De acuerdo.

—A grandes rasgos, el cuento es el siguiente: un día, la abuela tuvo que ausentarse. Al dejar a los niños solos en la cabaña, les dijo que mantuvieran la puerta bien cerrada y no abrieran a nadie más que a ella. Por el camino, la abuela topó con un lobo que se la comió y se puso su ropa para parecerse a ella. El lobo corrió entonces a la cabaña, llamó a la puerta y les dijo a los niños: «¡Soy vuestra abuela, ya he vuelto, abrid!» Los niños miraron por una rendija de la puerta y les pareció ver a su abuela, así que abrieron. El lobo entró y se los comió. ¿Ha entendido el cuento, mi Señor?

En absoluto.

—Creo que ya sé cuál es el problema.

Para empezar: lo que quería el lobo era entrar en la casa para comerse a los niños, ¿correcto?

—Correcto.

Al llegar a la cabaña se comunicó con ellos, ¿correcto?

—Correcto.

No tiene sentido. Para conseguir su objetivo no debía comunicarse con ellos.

—¿Y eso por qué?

¿Acaso no es obvio? Al comunicarse con ellos, los niños sabrían que quería comérselos y nunca abrirían la puerta.

Evans guardó silencio durante unos instantes.
—Ahora lo entiendo, Señor.

¿Qué es lo que entiendes? ¿Acaso no es obvio lo que he dicho?

—Para ustedes, los pensamientos están completamente expuestos al mundo exterior, no pueden esconderlos.

¿Esconder los pensamientos? Me confundes.

—Quiero decir que, para ustedes, los sentimientos y los recuerdos resultan transparentes al mundo exterior, que son como un libro abierto, como una película que se proyecta en una plaza pública, tan expuestos como un pez en un acuario... ¿Tal vez alguno de los términos que acabo de mencionar sean...?

Te he entendido sin problemas. ¿No se trata de un hecho perfectamente natural?

—Ahí está... Ahí está... —dijo Evans, pensativo. Tras un largo silencio, añadió—: Mi Señor, cuando ustedes se comunican cara a cara, todo es auténtico y real. No pueden engañar ni pueden mentir..., son incapaces de desarrollar un pensamiento estratégico complejo.

No solo cara a cara. Somos capaces de comunicarnos desde una distancia significativa. Las palabras «engañar» y «mentir» también nos resultan difíciles de comprender.

—Me pregunto cuál es el tipo de sociedad en que los pensamientos son totalmente transparentes, a qué cultura da lugar, cómo es su política sin falsedades ni artimañas...

¿Qué significan las palabras «falsedad» y «artimaña»?

Evans guardó silencio.

Los órganos de comunicación humanos son una deficiencia evolutiva, una compensación necesaria por la incapacidad de vuestros cerebros para emitir ondas lo bastante potentes. Representa una de vuestras debilidades biológicas. La visualización directa del pensamiento es una forma de comunicación superior, y más eficiente.

—¿Deficiencia? ¿Debilidad? Señor, no se imagina hasta qué punto se equivoca esta vez.

¿De veras? Permíteme reflexionar sobre ello. Es una pena que no puedas ver lo que pienso.

Esta vez la interrupción fue más larga. Transcurrieron veinte minutos sin que volviera a aparecer más texto, durante los cuales Evans paseó de proa a popa y tuvo ocasión de ver numerosos peces saltando sobre la superficie del océano. Los arcos que dibujaban resplandecían bajo la luz de las estrellas. Varios años antes —durante la temporada que había pasado a bordo de un pesquero en el mar de la China meridional, investigando el efecto de la pesca abusiva en el litoral—, había oído a los pescadores decir de aquellos peces que eran dragones-soldado. A Evans le parecían más bien palabras proyectadas sobre los ojos del océano.

Fue entonces cuando el texto volvió a aparecer ante los suyos.

Tenías razón. He vuelto a revisar los documentos y ahora los entiendo mejor.

—Mi Señor, todavía le queda un largo camino por recorrer antes de llegar a comprender el complicado mundo de los humanos. Temo que nunca lo logre.

Es ciertamente complicado. Pero al menos ahora sé por qué antes no era capaz de comprenderlo. Tenías razón.

—Nos necesita, mi Señor.

Me dais miedo.

La conversación se interrumpió en ese punto. Fue la última vez que Evans recibió un mensaje de Crisolaras. Y él permaneció allí, de pie en la cubierta de popa del *Juicio Final*, observando cómo el casco blanco del barco se adentraba lentamente en la oscuridad de la noche, como si fuera el tiempo que se iba para no volver.

PRIMERA PARTE

LOS VALLADOS

Año 3 de la Era Crítica

Distancia que separa a la flota trisolariana
de nuestro Sistema Solar: 4,21 años luz

«Menuda pinta de antigualla...»

Eso fue lo primero que pensó Wu Yue al ver el *Dinastía Tang*, el gigantesco buque de guerra en construcción que tenía delante. Aun sabiendo que las numerosas manchas que hilvanaban el casco casi terminado eran consecuencia de la elaborada técnica de soldadura a gas (empleada para unir las placas de acero al manganeso que lo formaban), y que estas desaparecerían bajo una capa de pintura gris, era incapaz de imaginar lo sólido e imponente que resultaría el barco.

Acababa de concluir el cuarto ejercicio de adiestramiento de la flota. Durante los dos meses que había durado, tanto Wu como el otro oficial al mando del navío, Zhang Beihai, de pie a su lado, habían soportado estoicamente una situación incómoda: mientras las formaciones de destructores, los submarinos y las naves de abastecimiento iban y venían, la posición del *Dinastía Tang*, aún en construcción, era ocupada de forma provisional por el buque escuela *Zheng He*; en caso contrario permanecía vacía. Durante esas humillantes sesiones de entrenamiento, Wu solía perder la mirada en la extensión de agua que debía ocupar. Su superficie, a veces segada por las estelas de los otros barcos, subía y bajaba con la misma virulencia que su humor.

En más de una ocasión se había preguntado si realmente algún día aquel espacio vacío llegaría a ser ocupado.

Ahora que lo tenía cerca, y a pesar de que aún se estaba construyendo, el *Dinastía Tang* le pareció tan obsoleto como decrépito. Tenía la sensación de hallarse ante una gigantesca fortaleza abandonada desde hacía mucho tiempo, cuyo cuerpo manchado fuera de ladrillo, y las lluvias de chispas que de él brotaban, enredaderas. Aquello le recordaba a una excavación arqueológica.

Wu, quien no quería que sus pensamientos divagaran por esos derroteros, fijó la mirada en Zhang.

—¿Está mejor tu padre? —le preguntó.

—No. Resiste, pero nada más.

—Pídete unos días.

—Ya me los pedí cuando el ingreso. Tal y como evoluciona la cosa, es mejor que espere.

Volvieron a guardar silencio. Todas sus interacciones personales eran igual de breves. En los asuntos laborales solían tener algo más que decirse, pero aun así Wu siempre sentía como si hubiera algo que se interponía entre ellos.

—Beihai —le dijo, usando su nombre de pila—, en el futuro nuestro trabajo ya no será como antes. Puesto que vamos a compartir responsabilidades, creo que deberíamos comunicarnos mejor.

—Que yo sepa, hasta la fecha nos hemos comunicado perfectamente. Si nuestros superiores nos han puesto al mando del *Dinastía Tang* es por lo bien que colaboramos a bordo del *Chang'an*, ¿no?

Zhang había dicho aquello en tono distendido, pero justamente con la clase de sonrisa que a Wu le resultaba inescrutable. Aunque estaba seguro de que no era fingida, se sabía incapaz de comprenderla. Tal vez el hecho de haber cooperado con éxito no garantizaba un entendimiento mutuo: los ojos de Zhang podían penetrar en el corazón de cualquier tripulante del barco, ya fuera marinero o capitán, y el mismo Wu no tenía secretos para él. Wu, en cambio, ni siquiera lograba imaginar en qué pensaba Zhang, y no podía soportarlo. Si bien sabía que Zhang era el comisario político más capacitado del buque, pues siempre obraba de forma juiciosa y eficaz, su mundo interior era un abismo tan insondable como oscuro, y encima, por si fuera poco, a menudo sentía como si la mirada de su compañero le estuviera diciendo: «Hagámoslo así y punto; no es lo que yo querría pero es lo mejor, lo indicado.» Esa sensación, que comenzó siendo vaga, había ido creciendo con el tiempo. Zhang Beihai seguía comportándose de forma impecable, pero a Wu le inquietaba no poder estar seguro de lo que pensaba realmente.

Él tenía una firme convicción: la peligrosidad que entrañaba comandar un buque de guerra exigía máxima compenetración entre los oficiales al mando, y por mucho que con Zhang se había esforzado en alcanzarla, seguía siendo una asignatura pendiente. Al principio creyó que Zhang adoptaba una actitud defensiva ante él, y eso le ofendió: ¿acaso le había dado motivos para tener que protegerse? ¿Existía un capitán de destructor, en un puesto tan peligroso como el suyo, que fuera más directo y albergara menos dobles intenciones que él?

Una vez, durante el breve período en que el padre de Zhang había sido el superior de ambos, Wu se había sincerado con este acerca de sus dificultades a la hora de comunicarse con el hijo. «¿No te basta con que haga bien su trabajo que encima quieres saber lo que piensa? —le dijo el general. Y añadió, quizá sin querer—: Yo tampoco tengo ni puñetera idea...»

—Echemos un vistazo más de cerca —sugirió Zhang señalando el *Dinastía Tang*, que estaba envuelto en chispas.

Justo en ese momento los teléfonos móviles de ambos comenzaron a sonar; un mismo mensaje de texto los emplazaba a regresar al coche para recibir una llamada de carácter indudablemente urgente: sus teléfonos eran incapaces de establecer comunicaciones seguras. Wu abrió la puerta del coche y descolgó el auricular. La llamada era de un oficial a cargo del personal del Centro de Comandancia de Batalla.

—Capitán Wu, la comandancia de la flota ha dado orden urgente de que tanto usted como el comisario Zhang se presenten en el cuartel general de forma inmediata.

—¿En el cuartel general? Pero ¿y el quinto ejercicio de adiestramiento de la flota? La mitad del grupo de batalla ha zarpado ya y el resto de barcos se unirán mañana.

—La orden es escueta, ignoro los detalles. Pueden pedir más información a su llegada.

El capitán y el comisario político del *Dinastía Tang* se miraron el uno al otro y, en una extraña coincidencia tras años conociéndose, pensaron al mismo tiempo: «Esa dichosa extensión de agua seguirá vacía.»

En Fort Greely, Alaska, un grupo de renos que deambulaba por una llanura nevada se detuvo alertado por una vibración en el suelo. La causa era un gran hemisferio blanco semienterrado en la nieve que, bajo su atenta mirada, viraba lentamente. A pesar de que esa especie de huevo gigante llevaba sepultado allí mucho tiempo, siempre les había parecido fuera de contexto. De pronto, se abrió escupiendo humo y llamas, tras lo cual, con gran estruendo, emergió de sus entrañas un cilindro que echó a volar expulsando fuego. El calor fundió la capa de nieve más superficial, que se evaporó para volver a caer al suelo en forma de lluvia. Cuando el cilindro alcanzó cierta altura, la paz volvió a reinar tras el ruido que había asustado a los renos. Luego el cilindro desapareció sin dejar más rastro que una estela blanca; era como si aquel vasto paisaje nevado hubiese sido una gran madeja de lana de la que una mano invisible hubiera desenrollado un hilo en dirección al cielo.

A cientos de kilómetros de allí, en la sala de control del sistema antimisiles del NORAD,* a trescientos metros por debajo de la montaña Cheyenne, cercana a Colorado Springs, el oficial de rastreamiento de objetivos Raeder arrojó con rabia el ratón antes de exclamar:

—¡Demonios! ¡Un par de segundos más y habría podido abortar el lanzamiento!

—En cuanto vi aparecer el aviso del sistema, me imaginé que no era nada —dijo su compañero, el oficial de monitorización orbital Jones, negando con la cabeza.

—Entonces, ¿a qué está atacando el sistema?

La pregunta la había formulado el general Fitzroy. El escudo antimisiles era una de las nuevas áreas que dirigía desde su recientemente estrenada posición, y aún no se había familiarizado con él. Observaba los monitores que cubrían la pared, tratando de encontrar alguno de los diáfanos e inteligibles gráficos que estaba acostumbrado a ver en el centro de control de la NASA: una simple curva sinodal, una única línea roja cruzando

* Siglas en inglés del Mando Norteamericano de Defensa Aeroespacial. *(N. de los T.)*

un mapa. Sin embargo, allí nada era tan simple, y las numerosas líneas que cosían las pantallas formaban una abstracta y complicada maraña que le resultaba indescifrable. Eso por no hablar de todas las otras pantallas con cifras que cambiaban a velocidad de vértigo y cuyo significado solo era evidente para los oficiales que estaban de servicio.

—General, ¿recuerda cuando el año pasado, al reemplazar la película refractiva del módulo multifunción de la Estación Espacial Internacional, se les perdió la original? Eso es lo que era. Expuesta al viento solar, tan pronto se desplegaba como volvía a hacerse una bola...

—¡Pero eso debería constar en la base de datos!

—Y allí está. Mire... —dijo Raeder, abriendo una nueva ventana con el ratón.

Enterrada bajo montones de texto, datos y tablas, había una discreta fotografía, probablemente tomada por un telescopio desde la Tierra, de una mancha blanca con forma irregular sobre un fondo negro. El fuerte reflejo hacía casi imposible distinguir los detalles.

—Mayor, ¿por qué no abortó la operación?

—Los tiempos de reacción humanos no son lo bastante rápidos. El sistema debería haber hecho una búsqueda automática en la base de datos de objetivos, pero en el nuevo sistema todavía no han introducido los datos del antiguo, así que no están conectados con el módulo de reconocimiento —explicó Raeder.

Su tono dejaba entrever cierto agravio, como queriendo decir: «Acabo de demostrar mi competencia al encontrar la foto con dos clics de ratón; no me venga con chorradas.»

—General, cuando los objetivos del escudo antimisiles se reorientaron al espacio, recibimos orden de cambiar al modo operativo real hasta que se completara la recalibración del *software* —intervino otro oficial.

Fitzroy guardó silencio. Tanta locuacidad estaba a punto de irritarlo. Aunque tenía delante el primer sistema de defensa planetario de la historia de la humanidad, no era más que un escudo antimisiles preexistente reorientado hacia el espacio.

—¡Hagámonos una foto de recuerdo! —propuso entonces Jones—. Este tiene que haber sido el primer ataque realizado por la Tierra contra un enemigo externo...

—Las cámaras están prohibidas —replicó Raeder con frialdad.

—Pero ¿qué demonios está diciendo, capitán? —gritó Fitzroy—. ¡El sistema no ha detectado ningún objetivo enemigo! ¿Cómo va a ser esto un primer ataque?

Se produjo un silencio incómodo, tras el cual alguien apuntó:

—Los misiles interceptores llevan cabezas nucleares.

—Sí, cada una de uno coma cinco megatones. ¿Y?

—Afuera ya casi es de noche. ¡Dada la ubicación del objetivo, deberíamos poder ver el fogonazo!

—Puedes verlo por el monitor.

—Desde fuera es más vistoso... —dijo Raeder.

Visiblemente nervioso, Jones se puso de pie para excusarse.

—General..., mi turno ya ha terminado...

—El mío también, general —afirmó Raeder de inmediato.

Aquello no era más que un gesto de cortesía. Fitzroy era un coordinador de alto nivel del Consejo de Defensa Planetaria sin autoridad sobre el NORAD ni el escudo de misiles.

—No están ustedes bajo mi mando. —Fitzroy hizo un gesto de desdén con la mano—. Hagan lo que les plazca. Pero permítanme recordarles que en el futuro pasaremos mucho tiempo trabajando juntos...

Raeder y Jones subieron a toda prisa las escaleras de acceso al nivel superior y, tras franquear la pesada puerta a prueba de radiación, llegaron al pico de la montaña Cheyenne. Aunque anochecía y el cielo estaba despejado, no vieron el flash que indicara una explosión nuclear en el espacio exterior.

—Debería verse justo allí. —Jones señaló un punto en el cielo.

—Igual no hemos llegado a tiempo —dijo Raeder, sin mirar hacia arriba. Luego, con una sonrisa irónica, añadió—: ¿De veras piensan que una sofón volverá a desplegarse en menores dimensiones?

—Me extrañaría —contestó Jones—. Es inteligente. Sabe que nos estaría regalando una oportunidad.

—Los ojos del escudo antimisiles apuntan hacia arriba. ¿Es verdad que no hay nada en la Tierra de lo que debamos defendernos? Incluso creyéndonos el cuento de que los países terroristas se han convertido en unos santos, aún está la Organización Terrícola-trisolariana, ¿no? —ironizó Raeder, tratando de sofocar una carcajada—. Los del Consejo de Defensa Planetaria se mueren por tener algún éxito del que presumir, Fitzroy el primero. Van a anunciar con bombo y platillo que se ha completado la primera fase del Sistema de Defensa Planetaria cuando apenas han modificado el *hardware*. El único propósito para el que está pensado el sistema es evitar que una protón se despliegue en una dimensión menor en una órbita cercana a la Tierra. La tecnología necesaria es incluso más simple que la que se usa para interceptar misiles guiados, pues en caso de que el objetivo apareciera abarcaría una superficie inmensa... Jones, he subido aquí contigo por eso mismo... ¿a qué venía esa historia de la foto, acaso eres una criatura? ¡Has molestado al general! ¿Todavía no te has dado cuenta de lo orgulloso que es?

—No lo entiendo... El hecho de querer inmortalizar el momento debería halagarle, ¿no?

—¡Es una de las figuras más públicas del ejército! ¿Crees que reconocerá un error del sistema en la rueda de prensa? ¡Ni en broma! Ya verás cómo hará lo mismo que hacen todos siempre: lo venderá como una maniobra exitosa.

Mientras decía aquello, Raeder posó el trasero en el suelo y se echó hacia atrás, mirando al cielo, donde aparecían las primeras estrellas.

—Jones, ¿y si se despliega de verdad? ¡Nos daría la oportunidad de aniquilarla! ¿Te imaginas...?

—¿De qué iba a servir? No cambiaría el hecho de que los suyos siguen volando hacia el Sistema Solar. Quién sabe cuántos de ellos... Pero, oye, ¿te has referido al sofón en femenino?

La expresión en el rostro de Raeder se suavizó.

—Ayer —dijo— un coronel chino que acaba de llegar al centro me contó que, en su lengua, «protón» se escribe igual que un nombre de mujer japonés: Tomoko.

Hacía apenas un día que Zhang Yuanchao, tras más de cuarenta años trabajando en la planta química, había firmado su jubilación. Si creía las palabras de su vecino Yang Jinwen, hoy empezaba para él una segunda infancia. Según Yang, los sesenta constituían, junto a los dieciséis, una de las mejores etapas de la vida: alcanzada esa edad, uno se liberaba de las cargas y responsabilidades que había soportado durante las dos décadas anteriores y, al mismo tiempo, todavía estaba lejos del deterioro que sufriría al llegar a la siguiente. Era, pues, una etapa para disfrutar de la vida.

Tanto el hijo como la nuera de Zhang tenían trabajo estable y, aun habiéndose casado a cierta edad, en poco tiempo le darían un nieto. Además, desde hacía un año vivían en un piso que nunca habrían podido permitirse sin la indemnización que les pagaron por el derribo de su antiguo edificio. Si lo pensaba, tanto para él como para los suyos, todo en la vida marchaba razonablemente bien. Y, sin embargo, en aquel espléndido día, al observar la ciudad desde la ventana de su hogar en un octavo piso, no solo no tenía la sensación de estar viviendo una segunda infancia, sino que tampoco albergaba ningún destello de esperanza.

Debía reconocerlo: su vecino tenía razón cuando le hablaba de la importancia de estar al día en los grandes asuntos.

Yang, profesor de secundaria antes de jubilarse, nunca se cansaba de repetirle que, en la vejez, para continuar disfrutando de la vida uno debía seguir aprendiendo cosas nuevas. Por ejemplo, a manejarse en internet: «Si hasta las criaturas saben conectarse —solía decirle—. ¿Cómo no ibas a aprender tú?» Tampoco perdía ocasión de recriminarle lo que para él constituía uno de sus mayores defectos: su total desinterés por el mundo que lo rodeaba. «Tu mujer al menos se desahoga llorando con los culebrones que echan en la tele —le recriminó en una ocasión—, pero es que tú ni la enciendes. Deberías interesarte más por las cosas que pasan aquí y en el mundo; también forman parte de una vida plena.»

En eso Zhang Yuanchao se diferenciaba de los jubilados pequineses. En una ciudad en la que hasta los taxistas eran capaces de analizar con tino asuntos nacionales e internacionales de toda índole, a él le costaba recordar incluso el nombre del presidente. Y además se enorgullecía de ello: «A las personas normales y corrientes como yo, nos basta con tratar de ganarnos la vida —había replicado aquel día—. ¿Qué necesidad tenemos de calentarnos la cabeza con asuntos que al fin y al cabo ni nos van ni nos vienen? ¡Ya son ganas de complicarse la vida! Tú, que estás siempre al día de todo, que no te pierdes ningún telediario y te pasas horas discutiendo en internet sobre cualquier tema (desde la política económica nacional hasta la proliferación nuclear internacional), ¿has ganado algo? ¿Te ha subido el gobierno la pensión siquiera medio céntimo?»

«¡Menuda sarta de tonterías! —había exclamado el otro—. ¿Que ni te va ni te viene? Escúchame bien, Lao Zhang: cada gran asunto nacional o internacional, cada nueva ley, cada resolución de las Naciones Unidas repercute en tu vida de manera más o menos directa. ¿Te crees que la invasión de Venezuela por parte de Estados Unidos no te incumbe? ¡Pues terminará afectando a tu pensión, y no será cosa de un céntimo ni de dos, precisamente!»

Aquel día Zhang se burló de la vehemencia con la que hablaba su vecino, el intelectual, y dio el tema por zanjado. Ahora sabía cuánta razón tenía.

En ese momento sonó el timbre de la puerta. Al abrir, descubrió a Yang Jinwen. Iba vestido de calle y parecía bastante relajado. Zhang lo recibió con la alegría de quien, en mitad de una travesía por el desierto, divisa la figura de otro ser humano.

—Te estaba buscando —le dijo—. ¿Adónde habías ido?

—Al mercado. He visto a tu mujer, comprando.

—¿Tú sabes por qué está tan vacío el bloque? Parece un mausoleo...

—Pues porque hoy no es festivo, hombre —respondió el vecino con una sonrisa—. Es tu primer día de jubilado, es normal que te sientas raro. Al menos puedes alegrarte de no haber sido un líder del Partido; a ellos les cuesta mucho más adaptarse. Pronto te acostumbrarás. ¡Alegra esa cara! Si quieres, podemos ir al local social a ver cómo podemos pasar el rato...

—No, no. Si a mí no me preocupa la jubilación, lo que me inquieta es... cómo decirlo... la situación del país. Bueno, la situación mundial.

Yang lo señaló con el dedo y con tono de mofa, dijo:

—¿La «situación mundial»? Jamás hubiera creído que de tu boca saldrían esas palabras.

—Ya lo sé. Antes me traían sin cuidado los grandes asuntos, pero es que ahora de grandes han pasado a enormes... ¡Quién iba a decirme que sucedería algo tan gordo!

—Es curioso, Lao Zhang... A mí me ha ocurrido justo lo contrario: ahora soy yo quien no quiere perder el tiempo en temas que no me van ni me vienen. ¿Puedes creer que llevo dos semanas sin poner las noticias? Antes vivía pendiente de los grandes asuntos, para saber cómo iban a determinar mi futuro, pero esto de ahora no tiene más que un final..., ¿y qué ganamos preocupándonos?

—¡No puede darnos igual que la humanidad vaya a desaparecer en cuatrocientos años!

—¡Bah! ¿Y qué? Tú y yo seremos historia en cosa de cuarenta...

—Pero ¿y nuestros descendientes? ¡Los exterminarán!

—Eso a mí me preocupa bastante menos que a ti. Cuando mi hijo se fue a Estados Unidos, me dejó bien claro que ni su mujer ni él querían descendencia, así que... ¡Consuélate! Como mínimo los Zhang aún duraréis una docena de generaciones, ¿no? ¿Acaso no es suficiente?

Zhang lo miró, atónito. Luego se fijó en el reloj, y al ver la hora se fue a encender el televisor. El canal de noticias estaba repasando los asuntos más importantes de la jornada:

> Según informa Associated Press, el pasado día veintinueve a las seis y media de la tarde el Escudo Antimisiles de los Estados Unidos simuló con éxito la destrucción de un sofón desplegado en una órbita cercana a la Tierra. Se trata de la tercera prueba de intercepción de este tipo que realiza el escudo desde que fuera redirigido hacia al espacio exterior. El objetivo de esta nueva prueba fue una película refractiva desechada por la Estación Espacial Internacional, el pasado octubre. Según un portavoz del Consejo de Defensa Planetaria, la superficie del objetivo era de apenas trescientos mil metros cuadrados, lo cual implica que (mucho antes de que un sofón desplegado hasta la tercera dimensión alcanzase un área lo suficientemente grande para que su superficie refractiva supusiera una amenaza para objetivos humanos) el escudo de misiles sería capaz de destruirlo.

—Vaya despropósito... ¡Ya pueden esperar sentados a que un sofón se despliegue! —dijo Yang mientras hacía ademán de arrebatarle el mando a distancia a Zhang—. ¡Cambia de canal, anda! A ver si alguno repite la semifinal de la Copa de Europa. Anoche me quedé dormido en el sofá viéndola...

—La ves en tu casa —soltó el vecino, apartando la mano de su alcance.

El informativo continuaba:

El doctor del Hospital Militar 301 a cargo del tratamiento del académico Jia Weilin ha confirmado que la muerte de este se debió al cáncer hematológico que padecía, comúnmente conocido como leucemia, y que las causas directas de esta fueron el fallo de órganos y la pérdida de sangre, fruto del avanzado estado de la enfermedad, sin que se detectaran otras anomalías. Jia Weilin, un afamado experto en superconductividad que hizo grandes contribuciones en el campo de los superconductores a temperatura ambiente, falleció el pasado día diez. La hipótesis según la cual Jia habría muerto a causa de un ataque perpetrado por sofones queda, pues, descartada. Asimismo, en otro comunicado, un portavoz del Ministerio de Sanidad confirmó que otras muertes supuestamente debidas a los ataques por parte de sofones fueron, en realidad, fruto de accidentes fortuitos o enfermedades. Esta cadena ha podido hablar del asunto con el famoso físico Ding Yi.

—¿Qué opina del creciente miedo a los sofones?

—Lo alimenta una falta de conocimientos elementales en el campo de la física. Tanto los portavoces del gobierno como los miembros de la comunidad científica hemos reiterado que un sofón no es más que una partícula microscópica que, aun cuando está dotada de gran inteligencia, precisamente debido a su escala es incapaz de ejercer un efecto tangible en el mundo macroscópico. Sus principales amenazas para la humanidad son la tergiversación de los resultados de los experimentos en el terreno de las altas energías, y la red de entrelazamiento cuántico que monitoriza la Tierra. En su estado microscópico, un sofón es incapaz de matar ni de cometer ningún ataque ofensivo. Para producir un efecto mayor en el mundo macroscópico, debería desplegarse hasta un estado dimensional menor. Pero incluso en ese caso, sus resultados serían limitados, pues un sofón desplegado en menores dimensiones es muy débil en una escala macroscópica. Y ahora que la humanidad ha establecido un sistema de defensa, ningún sofón es capaz de hacerlo sin proporcionarnos la oportunidad de destruirlo. Creo que los medios deberían dar la máxima difusión a esta y otras informaciones de carácter científico, a fin de evitar que la población sea presa de un pánico que carece de fundamento.

Zhang oyó entonces que alguien entraba en el apartamento sin llamar y se abría paso hasta el salón al grito de: «¡Lao Zhang! ¡Maestro Zhang!» Antes incluso de verlo, por su manera de subir las escaleras ya supo quién era: se trataba de Miao Fuquan, otro vecino del mismo rellano varios años menor que Zhang y originario de la provincia de Shanxi, donde poseía varias minas de carbón. En realidad, vivía en un apartamento más grande en otra zona de Pekín, y el de allí lo mantenía para su querida, una chica de Sichuan de la misma edad que su hija. Una vez instalada allí, tanto los Zhang como los Yang decidieron ignorar su presencia. La única excepción fue un altercado que tuvieron por culpa de los trastos que ella dejaba en el rellano. Después, poco a poco terminaron dándose cuenta de que, más allá del adulterio, Miao no era mala persona, sino al contrario.

En cuanto la administración del edificio les ayudó a resolver la disputa, las tres familias de la octava planta pudieron convivir en paz. Aunque Miao Fuquan decía que las riendas de su negocio estaban ahora en manos de su hijo, seguía siendo un hombre muy ocupado, y el tiempo que pasaba en el hogar (por así llamarlo) era siempre muy breve. La sichuanesa vivía la mayor parte del año sola en su apartamento de tres habitaciones.

—¡Lao Miao! —le saludó Yang—. ¡Llevabas casi un mes sin aparecer! ¿Dónde hemos hecho fortuna esta vez?

Miao cogió un vaso de papel y lo llenó con agua del dispensador.

—De fortunas, nada, ¡al revés! —respondió, y se limpió la boca con la manga de la camisa tras vaciar el vaso de un trago—. La situación se ha puesto muy seria en las minas. Tuve que ir a poner orden. Estando como estamos casi en tiempos de guerra, el gobierno ha endurecido las normas y ya no valen lo mismo que antes... Así que no creo que pueda mantener las excavaciones durante muchos más meses...

—Vienen malos tiempos —sentenció Yang sin apartar la vista del partido.

Llevaba horas tumbado en la cama sin moverse. El único punto iluminado de aquel sótano era el cuadrado brillante que la mortecina luz de la luna (como antes la del sol) proyectaba sobre el suelo al colarse por un ventanuco. Todo lo demás quedaba envuelto en penumbra y parecía esculpido sobre piedra gris. La habitación entera recordaba a un sepulcro.

Nadie sabría jamás cuál era su verdadero nombre, pero con el tiempo se lo conocería como el segundo desvallador.

El hombre había estado rememorando su vida. Una vez seguro de que no había olvidado ningún episodio, desentumeció los músculos de su anquilosado cuerpo, metió la mano debajo de la almohada y extrajo un revólver, que apuntó contra su sien. Justo en ese instante, una línea de texto apareció ante sus ojos:

No lo hagas. Te necesitamos.

—¿Es usted, mi Señor? —preguntó—. Después de un año entero soñando con que recibía su llamada, de repente dejé de hacerlo. Creí que había perdido la capacidad de soñar, pero ya veo que no...

No estás soñando. Me estoy comunicando contigo en tiempo real.

—¡Ja! Ahora sí que no le creo. Estoy seguro de que en su mundo no saben lo que son los sueños...

¿Necesitas pruebas?

—¿De que allí no existen los sueños?

De que realmente soy yo.

—De acuerdo. Dígame algo que no sepa.

Se te han muerto los peces.

—Me trae sin cuidado. Pronto me reuniré con ellos en el más allá...

Ve a echarles un vistazo. Esta mañana estabas tan absorto en tus cosas que lanzaste una colilla al aire y no viste que fue a parar dentro de la pecera. La nicotina que se filtró en el agua fue letal para ellos.

El segundo desvallador abrió los ojos de inmediato, dejó el arma sobre la cama y se puso de pie con una rapidez impropia del estado letárgico en que parecía sumido hasta hacía unos instantes. Buscó a tientas el interruptor de la luz y, tras encenderlo, fue directo hasta la pecera que había sobre una mesita. Cinco peces telescopio flotaban con el vientre hacia arriba. Junto a ellos había la colilla de un cigarrillo.

Te daré una prueba más. En una ocasión, Evans te envió un mensaje cifrado, pero la contraseña cambió y él murió antes de hacerte llegar la nueva. A día de hoy, sigues sin haber podido leer el mensaje. Ahora te diré la contraseña: CAMEL, como la marca del cigarrillo con que has envenenado a tus peces.

El segundo desvallador se apresuró a abrir su ordenador portátil, pero antes de que este se hubiera encendido, ya estaba llorando a lágrima viva.

—¡Señor! ¿Es usted de verdad? —preguntaba entre sollozos—. ¿Es usted de verdad?

El ordenador localizó el citado correo y abrió el archivo adjunto en el lector específicamente creado para ello por la Organización Terrícola-trisolariana. De inmediato apareció una ventana, introdujo la contraseña y por fin pudo ver el texto. Pero fue incapaz de leerlo sin alterarse.

—¡Señor! ¡Realmente es usted! ¡Mi Señor! —exclamó arrebatado, de rodillas y dando golpes en el suelo con la cabeza. Después, algo más calmado pero con los ojos aún arrasados en lágrimas, miró hacia arriba y añadió—: ¡No nos avisaron de la redada que nos preparaba la policía el día de la reunión! ¡Ni de la trampa que iban a tendernos en el canal de Panamá! ¿Por qué nos abandonaron de esa forma?

Os teníamos miedo.

—¿Todo porque nuestros pensamientos no son transparentes? ¡Pero si no tienen nada que temer! ¡Justamente todas esas habilidades de las que ustedes carecen (ya sea fingir, engañar, confundir) son las que ponemos a su servicio!

No estamos seguros de que eso sea verdad. Y aun suponiendo que lo fuera, no bastaría para eliminar nuestra reticencia. La Biblia menciona un animal: la serpiente. Si un día, una se presentara ante ti para ponerse a tu servicio, ¿dejaría de producirte miedo o asco?

—Si me dijera la verdad, trataría de superar mi aversión y aceptaría su ayuda.

No sería fácil.

—No, claro. Además, es cierto que a ustedes ya los mordió la serpiente una vez. A partir del momento en que fue posible la comunicación mediante notificaciones en tiempo real, deberían haber dejado de responder tan detalladamente a todas las preguntas que les hicimos: desde el relato de cómo recibieron la primera señal sobre la existencia de la humanidad, hasta los pormenores que rodean la construcción de un sofón. Al principio nos costó comprender por qué, si ya no se estaban comunicando mediante visualización transparente del pensamiento, no eran más selectivos con la información que revelaban.

Esa opción existía, pero de todos modos hubiéramos ocultado mucho menos de lo que imaginas. Lo cierto es que en nuestro mundo existen formas de comunicación, especialmente a partir de la era de la tecnología, que no emplean la visualización transparente del pensamiento. Sin embargo, la transparencia de pensamiento se ha convertido en una convención social y cultural. Es posible que no podáis entenderlo, igual que nos pasa a nosotros con algunas cosas de vuestro mundo.

—Me cuesta concebir que el engaño y la mentira no existan en su mundo...

Existen, pero son mucho menos sofisticados que en el vuestro. Por ejemplo, en nuestras guerras los bandos enfrentados pueden tratar de camuflarse, pero si un enemigo sospecha y pregunta abiertamente, lo más frecuente es que se le diga la verdad.

—Increíble.

Vosotros nos parecéis igualmente increíbles a nosotros. Tienes un libro en tu estantería que se llama... *¿Historia de los Tres Reinos?**

—*El Romance de los Tres Reinos*. A usted le costaría entenderlo...

Lo entiendo en parte... igual que si fuera un tratado de matemáticas: para hacerme una idea general, hay que ponerle un enorme esfuerzo mental y no poca imaginación.

—La verdad es que ningún otro libro ha elevado la intriga y la conspiración humanas a cotas tan altas.

Pero para nuestros sofones, el mundo de los humanos es transparente.

—A excepción de sus pensamientos.

Cierto. Los sofones son incapaces de leer el pensamiento.

—Supongo que conoce el Proyecto Vallado.

Mejor que tú. Está a punto de activarse. Es la razón por la que hemos acudido a ti.

—¿Qué le parece?

Lo mismo que la serpiente.

* Novela histórica atribuida a Luo Guangzhou (1330-1400). *(N. de los T.)*

—Pero en la Biblia, la serpiente ayuda al hombre a obtener el conocimiento. El Proyecto Vallado planea construir uno o varios laberintos que a ustedes les resultarán casi imposibles de superar. Nosotros podemos ayudarles a salir de ellos.

La opacidad de sus pensamientos no contribuye más que a reafirmarnos en nuestra decisión de exterminar a la raza humana. Ayudadnos a eliminarla y luego os eliminaremos a vosotros.

—Mi Señor, los términos en que se expresa pueden resultar problemáticos. A usted tal vez no le sorprenda su estilo tan directo, pero en nuestro mundo, incluso cuando uno expresa lo que de verdad piensa, siempre debe hacerlo de un modo adecuadamente eufemístico según cada situación. Por ejemplo, aunque lo que acaba de decir encaja a la perfección con los ideales de la Organización, expresado de forma tan directa podría provocar el rechazo de algunos de nuestros miembros y tener consecuencias inesperadas. Es posible que nunca lleguen a aprender a comunicarse de esta forma, pero vale la pena que lo intenten.

Para nosotros, la expresión de pensamientos deformados es precisamente lo que convierte el intercambio de información en la sociedad humana, sobre todo en su literatura, en un laberinto enrevesado... Tengo entendido que la Organización Terrícola-trisolariana se encuentra al borde del colapso.

—¡Eso es porque nos abandonaron! Sufrimos dos golpes muy duros en muy poco tiempo. Ahora, tras la desintegración de la facción redencionista, solo los adventistas siguen estando organizados. Seguro que usted ya lo sabe, pero el peor daño causado fue el psicológico. Su abandono puso a prueba la devoción que los miembros de la Organización sentimos por nuestro Señor. ¡A fin de mantenerla, necesitamos desesperadamente su ayuda!

No podemos daros tecnología.

—No hace falta. Nos basta con que vuelvan a transmitirnos información a través de los sofones.

No habrá ningún inconveniente, pero antes es preciso que la Organización cumpla la orden que acabas de leer. Notificamos la misión a Evans antes de que muriera, y él te la encomendó a ti, pero por culpa de la contraseña no pudiste leer el mensaje.

El desvallador recordó entonces el mensaje que acababa de desencriptar y lo leyó con atención.

¿Verdad que no es una tarea difícil?

—No. Pero ¿es tan importante?

Antes era importante. Ahora, con el Proyecto Vallado, es fundamental.

—¿Por qué?
El texto tardó un rato en volver a aparecer.

Evans sabía por qué, pero al parecer no se lo contó a nadie. E hizo bien. Se trata de un hecho afortunado, porque ahora no tenemos que contarte nada más.

El desvallador no cupo en sí de alegría.
—¡Señor, acaba usted de aprender a ocultar información! ¡Qué gran progreso!

Evans nos enseñó mucho, pero aún nos queda un largo camino por recorrer. Según él, tenemos el nivel de uno de vuestros niños de cinco años. Para cumplir la misión que él te encomendó, hay que usar una de las estrategias que somos incapaces de aprender.

—¿Se refiere a esta estipulación? «A fin de no llamar la atención, no debes dejar que se sepa que la Organización está detrás.» Bueno, si se trata de un objetivo importante, el requerimiento es lógico.

A nosotros nos resultaría complicado.

—Muy bien. Seguir el plan conforme a los deseos de Evans.

¡Mi Señor, vamos a demostrarle hasta dónde llega nuestra devoción!

En un rincón remoto del vasto océano de información que es internet, había otro rincón aún más remoto, y en un rincón remoto de aquel rincón aún más remoto había un rincón más remoto que ningún otro, en cuyas profundidades reapareció cierto mundo virtual.

En su gélido y extraño amanecer no se hallaba pirámide alguna. Tampoco la sede de la ONU ni ningún péndulo: únicamente una vasta extensión vacía de aspecto sólido, que parecía un gigantesco bloque de metal congelado.

El rey Wen de los Zhou apareció en el horizonte. Harapiento y con una deslustrada espada de bronce en la mano, tenía la cara tan sucia y arrugada como la pelliza con que se cubría. Sus ojos, en cambio, a causa de la luz del sol naciente que se reflejaba en ellos, rezumaban energía.

—¿Hay alguien ahí? —gritó—. ¿Hay alguien?

La inmensidad ahogaba su voz. Al cabo de un rato gritando, se sentó pesadamente en el suelo y aceleró el paso del tiempo. Vio que los soles se convertían en estrellas fugaces, luego que estas volvían a transformarse en soles. Los soles de las eras estables cruzaban el cielo de aquí para allá, como si fueran péndulos de un reloj, y los días y las noches de las eras caóticas parecían convertir al mundo en un inmenso escenario con la luz descontrolada. Pese a todo, aun acelerando el paso del tiempo, no consiguió que nada cambiara: aquel seguía siendo el mismo paisaje yermo, metálico y eterno. Entonces las tres estrellas volvieron a danzar por el cielo, y el rey Wen quedó convertido en un gran pilar de hielo. Cuando una de ellas se transformó en sol y le pasó por encima, el hielo que lo aprisionaba se derritió al instante y su cuerpo quedó envuelto en llamas.

Justo antes de terminar convertido en ceniza, soltó un hondo suspiro y desconectó.

Treinta oficiales de los ejércitos de tierra, mar y aire mantenían la vista fija en aquella insignia que flotaba sobre el intenso color rojo de la pared: una estrella de plata de la que surgían, como espadas afiladas, cuatro rayos que trazaban sendas diagonales y quedaban flanqueados por los caracteres chinos correspondientes a los números ocho y uno. Era la insignia de la fuerza espacial china.

El general Chang Weisi les indicó que tomaran asiento. Tras quitarse la gorra y colocarla justo en el centro de la mesa de conferencias, anunció:

—La ceremonia que marque oficialmente la creación de la fuerza espacial tendrá lugar mañana por la mañana. Será entonces cuando se les haga entrega de los uniformes y los galones. Sin embargo, camaradas, desde este mismo momento podemos considerarnos parte de una misma rama del ejército.

Los presentes se miraron unos a otros advirtiendo que, de los treinta, quince llevaban uniforme de la marina, nueve del ejército del aire y seis del de tierra. Cuando volvieron a observar al general, les costó disimular su desconcierto.

El general sonrió y dijo:

—Están pensando que el número de convocados no es proporcional, ¿verdad? Tengan en cuenta que la futura fuerza espacial no se parecerá en nada a lo que hoy es nuestro programa aeroespacial. Las naves espaciales del futuro serán mucho más grandes que los portaaviones actuales, y su tripulación también, mucho más numerosa. La guerra se luchará en resistentes plataformas de combate de alto tonelaje y los combates se parecerán más a un enfrentamiento naval que a uno aéreo, con campos de batalla tridimensionales. Por ello, la rama espacial del ejército debe nutrirse, en su mayoría, de miembros de la marina. Sé que todos daban por sentado que casi todo el personal procedería de las fuerzas aéreas, lo cual significa que nuestros camaradas de la marina no han podido prepararse mentalmente. Es preciso que se adapten en el menor tiempo posible.

—Para nosotros es una completa sorpresa, general —dijo Zhang Beihai.

A su lado, sentado con la espalda muy recta y sin moverse un ápice de su asiento, estaba Wu Yue. Pese a su gesto hierático, Zhang vio que algo se había apagado en sus simétricos ojos.

El general asintió.

—En realidad, el ejército de la marina está mucho más cerca del espacio de lo que puedan creer. Hablamos de navegar por el espacio y no de volar por él, ¿no es así? Eso es, porque en el imaginario colectivo, el océano y el espacio han estado siempre relacionados.

Ese comentario relajó el ambiente en la sala.

—Camaradas —prosiguió el general—, ahora mismo los treinta y un presentes somos los únicos integrantes de esta nueva rama del ejército. En cuanto a la futura flota espacial, se están realizando las investigaciones básicas necesarias para avanzar en todas las disciplinas pertinentes, poniendo especial énfasis en la construcción de un ascensor espacial y de motores de fusión para naves aeroespaciales de gran escala. Pero esa no es la tarea que ocupará a la fuerza espacial. Nuestra misión es establecer un marco teórico para la guerra espacial. Pese a la dificultad que entraña dicha tarea, pues nuestros conocimientos sobre el asunto parten de cero, debemos entregarnos a ella porque esa será la base que lo determinará todo sobre nuestra futura flota espacial. Durante una fase preliminar, la fuerza espacial funcionará más bien como una especie de academia militar, y nuestra primordial tarea será organizarla, para lo cual trataremos de reclutar el mayor número posible de investigadores y académicos.

Chang se puso en pie y se dirigió hasta la insignia. Cuando estuvo frente a ella, pronunció unas palabras que los presentes recordarían el resto de sus vidas:

—Camaradas, la fuerza espacial tiene ante sí un arduo camino. Según las predicciones iniciales, tardaremos unos cincuenta años en completar la investigación básica necesaria en todas las disciplinas. A partir de entonces, habrá que esperar otros cien años hasta que la tecnología necesaria para hacer viajes espaciales sea una realidad. Después de eso, pasado el período inicial de construcción, la flota espacial requerirá otro siglo y medio hasta poder alcanzar la escala prevista. En resumen, la fuerza espacial no llegará a su plenitud hasta después de haber sido creada. Estoy seguro de que entienden lo que eso implica: ninguno de nosotros viajará al espacio, ni tampoco verá con sus propios ojos la que termine siendo nuestra flota espacial. De hecho, es probable que ni siquiera lleguemos a ver un modelo viable de nave espacial. La primera generación de oficiales que la tripule no nacerá hasta dentro de dos siglos, y tendrán que pasar otros dos siglos y medio para que la flota de la Tierra se enfrente a los invasores alienígenas. A bordo de las naves que la integren viajará nuestra decimoquinta generación de descendientes.

Todos guardaron un largo silencio. Ante ellos se extendía una plúmbea y prolongada travesía en el tiempo, que se perdía en las brumas del futuro. Si bien era cierto que no alcanzaban a ver su destino final, desde allí les llegaban el resplandor de las llamas y el color de la sangre. Nunca antes habían lamentado la brevedad de la vida humana. Sus corazones se unían a través del tiempo con los de sus descendientes para perderse en un torrente de sangre y fuego en mitad del gélido frío del espacio; ese lugar donde, tarde o temprano, acababan reuniéndose las almas de todos los soldados.

Tal y como solía hacer cuando regresaba, Miao Fuquan invitó a Zhang Yuanchao y a Yang Jinwen a echar un trago en su apartamento. La sichuanesa había cubierto la mesa de viandas. Mientras las degustaban, Zhang le preguntó a Miao cómo le había ido en el banco esa mañana.

—¿No os habéis enterado? —respondió Miao—. Los bancos estaban hasta los topes... ¡La gente se amontonaba frente a las ventanillas!

—¿Y el dinero, qué? —preguntó Zhang.

—Solo he conseguido sacar una parte, el resto está congelado. ¡Hay que fastidiarse!

—Bueno, seguro que esa parte no es ninguna minucia —dijo Zhang—. Un solo pelo de tu cabeza vale más que todo lo que tenemos este y yo juntos...

—En las noticias —intervino Yang— han dicho que cuando disminuya la histeria colectiva el gobierno empezará a descongelar las cuentas, que primero quizá sea cosa de un determinado porcentaje pero que al final todo volverá a la normalidad.

—Eso espero —dijo Zhang—. El gobierno se equivocó al declarar tan pronto el estado de guerra, porque hizo que la gente entrara en pánico. Ahora todo el mundo solo piensa en el beneficio propio. ¿Cuántas personas conocéis preocupadas por la defensa de la Tierra de aquí a cuatrocientos años?

—El problema no es ese —añadió Yang—. Lo vengo diciendo: ¡una tasa de ahorro tan alta como la de China es una bomba de relojería! Ahorrando tanto e invirtiéndose tan poco en seguridad social, la gente acaba dependiendo de lo que tiene en el banco... ¡Es normal que cunda el pánico a la mínima!

—¿Tú cómo crees que será esta economía de guerra? —le preguntó Zhang.

—Todo esto ha aparecido muy deprisa. Nadie tiene todavía una visión completa de la situación. Las nuevas políticas económicas aún se están diseñando, pero una cosa está clara: vienen tiempos difíciles.

—¡Bah! —exclamó Miao—. No serán peores que los que sufrió nuestra generación. Volveremos a estar como en los sesenta, eso es todo.

—Me da pena por los jóvenes —dijo Zhang, vaciando el vaso.

En ese momento el televisor empezó a emitir una música que hizo que los tres volvieran la vista hacia el aparato. Esa sintonía se había vuelto muy familiar en aquellos tiempos, y lograba que todo el mundo dejara lo que estuviera haciendo para prestar atención. Así empezaba cada uno de los boletines de última hora que solían interrumpir la programación habitual. Como bien recordaban los tres ancianos, esos cortes habían sido frecuentes tanto en radio como en televisión antes de la década de 1980, pero desaparecieron durante el largo período de paz y prosperidad que siguió.

—Según nuestro enviado especial en Naciones Unidas —dijo el locutor—, un portavoz de dicha organización acaba de anunciar en rueda de prensa la próxima celebración de una Sesión Especial de su Asamblea General, que se centrará en el problema del Escapismo. Dicha sesión estará organizada conjuntamente por los miembros permanentes del Consejo de Defensa Planetaria y tendrá como objetivo alcanzar un consenso internacional para afrontar el fenómeno del Escapismo y fomentar la promulgación de leyes internacionales que lo regulen.

»Repasemos ahora la historia del Escapismo hasta la fecha. El fenómeno surge con la Crisis Trisolariana. Su argumento principal es que, dado el estancamiento forzoso a que se ve sometido el progreso de la ciencia humana, carece de sentido emplear cuatro siglos y medio en idear un plan de defensa de la Tierra o del Sistema Solar. Teniendo en cuenta la limitada evolución que podrá experimentar la tecnología en ese tiempo, sería mucho más realista plantearse el objetivo de construir naves espaciales que permitieran a una pequeña parte de la raza humana escapar al espacio exterior, y así evitar su completa extinción.

»El Escapismo baraja tres posibles destinos. El primero es el llamado Nuevo Mundo, y obligaría a rastrear el universo en busca de un mundo que pudiera ser habitado por la humanidad. Aunque se trata de la opción ideal, para ello se tendrían que alcanzar velocidades de navegación muy altas, y el viaje sería previsiblemente muy largo. Dado el nivel tecnológico real que la humanidad puede alcanzar durante la presente Era Crítica, resulta una posibilidad muy improbable.

»La segunda opción consistiría en fundar una civilización nómada, es decir, que la humanidad fijara su residencia permanente en las naves que le habrían servido para escapar y permaneciera en un viaje eterno. Esta vía entrañaría las mismas dificultades que la del Nuevo Mundo, pero pondría el énfasis en la necesidad de potenciar aquellas tecnologías relacionadas con la creación de ecosistemas cerrados. Sin embargo, nuestro nivel tecnológico actual es insuficiente para fabricar una nave generacional que cuente con biosfera propia.

»En tercera instancia, se contemplaría hallar refugio de forma temporal. Solo después de que Trisolaris haya completado su despliegue por el Sistema Solar, se buscarían ciertas interacciones entre su sociedad y la de los humanos que hayan logrado escapar al espacio exterior. Trabajando por la paulatina mejora de las relaciones entre ambos, podría llegar el día en que se permitiera al conjunto de la humanidad, para entonces reducido a una escala menor que la actual, su regreso al Sistema Solar para convivir con los trisolarianos. Aunque, a día de hoy, este sea el plan más realista, su ejecución depende de un gran número de variables.

»Al poco de aparecer el Escapismo, medios de todo el mundo informaron de que Estados Unidos y Rusia, dos líderes en tecnología espacial, habían comenzado a diseñar en secreto sendos planes de escape. Pese a que los dos gobiernos negaron categóricamente su existencia, el clamor popular creó un movimiento internacional por la socialización de la tecnología. En la tercera Sesión Especial de la Asamblea de las Naciones Unidas, celebrada desde el comienzo de la Crisis Trisolariana, un grupo de países en desarrollo pidieron formalmente que Estados Unidos, Rusia, Japón, China y la Unión Europea difundieran sus conocimientos tecnológicos de forma libre y sin restricciones y los compartieran con ellos de forma gratuita. De ese modo, todas las naciones del mundo estarían en igualdad de condiciones a la hora de afrontar la crisis.

»Los partidarios del movimiento por la socialización de la tecnología suelen mencionar como precedente el abusivo sistema de patentes del que varias empresas farmacéuticas se servían a principios de siglo para imponer a los países africanos precios exorbitantes por la fabricación de tratamientos de última generación para el sida. Fue un caso muy sonado que nunca llegó a juicio porque las farmacéuticas, presionadas por la opinión pública, y ante la rápida proliferación de la enfermedad en el continente, aceptaron renunciar a sus patentes. Ante una crisis tan grave como la que amenaza la Tierra, la apertura de la tecnología por parte de los países avanzados supondría un ejercicio de responsabilidad.

»A pesar de que el movimiento por la socialización de la tecnología ha recibido el apoyo unánime de los países en vías de desarrollo (e incluso el de algunos países miembro de la Unión Europea), lo cierto es que todas las iniciativas presentadas hasta la fecha ante Naciones Unidas han sido rechazadas. Durante la quinta Sesión Especial de la Asamblea General de las Naciones Unidas, Estados Unidos y Gran Bretaña vetaron una propuesta de socialización tecnológica limitada, presentada conjuntamente por China y Rusia. El gobierno estadounidense tachó la iniciativa de inocente, alegando que jamás una forma de socialización tecnológica será viable. Asimismo, añadió que su máxima prioridad, solo después de la seguridad planetaria, es la seguridad nacional de su país. El fracaso de la propuesta de socialización limitada de la tecnología ha causado, además de disputas entre las grandes potencias tecnológicas, la cancelación de los planes para establecer una fuerza espacial internacional.

»Entre las muchas y graves consecuencias del fracaso del movimiento por la socialización de la tecnología, se encuentra la desilusión sufrida por muchos al darse cuenta de que, incluso enfrentados a la grave amenaza que supone la Crisis Trisolariana, la pretendida unidad de los seres humanos continúa siendo un objetivo lejano.

»El movimiento por la socialización de la tecnología fue fundado por partidarios del Escapismo. Solo cuando la comunidad internacional consensúe una postura común con que enfrentarse a ella, podrán empezar a curarse las heridas abiertas entre los países ricos y pobres.

»En estas circunstancias se celebrará la próxima Sesión Especial de la Asamblea General de las Naciones Unidas...

—Por cierto —dijo Miao Fuquan—, eso me recuerda aquel asunto por el que os llamé el otro día... Me confirman que es de fiar.

—¿Qué asunto?

—¡Sí, hombre, lo del fondo para el escape!

—¿Cómo puedes caer en un timo así, Lao Miao? —exclamó Yang, consternado—. No te hacía tan iluso...

—Qué va, qué va... —dijo Miao, bajando la voz y mirándolos a los ojos—. El muchacho se llama Shi Xiaoming, he comprobado sus credenciales por varias vías. El padre, Shi Qiang, fue jefe de la unidad antiterrorista municipal y ahora trabaja en el Departamento de Seguridad del Consejo de Defensa Planetaria. Al parecer, es una figura importante en la lucha contra la Organización Terrícola-trisolariana. Aquí tengo su teléfono, podéis comprobarlo vosotros mismos.

Zhang y Yang se limitaron a mirarse el uno al otro.

—Bueno, ¿y qué, si es verdad? —dijo Yang al fin, sonriendo mientras agarraba la botella para volver a llenarse el vaso—. Aunque realmente exista ese fondo, a mí me da lo mismo, porque no podré permitírmelo.

—Exacto. Esas cosas las hacen para vosotros, los ricos —apostilló Zhang con voz pastosa.

—¡Pues como realmente funcione así, los del gobierno son un hatajo de inútiles! —exclamó Yang, de pronto indignado—. Quienes deberían tener la oportunidad de escapar son nuestros descendientes, y de estos, los que valgan más, una élite selecta de la especie... ¿De qué coño sirve dársela a los que paguen más dinero? ¿Qué se consigue con eso?

—No hace falta que disimules, Lao Yang —gritó Miao, señalándolo con un dedo acusador—, puedes decirlo a las claras: ¡Lo que tú quieres es que los que se salven sean *tus* descendientes! Como tu hijo y tu nuera, doctores en ciencias, y, por tanto, miembros de la élite intelectual, de la cual en el futuro muy probablemente tus nietos y bisnietos también formen parte, ¿no? —Alzó el vaso en gesto congratulatorio—. Pero desde otro punto de vista, partiendo de la base de que ningún ser humano está por encima de otro (y que tenemos derecho a ser considerados iguales), ¿por qué motivo hay que regalarles nada a las élites?

—¿Regalarles?

—¡En esta vida no hay nada gratis! Todo tiene un precio que se paga con dinero; es lo lógico y natural. E igual de lógico y natural es que yo me gaste el mío asegurando un futuro a los Miao.

—¿Por qué comerciar también con eso? Los que se salven tendrán la responsabilidad de continuar con la civilización humana, así que es obvio que deberían constituir una élite seleccionada. Enviar a un puñado de ricachones al espacio... ¡Ja! ¿Qué se consigue con eso?

A Miao se le borró la sonrisa irónica que había exhibido hasta el momento.

—Llevo ya demasiado tiempo aguantando tus desprecios —dijo mientras apuntaba a Yang con un grueso dedo—. ¡No importa el dinero que pueda llegar a ganar, para ti siempre seré un paleto venido a más! ¿A que sí?

—¿Y qué pensabas, si no? —le espetó Yang, envalentonado por el alcohol.

Miao Fuquan dio un manotazo en la mesa y se levantó.

—Yang Jinwen, si crees que voy a aguantar de brazos cruzados tu mala baba...

Entonces fue Zhang el que dio un manotazo en la mesa, con

tanta fuerza que volcó los tres vasos e hizo gritar a la sichuanesa, que se acercaba con un plato en las manos.

—¡Muy bien! —Zhang señaló alternativamente a Yang y a Miao Fuquan—. Tú eres de lo más ilustre y escogido de la especie y estás podrido de dinero... ¿Y qué coño soy yo? ¡Un pobre trabajador! Da lo mismo que mi estirpe se trunque, ¿verdad?

Resistiendo el impulso de tumbar la mesa, dio media vuelta y se marchó. Yang fue tras él.

El segundo desvallador estaba depositando, con el mayor cuidado, un pez dorado en su pecera. Al igual que Evans, disfrutaba de la soledad tanto como necesitaba la compañía de seres distintos a los humanos. A menudo hablaba con sus peces como si fueran trisolarianos: dos formas de vida a las que deseaba una plácida y prolongada estancia en el planeta Tierra. Justo entonces apareció un texto ante sus ojos.

He estado leyendo *El Romance de los Tres Reinos*, y es tal y como me dijiste: el engaño y la mentira son todo un arte, como los dibujos de la piel de una serpiente.

—Mi Señor, de nuevo menciona a la serpiente.

Cuanto más hermosos son los dibujos de su piel, más imponente resulta su aspecto. Antes nos daba igual que la humanidad escapase, siempre y cuando se mantuviera alejada del Sistema Solar. Ahora queremos impedir su huida. Es extremadamente peligroso permitir que un enemigo cuyos pensamientos son del todo opacos se pierda en el cosmos.

—¿Tienen pensado algún plan específico?

La flota ha modificado su estrategia. Cuando alcancen el cinturón de Kuiper, las naves se desplegarán para rodear el Sistema Solar.

—Pero si la humanidad decide realmente escapar, cuando llegue la flota ya será demasiado tarde.

En efecto. Por eso necesitamos vuestra ayuda. La próxima misión de la Organización es frustrar o retrasar los planes de fuga de la humanidad.

El desvallador esbozó una sonrisa.

—Mi Señor, en realidad no hay razón para preocuparse. Nunca se producirá una huida a gran escala de la humanidad.

Incluso con el reducido margen para el desarrollo tecnológico que existe actualmente, la humanidad podría llegar a construir naves generacionales.

—El mayor obstáculo no es la tecnología.

¿Lo son las disputas entre países? Es muy posible que, en la próxima Sesión Especial de la Asamblea General de las Naciones Unidas, resuelvan el problema. Incluso si no lo consiguen, los países desarrollados pueden permitirse ignorar la oposición de los países en vías de desarrollo y forzar la aprobación de un plan.

—El mayor obstáculo por superar tampoco son las disputas entre países.

¿Cuál es, entonces?

—Las disputas entre personas. Dirimir quién se va y quién se queda.

A nosotros no nos parece que eso sea un problema.

—Lo mismo pensábamos nosotros al principio, pero al final se ha convertido en un escollo insuperable.

¿Podrías explicar el motivo?

—Aun habiéndose familiarizado con la historia de los humanos, es posible que le cueste entender lo siguiente: decidir quién se va y quién se queda requiere usar valores humanos fundamentales, valores que en el pasado sirvieron para fomentar el progreso de las sociedades humanas pero que ahora, enfrentados a un desastre inminente, forman una trampa. De momento, casi toda la humanidad sigue ignorando lo profunda que es esa trampa, pero créame, mi Señor: no hay humano que pueda escapar de ella.

—Usted tranquilo, no tiene por qué decidirse ahora mismo —le decía Shi Xiaoming, quien con una sonrisa en el rostro era la viva imagen de la honestidad, a Zhang Yuanchao—. A mí ya no me queda nada más que decirle. Ya me lo ha preguntado todo, pero entiendo que se trata de una suma considerable.

—No, si no es eso, es... Hay quien duda de que el plan exista de verdad. En la tele han dicho...

—No haga caso de lo que digan en la tele. Hace dos semanas, el portavoz del gobierno negó que fueran a congelarse las cuentas de nadie y mire ahora... Piénselo con un poco de lógica: si usted, que es una persona normal y corriente, ya está preocupado por la continuidad de su estirpe, imagínese cómo se sentirán el presidente y el premier. ¡No le quepa la menor duda de que están haciendo lo posible para asegurar la supervivencia del pueblo chino! Y Naciones Unidas lo mismo, pero por la raza humana en su conjunto. Esta Sesión Especial de la Asamblea General de las Naciones Unidas se celebrará cuando se haya trazado el plan de cooperación internacional que inaugure oficialmente el Plan de Escape de la Humanidad. Se trata de un asunto de la mayor urgencia.

—Visto así, no te falta razón... —Zhang asintió—. Pero de todos modos, sigue pareciéndome que aún falta mucho para todo este asunto de la huida... ¿De verdad debe preocuparme?

—Señor Zhang, en eso está usted muy equivocado, ¡no sabe hasta qué punto! ¿Que todavía falta mucho, dice? ¡Pues falta menos de lo que se cree! ¿O acaso piensa que las naves no despegarán hasta dentro de trescientos o cuatrocientos años? De ser así, la flota trisolariana les alcanzaría sin problemas.

—¿Y cuándo zarparán, entonces?

—Antes me ha dicho que muy pronto será usted abuelo, ¿verdad?

—Sí.

—Pues su nieto las verá despegar.

—¿Mi nieto viajará a bordo de una de esas naves?

—No, eso es imposible. Pero el nieto de él, sí.

—Entonces estamos hablando de... —Zhang hizo una pausa para calcular, y luego añadió—: Unos setenta u ochenta años.

—Algo más. Estando como estamos en tiempos de guerra, muy probablemente el gobierno revisará las políticas de natalidad para, además de restringir el número de hijos por familia, retrasar la edad a la que se tienen, de modo que la distancia entre generaciones será de unos cuarenta años. Las naves despegarán dentro de unos ciento veinte años.

—Sigue siendo pronto. ¿Estarán listas a tiempo?

—Pues claro. Piense, si no, en cómo eran las cosas hace ciento veinte años: todavía gobernaba la dinastía Qing y se tardaba más de un mes en ir de Pekín a Hangzhou; para llegar a su residencia estival, el emperador tenía que pasar días enteros encerrado en su palanquín y soportando el traqueteo. En cambio, hoy en día, se tarda tres días en viajar de la Tierra a la Luna. La gran velocidad a la que avanza la tecnología hace que el ritmo de nuestro desarrollo se acelere constantemente. Si a eso le añadimos que ahora el mundo entero está destinando la mayor parte de sus recursos al desarrollo de la tecnología aeroespacial, qué duda cabe de que dentro de ciento veinte años las naves estarán terminadas.

—Pero ¿no son muy peligrosos los viajes espaciales?

—No seré yo quien lo niegue, ¡pero para entonces quedarse en la Tierra también lo será! Mire cómo está cambiando todo. La economía del país está centrada en construir una flota espacial, que no es un producto comercial y, por tanto, no reportará ni un céntimo de beneficio. La vida de la gente empeorará. Ahora añádale el enorme número de habitantes de nuestro país; muy pronto el mero hecho de tener comida suficiente será un problema. Y luego mire la situación a nivel internacional: los países ricos se niegan a socializar su tecnología, mientras los más pobres, que carecen de medios para escapar, no se rinden... ¿Ha visto cómo amenazan con retirarse del Tratado de No Proliferación? Y en el futuro aún podrían recurrir a medidas más drásticas. ¡Quién sabe, igual dentro de ciento veinte años, mucho antes de que llegue la flota extraterrestre, el mundo entero esté en guerra! Nadie puede predecir qué clase de vida tendrá la generación de sus bisnietos. Además, las naves del escape no serán como usted se imagina, nada que ver con la *Shenzhou* ni con la Estación Espacial Internacional. Serán enormes, del tamaño de una pequeña ciudad, y contarán con ecosistema propio, como si fueran una Tierra en miniatura. La humanidad podrá vivir en ellas de forma indefinida, sin necesidad de recurrir al abastecimiento externo. Ah, y lo que es más importante: contarán con sistema de hibernación. Esto es algo que ya somos capaces de hacer. Los pasajeros pasarán la mayor parte de su tiempo a bordo y en estado de hibernación, donde un siglo puede resultar tan breve como un día, hasta que realmente se alcance un nuevo mundo o se llegue a un acuerdo con los trisolarianos que nos permita volver al Sistema Solar; solo entonces despertarán. ¿No le parece una vida mucho más placentera que la que tendrían si se quedaran a sufrir en la Tierra?

Zhang Yuanchao reflexionó en silencio.

—Para serle del todo sincero —añadió Shi Xiaoming—, los viajes espaciales son peligrosos, claro. Nadie puede predecir qué clase de amenazas nos aguardan ahí fuera. Soy consciente de que usted hace todo esto con el objetivo de asegurar la continuidad de su apellido, pero tampoco debe preocuparle tanto...

Zhang lo miró como si acabara de pincharlo.

—¿Por qué los jóvenes siempre decís ese tipo de cosas? ¡Cómo no voy a preocuparme!

—No, no, déjeme terminar, por favor. Lo que quería decir es que incluso si no se planteara enviar a sus descendientes al espacio a bordo de naves, seguiría valiendo la pena, se lo garantizo. En cuanto esté disponible para el público general, su precio subirá. ¡No sabe usted la cantidad de ricos que hay por ahí! Cada vez hay menos áreas en las que invertir, y la acumulación de bienes se ha ilegalizado. Encima, cuanto más dinero uno tiene, más piensa en preservar el legado familiar..., así que imagínese lo popular que será este producto...

—Sí, es verdad.

—Créame, señor Zhang. Este fondo para el escape aún se encuentra en fase preliminar, y somos muy pocos los comerciales autorizados a venderlo. En realidad, ¡no sabe usted cuánto me costó que me incluyesen! En fin, si se decide, llámeme y le ayudaré con los papeles.

Una vez Shi Xiaoming se hubo marchado, Zhang salió al balcón a mirar el cielo, algo difuminado sobre el halo de resplandor de la ciudad.

«Pobrecitos míos... —pensó—. ¿Realmente el abuelo nos mandará allá, donde reina la noche eterna?»

La siguiente vez que el rey Wen de los Zhou pisó el desolado mundo de *Tres Cuerpos* estaba apareciendo un sol minúsculo. Aunque el calor que transmitía era más bien escaso, su luz logró alumbrar aquel desierto. No se veía ni un alma en los alrededores.

—¿Hay alguien ahí? —gritó el rey Wen—. ¿Hay alguien?

Los ojos se le iluminaron cuando vio que un jinete se aproximaba al galope desde el horizonte. Al advertir, a pesar de la distancia, que se trataba de Newton, echó a correr hacia él gritando y agitando los brazos frenéticamente. Newton lo alcanzó enseguida y detuvo el caballo.

—¿Por qué gritas tanto? —le preguntó mientras descabalgaba y se enderezaba la peluca—. Y ¿puede saberse quién ha vuelto a abrir este condenado sitio? —Señaló a su alrededor.

—¡Camarada, escúchame! —imploró, ansioso, el rey Wen, cogiéndolo de las manos—. ¡Nuestro Señor no nos ha abandonado! Bueno, sí, lo había hecho, pero con motivos, y ahora va a necesitarnos; va a...

—Todo eso ya lo sé —lo interrumpió Newton, zafándose de él con impaciencia—. Los sofones también han contactado conmigo.

—Entonces nuestro Señor ha contactado con varios de nosotros a la vez... ¡Fantástico! ¡Así jamás ningún miembro de la Organización volverá a monopolizar las comunicaciones!

—Pero ¿es que sigue existiendo la Organización? —preguntó Newton, secándose el sudor de la frente con un pañuelo.

—Claro que sí, solo que, después del ataque global, la facción de los redencionistas quedó desintegrada y los supervivencialistas se escindieron para formar una fuerza independiente. Ahora solo quedamos los adventistas.

—Entonces, el ataque consiguió purificar la Organización... Eso es bueno.

—Sé que el hecho de que estés aquí significa que eres adventista, pero te veo poco informado. ¿Es que vas por libre?

—He contactado con un único camarada y se limitó a darme esta página web sin contarme nada más. Es un milagro que consiguiese escapar con vida del ataque global...

—Tus dotes de escapista quedaron de sobra demostradas en la era de Qin Shi Huang...

Newton miró alrededor.

—¿Esto es seguro?

—Del todo. Estamos en la parte más profunda de un laberinto de varios niveles; es casi imposible descubrirlo. Y en el supuesto de que alguien consiguiera entrar, de todos modos sería incapaz de determinar la ubicación de los usuarios. Después del ataque, y por cuestiones de seguridad, cada rama de la Organización actúa de forma independiente y mantiene el mínimo contacto posible con las demás, así que necesitamos un nuevo lugar de reunión que haga de zona intermedia para los miembros nuevos. Esto es infinitamente más seguro que el mundo real.

—¿Te has fijado en que el número de ataques a la Organización en el mundo real ha disminuido?

—Son muy astutos —contestó el rey Wen—. Saben que la Organización es su única fuente de inteligencia sobre nuestro Señor y también su única oportunidad, por remota que sea, de hacerse con la tecnología que Él nos proporcione; por eso permiten que continúe existiendo a cierta escala. Pero yo creo que se arrepentirán.

—Nuestro Señor no es ni la mitad de astuto. Dudo de que comprenda siquiera el concepto de astucia...

—Por eso nos necesita, lo cual hace que la existencia de la Organización sea valiosa. Hay que informar a todos nuestros camaradas lo antes posible.

—Está bien —dijo Newton, dándole la espalda mientras volvía a montar en su caballo—, ahora tengo que irme. No puedo quedarme más tiempo hasta que confirme que este sitio es realmente seguro.

—Te garantizo que lo es.

—Si eso es verdad, la próxima vez vendré con más camaradas. Adiós.

Acto seguido, espoleó a su montura y se perdió en la distancia. Para cuando el eco de su trote se hubo disipado, el minúsculo sol se había transformado en estrella fugaz y un manto de oscuridad cubría el mundo.

Luo Ji yacía en la cama observando, con ojos todavía medio adormilados, cómo ella se vestía después de ducharse. A esa hora de la mañana el sol había alcanzado cierta altura e iluminaba por completo las cortinas, provocando que a contraluz la figura de la joven pareciera una silueta de papel pegada a la ventana. La escena era idéntica a la de una película en blanco y negro que había visto hacía tiempo, y de cuyo título no se acordaba.

Lo que sí debía recordar lo antes posible era el nombre de ella. ¿Cómo era? Calma. Primero, el apellido: Si era Zhang, entonces se llamaba Zhang Shan. Si era Chen, se trataba de Chen Jingjing. No, no..., esos nombres pertenecían a otras mujeres. Se le ocurrió mirar en la lista de contactos del móvil, pero estaba en el bolsillo del pantalón, tirado en el suelo sobre la alfombra, junto al resto de su ropa. Además, la conocía desde hacía demasiado poco como para tener su número de teléfono. En cualquier caso, era muy importante no preguntar directamente, como aquella vez en que se había visto en la misma situación y las consecuencias habían sido desastrosas. Así pues, dirigió la mirada hacia el televisor, que ella estaba viendo sin sonido. En la pantalla aparecieron los miembros del Consejo de Seguridad de las Naciones Unidas, reunidos en torno a una gran mesa redonda. En realidad, ya no se llamaba Consejo de Seguridad, sino que tenía otro nombre, pero él no recordaba cuál. Últimamente andaba muy desconectado de todo.

—Ponle voz —le dijo a la chica. La ausencia de apelativos cariñosos hizo que sus palabras sonaran un tanto bruscas, pero eso ya no importaba.

—¿Te interesa? —preguntó ella, sin dejar de peinarse.

Luo Ji tendió el brazo hasta la mesilla de noche para coger el mechero y un cigarrillo, que luego encendió. Mientras lo hacía estiró las piernas desnudas por debajo de la toalla con que se cubría la cintura y, con gran satisfacción, se puso a mover los dedos de los pies.

—Mírate qué pinta —le dijo ella, observando el reflejo de sus pies en el espejo—. Luego tendrás el valor de hacerte llamar académico.

—Académico novel —precisó él—, y muy poco laureado. Pero eso es porque no me esfuerzo, ya que talento no me falta. A veces, en un momento inspirado, soy capaz de resolver lo que a otros les cuesta toda una vida. No te lo creerás, pero estuve a punto de hacerme famoso.

—¿Por la historia aquella de la subcultura?

—No. Por otro tema en el que trabajaba al mismo tiempo. Yo fui el que estableció la sociología cósmica.

—¿La qué?

—La sociología de los extraterrestres.

Ella hizo una mueca de desprecio mientras dejaba el peine a un lado y comenzaba a maquillarse.

—¿No te has dado cuenta de que últimamente los académicos también pueden convertirse en celebridades? —insistió él—. Aquí donde me ves, me faltó poco para ser toda una estrella.

—Bah, hoy en día hay muchísimos científicos que se dedican a investigar a los alienígenas.

—Eso ha sido a raíz de toda esta movida —replicó Luo Ji, señalando la pantalla del televisor, que aún mostraba el mismo grupo de personas reunidas en torno a una mesa redonda. Aquello estaba durando tanto que parecía una emisión en directo—. Antes, en las universidades, nadie se dedicaba al estudio de los extraterrestres; la gente se pasaba el día revolviendo montañas de viejos papeles, y era así como se hacían famosos. Más tarde el público se cansó de tanta necrofilia cultural, y entonces fue cuando llegué yo. —Levantó los brazos y los estiró en dirección al techo—. Que si sociología cósmica, que si extraterrestres... ¡Pero montones de razas extraterrestres distintas, más que habitantes tiene la Tierra, decenas de miles de millones! El productor de *Sala de conferencias*, aquel programa cultural tan famoso, llegó a proponerme grabar varios capítulos, pero luego pasó lo que pasó y...

Se detuvo mientras trazaba un círculo en el aire con el dedo índice levantado, y luego exhaló un profundo suspiro. Ella no le hacía caso. Estaba pendiente de los subtítulos que aparecían en la pantalla:

—«No descartamos ninguna opción con respecto al Escapismo.» ¿Qué quieren decir con eso?

—¿De quién es la frase?

—Al parecer, de Karnoff.

—Significa que el Escapismo debe ser tan duramente perseguido y castigado como la pertenencia a la Organización Terrícola-trisolariana; que al primero que se le ocurra construir un arca de Noé le mandarán un misil guiado.

—Qué bruto...

—¡Al contrario! —respondió él con súbita contundencia y subiendo la voz—. Es la estrategia más inteligente, llevo tiempo diciéndolo. Pero, bueno, aunque no se persiguiera el Escapismo, igualmente al final nadie conseguiría marcharse. ¿Has leído un libro de Liang Xiaosheng titulado *Ciudad flotante*?

—No. Es bastante antiguo, ¿verdad?

—Sí, lo leí de pequeño. Shanghai se está hundiendo en el océano y hay un grupo de personas que va de casa en casa requisando los salvavidas y destruyéndolos con el único propósito de asegurarse de que si no se pueden salvar todos, no se salve nadie. Recuerdo en particular una niña que conduce al grupo hasta la puerta de una casa y empieza a gritar: «¡Todavía tienen uno! ¡Todavía tienen uno!»

—Típico de ti, ir a fijarte en lo más sórdido y oscuro de la sociedad.

—De eso, nada —replicó Luo Ji—. Piensa, por ejemplo, en el axioma fundamental sobre el que se basa la economía: el instinto mercenario de todo ser humano. Sin él, el campo entero se desmoronaría. Y no sé si el axioma fundamental de la sociología es incluso más siniestro. Ah, la verdad siempre acumula polvo... ¿Que al final terminará escapando un número muy reducido de personas? Pues muy bien, pero de haber sabido que todo iba a terminar así, no sé para qué nos molestamos en primer lugar...

—¿Molestarnos en qué?

—¿Qué sentido tuvo el Renacimiento? ¿Para qué la Carta Magna? ¿Y la Revolución francesa? Si la humanidad hubiera permanecido dividida en clases y gobernada con mano de hierro, llegado el momento los que tuvieran que irse se irían y los que tuvieran que quedarse se quedarían. Imagina que esto nos estuviera pasando en la dinastía Ming, o en la Qing: yo me iría, tú te quedarías y ya está. Eso ahora es imposible...

—Pues a mí ahora mismo no me importaría demasiado que salieras de aquí volando... —dijo ella.

Era cierto. Los dos habían llegado a un punto en el que preferían seguir su camino sin el otro. Luo había conseguido que todas y cada una de sus conquistas anteriores alcanzaran ese estadio exactamente cuando él quería, ni antes ni después. En este caso, se enorgullecía de su manejo de los tiempos, porque solo una semana después de conocerse, la ruptura se estaba produciendo de forma tan suave y elegante como cuando un cohete se desprende de su vehículo lanzador.

Luo Ji trató de recuperar el hilo de la conversación:

—Ah, pero establecer la sociología cósmica no fue idea mía, ¿eh? —dijo—. ¿Sabes a quién se le ocurrió? Eres la única a la que se lo contaré, pero prométeme que no te asustarás.

—No te molestes. Yo ya no me creo nada de lo que dices. Bueno, salvo una cosa.

—Ah. Pues entonces nada, déjalo. ¿Qué cosa?

—Levántate, anda, que tengo hambre —dijo ella, recogiendo su ropa de la alfombra y arrojándola sobre la cama.

Desayunaron en el restaurante principal del hotel. Casi todos los presentes hablaban con gesto grave, y de vez en cuando oían fragmentos de sus conversaciones. Luo Ji no tenía intención de escuchar, pero le ocurría lo mismo que a la llama de una vela en plena noche de verano, que atraía las palabras como si fueran mosquitos; estas revoloteaban a su alrededor y se le metían en el cerebro: Escapismo, socialización de la tecnología, Organización Terrícola-trisolariana, paso a una economía de guerra, base ecuatorial, enmienda de la Carta Magna, Consejo de Defensa Planetaria, aviso primario de proximidad a la Tierra y perímetro defensivo, modo integrado independiente...

—Menudo muermazo de época nos ha tocado vivir, ¿no te parece? —observó Luo con amargura mientras cortaba su huevo frito. Ella asintió.

—Totalmente de acuerdo. Ayer vi un concurso en la tele que

no podía ser más patético. «Mano sobre el pulsador» —dijo, imitando la típica voz de los presentadores de concursos y señalando a Luo Ji con el tenedor—. «Ciento veinte años antes del Apocalipsis, estará viva su decimotercera generación de descendientes. ¿Verdadero o falso?»

Luo Ji cogió el tenedor negando con la cabeza.

—No será ninguna generación de descendientes míos —sentenció. A continuación, juntando las manos como si estuviera rezando, añadió—: Mi ilustre linaje familiar terminará conmigo.

A ella se le escapó una risita displicente.

—¿Antes no querías saber qué es lo único que me creo de ti? Pues es eso. No es la primera vez que lo dices, y encima encaja con la clase de persona que eres.

¿Y por eso iba a romper con él? Luo Ji no se atrevía a preguntárselo por miedo a complicar el asunto. Sin embargo, justo entonces, como si le hubiera leído el pensamiento, ella añadió:

—Y yo también pienso así, ¿eh? Lo que pasa es que da rabia reconocer cosas de uno en los demás.

—Sobre todo si son del sexo opuesto —apostilló él.

—Pero es que, puestos a buscar un motivo, se trata de una decisión totalmente responsable.

—¿La de no tener hijos? Por supuesto —repuso Luo Ji. Luego, señalando con el tenedor a toda aquella gente a su alrededor que discutía la transformación económica, dijo—: ¿Sabes qué clase de vida llevarán sus descendientes? Trabajando de sol a sol en los astilleros espaciales, haciendo cola en la cantina con el estómago rugiéndoles por el mismo cucharón de rancho de todos los días... y todo para que, en cuanto tengan edad, el Tío Sam... bueno, no, la Tierra los reclute, ¡y a cubrirse de gloria en el ejército!

—La generación del Apocalipsis lo tendrá mejor.

—¿Te refieres a quienes el Día del Juicio Final los pillará jubilados y ociosos? Qué mezquino es todo... Está por ver si esa última generación de abuelos tendrá de qué comer, pero, en fin, tampoco creo que llegue a darse ese escenario. Mira lo tozuda que está siendo la gente en todo el planeta, verás cómo se empeñan en resistir hasta el final... en cuyo caso, el único misterio será presenciar cómo terminarán sucumbiendo.

Después de desayunar abandonaron el hotel y salieron al

abrazo del sol. La fresca brisa matinal transportaba un aroma suave y embriagador.

—Tengo que aprender de una vez por todas a desenvolverme en la vida. Como no lo consiga, será una lástima —dijo él mientras observaba el tráfico.

—Ni tú ni yo aprenderemos nada a estas alturas —contestó ella, también con la vista fija en los coches, tratando de localizar un taxi.

—Entonces... —Luo Ji la miró con expresión inquisitiva. Ya no tendría que recordar su nombre.

—Adiós —zanjó ella, asintiendo en su dirección.

Luego se dieron la mano. También compartieron un escueto beso.

—Quizá volvamos a encontrarnos —dijo él, arrepintiéndose al instante. Con lo bien que marchaba todo hasta aquel momento, ¿qué necesidad tenía de abrir la boca? Sin embargo, enseguida comprobó que no había razón para preocuparse.

—Lo dudo —replicó ella, girando tan rápidamente sobre sus talones que hizo volar el bolso que llevaba al hombro.

En el futuro Luo Ji recordaría una y otra vez aquel gesto tratando de dilucidar si había sido intencionado. Ella tenía una forma muy particular de colgarse al hombro aquel Louis Vuitton, que había visto salir volando del mismo modo en incontables ocasiones, pero esta vez iba a estamparse en su cara. Al dar un paso atrás para esquivarlo, tropezó con una boca de incendios y terminó en el suelo de espaldas.

Aquella caída le salvó la vida.

Justo en ese instante, al otro lado de la carretera, dos vehículos colisionaban de frente. Antes de que el sonido remitiera, el conductor de un Volkswagen Polo que venía detrás dio un volantazo para evitar el impacto y se dirigió a toda velocidad hacia donde estaban ellos. Luo Ji fue muy afortunado de caer al suelo; lo único que le ocurrió fue que el parachoques frontal del Polo pasó rozándole el pie, que aún mantenía en alto, haciéndolo girar noventa grados hasta quedar de cara a la parte trasera del coche. No oyó el siguiente impacto, pero sí vio cómo el cuerpo de ella volaba por encima del vehículo y se estampaba sobre el asfalto como si fuera una muñeca de trapo. La forma que el reguero de sangre dejó sobre el pavimento parecía querer decir algo.

Fue al observar aquel símbolo sanguinolento cuando al fin Luo Ji recordó su nombre.

La nuera de Zhang Yuanchao estaba en el hospital a punto de dar a luz. Se la habían llevado a la sala de partos y el resto de la familia aguardaba ansiosamente en una habitación contigua, donde un monitor pasaba un vídeo explicativo sobre los cuidados de la madre y del recién nacido. A Zhang todo aquello le transmitía una ternura y un calor humano inesperados, esa plácida sensación de seguridad típica de la edad dorada que acababa de terminar, y que la actual crisis hacía menguar día a día.

De pronto entró Yang Jinwen. Lo primero que pensó Zhang fue que su vecino estaba aprovechando las circunstancias para enmendar su deteriorada relación. Sin embargo, al ver la expresión de su rostro comprendió que no era el caso. Sin ni siquiera saludarlo, Yang lo sacó de allí y se lo llevó al pasillo.

—¿Al final pusiste dinero en el fondo para el escape? —preguntó.

Obviando la pregunta, Zhang apartó la mirada con un gesto de fastidio que parecía significar: «¿Y eso a ti qué te importa?»

—Mira esto. Es de hoy —dijo entonces su vecino, entregándole el periódico que llevaba en la mano.

El titular del artículo de la portada, a toda página, bastó para ensombrecer la mirada de Zhang:

> Aprobada resolución 117 de la ONU que declara ilegal el Escapismo

El principio del artículo decía:

> Reunida en sesión especial, la Asamblea General de las Naciones Unidas ha aprobado por abrumadora mayoría una resolución que designa al Escapismo como una violación de la ley internacional. Dicha resolución condena en términos categóricos la división creada en la sociedad humana por el Escapismo, al que califica de crimen contra la humanidad que debe ser perseguido por la ley internacional. También insta

a los estados miembros a promulgar lo antes posible una legislación que lo prohíba.

En declaraciones a la prensa, el delegado chino ha reiterado la posición de nuestro país respecto al Escapismo y ha afirmado que el gobierno apoya totalmente la resolución tomada. Asimismo, ha transmitido su compromiso de tomar medidas inmediatas para modificar la legislación vigente o sancionar nuevas leyes que pongan fin a dicho fenómeno. Sus últimas palabras han sido: «En este tiempo de crisis, debemos valorar más que nunca la unidad y la solidaridad, y respetar el principio reconocido internacionalmente según el cual todo ser humano tiene el mismo derecho a sobrevivir. La Tierra es el hogar que compartimos y no debemos abandonarlo.»

—Pero... ¿por qué lo hacen? —preguntó Zhang, perplejo.

—¿Acaso no es obvio? —repuso su vecino—. Solo con pensarlo un poquito ya se veía que la huida por el cosmos estaba condenada al fracaso: era imposible decidir quién se iba y quién se quedaba. Implicaba cometer no ya un acto de discriminación al uso, sino de negación de un derecho tan fundamental como es el de la supervivencia. Da igual que hubieran elegido a las élites intelectuales, a los ricos o a la gente sencilla; siempre y cuando se dejara gente atrás, se habría estado quebrantando cualquier valor ético. Los derechos humanos están muy arraigados, y la falta de igualdad en el derecho a la supervivencia es la peor desigualdad que existe. ¡Ni la gente ni los países que pretendieran dejar atrás se habrían quedado de brazos cruzados a esperar la muerte mientras los demás se largaban! ¡Habría habido enfrentamientos cada vez más graves entre los dos bandos hasta llegar al caos mundial, y entonces ya sí que nadie se habría podido ir! Adoptar esta resolución ha sido lo más sensato. Pero dime, Lao Zhang, ¿cuánto dinero pusiste?

Zhang se sacó el móvil del bolsillo y marcó el número de Shi Xiaoming, pero no estaba disponible. Sintiendo que las piernas le fallaban, apoyó la espalda contra la pared y fue descendiendo hasta quedar sentado en el suelo. Había invertido cuatrocientos mil yuanes.

—¡Llamemos a la policía! El tal Shi no sabe que, por suerte,

Lao Miao averiguó dónde trabaja su padre. ¡El muy timador no escapará!

Todavía en el suelo, Zhang negaba una y otra vez con la cabeza.

—Sí, claro, podremos dar con él —se lamentaba—, pero con el dinero... ¿Qué le digo yo ahora a mi familia?

De pronto se oyó el llanto de un bebé seguido del grito de una enfermera:

—¡Número diecinueve! Ha sido niño.

Zhang regresó deprisa a la sala de espera para conocer a su nieto. En un instante, todo lo demás se había vuelto insignificante.

Durante los treinta minutos que pasó esperando habían nacido diez mil bebés; no existía coro en el mundo capaz de superar la formidable potencia de sus llantos combinados. Nacían demasiado tarde para conocer la época de bonanza, esa auténtica edad dorada que había comenzado en la década de 1980 para trucarse con la crisis. Tenían por delante los años más duros que la humanidad conocería.

Luo Ji solo sabía que lo habían encerrado en un pequeño cuarto subterráneo, y a gran profundidad, pues al bajar en el ascensor (de esos antiguos accionados con palanca manual), el mecanismo iba confirmando sus sensaciones, contando hasta menos diez. ¡Diez pisos bajo tierra! Volvió a estudiar la habitación: un camastro, cuatro modestos enseres y un viejo escritorio de madera. Aquello parecía más la garita de un centinela que un calabozo. Era evidente que nadie la había ocupado en mucho tiempo, porque a pesar de que las sábanas parecían limpias, el resto de objetos estaban cubiertos por una gruesa capa de polvo y olía a moho.

La puerta se abrió y entró un hombre corpulento, de mediana edad y aspecto cansado, que saludó con la cabeza a Luo Ji.

—Vengo a hacerte compañía —dijo—. Aunque..., bueno, como acabas de llegar, tampoco habrás tenido tiempo de aburrirte.

«Llegar.» La palabra chirrió a oídos de Luo Ji, pues sin duda a él lo acababan de «traer». El corazón le dio un vuelco. Aquello parecía confirmar sus sospechas: pese a la amabilidad de quienes lo habían llevado allí, se trataba de un arresto.

—¿Es usted policía?

El hombre asintió.

—Antes, sí. Me llamo Shi Qiang.

Se sentó en el camastro y extrajo del bolsillo un paquete de cigarrillos. Luo Ji pensó que, en aquella habitación sellada, el humo no iba a tener por dónde salir, pero no se atrevió a protestar. Shi Qiang miró alrededor, como si le hubiera leído el pensamiento, y dijo:

—Debería haber ventilación.

Tiró de un cordón que había al lado de la puerta y empezó a oírse el ruido de un ventilador. Ya no se veían interruptores de cordón tan antiguos. Luo también se había fijado en el teléfono de disco que acumulaba polvo en un rincón. El oficial le ofreció un cigarrillo que él, tras un instante de indecisión, terminó aceptando.

Cuando tuvieron encendidos sus respectivos pitillos, Shi Qiang añadió:

—Todavía es pronto. Charlemos un rato, ¿de acuerdo?

—Pregúnteme lo que quiera —respondió Luo Ji, con la cabeza agachada tras exhalar una nube de humo.

—¿Preguntar? ¿El qué? —replicó Shi con expresión de sorpresa.

Luo Ji se incorporó de un salto y arrojó el cigarrillo al suelo.

—¿Cómo pueden sospechar de mí? —exclamó—. ¿Acaso no ven que fue un accidente de tráfico? Dos coches chocaron y a ella se la llevó por delante un tercero que trataba de esquivarlos. ¡No puede estar más claro! —Extendió los brazos con gesto de frustración.

Shi Qiang levantó la cabeza y lo escrutó en silencio con ojos repentinamente despiertos. Era como si detrás de su habitual mirada jocosa se escondiera una malicia veterana, astuta. Aquello sobresaltó a Luo Ji.

—Todo eso lo dices tú, yo no. Mis superiores no me autorizan a contarte nada de lo que sé, que tampoco es mucho. ¡Y yo que pensaba que no íbamos a tener de qué hablar! Siéntate, ven.

Luo Ji permaneció de pie. Acercó su rostro al de Shi Qiang y dijo:

—Apenas hacía una semana que nos conocimos, en un bar cerca de la universidad. Cuando ocurrió el accidente yo no me acordaba ni de su nombre... así que dígame, ¿qué podía haber entre nosotros dos para que sus pensamientos vayan en esa dirección?

—¿No te acordabas ni de su nombre? ¡Con razón te dio igual que la palmara! Igualito que otro genio que conozco, je, je... ¡Menuda vidorra, doctor Luo! Una mujer nueva cada cinco minutos. ¡Y qué mujeres!

—¿Acaso eso es un crimen?

—No, no, qué va; yo lo que tengo es envidia. Verás, en mi trabajo siempre sigo una norma, que es la de ahorrarme juicios morales. Los tipos con los que me toca tratar son de lo peorcito. Si tuviera que ir detrás de ellos regañándolos: «¡Mira lo que has hecho ahora! ¿No te da vergüenza? ¡Piensa en tus padres, en la sociedad!», no acabaría nunca; para eso mejor me liaba a darles bofetadas.

—Prefiero que volvamos a hablar de ella, oficial Shi. ¿De verdad cree que la maté?

—Pero mírate: primero tú solito sacas el tema, ahora incluso sugieres que podrías haberla matado... Tú y yo estábamos charlando tan tranquilamente, ¿qué prisa tenías de soltar todo eso? ¡Joder, cómo se nota que eres nuevo!

Luo Ji lo miró un buen rato en silencio; tan solo se oía el zumbido del ventilador. Luego se echó a reír y le ofreció un cigarrillo.

—Luo, colega —dijo Shi Qiang, aceptándolo—. El destino ha hecho que nuestros caminos se cruzaran. ¿Sabes?, dieciséis de mis casos terminaron en condena a muerte. Yo mismo escolté al cadalso a nueve acusados.

—Usted a mí no me escoltará, se lo aseguro. Si es tan amable, ¿podrían, por favor, avisar a mi abogado?

—¡Así me gusta! —exclamó Shi con gran entusiasmo, palmoteándole la espalda—. Saber cuándo delegar es una cualidad que admiro. —Acto seguido lo cogió del hombro, se le acercó al oído y, expulsando una bocanada de humo, susurró—: Aquí donde me ves, llevo mucha mili hecha y nada me sorprende. Pero es que lo tuyo, colega... Que conste que yo he venido a ayudar, ¿eh? —Luego recuperó su tono jovial—. Es como aquel chiste:

camino de su ejecución, el reo se queja al guarda que lo acompaña de que empieza a llover, y el verdugo le dice: «¡No te quejes, que nosotros tenemos que hacer el viaje de vuelta!» Tú y yo deberíamos adoptar esa misma actitud ante lo que pueda venir. En fin, todavía falta mucho para irnos, ¿por qué no aprovechamos para echar una cabezadita?

—¿Irnos? —preguntó Luo Ji, volviendo a clavar la mirada en Shi Qiang.

En ese momento llamaron a la puerta y entró un hombre joven con una maleta, que dejó en el suelo.

—Capitán Shi, lo han adelantado. Tenemos que marcharnos ya.

En el hospital, Zhang Beihai abrió con suavidad la puerta de la habitación de su padre, y lo halló con mejor aspecto del que esperaba: estaba medio incorporado en la cama y con la espalda apoyada contra una almohada. La luz dorada del atardecer se colaba por la ventana y devolvía el color a su rostro; ya no parecía tanto un hombre con un pie en la tumba. Colgó la boina militar en el perchero de la puerta y se sentó al lado de la cama, muy cerca de su padre. No le preguntó por la evolución de la enfermedad, pues sabía que, como buen militar veterano que era, iba a darle una respuesta franca y directa, y él no estaba preparado para eso.

—Padre, me he alistado en la fuerza espacial.

El anciano asintió sin decir nada. En su caso, un silencio resultaba mucho más elocuente que cualquier palabra. Siempre había educado a su hijo con lo que callaba, más que con lo que decía; no puntuaba las palabras con silencios, sino al contrario. Y era aquel severo mutismo de su padre el que había convertido a Zhang Beihai en la persona que hoy era.

—Va a ser como usted pensó —dijo el hijo—. La fuerza estará formada en la mayoría por oficiales de la marina. Creen que una guerra en el espacio se parecerá más, tanto en la práctica como en la teoría, a la que se libra en el mar.

—Bien. —El padre asintió.

—¿Qué hago?

«Por fin suelto la pregunta, padre. La misma por la que he

pasado la noche en vilo, reuniendo el valor necesario para formulársela. Antes, cuando lo he visto, he vuelto a dudar, porque sé que es lo más decepcionante que podía decirle. Todavía recuerdo que cuando terminé mi posgrado e iba a unirme a la flota como teniente cadete, usted me dijo: "Beihai, te queda mucho por andar. Lo sé porque aún puedo leerte como a un libro abierto; el hecho de que me parezcas tan predecible significa que tu mente sigue siendo demasiado simple, que le falta sutileza. El día en que ya no sea capaz de verte venir, pero tú a mí sí, será cuando de verdad te hayas hecho mayor." Y eso fue lo que pasó: yo me hice mayor y usted dejó de entenderme con facilidad. Aunque sé que en su momento derramó alguna lágrima, al final consiguió convertirme en la clase de persona que usted esperaba: alguien que no fuera agradable, pero sí capaz de triunfar en el complicado y peligroso mundo de la marina. Que hoy le haga esta pregunta le indica que los más de treinta años de enseñanza han fracasado justo en el momento crucial; pero, padre, contésteme de todos modos. No soy el hijo perfecto que usted creía, bueno, ¿y qué? Será solo esta vez, se lo ruego, dígame qué debo hacer.»

—Tienes que pensarlo.

«Sí, padre. Con esas tres palabras ya me ha respondido. Me dicen mucho más de lo que me diría con treinta mil, y créame cuando le aseguro que las escucho con el corazón abierto... pero le pido que sea algo más claro, esto es demasiado importante.»

—¿Y después de eso? —Zhang Beihai lo preguntó agarrando la sábana con ambas manos, que estaban, como su frente, cubiertas de sudor.

«Padre, perdóneme. Si con la pregunta anterior ya había conseguido decepcionarlo, esta me deja a la altura de un niño de parvulario.»

—Beihai, lo único que puedo decirte es que lo pienses largo y tendido.

«Gracias, padre. Ha sido usted muy claro. Lo he comprendido perfectamente.»

Soltó la sábana para coger la huesuda mano de su padre.

—Ahora que ya no tengo que salir al mar podré venir a verlo más a menudo.

El padre sonrió.

—Esto mío no es nada serio —dijo, negando con la cabeza—. Tú concéntrate en tu trabajo.

Siguieron charlando durante un rato. Primero sobre temas familiares y luego sobre la creación de la fuerza espacial. El padre contribuyó a la conversación con varias ideas, incluyendo algún que otro consejo que en el futuro su hijo podría aplicar en el trabajo. También imaginaron la forma y el tamaño que tendrían las naves espaciales, elucubraron sobre las armas, debatieron sobre si la teoría de Mahan del poder marítimo podría aplicarse o no a las batallas aeroespaciales... Y aun así, nada de lo que dijeron fue trascendente; todo quedó en un cúmulo de trivialidades, un mero paseo verbal compartido entre padre e hijo. Lo de verdad importante fueron aquellas tres frases que habían intercambiado de todo corazón:

«Tienes que pensarlo.»

«¿Y después de eso?»

«Beihai, lo único que puedo decirte es que lo pienses largo y tendido.»

Zhang Beihai se despidió de su padre y salió de la habitación. Al echarle un último vistazo a través del ventanuco de la puerta, lo vio envuelto en sombras: el sol ya se había ido. Pero él, tras escrutar la oscuridad con los ojos, pudo hallar un último vestigio de luz en la pared opuesta a la ventana. Era en momentos como aquel cuando el sol, a punto de extinguirse, resultaba más hermoso.

En una ocasión, los rayos crepusculares de otro sol poniente iluminaron las olas de un mar violento. Descendían sobre ellas en forma de gruesos cilindros de luz que perforaban las nubes revueltas del oeste, proyectando grandes círculos dorados sobre la superficie del océano: unos pétalos gigantes caídos del cielo. A su alrededor, el mundo era negro como la noche y estaba cubierto de nubarrones no menos oscuros. Descargaban una lluvia tan recia como una cortina, que tal vez los dioses habían hecho descender hasta el mar. Solo de vez en cuando el reflejo de algún rayo esporádico conseguía iluminar de modo fugaz la nívea espuma que escupían las gigantescas olas. Justo en el centro de uno de aquellos pétalos enormes, un destructor se afanaba en mantener su proa a flote por encima del oleaje. Chocando ruidosamente contra la pared de agua que trataba de engullirlo, hacía saltar por los aires grandes cantidades de espuma, que a su vez devoraban la luz dorada, dándole la forma de un ave fabulosa desplegando sus refulgentes alas.

Mientras se ponía la boina con la insignia de la fuerza espacial china, Zhang se dijo: «Padre, pensamos lo mismo. Debo sentirme afortunado; quizá no sea capaz de honrarlo con una victoria, pero al menos brindaré paz a su alma.»

—Señor Luo, póngase esto, por favor —le pidió el joven que acababa de entrar, arrodillándose para abrir la maleta que había traído.

A pesar de la amabilidad con que fueron pronunciadas, aquellas palabras hicieron que Luo Ji sintiese lo mismo que si se hubiera tragado una mosca. Sin embargo, la sensación se disipó al ver que la prenda que salía de la maleta no era un uniforme de recluso ni nada por el estilo, sino una chaqueta marrón normal y corriente. Shi Qiang la cogió y, tras inspeccionar el grueso tejido, se la puso. El joven hizo lo propio con otra idéntica, pero de distinto color.

—Es cómoda y transpira —dijo Shi Qiang—. Nada que ver con el incordio que teníamos que soportar con las de antes.

—Es antibalas —aclaró el joven.

«¿Quién va a querer matarme a mí?», se preguntó Luo Ji al cambiarse de chaqueta.

Los tres hombres abandonaron la habitación y siguieron un largo pasillo que los condujo hasta el ascensor. El techo estaba cubierto de tubos de ventilación y tuvieron que franquear varias puertas metálicas selladas, y con aspecto pesado. Luo Ji reparó en una frase desdibujada sobre la pared roñosa. Aunque solo era legible una parte, él se la sabía entera: «Cavad túneles profundos, almacenad grano a espuertas y no busquéis la hegemonía.»*

—Esto deben de ser instalaciones para la defensa aérea civil —aventuró.

* Directiva de Mao Zedong, promulgada en enero de 1973, en la que instaba a ampliar y mejorar las redes de túneles subterráneos que se estaban construyendo, desde finales de la década de 1960, en ciudades de toda China como medida defensiva. (*N. de los T.*)

—Y de las mejores. A prueba de bombas atómicas. Ahora han quedado obsoletas, pero en su día aquí no entraba cualquiera.

—De modo que estamos en las colinas del oeste...

Luo Ji conocía las leyendas que circulaban sobre la existencia de un centro de operaciones subterráneo, y secreto, en esa zona. Ni Shi Qiang ni el joven confirmaron su conjetura.

Entraron en el desvencijado ascensor y empezaron a subir en medio de un tremendo chirrido. El operador era un soldado de la policía armada con un subfusil colgado al hombro. Parecía nuevo en su trabajo y estuvo toqueteando los mandos durante todo el trayecto, hasta que por fin se detuvieron en la planta -1.

Cuando salieron del ascensor, Luo Ji se encontró en una especie de garaje con el techo muy bajo y dos filas de vehículos aparcados, algunos de ellos con el motor encendido y llenando el aire de un humo pestilente. Había también unas cuantas personas apoyadas contra los coches y otras que iban y venían. En medio de la penumbra del lugar, apenas alumbrado por una solitaria bombilla que colgaba del techo, todo eran sombras oscuras. Al pasar justo por debajo de la bombilla vio que se trataba de militares armados. Algunos iban de aquí para allá gritando con la boca pegada a sus radiotransmisores, tratando de hacerse oír por encima del ruido de los motores. Parecían extremadamente tensos.

Shi Qiang lo condujo entre las dos filas de vehículos mientras el joven los seguía de cerca. Luo Ji, al ver el calidoscopio luminoso proyectado sobre el cuerpo de Shi por la bombilla y los intermitentes focos traseros de los coches, recordó las luces del bar donde había conocido a aquella mujer.

De pronto Shi Qiang se detuvo junto a un coche, abrió la portezuela y le indicó que entrase. El interior era espacioso, pero el grosor de los bordes de las inusualmente pequeñas ventanillas delataba que tenía la carrocería reforzada. Blindado, con ventanas pequeñas y lunas tintadas: sin duda, estaba en un vehículo a prueba de bombas. Shi Qiang permaneció fuera, hablando con el joven. Como había entornado la portezuela sin llegar a cerrarla del todo, Luo Ji pudo oír su conversación.

—Capitán Shi, acaban de comunicarnos que la ruta ha sido peinada y todos los puestos de vigilancia están operativos.

—Esa ruta es demasiado complicada, apenas la hemos recorrido un par de veces y mal; no podemos fiarnos. Sobre la ubicación dc los puestos, ya te lo dije, hay que pensar como ellos: tú, en su lugar, ¿dónde te esconderías? Vuelve a consultar a los expertos de la policía armada. Ah, y el traspaso ¿dónde va a ser?

—De eso no han dicho nada.

—¡Serán imbéciles! —gritó Shi, exasperado—. ¿Cómo pueden dejar en el aire algo tan fundamental?

—Por lo que han dicho, capitán, da la sensación de que quieren que les acompañemos hasta el final.

—Yo los acompaño hasta que la palme si quieren, pero tarde o temprano llegará el momento en que se haga el traspaso y la responsabilidad deje de ser nuestra para ser suya... ¡La línea de demarcación tiene que estar clara, joder!

—De eso no han... —insistió el joven, claramente incómodo.

—¡Un poco de autoestima, Zheng! Ya sé que la tienes por los suelos porque han ascendido a Chang Weisi, y sus antiguos subordinados nos miran por encima del hombro... Pero ¿te has parado a pensar qué mierda son ellos? ¿Acaso les han disparado alguna vez en su vida o han tenido que disparar a alguien? En la última operación trajeron tantos chismes y aparatos que aquello parecía un circo... ¡Si hasta echaron mano del sistema de alerta temprana aerotransportado! Pero luego, al final, ya ves a quiénes recurrieron para buscar un punto de encuentro viable... ¡A nosotros! ¿No es verdad? Solo por eso ya nos deben cierto respeto. ¡Con lo que me costó convencer a los de arriba de que os concedieran a ti y a tus compañeros el traslado a esta unidad...! Ahora temo que acabe perjudicándoos.

—No diga esas cosas, capitán.

—El mundo entero se ha vuelto una jungla. ¿Me entiendes? ¡Una jungla! Ya no hay moralidad que valga; todo quisqui anda queriendo cargarle el muerto de su mala suerte al de al lado, hay que mantenerse en guardia constante... Te vuelvo a dar la lata con esto porque estoy preocupado; no sé cuánto tiempo más aguantaré, y entonces todo recaerá sobre tus hombros...

—Usted piense solo en su salud, capitán. ¿Los de arriba no lo habían programado para la hibernación?

—Les dije que primero tengo que dejar atados muchos asuntos, tanto familiares como laborales. ¿Cómo voy a irme tranquilo sabiendo que os dejo con este marrón?

—¡Deje ya de preocuparse por nosotros, no está en condiciones de aplazar más el tema! Esta mañana ha vuelto a sangrar por la boca.

—Bah, eso no es nada... ¿Es que ya no te acuerdas de que nací con una flor en el culo? De las veces que han intentado dispararme, en tres ocasiones el arma se encasquilló.

Los coches situados en los extremos más cercanos a la puerta comenzaron a salir de forma escalonada. Shi Qiang se metió a toda prisa en el suyo y cerró la portezuela. Después de que el vehículo contiguo se fuera, ellos arrancaron e hicieron lo propio, momento en el que el capitán corrió las cortinas de las ventanillas. Como la mampara que separaba la parte delantera del vehículo de la trasera era opaca, Luo Ji quedó completamente aislado de lo que ocurría en el exterior. La radio de Shi Qiang no dejaba de chisporrotear frases. Aunque para Luo resultaban ininteligibles, de vez en cuando Shi respondía a ellas con algún monosílabo.

Al cabo de un tiempo de estar en marcha, Luo Ji se volvió hacia el conductor y dijo:

—La situación es más complicada de lo que me dejó entrever.

—Sí que lo es —reconoció Shi, serio y sin mirarlo, pendiente de la radio—. Complicada de cojones...

No volvieron a hablar durante el resto del trayecto.

El viaje transcurrió sin incidentes ni interrupciones. Al cabo de una hora escasa, se detuvieron.

Shi Qiang se apeó e indicó a Luo Ji que aguardase dentro del coche, y acto seguido cerró la portezuela. Se oyó un rumor sordo por encima del vehículo. Minutos después Shi volvió a abrir la portezuela y le indicó que saliese. Luo supo al instante que se encontraba en un aeropuerto. Ahora había mucho ruido. Al mirar arriba vio dos helicópteros que sobrevolaban la zona en direcciones opuestas, como si estuvieran vigilándola. Tenía delante una gran aeronave sin ningún distintivo, pero con todo el aspecto de ser un avión de pasajeros. Las escalerillas estaban justo al lado de la puerta del coche.

Shi Qiang lo acompañó. Antes de subir a bordo, Luo Ji se volvió y echó un último vistazo alrededor. Al reparar, a lo lejos, en una escuadrilla de aviones caza estacionados, dedujo que aquel no era un aeropuerto civil. A menor distancia se hallaban los coches de su comitiva y luego, dispuestos en círculo en torno al avión, los soldados que lo habían acompañado. El sol ya se ponía. La sombra alargada del aparato sobre la pista parecía un signo de admiración gigantesco.

En el avión fueron recibidos por tres hombres de negro con quienes cruzaron la cabina delantera, del todo vacía. Tenía cuatro filas de asientos y era idéntica a la de cualquier avión comercial. Sin embargo, en la cabina intermedia, se sorprendieron al encontrar una oficina espaciosa y otra estancia, con la puerta entreabierta, que parecía un dormitorio. El mobiliario era sobrio y utilitario, y todo se veía pulcro y en perfecto orden. Lo único que delataba dónde estaban eran los cinturones de seguridad verdes del sofá y de las sillas. Luo Ji pensó que en todo el país apenas habría un puñado de aviones parecidos.

Dos de los tres hombres que los habían escoltado desaparecieron por una puerta en dirección a la cabina trasera, dejando atrás al más joven, quien dijo:

—Siéntense donde prefieran, pero mantengan abrochado el cinturón de seguridad en todo momento; no solo durante el despegue y el aterrizaje, sino a lo largo de todo el vuelo. Si deciden dormir, tienen que abrocharse un cinturón adicional. No dejen nada suelto. Permanezcan sentados o acostados en todo momento. Cuando necesiten desplazarse, informen primero al capitán. Este botón es un interfono, cada asiento dispone de uno igual; para hablar manténganlo presionado.

Luo, confuso, miró en dirección a Shi Qiang, quien le explicó:

—Por si el avión tuviera que hacer alguna maniobra brusca.

—Eso es —dijo el hombre, asintiendo—. Pueden llamarme Xiao Zhang; estoy a su disposición para lo que necesiten. En cuanto estemos en el aire, les serviré la cena.

Después de que Xiao Zhang los dejara a solas, se sentaron en el sofá con los cinturones abrochados. Luo Ji miró alrededor: a excepción de las ventanillas redondas y la ligera curvatura de las paredes, nada diferenciaba aquella estancia anodina de una oficina normal y corriente; y tal vez por eso se sintió extraño con el cinturón abrochado. Sin embargo, muy pronto el sonido y la vibración de los motores se encargaron de recordarle que se hallaba a bordo de un avión, desplazándose por la pista de despegue. Al cabo de dos minutos el ruido de motores se intensificó, y tanto él como su acompañante sintieron que se hundían en sus respectivos asientos. Luego la vibración desapareció y el suelo quedó algo inclinado.

Conforme el aparato ascendía, el sol que había desaparecido por el horizonte volvió a asomar a través de la ventanilla. Era el mismo cuyos últimos rayos de luz se habían colado, instantes antes, en la habitación de hospital del padre de Zhang Beihai.

Justo en el momento en que el avión de Luo Ji sobrevolaba la costa, diez mil kilómetros más abajo, Wu Yue y Zhang Beihai volvían a hallarse frente al *Dinastía Tang*, todavía inacabado. Fue lo más cerca que Luo Ji estaría jamás de los dos militares.

Al igual que en su anterior visita, el tenebroso velo del anochecer cubría la gigantesca estructura del barco. Sin embargo, a diferencia de entonces, las lluvias de chispas tocaban su superficie de forma más dispersa; ya no parecían los focos que lo iluminaban. Se daba, además, la circunstancia de que ni Wu ni Zhang pertenecían ya a la marina.

—Dicen que el Departamento de Armamentística General ha decidido cancelar el proyecto *Dinastía Tang* —comentó Zhang.

—¿Y a nosotros qué nos importa eso? —replicó Wu con frialdad, apartando la mirada del barco para dirigirla hacia el último resquicio de sol que se hundía en el oeste.

—Desde que nos unimos a la fuerza espacial estás de un humor...

—Me imagino que ya sabrás por qué —añadió Wu—. Siempre adivinas lo que estoy pensando... A veces, incluso, tengo que pedirte que me lo recuerdes.

—Te deprime verte involucrado en una guerra perdida —dijo Zhang, volviéndose hacia él—. Envidias a esa generación final lo bastante joven para luchar en la fuerza espacial, condenada a morir y convertirse en cenizas que, junto a las de su flota, vagarán por el espacio durante toda la eternidad. Te cuesta aceptar que vas a dedicar tu vida entera a una empresa sin esperanzas de éxito.

—¿Tienes algún consejo que darme?

—Ninguno —dijo Zhang—. Sé lo arraigados que están en tu mente el triunfalismo tecnológico y el fetichismo por lo nuevo. Hace mucho que aprendí que es inútil pretender cambiarte; lo único que puedo hacer es tratar de minimizar el daño que puedas causar con esas ideas. Ah, y una cosa más: yo no creo que ganar esta guerra sea una tarea imposible para la humanidad.

Wu se despojó por una vez de su habitual máscara de frialdad para enfrentar su mirada con la de Zhang.

—Tú antes eras mucho más prudente —dijo—. En su día te opusiste a la construcción del *Dinastía Tang;* incluso llegaste a cuestionar, más de una y de dos veces, la conveniencia de crear una flota de alta mar con el argumento de que sobrepasaba la capacidad militar de nuestro país. También creías que nuestras fuerzas navales no deberían sobrepasar los límites de las aguas costeras, donde cuentan con el apoyo y la protección de la artillería de tierra. Insististe en una idea incluso después de que nuestros superiores más jóvenes la tacharan abiertamente de pusilánime. En cambio, ahora, ¡mírate! ¿Se puede saber de dónde sacas todo ese arrojo? ¿De verdad confías en nuestras posibilidades de salir victoriosos de una guerra espacial?

—Durante los primeros tiempos de nuestra República —replicó Zhang—, la recién fundada marina apenas contaba con meras barcas de madera, y aun así fue capaz de hundir destructores nacionalistas. E incluso antes que eso, hubo varios episodios en los que nuestra caballería cargó contra los tanques y venció.

—No puedo creer que incluyas esas hazañas formidables dentro de lo estratégicamente viable.

—En esta guerra particular la civilización terrestre no tiene por qué limitarse a lo establecido por la teoría militar convencional. Necesitamos algo excepcional. —Zhang sostuvo en alto el dedo índice—. Una sola acción excepcional será suficiente.

—Me muero de ganas de saber qué acción excepcional se te ocurre —dijo Wu con una sonrisa socarrona.

—Admito que no sé nada sobre la guerra en el espacio —reconoció Zhang—. Pero, volviendo al ejemplo, si termina siendo equiparable a un enfrentamiento entre nuestras barcas y sus destructores, entonces solo es cuestión de tener el valor de actuar y de confiar en la victoria. Una barca puede transportar a un grupo de submarinistas hasta determinado punto de la ruta del destructor enemigo para que se sumerjan a aguardar su paso; después la barca se va y cuando llega el destructor los buzos le adhieren al casco una bomba que lo hundirá... No niego que sea extremadamente difícil, pero tampoco lo veo imposible.

—No está mal. —Wu Yue asintió—. Se ha intentado otras veces: durante la Segunda Guerra Mundial los británicos realizaron una acción similar para hundir el acorazado *Tirpitz*, solo que usando un minisubmarino. Y en los ochenta, durante la guerra de las Malvinas, varios soldados de las fuerzas especiales argentinas introdujeron en España minas lapa italianas con la intención de hacer volar un barco de guerra británico atracado en Gibraltar. Ya sabes cómo terminaron.

—Pero es que nosotros tenemos mucho más que barcas de madera. Podemos crear una bomba nuclear de una o dos toneladas lo suficientemente pequeña para ser transportada por dos buzos que la fijen al casco de cualquier barco. No solo lo hundiría, sino que lo haría trizas.

—A veces tu imaginación es desbordante —dijo Wu, sonriendo.

—Lo que tengo es confianza en nuestra victoria —replicó Zhang, fijando la vista en el *Dinastía Tang*. La lejana lluvia de chispas se reflejaba en sus ojos en forma de dos llamas minúsculas.

Wu también miró hacia allí y lo asaltó una nueva visión: el barco ya no era una antigua fortaleza en ruinas, sino la pared de un inmenso acantilado prehistórico con muchas cuevas excavadas, y las chispas, la luz de las hogueras en el interior de aquellas.

Durante el despegue, y más tarde a lo largo de la cena, Luo Ji se abstuvo de preguntarle a Shi Qiang adónde se dirigían o qué estaba ocurriendo exactamente. Su razonamiento era que si Shi Qiang tuviese algo que contarle al respecto, ya lo habría hecho. Muerto de aburrimiento, se desabrochó el cinturón de seguridad y, aunque sabía que no iba a conseguir ver nada en medio de aquella oscuridad, miró por la ventanilla. Shi Qiang acudió deprisa a cerrarla, diciéndole que fuera no había nada que ver.

—Charlemos un rato más antes de irnos a dormir, ¿de acuerdo? —añadió Shi, mientras sacaba un cigarrillo de la cajetilla. Luego, cayendo en la cuenta de que viajaba a bordo de un avión, volvió a meterlo.

—¿Dormir? —preguntó Luo Ji—. O sea, que va a ser un vuelo de larga duración...

—¡Y yo qué sé! Pero estando en un avión con cama, digo yo que habrá que probarla...

—Ya, claro, usted solo es responsable de mi traslado, ¿verdad?

—¡No te quejes, que nosotros tenemos que hacer el viaje de vuelta! —exclamó Shi, y se echó a reír de su propio chascarrillo. Parecía orgulloso del humor tan poco fino que gastaba. Sin embargo, al instante adoptó un gesto serio—: De este viaje tuyo apenas sé un poco más que tú. Pero en fin, de todos modos no me corresponde contarte nada. Tranquilo, que cuando lleguemos a destino habrá quien te ponga al corriente de todo.

—Llevo horas dándole vueltas y solo se me ocurre una explicación —dijo Luo Ji.

—Dímela a ver. Igual nuestras hipótesis coinciden.

—Ella era una persona normal, de modo que la clave debe de estar en su entorno familiar, laboral o social.

Luo Ji desconocía por completo el entorno íntimo de esa mujer. Con todas sus conquistas anteriores había sido así: ni se interesaba por sus vidas ni prestaba atención a los detalles que ellas tuvieran a bien contarle.

—¿Quién? ¡Ah, ese ligue tuyo! —exclamó Shi—. De ella ya puedes olvidarte. Igualmente te importaba tres pitos... O si te apetece, intenta relacionar su cara o su apellido con los de alguien conocido.

Por mucho que se estrujó el cerebro, Luo fue incapaz de recordar que nadie tuviese su mismo apellido. Tampoco logró ver ningún parecido físico con algún famoso.

—Por cierto, tío, ¿qué tal se te da engañar? —preguntó Shi de improviso.

Luo Ji había advertido el siguiente patrón: siempre que bromeaba lo llamaba «colega», pero cuando se ponía serio lo llamaba «tío».

—¿Es que voy a tener que engañar a alguien?

—Toma, pues claro... Venga, te voy a enseñar. Yo tampoco

es que sea ningún experto en la materia, ¿eh? Mi trabajo consiste más bien en destapar fraudes y capturar a timadores, pero en fin... Te contaré un par de trucos que usamos en las salas de interrogatorio. ¿Quién sabe? Quizá luego terminan sirviéndote para averiguar qué demonios está pasando... Aunque, claro, solo van a ser los básicos, los que se usan de forma más habitual, porque cualquier cosa mínimamente más complicada resulta demasiado difícil de explicar...

»Bueno, empiezo por el método más sutil, que también es el más sencillo: se llama "La Lista". Consiste en redactar un cuestionario con preguntas relacionadas con el caso y hacérselas al sospechoso registrando sus respuestas. El cuestionario se repite tantas veces como sea necesario. Luego se comparan las distintas respuestas para cada pregunta, que nunca serán idénticas, en busca de inconsistencias que indiquen que el sospechoso miente. Es una técnica muy simple, pero no hay que subestimarla: nadie que no haya sido entrenado especialmente es capaz de burlarla. La única manera efectiva de hacerlo es guardando silencio.

Mientras hablaba había sacado, sin pensar, un cigarrillo de la cajetilla y jugueteaba con él entre los dedos. Al ser consciente de lo que hacía, paró en seco.

—Pregúnteles —instó Luo Ji al verlo—. Es un vuelo especial, deberían permitirnos fumar.

La interrupción pareció importunar a Shi, quien hasta ese momento se había mostrado entusiasmado con lo que le contaba. Luo Ji pensó que si al final resultaba que lo que le decía no iba en serio, tenía un sentido del humor peculiarísimo.

Shi pulsó el interfono que había a un lado del sofá para comunicarse con Xiao Zhang. Cuando este respondió que podían hacer lo que quisieran, los dos se encendieron sendos cigarrillos.

—El siguiente método —prosiguió Shi— solo es sutil al cincuenta por ciento. El cenicero está ahí, mira, incrustado; solo tienes que hacerlo saltar... Eso es. Se trata de la famosa técnica del poli bueno y el poli malo; requiere la cooperación de varios, así que resulta un poco más complicada: primero entran en escena los polis malos, en general al menos dos, y se portan contigo como verdaderos cabrones. Unos te insultan, otros te pegan, pero todos se ensañan con la misma mala leche. Lo que buscan no es solo meterte el miedo en el cuerpo, sino hacerte sentir desesperadamente solo, como si el mundo entero te la tuviera jurada.

»Entonces aparece el poli bueno, solo uno, que es todo sonrisas y amabilidad, y les para los pies a los polis malos diciéndoles que eres un ser humano, que tienes derechos, que no pueden tratarte así... Ellos le dicen que se largue y deje de cuestionar sus métodos, pero él insiste: "¡No tenéis ningún derecho a hacer nada de esto!" A lo que ellos responden: "¡Ya se veía que para este trabajo no tienes lo que hay que tener! ¡Si es demasiado para ti, renuncia!" Al final, el poli bueno se interpone entre ellos y tú gritando: "¡Protegeré sus derechos, protegeré la justicia bajo la ley!" Y los polis malos se van de allí enfurruñados mientras le dicen: "¡Ya verás mañana, te van a poner de patitas en la calle!" Cuando os quedáis a solas, el poli bueno te limpia la sangre y el sudor y te dice que no temas, que tienes derecho a guardar silencio... A partir de ahí ya debes de imaginarte cómo sigue la cosa, ¿no? Para ti él se ha convertido en el único amigo que te queda en el mundo, y en cuanto vuelve a mencionarte el caso cantas como un jilguero... Es una técnica que funciona especialmente bien con los intelectuales, pero a diferencia de "La Lista", cuando te la sabes deja de ser efectiva. Es evidente que, nada de todo esto se aplica de forma aislada; un verdadero interrogatorio es un proceso durante el cual se aplican métodos diversos...

Hablaba tan apasionadamente y gesticulando tanto que parecía que fuera a desabrocharse el cinturón para ponerse de pie. Luo Ji, en cambio, se sentía cada vez más hundido en el frío abismo de la absoluta desesperanza.

Al reparar en su desasosiego, Shi decidió cambiar de tema.

—¡Está bien, dejemos el arte del interrogatorio! Mira que podría serte útil en el futuro, ¿eh? Pero en fin, tampoco se puede pretender asimilarlo todo de golpe; encima, yo de lo que quería hablarte era de cómo engañar. Recuerda siempre una cosa: el que es zorro de verdad nunca lo aparenta. Hace justo lo contrario que los malos de las películas, que se ve a la legua que lo son porque tienen la pinta y encima se atusan los bigotes. Él nunca destacará, al contrario. Parecerá que la cosa no va con él, que es inocente. Algunos juegan a hacerse los tontos y van de despistados, otros se esconden detrás de una fachada grosera para que parezca que son unos brutos. La clave de todo es lograr que no te tomen en serio y dejar que te menosprecien, que en lugar de verte como una amenaza piensen que eres un cero a la izquierda. El dominio absoluto de esta técnica es conseguir que ignoren tu existencia hasta el momento justo de perecer en tus manos.

—Pero ¿es que acaso voy a tener necesidad u ocasión de convertirme en alguien así? —interrumpió Luo, exasperado.

—Te repito lo mismo de antes: yo de todo este asunto apenas sé un poco más que tú... ¡pero mi corazonada es que sí, Luo, tío, que vas a tener que hacerlo! —respondió Shi, nuevamente entusiasmado y cogiéndolo del hombro con tal fuerza que Luo fue incapaz de reprimir una mueca de dolor.

Después se serenaron y observaron en silencio cómo sus bocanadas de humo se arremolinaban y subían hasta el techo, donde eran aspiradas por un extractor.

—Bueno, se acabó lo que se daba, ¡a la cama! —exclamó por fin Shi mientras apagaba la colilla en el cenicero—. Menuda paliza te he dado, ¡ni que me hubieran dado cuerda! —Sacudió la cabeza—. No me lo tengas en cuenta.

En el dormitorio, Luo Ji se quitó la chaqueta antibalas y se metió en el saco de dormir. Después de ayudarlo a sujetarse las correas, Shi le dejó un frasco en el cajón de la mesilla de noche.

—Somníferos —explicó—. Tómate uno si ves que no puedes dormir. Les pedí alguna bebida fuerte, pero contestaron que no había.

A continuación le recordó que si iba a levantarse de la cama debía comunicárselo al capitán. Luego se volvió para marcharse.

—Agente Shi —dijo Luo.

Shi Qiang, a punto de salir por la puerta, volvió la cabeza para mirarlo.

—Que ya no soy poli —replicó—. La policía no pinta nada en este asunto. Todo el mundo me llama Da Shi.

—De acuerdo, Da Shi. Antes me ha llamado la atención lo primero que me ha dicho. Bueno, más bien lo primero que me ha respondido. Cuando yo le he hablado de la mujer, usted por un instante no ha sabido a quién me refería. Eso indica que el papel de ella en este caso no es importante.

—Eres una de las personas más frías que he conocido.

—Es fruto de mi cinismo —afirmó Luo Ji—. No hay mucho en este mundo que me interese.

—Se deberá al motivo que sea, Luo Ji, pero eres la primera persona a la que veo mantener la calma en esta situación. Hazme un favor y olvídate de todas esas bobadas que te he contado. Muchas veces me paso de rosca queriendo amenizar el ambiente.

—Lo que usted pretendía era mantener mi mente ocupada en algo, y así completar su misión sin complicaciones.

—Si te he hecho pensar más de la cuenta, te pido que me perdones.

—Da Shi, ¿en qué cree que debería pensar ahora?

—Según mi experiencia, cualquier cosa en la que te pongas a pensar puede terminar siendo contraproducente. Ahora lo que tienes que hacer es dormir.

Acto seguido, Da Shi se marchó. Al cerrar la puerta de la habitación, todo cuanto había en ella (salvo el piloto rojo de la mesilla de noche) quedó sumido en la oscuridad. El rugido de fondo de los motores se hizo cada vez más presente, hasta inundarlo todo. Parecía como si el descomunal cielo nocturno, al otro lado del fuselaje, murmurara con voz grave.

Sin embargo, al cabo de un rato a Luo le pareció que aquella sensación era real, que el murmullo llegaba del exterior, procedente de algún punto distante. Se desabrochó el saco de dormir y extendió el brazo para subir el panel de la ventanilla que tenía más cerca. Fuera, la luna bañaba con su luz plateada un vasto océano de nubes. Luo Ji vio de inmediato que encima de ellas había algo que también brillaba con luz plateada: eran cuatro finas líneas de pincel que destacaban sobre el cielo nocturno. Se extendían a la misma velocidad del avión y su rastro se perdía en la noche como si fueran los filos de cuatro espadas cortando las nubes. Al fijarse mejor en las puntas, advirtió que lo que trazaba aquellas líneas plateadas eran unos objetos que emitían un destello metálico: cuatro cazas de reacción. No le costó imaginar que al otro lado del avión debían de volar otros cuatro.

Bajó el panel de la ventanilla y volvió a sujetarse las correas del saco de dormir. Cerró los ojos y trató de relajarse. No era dormir lo que quería, sino despertar de todo aquello.

A altas horas de la madrugada, la fuerza espacial seguía reunida en sesión de trabajo. Zhang Beihai cerró su cuaderno, lo hizo a un lado junto a los documentos que había sobre la mesa y se puso de pie. Tras observar los rostros cansados que lo rodeaban, se dirigió a Chang Weisi.

—Comandante —dijo—, antes de presentar mi informe quisiera manifestar una opinión a título personal. Desde mi punto de vista, nuestros superiores al mando no están concediendo al trabajo político e ideológico la relevancia que merece dentro de la fuerza. El hecho de que en esta reunión, de los seis departamentos establecidos, el político sea el último en presentar su informe es una buena muestra de ello.

El general asintió.

—Coincido con usted —afirmó—. Por el momento, y hasta que los comisarios políticos asuman sus funciones, la supervisión del trabajo político recae en mí, pero reconozco que, desde que empezamos a trabajar en todas las áreas, me está costando prestarle la atención que merece. Me temo que, para desempeñar el grueso de esa tarea, tendré que seguir abusando de los distintos responsables de cada área concreta, como es su caso.

—Comandante, desde mi punto de vista esa situación es altamente peligrosa y debe cambiar —sentenció Zhang, atrayendo la mirada de varios oficiales—. Disculpe lo abrupto de mis palabras; si me permito hablar de forma tan directa es, primero, porque después de casi un día entero reunidos, todos estamos tan agotados que si uno no llama la atención no hay manera de que lo escuchen...

Se oyeron algunas risas, pero casi todo el mundo seguía rendido al cansancio.

—Pero también —prosiguió Zhang—, y esto es mucho más importante, porque estoy profundamente preocupado. Nos espera una batalla con una disparidad de fuerzas sin precedentes en la historia, y por eso estoy convencido de que en lo venidero, y durante mucho tiempo, el mayor peligro que amenazará a la fuerza espacial será el derrotismo. Es imposible sobreestimarlo. Si se propaga, es potencialmente capaz no solo de erosionar la moral sino de conducir al colapso de las fuerzas armadas espaciales.

El general Chang volvió a asentir.

—No puedo estar más de acuerdo —dijo—. En efecto, el derrotismo es, a día de hoy, nuestro mayor enemigo. La comisión militar es consciente de ello, y por eso ha priorizado el trabajo político en el servicio. Una vez hayamos establecido las unidades básicas de la fuerza espacial, comenzará a ser un trabajo más sistemático y exhaustivo.

Zhang Beihai abrió su cuaderno.

—Lo que sigue es el informe elaborado —anunció, y procedió a leer—: «Desde la creación de la fuerza espacial, nuestro trabajo con las tropas en el plano político e ideológico se ha centrado en realizar un sondeo de carácter general que determinará la ideología dominante entre oficiales y soldados. Gracias a que la nuestra es una rama del ejército de nueva creación, todavía con escasos miembros y pocos niveles administrativos, el sondeo pudo llevarse a cabo mediante entrevistas presenciales individuales, y también se creó un foro de discusión específico en nuestra intranet. Los resultados del sondeo son preocupantes. La mentalidad derrotista no solo está presente en nuestras filas, sino que se está extendiendo. La mayoría de nuestros camaradas siente pánico ante el enemigo y pone en duda nuestras posibilidades de éxito en la futura guerra.

»Este derrotismo se origina en la veneración a la tecnología y el completo menosprecio al papel que desempeñan en la guerra la iniciativa y el espíritu humanos. Es consecuencia de ese tecnotriunfalismo y esa concepción de la guerra que circula desde hace unos años, según la cual la victoria se decide, tan solo, en función de las armas disponibles. Se trata de una tendencia particularmente acusada entre aquellos oficiales con un nivel de formación más alto.

»Ahora enunciaré las distintas formas en las que se manifiesta el derrotismo. Uno: equiparar el servicio que uno presta en la fuerza espacial con un trabajo cualquiera. Trabajar con responsabilidad y suficiente eficacia pero sin entusiasmo, sin sentir que se avanza hacia un fin último y dudando de la relevancia de la contribución que uno pueda hacer.

»Dos: adoptar una actitud de espera pasiva. Estar convencido de que el resultado de la guerra depende de científicos e ingenieros, y de que, a menos que se produzcan saltos tecnológicos en el campo de la investigación básica y de determinadas tecnologías clave, la fuerza espacial no es más que un castillo en el aire. Eso hace que uno deje de creer en la importancia de la tarea asignada, y se sienta satisfecho con el mero cumplimiento de lo requerido para establecer esta nueva rama militar, pero que no innove.

»Tres: albergar fantasías imposibles. Solicitar la hibernación para saltarse cuatro siglos y participar en la futura batalla del Día del Juicio Final. Varios de nuestros camaradas más jóvenes han expresado ese deseo, e incluso uno de ellos ha presentado una solicitud formal. Aunque a primera vista esta actitud podría parecer positiva, un noble afán por luchar en primera línea de fuego, en esencia no es más que otra forma de derrotismo. Sin confiar en la futura victoria, y dudando de la importancia de la tarea que tiene entre manos, la dignidad del soldado se convierte en el único pilar sobre el que se fundamentan el trabajo y la vida.

»Cuatro: lo contrario de lo anterior. Dudar de la dignidad del soldado, creer que el código moral tradicional del ejército ya no es aplicable a la guerra moderna, que luchar hasta el final carece de sentido. Creer que la dignidad del soldado solo existe cuando hay alguien que la presencia y que, por tanto, en caso de que la batalla termine en derrota y con la total desaparición de los seres humanos, esa dignidad pierde sentido. Aunque quienes opinan así son una minoría, tan categórica negación del valor de la fuerza espacial resulta extremadamente perjudicial».

Llegado a este punto del discurso, Zhang Beihai levantó la vista para observar los rostros de los presentes y comprobó que, aun habiendo despertado cierto interés, todavía no había logrado vencer la sensación de fatiga generalizada.

Por suerte, estaba convencido de que lo siguiente que iba a decir la erradicaría de un plumazo.

—A continuación, quisiera mencionar el caso específico de un camarada que presenta un ejemplo de derrotismo típico. Me refiero al coronel Wu Yue —sentenció, señalándolo.

El cansancio se esfumó al instante de todos los rostros, dando paso a la tensión. Todas las miradas iban de Wu a Zhang y de este a aquel, quien, por su parte, observaba a su compañero con absoluta calma.

—El coronel y yo colaboramos en la marina durante mucho tiempo, y por eso nos conocemos muy bien. Padece un profundo complejo tecnológico. Es un capitán de tipo técnico, lo que llamamos un capitán ingeniero, lo cual no es malo en sí mismo, pero en su caso, desgraciadamente, afecta su juicio y lo hace depender demasiado de la tecnología. Aunque él nunca lo admitirá, en su subconsciente está convencido de que el avance de la tecnología es el principal o quizás único factor determinante del triunfo. Ignora de manera sistemática el factor humano de la guerra, sobre todo a la hora de valorar las ventajas específicas que posee nuestro ejército por el hecho de haber sido formado en circunstancias históricas tan poco ideales. En cuanto tuvo noticia de la Crisis Trisolariana, dejó de albergar esperanza alguna en el futuro y ahora, tras unirse a la fuerza espacial, esa falta de esperanza se ha multiplicado. Su derrotismo está tan interiorizado que pretender reformarlo sería una pérdida de tiempo. Debemos actuar lo antes posible y adoptar medidas drásticas para evitar que siga extendiendo sus ideas en nuestras filas; en mi opinión, el camarada Wu ha dejado de estar capacitado para seguir en la fuerza espacial.

Todas las miradas se centraron de inmediato en Wu, quien en ese momento observaba, con la parsimonia de siempre, el emblema de la fuerza espacial de su gorra, que estaba encima de la mesa.

Zhang, que en lo que llevaba de discurso no había querido mirarlo ni una sola vez, prosiguió:

—Comandante, camarada Wu Yue y demás presentes: les pido que me comprendan. Hablo movido por mi preocupación por el estado actual de la ideología de las tropas. Pero estoy dispuesto a debatir el tema abiertamente con Wu.

Wu Yue levantó la mano para pedir la palabra. Cuando el general Chang se la dio, dijo:

—Todo lo afirmado por el camarada Zhang Beihai sobre mi estado mental es rigurosamente cierto. Además, coincido en su diagnóstico: ya no estoy capacitado para servir en la fuerza espacial. Acataré cualquier decisión que tome la organización.

El ambiente era de máxima tensión. Había varios oficiales que no dejaban de ojear nerviosamente el cuaderno de Zhang Beihai, preguntándose qué más podría contener.

Entonces un coronel, ya maduro, de la fuerza aérea se levantó y dijo:

—Camarada Zhang Beihai, esta es una reunión de trabajo de tipo ordinario. Para alertar sobre un tema tan concreto y personal, debería haber utilizado otros canales. ¿Le parece apropiado tratar esto aquí?

Muchos oficiales secundaron sus palabras al instante.

—Soy consciente de que he violado nuestros principios organizativos, y estoy dispuesto a asumir toda la responsabilidad —reconoció Zhang—. Sin embargo, estoy también convencido de que era preciso alertar sobre la gravedad de la situación en la que nos hallamos.

Chang Weisi alzó la mano para acallar posibles réplicas.

—En primer lugar —dijo—, reconozcamos que el camarada Zhang Beihai realiza su cometido con una urgencia y un sentido de la responsabilidad encomiables. La existencia del derrotismo en nuestras tropas es un hecho real que debemos afrontar de manera racional. Mientras exista disparidad tecnológica entre los dos bandos enfrentados, el derrotismo seguirá existiendo. No es un problema que pueda resolverse con facilidad; requerirá un gran esfuerzo por parte de todos, y deberíamos mejorar nuestras pautas de interacción. Dicho esto, coincido con el coronel: los asuntos de ideología personal deben resolverse mediante la comunicación y el diálogo; en los casos en que sea necesario informar, deberían seguirse los canales adecuados.

Los oficiales que seguían preocupados pudieron al fin suspirar con alivio: Zhang Beihai no mencionaría sus nombres, como mínimo en esa reunión.

En un vano intento de ordenar su mente, Luo Ji se esforzaba en imaginar cómo era el interminable cielo nocturno que se ocultaba tras las nubes. Y de pronto, sin saber por qué, todos sus pensamientos le condujeron a ella: su figura y su voz emergieron desde las tinieblas para aparecérsele, y entonces se apoderó de él la mayor tristeza que había experimentado nunca; luego siguió un viejo conocido suyo, el remordimiento, compañero de viaje en tantas ocasiones al que, sin embargo, debido a la dureza con que lo vapuleaba, le costaba reconocer.

¿Por qué era ahora cuando le venía a la mente? Hasta entonces, lo único que había sentido ante la noticia de su muerte —sin contar el miedo y la conmoción del accidente—, fue la urgencia de exculparse. Solo después de saber que ella tenía poco o nada que ver con el lío en que andaba metido, le obsequiaba con unas migajas de su tan preciada simpatía. Y no podía evitar preguntarse en qué clase de persona se había convertido.

En realidad no había nada que hacer. Sencillamente, él era así.

Acostado en la cama, la casi imperceptible oscilación del avión le hizo sentir como si lo mecieran en una cuna. Le constaba haber dormido en una cuando era bebé, pues un día, rebuscando bajo una vieja litera infantil en el sótano de la casa de sus padres, había descubierto los polvorientos pies de una cuna mecedora. Ahora, cerrando los ojos para imaginarse a la joven pareja meciéndolo, se preguntó: «¿Alguna vez, desde el día en que te levantaste de esa cuna para no volver a ella hasta hoy, ha habido alguien, además de ellos dos, que te importara de verdad? ¿Alguien a quien le hicieras un pequeño hueco en el corazón para que lo habitara eternamente?»

Lo hubo: cinco años antes, la prodigiosa luz del amor había iluminado su corazón; pero aquella historia fue una ilusión.

Se trataba de Bai Rong, una autora de novelas juveniles. Aunque las escribía en su tiempo libre, había alcanzado la suficiente popularidad como para que sus ingresos en concepto de derechos superaran al sueldo que le pagaban en su trabajo oficial. De todas las mujeres con que había estado, ella fue con quien duró más tiempo. Incluso llegaron a plantearse la posibilidad de casarse. Mantenían una relación de lo más tranquila, sin sobresaltos ni efusividades; tan solo se sentían a gusto el uno con el otro y les hacía felices estar juntos. Precisamente por eso, por mucha aversión que ambos tuvieran al matrimonio, pensaron que lo responsable era probar.

Por expreso deseo de ella, Luo Ji leyó su obra completa. Aunque no podía decirse que sus novelas le entusiasmaran, tampoco le parecían tan tediosas como otras del mismo género que había hojeado: no solo tenía un estilo elegante, sino que exhibía una lúcida madurez de la que otros autores de su generación carecían. Por desgracia, el contenido de sus novelas no estaba a la altura. Leerlas era como contemplar gotas de rocío: las encontraba simples, vacuas, transparentes; se parecían hasta el punto de distinguirse solo por el modo en que la luz externa se reflejaba en ellas. No dejaban de mezclarse y superponerse las unas a las otras y, al ver la luz del sol, de modo inexorable se evaporaban para quedar en nada.

Cada vez que terminaba uno de sus libros, independientemente de que hubiera apreciado la elegancia de su estilo, se quedaba con ganas de saber de qué vivía toda esa gente que se pasaba las veinticuatro horas del día suspirando por las esquinas.

—¿Crees que ese amor sobre el que escribes existe realmente? —le preguntó al fin un día.

—Existe —respondió ella.

—¿Me lo dices tan segura porque lo has presenciado, o porque lo has vivido en primera persona?

—Sea por lo que sea —le susurró de modo enigmático al oído, al tiempo que le apretujaba el cuello—, te digo que sí, ¡que existe!

A menudo Luo Ji le sugería cambios y mejoras en los textos que estaba escribiendo; incluso llegó a ayudarla con las revisiones.

—Casi se te da mejor escribir a ti que a mí —le confesó ella en una ocasión—. Más que a ordenar la trama, a lo que me ayudas es a pulir los personajes, y eso es siempre lo más difícil. Con apenas un par de pinceladas consigues que parezcan de carne y hueso... Tu talento literario es formidable.

—No me hagas reír..., pero si yo vengo del campo de la astronomía...

—¡Toma! Y Wang Xiaobo estudió matemáticas.

Justo hacía un año que ella le había pedido un regalo por su cumpleaños:

—Podrías escribirme una novela.

—¿Una novela entera?

—Que tenga más de cincuenta mil caracteres.

—¿La protagonista tienes que ser tú?

—No. Hace poco vi una exposición de pintura fascinante: todos los cuadros eran de hombres a los que habían encargado que retratasen a la mujer más hermosa que fueran capaces de imaginar. Tú, con la protagonista de tu novela, debes hacer lo mismo: aparca la realidad y dedícate a crear un ángel que encarne tu ideal de perfección femenina.

Hasta la fecha, Luo Ji seguía sin tener la más remota idea de qué pudo haber motivado semejante petición; quizá ni ella misma lo supiera. Solo ahora, rememorando aquel período de su vida, se percataba de lo extraña que Bai Rong se había vuelto: tan pronto parecía consumida por el tedio como llena de maquinaciones.

Luo Ji empezó a construir su personaje imaginando el rostro de ella; después, diseñó su ropa y así continuó hasta que hubo ideado a quienes la rodeaban y el mundo en el que se movía. Sin embargo, al colocarla en el centro de todo para que cobrase vida, se moviera y hablara, aquello enseguida le resultó artificial. Decidió contarle su problema a Bai Rong.

—Parece una marioneta —dijo—: todo lo que dice y hace parte de mi idea original, pero le falta vida.

—Lo estás haciendo mal —replicó ella—. No es cuestión de redactar, sino de crear: lo que un personaje literario hace en diez minutos puede ser el reflejo de lo que ha vivido en el transcurso de diez años de su vida. No te ciñas a la trama de la novela, imagínate su vida entera; luego, lo que al final termine en negro sobre blanco no será más que la punta del iceberg.

Luo siguió su consejo. Abandonó la historia que quería escribir y se centró en imaginar la vida entera de la protagonista de la forma más detallada posible. La imaginó mamando del pecho de su madre, succionando enérgicamente y babeando de satisfacción; cayéndose al suelo por perseguir un globo rojo calle abajo, sin haber avanzado ni medio metro, berreando al ver que se le escapaba flotando sin ser consciente de que acababa de dar sus primeros pasos; parándose en seco al pasear bajo un aguacero y abriendo el paraguas para sentir la lluvia sobre su rostro; sola en su primer día de colegio, sentada en un aula extraña sin ver a sus padres por ninguna parte y al borde de las lágrimas hasta reparar en su mejor amiga del parvulario, sentada en el pupitre de al lado; luego rompiendo a llorar, pero no de tristeza sino de alegría; durante su primera noche en la universidad, acostada en la cama observando la sombra de los árboles que la luz de las farolas de la calle proyectaba en el techo... Llegó a imaginar todos y cada uno de los platos que le gustaban, el color y el estilo de cada prenda de su armario, las pegatinas del móvil, los libros que había leído, la música que llevaba en su reproductor, las páginas web que consultaba, su lista de películas favoritas..., pero no su maquillaje, porque no lo necesitaba.

Como creador sin limitaciones temporales, fue hilvanando con fruición las distintas etapas de su vida y, a medida que lo hacía, descubrió el placer inagotable que le daba la imaginación.

Un día, en la biblioteca, la vio leyendo sentada al fondo de un pasillo, entre las estanterías de libros. La vistió con el conjunto que a él más le gustaba, que casualmente era también el que mejor insinuaba sus formas menudas (lo hizo, según se dijo, para su posterior referencia). De pronto, ella levantó la vista del libro, lo miró y sonrió.

Luo Ji se quedó perplejo: no recordaba haberle mandado que lo hiciera. A pesar del sobresalto, la imagen de su sonrisa había quedado desde entonces, y para siempre, congelada en su memoria, tan fijada a ella como una mancha de agua en el hielo.

Pero lo que en realidad marcaría un antes y un después sucedió la noche siguiente. Un gran temporal había hecho descender en picado la temperatura. Desde la comodidad de su piso en la universidad, Luo Ji escuchaba el rugido del viento por encima de los sonidos de la gran urbe, mientras los copos de nieve se agolpaban contra los cristales de la ventana con el mismo ímpetu que unos granos de arena. Al mirar al exterior, vio que un extenso manto de nieve lo cubría todo. Parecía que el resto de la ciudad hubiese dejado de existir y solo su edificio, aquel bloque de pisos para el personal docente, se erigiera en solitario sobre una infinita llanura blanca. Decidió volver a la cama, pero antes de conseguir dormirse lo sobresaltó una idea: si ella estaba en la calle en medio de aquella tempestad, iba a morirse de frío. Trató de tranquilizarse diciéndose que era absurdo, que ella solo podía estar donde él la colocara, pero a partir de ese momento su imaginación se desbocó y la vio avanzar entre el vendaval, tan débil y temblorosa como una brizna de hierba a punto de salir volando. Como el abrigo que llevaba era blanco, no conseguía distinguir más que su bufanda roja, que se agitaba violentamente como si fuera una llama que luchaba contra la tempestad.

Ya no pudo conciliar el sueño. Se sentó en la cama, apoyó los pies en el suelo, se echó la colcha sobre los hombros y fue a sentarse al sofá. Se le ocurrió fumarse un cigarrillo, pero luego recordó que ella odiaba el humo, de modo que optó por prepararse una taza de café. Empezó a bebérsela con calma: estaba dispuesto a esperarla despierto el tiempo que fuera necesario; el azote del temporal y la negra oscuridad de la noche atormentaban a su corazón. Era la primera vez que se sentía tan angustiado por alguien. Tan ansioso.

Conforme esa ansia crecía y se hacía cada vez más profunda, ella empezó a materializarse. Aunque llegó envuelta en el abrazo del frío de la calle, de su pequeño cuerpo emanaba una calidez primaveral. Los copos de nieve cayeron de su pelo, convertidos en brillantes gotas de agua. Ella se quitó la bufanda y él la cogió de las manos para, con las suyas, tratar de entibiar su gélida suavidad, momento en el que ella lo miró emocionada y pronunció exactamente la misma pregunta que él iba a hacerle:

—¿Estás bien?

Luo Ji asintió con la cabeza. Después, mientras la ayudaba a quitarse el abrigo, dijo:

—Ven a calentarte.

La condujo hasta la chimenea, frotándole la espalda.

—¡Pero qué calentito se está aquí, me encanta! —exclamó ella.

Acto seguido se sentó en la alfombra que había frente a la chimenea y contempló el fuego.

«¡Maldita sea! ¿Qué me está pasando? —se dijo él, sabiéndose a solas en mitad de aquella habitación—. Bastaba con escribir cincuenta mil caracteres, imprimirlos en un papel bueno, diseñar una portada bonita con Photoshop, llevarlo todo a encuadernar, envolverlo para regalo y dárselo a Bai Rong para su cumpleaños. ¿Qué necesidad tenía de implicarme hasta este punto?»

Se sorprendió al notar que tenía los ojos llenos de lágrimas. De pronto, reparó en otro detalle: «¿Chimenea? ¿Desde cuándo tengo yo chimenea? ¿Por qué demonios se me habrá ocurrido pensar en una?» Al instante supo la respuesta: lo que él anhelaba no era el calor del fuego, sino su luz; con ella una mujer cobraba su máxima belleza. Entonces se le apareció su rostro, igual que hacía unos instantes, iluminada por el fuego.

«¡No! ¡No pienses en ella, será un desastre! ¡Duérmete!»

Pese a sus temores, Luo Ji no soñó nada en toda la noche y durmió tan plácidamente como si su cama fuera una barca flotando en un mar de color de rosa. A la mañana siguiente despertó con la sensación de haber renacido, de ser una vela rescatada del olvido que, la noche anterior, tras años acumulando polvo en un cajón, volvía a arder gracias a aquel pequeño fuego en el temporal. Recorrió el camino hasta las aulas con una sonrisa de oreja a oreja. A pesar de que la atmósfera todavía era brumosa, tuvo la sensación de que podía verlo todo a varios kilómetros a la redonda, y aunque no quedaba nieve sobre los álamos que bordeaban la avenida y apuntaban al cielo con las ramas desnudas, a él le parecieron más vivos que en primavera.

Ya en el aula, subió a la tarima para ocupar su lugar y, tal como esperaba, la vio allí, sentada al final del anfiteatro: era la única de aquella fila, estaba alejada del resto de estudiantes. Llevaba puesto un jersey *beige* de cuello alto; el abrigo blanco y la bufanda roja los había colocado en el asiento contiguo. A diferencia de los demás, que permanecían con la cabeza hundida en los libros, ella lo miraba de frente y volvió a dedicarle esa sonrisa suya, tan resplandeciente, como el sol después de una nevada.

Aquello lo puso nervioso. Se le aceleró tanto el pulso que se vio forzado a salir al balcón por una puerta lateral para serenarse y respirar aire fresco. Solo se había sentido igual cuando tuvo que defender sus dos tesis doctorales. Al volver dentro, se esforzó por lucirse con la clase. Gracias a su discurso apasionado y a la gran cantidad de citas, terminó ganándose una rara ovación a la que ella no contribuyó, si bien celebró asintiendo, satisfecha, mientras le ofrecía otra sonrisa.

Después de la clase regresó por la misma avenida sin sombra por la que había venido junto a ella, escuchando el crujido de la nieve bajo sus botas azules. Las dos hileras de álamos a los lados del camino fueron los únicos testigos de su conversación.

—Me encanta cómo das clase —dijo ella—, aunque no he entendido demasiado...

—No cursas esta carrera, ¿verdad?

—No.

—¿Y sueles asistir a clases de otras materias?

—Es cosa de hace unos días... Paso por delante de un aula cualquiera y siento el impulso de entrar y quedarme a escuchar. Acabo de graduarme; supongo que el hecho de ser consciente de que pronto tendré que irme y dejar todo esto ha hecho que comprenda lo bien que estoy aquí. Me da un poco de miedo lo que hay ahí fuera...

Durante los tres o cuatro días que siguieron, Luo Ji pasó la mayor parte del tiempo con ella. A ojos de los demás, eso sí, pareció que daba interminables paseos a solas. La explicación que le ofreció a Bai Rong no pudo ser más sencilla: le dijo que estaba pensando en su regalo de cumpleaños. En realidad, no era ninguna mentira.

Por Nochevieja compró una botella de vino tinto. Jamás había probado el vino. Llegó al apartamento, apagó las luces, se sentó en el sofá y encendió las velas que había en la mesita baja. Para cuando todas prendieron, ella ya estaba sentada a su lado, en silencio.

—¡Oh, mira! —exclamó con el tono ilusionado de una niña, señalándole la botella.

—¿Qué?

—¡Mira por aquí, por donde da la luz! Es precioso...

Filtrada a través del vino, la luz de las velas adquiría una diáfana tonalidad granate que parecía sacada de un sueño.

—Es..., es como un sol extinto.

—No digas esas cosas —susurró ella con un candor que lo enterneció—. A mí me parece que más bien es... como los ojos del anochecer.

—¿Por qué no los ojos del amanecer?

—Prefiero los anocheceres.

—¿Y eso?

—El anochecer siempre trae consigo las estrellas; en cambio, lo único que nos deja el amanecer...

—Es la cruda luz de la realidad.

—Eso mismo, sí.

Charlaron largo y tendido. Hablaron de todo, compartiendo un lenguaje común incluso para los temas más triviales, hasta el momento en que esa botella que había contenido los ojos del anochecer quedó vacía, y sus estómagos, llenos.

Tumbado en la cama y completamente embriagado, Luo Ji observó la luz de las velas, que aún ardían sobre la mesita. No le preocupó que ella hubiera desaparecido. Sabía que podía hacerla volver en cuanto él quisiera.

Llamaron a la puerta. Luo supo reconocer que el sonido era real y no tenía nada que ver con ella, de modo que no hizo caso. Pero entonces la puerta se abrió de repente y Bai Rong irrumpió en el apartamento. Al encender las luces, pareció que con ellas conectaba la gris realidad. Primero se quedó mirando las velas de la mesita; luego se sentó junto a la cabecera de la cama, donde exhaló un suave suspiro.

—Todavía tiene remedio.

—¿El qué? —preguntó él, todavía tumbado, cubriéndose los ojos con el dorso de la mano para protegerlos de la luz.

—Aún no has llegado al extremo de sacar un vaso para ella.

Luo Ji mantuvo la mano sobre los ojos sin pronunciar palabra. Bai Rong se inclinó y la apartó para poder mirarlo de frente. Luego dijo:

—Ha cobrado vida, ¿verdad?

Él asintió, sentándose.

—Rong... —intentó explicarle—, yo antes pensaba que a los personajes de una novela los controlaba su creador, que eran lo que el autor quería que fuesen y que hacían aquello que el autor quería que hicieran, como nos pasa a nosotros con Dios.

—¡Pues te equivocabas! —gritó ella mientras se ponía de pie y empezaba a ir de aquí para allá—. Y ahora te das cuenta de hasta qué punto. Esa es la diferencia entre un mero escribidor y un literato: el *summum* de la creación literaria es cuando los personajes de una novela tienen vida propia en la mente de su autor. Este no puede controlarlos ni predecir cómo van a actuar; solo puede seguirlos, fascinado, para observarlos y apuntar los más nimios detalles de sus vidas, como si fuera un *voyeur*. Así se escribe un clásico.

—¡Al final resulta que la literatura es un arte para pervertidos!

—Lo fue en el caso de Shakespeare, de Balzac y de Tolstói, como mínimo. Fue así como esos grandes genios crearon a todos aquellos inolvidables personajes que perduran en nuestra memoria colectiva. Los escritores actuales han perdido esa creatividad. Sus mentes solo son capaces de crear imágenes fragmentadas, fetos sin desarrollar cuya corta vida es una sucesión de espasmos crípticos, vacíos de sentido, que luego barren y atan en un saco al que le ponen una etiqueta: que si posmoderno, que si deconstruccionista, que si simbolista, que si irracional...

—¿Insinúas que me he convertido en un escritor de literatura clásica?

—No me hagas reír. Tu mente no ha hecho más que gestar una sola imagen. Y de las más sencillas, además. Las mentes de los autores clásicos alumbraron a cientos de miles de figuras de distinto corte, que luego, juntas, formaron el retrato de una era. ¡Eso solo está al alcance de las mentes privilegiadas! Pero reconozco que lo que has conseguido tiene su mérito. No te creía capaz de lograrlo...

—¿Tú lo has logrado alguna vez?

—Solamente una —respondió ella. Luego le apretujó el cuello e imploró—: Déjalo, ya no quiero que me hagas ese regalo; volvamos a nuestra vida normal, ¿de acuerdo?

—¿Y si me sigue pasando lo mismo?

Bai Rong lo miró fijamente a los ojos durante unos segundos. Luego lo soltó de golpe y dijo, con una sonrisa amarga:

—Sabía que era demasiado tarde.

Acto seguido cogió el bolso y se fue.

Luo Ji oyó entonces que afuera la gente gritaba: «¡Cuatro! ¡Tres! ¡Dos! ¡Uno!», y a continuación el edificio de las aulas, desde el cual llegaba la música, estalló en risas. En la pista de atletismo estaban lanzando fuegos artificiales. Miró el reloj y vio que acababa de pasar el último segundo del año.

—Mañana es fiesta —dijo entonces—. ¿Adónde podemos ir?

Estaba tumbado en la cama, pero no le hacía falta mirar para saber que su personaje había vuelto y se hallaba al lado de la chimenea inexistente.

—No querrás llevártela, ¿verdad? —preguntó ella, toda inocencia, apuntando hacia la puerta, que seguía abierta.

—Qué va, no... nosotros dos solos. ¿Adónde te gustaría ir?

Sin dejar de mirar la danza de las llamas de la chimenea, ella respondió:

—No importa adónde vayamos. El mero hecho de sentirnos en viaje es maravilloso.

—Entonces, ¿qué te parece si nos ponemos en marcha sin planear nada y ya veremos dónde acabamos?

—Perfecto.

A la mañana siguiente abandonaban el campus a bordo de su Accord rumbo al oeste, una dirección escogida por el simple hecho de que les ahorraba tener que atravesar la ciudad. Por primera vez Luo experimentó la maravillosa sensación de viajar sin un destino en mente. Cuando los edificios dieron paso a los campos, abrió la ventana para dejar entrar el aire frío del invierno y notó la larga cabellera de ella agitada por el viento; incluso sintió que le hacía cosquillas en la sien derecha.

—¡Mira, montañas! —exclamó ella, señalando un punto distante.

—Qué buena visibilidad hay hoy... Son las montañas Taihang; primero discurren en paralelo a esta carretera y luego hacen una especie de curva que converge en el oeste. Allí es donde la carretera se interna en ellas. Calculo que ahora mismo estaremos...

—¡No me digas dónde estamos! —lo interrumpió ella—. En cuanto uno lo sabe, el mundo se le vuelve tan estrecho como un mapa. En cambio, cuando no lo sabe, el mundo se expande hasta que parece no tener límite.

—Está bien —convino Luo—, hagamos lo posible por perdernos.

Dio un giro para tomar una carretera secundaria por la que circulaban menos coches. Al cabo de un rato, giró de nuevo. Terminaron teniendo a los lados del coche campos y más campos en los que la nieve aún no se había derretido del todo; aquí y allá se veían parches de tierra. No había una mancha verde por ninguna parte, aunque la luz del sol era espectacular.

—El típico paisaje del norte de China —dijo Luo.

—Es la primera vez que siento que la tierra desnuda, sin una brizna de hierba en ella, puede ser hermosa por sí sola.

—El verde está enterrado en los campos esperando a que llegue la primavera. El trigo de invierno brotará cuando aún siga haciendo frío, y entonces esto se convertirá en un mar verde. Imagina toda esta extensión...

—No necesita vegetación, es precioso tal y como está. ¡Uy, mira! ¿A que el suelo parece una vaca lechera durmiendo la siesta?

—¿Qué? —exclamó él, sorprendido, mirándola a ella y luego, a través de las ventanillas, la tierra salpicada de nieve.

—¡Ahí va! Pues sí que parece que... Oye, ¿cuál es tu estación del año favorita?

—El otoño.

—¿Por qué no la primavera?

—Son demasiadas sensaciones juntas. Me agota. El otoño es mejor.

Pararon el coche y se sentaron en el borde de un campo para contemplar a las urracas picoteando el suelo en busca de alimento. Cuando trataron de acercárseles, estas echaron a volar y se refugiaron en una arboleda cercana. Más tarde recorrieron el lecho de un río casi completamente seco. Aun cuando había quedado reducido a un estrecho reguero congelado, seguía siendo un río norteño: recogieron de su lecho unos cuantos guijarros fríos y lisos, y luego los lanzaron contra él; de los agujeros que hacían en el hielo brotaban chorros de agua amarillenta. Después llegaron a un pequeño pueblo en cuyo mercado pasaron algún tiempo. Ella se arrodilló frente a un puesto de peces dorados y observó en sus peceras, rojizas llamas líquidas al sol, negándose a irse de allí. Al final él le compró dos y los puso, sin sacarlos de sus bolsas con agua, sobre el asiento trasero del coche.

Más tarde pasaron por un pueblo al que habían despojado de todo encanto. Los edificios eran nuevos, muchas viviendas tenían coches aparcados delante de sus puertas y había anchas carreteras de cemento; la gente vestía igual que en las ciudades (aunque algunas chicas lo hacían con estilo). Incluso los perros eran idénticos a esos parásitos de patas cortas y pelo largo que abundaban en las grandes urbes. Lo que más les llamó la atención de aquel pueblo fue el enorme escenario que habían instalado justo a la entrada: sus dimensiones parecían excesivas para una localidad tan pequeña. Al verlo vacío, Luo Ji no lo dudó dos veces: se subió como pudo y, una vez arriba, mirando a los ojos del único miembro de su público, cantó aquella famosa estrofa de *Tonkaya Ryabina* que habla del esbelto espino blanco. A mediodía almorzaron en otro pueblo, donde la comida era la misma que en las ciudades pero servida en raciones casi el doble de grandes. Después, algo aletargados, pasaron un buen rato sentados al sol en un banco frente al ayuntamiento. Luego se fueron de allí sin rumbo concreto.

Antes de darse cuenta, se encontraron con que la carretera ya se había internado en las montañas, de forma regular y poca vegetación, salvo por los hierbajos y enredaderas que crecían entre las fisuras de la roca gris. Durante millones de años, aquellas montañas, cansadas de estar erguidas, se habían ido recostando poco a poco, allanándose hasta tal punto que cualquiera que caminase sobre ellas terminaba contagiado de su misma indolencia.

—Estas montañas son como aquellos abuelos que pasan la tarde al sol haciendo la siesta —dijo ella, pese a que en todos los pueblos que habían visitado no habían visto a nadie con la parsimonia de aquellas montañas.

En más de una ocasión tuvieron que detenerse para dejar que algún rebaño de ovejas cruzase la carretera. Después, por fin aparecieron las típicas aldeas que habían imaginado, las famosas casas cueva, caquis y nogales, edificios bajos con techo de piedra... Los perros se volvieron más grandes y más fieros.

Alternando montaña y paradas, la tarde pasó sin que se dieran cuenta. El sol ya se ponía por el oeste y la penumbra caía sobre la carretera. Tras conducir por un camino de tierra lleno de socavones hasta un montículo todavía iluminado por el sol, decidieron que aquel lugar marcaría el punto final de su viaje: después de contemplar el atardecer emprenderían el camino de regreso. El pelo de ella, que la suave brisa del anochecer agitaba, parecía querer apoderarse de los últimos rayos de luz dorada.

Acababan de entrar en la autopista cuando el coche sufrió una avería. Se le había roto el eje trasero y eso los obligaba a pedir ayuda. Tuvo que pasar un buen rato hasta que, gracias al conductor de una camioneta, averiguaron el nombre del lugar donde se hallaban. Después, aliviado al ver que su teléfono seguía teniendo cobertura, Luo Ji llamó a un taller mecánico. La grúa tardaría entre cuatro y cinco horas en llegar a donde estaban.

La temperatura había descendido en picado desde la puesta

del sol. Antes de que oscureciera del todo, Luo fue a recoger unas cuantas panochas de maíz a un campo cercano y las usó para encender una hoguera.

—¡Pero qué calentito se está aquí, me encanta! —exclamó ella, mirando el fuego, presa de la misma felicidad que aquella primera noche frente a la chimenea.

Él volvió a embriagarse con su belleza a la luz de las llamas. Llegó a pensar que él era aquella hoguera y que el único propósito de su existencia era darle calor.

—Por aquí no habrá lobos, ¿no? —preguntó de repente ella, mirando con recelo la creciente oscuridad que los rodeaba.

—No —respondió Luo Ji—. Estamos en el norte del país, en pleno corazón del continente; los lobos abundan en otras partes... Que no te engañe el aspecto agreste y desolado de la zona. En realidad, es una de las más densas de toda China. Fíjate si no en la carretera: cada dos minutos circula un coche...

—Esperaba que dijeras que sí había —admitió ella, sonriendo con dulzura. Luego volvió a mirar la gran cantidad de chispas que saltaban entre las llamas y se elevaban en el aire. Parecían estrellas flotando en el cielo nocturno.

—De acuerdo, pues sí que hay lobos. Pero me tienes a mí.

No dijeron nada más. Permanecieron en silencio frente al fuego, que avivaban de vez en cuando.

Al cabo de un rato, Luo Ji oyó que le sonaba el móvil. Era Bai Rong.

—¿Estás con ella? —le preguntó con suavidad.

—No, estoy aquí solo —contestó él, reparando al fin en lo que le rodeaba.

No mentía: realmente estaba solo junto a una hoguera al borde de aquella carretera que discurría paralela a las montañas Taihang. La luz del fuego no revelaba más que rocas y, por encima de su cabeza, un cielo estrellado.

—Ya sé que estás solo, pero ¿estás con ella?

Él hizo una pausa.

—Sí —respondió luego. Y al volver la cabeza hacia un lado la vio, alimentando el fuego y sonriendo a las llamas que ardían a su alrededor.

—¿Crees ahora en la existencia de ese amor sobre el que siempre escribo?

—Sí, creo en su existencia —contestó Luo Ji, y no fue hasta pronunciar esas palabras cuando comprendió la gran distancia que los separaba.

Los dos guardaron silencio durante varios minutos; en ese tiempo, las ondas de radio les mantuvieron conectados a través de las montañas hasta su intercambio final.

—Tú también tienes el tuyo, ¿es así? —preguntó él.

—Sí. Desde hace tiempo.

—¿Y ahora mismo dónde está?

—¿Dónde va a estar? —dijo ella entre risas.

Él también rio.

—Claro. Dónde va a estar...

—Bueno... Cuídate. Adiós.

Bai Rong colgó. Con aquel gesto no solo cortaba la comunicación, sino que rompía para siempre el vínculo que los había unido, dejándolos a ambos quizás un tanto entristecidos, pero no mucho más que eso.

—Aquí afuera hace demasiado frío. ¿Por qué no duermes dentro del coche? —le sugirió él.

Ella negó lentamente con la cabeza.

—Quiero quedarme aquí contigo —dijo—. ¿A que te gusto cuando estoy cerca del fuego?

Al llegar la grúa, procedente de Shijiazhuang, ya era más de medianoche. Los dos mecánicos se sorprendieron al ver a Luo Ji esperándolos a la intemperie, al lado de una hoguera.

—¡Se va usted a congelar ahí sentado, señor! El motor sigue funcionando... ¿Por qué no ha esperado dentro del coche con la calefacción puesta?

En cuanto el automóvil estuvo reparado, Luo Ji condujo toda la noche, dejando atrás las montañas. Al amanecer llegó a Shijiazhuang y a las diez de la mañana ya estaba de regreso en Pekín. Pero no fue al campus, sino directo a la consulta del psicólogo.

—Puede que necesite un tiempo para hacer el ajuste, pero no se trata de nada serio —lo tranquilizó el psicólogo tras escuchar su extenso relato.

—¿Nada serio? —exclamó Luo Ji, abriendo mucho los ojos inyectados de sangre—. Estoy perdidamente enamorado de un personaje ficticio que protagoniza una novela de mi propia creación. He hablado con ella, me he ido de viaje con ella y hasta he roto con mi novia en la vida real por ella. ¿Eso a usted no le parece serio?

El psicólogo se limitó a dedicarle una sonrisa magnánima.

—¿Acaso no me entiende? —añadió Luo—. ¡Le he entregado mi más profundo amor a una ilusión!

—¡Oh! Entonces, ¿tenía usted la impresión de que los destinatarios de los afectos de los demás sí existen?

—No puedo creerme que lo ponga en duda.

—¡No es que lo ponga en duda, es que le digo que no es así! En la inmensa mayoría de casos, aquello que uno ama solo existe en su imaginación. El destinatario de su afecto no es el hombre o la mujer que existe en la realidad, sino el de su mente. La persona real no es más que un patrón a partir del cual confeccionar el amor de sus sueños. Inevitablemente, tarde o temprano uno termina dándose cuenta de las diferencias entre uno y otro y debe decidir: si puede acostumbrarse, seguirán juntos; si no, romperán. Es así de sencillo. Usted difiere de la gran mayoría en que no ha necesitado un patrón.

—Entonces, ¿de verdad que no estoy enfermo?

—Solo en el sentido que dijo su novia: tiene usted un talento literario innato. Si a eso quiere llamarlo enfermedad, hágalo.

—Pero ¿no resulta un tanto excesivo imaginar cosas así?

—La imaginación no tiene nada de excesivo. Sobre todo en lo que al amor se refiere.

—¿Y qué hago? ¿Cómo puedo olvidarme de ella?

—Eso es imposible. Nunca será capaz de olvidarla, de modo que ahórrese el esfuerzo; solo conseguirá acabar con secuelas o incluso problemas mentales... Así de sencillo, debe dejar que la naturaleza siga su curso. Se lo repetiré para que quede claro: ¡ni se le ocurra intentar olvidarla! A medida que pase el tiempo, la influencia que ella pueda tener ahora en su vida disminuirá. En realidad, debería felicitarse: independientemente de si ella existe o no, usted ha tenido la suerte de conocer el amor.

Hasta la fecha, aquella fue la relación sentimental más intensa de Luo Ji, uno de esos amores que solo se viven una vez. Lo que hizo después fue retomar su existencia un tanto disoluta y dar tumbos de aquí para allá sin rumbo fijo, igual que aquel día con su coche. Con el paso del tiempo, tal y como había pronosticado el psicólogo, la influencia que ella ejercía en su vida fue disminuyendo: al principio dejó de aparecerse cuando él estaba con una mujer de carne y hueso; luego no lo hizo ni aun hallándose a solas. Sin embargo, Luo Ji sabía que ella ocupaba la parte más íntima de su alma y que allí seguiría toda la vida. Incluso era capaz de ver el mundo en que ella moraba: un vasto paisaje nevado con el cielo eternamente adornado por una luna creciente y decenas de estrellas plateadas. En medio del silencio reinante, uno casi oía cómo los copos de nieve caían sobre aquel suelo, blanco y granulado como el azúcar. Allí, dentro de una primorosa cabaña, esa Eva que Luo Ji había creado con una de las costillas de su mente, pasaba los días sentada ante una vieja chimenea, contemplando las revoltosas llamas del fuego.

Ahora, solo en aquel misterioso vuelo, Luo Ji ansiaba su compañía, tratar de adivinar juntos qué le esperaba al final de aquel viaje; pero ella no apareció. Él seguía sintiendo su presencia en el mismo rincón de su alma, siempre sentada en silencio frente al fuego pero sin sentirse sola ni un instante, pues sabía que el mundo que habitaba estaba dentro de él.

Luo alargó el brazo para alcanzar el frasco que había sobre el cabezal de la cama con la intención de tomarse un somnífero y así obligarse a dormir, pero en el instante en que sus dedos lo tocaron, este salió disparado hacia el techo; también la ropa que había dejado sobre la silla. Todo permaneció allí unos segundos. Incluso él sintió que se elevaba de la cama, pero al estar sujeto al saco de dormir no salió volando. Al fin el frasco cayó bruscamente sobre la cama. Durante unos segundos, Luo sintió como si un objeto muy pesado aplastara su cuerpo, y no consiguió moverse. El paso súbito de la ingravidez a la hipergravedad lo dejó mareado, una sensación que se prolongó durante diez segundos, antes de que todo volviera a la calma.

Entonces oyó los pasos apresurados de varias personas sobre la moqueta, al otro lado de la puerta, que se abrió.

—Luo, ¿estás bien? —preguntó Shi Qiang, asomando la cabeza.

En cuanto lo oyó responder que sí, volvió a cerrar la puerta. Luo pudo escuchar una conversación en voz baja:

—Ha sido un simple malentendido durante el cambio de escolta, nada de qué preocuparse.

—¿Te dijeron algo los de arriba cuando llamaron antes? —preguntó Shi.

—Que la formación tendría que repostar combustible en media hora, pero que no nos alarmáramos.

—El plan original no mencionaba ninguna interrupción, ¿verdad?

—¡Claro que no! Ay, en mitad de este caos, siete aviones se han deshecho sin querer de sus depósitos de combustible secundarios...

—Bueno, ya está, no te pongas tan dramático... ¿A qué viene este estado de alteración permanente? Vete a dormir un rato, anda.

—¿Cómo voy a dormir tal como están las cosas?

—Dejándome a mí de guardia. ¿De qué sirves cansado? Ya sé que pretenden mantenernos en estado de alerta a todos todo el tiempo, pero sigo pensando lo mismo: en misiones de protección, una vez que has valorado todos los escenarios posibles y tomado todas las medidas de precaución a tu alcance, hay que dejar que ocurra lo que sea. ¿Qué ganas calentándote la cabeza si sabes que ya no puedes hacer más de lo que haces?

En cuanto oyó las palabras «cambio de escolta», Luo Ji deslizó el panel de la ventanilla para mirar al exterior. Seguía habiendo un mar de nubes en el cielo nocturno, pero la luna comenzaba a encaminarse hacia el horizonte. También volvió a ver los rastros de los cazas, esta vez seis más. Las minúsculas aeronaves que los encabezaban eran de un modelo distinto de las cuatro que había visto antes.

La puerta del dormitorio volvió a abrirse. Esta vez Shi Qiang asomó el torso entero.

—¡Luo, tío! Hemos tenido un problemilla de nada, pero ya pasó. Vuelve a la cama tranquilo; de ahora en adelante no habrá más sobresaltos.

—¿Que me vuelva a la cama? ¿Cuántas horas de vuelo llevamos ya?

—Todavía quedan unas cuantas. Descansa —repuso Shi, quien acto seguido cerró la puerta y volvió a dejarlo solo.

Luo Ji volvió a su cama y cogió el frasco de pastillas. A Shi no se le escapaba ningún detalle: contenía una única cápsula. Se la tomó e, imaginando que el piloto rojo bajo la ventana era la luz de una chimenea, se durmió.

Cuando Shi Qiang lo despertó, Luo había pasado más de seis horas durmiendo sin soñar con nada; se sentía francamente bien.

—Ya casi hemos llegado, levántate y vete preparando —le dijo Shi.

Luo Ji fue al baño a asearse y luego a la oficina, donde lo aguardaba un pequeño desayuno. Mientras se lo tomaba notó que el avión iniciaba su descenso. Diez minutos más tarde, después de quince horas de vuelo, al fin volvían a estar en tierra firme.

Shi le pidió que se quedara esperando en la oficina mientras él salía. Cuando volvió lo hizo acompañado de un hombre muy alto, de rasgos europeos e impecablemente vestido, que parecía ostentar algún cargo importante.

—¿Este es el doctor Luo? —preguntó el hombre mirándole. Al advertir que a Shi le costaba entender el inglés, repitió la pregunta en chino.

—Es Luo Ji —contestó entonces Shi, y después presentó al desconocido—. Este es el señor Kent. Ha venido a darte la bienvenida.

—Es un honor —dijo Kent, haciendo una breve reverencia.

Cuando se dieron la mano, Luo tuvo la sensación de que aquel hombre era una persona curtida por la experiencia. Que ocultaba mucho detrás de sus modales refinados, aun cuando el brillo de sus ojos delataba la presencia de secretos. Luo quedó fascinado por esa mirada: tan pronto parecía ser de ángel como de demonio; tanto podía ser una bomba atómica como una piedra preciosa de idéntico tamaño. De toda la información que aquellos ojos contenían, Luo solo tuvo una certeza: ese hombre estaba viviendo un momento tremendamente importante en su vida.

—Lo felicito —dijo Kent mirando a Shi—. Han hecho un trabajo excelente. Su viaje ha sido el menos accidentado de todos. En los demás casos ha costado bastante llegar.

—Nosotros nos hemos limitado a cumplir con las órdenes de nuestros superiores —repuso Shi—. Hemos priorizado minimizar el número total de etapas.

—Absolutamente acertado. En las presentes circunstancias, minimizar etapas garantiza la máxima seguridad. ¡Y ahora, siguiendo ese mismo principio, iremos directos a la sala de la asamblea!

—¿Cuándo empieza la sesión?

—Dentro de una hora.

—Pues sí que hemos apurado...

—El inicio de la sesión depende de la llegada del último candidato.

—Ah, eso está muy bien... Bueno, ¿hacemos el traspaso de custodia?

—No. Por el momento ustedes siguen a cargo de la seguridad del doctor. Como ya le he dicho, son los mejores.

Durante unos segundos, Shi observó a Kent en silencio. Luego asintió.

—Estos días, al venir para familiarizarse con la situación, varios de nuestros hombres han topado con obstáculos —observó.

—Le garantizo que no volverá a ocurrir —aseguró Kent—. A partir de este momento cuenta con la total colaboración de la policía y el ejército locales. Muy bien —los miró a los dos—, ya podemos irnos.

En cuanto salieron, Luo comprobó que todavía era de noche. Teniendo en cuenta su hora de partida, no le costó deducir en qué área del globo se hallaba aproximadamente. La niebla era tan espesa que la luz de los focos apenas consiguió teñir de amarillo apagado la sucesión de imágenes de la que fueron luego testigos, todas ellas calcadas a las que habían visto en el despegue: la patrulla de helicópteros en el aire, solo visibles a través de la niebla en forma de sombras y con luces brillantes; el avión rodeado por un anillo de vehículos militares y un cordón de soldados mirando hacia fuera; un grupo de oficiales equipados con radios, discutiendo algo entre ocasionales miradas hacia la escalerilla.

Luo Ji oyó un zumbido por encima de su cabeza que le erizó el vello de la nuca, e incluso hizo que el imperturbable Kent se cubriera las orejas. Al mirar hacia arriba descubrieron que una sombra los sobrevolaba a muy poca altura: su escolta de aviones trazaba un círculo que la niebla impedía ver con claridad; parecía un gigante cósmico marcando con tiza aquel punto concreto de la Tierra.

Shi Qiang, Kent y Luo subieron al coche blindado que los esperaba al pie de la escalerilla. Aunque las cortinas estaban echadas, por la poca luz que se colaba, Luo supo que formaban parte de un convoy. El silencio reinó a lo largo de aquel viaje a lo desconocido. Aunque solo duró cuarenta minutos, a Luo se le hizo eterno.

Cuando Kent anunció que habían llegado, a través de las cortinas Luo adivinó la silueta de un objeto iluminado por las luces del edificio que tenía detrás. Su forma resultaba inconfundible: un revólver gigante con el cañón anudado. De inmediato supo que se hallaba en la sede de Naciones Unidas en Nueva York.

En cuanto bajó del coche se vio rodeado por un grupo de agentes de seguridad, todos de gran estatura y algunos con gafas de sol pese a ser de noche. La masa humana que formaban lo aprisionó y, sin darle tiempo a distinguir dónde se hallaba, lo llevó sin que apenas tocara el suelo con los pies. Las pisadas de los demás eran el único sonido que rompía el silencio. Justo antes de que aquella tensión demente pudiera con él, los hombres que lo precedían se hicieron a un lado para abrirle paso, la luz brilló ante sus ojos y el resto de agentes también se detuvo, dejando que él, Shi Qiang y Kent avanzaran en solitario.

Juntos atravesaron un gran vestíbulo desierto, a excepción de unos cuantos guardas de seguridad vestidos de negro, que susurraban algo a su radio cada vez que pasaban por su lado. A continuación cruzaron una pasarela hacia un panel de vitral, cuya amalgama de colores y líneas representaba formas distorsionadas de personas y animales. Al fin, giraron a la izquierda y se metieron en una pequeña habitación. Tras cerrarse la puerta, Kent y Shi Qiang intercambiaron una sonrisa de satisfacción. El alivio se reflejaba en sus rostros.

Luo miró alrededor y descubrió que la habitación era bastante peculiar: la pared del fondo estaba toda cubierta por una pintura abstracta compuesta por formas geométricas amarillas, blancas, azules y negras, que parecían flotar sobre un océano de aguas azules. Sin embargo, lo más extraño era la gran roca en forma de prisma rectangular que ocupaba el centro de la estancia, iluminada de modo tenue por varias lamparitas. De cerca se advertían líneas del color del óxido. En la habitación solo había esa roca y la pintura abstracta.

—Imagino que querrá cambiarse de ropa, doctor Luo —dijo Kent, en inglés.

—¿Qué dice? —preguntó Shi Qiang.

En cuanto Luo Ji se lo tradujo, negó con la cabeza.

—De eso nada, la chaqueta te la dejas puesta.

—Pero es una ocasión formal —alegó Kent, esforzándose en hablar chino.

—Ni hablar —insistió Shi, volviendo a negar con la cabeza.

—Solo los representantes de los países pueden acceder a la sala —dijo Kent—. Ni siquiera los medios estarán presentes, es más que seguro.

—He dicho que no. Si no le he entendido mal antes, yo sigo a cargo de su seguridad.

—Está bien —cedió Kent—, no es importante.

—Debería contarle al chico lo que ocurre —dijo Shi, bajando el tono de voz y apuntando con la cabeza hacia Luo.

—No estoy autorizado a darle ningún tipo de explicación...

—¡Pues invéntese algo! —repuso Shi, y se echó a reír.

Kent se volvió hacia Luo. Cariacontecido, se ajustó la corbata en un ademán inconsciente. Luo cayó entonces en la cuenta de que hasta el momento había estado rehuyendo su mirada. También se había percatado de que ahora Shi parecía otra persona. Su expresión burlona había desaparecido, y prestaba mucha más atención a Kent. Este último detalle lo convenció de que Shi no le había mentido: realmente desconocía el motivo de su viaje.

Oyó las palabras de Kent:

—Doctor Luo, lo único que puedo decirle es que está usted a punto de asistir a una reunión al más alto nivel en la que se hará un anuncio de trascendental importancia. Todo cuanto deberá hacer usted es estar presente.

Se quedaron callados. La habitación entera se había sumido en el silencio y Luo podía escuchar los latidos de su corazón. Se hallaban en la sala de meditación, presidida por un enorme bloque de hierro de seis toneladas, regalo de Suecia, que simbolizaba la resistencia y la atemporalidad. En aquel momento, más que de meditar, Luo trataba con todas sus fuerzas de mantener la mente en blanco: convencido de que, tal y como Shi le había dicho en otro momento, cualquier cosa en la que uno pensara podía terminar siendo contraproducente, decidió ponerse a contar las formas geométricas del mural de la pared.

Al poco, la puerta se abrió y alguien asomó la cabeza para hacerle una señal a Kent, quien se volvió hacia Luo y Shi y dijo:

—Es hora de entrar. Como el doctor no conoce a nadie, podemos hacerlo juntos.

Shi asintió y miró a Luo.

—Te espero fuera —le dijo, sonriendo y saludándolo con la mano.

Aquel gesto consiguió emocionar a Luo Ji. En esos momentos, Shi era el único apoyo moral con que contaba.

Salió de la sala de meditación junto a Kent, al que siguió hasta la sala de la Asamblea General de las Naciones Unidas.

El interior estaba lleno; todo el mundo charlaba bulliciosamente. Kent lo condujo a lo largo del pasillo central. Al principio su presencia pasó inadvertida, pero a medida que se acercaba al frente empezó a atraer miradas. Kent lo dejó en un asiento de la quinta fila junto al pasillo y se fue a ocupar el suyo, en la segunda.

Luo Ji miró a su alrededor. Aunque había visto aquel lugar por televisión incontables veces, nunca había comprendido lo que sus arquitectos habían querido expresar. Justo enfrente tenía el grandioso muro amarillo con la insignia de la organización, que servía de fondo al podio; por su inclinación, en ángulo agudo, parecía un precipicio a punto de desmoronarse. El techo circular, diseñado en forma de bóveda celeste, era una estructura independiente totalmente separada de aquel muro y, en lugar de estabilizarlo, ejercía con su peso una inmensa presión que contribuía a que pareciese al borde del colapso. En aquel momento, daba la sensación de que los once arquitectos que a mediados del siglo XX diseñaron el edificio hubieran predicho, con pasmosa precisión, la encrucijada en que se hallaría la humanidad.

Luo Ji dejó de mirar aquel muro y se fijó en la conversación de las dos personas que tenía al lado. No supo adivinar su nacionalidad, pero hablaban en un inglés muy fluido.

—¿De verdad cree que el individuo desempeña un papel decisivo en la historia?

—No me parece que se trate de una cuestión susceptible de ser probada o refutada; para eso tendríamos que retroceder en el tiempo, asesinar a unas cuantas figuras prominentes y esperar a ver qué ocurre. Lo que sí tengo claro es que no podemos descartar la posibilidad de que los cauces que trazaron las grandes figuras hayan determinado el curso de la historia.

—Pero aún existe otra posibilidad: que esas grandes figuras de las que usted habla no fueran más que meros nadadores arrastrados por el torrente de la historia, que sus nombres pasaran a la posteridad porque en su día sentaron algún tipo de precedente digno de admiración y reconocimiento, sin haber afectado realmente su curso... Pero, en fin, tal y como están las cosas ahora, ¿qué sentido tiene pensar en todo eso, verdad?

—El problema es que jamás ha habido en el mundo una toma de decisión en la que alguien planteara las cosas a ese nivel. Los países siempre han estado enfrascados en cosas como la equidistancia entre candidatos o la igualdad de recursos...

En la sala empezó a hacerse el silencio: la secretaria general Say se dirigía hacia el podio. Aquella dirigente de nacionalidad filipina llevaba al mando de la organización desde antes del estallido de la crisis. Si la votación por la que fue escogida se hubiera celebrado después, jamás habría sido elegida, pues su delicado aspecto de mujer asiática no encajaba con la imagen de poder que el mundo quería proyectar ante la crisis trisolariana. De constitución menuda, parecía frágil y desvalida en contraposición con el gigantesco muro que la envolvía. Mientras subía las escaleras del podio, Kent se le acercó para susurrarle algo al oído. Ella lo escuchó mirando hacia abajo, asintió y siguió su camino.

Luo hubiera jurado que había mirado hacia su asiento.

Tras ocupar su puesto en la tarima, la secretaria general se tomó un minuto para contemplar a la asamblea. Por fin anunció:

—La decimonovena reunión del Consejo de Defensa Planetaria alcanza el último punto de su agenda: el anuncio del inicio del Proyecto Vallado y la revelación de los candidatos escogidos. Antes, sin embargo, me parece necesario hacer un repaso de la gestación del proyecto.

»Al comienzo de la Crisis Trisolariana, los miembros del anterior Consejo de Seguridad se reunieron de forma urgente para negociar y concebir el Proyecto Vallado. Se tuvieron en cuenta los siguientes hechos: tras la aparición de los dos primeros sofones, se comprobó que otros sofones alcanzaban constantemente el Sistema Solar y se dirigían hacia la Tierra. Ese proceso aún continúa. En consecuencia, para nuestro enemigo, la Tierra es un mundo transparente. Todo cuanto sucede es para él como un libro abierto que puede leer a su antojo. La humanidad ya no tiene secretos.

»La comunidad internacional ha activado un programa de defensa convencional que, tanto a nivel de estrategia general como de carácter militar o tecnológico, por ínfimo que sea, está completamente expuesto a los ojos del enemigo. Cada sala de reuniones, cada archivador, los discos duros y la memoria de cada ordenador..., nada escapa a los sofones. Cada plan, cada programa, cada desplegamiento, sin importar su tamaño, resulta visible para el mando enemigo a cuatro años luz de distancia, desde el instante mismo que tienen lugar en la Tierra. Toda comunicación humana, sin importar su índole, debe darse por filtrada.

»Debemos ser conscientes del siguiente hecho: la estrategia y el tacticismo no avanzan en paralelo al progreso tecnológico. Según informaciones precisas de las que disponemos, los pensamientos de los trisolarianos son transparentes y se comunican de forma directa, volviéndolos en unos completos incompetentes a la hora de engañar o camuflar sus intenciones. Eso los pone en clara desventaja respecto a la civilización humana, circunstancia que no podemos desaprovechar. Los fundadores del Proyecto Vallado estimaron necesario que, en paralelo al programa de defensa convencional, se realicen planes estratégicos de distinta naturaleza que deberán mantenerse en secreto, totalmente a salvo de la mirada del enemigo. De todas las propuestas barajadas, el Proyecto Vallado ha sido la única estimada como viable.

»Una precisión a lo que acabo de decir: la humanidad todavía está en condiciones de guardar secretos. Puede hacerlo en ese mundo interior que cada uno de nosotros posee. Los sofones entienden todos los lenguajes humanos, son capaces de leer textos impresos y de obtener la información almacenada en todo tipo de soportes a velocidades ultrarrápidas, pero hasta la fecha no pueden leernos el pensamiento. Siempre y cuando no lo comunique, todo individuo es capaz de mantener lo que piensa a salvo de los sofones. Precisamente esa es la base sobre la que se asienta el Proyecto Vallado. Se trata de seleccionar a un grupo de personas que formularán e implementarán planes estratégicos. Los desarrollarán en sus mentes sin comunicar nada al mundo exterior. Todos los detalles de dichos planes, desde su razón estratégica hasta los pasos necesarios para su consecución, permanecerán de este modo a salvo, al estar ocultos en su cerebro.

»Por la forma en que deberán aislarse del mundo, hemos decidido llamarlos "vallados". Durante la implementación de sus planes estratégicos, las ideas y los comportamientos que exhiban estos vallados de cara al mundo exterior serán una farsa, una calculada mezcla de mentiras, tergiversaciones y manipulaciones dirigida al mundo entero, incluyendo a enemigos y aliados por igual, a fin de crear un enorme y confuso laberinto que desconcierte al enemigo y entorpezca su juicio, retrasando así al máximo la revelación de sus intenciones estratégicas. Los vallados gozarán de amplios poderes que les permitirán movilizar y desplegar buena parte de los recursos militares disponibles hoy en día en la Tierra. Realizarán sus planes sin tener que rendir cuentas de ninguna de sus acciones, sean las que sean, ni aclarar qué motiva sus peticiones por extrañas que parezcan. El seguimiento de su actividad estará al cargo del Consejo de Defensa Planetaria de Naciones Unidas, la única institución con autoridad para vetar las peticiones de los vallados, tal y como contempla la Ley de los Vallados de Naciones Unidas. A fin de garantizar la continuidad del proyecto, los vallados podrán usar la tecnología de hibernación para estar presentes en la batalla del Día del Juicio Final, que se librará dentro de varios siglos. Ellos mismos decidirán cuándo, bajo qué circunstancias y durante cuánto tiempo serán despertados. Durante los siguientes cuatro siglos, la Ley de los Vallados de Naciones Unidas será reconocida por el Derecho Internacional de forma similar a la Carta de las Naciones Unidas, y se aplicará del mismo modo que las leyes de cada país a fin de garantizar la ejecución de los planes estratégicos de los vallados.

»Los vallados realizarán la misión más difícil de la historia de la humanidad. Además, deberán hacerlo completamente solos; con el corazón aislado del mundo, del universo entero. Su única compañía y su único apoyo moral serán ellos mismos. Al asumir esta responsabilidad aceptarán pasar muchos años en la más absoluta soledad, y por ese motivo tienen nuestro más profundo respeto. A continuación, en nombre de Naciones Unidas, procederé a anunciar los nombres de los cuatro vallados escogidos por el Consejo de Defensa Planetaria.

Luo Ji, que al igual que toda la asamblea había escuchado el discurso de la secretaria general totalmente cautivado, contuvo la respiración ante el anuncio de la lista de nombres. Ansiaba saber a qué clase de persona iban a encomendar tan impensable misión. A él ya no le preocupaba su propio destino; nada de lo que pudiese ocurrirle era comparable con aquel momento histórico.

—Primer vallado: Frederick Tyler.

Cuando la secretaria general mencionó su nombre, Tyler se levantó de su asiento en la primera fila y, con paso firme y decidido, subió al podio. Una vez allí, miró a la asamblea con semblante inexpresivo. No hubo aplausos: todo el mundo miraba en silencio al primer vallado. Tanto su delgada figura como sus gafas de gruesa montura eran mundialmente reconocibles; antes de su reciente jubilación había sido secretario de Defensa estadounidense, cargo que le había permitido ejercer una profunda influencia en la estrategia nacional de su país. Había plasmado su pensamiento en un libro titulado *La verdad de la tecnología*, donde sostenía que los países que más se beneficiaban de la tecnología eran los más pequeños, y que los incesantes esfuerzos en pos del desarrollo tecnológico realizados por los más grandes no hacían más que allanar su camino.

Según Tyler, con el progreso, el mayor número de habitantes y recursos de los países más grandes estaba dejando de ser una ventaja, lo cual facilitaba que los países más pequeños tomaran las riendas del mundo. La tecnología nuclear permitía a un país de apenas unos millones de habitantes ser una amenaza sustancial para otro con cientos de millones, algo antes imposible. Otra idea clave era que ser un país grande solo presentaba ventajas durante períodos poco tecnológicos y que, además, estas desaparecerían conforme avanzara el progreso. A su vez, esto hacía aumentar el peso estratégico de los países pequeños:

algunos de ellos podían incluso experimentar un crecimiento repentino y alcanzar la hegemonía mundial, como en su día había ocurrido con España o Portugal.

Sin duda, Tyler había proporcionado la base teórica de la guerra global contra el terrorismo de su país. Pero lejos de postularse únicamente como estratega, había demostrado ser un hombre de acción, ganándose el aplauso del pueblo por la valentía y el discernimiento con que encaraba las grandes amenazas. En resumen, tanto por sus ideas como por su capacidad de liderazgo, Tyler era un vallado competente.

—Segundo vallado: Manuel Rey Díaz.

A Luo Ji le sorprendió ver subir al podio a aquel suramericano achaparrado de piel oscura y gesto inflexible. En realidad, el mero hecho de verlo aparecer en las Naciones Unidas ya era una rareza. Sin embargo, al pensarlo mejor, le pareció que su elección tenía sentido, e incluso se preguntó por qué no había pensado en él antes. Rey Díaz era el actual presidente de Venezuela, país que con su liderazgo había demostrado la teoría de Tyler acerca del auge de los países pequeños. En un mundo contemporáneo dominado por el capitalismo y la economía de mercado, cogió el testigo de la Revolución bolivariana instigada por Hugo Chávez y promovió el llamado Socialismo del Siglo XX, que aquel había ideado, basándose en las lecciones aprendidas por los movimientos socialistas internacionales del pasado. Para sorpresa de muchos, terminó logrando un éxito considerable que catapultó a Venezuela hasta cotas de poder inauditas y, por una vez, convirtió a ese país en un símbolo de igualdad, justicia y prosperidad para el mundo entero. Los demás países suramericanos se le fueron sumando y ahora el socialismo gozaba de un breve e inesperado apogeo en el continente.

Rey Díaz había heredado de su predecesor no solo su ideología socialista, sino también su profundo antiamericanismo, lo cual hacía temer a Estados Unidos que su vecino suramericano se convirtiera en una segunda Unión Soviética. La ocasión brindada por cierto accidente y posterior malentendido sirvió a la nación norteamericana como excusa para intentar invadir Venezuela, siguiendo el modelo realizado en Iraq, con el fin último de derrocar el gobierno de Rey Díaz. Sin embargo, con aquella guerra se rompió la racha de victorias de las grandes potencias occidentales sobre países pequeños del Tercer Mundo. Cuando Estados Unidos entró en Venezuela no encontró ni un solo militar de uniforme. El ejército entero había sido dividido en grupos guerrilleros camuflados entre la población civil, y su único objetivo de combate era acabar con la vida de las tropas invasoras.

La estrategia de Rey Díaz se basó en una única idea: las armas tecnológicas modernas eran sumamente eficaces contra blancos aislados, pero cuando se trataba de blancos de área su eficiencia no superaba la de las armas convencionales. Y aunque su coste y baja disponibilidad las dejaban fuera de su alcance, no había nadie mejor que él a la hora de reducir costes y emplear de forma novedosa la tecnología existente. A principios de siglo, un ingeniero australiano había logrado fabricar un misil crucero, que esperaba fuera empleado en la lucha contra el terrorismo, con un coste inferior a los cinco mil dólares. Pero Rey Díaz lo rediseñó para armar a sus miles de guerrilleros. El total fue de doscientos mil misiles, producidos en masa a un precio de solo tres mil dólares por unidad. Aunque la mayor parte de los componentes de aquellos proyectiles eran baratos y podían conseguirse fácilmente en el mercado, él los equipó con altímetro de radar y GPS, con tal de poder alcanzar objetivos en un radio de cinco kilómetros con un margen de error por debajo de los cinco metros. Si bien es cierto que su tasa de éxito no debió de llegar al diez por ciento, el daño infligido al enemigo fue enorme.

Otros muchos artilugios de alta tecnología, producidos en masa (como las balas para fusil con espoleta de proximidad, empleadas sobre todo por francotiradores), desempeñaron un papel igualmente brillante en aquella contienda. El número de bajas sufridas por el ejército estadounidense durante su breve estancia en Venezuela rozó los niveles de la guerra de Vietnam, situación que les obligó a retirarse. Aquella victoria del débil sobre el fuerte había convertido a Rey Díaz en un héroe del siglo XXI.

—Tercer vallado: Bill Hines.

Un hombre con el clásico aspecto de *gentleman* inglés subió al podio. Al lado de la frialdad de Tyler y la tozudez de Rey Díaz, Hines encarnaba el refinamiento. Saludó a la asamblea con gesto amable. Aunque carecía de la gran presencia de los otros dos, también él era conocido en todo el mundo. Su vida se dividía en dos etapas claramente diferenciadas: como científico, era la única persona en la historia que había sido nominada a dos premios Nobel el mismo año por un mismo descubrimiento. Durante unas investigaciones realizadas conjuntamente con la neurocientífica Keiko Yamasuki, había descubierto que la actividad del cerebro relacionada con el pensamiento y los recuerdos no operaba a escala molecular, como se había creído hasta entonces, sino cuántica. Este descubrimiento resituó los mecanismos del cerebro en el plano del microestado de la materia y convirtió todas las teorías previas en meros intentos insustaciales de arañar la superficie de la neurociencia.

Asimismo, sus investigaciones demostraron que la capacidad del cerebro animal para procesar información era varias veces mayor de lo que se imaginaba, lo cual daba credibilidad a la vieja hipótesis de que la estructura del cerebro es holográfica. Todo ello le había valido a Hines ser propuesto para el Premio Nobel de Física y el de Medicina. Y aunque su trabajo era demasiado radical para que se los concedieran, Keiko Yamasuki, que para entonces ya era su esposa, ganó el Nobel de Medicina de ese mismo año por su aplicación práctica en el tratamiento de la amnesia y las enfermedades mentales.

En la segunda etapa de su vida, Hines había presidido la Unión Europea durante dos años. Desde entonces era reconocido como un político mesurado, pero lo cierto era que en todo su mandato no se le había presentado ningún reto que pusiese a prueba sus habilidades. Su papel en la Unión Europea fue poco más que el de coordinador de transacciones, lo cual no aclaraba cómo reaccionaría al enfrentarse con una crisis grave, y eso lo ponía en desventaja frente a los dos vallados anteriores. La elección de Hines debía de haber tenido en cuenta su insólita combinación de antecedentes científicos y políticos.

Desde su asiento en la última fila de la sala, Keiko Yamasuki, la mayor autoridad internacional en neurociencia, miraba embelesada a su marido.

La asamblea seguía en silencio, pendiente de escuchar el nombre del cuarto vallado. La elección de los tres primeros (Tyler, Rey Díaz y Hines) obedecía a compromisos de equilibrio y apoyo mutuo entre los distintos poderes políticos de Estados Unidos, Europa y el Tercer Mundo, de modo que había un interés considerable en el último seleccionado. Cuando Luo Ji vio que la secretaria general Say volvía a fijar la mirada en sus papeles, comenzaron a desfilar por su mente los nombres de varios personajes de talla mundial. Sin duda, el último vallado iba a ser uno de ellos. Miró en dirección a la primera fila para estudiar las cabezas de quienes la ocupaban. Allí habían estado sentados los primeros tres vallados antes de subir al podio. No reconoció la de ninguna de las figuras que tenía en mente, pero aun así no dudaba de que una de ellas correspondía al cuarto vallado.

Entonces Say levantó la mano derecha y Luo vio que señalaba un lugar alejado de la primera fila.

Lo señalaba a él.

—Cuarto vallado: Luo Ji.

—¡Ahí va mi *Hubble*! —gritó Albert Ringier, juntando emocionado las palmas de las manos.

Las lágrimas de sus ojos reflejaban el brillo lejano de la bola de fuego que acababa de salir despedida. Tanto él como el grupo de astrónomos que lanzaban vítores a su espalda iban a presenciar el lanzamiento desde una plataforma para invitados especiales mucho más cercana, pero un oficial de la NASA se había empeñado en que no tenían derecho a ello porque el objeto que iba a ser lanzado no les pertenecía. Acto seguido, el mismo oficial se había vuelto para seguir charlando con un grupo de generales condecorados, a quienes a continuación, obsequioso como un perrito faldero, condujo hasta la dichosa plataforma.

Por eso Ringier y sus colegas habían tenido que conformarse con aquel lugar al otro lado del lago, mucho más alejado, donde en el siglo anterior habían instalado el reloj de la cuenta atrás. Estaba abierto al público, pero a esa hora de la noche los únicos observadores eran ellos.

Visto desde esa distancia, el despegue parecía una salida del sol en versión acelerada. Como los focos no siguieron al cohete conforme se elevaba, su gigantesco cuerpo dejaba de distinguirse enseguida, y sin las llamas que despedía habría pasado inadvertido. De pronto, desde su escondite en la oscuridad de la noche, convirtió el mundo en un magnífico espectáculo de luces, y aparecieron ondas doradas sobre la negra superficie del lago, como si las llamas hubieran prendido sobre sus aguas. Siguieron observando atentamente. Al pasar entre las nubes, el cohete hizo que medio cielo se tiñera de rojo, y entonces aquel breve amanecer desapareció en el cielo de Florida, engullido por la noche.

El *Hubble II* era un telescopio espacial de segunda generación con un diámetro ampliado de 21 metros (en lugar de los 4,27 metros de su predecesor), lo cual aumentaba su capacidad observacional en un factor de cincuenta. Usaba una lente compuesta, cuyos componentes se fabricaban en la Tierra pero se ensamblaban en órbita. Para poner en el espacio la lente completa se necesitaban once despegues, de los cuales este era el último. El montaje del *Hubble II* en las proximidades de la Estación Espacial Internacional estaba a punto de terminarse. Al cabo de dos meses podría sondear las profundidades del universo.

—¡Pandilla de ladrones! Otra hermosura que nos roban —espetó Ringier al hombre alto que estaba de pie a su lado, el único del grupo que no parecía interesado en todo aquel espectáculo.

George Fitzroy llevaba vistos demasiados lanzamientos como aquel. Durante todo el proceso había estado fumando apoyado en el reloj de la cuenta atrás. Después de que el ejército se apropiase del *Hubble II* lo habían nombrado portavoz ante los medios, y casi siempre iba vestido de paisano, de ahí que Ringier, que ignoraba su rango militar, nunca se dirigiera a él como «señor» ni viera necesidad de morderse la lengua a la hora de llamar a las cosas por su nombre en su presencia.

—Doctor, en tiempos de guerra como los que vivimos el ejército tiene derecho a apropiarse de cualquier equipamiento civil que estime oportuno —replicó Fitzroy—. Además, que yo sepa ustedes no han aportado ni un solo tornillo al diseño del *Hubble II;* están aquí para ser meros testigos de su éxito, así que no sé de qué se quejan. —Subrayó con un bostezo el tedio que sentía al tener que tratar con aquel grupo de sabiondos.

—Sin nosotros pierde su razón de ser. «Equipamiento civil»... ¡Puede ver hasta el último confín del universo, pero ustedes son tan miopes que quieren que apunte solamente a la estrella más cercana!

—Como ya le he dicho, estamos en tiempos de guerra. Una guerra para defender a la humanidad entera. Aunque ya haya olvidado que es estadounidense, al menos recordará que es humano...

Ringier asintió, refunfuñando entre dientes.

—Porque... ¿qué esperan que vea el *Hubble II*? —preguntó al rato, visiblemente exasperado—. Usted sabe que no será capaz de ver Trisolaris.

—Es aún peor que eso —se lamentó Fitzroy—. La gente cree que podrá ver la flota trisolariana.

—Fantástico —dijo Ringier con ironía.

Aunque la oscuridad le impedía ver su rostro, Fitzroy detectó en su tono una velada satisfacción que lo incomodó tanto como el olor acre que ahora llegaba desde la plataforma de lanzamiento.

—Supongo que es consciente de lo que eso implica, doctor —dijo.

—Si la gente espera eso del *Hubble II* —añadió Ringier—, probablemente no creerá en la existencia real del enemigo hasta que haya visto fotos de la flota trisolariana.

—¿Y a usted eso le parece fantástico?

—Deberían haber dejado las cosas claras ante la opinión pública...

—¿Acaso no lo he hecho? —insistió Fitzroy—. Ya llevo cuatro ruedas de prensa repitiendo que, aunque el *Hubble II* es más potente que los telescopios más grandes disponibles en la actualidad, sigue sin poder detectar a la flota trisolariana al ser esta demasiado pequeña; que si detectar un planeta de otro sistema estelar es tan difícil como detectar desde la Costa Oeste un mosquito posado sobre una lámpara en la Costa Este, la flota trisolariana mediría lo mismo que una de las bacterias que habitan en sus patas. ¿Se puede ser más claro?

—No, no; tiene usted razón, no se puede —reconoció Ringier.

—La gente siempre termina creyéndose lo que quiere. ¡Y contra eso no podemos hacer nada! Desde que ocupo este puesto, hasta la fecha no ha habido ningún proyecto espacial de envergadura que se malinterprete.

—Llevo tiempo diciéndolo: en lo que a proyectos espaciales se refiere, el ejército ha perdido toda credibilidad.

—Pero a usted sí que estarán dispuestos a creerle —dijo Fitzroy—. ¿No afirmaban que era usted el nuevo Carl Sagan? Después de forrarse con sus libros divulgativos sobre cosmología, ahora podría echarnos una mano. Es la voluntad del ejército; es más, le estoy haciendo llegar la petición de manera oficial.

—Entonces, ¿esta negociación de condiciones es válida?

—¿Cómo que condiciones? ¡Estamos hablando de su deber como estadounidense, como terrícola!

—Asígneme algo más de tiempo observacional. No pido mucho, con que me lo suban un veinte por ciento es suficiente, ¿qué le parece?

—Me parece que con el doce coma cinco por ciento actual tiene más que de sobra —respondió Fitzroy—. No está claro que esos cupos vayan a mantenerse en el futuro.

Señaló hacia la plataforma de lanzamiento, donde el humo del cohete se disipaba en el cielo nocturno. A la luz de los focos de la plataforma de lanzamiento parecía una mancha de leche sobre unos vaqueros. El olor se volvió más intenso y desagradable. Los propelentes de la primera fase del cohete eran oxígeno líquido e hidrógeno líquido, que no despedían aquel olor; lo más probable era que las llamas de la plataforma de lanzamiento hubieran quemado algo a su alrededor.

—Les digo una cosa, señores —añadió Fitzroy—: esta pestilencia empeorará.

Luo Ji sintió caer sobre su persona todo el peso de aquel precipicio que tenía enfrente y por un instante se sintió paralizado. La sala permaneció en absoluto silencio hasta que una voz a su espalda susurró:

—Doctor Luo, si es usted tan amable.

Aturdido y sin ser del todo consciente de lo que estaba ocurriendo, Luo Ji se puso en pie y avanzó mecánicamente en dirección al podio. Durante su breve recorrido volvió a sentirse como un niño desvalido y ansió que alguien lo cogiera de la mano para guiarlo. Pero nadie lo hizo. Cuando alcanzó el podio se detuvo al lado de Hines y se volvió hacia la asamblea, hacia esos cientos de pares de ojos fijos en él, que representaban los seis mil millones de personas de más de doscientos países de la Tierra.

Su mente no registró ningún otro detalle de la sesión. El único momento del que fue vagamente consciente fue cuando, tras un tiempo de pie, lo condujeron hasta un asiento de la primera fila junto a los otros tres vallados. Confuso hasta el aturdimiento, se había perdido el momento histórico de la proclamación oficial del Proyecto Vallado.

Un poco más tarde, cuando la sesión parecía haber terminado y la gente, incluyendo a los tres vallados sentados a su derecha, comenzaba a dispersarse, alguien (tal vez Kent) le susurró algo al oído y se marchó. La sala quedó desierta a excepción de él y la secretaria general, todavía de pie en el podio, tan pequeña que contrastaba de un modo extraño con el precipicio.

—Doctor Luo —dijo Say, la secretaria general—, imagino que tendrá muchas preguntas que hacerme. —Su suave voz femenina resonaba en las paredes de la sala vacía como si fuera la de un espíritu que había descendido a la Tierra desde los cielos.

—¿No habrá habido algún error? —La voz de Luo resultó igualmente etérea, como si no le perteneciera.

Desde la lejanía del podio, la secretaria se echó a reír. La mera posibilidad de una equivocación de ese tipo le resultaba ridícula.

—¿Por qué yo? —añadió Luo.

—Esa es una pregunta a la que debe hallar respuesta por sí mismo.

—No hay nada en mí que sea especial, soy una persona más en este mundo...

—Todos lo somos frente a esta crisis. Lo que nos diferencia son nuestras distintas responsabilidades.

—Pero a mí nadie me ha consultado... ¡Me han tenido en la ignorancia hasta el último momento!

Say volvió a reír.

—¿Su nombre no significa «lógica» en chino?

—Así es.

—Haga honor a él y piense un poco; seguro que podrá dilucidar por qué era imposible pedir la opinión de quienes realizarán esta misión antes de que les fuera encomendada.

—¡Me niego! —exclamó Luo en tono tajante, sin pensar en lo que la secretaria general acababa de decir.

—Está bien.

La fulminante celeridad de aquella respuesta, pegada a los talones de su negativa, lo desconcertó.

—¡Me niego a asumir la condición de vallado! —gritó luego—. ¡Renuncio a los privilegios que conlleve y rechazo cualquier responsabilidad que con ella pretendieran imponerme!

—Está usted en su derecho —repuso Say.

Esa nueva respuesta, tan escueta y rápida como el movimiento con que una libélula baja a tocar la superficie del agua, terminó de colapsarle el cerebro. Ya no supo cómo reaccionar.

—Entonces..., ¿me puedo ir? —titubeó finalmente.

—Así es, doctor Luo, es usted libre de hacer lo que quiera.

Luo Ji dio media vuelta y cruzó el patio de butacas vacío. Le pareció sospechosa la facilidad con que se había librado de las responsabilidades de ser un vallado. En lugar de sentirse liberado, lo único que tenía en la cabeza era una absurda sensación de irrealidad, como si todo aquello formara parte de la trama de alguna obra posmoderna desprovista de lógica.

Al alcanzar la puerta, se volvió y vio que Say lo observaba desde el podio. Su figura, con aquel precipicio de fondo, seguía pareciendo diminuta y desvalida. Al advertir que Luo la miraba, asintió y le sonrió.

Él siguió su camino hasta llegar al Péndulo de Foucault de la entrada, que mostraba la rotación de la Tierra. Allí se topó con Shi Qiang, Kent y varios agentes de seguridad vestidos de negro, que lo miraban fijamente. De pronto, en los ojos de todos notó una mezcla de fascinación y respeto. Incluso Shi Qiang y Kent lo miraban ahora con sobrecogida admiración. Luo Ji caminó entre ellos sin decir nada. Cruzó el vestíbulo, que seguía desierto a excepción de los agentes de seguridad; también como antes, al pasar junto a ellos, susurraron algo a su radio. Cuando ya casi alcanzaba la puerta de salida, Shi Qiang y Kent corrieron y se interpusieron en su camino.

—Puede ser peligroso ahí fuera, ¿necesitas protección? —le preguntó Shi.

—No, apártese —respondió Luo, con la mirada fija al frente.

—Como quieras... Nosotros solo podemos ayudarte si nos lo pides —añadió Shi al tiempo que se retiraba.

Kent hizo lo mismo, y Luo pudo salir.

El aire fresco golpeó su rostro, y aunque seguía siendo de noche, las farolas lo iluminaban todo. Hacía rato que los coches de los asistentes a la sesión especial se habían marchado y las únicas personas que quedaban en la plaza eran turistas o locales. La histórica reunión no debía de haber salido en las noticias todavía, pues nadie pareció reconocerle.

Luo Ji, el vallado, avanzaba como un sonámbulo por aquella absurda realidad. Todavía en trance, parecía haber perdido por completo la capacidad de raciocinio: no sabía de dónde venía, y mucho menos adónde se dirigía. Terminó encaminándose hacia una zona cubierta de césped y deteniéndose al pie de una estatua que representaba un hombre martilleando la hoja de una espada; se titulaba *Convirtamos las espadas en arados*. Según la placa, se trataba de un obsequio de la antigua Unión Soviética en señal de amistad, pero a él le dio la sensación de que el dinamismo de la composición formada por el martillo, el hombre y la espada imprimía al conjunto una velada aura de violencia.

Y entonces el hombre del martillo le asestó un golpe tan fuerte que lo derribó, dejándolo sin sentido antes incluso de dar contra el suelo. El *shock* duró poco y enseguida recobró cierta consciencia, a la que acompañaban cierta sensación de mareo y un dolor intenso. Después se sintió iluminado por infinidad de linternas y tuvo que cerrar los ojos para no quedarse ciego; en cuanto la luz perdió intensidad pudo distinguir un corro de rostros que lo observaban. La confusión no le impidió reconocer a Shi Qiang, quien le dijo:

—¿Necesitas protección? ¡Solo podemos ayudarte si nos lo pides!

Él apenas consiguió asentir débilmente con la cabeza. Y a partir de entonces todo sucedió con enorme rapidez: primero sintió que lo levantaban y lo colocaban sobre algo que quizá fuese una camilla, y que se elevó al instante; a continuación se formó alrededor de él una muralla humana que, mientras lo transportaban (lo supo por el movimiento de las piernas de quienes lo rodeaban) solo le permitía ver la oscuridad del cielo nocturno. De pronto, la muralla desapareció y el cielo oscuro fue reemplazado por el techo de una ambulancia. Allí notó sabor a sangre en la boca, que empezó a echar junto con lo que había comido en el avión. Alguien que viajaba a su lado se encargó con experta destreza de que todo fuera a parar a una bolsa de plástico. Cuando dejó de vomitar le colocaron una mascarilla de oxígeno; al poder respirar con más facilidad, empezó a sentirse mejor, aunque el pecho aún le dolía.

Fue entonces cuando notó que le cortaban la ropa precisamente a esa altura. Asustado, temió estar sangrando por alguna herida, pero algo no le encajaba, pues en lugar de vendarlo lo taparon con una manta. Al poco, el vehículo se detuvo, lo sacaron y de nuevo vio el cielo, al cual siguieron el techo de los pasillos de un hospital, las luces de su sala de urgencias y el interior de una máquina de escáner de TC. En varios momentos aparecieron el rostro de un doctor o una enfermera, que invariablemente le causaban dolor al explorarle el pecho o cambiarlo de postura. Cuando por fin consiguió ver el techo de su habitación, todo se había calmado.

—Tiene rota una costilla y sufre una hemorragia interna, pero tranquilo, es de carácter leve. Ninguna de sus heridas reviste gravedad; aun así, debe guardar reposo debido a lo que sangra —le explicó un médico con gafas, mirándolo desde arriba.

En esta ocasión, Luo no dudó un segundo en aceptar, agradecido, los somníferos. Una enfermera lo ayudó a tomárselos, y al cabo de unos minutos se durmió. Al principio sus sueños alternaron dos imágenes: la tribuna de la sala de la Asamblea de las Naciones Unidas cerniéndose sobre él y el hombre de *Convirtamos las espadas en arados* sacudiéndolo a martillazos una y otra vez. Más tarde, acudió al tranquilo paraje nevado que se hallaba en lo más profundo de su corazón y entró en la sencilla cabaña donde vivía aquella Eva que había creado. Ella estaba delante de la chimenea, y al verlo se puso de pie con los ojos empañados por las lágrimas.

Justo entonces, Luo Ji despertó. Se notó los ojos llorosos y reparó en que había dejado una mancha húmeda sobre la almohada. Habían atenuado las luces de la habitación. Como ella ya no aparecía cuando él estaba despierto, Luo quiso volver a dormirse con la esperanza de regresar a la cabaña. Sin embargo, en esa ocasión durmió sin soñar nada.

Al despertarse, tuvo la sensación de haber pasado una eternidad dormido. Se sentía con renovadas fuerzas y, a pesar de que seguía teniendo un dolor intermitente en el pecho, ya no le parecía que sus heridas fueran graves. Trató de sentarse y la enfermera, en lugar de impedírselo, se limitó a ponerle una almohada detrás para que apoyara la espalda. Al rato llegó Shi Qiang, quien se sentó junto a la cama y dijo:

—¿Cómo te encuentras? A mí me han disparado tres veces llevando puesto el chaleco antibalas, ya verás cómo al final no es nada.

—Me ha salvado usted la vida, Da Shi —dijo Luo con un hilo de voz.

Shi Qiang agitó la mano como quitando importancia al comentario.

—Esto ha pasado porque apenas empezábamos a hacer nuestro trabajo —explicó—. No tuvimos tiempo de implementar medidas de protección efectivas. Solo podemos hacer lo que nos digas. Pero bueno, ya pasó.

—¿Qué hay de los otros tres? —preguntó Luo.

Shi Qiang supo de inmediato a quiénes se refería.

—Están bien —respondió—. No son tan descerebrados como tú, yendo por ahí sin escolta.

—¿La Organización Terrícola-trisolariana quiere matarnos?

—Probablemente. Gracias al ojo de serpiente que pusimos tras tu pista, hemos podido detener a tu atacante.

—¿Gracias al qué?

—Un ojo de serpiente es un sistema de radar ultrapreciso capaz de detectar con rapidez la posición del tirador a partir de la trayectoria del proyectil. Hemos confirmado la identidad del atacante y es miembro de la milicia de la Organización Terrícola-trisolariana. Pensábamos que no se atreverían a actuar en una zona céntrica como esta... lo hizo de forma casi suicida.

—Quiero verlo.

—¿A quién, a tu atacante?

Luo Ji asintió.

—De acuerdo. Pero yo no soy quién para autorizarlo, solo estoy a cargo de tu seguridad. Voy a hacer la petición.

Dicho esto, Shi dio media vuelta y se marchó. De repente parecía una persona mucho más cauta y relajada que antes, muy distinta de la imagen descuidada que solía dar. A Luo le costaba acostumbrarse.

Al cabo de unos minutos asomó la cabeza por la puerta.

—Han dicho que sí —anunció—. Pueden traértelo aquí o adonde tú digas. El doctor asegura que no tendrás problemas para andar.

Luo iba a responder que prefería un cambio de escenario e incluso comenzó a incorporarse, pero entonces se le ocurrió que aquel era el lugar más acorde con la imagen de fragilidad que se proponía dar, y volvió a acostarse.

—Lo veré aquí —dijo.

—Están en camino, así que tendrás que esperar; ¿por qué no aprovechas para comer un poco? —sugirió Shi—. Ha pasado un día entero desde que cenamos en el avión. Voy a pedir que te traigan algo. —Y se marchó de nuevo.

Llegaron en cuanto Luo hubo terminado de comer. Era un hombre joven, bien parecido y de rasgos claramente europeos. Lo más llamativo en él era su permanente media sonrisa. Iba sin esposar, pero entró escoltado por dos hombres con aspecto de guardaespaldas, al tiempo que otros dos se apostaban junto a la puerta. Llevaban placas que los identificaban como miembros del Consejo de Defensa Planetaria.

—Pero bueno, doctor... ya será menos, ¿no? —El hombre cambió su mueca burlona por una sonrisa que flotaba sobre esta como el aceite sobre el agua—. No sabe lo mucho que lo siento.

—¿Sientes haber intentado matarme? —preguntó Luo Ji, levantando la cabeza de la almohada para mirarlo.

—No, doctor. Siento no haberlo conseguido. No imaginé que su instinto de autoprotección llegaría al extremo de hacerle llevar chaleco antibalas a un acto así. Si lo hubiese sabido, habría usado munición perforante, o sencillamente le habría apuntado a la cabeza. Así, a estas horas yo habría completado mi misión y usted habría quedado liberado de esa que le han impuesto, tan aberrante e imposible de ejecutar para un simple mortal...

—Ya me he librado —dijo Luo—. Le he comunicado a la secretaria general que rechazo la condición de vallado y renuncio a todos los derechos y responsabilidades que conlleva, y ella, en nombre de la ONU, no ha puesto objeción. Tú eso no lo sabías cuando intentaste matarme, claro, pero tu organización ha desperdiciado un asesino.

Como un monitor al que se le sube el brillo, la sonrisa del joven se volvió aún más radiante.

—¡Joder, es la monda! —exclamó.

—¿Cómo? Te estoy diciendo la verdad... Si no me crees...

—Le creo, pero aun así me sigue pareciendo la monda —repitió el joven, sin perder un ápice de aquella sonrisa irónica.

Luo Ji apenas había reparado en ella, pero muy pronto quedaría grabada a fuego en su memoria, marcándolo para el resto de su vida. Soltando un profundo suspiro de resignación, se dejó caer hacia atrás y su cabeza volvió a reposar sobre la almohada.

—Doctor Luo Ji, no creo que nos sobre el tiempo —dijo el joven atacante—. Imagino que no me habrá hecho traer hasta aquí solo para que asistiese a esta pantomima infantil...

—Lo siento, pero no sé de qué me hablas.

—En ese caso, su inteligencia no está a la altura de la que debe tener un vallado. Doctor, no es usted tan lógico como su nombre sugiere. Parece que realmente he malgastado mi vida...

El atacante se volvió hacia los dos hombres que estaban detrás de él, vigilándolo, y les dijo:

—Caballeros, creo que ya nos podemos ir.

Los aludidos dirigieron una mirada interrogativa a Luo Ji, quien les enseñó la palma de la mano en señal de despedida. Se lo llevaron.

Luo permaneció sentado en la cama pensando en las palabras de su atacante. Tenía la extraña sensación de que algo no encajaba, pero no acertaba a saber qué. Bajó de la cama y avanzó unos cuantos pasos: no notó impedimento alguno aparte del dolor del pecho. Fue hasta la puerta, la abrió y lo primero que le llamó la atención fueron los dos guardias armados que la custodiaban. Uno de ellos se puso a hablar por radio al verlo. Luo reparó entonces en que el pasillo, tan blanco, estaba desierto a excepción de otros dos guardias al final de todo.

Retrocedió, cerró la puerta por dentro, se acercó a la ventana de la habitación y descorrió la cortina. Desde la altura en que se hallaba, vio que junto a la puerta principal del hospital había varios guardias armados hasta los dientes, y que a pocos metros había aparcados dos vehículos de color verde militar. Aparte de alguna que otra bata blanca, no vio a nadie más. Luego advirtió que en el edificio de enfrente dos hombres observaban los alrededores con binoculares al lado de un fusil de francotirador.

Instintivamente, tuvo la certeza de que en la azotea de su edificio también había francotiradores.

Aquellos guardias no parecían policías, sino militares. Mandó llamar a Shi Qiang.

—El hospital sigue bajo estricta vigilancia, ¿no es así? —le preguntó cuando lo tuvo delante.

—Sí.

—Y si yo les pidiera que me dejasen en paz y se fueran a casa, ¿qué pasaría?

—Haríamos lo que nos ordenaras. Pero no te lo aconsejo, en este momento resultaría peligroso.

—¿Para qué departamento trabaja usted? ¿De qué se encarga?

—Pertenezco al Departamento de Seguridad del Consejo de Defensa Planetaria. Estoy a cargo de tu seguridad.

—Pero yo ya no soy un vallado, vuelvo a ser un ciudadano corriente. Si mi vida corriera peligro, debería ser la policía la que se encargara del caso... ¿Por qué entonces sigo bajo su protección? ¿Puedo renunciar a ella si lo deseo? Y ¿quién me ha arrogado tal derecho?

—Cumplo con las órdenes que he recibido —respondió Shi, cuyo rostro se había vuelto impenetrable.

—¿Ah, sí? ¿Dónde está Kent?

—Fuera.

—¡Llámelo!

Kent llegó unos minutos después de que Shi saliera a buscarlo. Volvía a comportarse con la cortesía propia de un oficial de la ONU.

—Doctor Luo —dijo—, estaba esperando a que se recuperara para venir a verlo.

—¿Cuál es su ocupación actual?

—Me encargo de intermediar entre usted y el Consejo de Defensa Planetaria.

—¡Pero si yo ya no soy un vallado! —exclamó Luo, desesperado. Luego añadió—: ¿Han informado los medios sobre el proyecto?

—Los de todo el mundo.

—¿Y sobre mi renuncia?

—También, claro.

—¿Qué han dicho?

—Han sido escuetos, algo así como: «Al término de la sesión especial, Luo Ji se negó a aceptar su misión renunciando a su condición de vallado.»

—Entonces, ¿qué hace usted aquí todavía?

—Soy su intermediario ante la ONU.

Luo lo miró estupefacto. Kent parecía llevar la misma máscara que Shi. Su expresión era inescrutable.

—Si no se le ofrece nada más, me retiro. Procure descansar, y recuerde que puede llamarme a cualquier hora para lo que sea.

Cuando ya se disponía a salir, Luo lo llamó:

—Quiero ver a la secretaria general.

—La agencia específicamente encargada de la dirección y ejecución del Proyecto Vallado es el Consejo de Defensa Planetaria —respondió Kent—. La secretaria general de las Naciones Unidas no ejerce autoridad alguna sobre él. Su máximo responsable es el presidente de turno del Consejo.

Luo meditó aquello durante unos instantes, pero insistió:

—Sigo queriendo hablar con ella. Debería tener ese privilegio.

—De acuerdo. Espere un instante.

Kent abandonó la habitación y, al regresar al cabo de unos minutos, anunció:

—La secretaria general lo espera en su despacho. ¿Podemos irnos ya?

Durante todo el camino que llevaba hasta la oficina de la secretaria general (en el piso treinta y cuatro del edificio del Secretariado), Luo Ji fue sometido a una vigilancia casi tan estrecha como si lo hubiesen transportado dentro de una caja de caudales.

La oficina era más pequeña de lo que había imaginado y estaba sobriamente amueblada. La bandera de las Naciones Unidas detrás del escritorio tenía unas dimensiones considerables. Say se levantó para darle la bienvenida.

—Doctor Luo, ayer quise visitarle en el hospital, pero ya me ve... —se disculpó, señalando la montaña de papeles que cubría el escritorio.

El único toque personal que había en él era un exquisito lapicero de bambú.

—Señora Say —dijo Luo—, he venido a reafirmarme en la negativa que le di al término de la reunión.

Say se limitó a asentir en silencio.

—Solo quiero irme a mi casa —siguió él—. Si corro algún peligro, notifíquelo al Departamento de Policía de Nueva York y hágalo responsable de mi seguridad. Soy un simple ciudadano de a pie, no preciso la protección del Consejo de Defensa Planetaria.

Say volvió a asentir.

—Podríamos hacer eso —dijo—, desde luego que sí, pero le aconsejo que acepte su actual protección. Está mucho más especializada y resulta más efectiva que la policía.

—Respóndame con sinceridad —pidió Luo—. ¿Soy todavía un vallado?

Say volvió a sentarse tras el escritorio. Esbozó media sonrisa con la bandera de las Naciones Unidas de fondo.

—¿Usted qué cree? —dijo, indicándole con la mano que se sentara en el sofá.

A Luo aquella sonrisa le resultaba familiar: era la misma que había visto en el rostro de su atacante y la misma que vería en todo aquel que conociera a partir de entonces. La «sonrisa del vallado» llegaría a ser tan famosa como la de la *Gioconda* o la del gato de Cheshire. Con ella Say consiguió calmarlo por primera vez desde que había anunciado al mundo que él era el cuarto vallado. Luo se sentó lentamente en el sofá. Una vez acomodado, lo entendió.

«Dios...»

Un instante fue suficiente para comprender la verdadera naturaleza de su condición de vallado. Tal y como Say había dicho, era imposible haberlos consultado antes de que su misión les fuese encomendada. Y una vez concedida esa identidad, no se podía renunciar a ella o repudiarla. No por coerción alguna, sino por la pura lógica que venía determinada por la naturaleza misma del proyecto: en cuanto a uno se lo designaba como vallado, se erigía en torno a él una pantalla invisible e impenetrable que lo separaba de la gente normal, y convertía cada una de sus acciones en significativa. A eso hacían referencia las sonrisas dirigidas a los vallados: «¿Cómo vamos a saber si estás trabajando o no en tu plan?»

Ahora entendía que la misión de los vallados era, con diferencia, la más excéntrica y singular de toda la historia, una misión de fría y retorcida lógica tan férreamente impuesta sobre ellos como las cadenas que sujetaron a Prometeo; una maldición imposible de romper por sus propias fuerzas. De manera irremediable, sin importar cuánto se esforzara, todo lo que hiciese revestiría la importancia otorgada por el Proyecto Vallado, y sería recibido con aquella sonrisa que decía: «¿Cómo vamos a saber si estás trabajando o no en tu plan?»

El corazón empezó a latirle con una furia cada vez más desatada. Quiso gritar hasta desgañitarse, quiso implorar a la madre de Say, a la madre de las mismísimas Naciones Unidas, a las madres de todos los delegados de la sesión especial y del Consejo de Defensa Planetaria, a las de toda la humanidad; incluso a las inexistentes madres de los trisolarianos. Quiso patalear de rabia y ponerse a romper cosas, tirar al suelo los documentos, el globo terráqueo y el bote de bambú del escritorio, hacer trizas aquella bandera azul... Pero al final, consciente no solo del lugar en que se hallaba sino de la situación a la que se enfrentaba, guardó la compostura, se levantó... y volvió a dejarse caer sobre el sofá.

—¿Por qué me eligieron a mí? —preguntó, cubriéndose la cara con las manos—. Al lado de los otros tres, apenas estoy cualificado: no tengo talento ni experiencia, tampoco sé nada de la guerra, no digamos ya de dirigir un país. No soy un científico de renombre, sino un simple profesor universitario que sobrevive como puede publicando artículos de tercera categoría. Vivo al día, no quiero descendencia, me trae sin cuidado la perpetuación de la especie humana... ¿Por qué yo? —Se puso en pie.

—Para serle sincera, doctor —dijo Say, a quien se le había esfumado la sonrisa—, nosotros nos hacemos exactamente la misma pregunta. De ahí que usted sea el vallado con la menor cantidad de recursos asignados. Al escogerlo, estamos realizando la apuesta más arriesgada de la historia.

—¡Pero algún motivo habría para que me eligieran!

—Lo hay. Pero solo es coyuntural. Nadie conoce la verdadera razón. Como ya le dije, constituye una incógnita para la que debe encontrar su propia respuesta.

—¿Y cuál fue ese motivo coyuntural?

—Lo siento, no estoy autorizada a revelárselo. De todos modos, estoy convencida de que a su debido tiempo lo sabrá.

Entendiendo que aquello daba la conversación por zanjada, Luo Ji se dirigió hacia la puerta. Cuando se disponía a salir, cayó en la cuenta de que no se había despedido y se volvió. Say asintió con la cabeza y le dedicó una sonrisa, tal y como había hecho en la sala de la Asamblea General. Esta vez Luo supo lo que significaba.

—Ha sido un placer volver a verlo —dijo Say—, pero de ahora en adelante su trabajo se enmarcará en el ámbito del Consejo de Defensa Planetaria, así que es mejor que informe directamente al presidente de turno.

—No tienen la menor confianza en mí, ¿verdad? —le preguntó él.

—Como le he dicho, al escogerlo hacemos una apuesta arriesgada.

—Pues hacen bien.

—¿Apostando por usted?

—No. No confiando en mí.

Luo salió de la oficina sin despedirse. De vuelta al estado mental en que se hallaba justo antes de que lo convirtieran en vallado, comenzó a caminar guiado por la inercia. Al final del pasillo encontró un ascensor que lo llevó hasta la planta baja; una vez allí salió del edificio y se vio de nuevo en la plaza de Naciones Unidas. Durante todo el camino estuvo rodeado de agentes de seguridad. Aunque en varias ocasiones los empujó con impaciencia, ellos se mantuvieron pegados a él como imanes, siguiéndole adonde fuera. Para entonces ya se había hecho de día. Shi Qiang y Kent fueron a su encuentro para pedirle que regresara al edificio o que entrara en un vehículo lo antes posible.

—No volveré a ver la luz del sol durante el resto de mi vida —le dijo a Shi Qiang.

—Tampoco es para tanto —respondió este—. Después de haber peinado los alrededores, aquí estás relativamente a salvo, pero hay muchos turistas que pueden reconocerte y las aglomeraciones son complicadas de manejar. Además, a ti tampoco te gusta eso.

Luo miró a su alrededor. Por el momento nadie se había fijado en ellos. Se encaminó hacia el edificio de la Asamblea General y entró en él por segunda vez. A diferencia de la primera, ahora tenía claro su objetivo y adónde debía dirigirse. Tras recorrer la plataforma desierta y el colorido panel de vitral, giró a la derecha y se metió en la sala de meditación, dejando fuera a Shi Qiang, Kent y los agentes.

Al ver de nuevo aquel gran bloque de hierro, sintió el impulso de arrojarse contra él de cabeza y así acabar con todo. En lugar de ello, se tumbó sobre la dura y lisa superficie. Su tacto frío consiguió calmar la irritación de su mente. Al notar la dureza del metal contra su cuerpo, por algún motivo acudió a su mente un problema que le había planteado su profesor de Física del instituto: ¿cómo conseguir que una cama de mármol se sienta tan blanda como un colchón? Tallando una depresión del tamaño y la forma exactos de un cuerpo humano. De este modo, al echarse sobre la cama la presión quedará distribuida de forma homogénea y transmitirá la sensación de que es increíblemente blanda.

Cerró los ojos e imaginó que el calor de su cuerpo derretía el gran bloque de hierro que tenía debajo hasta formar una depresión de aquel tipo, lo cual fue calmándolo. Al cabo de un rato, abrió los ojos y vio el techo desnudo.

La sala de meditación había sido diseñada por Da Hammarskjöld, segundo secretario general de la ONU, quien pensaba que la organización necesitaba un espacio como ese, alejado de las decisiones históricas que se tomaban en la Asamblea General. Luo Ji ignoraba si realmente algún embajador o jefe de Estado había llegado a meditar allí, pero si de algo estaba seguro era de que a su muerte en 1961 Hammarskjöld nunca habría imaginado que un vallado como él emplearía aquel lugar para pensar.

Una vez más, volvió a sentirse en el callejón sin salida de una trampa lógica, y de nuevo se convenció de que era imposible eludirla. Por eso centró su atención en el poder que le había sido conferido. Según Say, era el menor de los cuatro vallados, pero igualmente podría disponer de una cantidad de recursos más que considerable. Y lo que era más importante: no tenía que justificar ante nadie el modo en que decidiese emplearlos. De hecho, una parte muy importante de su cometido era jugar al equívoco y hacer lo posible por generar confusión en torno a la motivación de sus acciones. ¡Nunca jamás en la historia se había dado algo así! Quizá los monarcas absolutistas del pasado podían hacer cuanto quisieran, pero incluso ellos tarde o temprano terminaban rindiendo cuentas por sus acciones.

«Si todo lo que me queda es este poder tan peculiar, ¿por qué no hacer uso de él?», se dijo, sentándose a pensar. Muy pronto tuvo claro cuál sería su siguiente paso.

Se levantó de su duro lecho metálico, abrió la puerta y pidió ver al presidente de turno del Consejo de Defensa Planetaria. El cargo lo ocupaba en aquel momento un ruso llamado Garanin. Se trataba de un anciano de barba blanca y complexión ruda. Su oficina estaba un piso por debajo del de la secretaria general. Lo encontró despidiéndose de un grupo de visitantes, la mitad de ellos vestidos de uniforme.

—¡Doctor Luo! —exclamó al verlo—. Me he enterado de que tenía usted algún que otro problema y por eso no he querido importunarlo poniéndome en contacto con usted tan pronto...

—¿Qué están haciendo los otros tres vallados?

—Están organizando sus departamentos de personal, tarea que le aconsejo encarar cuanto antes. Lo pondré en contacto con varios asesores que le ayudarán en la etapa inicial...

—No necesito un departamento de personal.

—¿Ah, no? Si lo prefiere así... Pero si más tarde lo necesitara, sepa que se puede organizar en cualquier momento.

—¿Sería usted tan amable de proporcionarme papel y lápiz?

—Por supuesto.

Mirando el folio en blanco que le acercó el ruso, Luo preguntó:

—Señor presidente, ¿con qué sueña usted?

—¿A qué se refiere?

—No sé... ¿alguna vez ha soñado, por ejemplo, que vivía en un lugar paradisíaco?

Garanin negó con gesto amargo.

—Ayer mismo llegué de Londres. Después de pasarme el trayecto entero trabajando, apenas pude dormir dos horas y tuve que seguir; luego, hoy, en cuanto termine la reunión del Consejo de Defensa Planetaria, me espera un vuelo nocturno con destino a Tokio... Con mi ritmo de vida, siempre de aquí para allá, apenas paso tiempo en casa... ¿Qué sentido tiene para mí soñar que vivo en otro sitio?

—Pues yo en mis sueños veo infinidad de sitios maravillosos. Solo escogeré el más hermoso... —dijo Luo. Cogió el lápiz y se puso a dibujar—. Como no es un dibujo en colores, tendrá que imaginárselo. ¿Ve estas montañas de picos nevados? Son altas y escarpadas como nada en el mundo, y con el azul del cielo de fondo tienen un brillo casi plateado que llega a deslumbrar...

—Ah —dijo Garanin, observando con atención—, parece un lugar muy frío.

—¡No, no! Al pie de esas montañas no hace frío, el clima debe de ser subtropical. Esto es importante, ¿eh? Y enfrente de las montañas hay un lago enorme de aguas azules, más azules que el cielo, ¡tan azules como puedan serlo los ojos de su mujer!

—Mi esposa tiene los ojos negros.

—¡Bueno, pues..., sus aguas son de un azul tan profundo que parece negro, mejor todavía! El lago está rodeado de bosques y de llanuras; recuerde que tiene que haber las dos cosas, no solo una. Sí, este es el lugar: picos nevados, un lago, bosques y llanuras. Todo ello intacto, en su estado primigenio. Al verlo, uno piensa que el hombre jamás ha puesto el pie en él. Aquí, en este campo cubierto de hierba junto al lago, construyan una casa. No tiene por qué ser grande, pero sí ha de estar completamente equipada para cubrir todas las necesidades de hoy en día. El estilo puede ser clásico o moderno, pero debe complementarse con el entorno. Y tiene que haber fuentes, piscinas y las instalaciones necesarias para que el dueño pueda vivir a todo lujo sin que le falte de nada, como los millonarios.

—¿Y quién será el dueño?

—Un servidor.

—¿Qué pretende hacer allí?

—Vivir en paz el resto de mis días.

Esperaba que Garanin se indignara con él y lo cubriese de improperios, pero se limitó a asentir con gran seriedad.

—En cuanto la comisión termine su auditoría, nos pondremos manos a la obra.

—¿Ni usted ni su comisión van a preguntarme qué pretendo con todo esto?

Garanin se encogió de hombros.

—La comisión puede cuestionar las acciones de un vallado en dos únicos supuestos: si los recursos empleados sobrepasan el límite presupuestado, y si implica la pérdida de vidas humanas. Aparte de esos dos casos, cualquier cuestionamiento contravendría el espíritu del proyecto. Mire, si quiere que le diga la verdad, Tyler, Rey Díaz y Hines me han decepcionado. Basta con que uno analice sus movimientos en los últimos dos días para saber lo que pretenden conseguir con sus grandes planes estratégicos. Usted es diferente. Su comportamiento es desconcertante, justo lo que se espera de un vallado.

—¿Cree usted que el lugar que acabo de describirle existe realmente?

Garanin volvió a sonreír, le guiñó un ojo e hizo con una mano el signo de «OK».

—El mundo es lo bastante grande para que exista un lugar así —respondió—. Aún le diré más: yo lo he visto.

—Fantástico. Y asegúrese de que viviré a todo lujo sin que me falte de nada, como un millonario. Es parte del proyecto.

Garanin asintió con solemnidad.

—Ah, y una cosa más —añadió Luo—: cuando encuentre ese lugar, no me diga dónde está, nunca. Va en serio, ¡ni se le ocurra decírmelo! A mí, cuando sé dónde estoy, el mundo se me vuelve tan pequeño como un mapa; en cambio, cuando lo ignoro me parece que no tiene límite.

Visiblemente complacido, Garanin asintió una vez más.

—Doctor Luo, hay todavía otro aspecto en el que coincide con mi idea de lo que debe ser un vallado: su proyecto es el que requiere la menor inversión de los cuatro. Al menos por el momento.

—En tal caso, puede estar seguro de que seguirá siéndolo.

—Supone usted una bendición para mis sucesores. El presupuesto nos lleva de cabeza... Es probable que los distintos departamentos encargados de ejecutar cada aspecto concreto se pongan en contacto con usted para pedirle detalles, sobre todo en lo que se refiere a la construcción de la casa, imagino.

—¡Ay, sí, la casa! —exclamó Luo—. Olvidaba un detalle fundamental.

—Usted dirá.

Luo se acercó a Garanin e, imitando a la perfección su guiño y su sonrisa, le dijo:

—Tiene que tener chimenea.

Después del funeral de su padre, Zhang Beihai le pidió a Wu Yue que lo acompañara a los astilleros a hacerle una última visita al *Dinastía Tang*. Para entonces la construcción del navío se había detenido del todo y aquellas chispas de soldadura que tan a menudo parecían brotar de su casco habían desaparecido por completo. A plena luz del sol de mediodía, en toda su inmensidad no se avistaba signo alguno de vida. El único sentimiento que consiguió despertar en los dos hombres fue el de hallarse ante la mayor de las decrepitudes.

—Este también está muerto —murmuró Zhang.

—Tu padre era uno de los generales más brillantes y capaces de cuantos han liderado y lideran nuestra marina —dijo Wu—. A lo mejor, si aún estuviera entre nosotros, yo no habría caído en el pozo en el que me encuentro...

—Tu derrotismo parte de una base racional, o por lo menos así lo ves tú, conque dudo mucho de que nadie sea capaz de decirte nada que te disuada. Wu Yue, no te he pedido que me acompañaras hasta aquí para pedirte perdón. Sé, además, que no me guardas rencor por lo que he hecho...

—Al contrario. Debo darte las gracias por haberme liberado.

—Podrías volver a alistarte en la marina —dijo Zhang—. Seguro que te iba bien.

—Demasiado tarde —replicó Wu al tiempo que negaba lentamente con la cabeza—. Ya he presentado mi carta de renuncia. Además, ¿qué iba a hacer yo allí? Ahora que han dejado de construir destructores y fragatas, en la marina ya no hay sitio para alguien como yo, ¿o acaso pretendes que acepte un puesto de oficina en la comandancia de la flota? Eso sí que no... Pero es que tampoco doy la talla: un soldado que solo está dispuesto a participar en batallas que pueden ganarse no está capacitado para serlo.

—Ya sea el triunfo o la derrota, vaticinar aquello que nos depara el futuro escapa a nuestras atribuciones —señaló Zhang.

—Pero tú tienes fe en la victoria, Beihai. En eso te envidio de verdad, no sabes hasta qué punto. En estos tiempos que corren, una fe como la tuya es el colmo de la felicidad para un militar. Se nota de quién eres hijo.

—¿Ya has pensado lo que vas a hacer a partir de ahora? —preguntó Zhang.

—Pues no —respondió Wu—; la verdad es que me siento como si mi vida hubiera terminado. —Señaló el *Dinastía Tang* y añadió—: Igual que ese, jubilado antes de tiempo...

Comenzó a llegar un murmullo procedente del astillero. El *Dinastía Tang* se deslizaba lentamente por la grada. A fin de liberar el espacio que ocupaba, lo estaban echando al mar para remolcarlo hasta el muelle donde iba a ser desguazado. Justo en el momento en que la afilada proa del gigantesco barco partió las aguas, tanto a Zhang como a Wu les pareció oír que aquel emitía un gruñido de rabia. Terminó de entrar en el agua con rapidez, levantando enormes olas que hicieron tambalear al resto de barcos atracados, los cuales parecieron inclinarse ante él en señal de respeto. Tras ello, se mantuvo a flote y prosiguió en su avance con gran lentitud, como gozando en silencio del abrazo del océano.

En su breve y truncada carrera, lo conocía por primera y última vez.

Una negra noche envolvía el mundo virtual de *Tres Cuerpos*. A excepción de un débil lustre de estrellas, todo se hallaba inmerso en la oscuridad más absoluta. Ni siquiera se podía vislumbrar el horizonte; en mitad de aquella negrura densa como la tinta, la tierra yerma y el cielo raso eran uno.

—¡Administrador, inicia una era estable! —gritó una voz—. ¿No ves que estamos reunidos?

Retumbando como si procediese del mismo cielo, la voz del administrador respondió:

—No puedo. Las eras no pueden modificarse de manera externa, sino que se determinan de forma aleatoria siguiendo el modelo núcleo.

—Entonces aumenta la velocidad hasta encontrarnos luz diurna estable; no te tomará mucho tiempo —intervino otra voz.

El mundo parpadeó y los soles comenzaron a recorrer el cielo aleatoriamente a toda velocidad. Muy pronto, el paso del tiempo volvió a su ritmo habitual. Un sol estable reinaba en el cielo.

—Ya está —dijo el administrador—, pero no sé cuánto durará...

La luz reveló un grupo de personas reunidas entre las que había varias caras conocidas: el rey Wen de los Zhou, Alfred Newton, John von Neumann, Aristóteles, Mozi, Confucio y Albert Einstein. Repartidos entre los demás, miraban hacia el gran emperador Qin Shi Huang, subido a una roca con su legendaria espada al hombro.

—No soy el único que piensa así —añadió el administrador—. Hablo en nombre de los siete miembros de la dirección.

—¡Yo que tú no hablaría en nombre de una dirección que aún no ha sido consensuada! —exclamó alguien, tras lo cual se formó una sonora algarabía.

—Silencio —ordenó Qin Shi Huang, levantando con gran esfuerzo su espada—. Dejemos a un lado polémicas en torno a quién debe formar parte de la nueva dirección y quién no y pasemos a cuestiones más apremiantes. Como sabéis, ha comenzado a implementarse el Proyecto Vallado, un intento por parte de la humanidad de burlar la vigilancia de los sofones mediante el pensamiento estratégico privado e individual. Con este plan la humanidad erige un laberinto que nuestro Señor, acostumbrado a la transparencia mental, es incapaz de penetrar, decantando así la balanza a su favor. Los cuatro vallados suponen, por lo tanto, una amenaza directa para Él, de modo que, tal y como acordamos en nuestra pasada reunión presencial, es preciso poner en marcha el Proyecto Vallado de forma inmediata.

Al escuchar esto último, todo el mundo guardó silencio y no volvieron a oírse objeciones.

—Asignaremos un desvallador a cada vallado —prosiguió Qin Shi Huang—. De manera similar a lo que hace la ONU con los vallados, nuestra organización permitirá a los desvalladores hacer uso de cuantos recursos estimen oportunos, lo cual incluye a los sofones. Estos se encargarán de sacar a la luz cada una de las acciones emprendidas por los vallados de forma que el único secreto serán sus pensamientos. La misión de los desvalladores consistirá, por lo tanto, en analizar las acciones públicas y secretas de los vallados con ayuda de los sofones, a fin de dilucidar sus verdaderas estrategias. La dirección nombrará ahora a los desvalladores.

Qin Shi Huang blandió su espada y, como si se dispusiera a nombrarlo caballero, apoyó la hoja sobre el hombro de Von Neumann.

—Tú serás el primer desvallador —dijo—. Tu vallado es Frederick Tyler.

Von Neumann se arrodilló y posó la mano izquierda sobre el hombro derecho a modo de saludo.

—Acepto la misión —dijo Von Neumann.

Qin Shi Huang levantó entonces la espada para posarla en el hombro de Mozi.

—Tú serás el segundo desvallador —anunció—. Tu vallado es Manuel Rey Díaz.

En lugar de arrodillarse, Mozi irguió la cabeza con gesto altivo.

—Seré el primero en romper la valla —dijo, sonriendo con orgullo.

La hoja de la espada tocó el hombro de Aristóteles.

—Tú serás el tercer desvallador —declaró Qin Shi Huang—. Tu vallado es Bill Hines.

Aristóteles tampoco se arrodilló. En lugar de ello, sacudió su túnica con expresión pensativa.

—Sí —dijo finalmente—. Solo yo soy capaz de romper su valla.

Qin Shi Huang volvió a ponerse la espada al hombro. Luego paseó la mirada por los presentes y dijo:

—Muy bien. Ya tenemos desvalladores. Sois, al igual que vuestros vallados, la élite de la élite. ¡Que nuestro Señor os acompañe! Gracias a la hibernación, iniciaréis junto a vuestros vallados un largo camino cuyo destino es el final de los días.

—Dudo que vaya a tener que recurrir a la hibernación —replicó Aristóteles—. Completaré mi misión dentro del plazo de mi esperanza de vida.

Mozi asintió en señal de acuerdo.

—Cuando consiga romper la valla, me enfrentaré a mi vallado cara a cara para saborear el momento de su derrumbe moral. Es un orgullo poder dedicar a esa empresa lo que me queda de vida.

Los otros dos desvalladores también expresaron su deseo de enfrentarse en persona a sus contrincantes.

—Desenmascararemos absolutamente todos los secretos que la humanidad oculte a los sofones —dijo Von Neumann—. Eso será lo último que hagamos por nuestro Señor. Después ya no nos quedarán motivos para seguir existiendo.

—¿Y el desvallador de Luo Ji? —preguntó alguien.

Como si aquella pregunta hubiera accionado algún tipo de resorte en su mente, Qin Shi Huang clavó la espada en el suelo y se sumió en sus pensamientos. De pronto, el sol comenzó a descender y proyectó sobre la Tierra sombras cada vez más alargadas, que terminaron extendiéndose hasta más allá del horizonte. Después cambió de rumbo y estuvo subiendo y bajando con la majestuosidad con que la resplandeciente cola de una ballena emerge y se sumerge en las aguas del océano, iluminando y oscureciendo la vasta extensión y el grupo de personas que, sobre ella, conformaban aquel mundo.

—El desvallador de Luo Ji es él mismo —anunció al fin Qin Shi Huang—. Es preciso que se dé cuenta de la razón por la que supone un peligro para nuestro Señor.

—¿A nosotros nos consta el porqué? —inquirió una voz.

—No —respondió Qin Shi Huang—. Solo nuestro Señor lo sabe. Puso al corriente de ello a Evans, pero este le enseñó a mantenerlo en secreto. Con Evans muerto, ya no tenemos manera de saberlo.

—Entonces... de los cuatro vallados, ¿Luo Ji supone la mayor amenaza? —preguntó alguien, titubeante.

—Eso tampoco lo sabemos. Solo una cosa está clara —respondió Qin Shi Huang, elevando la vista al cielo, que cambiaba de añil a negro—: de los cuatro vallados, él es el único a la altura de medirse con nuestro Señor.

El departamento político de la fuerza espacial celebraba una nueva sesión de trabajo. Desde hacía ya varios minutos, justo después de haber dado por iniciada la reunión, Chang Weisi permanecía en silencio, algo del todo impropio de él. Primero repasó uno a uno los rostros de los oficiales políticos sentados en torno a la mesa; después, perdiendo la mirada en la distancia, adoptó un gesto pensativo y comenzó a golpetear la mesa con el lápiz como queriendo marcar el ritmo de sus pensamientos.

Tuvo que transcurrir un buen rato para que despertara de aquel trance.

—Camaradas —dijo por fin—, cumpliendo con la orden

anunciada ayer por la Comisión Militar Central, a partir de este momento asumo la dirección del departamento político de las fuerzas armadas. A pesar de que en realidad hace ya una semana que acepté el cargo, ha sido ahora, en el momento de sentarme frente a ustedes, cuando he tenido una sensación que me gustaría compartir con todos. Acabo de darme cuenta de que tengo delante al grupo de personas más denostadas de la fuerza espacial y de que a partir de ahora formo parte de él. Pido perdón por haber tardado tanto en tomar consciencia de este hecho —añadió, abriendo el documento que tenía frente a sí—. La primera parte de la reunión tendrá carácter confidencial. ¡Camaradas, intercambiemos opiniones de manera libre! Por una vez, hagamos como los trisolarianos y expongamos nuestros pensamientos con claridad cristalina. Se trata de algo crucial para nuestra futura labor.

Chang dedicó un par de segundos a mirar a cada uno de los asistentes. Todos permanecieron en silencio. A continuación, se puso en pie y comenzó a pasearse alrededor de la mesa a espaldas de ellos.

—Se nos ha encomendado la tarea de infundir a los miembros de la fuerza la confianza en nuestras posibilidades de ganar la futura guerra —prosiguió—. ¿Tenemos nosotros tal convencimiento? Levanten la mano quienes así lo piensen. Recuerden que les estoy pidiendo franqueza.

Ninguno de los presentes levantó la mano. Todos mantenían la mirada fija en la mesa, a excepción de una persona, que se dedicaba a mirar fijamente a Chang: Zhang Beihai.

—Está bien —continuó Chang—. ¿Creen por lo menos que la victoria es posible? Me refiero a una posibilidad real, mucho más sólida que apenas unas décimas de porcentaje.

Zhang Beihai levantó la mano. Fue el único en hacerlo.

—En primer lugar, agradezco la sinceridad de todos —dijo Chang. Luego, dirigiéndose a Zhang Beihai, añadió—: ¡Camarada Zhang! Díganos, ¿en qué basa su confianza?

Zhang se puso en pie.

—Por favor —le dijo Chang, indicándole que volviera a tomar asiento—. Esto no es más que una charla informal.

—Comandante —comenzó Zhang, manteniéndose en posición de firmes—, es difícil responder a su pregunta en apenas un par de frases, pues la fe se construye a lo largo de un extenso y complicado proceso. Me gustaría empezar hablando de cierta predisposición errónea que, a día de hoy, sigue prevaleciendo entre los miembros de nuestras filas. Como todo el mundo sabe, anteriormente al estallido de la Crisis Trisolariana se procuraba imaginar cómo sería la guerra en el futuro, partiendo siempre de una perspectiva científica y racional. Gracias a una poderosa inercia, esta es la actitud que ha venido manteniéndose de forma generalizada, particularmente en el caso de la fuerza espacial actual, a la que se ha incorporado un gran número de científicos y académicos. Si insistimos en seguir contemplando la guerra interestelar que se desatará dentro de cuatro siglos con esa misma perspectiva, nunca conseguiremos establecer la fe en la victoria.

—Lo que acaba de decir el camarada Beihai es un disparate —intervino un coronel—. Toda convicción firme parte, por necesidad, de lo que nos dicen la ciencia y la razón. No existe certeza sin una base objetiva que la sustente.

—Deberíamos empezar por reconsiderar la ciencia y la razón —replicó Zhang—. Puntualizo: nuestra ciencia, nuestra razón. El altísimo nivel de desarrollo alcanzado por los trisolarianos viene a constatar el hecho de que nuestra ciencia aún se encuentra en su más tierna infancia, recogiendo conchas en la playa sin haber llegado a ver el océano, que es la verdad. Cabe la posibilidad de que esos hechos que tan claramente vemos con ayuda de nuestra ciencia y nuestra razón no sean tan objetivos ni tan reales como creemos. Teniendo eso en cuenta, deberíamos aprender a ignorarlos de manera selectiva a la espera de ver cómo terminan evolucionando las cosas. Solo así evitaremos que el determinismo tecnológico y el materialismo mecánico nos hagan descartar el futuro.

—Excelente —celebró el general Chang, indicándole con la cabeza que continuara.

—Es preciso convencer cuanto antes a nuestras tropas de que tenemos posibilidades de ganar —prosiguió Zhang—, pues precisamente en esa confianza basa el ejército su dignidad y su misma razón de ser. ¿Acaso es la primera vez que el ejército chino se enfrenta en inferioridad de condiciones a un enemigo poderoso? ¡Ya lo hizo en el pasado, y gracias a una fe inquebrantable en la victoria basada en un profundo sentido de la responsabilidad hacia el pueblo y la madre patria, logró salir victorioso! Estoy convencido de que si ahora, de manera similar, nos basamos en un sentido de la responsabilidad hacia la raza humana en su conjunto y hacia la civilización terrestre, seremos capaces de inculcar una fe igualmente firme.

—¿De qué herramientas concretas disponemos para implantar esa base ideológica? —preguntó un oficial—. La composición de la fuerza espacial es muy diversa, no me parece una tarea simple...

—Creo que, al menos por el momento, deberíamos centrarnos en analizar la disposición mental de las tropas —respondió Zhang Beihai—. Un ejemplo: la semana pasada visité a las tropas de las fuerzas naval y aérea que acaban de ser incorporadas a nuestra rama del ejército y descubrí que la falta de disciplina comienza a ser un problema cada vez más frecuente. El detalle que lo prueba: a pesar de que la fecha establecida para empezar a llevar el uniforme de verano había pasado, en el cuartel eran muchos los que seguían vistiendo uniforme de invierno. Esta laxitud debe rectificarse cuanto antes. Miremos lo que está pasando: la fuerza está convirtiéndose en una especie de academia científica. Reconozco que su misión actual es la de una academia de ciencias militares, pero no deberíamos olvidar que somos un ejército, ¡un ejército en guerra!

La conversación se alargó todavía durante un rato. A su término, Chang Weisi volvió a ocupar su asiento.

—Les doy las gracias —dijo—. Espero que en el futuro podamos seguir manteniendo conversaciones con el mismo nivel de franqueza. Ahora pasemos al orden del día. —Levantó la mirada y topó con la de Zhang Beihai, fija en él. Aquella determinación lo conmovió profundamente.

«Zhang Beihai, no me cabe duda alguna de la sinceridad de tu confianza. Con un padre como el tuyo, lo raro sería que no la tuvieras... pero las cosas no son tan simples como dices. Ignoro en qué basas tu fe y hasta dónde llega; me pasa contigo lo que en su día con tu padre: a pesar de lo mucho que lo admiraba, confieso que nunca llegué a comprenderlo del todo.»

Zhang abrió la carpeta que tenía enfrente y se puso a hojear los documentos que contenía.

—El desarrollo de una teoría de la guerra espacial se encuentra en plena marcha —comenzó— y no ha tardado mucho en tropezar con su primer escollo: todo estudio de la guerra interplanetaria necesita basar sus hipótesis en un nivel tecnológico concreto. Sin embargo, debido a que la investigación básica aún se encuentra en una fase muy temprana, cualquier avance que pueda producirse todavía queda muy lejos en el tiempo, lo cual nos deja sin ninguna base sobre la que trabajar. En vista de tales circunstancias, nuestros superiores han decidido reestructurar nuestro plan de investigación y dividir esfuerzos en tres vías diferenciadas que contemplarán distintos niveles de sofisticación tecnológica alcanzables en el futuro por parte de la humanidad: un nivel tecnológico bajo, uno medio y uno alto.

»Aunque a día de hoy se sigue trabajando para definir de forma más clara esos tres niveles mediante el establecimiento de un gran número de parámetros identificativos en cada una de las principales disciplinas científicas, los dos principales parámetros de referencia serán la velocidad y el alcance que pueda llegar a tener una aeronave de diez kilotones.

»Nivel tecnológico bajo: las aeronaves alcanzarían una velocidad equivalente a unas cincuenta veces la tercera velocidad cósmica, es decir, ochocientos kilómetros por segundo aproximadamente, y serían en parte capaces de sustentar la vida. En estas condiciones, su radio de combate se limitaría al comprendido dentro del Sistema Solar interior, es decir, dentro de la órbita de Neptuno o, lo que es lo mismo, a una distancia del Sol de treinta unidades astronómicas.

»Nivel tecnológico medio: las aeronaves alcanzarían una velocidad equivalente a trescientas veces la tercera velocidad cósmica, es decir, cuatro mil ochocientos kilómetros por segundo, y estarían dotadas de un ecosistema propio parcialmente autosuficiente. En estas condiciones, su radio de combate se extendería más allá del cinturón de Kuiper hasta alcanzar las mil unidades astronómicas alrededor del Sol.

»Nivel tecnológico alto: las aeronaves alcanzarían una velocidad equivalente a mil veces la tercera velocidad cósmica, es decir, dieciséis mil kilómetros por segundo (o, lo que es lo mismo, un cinco por ciento de la velocidad de la luz), y estarían dotadas de un ecosistema propio totalmente autosuficiente. En estas condiciones, su radio de combate se extendería hasta la nube Oort y estarían preliminarmente capacitadas para realizar viajes interestelares.

»El derrotismo supone el mayor peligro de todos cuantos amenazan la fuerza espacial, lo cual reviste de una responsabilidad e importancia extremas a la labor de quienes nos dedicamos a su formación política e ideológica. El departamento político del ejército va a implicarse de forma activa en el estudio teórico de la guerra en el espacio para detectar y erradicar hasta la mínima manifestación de derrotismo, a fin de asegurar que el curso de las investigaciones se mantiene en el sentido correcto.

»Todos y cada uno de quienes se hallan hoy aquí presentes pasarán a ser miembros de uno o varios de los tres grandes grupos de que van a instituirse, los cuales, a pesar de que compartirán algunos de sus miembros, constituirán entidades independientes y provisionalmente se llamarán: Instituto Estratégico de Baja Tecnología, Instituto Estratégico de Tecnología Media e Instituto Estratégico de Alta Tecnología. Me gustaría aprovechar la ocasión para preguntarles a cuál de los tres preferirían ser asignados. Sus respuestas servirán de referencia durante la nueva ronda de nombramientos del departamento. Procedamos a escoger.

De los treinta y un oficiales políticos presentes, veinticuatro escogieron el nivel tecnológico bajo y siete optaron por el nivel tecnológico medio. Solo uno escogió el nivel tecnológico alto: Zhang Beihai.

—Al camarada Beihai le gusta la ciencia ficción —comentó un oficial, provocando unas cuantas risas.

—He escogido la única opción con posibilidades de ganar —contestó Zhang Beihai—. O alcanzamos un alto nivel tecnológico o no seremos capaces de construir un sistema defensivo efectivo para la Tierra y el Sistema Solar.

—Pero si ni siquiera somos capaces de controlar la fusión nuclear —dijo el oficial—, ¿cómo vamos a construir una nave espacial de guerra capaz de viajar a un cinco por ciento de la velocidad de la luz, diez mil veces más rápido de lo que son capaces de viajar actualmente las naves espaciales de la humanidad? ¡Eso no es ciencia ficción, sino fantasía!

—Tenemos cuatro siglos por delante —replicó Zhang—. Hay que considerar los progresos que se hagan.

—El progreso en la física fundamental es imposible.

—Aún no hemos llegado a implementar ni el uno por ciento de las aplicaciones que pueden llegar a derivarse de las teorías actuales —señaló Zhang—. El mayor obstáculo es la estrategia seguida a la hora de investigar por parte del sector tecnológico, empeñado en gastar tiempo y dinero en tecnologías de bajo nivel. Por poner un ejemplo, en el caso de la propulsión espacial, y sin que exista razón de peso alguna para ello, se dedica una parte demasiado grande de los recursos a la propulsión por fisión; también al desarrollo de la propulsión química de nueva generación, cuando en realidad deberíamos dejar de centrarnos en el estudio de los motores de fusión y pasar directamente al de los motores de propulsión sin medio, saltándonos toda la propulsión con medio. Este mismo problema se da en todas las demás áreas de investigación. Los ecosistemas cerrados, por ejemplo, requisito obligado para los viajes interestelares, constituyen una tecnología que no depende de la teoría fundamental, y aun así no se investiga casi nada al respecto.

—El camarada Zhang Beihai aborda un tema que merece toda nuestra atención —intervino Chang Weisi—. Hasta el momento, tanto el ejército como la comunidad científica se hallan hasta tal punto implicados en sus respectivas ocupaciones que la comunicación entre ambos brilla por su ausencia. Por fortuna, ambas partes son conscientes de ello y en breve organizarán una conferencia conjunta, para la cual han establecido sendas agencias especiales, que se encargarán de mejorar la comunicación a fin de establecer una óptima interacción entre estrategia e investigación. El siguiente paso a dar es, por un lado, asignar un representante militar a cada una de las diversas áreas de investigación y, por el otro, interesar a un gran número de científicos en el estudio teórico de la guerra espacial. En este tema tampoco podemos permitirnos el lujo de sentarnos a esperar los avances tecnológicos que puedan producirse o no; es preciso definir nuestra estrategia ideológica tan pronto como sea posible y empezar a promoverla en todas las áreas.

»A continuación quisiera hablar de otro tipo de interacción: aquella entre la fuerza espacial y los vallados.

—¿Los vallados? —preguntó alguien en tono de asombro—. ¿Es que van a interferir en el trabajo de la fuerza?

—Por el momento no hay signos de ello, aunque Tyler ha solicitado visitarnos. Debemos ser conscientes de que los vallados disponen del poder de interferir en nuestro trabajo y que eso podría tener efectos inesperados. Es preciso estar mentalmente preparados para tal eventualidad. De darse, habría que lograr un equilibrio entre el Proyecto Vallado y la estrategia defensiva convencional.

Al término de la reunión, Chang se quedó a solas en la sala de conferencias, fumando. El humo de su cigarrillo subía flotando hasta que la luz que se colaba por la ventana lo iluminó y pareció incendiarse.

«Sea lo que sea lo que vaya a ocurrir —pensó—, la cosa ya ha comenzado.»

Por primera vez en la vida, Luo Ji sentía que uno de sus sueños se había hecho realidad. Había supuesto que Garanin exageraba, que si sería capaz de encontrarle un lugar virgen y paradisíaco como el que él había soñado, nunca iba a ser exactamente el mismo. Sin embargo, nada más bajar del helicóptero se sintió justo en mitad de aquel mismo mundo surgido de su imaginación: con los picos nevados en la distancia, la llanura, el bosque más allá del lago... y todo en la misma posición exacta que él le había dibujado.

Lo sorprendió el sutil y dulce aroma que se percibía en la frescura del aire, también el hecho de que la placidez reinante en aquel lugar parecía llegar a extenderse hasta el sol, que brillaba con una suave calidez. Sin embargo, lo más increíble de todo para él fue que realmente había una gran mansión a orillas del lago. Kent, que lo acompañaba, le explicó que, a pesar de parecer más antigua, en realidad la habían construido a mediados del siglo XIX, pero el tiempo se había encargado de asimilarla a su entorno.

—A mí no me sorprende tanto —le dijo Kent a Luo—, muchas veces la gente sueña con lugares que existen en realidad.

—¿Es una zona habitada?

—No hay nadie en un radio de cinco kilómetros a la redonda. A partir de esa distancia empiezan a haber algunos pueblecitos.

Luo sospechaba que aquello debía de ser el norte de Europa, pero no quiso preguntarlo. Kent lo condujo hasta el interior de la casa. Lo primero en lo que Luo se fijó al posar la vista sobre el amplio salón de estilo europeo fue en su chimenea. La leña de árbol frutal ordenadamente apilada junto a esta olía a recién cortada.

—El antiguo dueño de la casa le da la bienvenida —explicó Kent.

Acto seguido le explicó a Luo Ji que la mansión contaba aún con más instalaciones de las que él les había solicitado: había diez caballos en los establos, pues el mejor modo de moverse por las montañas era a pie o a caballo; pista de tenis, campo de golf, bodega y, en el lago, moto acuática y varios veleros. A pesar de su relativa antigüedad, la casa había sido remodelada y cada una de sus habitaciones contaba con un ordenador con conexión de banda ancha y televisión por satélite; también había una sala de proyecciones. Además de todo aquello, Luo Ji había advertido la presencia de una plataforma para el aterrizaje de helicópteros. Estaba claro que no la habían acondicionado en el último minuto.

—El tío tiene que estar forrado...

—Es más que una persona con dinero. Nos prohibió que desveláramos su nombre porque probablemente usted lo reconocería. Ha hecho un gesto de generosidad mayor que el de Rockefeller en su día y ha donado todos los terrenos a la ONU. Para que no haya malentendidos, tanto estos como la casa pertenecen en propiedad a las Naciones Unidas, usted solo residirá aquí. Pero no se preocupe, que no va a quedarse con las manos vacías... al marcharse dejó dicho que se llevaba sus pertenencias más valiosas y todo lo que dejaba atrás es para usted. Tan solo estas pinturas ya deben valer una suma considerable...

Kent lo condujo por todas y cada una de las habitaciones de la casa. Luo Ji comprobó enseguida el buen gusto del anterior dueño por la sutil elegancia con que las había amueblado. Buena parte de los libros de la biblioteca eran viejas ediciones en latín. Las pinturas eran casi todas de estilo moderno, pero parecían fuera de lugar en aquellas habitaciones de atmósfera clásica. Le llamó la atención la ausencia total de paisajes, prueba indudable de la afinada sensibilidad estética del anterior inquilino: colgar cuadros de paisajes en una casa como aquella, en pleno Jardín del Edén, hubiera sido tan absurdo como verter cubos de agua en el océano para tratar de hacerlo más húmedo.

De regreso a la sala de estar, Luo Ji se sentó en el mullido sillón. Al alargar la mano rozó un objeto que cogió e inspeccionó: se trataba de una pipa Churchwarden de aquellas con caño largo y fino que gozaban de tanta popularidad entre la clase acomodada. Mirando los estantes vacíos de la pared, comenzó a imaginar qué clase de objetos habrían contenido.

Kent hizo pasar entonces a un grupo de personas que le fue presentando una a una: desde el ama de llaves hasta el cocinero, pasando por el chófer y el encargado de los establos, todos habían estado al servicio del anterior inquilino de la casa. Después de que se marcharan, Kent le presentó a Luo a una última persona, un teniente coronel vestido de paisano que iba a encargarse de la seguridad. En cuanto volvieron a estar solos, Luo le preguntó a Kent por Shi Qiang.

—Ya no está al cargo de su protección; probablemente se encuentra de regreso en China.

—Póngalo en el puesto del tipo que acaba de irse, seguro que lo hace mejor.

—No lo dudo. Sin embargo, al no hablar inglés le resultaría difícil coordinar la labor de los guardas.

—Entonces sustituya a los de ahora por guardas chinos.

Kent accedió al cambio y se marchó para gestionarlo. Luo salió también de la casa. Atravesando un césped impecablemente cuidado, ascendió por la pasarela que conducía al centro del lago. Una vez allí, apoyado en la barandilla, se dispuso a contemplar el reflejo de los picos nevados sobre la superficie espejada del lago. En mitad de aquel ambiente fresco y bajo la suave caricia del sol, se dijo: «Pudiendo disfrutar una vida como esta de ahora, ¿qué te importará a ti lo que le pase al mundo dentro de cuatro siglos?»

«A la mierda con el Proyecto Vallado.»

—¿Quién ha dejado entrar al imbécil ese? —susurró uno de los investigadores, escondiendo la cabeza detrás de su terminal.

—Los vallados pueden entrar donde les dé la gana —le respondió su vecino con voz igual de baja.

—¡Nada del otro mundo, ya lo está usted viendo! —exclamó el doctor Allen, director del Laboratorio Nacional de Los Álamos, mientras conducía a Manuel Rey Díaz por entre las filas de terminales—. Me imagino, señor presidente, que se sentirá decepcionado por lo gris y anodino que es todo...

—Ya no soy presidente —respondió Rey Díaz con aspereza mientras miraba alrededor.

—Nos encontramos en el primero de los cuatro centros de simulación nuclear de los que dispone Los Álamos. En Lawrence Livermore hay otros tres.

Rey Díaz reparó en dos aparatos que le resultaban algo menos anodinos. Tenían aspecto de ser muy nuevos y constaban de sendos monitores de grandes dimensiones montados sobre consolas de mandos con multitud de pequeños botones. Quiso desviarse para ir a echarles un vistazo, pero Allen le tiró suavemente del brazo a fin de reconducirlo.

—Son máquinas recreativas —explicó el doctor—. Las instalamos para tener algo con lo que entretenernos durante los descansos. Usar los terminales para jugar está prohibido.

Rey Díaz trasladó su atención a otros dos objetos llamativos. Aun siendo distintos, tenían en común el hecho de ser transparentes y albergar, en el interior de su compleja estructura, un líquido burbujeante. Cuando Rey Díaz hizo ademán de acercarse a ellos, Allen, a diferencia de la vez anterior, no hizo nada por impedírselo y se limitó a observarlo con una sonrisa mientras negaba con la cabeza.

—Eso es un humidificador —explicó Allen—. Aquí, en Nuevo México, el clima es extremadamente seco... Y aquello, una cafetera. Por cierto, ¡Mike, prepárale un café al señor Rey Díaz! No, hombre, no, de aquí no... utiliza la máquina de mi despacho.

Al final, lo único que le quedó por examinar a Rey Díaz fueron las fotografías en blanco y negro ampliadas que adornaban las paredes. En ellas aparecía un hombre delgado, con sombrero y fumando en pipa, a quien reconoció como Oppenheimer. Una vez más, Allen insistió en dirigir su atención hacia aquellos insulsos monitores, a lo que él exclamó:

—¡Estos terminales están obsoletos!

—Tienen detrás el ordenador más potente del mundo —arguyó Allen—, operando a una velocidad de treinta petaflops.

Un ingeniero se acercó a ellos y, dirigiéndose a Allen, dijo:

—Doctor, el modelo AD4453OG es operativo.

—Excelente.

—Hemos suspendido el módulo de salida —añadió en voz baja el ingeniero, mirando de soslayo a Rey Díaz.

—Habilítenlo —dijo Allen—. Ya lo ve —añadió, dirigiéndose a Rey Díaz—, aquí no tenemos nada que ocultar a los vallados.

Rey Díaz oyó entonces ruido de papeles rasgándose y vio que se trataba de los científicos que se encontraban al frente de los terminales.

—Pero ¿es que no tienen ni trituradoras? —exclamó, dando por supuesto que estaban destruyendo documentos. Sin embargo, luego reparó en que se trataba de folios en blanco.

Al grito de «¡Fin!» la sala entera estalló en vítores y todo el mundo echó los pedazos de papel al aire convirtiendo al suelo, ya de por sí atestado de objetos, en un auténtico estercolero.

—Es tradición aquí, en el centro —le explicó Allen a Rey Díaz—. El día en que detonaron la primera bomba atómica el doctor Fermi, sintiendo que se aproximaba la onda de choque, lanzó al aire varios pedacitos de papel para así, en función de la distancia entre unos y otros a la que terminaran cayendo, calcular la potencia de la bomba. Por eso ahora nosotros hacemos lo mismo al término de cada simulación.

—Para ustedes las pruebas nucleares son algo cotidiano, y hacerlas ha llegado a ser tan sencillo como jugar a los videojuegos —observó Rey Díaz mientras se quitaba varios trozos de papel de los hombros—. Nuestro caso es distinto; al no tener supercomputadoras, no nos queda otra que hacer pruebas reales, y luego pasa lo de siempre: aunque no sea nada que no hayan hecho otros antes, a los pobres sí se nos recrimina.

—Señor Rey Díaz, aquí no hay nadie interesado en hablar de política —respondió Allen.

Cuando Rey Díaz se inclinó para examinar de cerca los terminales, solo vio una interminable cascada de datos y curvas en constante movimiento. El único gráfico que pudo localizar le resultó tan abstracto que fue incapaz de descifrar lo que representaba.

El físico sentado frente al terminal contiguo asomó la cabeza y dijo:

—Señor presidente, si es un hongo nuclear lo que está buscando, ahí no lo encontrará.

—Ya no soy presidente —recalcó Rey Díaz mientras aceptaba el café que le entregaba el tal Mike.

—¿Por qué no nos dice en qué podemos serle de ayuda? —preguntó Allen.

—Quiero que me diseñen una bomba nuclear.

—Ah, claro. Aunque somos una institución multidisciplinar, yo ya me figuraba que no podía ser de otro modo. ¿Podría concretar algo más? El tipo, la potencia...

—El Consejo de Defensa Planetaria le enviará todos los detalles en breve; por el momento, y para que se vayan orientando, les diré dos palabras clave: grande y potente. Doscientos megatones como mínimo.

Allen se lo quedó mirando unos instantes. Luego inclinó la cabeza en actitud pensativa.

—Eso requerirá cierto tiempo... —dijo.

—¿No tienen modelos matemáticos?

—Por supuesto, de toda clase y para todo tipo de usos; modelos para bombas que van de quinientas toneladas a veinte megatones, modelos para bombas de neutrones y hasta modelos para bombas de pulso electromagnético. Pero esa carga explosiva que usted requiere resulta en exceso, grande, diez veces mayor que la del dispositivo termonuclear de mayor envergadura que existe hoy en el mundo. Deberá tener un detonante y un número de etapas muy distintos de los de las armas nucleares convencionales; incluso es posible que requiera la creación de una estructura nueva del todo. Ninguno de los modelos matemáticos de los que disponemos se le parece.

A partir de aquel momento su conversación viró hacia cuestiones de carácter más general, relacionadas con los diversos proyectos de investigación que se llevaban a cabo en el centro. Más tarde, llegado el momento de la despedida, Allen le dijo a Rey Díaz:

—Teniendo en cuenta que su departamento en el Consejo de Defensa Planetaria está asesorado por los mejores físicos del mundo, supongo que lo habrán informado acerca de las particularidades del uso de armas nucleares en una guerra espacial.

—Refrésqueme la memoria.

—Está bien. En el marco de una guerra espacial, es probable que las bombas nucleares constituyan armas de baja eficiencia. En el vacío del espacio una explosión nuclear sería incapaz de generar ondas de choque, y encima la presión ejercida por su luz sería insignificante, por lo que no produciría el mismo impacto mecánico que las explosiones que se dan dentro de nuestra atmósfera. Liberaría toda su energía en forma de radiación y pulsos electromagnéticos, contra los cuales, al menos en el caso de la humanidad, ya existen tecnologías de aislamiento razonablemente maduras capaces de proteger las naves.

—¿Y en el caso de que la bomba impactara de forma directa contra su objetivo?

—Sería una situación muy distinta. De darse, el papel del calor sería decisivo y el objetivo podría llegar a fundirse o incluso evaporarse. El problema es que una bomba de varios millones de toneladas vendría a ser tan grande como un edificio, así que me temo que no resultaría lo bastante manejable para dar en el blanco con facilidad... Si le soy sincero, yo no optaría por las armas nucleares ni por su impacto mecánico, que se queda corto ante el de las armas cinéticas, ni por su radiación, menos intensa que la de las armas de haz de partículas; ni tampoco por su capacidad de destrucción térmica, que no llega, ni de lejos, a ser comparable a la de los láseres de rayos gamma.

—Pero ninguna de esas armas que acaba de mencionar está lista para ser empleada en combate. Las bombas nucleares son, a día de hoy, el arma más poderosa de cuantas ha llegado a perfeccionar la humanidad. A todos esos problemas de los que ha hablado usted, acerca de su deseo de emplearlas en el espacio y la reducción de efectividad en el mismo, se les puede buscar solución; por ejemplo, añadir algún tipo de medio para crear ondas de choque de manera similar a como lo hacen los fragmentos metálicos que contienen las granadas.

—Qué idea tan fascinante. Ahí se nota su formación científica.

—Encima me especialicé en energía nuclear, ¿entiende ahora por qué me gustan tanto las bombas nucleares? Les tengo cariño.

Allen se echó a reír.

—Ya casi se me estaba olvidando lo ridículo que resulta pretender hablar en serio de estos temas con un vallado —dijo—, gracias por recordármelo...

Los dos rieron, pero Rey Díaz recuperó al instante su expesión seria y añadió:

—Doctor Allen, está usted cometiendo la misma equivocación que el resto del mundo al atribuir a mi estrategia como vallado un halo de misterio inexistente. Teniendo en cuenta que la bomba de hidrógeno es el arma lista para el combate más poderosa de cuantas dispone la humanidad, centrarme en ella no es más que natural, ¿no? Creo que mi enfoque es el correcto.

Se detuvieron a mitad de camino de la tranquila arboleda que habían estado recorriendo.

—Fermi y Oppenheimer hicieron este mismo paseo infinidad de veces —dijo Allen—. Después de Hiroshima y Nagasaki, la mayoría de quienes fueron artífices de aquella primera generación de armas nucleares pasaron el resto de sus vidas hundidos en la depresión. Imagine el alivio que hubieran sentido de haber sabido el papel que van a desempeñar ahora las armas nucleares de la humanidad.

—Por aterradoras que puedan resultar, las armas son algo bueno. Ah, otra cosa... La próxima vez que venga, espero no tener que ver a nadie lanzando papelitos. Piense en la impresión que les causamos a los sofones...

Keiko Yamasuki despertó en mitad de la noche, sola en la cama y con las sábanas del lado contiguo frías. Se levantó, se echó la bata sobre los hombros y salió al jardín. Como tantas otras veces, no tuvo más que mirar en dirección al bosque de bambú para reconocer al instante la sombra de su marido. Aunque tenían otra casa en Inglaterra, a Hines le gustaba mucho más vivir allí, en Japón. Según él, la luna del Lejano Oriente constituía un bálsamo para el espíritu. Aquella era, sin embargo, una noche sin luna. El bambú y la figura de la propia Keiko, ataviada con un kimono, perdían su dimensión y se confundían como si fueran oscuras siluetas de papel a la luz de las estrellas.

Hines no necesitó volverse para saber que su mujer se aproximaba. Aunque ella nunca se ponía los tradicionales zuecos de madera sino que siempre llevaba calzado occidental, tanto si estaba en Inglaterra como en Japón, solo era allí, nunca en Inglaterra, donde él era capaz de adivinar sus pasos.

—Cariño, llevas ya varios días sin dormir bien —susurró ella. A pesar de la suavidad de su voz, los insectos dejaron de cantar al instante y todo quedó sumido en un silencio tan puro como la superficie del agua.

Ella notó que su marido suspiraba con pesar.

—Keiko —dijo él—, no puedo. No tengo ni idea de qué hacer. En serio, soy incapaz de pensar en nada.

—Nadie es capaz de hacerlo. Dudo de que ese plan infalible que todos ansían exista siquiera.

Keiko avanzó dos pasos hacia su esposo, pero sin lograr alcanzarlo. Aquel pequeño bosque de cañas era para ambos un espacio de contemplación al que solían acudir cada vez que querían inspirarse. Muchos de sus proyectos de investigación habían nacido allí.

Evitando muestras de afecto que hubieran estado fuera de lugar en aquel entorno tan sagrado para ellos, cada vez que se hallaban en él procuraban hablarse con el decoro y la delicadeza que parecía exigir una atmósfera tan aparentemente impregnada de filosofía oriental como aquella.

—Bill, trata de relajarte —añadió Keiko—. Con hacerlo lo mejor que puedas ya es suficiente.

Él se volvió, pero su cara permaneció oculta en las sombras.

—¿Cómo voy a tranquilizarme, con la cantidad de recursos que consumo a cada paso?

—Entonces, ¿por qué no pruebas lo siguiente? —dijo Keiko, con evidentes ganas de proponer algo que llevaba en mente desde hacía tiempo—. Toma una dirección que, incluso si no te conduce al éxito, resulte en algo beneficioso.

—Keiko, justamente estaba pensando en algo así. Esto es lo que he decidido hacer: ya que no soy capaz de pensar un plan, ayudaré a que otros lo hagan.

—¿Quiénes? ¿Los otros vallados?

—No, a ellos no les va mucho mejor que a mí. Me refería a nuestros descendientes. ¿Alguna vez has considerado el siguiente hecho? El producto de la evolución biológica natural tarda al menos veinte mil años en manifestarse, pero la civilización humana tiene poco más de cinco mil años de historia, aproximadamente, y nuestra moderna sociedad tecnológica apenas doscientos. Esto implica que el estudio de la ciencia actual lo lleva a cabo el cerebro de un hombre primitivo.

—¿Quieres servirte de la tecnología para acelerar la evolución del cerebro humano?

—Lo que pretendo es partir de nuestras investigaciones para desarrollarlo hasta que sea capaz de idear un sistema de defensa planetario eficaz. Tras apenas uno o dos siglos de esfuerzo, estaríamos en condiciones de aumentar la inteligencia humana y permitir que la ciencia futura halle el modo de salir de la cárcel impuesta por los sofones.

—En nuestro campo el término inteligencia posee un significado muy vago. ¿A cuál en particular...?

—Me refería a la inteligencia en su sentido más amplio, incluyendo no solo su acepción tradicional de razonamiento lógico, sino también las de capacidad de aprendizaje, imaginación e innovación, la habilidad de desarrollar el sentido común y acumular experiencia conservando el vigor intelectual. Y mejorar la fortaleza de la mente para que sea capaz de pensar continuamente sin cansarse. Podemos incluso plantearnos la posibilidad de eliminar la necesidad de dormir.

—¿Qué haría falta para ello? ¿Te has parado a considerarlo aunque sea de modo superficial?

—No, todavía no. Quizás el cerebro pueda conectarse a un ordenador que, sirviéndose de su poder computacional, amplifique su inteligencia. O quizá se logre implementar una interfaz que conecte cerebros humanos para mezclar los pensamientos de varios individuos o para dar y recibir recuerdos en herencia... Lo que está claro es que, más allá de cuál sea el camino que termine conduciendo a un aumento de la inteligencia humana, debemos partir de un conocimiento profundo de los mecanismos del cerebro humano.

—Precisamente tu área de interés.

—¡Podremos seguir con nuestras investigaciones de siempre, pero con la diferencia de que ahora estaremos en condiciones de dedicarles cantidades ingentes de recursos!

—Amor mío, no sabes lo feliz que me hace oír eso, de verdad que sí... Pero una cosa: como vallado, ¿no crees que tu plan es un poco...?

—¿Un poco indirecto? Tal vez. Pero Keiko, piensa lo siguiente: si en la civilización humana todo nace y gira en torno al hombre, ¿habrá plan de mayor alcance que el de elevarlo? A mí no se me ocurre nada mejor.

—¡Bill, eres un genio!

—Ahora considera lo siguiente: si convertimos la neurociencia y el estudio del pensamiento humano en proyectos de ingeniería a escala mundial en los que invertimos cantidades inconcebiblemente grandes, ¿cuánto crees que tardaremos en tener éxito?

—Imagino que un siglo, más o menos.

—Seamos algo más pesimistas y pongamos que dos. Los humanos superinteligentes de la época tendrán aún dos siglos por delante y podrán dedicar uno al desarrollo de la ciencia fundamental y el otro a la implementación de tecnología...

—Incluso si al final fracasamos, como mínimo nos quedará la satisfacción de habernos dedicado a algo que habríamos hecho de todos modos.

—Keiko, ¿te tendré a mi lado el día en el que se acabe el mundo? —susurró Hines.

—Por supuesto, Bill. Te seguiré hasta el fin.

La primera auditoría del Proyecto Vallado celebrada por el Consejo de Defensa Planetaria alcanzaba su tercera jornada. Tanto Rey Díaz como Hines habían tenido ocasión de presentar sus respectivos proyectos y de debatir los detalles de los mismos con los miembros permanentes del consejo.

Si bien los representantes se sentaban alrededor de aquella misma mesa oval de la antigua Cámara del Consejo de Seguridad, los vallados ocupaban la mesa rectangular que había en su centro.

En la jornada anterior Tyler había solicitado no presentar su plan al mismo tiempo que Rey Díaz y Hines y retrasar su intervención hasta aquel momento, por lo que todos los representantes ardían en deseos de conocer más detalles.

Tyler comenzó haciendo una breve introducción del plan.

—Necesito establecer una fuerza armada que actúe en el espacio de forma suplementaria a la fuerza espacial terrestre que esté bajo mi mando.

Apenas hubo pronunciado aquella primera frase, los otros dos vallados levantaron la mano.

—Mi plan y el del señor Hines han sido criticados por requerir recursos excesivos —intervino Rey Díaz—, pero esto raya lo absurdo. ¡El señor Tyler pretende tener su propia fuerza espacial!

—Yo no he dicho que vaya a ser una fuerza espacial —puntualizó Tyler con tranquilidad—. Mi plan no prevé la construcción de aeronaves de guerra ni de grandes astronaves, sino el establecimiento de una flota de cazas espaciales. Cada uno de ellos tendrá un tamaño equivalente al de un caza convencional y lo tripulará un solo piloto. Como parecerán mosquitos pululando por el espacio, he decidido bautizar a mi plan con el nombre de Plan Miríada de Mosquitos. El número de efectivos de la fuerza deberá ser, como mínimo, igual al número de los que dispone la flota trisolariana invasora, esto es, mil.

—¿Atacar cada aeronave de guerra trisolariana con un mosquito...? ¡Así no van a hacerles ni cosquillas! —exclamó en tono despectivo uno de los presentes.

Tyler levantó el dedo índice.

—No si cada uno de esos mosquitos lleva a bordo una bomba de hidrógeno de cientos de megatones —puntualizó—. Sí, me temo que deberé recurrir a esas superbombas de última generación que se están diseñando... Señor Rey Díaz, no se precipite; aunque quiera negármelas, da la casualidad de que no es usted quién para hacerlo... De acuerdo con los principios del Proyecto Vallado, esa tecnología no es de su propiedad. En cuanto se termine de desarrollar, ejerceré mi derecho a emplearla.

—Lo que quiero saber es si está usted pensando en plagiar mi plan —le espetó Rey Díaz, dirigiéndole una mirada de furia.

Tyler le dedicó una sonrisa sardónica.

—Un vallado al que se le puede copiar el plan, ¿tiene derecho a seguir considerándose tal? —dijo.

—Los mosquitos no se caracterizan por volar demasiado lejos —intervino Garanin, el presidente de turno del Consejo de Defensa Planetario—. Esos avioncitos de juguete suyos solo podrían entrar en combate dentro de la órbita de Marte, ¿me equivoco?

—¡Cuidado, no sea que ahora les pida un remolcador espacial! —apostilló Hines en tono de burla.

—No la necesitan —replicó Tyler con aplomo—. Los cazas serán capaces de interconectar unos con otros formando una red que convertirá al escuadrón entero en una entidad única, una miríada de mosquitos, como la llamo, que podrá actuar a modo de remolcador espacial si es propulsada o bien por un motor externo, o bien por los motores de una parte de los cazas que la conforman. A velocidad de crucero, la miríada tendrá la misma capacidad de navegación espacial que la de naves mucho más grandes. En cuanto alcance el campo de batalla, volverá a descomponerse y sus cazas lucharán como una flota de aeronaves independientes.

—Sus mosquitos tardarán años en alcanzar la zona defensiva establecida en el perímetro del Sistema Solar. ¿Serán capaces sus pilotos de pasar todo ese tiempo encerrados en una cabina que no les permite ni ponerse de pie? Y ¿habrá espacio en una nave tan pequeña para almacenar víveres suficientes? —preguntó alguien.

—Hibernarán —respondió Tyler—. No tendrán otro remedio que hacerlo. Mi plan presupone la existencia futura de dos avances tecnológicos: las bombas miniaturizadas y las unidades de hibernación miniaturizadas.

—Pasarse años hibernando en un ataúd de metal para luego despertar y tener que lanzar a toda prisa un ataque suicida... ¡Desde luego, el trabajo de un piloto mosquito no es precisamente envidiable! —intervino Hines.

Su comentario consiguió minar la confianza de Tyler, quien, tras permanecer callado unos instantes, asintió con vehemencia.

—Así es —reconoció—. Encontrar pilotos voluntarios está resultando la parte más difícil del plan.

Se distribuyó entre los asistentes un dosier con los detalles del plan. Sin embargo, ninguno mostró interés en seguir hablando del tema y el presidente pidió un receso.

—Pero ¿es que todavía no ha llegado Luo Ji? —preguntó, molesto, el representante de Estados Unidos.

—No va a venir —contestó Garanin—. Según ha dicho, tanto su actual estado de reclusión como su ausencia en las auditorías forman parte de su plan.

Al escuchar aquello, casi todos los presentes se pusieron a cuchichear; unos con cara de estar muy molestos, otros intercambiando sonrisas enigmáticas.

—Menuda perla de hombre está hecho ese... ¡Un holgazán de tomo y lomo, eso es lo que es! —exclamó Rey Díaz.

—¿Y usted qué, eh? —replicó Tyler de forma grosera, a pesar de que su plan dependía de la superbomba de hidrógeno de Rey Díaz.

—Yo, en cambio, quisiera romper una lanza a favor del doctor Luo —intervino Hines—. Al menos tiene el suficiente autoconocimiento para saber cuáles son sus limitaciones, y prefiere mantenerse al margen antes que incurrir en gastos inútiles de recursos —añadió, dirigiéndole una sonrisa magnánima a Rey Díaz—. Algunos podrían tomar ejemplo de él.

Todo el mundo vio claro que, más que defender a Luo Ji, lo que Tyler y Hines hacían era atacar a Rey Díaz.

Garanin golpeó varias veces la mesa con su mazo.

—En primer lugar, vallado Rey Díaz, estaba usted hablando fuera de turno —lo amonestó—. Le pido también que se refiera a los demás vallados con el debido respeto. Al vallado Hines y al vallado Tyler les digo lo mismo: en esta sala las descalificaciones están fuera de lugar.

—Señor presidente —dijo Hines—, el plan que el vallado Rey Díaz presentó ayer se caracteriza por un solo hecho: el de poseer la burda simpleza de un soldado. Desde que su país, Venezuela, siguiendo la estela de Irán y Corea del Norte, tuvo que ser severamente sancionado por Naciones Unidas a causa de su programa de armas nucleares, Rey Díaz comenzó a desarrollar una malsana obsesión por las bombas nucleares que a día de hoy aún le dura. Lo cierto es que no existen diferencias sustanciales entre esa bomba de hidrógeno gigante del plan que propone

Rey Díaz y la miríada de mosquitos del plan del señor Tyler; las dos opciones resultan igual de decepcionantes. La estrategia que hay detrás de unas acciones tan concretas como las que proponen esos planes resulta evidente desde el principio; ninguno da muestras de tener detrás la astucia y capciosidad requeridas por el Proyecto Vallado y que suponen su misma ventaja estratégica.

—Señor Hines —contraatacó Tyler—, su plan no es más que un sueño ingenuo.

Al término de la sesión de auditoría los tres vallados se dirigieron a la sala de meditación, su lugar favorito del cuartel general de las Naciones Unidas. Últimamente daba la sensación de que aquella sala pequeña y silenciosa había sido especialmente concebida para ellos. Una vez allí, los tres permanecieron en silencio. Compartían una misma sensación: la de que no volverían a ser libres de abrirse y compartir sus ideas hasta que llegara la guerra final. Todos sus pensamientos parecían ser absorbidos por el gran testigo mudo de la escena, aquel gran bloque de hierro que ocupaba el centro de la habitación.

—¿Os habéis enterado de lo de los desvalladores? —preguntó por fin Hines en voz baja.

Tyler asintió.

—Ha salido anunciado en la web de la Organización Terrícola-trisolariana. La CIA acaba de confirmarlo.

Volvieron a callar. Los tres trataban de concitar en su mente el rostro de su desvallador, un rostro que a partir de ese momento protagonizaría todas y cada una de sus pesadillas. Y es que, muy probablemente, el día en que un desvallador se interpusiera en su camino sería también su fin.

Al ver entrar a su padre, Shi Xiaoming reculó de manera instintiva en su asiento hacia a uno de los rincones de la celda. Sin embargo, Shi Qiang se limitó a sentarse a su lado sin decir nada.

—No te preocupes, que ni te voy a pegar ni te voy a echar la bronca —dijo este al cabo del rato—. No me quedan fuerzas.

Shi Qiang se sacó luego del bolsillo del pantalón un paquete de cigarrillos, extrajo dos y le ofreció uno a su hijo. Este dudó unos instantes, pero terminó aceptándolo. Padre e hijo estuvieron fumando un buen rato sin pronunciar palabra.

—Me han asignado una misión —dijo Shi Qiang por fin—. Voy a tener que salir del país.

—Pero ¿y tu enfermedad? —preguntó Shi Xiaoming, levantando la vista para dirigirle a su padre, a través del humo, una mirada de preocupación.

—Primero hablemos de lo tuyo.

—Papá —dijo Shi Xiaoming en tono de súplica—, por estas cosas caen unas penas muy gordas...

—Si hubieras cometido otro tipo de crimen, aún te habría podido echar un cable, pero tratándose de lo que se trata... Ming, tanto tú como yo ya somos mayores de edad. Debemos responsabilizarnos de nuestros actos.

Con expresión de angustia, Shi Xiaoming hundió la cabeza entre los hombros y dio una lenta calada a su cigarrillo.

—Asumo mi parte de culpa —continuó el padre—. Cuando eras pequeño nunca me ocupé de ti. Trabajaba de sol a sol y la mayoría de noches, al volver a casa, solo tenía ganas de beber y de dormir. Nunca fui a ninguna reunión de padres, nunca charlé contigo sobre nada que tuviera importancia... Como acabo de decirte, los dos debemos responsabilizarnos de nuestras acciones.

Con lágrimas en los ojos, Shi Xiaoming se dedicaba a apagar la colilla de su cigarrillo aplastándola una y otra vez contra el borde metálico de la cama. Se sintió como si con ella estuviese destruyendo también la segunda mitad de su vida.

—La cárcel no es más que una escuela de criminales —prosiguió Shi Qiang—. Será mejor que no te hagas muchas ilusiones con lo de que van a reformarte. Tú, al entrar, procura involucrarte lo menos posible con los demás reclusos y ya está. Ah, y aprende a defenderte. Toma —añadió, colocando sobre el camastro una bolsa de plástico con dos cartones de tabaco barato—. Las demás cosas que necesites, pídele a tu madre que te las envíe. —Se encaminó hacia la puerta y, antes de abrirla, se volvió hacia su hijo y añadió—: Ming, aún es posible que volvamos a vernos algún día. Para entonces probablemente seas más viejo que yo ahora y entiendas lo que siento.

Desde la ventanilla de su celda, Shi Xiaoming observó cómo

su padre se marchaba del centro de detención. De espaldas le pareció muy achacoso.

En aquella era en que la ansiedad lo dominaba todo, Luo Ji se había convertido en el hombre más ocioso y despreocupado del mundo. Se dedicaba a pasear por los alrededores del lago, a navegar, a disfrutar de las delicias en que el cocinero era capaz de convertir los peces, setas y demás cosas que él solía llevarle a la vuelta de sus excursiones, a hojear los volúmenes de la extensa biblioteca... Y cuando se cansaba de eso se iba a jugar al golf con los guardias, o salía a montar a caballo por la pradera o por la alameda que conducía hacia aquel pico nevado, aunque, eso sí, siempre sin alcanzar su pie. También solía sentarse en el banco a orillas del lago para contemplar el reflejo de las montañas sobre sus aguas, sin nada que hacer ni nada que pensar, hasta que cuando quería darse cuenta ya se le había hecho de noche.

Eran días de existencia solitaria en los que no mantenía ninguna clase de contacto con el exterior. Aunque Kent también residía en la casa, solía recluirse en su despacho y rara vez lo importunaba. Luo había ido a hablar con el responsable de la seguridad para pedirle que los escoltas dejaran de seguirlo a todas partes o, en caso de tener que hacerlo, como mínimo procurasen que él no los viera.

Se sentía como aquel velero que tan plácidamente flotaba sobre las aguas del lago, sin tener idea de dónde se hallaba ni importarle dónde terminaría. De vez en cuando le venía a la memoria su vida anterior y se sorprendía de lo mucho que, en cuestión de días, todo había cambiado para él; tanto era así, que tenía la sensación de que había pasado un siglo desde entonces. Y esa sensación lo complacía.

Luo mostraba gran interés por la bodega de la casa y lo que en ella se almacenaba; por ejemplo, había aprendido que el vino de la mejor calidad era el de las botellas polvorientas colocadas en estanterías en posición horizontal. Bebía en la sala de estar, bebía en la biblioteca e incluso a veces bebía en el velero; pero nunca en exceso, sino lo justo para alcanzar aquel dulce estado a medio camino entre la sobriedad y la embriaguez. Era entonces cuando sacaba aquella pipa de caña larga que había sido del anterior dueño de la casa y daba unas cuantas caladas.

No había querido que nadie encendiese la chimenea, ni siquiera en aquellos días grises y lluviosos en que el frío se adueñaba de la sala de estar. Sabía que todavía no era el momento.

Desde que vivía allí no se había vuelto a conectar a internet y las veces que había visto la televisión había procurado saltarse los informativos y cualquier programa que tratase de la actualidad. Pese a que en aquellos años finales de la Edad Dorada aún era posible encontrar programas de puro entretenimiento, lo cierto es que eran cada vez más raros.

Una noche, a altas horas de la madrugada, Luo cometió un exceso por culpa de una botella de coñac que, según la etiqueta, tenía treinta y cinco años. Mientras, control remoto en mano, trataba de saltarse todos los canales de noticias de los que disponía su televisor de alta definición, le llamó la atención un reportaje de una cadena de noticias en inglés sobre el rescate de los restos de un barco que había zozobrado a mediados del siglo XVII, un clíper que había zarpado de Rotterdam en dirección a Faridabad y había acabado naufragando en el Cabo de Hornos. Entre los objetos rescatados por los submarinistas había un pequeño barril completamente sellado que contenía un vino que, según los expertos, no solo debía de ser bebible, sino que, después de haber pasado tres siglos en el fondo del océano, muy posiblemente debía de tener un sabor inigualable.

Luo había grabado la mayor parte del reportaje e hizo venir a Kent para enseñárselo.

—Quiero ese barril. Puje por él —le dijo.

Kent se fue a hacer la llamada. Dos horas más tarde regresó para informarle, alarmado, de que según se preveía el valor de aquel barril alcanzaría cifras estratosféricas: solo el precio de salida era de trescientos mil euros.

—¡Esa cantidad es irrisoria para el Proyecto Vallado! Consígamelo. Forma parte del plan.

Después de la famosa «sonrisa de vallado», el lenguaje popular terminaría acuñando una segunda expresión relacionada con el proyecto: a partir de entonces, de cualquier tarea absurda pero de cumplimiento obligatorio se diría que era «parte del plan de vallado» o, sencillamente, «parte del plan».

Dos días más tarde, el barril, estropeadísimo y cubierto de conchas marinas, ocupaba el centro de la sala de estar. Luo cogió un grifo con tirabuzón especialmente diseñado para barriles como aquel, que había encontrado en la bodega, lo clavó con sumo cuidado en el barril y se valió de él para servirse una primera copa. El color de aquel vino era de un tentador tono verde esmeralda. Tras inhalar su aroma, se llevó la copa a los labios.

—¿Esto también forma parte del plan, doctor? —preguntó Kent.

—Exactamente. Es parte del plan —respondió Luo, repantigándose en su asiento, a punto para beber. Sin embargo, al reparar en todas las miradas que se centraban sobre él, se detuvo y exclamó—: ¡Fuera de aquí, todos!

Ni Kent ni el resto de los presentes se movieron un milímetro.

—Echaros forma parte del plan. ¡Vamos! —gritó, y se los quedó mirando.

Kent hizo entonces un leve movimiento con la cabeza para indicar que lo dejaran a solas con Luo. Todos se marcharon.

Luo tomó un sorbo. A pesar de lo mucho que se esforzó por convencerse de que aquel era un sabor excelso, al final no tuvo valor de tomar un segundo sorbo. Sin embargo, el único que había dado fue suficiente para que no se librara de pasar la noche en el retrete hasta que escupió bilis del mismo color del vino y se sintió físicamente tan débil que ya no pudo levantarse de la cama. Más tarde, cuando doctores y expertos abrieron el barril para analizar su contenido, descubrieron que por dentro tenía una placa de latón, como era costumbre en la época. Con el tiempo debía de haberse dado algún tipo de reacción entre el cobre del latón y el vino, que acabó disuelto en este. A Luo no se le pasó por alto la sonrisa de satisfacción de Kent mientras se llevaban el barril.

Exhausto, tumbado en la cama observando caer las gotas de suero, se sintió profundamente solo. Era muy consciente de que su reciente ociosidad no había sido más que la sensación de ingravidez que lo había acompañado a lo largo de su descenso al profundo abismo de la soledad, y también de que acababa de tocar fondo. Sin embargo, él había anticipado aquel momento y estaba preparado. Aguardaba la llegada de una persona, alguien con cuya presencia daría comienzo la siguiente fase de su plan. Aguardaba la llegada de Da Shi.

Tyler sostenía un paraguas para protegerse de la fina lluvia que caía sobre Kagoshima, en Japón. Detrás de él, a dos metros de distancia y con el paraguas cerrado, se hallaba Koichi Inoue, ministro de Defensa nipón. Llevaba dos días manteniendo aquella misma distancia con Tyler, la cual no era solo física. Se encontraban en el Museo de la Paz de los Pilotos Kamikazes de Chiran. Frente a ellos se erigía la estatua de una unidad de ataque especial junto a la cual había expuesto un avión blanco con la cifra 502. La fina capa de lluvia que revestía las superficies de la estatua y del avión conseguía dotar a ambos de un engañoso realismo.

—Entonces, ¿no existe ningún tipo de margen de discusión para mi propuesta? —preguntó Tyler.

—Le sugiero que no hable del tema con los medios. Se ahorrará problemas innecesarios —respondió Inoue, cuyas palabras sonaron tan frías como la llovizna.

—Pero ¿aún hoy sigue siendo un tema tan sensible?

—Lo sensible no son los hechos históricos, sino su intención de repetirlos. Háganlo en Estados Unidos o donde sea, ¿o van a tener que ser los japoneses los únicos en sacrificar la vida por un ideal?

Tyler cerró el paraguas y fue a colocarse junto a Inoue. Impasible, este no se movió ni un milímetro. Era como si lo rodeara un campo de fuerza invisible: Tyler fue incapaz de acercarse a menos de un palmo de él.

—En ningún momento he dicho que los miembros de las fuerzas kamikazes del futuro vayan a ser solo japoneses —puntualizó Tyler—. La intención es crear una fuerza internacional, pero siendo una práctica que tuvo su origen en este honorable país, ¿no le parece natural revivirla aquí?

—Ignoro la relevancia que puede tener este modo de ataque en una guerra interplanetaria... ¿Es usted consciente de que el número de victorias que tuvieron esas unidades de ataque especiales fue muy reducido? ¿De que no sirvieron para ganar la guerra?

—Comandante, señor, la fuerza espacial que he establecido es una flota de aeronaves de caza equipadas con superbombas de hidrógeno.

—¿Y tienen que estar pilotadas por humanos? ¿No pueden controlarlas a distancia?

La pregunta pareció darle a Tyler la oportunidad que esperaba.

—¡Ese es justamente el problema! —exclamó entusiasmado—. Hoy por hoy, un ordenador sigue sin ser capaz de sustituir al cerebro humano. Los ordenadores cuánticos, o aun otros de nueva generación, no serán una realidad hasta que se produzcan avances en teoría fundamental, pero con el candado que le han puesto los sofones al progreso, ya podemos despedirnos de ello... ¡Por eso dentro de cuatrocientos años la inteligencia computacional seguirá siendo limitada y las armas tendrán que ser manejadas por humanos! Lo cierto es que reinstaurar a los kamikazes ahora no tiene más que un valor moral simbólico; todavía deberán pasar diez generaciones antes de que nadie sacrifique la vida, ¡pero para inculcar un espíritu así hay que comenzar cuanto antes!

Inoue se volvió para mirar a Tyler de frente por primera vez. Tenía la cara salpicada de gotas de lluvia, aunque quizá fueran lágrimas, y varios mechones de pelo mojado se le adherían a la frente.

—Eso que usted se propone viola los principios básicos de la sociedad moderna —dijo—. La vida humana está por encima de todo; ningún estado ni gobierno puede encargar a nadie una misión mortal. Me viene a la memoria una frase de Yang Wen-li en *La leyenda de los héroes galácticos*:* «En esta guerra está en juego el destino de nuestro país, pero ¿qué importa eso en comparación con nuestros derechos y libertades individuales?» Hagan ustedes lo que puedan; les deseo buena suerte.

—¿Sabe lo que le digo? —gritó Tyler, indignado—. ¡Que están desperdiciando su recurso más valioso!

Tyler abrió el paraguas con un gesto enérgico y se marchó

* Ginga Eiyū Densetsu, influyente serie de novelas de ciencia ficción japonesas escritas por Yoshiki Tanaka cuya primera entrega se publicó en 1982. *(N. de los T.)*

echando pestes. Cuando alcanzó la puerta del memorial, miró hacia atrás y vio que Inoue seguía de pie bajo la lluvia, frente a la estatua.

Abriéndose paso a través del temporal, Tyler recordó una frase de una nota de suicidio que había visto en la exposición, escrita por un piloto kamikaze para su madre: «Madre, voy a convertirme en luciérnaga.»

—Está resultando más difícil de lo que imaginé —le confesó Allen a Rey Díaz. Se encontraban de pie ante el obelisco de negra roca volcánica que marcaba el hipocentro de la primera bomba atómica de la humanidad.

—¿De verdad es una estructura tan diferente? —preguntó Rey Díaz.

—Totalmente distinta. Construir su modelo matemático podría resultar cientos de veces más complicado que el de las bombas nucleares actuales.

—¿En qué puedo ayudarle?

—Cosmo trabaja con usted, ¿verdad? Haga que lo transfieran a mi laboratorio.

—¿Se refiere a William Cosmo?

—Sí.

—Pero él es...

—Astrofísico. Una autoridad en todo lo que se refiere a las estrellas.

—¿Y qué quiere que haga él?

—Es lo que iba a explicarle. Tal y como usted lo concibe, una bomba nuclear es algo que se detona y explota, pero el proceso real es más parecido a una combustión. A mayor potencia, mayor combustión. Una explosión nuclear de veinte megatones, por ejemplo, origina una bola de fuego que dura unos veinte segundos. La superbomba que estamos diseñando es de doscientos megatones y su bola de fuego podría arder durante varios minutos. Imagínesela. ¿A qué se parecerá?

—A un pequeño sol.

—Exacto. La estructura de su fusión es muy parecida a la de una estrella y durante un período de tiempo muy acotado experimenta una evolución estelar, de modo que el modelo matemático que tenemos que construir es, en esencia, el de una estrella.

Frente a ellos se extendía un enorme desierto de arenas blancas. Apenas faltaban unos instantes para que amaneciera, de modo que sus detalles aún se mantenían ocultos en la oscuridad. Lo primero en lo que pensaron los dos hombres fue en la pantalla de inicio de *Tres Cuerpos*.

—Estoy realmente entusiasmado, señor Rey Díaz —dijo Allen—. Le ruego que perdone mi apatía inicial hacia el proyecto. En vista de cómo evoluciona, adquiere un significado que sobrepasa con creces el de la mera construcción de una superbomba. ¿Sabe usted lo que estamos haciendo? ¡Estamos creando una estrella virtual!

Rey Díaz sacudió la cabeza en señal de desaprobación.

—¿Qué tiene eso que ver con la defensa de la Tierra?

—¿Por qué limitarse siempre a la defensa planetaria? Al fin y al cabo, mis colegas de laboratorio y yo somos científicos. Además, no sería raro que todo esto acabase teniendo una utilidad práctica. Introduciendo los parámetros adecuados, la estrella podría servir de modelo de nuestro sol. Piénselo. Siempre es útil tener el sol en la memoria del ordenador. Es la mayor presencia del universo en nuestra vecindad y podríamos aprovecharla para muchas cosas. Su modelo matemático podría incluir muchas más propiedades a la espera de ser descubiertas.

—Precisamente una nueva utilidad del sol es lo que puso a la humanidad en peligro y a usted y a mí en esta encrucijada —dijo Rey Díaz.

—Y nuevos descubrimientos podrían salvarla —apostilló Allen—. Por eso quise invitarlo hoy aquí a ver amanecer.

El sol asomó por detrás del horizonte. El desierto que se extendía delante de ellos empezó a distinguirse de forma cada vez más nítida, tal como ocurría al revelar una fotografía, y Rey Díaz advirtió que aquel mismo lugar que un día sucumbió arrasado por las llamas de un fuego infernal aparecía ahora cubierto de dispersa vegetación.

—«Me he convertido en la muerte, esa gran destructora de mundos» —citó Allen.

—¿Qué? —exclamó Rey Díaz, volviéndose hacia él tan bruscamente como si le hubieran disparado a la espalda.

—Es la frase que pronunció Oppenheimer al presenciar la primera explosión. Creo que es una cita del *Bhagavad-Gita*.

La Rueda del Este se expandía con rapidez cubriendo la Tierra con la red dorada de su luz. Se trataba del mismo astro hacia el que un aciago día Ye Wenjie había orientado la antena de Costa Roja, el mismo que años antes había brillado mientras se asentaba el polvo levantado por la primera bomba nuclear. Tanto los australopitecos, hacía un millón de años, como los dinosaurios, hacía cien millones de años, habían dirigido sus estólidas miradas hacia él. Pero es que aun antes de eso, aquella tenue luz que una vez penetró en la superficie del océano primitivo para ser sentida por la primera célula de vida del planeta, también había sido emitida por él, aquel astro formidable al que no en vano llamaban rey, el Sol.

Allen añadió:

—A esa frase de Oppenheimer le siguió un comentario mucho menos poético de un hombre que se apellidaba Bainbridge: «Ahora todos somos unos hijos de puta.»

—¿Qué está diciendo? —preguntó Rey Díaz, respirando de forma cada vez más trabajosa a medida que observaba aparecer el sol.

—Le estoy dando las gracias, señor Rey Díaz, porque a partir de ahora ya no somos unos hijos de puta.

En el este el sol se alzaba trazando un majestuoso arco que parecía querer declarar al mundo: «Frente a mí, todo cuanto existe es tan efímero como una sombra.»

—¿Qué le ocurre, señor Rey Díaz?

Allen vio que Rey Díaz estaba en cuclillas, con una mano apoyada en el suelo y temblando de forma muy violenta. Pálido y con el cuerpo empapado de sudor, trataba de encontrar fuerzas para apartar la mano de la zarza de pinchos sobre la que la había apoyado.

—El coche... Vámonos al coche... —imploró con voz débil, volviendo la cabeza en dirección opuesta al sol y tratando de resguardarse de su luz . Era incapaz de levantarse.

Allen trató de ayudarlo, pero no pudo con su corpulencia.

—Traiga... el coche... —rogó Rey Díaz, ya casi sin resuello, protegiéndose los ojos con una mano a modo de visera. Allen fue en busca del coche, y cuando estuvo de regreso se lo encontró tirado en el suelo. Tuvo que hacer grandes esfuerzos para subirlo a la parte trasera.

—Gafas... de... sol —pidió Rey Díaz, recostado a medias sobre el asiento y extendiendo ansiosamente las manos. Allen le dio unas que encontró en la guantera y, en cuanto se las puso, empezó a recobrar el ritmo de la respiración. Luego, con un hilo de voz, añadió—: Estoy bien... Larguémonos de aquí, rápido...

—Pero ¿qué demonios ha ocurrido? ¿De verdad se encuentra bien?

—Creo que ha sido el sol.

—El sol... ¿Y desde cuándo le provoca esta reacción?

—Me acaba de pasar por primera vez.

A partir de aquel día, Rey Díaz fue víctima de esa peculiar fobia que lo llevaría al borde del colapso mental y físico cada vez que viera el sol.

—¿Ha sido un vuelo muy largo? ¡Vaya cara de cansancio trae! —le dijo Luo Ji a Shi Qiang cuando lo recibió.

—Vengo cansado, sí... Cuesta mucho encontrar aviones tan cómodos como el de aquella vez —respondió Shi Qiang al tiempo que miraba atentamente alrededor.

—¿Qué le parece el sitio? No está mal, ¿eh? —dijo Luo.

—Es terrible —contestó Shi, negando con la cabeza—. En tres de los cuatro flancos hay árboles, lo que hace que resulte muy fácil aproximarse sin ser visto. Luego, el lago: teniéndolo así de cerca, desde la otra orilla podrían enviar buzos a los que resultaría complicado detectar. Los prados de los alrededores sí me gustan, porque son espacios abiertos.

—Ya podría ser usted un poco más romántico...

—¡Oye, colega, que yo estoy aquí para trabajar!

—Y trabajo romántico es el que le tengo preparado —contestó Luo al tiempo que lo conducía a la sala de estar.

Shi la contempló sin mostrarse demasiado impresionado por su lujosa elegancia. Luo le sirvió una bebida en una copa de cristal, pero él la rechazó con un ademán.

—Este brandy tiene treinta años —dijo Luo.

—No puedo beber estando de servicio... —repuso Shi—. Venga, cuéntame de qué va esa historia del trabajo romántico.

—Da Shi, quería pedirle un favor. —Luo se sentó a su lado—. En su anterior trabajo, ¿alguna vez tuvo que rastrear el país o quizás incluso el mundo en busca de alguien?

—Sí.

—¿Y se le daba bien?

—¿Encontrar gente? Claro.

—Perfecto. Quiero que encuentre a alguien. Una mujer de unos veinte años. Es parte del plan.

—¿Nacionalidad? ¿Nombre? ¿Dirección?

—Nada de nada. Hasta la posibilidad de que exista es baja.

Shi lo miró a los ojos unos segundos. Luego dijo:

—Has soñado con ella.

Luo asintió con timidez.

—He soñado con ella durmiendo y también despierto —admitió.

Shi también asintió. Luego dijo algo totalmente inesperado para Luo:

—De acuerdo.

—¿Qué?

—Que de acuerdo. Pero tienes que decirme qué aspecto tiene.

—Bueno, pues es... es asiática. Pongamos que china —explicó Luo mientras iba en busca de lápiz y papel—. La forma de su cara es... esta. Su nariz es así. Luego, la boca... no sé dibujar. Y sus ojos... ¡No me salen bien! ¿No tiene un... un programa de esos con los que, partiendo de una cara, uno va modificando rasgos y al final termina con un rostro fiel a la descripción de la persona que vio el testigo?

—Claro. Aquí mismo, en el portátil.

—¡Pues venga, sáquelo y pongámonos manos a la obra!

Shi Qiang se echó cómodamente en el sofá.

—No hará falta —dijo—. En vez de dibujarla, sigue hablándome de ella. Pero primero deja a un lado la apariencia y empieza por decirme qué clase de persona es.

Aquello accionó algún tipo de resorte en la mente de Luo, quien se puso en pie y comenzó a pasearse de un lado para el otro delante de la chimenea.

—Verá... ¿cómo decirlo? Ella vino a este mundo para ser como esa flor que nace en un vertedero, que de tan... de tan pura, de tan delicada, nada de cuanto la rodea puede contaminarla. Lo que sí puede es hacerle daño. ¡Sí, todo cuanto la rodea puede hacerle daño! Cuando la ves, tu primera reacción es protegerla. Bueno, más bien cuidarla, hacerle saber que estás dispuesto a pagar el precio que haga falta para mantenerla a salvo de la cruda realidad. Y luego también es... es tan... ¡Qué mal sé explicarme! No hago más que decir tonterías...

—Suele pasar. —Shi se echó a reír.

A Luo, aquella risa, la misma que al oírla por primera vez la había encontrado estúpida y soez, ahora le parecía dotada de una gran sabiduría, lo cual lo confortó.

—Pero tranquilo —añadió Shi—, creo que estás siendo lo bastante claro.

—De acuerdo —dijo Luo—. Entonces, sigo. Pues ella... ¡Ay, pero qué estoy haciendo! No hay palabras para expresar lo que siento por ella en mi corazón. —Parecía muy frustrado, como si quisiera arrancarse el corazón para enseñárselo.

—Olvídate de eso. —Shi le indicó con un ademán que se calmara—. Cuéntame qué pasa cuando estáis juntos. Cuantos más detalles me des, mejor.

Luo abrió los ojos con expresión de sorpresa.

—¿Y usted cómo sabe lo nuestro?

Shi volvió a reírse. Luego, mirando alrededor, preguntó:

—¿No tendrás algún puro por ahí para que me lo fume?

—¡Sí que tengo! —respondió Luo, tras lo cual se acercó a la repisa de la chimenea y abrió una exquisita caja de madera, de la que extrajo un grueso puro Davidoff. Le cortó un extremo con un no menos exquisito cortapuros en forma de guillotina, se lo entregó a Shi y se lo encendió con una varita de cedro diseñada especialmente para tal uso.

—Sigue —lo conminó Shi, que a continuación dio una calada y ladeó la cabeza con satisfacción.

Al contrario de lo que le había ocurrido antes, en esta ocasión Luo empezó a hablar de ella y ya no hubo quién lo parara. Explicó cómo la había visto cobrar vida aquella vez en la biblioteca, su aparición en una de sus clases, el encuentro de ambos frente a su chimenea imaginaria, la hermosura con que se reflejaba en el rostro de ella la luz de las llamas, que filtrada a través de aquella botella de vino la convertía en los ojos del amanecer. Entusiasmado, relató de principio a fin aquel viaje que hicieron en coche, que describió hasta el mínimo detalle: la imagen de los campos después de la nieve, el cielo azul que se extendía sobre pueblos y aldeas, aquellas montañas que parecían estar durmiendo la siesta bajo el sol y la noche que pasaron junto a una hoguera al pie de la montaña.

Al término de su relato, Shi apagó el puro y dijo:

—Muy bien, creo que con esto ya tengo bastante. Ahora trataré de adivinar algunas cosas sobre ella; tú dime si acierto o no.

—Genial.

—Veamos... Estudios: ha hecho una carrera universitaria, tal vez hasta algún posgrado, pero no más.

Luo Ji asintió.

—¡Sí, sí! Culta pero sin llegar al esnobismo; su educación y conocimientos no la separan del mundo, sino al revés, enriquecen más su vida.

—Probablemente sea de buena familia y haya llevado una vida quizá no de rica, pero sí más acomodada que la de la mayoría de las personas. Creció algo sobreprotegida por el amor de sus padres y no se relacionó demasiado con el mundo exterior, en especial con las capas más bajas de la sociedad.

—¡Correcto, absolutamente correcto! Bueno, ella nunca me ha hablado de sus circunstancias familiares, ni tampoco de ella misma, la verdad, pero yo imagino que ese debe de ser el caso.

—De acuerdo. Ahora, si me equivoco con alguna especulación, házmelo saber. Le gusta vestir..., cómo te lo explicaría..., de forma elegante pero sencilla, algo más sobria que la de las demás mujeres de su edad —explicó Shi mientras Luo asentía con cara de bobo una y otra vez—. Y siempre tiene que llevar una prenda o algo que sea de color blanco, ya sea una camisa o un collar, que contraste con la tonalidad oscura del resto.

—Da Shi, es usted... —musitó Luo, maravillado y con los ojos abiertos como platos.

Shi hizo caso omiso y prosiguió:

—Por último: no es muy alta, medirá cosa de... metro sesenta, y su complexión... bueno, digamos que es esbelta, que parece como si se la fuera a llevar el viento; eso hace que no parezca tan baja... Si quieres, me invento más cosas, pero ¿a que no voy desencaminado?

A Luo le faltó poco para arrodillarse ante él.

—Da Shi, me quito el sombrero... ¡Es usted Sherlock Holmes reencarnado!

Shi se puso de pie.

—Ahora ya puedo hacerte el retrato con el ordenador —dijo.

Aquella misma noche Shi le llevó a Luo su portátil con el retrato finalizado. Al verlo, Luo permaneció inmóvil, como bajo los efectos de un hechizo. Shi, que sin duda esperaba una reacción así, se acercó a la repisa de la chimenea, cogió otro puro, le cortó el extremo, lo encendió y empezó a fumárselo con satisfacción. Tras dar unas cuantas caladas, regresó junto a Luo y vio que seguía pegado a la pantalla.

—Dime lo que falla y lo cambiamos...

Luo se apartó al fin de la pantalla y, trabajosamente, se levantó y se dirigió a la ventana. A través de ella vio el reflejo de la luna sobre aquel distante pico nevado. Como en un sueño, murmuró:

—Nada.

—Eso me figuraba —dijo Shi, cerrando el portátil.

Todavía con la vista perdida en la distancia, Luo Ji describió a Shi de la misma manera que tantos otros lo habían hecho antes que él:

—Da Shi, es usted más listo que el demonio...

—Bah, no es nada —dijo Shi mientras se dejaba caer sobre el sofá—. Al fin y al cabo, los dos somos hombres...

Luo se volvió hacia él y exclamó:

—¡Pero la mujer ideal de cada hombre es distinta!

—Cada cierto tipo de hombres tiene su misma mujer ideal.

—¡Aun así, es increíble que la haya dibujado tan parecida!

—Bueno, eso es por todo lo que me has contado.

Luo fue hasta donde estaba el portátil y lo abrió de nuevo.

—Envíeme una copia —pidió. Después, mientras Shi lo hacía le preguntó—: ¿Podrá encontrarla?

—Ahora mismo solo estoy en situación de decirte que probablemente, pero no puedo descartar que no lo consiga.

—¿Qué? —dijo Luo, atónito.

—Hombre, en estos casos el éxito nunca está garantizado...

—No, no, si yo... —repuso Luo—. Es justo al contrario: esperaba que me dijera que se trata de algo prácticamente imposible pero que no descartaba que hubiese una posibilidad entre diez mil. Yo con eso ya me habría dado por satisfecho. —Volvió a mirar el dibujo de la pantalla y murmuró—: ¿De verdad puede existir alguien así en el mundo?

—¿Cuántas personas habrá visto en su vida el doctor Luo? —preguntó Shi en tono irónico.

—No tantas como usted, desde luego. Sin embargo, lo que sí sé es que en este mundo no hay nadie que sea perfecto; así pues, ¿cómo va a existir la mujer ideal?

—Como tú decías, me gano el pan localizando a personas concretas de entre decenas de miles, y gracias a esa experiencia puedo afirmar que en esta vida hay de todo, pero de todo, colega: gente perfecta, mujeres perfectas... Solo que aún no los has conocido.

—Es la primera vez que le oigo a alguien decir eso.

—Piensa que alguien que a ti te parece perfecto no tiene por qué parecérselo al de al lado. A mí, tu chica de los sueños..., yo le veo cosas que, bueno, para mí son defectos obvios. Así que hay posibilidades de encontrarla.

—Pero hay veces en que un director de cine busca al actor ideal para un papel entre decenas de miles de aspirantes y se queda sin encontrarlo.

—Porque no disponen de los mismos medios que yo. No voy a limitarme a buscar entre decenas de miles, ni entre cientos de miles. Nuestras herramientas y técnicas tienen mayor alcance y sofisticación que cualquiera de las que puedan tener a su disposición los directores o agencias de cásting. Los ordenadores de los centros de análisis de datos de la policía son capaces de encontrar, en apenas medio día, una cara coincidente en un registro de cien millones de imágenes... El único impedimento es que no estoy autorizado a usarlos, así que primero tendré que pedir permiso a los de arriba. Si me autorizan, ten por seguro que me esforzaré al máximo en dar con ella.

—Dígales que es vital que lo autoricen porque es una parte importante del Proyecto Vallado...

Shi le dedicó una sonrisa enigmática y a continuación se marchó.

—¿Cómo? —exclamó Kent sin dar crédito a lo que acababa de oír—. ¿Ahora tenemos que encontrarle...? —Hizo una pausa para tratar de recordar el término adecuado en chino—. ¿A la mujer de sus sueños? Lo siento, pero ya lo hemos consentido demasiado, me niego a presentar la petición.

—Estará violando un principio fundamental del Proyecto Vallado: hacer llegar al Consejo de Defensa Planetaria toda petición de su vallado, sin importar lo incomprensible que pueda parecer, para que sea ejecutada previa evaluación. Solo el consejo tiene derecho de veto —dijo Shi Qiang.

—¡No podemos seguir despilfarrando los recursos de la sociedad entera para que una persona como él se dedique a vivir a cuerpo de rey! Da Shi, a pesar de lo poco que llevamos trabajando juntos debo decir que le tengo un gran respeto. Es usted un hombre con experiencia y buen juicio; séame franco, ¿de verdad cree que Luo Ji se dedica a trabajar en serio en el Proyecto Vallado?

Shi se encogió de hombros.

—No lo sé —admitió. Levantó la mano para impedir que Kent lo interrumpiera y añadió—: Sin embargo, señor, es fruto de mi ignorancia, no la opinión de nuestros superiores. Esa es una de nuestras mayores diferencias: yo me limito a cumplir órdenes lo más fielmente posible, mientras que usted siempre tiene que preguntar el porqué.

—¿Y eso está mal?

—¡No es cuestión de que esté bien o mal! Si todo el mundo tuviera que tener claros los motivos que hay detrás de cada orden antes de ejecutarla, ya hace tiempo que el mundo estaría sumido en el caos más absoluto. Señor Kent, aunque posea un rango mucho mayor que el mío, en el fondo tanto usted como yo nos dedicamos a cumplir órdenes; debería entender que hay cosas en las que no nos corresponde pensar, basta con que llevemos a cabo nuestra tarea. Como no lo consiga, me temo que va a pasarlo mal.

—¡Pero si ya lo estoy pasando mal! Acabamos de gastarnos un dineral en un barril de vino... ¿A usted le parece propio de un vallado?

—¿Y qué es lo propio de un vallado?

Kent se quedó sin palabras por un instante.

—De haber un patrón de conducta definido —dijo Shi Qiang—, lo que hace Luo Ji podría encajar.

—¿Ah, sí? —preguntó Kent, asombrado—. ¿Me está diciendo que le ve aptitudes?

—Sí, se las veo.

—¿Y cuáles son, si puede saberse?

Shi le dio una palmada en el hombro.

—Pongamos que le hubiera pasado a usted, por ejemplo. De haberlo hecho a usted vallado, ¿verdad que habría intentado aprovecharse como él?

—¡Pero no habría llegado a tanto!

—Ahí está. Luo Ji sí. Le da igual todo. Mi viejo amigo Kent, ¿se cree que eso es fácil? Eso se llama entereza, y para lograr grandes cosas es lo que se necesita, entereza. Alguien como usted y como yo nunca será capaz de llegar a algo realmente importante.

—Pero es tan..., no sé..., si le importa tan poco todo, ¿cómo podemos estar seguros de que eso no incluye al Proyecto Vallado?

—¡Y dale! Llevo explicándoselo media hora y usted aún no me entiende: le digo que no lo sé. ¿Cómo puede estar usted seguro de que lo que el chico anda haciendo no forma parte de su plan? Le vuelvo a repetir que ni a usted ni a mí nos corresponde saber ni juzgar; debemos mantenernos al margen incluso en el caso de que lo que nos tememos sea cierto...

Shi se aproximó a Kent.

—Hay cosas —añadió bajando la voz— que requieren tiempo.

Kent lo miró fijamente durante unos instantes que se hicieron eternos hasta que, al final, sin estar seguro de haber entendido aquella última frase, terminó dándose por vencido.

—Está bien —concedió en tono de resignación—. Enviaré la petición. ¿Podría al menos enseñarme antes qué aspecto tiene la mujer de sus sueños?

En cuanto vio aparecer su imagen en la pantalla, el ajado rostro de Kent se suavizó por un momento.

—Oh... Cielo santo —dijo, acariciándose el mentón—. No creo, ni por un instante, que exista alguien así en el mundo..., pero de todos modos espero que la encuentren pronto.

—Coronel, ¿sería mucha intromisión por mi parte pedirle que me deje ser testigo de la labor ideológica y política que llevan a cabo en su ejército? —preguntó Tyler a Zhang Beihai nada más conocerlo.

—En absoluto, Tyler. Existe cierto precedente: Rumsfeld visitó una vez la academia de la Comisión Militar Central cuando yo estudiaba allí

Zhang Beihai carecía de la curiosidad, la cautela y la distancia que Tyler había observado en el comportamiento de los demás oficiales que había conocido. Aparte de eso, parecía ser sincero, lo que facilitaba enormemente la comunicación.

—Habla usted un inglés excelente —dijo Tyler—. Debe de pertenecer a la marina.

—Así es. La fuerza espacial de su país incluye antiguos miembros de la marina en mayor proporción que la nuestra.

—Nadie en la historia de esa venerable rama del ejército imaginó jamás que lo que un día surcarían sus naves sería el espacio... Para serle sincero, cuando el general Chang me habló de usted describiéndolo como el cuadro político más abnegado de la fuerza espacial, di por sentado que pertenecería al ejército de tierra, porque ahí es donde está el alma de su ejército.

Aun estando en claro desacuerdo, Zhang le brindó una sonrisa cortés.

—El resto de ramas de nuestro ejército comparte esa misma alma —dijo Zhang—. Las nacientes fuerzas espaciales de cada país llevan impresa la marca de sus respectivas culturas militares.

—Estoy muy interesado en la labor política e ideológica que lleva a cabo. Quisiera tener la posibilidad de investigarla a fondo.

—No habrá inconveniente. Mis superiores me han dado permiso para compartir con usted toda la información que precise referente a mi trabajo.

—¡No sabe cómo me alegra oír eso! —celebró Tyler, y, tras dudar por un instante, añadió—: El propósito principal de mi visita es obtener respuesta a una pregunta. Si no le importa, me gustaría empezar por hacérsela a usted.

—Cómo no. Adelante —repuso Zhang.

—Coronel, ¿cree usted posible revivir el espíritu de los ejércitos del pasado?

—¿A qué pasado se refiere exactamente?

—A un período de tiempo muy prolongado —respondió Tyler—, cuyo principio podríamos fijar en la antigua Grecia y que llegaría hasta la Segunda Guerra Mundial, en el que la responsabilidad y el honor estaban por encima de todo y, llegado el caso, no se dudaba a la hora de dar la vida por ellos. Como sin duda usted sabrá, después de la Segunda Guerra Mundial ese espíritu desapareció de los ejércitos tanto de países democráticos como autoritarios.

—El ejército refleja la sociedad que lo nutre, de modo que reinstaurar en él ese espíritu del que habla requeriría hacerlo también en la sociedad.

—Estamos de acuerdo.

—Pero eso es imposible, señor Tyler.

—¿Y eso por qué? Disponemos de cuatrocientos años. En el pasado, la sociedad humana tardó ese mismo tiempo en pasar de la era del heroísmo colectivo a la del individualismo, ¿por qué no vamos a poder volver a hacer el cambio pero en sentido contrario?

Después de reflexionar unos instantes, Zhang Beihai dijo:

—Es un tema bastante profundo, pero yo lo veo como si la sociedad fuese una persona que hubiera crecido y no pudiese regresar a su infancia. En los cuatrocientos años previos al momento actual no hubo nada que nos preparara cultural ni mentalmente para una crisis como a la que nos enfrentamos.

—¿En qué basa entonces su confianza? Tengo entendido que es usted un triunfalista acérrimo. ¿Cómo una flota espacial lastrada por el derrotismo va a ser capaz de enfrentarse a un enemigo poderoso?

—Usted mismo acaba de decirlo —respondió Zhang—: disponemos de cuatrocientos años. La imposibilidad de volver al pasado no impide avanzar con paso firme hacia el futuro.

Aquella vaga respuesta fue todo lo que Tyler logró sonsacarle a Zhang Beihai. Lo único que consiguieron sus preguntas posteriores fue cimentar aún más la sensación de que aquel hombre albergaba intenciones mucho más profundas de lo que uno podía averiguar en el transcurso de una visita tan breve.

Al salir por la puerta del cuartel general de la fuerza espacial y pasar por delante del centinela, a Tyler le llamó la atención la tímida sonrisa con que este lo saludó. Aquella actitud era completamente distinta de la que venía observando en sus visitas a los ejércitos de los demás países, donde invariablemente los centinelas mantenían la vista fija al frente. Pensando en esa cara joven y en su sonrisa, una vez más Tyler repitió para sí esa misma frase: «Madre, voy a convertirme en luciérnaga.»

Aquella tarde comenzó a llover por primera vez desde que Luo Ji había llegado. Hacía bastante frío en la sala de estar. Sentado delante de la chimenea apagada, Luo se dedicaba a escuchar el sonido de la lluvia que caía en el exterior mientras imaginaba que la casa se alzaba en una isla desierta perdida en mitad de un océano oscuro. Se dejó envolver por aquella soledad sin límite. Desde que Shi Qiang se había marchado, él pasaba los días y las noches inquieto y a la espera, pero era esta una suerte de espera dulce que se parecía mucho a la felicidad.

De pronto oyó que se aproximaba un coche y aparcaba; luego, retazos de una conversación. Escuchar una joven voz femenina pronunciando las palabras «gracias» y «adiós» tuvo un efecto electrizante en todo su ser.

Dos años antes, escuchó aquella misma voz en sus sueños tanto nocturnos como diurnos. Su sonido etéreo, un fino hilo de seda flotando por el azul del cielo, iluminó por un instante aquella tarde plomiza.

Entonces oyó que llamaban a la puerta con suavidad. Pasó un buen rato sentado y sin moverse, incapaz de reaccionar, hasta que atinó a abrir la boca para decir «adelante». La puerta se abrió y, envuelta en el perfume de la lluvia, una grácil figura se coló en la habitación. La única luz que había encendida en toda la sala era la de una de esas lámparas de pie de estilo clásico con pantalla, que proyectaba un potente círculo de luz en el suelo, al lado de la chimenea, pero dejaba el resto de la habitación en penumbra. Luo no pudo verle la cara de inmediato, pero sí se fijó en que llevaba pantalones blancos y una chaqueta oscura cuya tonalidad contrastaba con el purísimo blanco del cuello del jersey. A él le vino la imagen de un lirio.

—Hola, señor Luo —oyó que le decía ella.

—Hola —respondió él, levantándose al fin—. ¿Hace mucho frío fuera?

—Dentro del coche no —la escuchó decir, y aunque aún no la veía con claridad, Luo supo que le estaba sonriendo—, pero aquí —añadió mirando alrededor— sí que hace un poco..., eh... Disculpe mis malos modales, señor Luo. Me llamo Zhuang Yan.

—Es un placer, Zhuang Yan. Vamos a encender el fuego —dijo Luo, tras lo cual se arrodilló y empezó a amontonar troncos en el interior de la chimenea—. ¿Alguna vez habías visto una? —añadió—. Ven, siéntate.

Todavía en la penumbra, ella se acercó y, tras sentarse en el sofá, respondió:

—Pues... solo en las películas.

Entonces Luo encendió una cerilla y con esta una yesca que había colocado debajo de los troncos. Al instante, la llama surgió con el mismo ímpetu que si estuviera viva y, a la luz de su dorado resplandor, por fin la muchacha tomó forma. Luo mantuvo la cerilla entre los dedos mientras se iba consumiendo. Lo hizo a propósito: necesitaba sentir dolor para cerciorarse de que no estaba soñando. Se sentía como si hubiera incendiado un sol que había mantenido dentro de aquella habitación para alumbrar aquel sueño hecho realidad. Por lo que a él se refería, el verdadero sol podía seguir oculto tras las nubes y la oscuridad nocturna durante toda la eternidad... siempre y cuando ella y la luz de las llamas siguieran habitando su mundo.

«Da Shi, de verdad es usted más listo que el demonio. ¿De dónde diablos la ha sacado? Y ¿cómo se las arregló para dar con ella?»

Luo Ji apartó la vista para posarla en el fuego y se le llenaron los ojos de lágrimas. En un primer momento sintió vergüenza de que ella lo viera así, pero luego se dio cuenta y comprendió que no tenía por qué esconderse, que además ella probablemente iba a pensar que el humo le había hecho saltar las lágrimas. De todos modos se las secó con la manga de la camisa.

—¡Pero qué calentito se está aquí, me encanta! —exclamó ella, sonriendo al ver las llamas.

Luo Ji sintió que aquellas palabras le hacían temblar el alma.

—¿Por qué es todo así? —preguntó ella, mirando alrededor por segunda vez.

—¿No es como te lo imaginabas?

—No.

—¿Le falta...? —Luo Ji hizo una pausa para recordar su nombre—. ¿Le falta distinción, quizá?

Ella volvió a sonreír.

—Mi nombre se escribe con el yan que significa color, no el de distinción —explicó, consciente de la alusión.

—Ah... Igual pensabas encontrarte con montones de mapas, una gran pantalla, generales de uniforme, y a mí señalando cosas con una varita de metal, ¿no?

—Eso mismo exactamente, señor Luo —respondió ella, entusiasmada y luciendo una sonrisa tan espléndida como una rosa. Luo se puso de pie.

—Estarás cansada por el viaje. Toma un poco de té —ofreció él, y después dudó—. ¿O prefieres mejor un poco de vino? Para quitarte el frío...

Ella asintió.

—Muy bien.

Ella aceptó la copa de su mano con un tímido gracias y tomó un pequeño sorbo.

Verla sosteniendo la copa de aquel modo inocente consiguió conmoverlo. Había bebido sin pensárselo dos veces, totalmente confiada, como si nunca en la vida hubiera sentido recelo de nada ni nadie. Sin duda, el mundo estaba lleno de peligros acechando a la espera de poder hacerle daño, pero no allí; allí se sentiría cuidada, allí tendría su castillo. Se sentó a su lado para mirarla mejor. Luego, con la mayor calma que pudo, le preguntó:

—¿Qué te dijeron antes de venir?

—Que venía a trabajar, claro —respondió ella, dedicándole aquella sonrisa inocente que a él le rompía el corazón—. Señor Luo, ¿en qué consistirá mi trabajo exactamente?

—¿Cuáles son tus estudios?

—Estudié pintura tradicional china en la Academia de Bellas Artes Central.

—Ah. ¿Ya te graduaste?

—Sí, hace poco, y andaba buscando algo en lo que trabajar

mientras preparo el examen de ingreso de la escuela de posgrado.

Luo pensó durante un buen rato, pero al final no se le ocurrió nada que mandarle.

—Bueno, del trabajo ya hablaremos mañana. Ahora debes de estar cansada, así que lo primero es que duermas bien... ¿Te gusta el sitio?

—No sé... viniendo del aeropuerto había mucha niebla, encima ha oscurecido muy pronto, de modo que no he podido ver nada... Señor Luo, ¿dónde estamos?

—Pues no lo sé.

Ella le dedicó una mueca de incredulidad.

—De verdad que no lo sé —insistió él—. Tiene pinta de ser Escandinavia... Si quieres, ahora mismo llamo y lo pregunto —dijo, aproximándose hasta donde estaba el teléfono.

—No, no lo haga, señor Luo. Es más bonito no saberlo.

—¿Y eso por qué?

—En cuanto uno sabe dónde está, el mundo encoge.

A Luo se le hizo un nudo en la garganta.

Entonces, de repente ella exclamó:

—¡Señor Luo, venga a ver lo bonito que es el vino a la luz del fuego!

Filtrada a través del vino, la luz de las velas adquiría una diáfana tonalidad granate que parecía sacada de un sueño.

—¿Tú qué piensas que parece? —le preguntó, conteniendo la respiración.

—Pues me parece que son ojos.

—Los ojos del anochecer, ¿no?

—¿Los ojos del anochecer? Qué manera tan maravillosa de expresarlo, señor Luo.

—Pero ¿tú cuál prefieres: el amanecer o el anochecer? Yo apostaría a que el segundo.

—Pues sí, ¿cómo lo ha sabido? Me encanta pintarlo —contestó ella, mirándolo con extrañeza como si se estuviera preguntando si aquello tendría algo de malo. La luz de las llamas dotaba a sus ojos de un brillo cristalino.

A la mañana siguiente el cielo había despejado y Luo Ji pensó que los cielos debían de haber decidido lavar el jardín del Edén para dejarlo en condiciones de recibir a Zhuang Yan. Cuando se lo enseñó y ella pudo verlo en todo su esplendor por vez primera, su reacción fue muy distinta de la que habría cabido esperar en una mujer tan joven: no le oyó ninguna exclamación hueca ni lugar común alguno. No, ante una vista tan majestuosa como aquella, se sintió tan genuinamente abrumada por la emoción que no tuvo palabras para describir lo que sentía. Era evidente que era muchísimo más sensible a la belleza que el resto de mujeres.

—¿Así que te gusta pintar? —se interesó él.

Caminaron hasta el final del muelle. Al ver que el viento era propicio, Luo propuso salir a navegar hasta que luego, al atardecer, volviera a cambiar la dirección del viento y pudieran regresar. La tomó de la mano para ayudarla a subir al velero. Era la primera vez que la tocaba; sus manos tenían exactamente el mismo tacto que las que había imaginado sostener aquella lejana noche de invierno. Desde el mismo momento en que lo vio izar el *spinnaker*, ella ya quedó maravillada. Después, al poco de zarpar, hundió la mano en el agua.

—Cuidado, está muy fría —le advirtió él.

—¡Pero es tan limpia y cristalina!

«Como tus ojos», pensó él.

—¿Te gustan los picos nevados?

—Me gusta la pintura tradicional china.

—¿Qué tienen que ver con ella los picos nevados?

—Señor Luo, ¿conoce usted la diferencia entre la pintura tradicional china y la occidental, por ejemplo al óleo? Los óleos están siempre llenos de ricos colores; un maestro pintor dijo una vez que en ellos el blanco es tan precioso como el oro. Con una pintura tradicional china ocurre todo lo contrario: casi todo es un espacio en blanco, el cual se usa para atraer y guiar la atención del espectador; el paisaje en sí es solamente el borde del espacio en blanco. Mire aquel pico nevado, ¿verdad que parece una pintura tradicional china?

Aquello era lo más largo que le había dicho desde que la conocía. Le hablaba con gran entusiasmo, aleccionándolo y haciendo que el vallado todopoderoso pasara a colegial ignorante sin que en ningún momento se le ocurriera poder estar fuera de lugar.

«Tú sí que pareces el espacio en blanco de una pintura tradicional: sencilla y pura, pero infinitamente atractiva a la sensibilidad madura», pensó él, observándola.

Amarraron en el muelle de la orilla opuesta, donde vieron un Jeep descapotable aparcado junto a los árboles. El conductor que lo había traído hasta allí se había ido.

—¿Este coche es militar? —preguntó ella al subirse—. Al llegar he visto tropas en los alrededores. Hemos tenido que pasar tres puestos de centinela.

—No te preocupes, que no nos molestarán —respondió él, al tiempo que ponía en marcha el motor.

La carretera que atravesaba el bosque era estrecha y accidentada, pero el coche se mantuvo estable en todo momento. En el interior del bosque, donde aún no se había levantado la niebla matutina, el sol penetraba entre los pinos en forma de haces de luz, e incluso por encima del ruido del motor se oía el canto de infinidad de pájaros. Una suave brisa alborotó la melena de Zhuang Yan, echándosela a la cara a Luo, el cual sintió unas cosquillas que le trajeron a la mente aquel viaje que había hecho hacía dos inviernos.

A pesar de que nada de cuanto los rodeaba se parecía remotamente a las montañas Taihang o a las llanuras del norte de China, sus sueños sobre aquel viaje estaban tan fuertemente conectados a la realidad que estaba viviendo aquel día que le costó trabajo creer que de verdad estuviera pasándole. Cuando giró la cabeza para mirar a Zhuang Yan se sorprendió de ver que ella lo observaba, al parecer desde hacía un buen rato. La forma en que lo miraban sus ojos era una mezcla de curiosidad, bondad e inocencia. Los rayos del sol iluminaban intermitentemente su cuerpo y su cara. Cuando vio que la miraba, no se giró.

—Señor Luo, ¿de verdad tiene usted la habilidad de vencer a los extraterrestres? —preguntó.

Aquella candidez lo dejó abrumado. Nadie sino ella podía haberle hecho esa pregunta a un vallado, máxime con lo poco que hacía que se conocían.

—Zhuang Yan, el objetivo del Proyecto Vallado es encapsular la estrategia real de la humanidad en la mente de una sola persona, pues ese es el único lugar del mundo a salvo de la mirada de los sofones. Tuvieron que elegir a varias personas, pero el hecho de que fueran elegidas no las convierte en superhombres. Los superhombres no existen.

—Pero ¿por qué lo eligieron a usted?

Aunque aquella pregunta era todavía más abrupta y osada que la anterior, en boca de Zhuang Yan resultaba totalmente natural. Y es que la limpia pureza de su corazón era incapaz de irradiar otra cosa que luz.

Luo Ji detuvo el coche. Ella se quedó muy sorprendida al mirarlo y ver que fijaba la vista en la carretera.

—Los vallados somos las personas menos fiables de la historia —afirmó Luo, solemne—. Los mayores mentirosos del mundo.

—Ese es su cometido —arguyó ella.

Él asintió.

—Pero Zhuang Yan, a ti voy a decirte la verdad. Por favor, créeme.

—Continúe, por favor. Le creo.

Luo guardó silencio durante un buen rato, lo cual no hizo más que añadir peso a lo que dijo a continuación:

—Lo cierto es que no sé por qué me escogieron —dijo Luo. Luego, al fin, se giró para mirar su reacción—. Tan solo soy un hombre normal y corriente.

—Debe de ser muy duro para usted...

Aquella muestra de empatía, sumada a la expresión inocente de Zhuang Yan, consiguieron hacerle brotar las lágrimas. Era la primera vez que alguien reconocía la dificultad de su tarea como vallado. Encontró su paraíso en los ojos de aquella muchacha, pues por ninguna parte de su cristalina mirada halló rastro alguno de aquella misma expresión que todos los demás solían dirigir a los vallados. Su sonrisa fue además su paraíso, pues no se trataba de la sonrisa del vallado, sino una sonrisa pura e inocente como una gota de rocío que, brillando a la luz del sol, hubiera ido a posarse delicadamente sobre la parte más oscura de su alma.

—Es duro... y va a serlo aún más, por eso de momento me gustaría hacerlo más llevadero... Y ya está, aquí se acabó la verdad. Ahora vuelvo a ser un vallado —dijo él, mientras ponía en marcha el motor.

Siguieron conduciendo en silencio hasta que la espesura comenzó a clarear y las copas de los árboles se abrieron para dar paso a un enorme cielo azul.

—¡Señor Luo, mire, un águila! —gritó Zhuang Yan, señalando hacia arriba.

—¡Y aquello de allí parece un ciervo! —añadió raudo Luo, señalando en dirección opuesta para distraerla porque sabía que lo que los sobrevolaba no era ningún águila sino un dron patrulla. Aquello le hizo pensar en Shi Qiang, de modo que cogió el teléfono y marcó su número.

—¡Luo, tío! —contestó Shi al momento—. ¡Ya iba siendo hora de que te acordaras de mí! Primero de todo, cuéntame: ¿qué tal le va a Yan Yan?

—Bien. Excelente. Fenomenal. ¡Gracias!

—Genial. Con eso ya he completado mi misión final.

—Misión final... ¿Dónde está?

—En casa, preparándome para la hibernación.

—¿Qué?

—Tengo leucemia. Me voy al futuro a que me la curen.

Luo Ji pisó a fondo el pedal de los frenos y el coche se paró en seco. A Zhuang se le escapó un grito. Él la miró alarmado, pero al ver que no le había pasado nada, volvió a su conversación con Shi Qiang.

—Pero... ¿todo esto cuándo ha pasado?

—Enfermé hará cosa de un año. Quedé expuesto a radioactividad durante una misión.

—Cielo santo... ¿No me diga que ha estado aplazando el tratamiento por mi culpa?

—Bah, tal y como está la cosa, no venía de ahí... Oye, quién sabe los avances médicos que habrá en el futuro...

—No sabe cuánto lo siento, Da Shi. De verdad.

—Tranquilo. Es parte de mi trabajo. Oye, no quería molestarte con ello porque imagino que volveremos a vernos, pero por si acaso no fuera así, querría decirte una cosa.

—Claro, cómo no.

Tras un prolongado silencio, Shi Qiang dijo:

—«Tres son las actitudes con que el hijo evidencia su falta de devoción filial; de entre las cuales no tener descendencia es la más grave.»* ¡Luo, colega, como hijo adoptivo mío que te con-

* Conocida cita de Mencio (370 a.n.e. - 289 a.n.e.), filósofo chino que habló de la inherente virtud ética de la humanidad. *(N. de los T.)*

sidero, dejo en tus manos la responsabilidad de asegurar que el linaje de los Shi siga vivo dentro de cuatrocientos años!

La llamada se interrumpió ahí. Luo Ji miró al cielo, justo en la parte de donde había desaparecido el dron. Su corazón se había quedado igual de vacío que aquel cielo raso.

—¿Estaba hablando con el señor Shi? —preguntó Zhuang.

—Sí, ¿lo conoces?

—Sí. Es un buen hombre. Lo conocí el día que vine; el pobre se había hecho un rasguño en la mano y no le paraba de sangrar, nos llevamos un pequeño susto.

—Ah... ¿Y te dijo algo?

—Me dijo que se dedicaba a la labor más importante del mundo y me pidió que le ayudara cuanto pudiese.

Para entonces el bosque había desaparecido y solo la gran llanura que atravesaban se interponía entre ellos y la montaña. La paleta de plateados y verdes que daba color a aquella parte del mundo era sencilla y natural, lo cual, a ojos de Luo, no podía estar más en consonancia con aquella chica que se sentaba a su lado. Tras ver cierto aire de melancolía en sus ojos, advirtió que además estaba suspirando en silencio.

—¿Qué te pasa, Yan Yan? —le preguntó. Era la primera vez que la llamaba así, pero se había dicho que si Shi Qiang se permitía referirse a ella con aquel apelativo cariñoso, él también podía.

—Con lo bonito que es el mundo... Solo de pensar que algún día no habrá nadie para admirarlo, me entra una pena enorme.

—Bueno, estarán los extraterrestres, ¿no?

—No creo que sean capaces de apreciar la belleza.

—¿Y eso por qué?

—Mi padre me dijo una vez que las personas con sensibilidad estética son buenas por naturaleza, que el que no es bueno es incapaz de apreciar la belleza.

—Yan Yan, la actitud que tienen los trisolarianos hacia los humanos solo es fruto de un juicio racional. No tiene nada que ver con la bondad ni con la maldad, sencillamente es la opción más responsable para asegurar la supervivencia de su especie.

—Es la primera vez que oigo a alguien hablar así de ellos. Señor Luo, usted los verá, ¿verdad?

—Quizá.

—Si de verdad son como usted afirma y termina venciéndolos en la batalla del Día del Juicio Final... ¿podría...? —Zhuang Yan guardó silencio y se lo quedó mirando con la cabeza ladeada, dudando si continuar.

Él estuvo a punto de decir que sus posibilidades de victoria eran prácticamente nulas, pero se contuvo, y en lugar de eso preguntó:

—Podría... ¿qué?

—Concederles espacio para que convivieran en paz con nosotros. ¿No sería maravilloso? ¿Qué necesidad hay de echarlos para que mueran en el espacio?

Luo tardó unos segundos en contener la emoción que lo embargó al escuchar aquello. Luego, señalando en dirección al cielo, dijo:

—Yan Yan, yo no soy el único que ha oído lo que acabas de decir.

—Ay, sí —repuso ella, mirando hacia arriba con recelo—. Debe de haber montones de sofones alrededor de nosotros.

—Quién sabe si habrá llegado a oídos del mismísimo Princeps de Trisolaris.

—Y ahora se estará riendo de mí, ¿verdad?

—¡No! Yan Yan, ¿sabes lo que he pensado? —Luo reprimió el impulso de tomar su delicada mano izquierda, que tenía cerca del cambio de marcha, y añadió—: Me he preguntado si esa persona con posibilidades reales de salvar el mundo no serás tú.

—¿Yo? —exclamó ella con expresión de sorpresa, echándose a reír.

—Sí, tú. Pero tú sola, no. Quiero decir que debería haber más gente como tú. Si por lo menos un tercio de la humanidad fuese de tu parecer, Trisolaris podría negociar con nosotros la viabilidad de coexistir en el mundo. Pero tal y como están las cosas... —Luo soltó un suspiro.

Zhuang Yan esbozó una triste sonrisa.

—Señor Luo, la vida no ha sido fácil para mí. Tras graduarme, cuando tuve que enfrentarme al mundo real me sentí como un pez que nada en la inmensidad del océano y de repente topa con aguas turbias que le impiden ver adónde va. Quise nadar hacia aguas más calmadas, pero tanto nadar terminó por agotarme...

«Ojalá yo sea capaz de ayudarte a nadar hasta esas aguas», pensó Luo.

A medida que subían la montaña, la carretera era cada vez más empinada y la vegetación más escasa, revelando la negra desnudez de la roca. Durante un tramo les pareció como si estuvieran conduciendo por la superficie de la luna. Sin embargo, al cabo de un rato cruzaron la línea de nieve y se vieron rodeados de blancura y aire fresco. Luo sacó dos chaquetas de la bolsa de viaje del asiento trasero del coche, se las pusieron y reemprendieron la marcha.

Al poco, alcanzaron el punto donde la carretera se interrumpía. Después de aparcar junto a un cartel que rezaba PELIGRO: TEMPORADA DE ALUDES, fueron andando hasta una explanada nívea.

El sol había comenzado a descender, proyectando sombras en torno a ellos. La nieve pura poseía una leve tonalidad azul casi fluorescente. Los escarpados picos que se alzaban en la lejanía seguían iluminados y emitían un brillo plateado que se expandía en todas las direcciones; aquella luz parecía surgir de la misma nieve, como si no hubiera sido el sol sino la montaña la que estuviese iluminando el mundo desde el principio.

—¡Esta pintura sí que es solo espacio en blanco! —exclamó él, extendiendo los brazos y mirando alrededor.

Extasiada, Zhang Yan absorbía con todos los sentidos la belleza de aquel mundo pálido.

—Señor Luo, una vez pinté una así, de verdad. Desde lejos daba la impresión de no ser más que un folio en blanco, pero al acercarse uno veía que en el rincón inferior derecho había unos juncos, que en el rincón superior derecho quedaba el rastro dejado por un pájaro que acababa de echarse a volar y que luego, en mitad de la blancura del centro, dos personas diminutas... De todas mis pinturas, esa es de la que me siento más orgullosa.

—Casi puedo imaginármela. Debe de ser magnífica... Bueno, Zhuang Yan, ahora que ya estamos en este mundo en blanco, ¿te apetece saber más acerca de cuál va a ser tu trabajo?

Ella asintió. Parecía muy ansiosa.

—Tú estás al corriente de lo que es el Proyecto Vallado —continuó Luo—, y sabes que su éxito reside en su incomprensibilidad. Llevado a su máxima expresión, no hay nadie en la Tierra ni en Trisolaris, a excepción del vallado mismo, que sea capaz de comprenderlo. Por eso, Zhuang Yan, debo empezar asegurándote que, sin importar lo inexplicable que pueda parecerte, todo lo que harás en tu trabajo tiene su razón de ser. Pero no intentes buscársela. No se trata de entender, sino de hacer lo que tengas que hacer.

—Entiendo —repuso ella, sonriendo con nerviosismo al tomar conciencia de sus palabras—. Quiero decir que haré lo que me pide.

Al verla rodeada de nieve, Luo sentía que la blancura reinante perdía su dimensionalidad y el mundo se desvanecía para dejarla como única presencia. Si dos años antes, después de que cobrase vida aquel personaje literario de su creación, había llegado a conocer el amor, ahora, en aquel vasto espacio en blanco de aquella gran pintura natural, comprendió lo profundamente misterioso de su naturaleza.

—Zhuang Yan —dijo él—, tu trabajo es procurar ser lo más feliz posible.

Ella abrió los ojos como platos.

—Debes convertirte en la mujer más feliz de este planeta —continuó él—. Es parte de mi plan como vallado.

La luz de aquel pico que iluminaba su mundo se reflejó en los ojos de Zhuang Yan y resaltó el cúmulo de emociones que se adivinaba tras la pureza de su mirada. La nieve absorbía todos los sonidos del mundo exterior. Él esperó pacientemente hasta que al fin ella, con una voz que parecía llegada desde muy lejos, dijo:

—Y... ¿qué debería hacer?

—¡Lo que tú quieras! —respondió él con súbita excitación—. Mañana o esta noche, cuando estemos de vuelta, ve adonde quieras y haz lo que quieras, dedícate a vivir como mejor te plazca. Como vallado, tengo medios para ayudarte a conseguirlo...

—Pero... —Ella le dirigió una mirada indefensa—. Yo no necesito nada, señor Luo.

—Eso es imposible, ¡todo el mundo necesita algo! ¿No andabais siempre los jóvenes persiguiendo algo?

—¿Perseguir algo, yo? Pues... —Zhuang Yan hizo una pausa, pensativa. Luego negó con la cabeza—. No. Yo diría que no.

—¡Ah, la dulce despreocupación de la juventud! Pero al menos tendrás un sueño, ¿no? Gustándote como te gusta pintar, ¿nunca has soñado con exponer tus obras en alguna prestigiosa galería de arte o en alguno de los grandes museos del mundo?

Ella se echó a reír como lo hubiera hecho con la loca ocurrencia de un niño.

—Señor Luo, yo pinto para mí. Jamás se me ha ocurrido nada de eso.

—Bueno, pues entonces habrás soñado con encontrar el amor —dijo él de inmediato—. Ahora tienes los medios, ¿por qué no sales en su busca?

Conforme el sol poniente apartaba su luz del pico nevado, la mirada de Zhuang Yan se fue ensombreciendo. Pero su expresión se suavizó.

—Señor Luo —dijo, con voz queda—, eso no es algo que uno pueda proponerse salir a buscar...

—Cierto. Cierto —reconoció él, asintiendo al tiempo que miraba alrededor para tratar de serenarse—. Entonces, ¿qué te parece hacer lo siguiente? No pienses a largo plazo, solo céntrate en mañana. ¡Mañana! ¿Adónde te apetecería ir mañana? ¿Para hacer qué? ¿Qué es lo que te haría más feliz? ¡Digo yo que algo se te ocurrirá!

Ella pasó un buen rato pensándolo a conciencia.

—¿De verdad va a ayudarme a hacerlo realidad, sea lo que sea? —preguntó por fin.

—Claro que sí. Dímelo, venga.

—Señor Luo... ¿podría usted llevarme al Louvre?

Cuando le quitaron la venda, Tyler no necesitó entornar los ojos para que se acostumbraran a la luz. A pesar de los potentes focos que colgaban de sus paredes, el interior de aquella cueva montañosa era bastante oscuro, pues la roca absorbía la luz. Lo primero que percibió fue olor a desinfectante, a continuación reparó en que aquella cueva tenía más bien el aspecto de un hospital de campaña: aquí y allá había montones de cajas de aluminio repletas de medicamentos rigurosamente clasificados, bombonas de oxígeno, armarios de luz ultravioleta, varias lámparas quirúrgicas de luz fría portátiles y equipos médicos con aspecto de ser máquinas de rayos X portátiles y desfibriladores.

Daba la sensación de que todo acabara de ser desempaquetado y de que en cualquier momento podía ser necesario volver a trasladarse. También vio dos fusiles de asalto colgados en una pared, aunque la similitud de su color y el de la piedra los hacía casi indistinguibles. Un hombre y una mujer de expresión pétrea pasaron por su lado sin dirigirle la palabra. Aunque no llevaran bata blanca, pensó que debían de ser un doctor y una enfermera.

La cama, justo al lado de la entrada a la cueva, era un mar de blancura: blancas eran las cortinas que tenía detrás, blancas las sábanas, las ropas del hombre debajo de estas, la barba del hombre, su turbante e incluso su cara. La luz en aquel rincón particular era tenue como la de las velas y cubría con un leve halo dorado aquello que no quedaba oscurecido. La escena parecía una clásica pintura al óleo de un santo.

Tyler reprimió un exabrupto.

«Joder, cómo está», pensó.

Se aproximó a la cama tratando de caminar a un ritmo pausado y constante que le permitiera aguantar el dolor que sentía en la cadera y los muslos. Se detuvo a su pie, quedando frente a frente con aquel hombre que él y su gobierno llevaban años tratando de encontrar. Casi no podía creer que aquello estuviera ocurriendo. Al observar de cerca el rostro demacrado del hombre, comprobó que lo que siempre se había dicho en los medios era cierto: aquel era el rostro más bondadoso del mundo.

Qué gran enigma era, verdaderamente, el hombre.

—Es un honor conocerlo —dijo Tyler con una leve inclinación de la cabeza.

—Igualmente —respondió cortésmente el hombre. No se movió, pero a pesar de la debilidad de aquel hilo de voz con el que hablaba, este, al igual que el de la araña, transmitía un gran poder.

Cuando señaló con la mano los pies de la cama, Tyler se sentó lentamente, diciéndose que debía de tratarse de un gesto de cortesía, pues no veía ninguna silla.

—¿Ha sido su primer viaje en mula? —le preguntó el hombre—. Estará usted cansado con tanto traqueteo...

—Eh... no, no; monté en una hace ya tiempo, durante una visita al Gran Cañón del Colorado —respondió Tyler, omitiendo que esa vez no le habían dolido tanto las piernas—. ¿Se encuentra bien de salud?

El hombre negó lentamente con la cabeza.

—Como sin duda apreciará, no me queda mucho —respondió, y de lo más profundo de su mirada surgió un súbito brillo de malicia—. Soy consciente de que es la última persona en el mundo que querría verme morir de enfermedad. No imagina lo mucho que lo siento.

A Tyler le escoció el tono irónico de la última frase, pero estaba en lo cierto: hubo un tiempo en el que uno de sus mayores miedos había sido que aquel hombre muriera de viejo o a causa de alguna enfermedad. Como secretario de Defensa de Estados Unidos, en más de una ocasión había rogado a Dios que lo alcanzara un misil de crucero americano o que una bala de las fuerzas especiales le atravesara la cabeza aunque solo fuese un minuto, antes de morir por cualquier otro motivo. Fallecer por causas naturales supondría el mayor de los triunfos para aquel hombre y el mayor de los fracasos en la guerra contra el terror, y ahora estaba a punto de lograrlo. Lo cierto era que no habían faltado ocasiones para impedírselo; por ejemplo, una vez un dron Predator logró localizarlo en el patio de una mezquita situada en las montañas del norte de Afganistán. Con solo hacer que el dron le cayese encima se habría hecho historia, sobre todo teniendo en cuenta que en esa ocasión transportaba misiles Hellfire. Sin embargo, al joven oficial de guardia al mando del dron le faltó el coraje necesario para tomar por sí solo tan grave decisión y optó por informar a la cadena de mando. Luego, al volver a comprobarlo, no halló ni rastro de su objetivo. Cuando se enteró, Tyler, a quien habían levantado de la cama, montó en cólera e hizo añicos una valiosísima pieza de porcelana china que tenía en casa.

Evitando tocar aquel tema tan peliagudo, Tyler puso sobre la cama el maletín que llevaba consigo.

—Le traigo un pequeño regalo —dijo Tyler al tiempo que abría el maletín y extraía varios libros encuadernados en tapa dura—. La nueva edición en árabe.

El hombre tendió con esfuerzo una mano tan huesuda que

más bien parecía la rama desnuda de un árbol, y cogió un ejemplar.

—Ah... —musitó—. Solo he leído la primera trilogía. Encargué que me compraran el resto, pero los perdí antes de poder leerlos... Muchas gracias.

—Corre la leyenda de que el nombre de su organización alude a estas novelas.*

El hombre dejó a un lado el libro y sonrió.

—Que siga siendo una leyenda. Ustedes ya tienen riqueza y tecnología, déjennos a nosotros las leyendas. Es lo único que nos queda.

Tyler cogió el libro que el hombre había hecho a un lado y lo miró como el pastor mira la Biblia que sostiene en la mano.

—He venido a convertirlo en Seldon.

Un brillo de malicia volvió a iluminar los ojos del hombre.

—¿Ah, sí? ¿Y qué tengo que hacer?

—Preservar su organización.

—¿Preservarla? ¿Hasta cuándo?

—Hasta dentro de cuatro siglos. Hasta la batalla del Día del Juicio Final.

—¿Cree usted que eso es posible?

—Sí, si continúa desarrollándola. Permita que su espíritu inunde la fuerza espacial y forme parte de su esencia para siempre.

—¿A qué se debe este nuevo aprecio? —preguntó el hombre, cuyo tono era cada vez más sarcástico.

—Al hecho de ser una de las pocas organizaciones armadas de la humanidad que usa la vida como arma. Como usted sabrá, los sofones han paralizado las investigaciones relacionadas con la ciencia fundamental, lo cual limita severamente los avances que puedan darse en los campos de la informática y la inteligencia artificial. En la batalla del Día del Juicio Final, mis cazas espaciales todavía tendrán que ser pilotados por humanos, y eso requiere un ejército que posea el mismo espíritu del que ustedes hacen gala.

* El término chino comúnmente empleado para designar a la organización yihadista Al-Qaeda, uno de cuyos significados originales en árabe es el de «La Base», es exactamente el mismo por el que en su día se tradujo el título *Fundación*, primera entrega de la famosa saga de Asimov. *(N. de los T.)*

—Me habrá traído algo más, aparte de esos libros...

Entusiasmado, Tyler se puso de pie de un salto.

—Puede usted pedirme lo que quiera. Mientras me prometa que preservará su organización, se lo daré.

El hombre volvió a indicarle con un gesto que se sentara.

—Lo compadezco —dijo—. Después de tantos años, sigue sin saber lo que queremos.

—Dígamelo usted.

—¿Armas? ¿Dinero? No, no... A nosotros nos motiva algo mucho más valioso. Nuestra organización no persigue objetivos tan nobles y ambiciosos como los de Seldon, es imposible conseguir que una persona cuerda y racional crea en algo así hasta el punto de estar dispuesto a dar la vida por ello. Nuestra organización existe porque hay algo que la nutre, algo tan necesario para su existencia como para usted lo es el aire que respira y sin lo cual desaparecería.

—¿Y qué es?

—El odio.

Tyler enmudeció.

—Sin embargo —continuó el hombre—, ocurre lo siguiente: por un lado, enfrentarnos a un enemigo común ha reducido nuestro odio hacia Occidente. Por otro, el hecho de que los trisolarianos quieran erradicar a la humanidad entera, Occidente incluido (algo que debería ser para nosotros motivo de regocijo aun a costa de nuestra desaparición), nos hace incapaces de odiar a los trisolarianos. —Tendió las manos—. De modo que, ya lo ve: el odio, ese tesoro más preciado que el oro o los diamantes, esa arma letal como ninguna otra en el mundo, se nos ha terminado. Al no tenerlo, no podemos dárselo; y ustedes a nosotros, tampoco. Por eso a mi organización, al igual que a mí, le queda ya muy poco de vida.

Tyler seguía mudo.

—En cuanto a Seldon —añadió el hombre—, creo que su plan es imposible.

Tyler suspiró con resignación y preguntó:

—Entonces, ¿se ha leído el final?

Sorprendido, el hombre enarcó una ceja.

—No, no lo he leído, solo le estaba dando mi opinión. Entonces, ¿al final de la historia el plan de Seldon fracasa? En ese caso, el autor me parece un hombre genial. Y yo que imaginaba que iba a escribir un final feliz... Que Alá lo proteja.

—Asimov murió hace mucho tiempo.

—Pues ojalá esté en el cielo, fuera el que fuera el que prefiriera...¡Ah, los sabios siempre se van demasiado pronto!

Tyler pasó la mayor parte del trayecto de vuelta sin que le vendaran los ojos, lo cual le dio la oportunidad de admirar las angostas y peladas montañas de Afganistán. El joven que guiaba su mula se mostró tan confiado con él que incluso colgó su fusil de asalto en la silla de montar, justo al alcance de la mano de Tyler, quien le preguntó:

—¿Alguna vez has matado a alguien con esto?

El muchacho no entendió, pero un hombre mayor y desarmado que montaba junto a ellos respondió por él:

—No. Hace ya mucho que no hay ningún enfrentamiento.

El joven dirigió a Tyler una mirada de curiosidad. Su rostro era imberbe y de aspecto aniñado; sus ojos, del mismo límpido azul del cielo de Asia Occidental.

«Madre, voy a convertirme en luciérnaga.»

Transcurría la cuarta auditoría del Proyecto Vallado. Visiblemente cansado tras su largo periplo por el mundo, Tyler estaba presentando sus propuestas de modificación del Plan Miríada de Mosquitos.

—Necesito que todos los cazas de la flota cuenten con dos modalidades de control: una en la que sean manejados por pilotos y otra que los haga comportarse como drones. Activarla me permitirá controlar personalmente todos los aparatos de la flota.

—No dará abasto... —se mofó Hines.

—De ese modo —continuó Tyler—, estaré en condiciones de ordenarles que vuelen en formación hasta la zona de combate para luego, una vez allí, disgregarse y volver a entrar en formación. Cuando les toque enfrentarse a la flota enemiga asumiré el control del módulo de armamento de cada uno de ellos para elegir sus respectivos objetivos individuales, tras lo cual ya podrán atacar de forma automática. Imagino que, a pesar del actual estancamiento en materia de investigación sobre física fundamental que nos imponen los sofones, durante los próximos tres siglos la inteligencia artificial seguirá desarrollándose lo suficiente para permitirlo.

—¿Está diciendo que quiere hibernar hasta la batalla del Día del Juicio Final para poder enfrentarse personalmente a la flota trisolariana?

—¿Qué remedio me queda? Como ya saben, acabo de visitar Japón, China y Afganistán, pero vuelvo con las manos vacías.

—Fue a ver a ese —apuntó el representante de Estados Unidos.

—Sí, fui a ver a ese. Pero... —Tyler se detuvo para exhalar un suspiro—. Fue una pérdida de tiempo. Seguiré tratando de establecer una fuerza de cazas espaciales con pilotos entregados a la causa de la humanidad, pero de no ser posible me veré obligado a ser yo quien los guíe hasta el final.

Nadie habló. Ante un asunto como el del Día del Juicio Final, la gente solía optar por el silencio.

—Aún tengo otra petición que hacer —prosiguió Tyler—. Me gustaría que se me autorizase a llevar a cabo investigaciones, centradas en diversas áreas de mi elección, sobre diversos cuerpos del Sistema Solar, concretamente Europa, Ceres y algunos cometas.

—¿Qué relación guarda esto con su flota? —preguntó alguien.

—¿Tengo que responder? —quiso saber Tyler, mirando en dirección al presidente de la cámara.

Nadie contestó, dejando claro que no era necesario que lo hiciese.

—Por último, quisiera terminar con una sugerencia. Sería aconsejable que tanto el Consejo de Defensa Planetaria como las distintas naciones de la Tierra moderaran sus ataques a la Organización Terrícola-trisolariana.

Rey Díaz saltó de su silla.

—Tyler, aunque me diga que esto también forma parte de su plan, seguiré oponiéndome rotundamente a semejante despropósito!

—No es parte del plan, no —respondió Tyler, negando con la cabeza—. Solo es una sugerencia, no guarda relación alguna con el Proyecto Vallado. El motivo que me impulsa a hacerla es obvio: si persistimos en nuestro acoso a la Organización Terrícola-trisolariana, dentro de dos o tres años es posible que hayamos terminado con ella, pero eso nos privaría del único canal de comunicación directa entre la Tierra y Trisolaris. No me cabe duda de que saben las consecuencias que tendría perder nuestra única fuente de inteligencia sobre el enemigo.

—Coincido en su análisis —intervino Hines—, pero un vallado no debería hacer semejante propuesta. A ojos de la gente, los tres formamos parte de una misma entidad; le ruego que lo tenga en cuenta en el futuro a la hora de hacer declaraciones.

La auditoría terminó con aquella disputa sin resolver, aunque el consejo accedió a estudiar a fondo los tres asuntos mencionados por Tyler a fin de someterlos a votación en el futuro.

La sala de la asamblea se fue vaciando hasta que solo quedó Tyler, sentado en su escaño. Después de tantos largos viajes se sentía agotado y somnoliento. De pronto, miró alrededor y cayó en la cuenta del riesgo que había estado corriendo: necesitaba urgentemente consultar a un médico o un psicólogo, alguien especializado en medicina del sueño. Alguien que le ayudara a dejar de hablar dormido.

A las diez en punto de la noche, Luo Ji y Zhuang Yan entraron en el recinto del Louvre. Kent les había aconsejado que lo visitasen a esa hora para facilitar las labores de seguridad.

Lo primero que vieron fue la pirámide de cristal, protegida del barullo nocturno de París por la forma en «U» del edificio principal, erigiéndose silenciosa mientras era bañada por la luz de una luna que la hacía parecer de plata.

—Señor Luo, ¿no le parece a usted como venida del espacio exterior? —le preguntó Zhuang a Luo, señalándola.

—A todo el mundo se lo parece —contestó él.

—Al principio se la ve fuera de lugar, pero luego, cuanto más se la mira, más se vuelve una parte integral del conjunto.

«El encuentro de dos mundos enormemente distantes», pensó Luo, sin atreverse a decirlo.

De pronto, las luces de la pirámide se iluminaron y esta pasó del tono plateado a un dorado deslumbrante. Las fuentes cercanas se pusieron en marcha también de forma automática y, disparando gruesas columnas de agua que volaron uniendo cielo y tierra, asustaron a Zhuang, que, intranquila por el modo en que la recibía el Louvre, dirigió a Luo una mirada de aprensión. Con el sonido del agua de fondo, se internaron en la pirámide para bajar hasta la Sala Napoleón y acceder al museo.

Su primera parada fue la sala de mayor tamaño. Medía doscientos metros de largo y estaba tenuemente iluminada. El eco de sus pisadas apenas conseguía llenar el vacío. Muy pronto, Luo se percató de que aquel eco solo lo producía él, pues Zhuang caminaba con la sutileza de un gato, como un niño en un cuento de hadas entrando en un castillo mágico de puntillas por miedo a despertar a sus moradores. Aminoró el paso. No fue por admirar las obras, que no le interesaban en lo más mínimo, sino para aumentar la distancia que los separaba y disfrutar viendo aquel mundo de arte, sus dioses griegos, sus ángeles y la mismísima Virgen María, que palidecían ante la belleza de aquella mujer oriental. Muy pronto, al igual que ya había pasado con la pirámide de la entrada, Zhuang se integró en el entorno para formar parte de aquel reino sagrado hasta el punto de que, sin ella, a este parecía faltarle parte de su esencia. Saboreando su locura, quizá su sueño, tal vez su visión, dejó que pasara el tiempo.

Al cabo de un rato, Zhuang volvió a recordar su presencia y lo miró dedicándole una sonrisa. Él sintió una brusca sacudida en el corazón, tan electrizante como un rayo que hubiera bajado al mundo de los vivos procedente del mismísimo Monte Olimpo.

—Aseguran que se tarda un año en ver todas las obras que hay expuestas aquí —dijo él.

—Sí —repuso ella, aunque sus ojos expresaban algo distinto: le preocupaba saber qué hacer. Volvió a centrar la atención en las pinturas; hasta el momento solo había visto cinco.

—Da igual, Yan. Podría mirarlas contigo cada noche durante un año si es necesario —dijo él, sin pensar.

Ilusionada, ella se volvió para mirarlo.

—¿En serio?

—En serio.

—Pues... Señor Luo, ¿había estado usted aquí antes?

—No. Pero hace tres años estuve en el Pompidou. Al principio pensé que quizá te interesaría más ir allí.

Ella negó con la cabeza.

—No me gusta el arte moderno.

—Pero a ti, todo esto... —Luo miró a los dioses, a los ángeles y a la Virgen María—. ¿No lo encuentras demasiado viejo para que te guste?

—Lo que me gusta no es tan viejo. Me interesa la pintura del Renacimiento.

—También son pinturas muy viejas.

—A mí no me lo parecen. Sus pintores fueron los primeros en descubrir la belleza humana y pintar un Dios con aspecto afable. Al ver sus obras, uno llega a sentir el placer de pintar, el mismo placer que experimenté al ver el lago y el pico nevado.

—Todo eso está muy bien, pero el espíritu humanista surgido del Renacimiento se convirtió en un problema.

—¿Lo dice por la Crisis Trisolariana?

—Sí. Tú misma debes de haber visto lo que está pasando. Dentro de cuatro siglos, después del desastre, el mundo regresará a la Edad Media y la humanidad volverá a estar sujeta a la más dura represión.

—Y para el arte será una cruda noche invernal...

Luo observó sus ojos inocentes y sonrió para sus adentros. Pensó: «Sé que hablabas de arte, pero si la humanidad logra en verdad sobrevivir, regresar a un pasado ya superado, será el menor de los posibles precios a pagar.»

En lugar de eso, dijo:

—No te preocupes. A su debido tiempo habrá un segundo Renacimiento, y tú podrás volver a descubrir esa belleza que todos habrán olvidado y pintarla.

Zhuang sonrió con un punto de tristeza. Era perfectamente consciente de la situación implícita en aquellas palabras de consuelo.

—Es que no puedo evitar pensar qué será de estas pinturas y demás obras de arte tras el Día del Juicio Final —dijo.

—¿Te preocupa eso? —preguntó Luo.

Cada vez que ella mencionaba el Día del Juicio Final se le encogía el corazón. Sin embargo, a pesar de que aquel último intento de confortarla había fracasado, se le acababa de ocurrir otra razón que podía tener éxito. La tomó de la mano y le dijo:

—Ven, vamos a ver la exposición de arte asiático.

Antes de que se construyera la pirámide de la entrada, el Louvre había sido un laberinto gigante. Para ir a cualquier sala uno tenía que dar grandes rodeos y acababa perdiéndose. Sin embargo, ahora, desde la Sala Napoleón, justo bajo la pirámide, se podía llegar a cualquier punto del museo. Luo Ji y Zhuang Yan volvieron allí y, siguiendo las indicaciones, visitaron las salas de arte de África, de Asia, de Oceanía y de América, cada una de ellas un mundo distinto del de las galerías de pintura europea clásica.

Contemplaron varias obras de arte y documentos de Asia y de África, de los que al final Luo dijo:

—Todo esto es fruto del espolio por parte de una civilización avanzada de otra que lo era menos. Hay cosas que se obtuvieron por medio del engaño, otras que fueron robadas, otras que se compraron a un precio irrisorio... Pero míralas ahora, tan bien preservadas. Incluso en mitad de la Segunda Guerra Mundial se procuró llevarlas a un lugar seguro.

Estaban delante de una vitrina que contenía una pintura mural de Dunhuang.*

—Piensa la cantidad de guerras y penurias que ha visto pasar nuestra patria desde que el abad Wang les vendiera estas pinturas a los franceses** —continuó Luo—. ¿Podemos estar seguros de que se encontrarían tan bien conservadas de haber permanecido donde estaban?

—¿Cómo van los trisolarianos a preservar el legado cultural de la humanidad? —dijo Zhuang—. Con la poca estima que nos tienen...

—¿Te basas en aquello de que somos insectos? La frase no iba en sentido literal... Yan Yan, ¿tú sabes cuál es la mayor muestra de aprecio que puede darse a un pueblo o a una civilización?

—No, ¿cuál?

—Su aniquilación. Es la mayor honra que se pueda recibir.

* Famosas pinturas murales con sutras y motivos budistas que adornaban las paredes de las cuevas que, desde el siglo IV hasta el XIV, se crearon en Mogao, a diecinueve kilómetros de Dunhuang, en la provincia china de Gansu. *(N. de los T.)*

** El abad budista Wang Yuanlu terminaría vendiendo al sinólogo francés Paul Pelliot gran parte del tesoro hallado por él el año 1900 en una librería secreta de las cuevas de Mogao. *(N. de los T.)*

Sentirse amenazado por una civilización supone el reconocimiento de algún tipo de superioridad.

Recorrieron en silencio las veinticuatro salas de arte asiático, avanzando cronológicamente desde el pasado más remoto mientras imaginaban un futuro desolado. Casi sin darse cuenta, llegaron a la sala de antigüedades de Egipto.

—¿Sabes en quién me ha hecho pensar este sitio? —preguntó Luo a través de una vitrina que contenía la máscara dorada de un faraón momificado, tratando de hallar un tema de conversación más ligero.

—En Sophie Marceau.

—Por Belphegor, el fantasma del Louvre, ¿verdad? Qué guapa estaba Sophie Marceau. Y tenía rasgos asiáticos, también.

Por algún motivo que no conseguía explicarse, Luo percibió un leve tono de ofensa en su voz.

—Yan Yan, tú eres más guapa que ella. Esa es la verdad.

Había querido añadir: «Por mucha belleza que encuentres entre tantas obras de arte, la tuya consigue eclipsarlas a todas», pero se contuvo por miedo a sonar sarcástico.

Igual que una nube pasajera, un leve atisbo de sonrisa iluminó por un instante el rostro de Zhuang. Era la primera vez que Luo veía aquella sonrisa que tan bien recordaba de sus sueños.

—Volvamos adonde están los óleos —propuso ella.

De vuelta en la Sala Napoleón, no consiguieron recordar dónde estaba la entrada que buscaban, así que fueron a mirar los carteles. Los más visibles apuntaban a las tres joyas de la corona del museo: la *Mona Lisa*, la *Venus de Milo* y la *Victoria alada de Samotracia*.

—Vamos a ver la *Mona Lisa* —dijo Luo.

Por el camino, Zhuang comentó:

—Nuestro profesor nos contó que desde que visitó el Louvre les había cogido tirria tanto a la *Mona Lisa* como a la *Venus de Milo*.

—¿Y eso por qué?

—Por culpa de los turistas amontonados alrededor de ellas, empujándose y pisoteándose por verlas, que luego pasaban por delante de obras menos famosas pero igualmente geniales sin dignarse siquiera a mirarlas.

—Me temo que yo fui uno de esos incultos...

Cuando por fin estuvieron frente a la célebre sonrisa misteriosa, Luo se llevó una gran desilusión al ver que era mucho más pequeña de lo que había imaginado; además, estaba protegida tras una gruesa mampara de cristal que la alejaba aún más del visitante. Zhuang tampoco parecía especialmente ilusionada.

—Al verla he pensado en ustedes —dijo ella, señalando el cuadro.

—¿En quiénes?

—En los vallados.

—¿Y qué tiene que ver?

—Nada, es solo que me he preguntado si... Estoy hablando por hablar, ¿eh? No se ría de mí, por favor... Me he preguntado si los humanos podríamos hallar una forma de comunicación que solo fuera inteligible para nosotros y que los sofones fueran incapaces de aprender. Así, escaparíamos a su control.

Luo la observó durante varios segundos. Luego, miró en dirección a la *Mona Lisa* y dijo:

—Entiendo lo que quieres decir. Su sonrisa es algo que ni los sofones ni los trisolarianos llegarán a entender jamás.

—Exacto —repuso ella—. Las expresiones de los seres humanos, en especial las de los ojos, son sutilmente complejas. ¡Es mucha la información que se puede transmitir con una mirada o incluso con una simple sonrisa! Y solo nosotros podemos entenderla. Solo los humanos poseemos esa sensibilidad.

—Eso es verdad; uno de los mayores retos a los que se enfrenta la inteligencia artificial es el de identificar las expresiones faciales y de los ojos. Algunos expertos han llegado a afirmar que probablemente los ordenadores nunca lleguen a ser capaces de interpretar una mirada.

—Entonces, ¿sería posible crear un lenguaje que se expresara con la cara y los ojos?

Luo sopesó la idea durante unos instantes. Por fin, negando con la cabeza, apuntó con la mano en dirección a la *Mona Lisa* y dijo:

—Ni siquiera somos capaces de leer su sonrisa. Cada vez que la miro me parece que quiere decir una cosa distinta, ¡sin repetirse nunca!

—¡Pero eso significa que las expresiones faciales son capaces de transmitir información compleja! —exclamó Zhuang, tan entusiasmada como una niña.

—¿Y si la información fuera «Las naves acaban de abandonar la Tierra y se dirigen a Júpiter»? ¿Cómo ibas a expresar todo eso con la cara?

—Seguramente también cuando el hombre primitivo comenzó a hablar solo era capaz de transmitir enunciados muy simples, quizá más incluso que los que contiene el canto de los pájaros. ¡Pero después el lenguaje se fue haciendo cada vez más elaborado!

—¿Ah, sí? Pues intentémoslo. A ver si somos capaces de transmitirnos un mensaje sencillo utilizando solo la cara.

—¡Vale! —accedió ella, asintiendo enérgicamente.

—Venga, los dos pensamos un mensaje cada uno y luego tratamos de comunicarlo.

—Yo ya tengo el mío.

Zhuang pensó unos momentos hasta que, por fin, asintió y dijo:

—Venga, ya podemos empezar.

Se miraron a los ojos, pero antes de que hubiera pasado ni medio minuto los dos se echaron a reír casi de forma simultánea.

—Mi mensaje era: «Te invito a cenar conmigo en los Campos Elíseos» —dijo Luo.

Ella, entre risas, dijo:

—Pues el mío era: «¡Tienes... que afeitarte!»

—Estas cosas son muy serias y atañen al futuro de la humanidad, deberíamos mantener la compostura —dijo él en tono de broma, apenas conteniendo la risa.

—¡Esta vez no vale reír! —propuso Zhuang, repentinamente tan seria como un niño que ha cambiado las reglas de un juego.

Se dieron la espalda para pensar cada uno su mensaje, tras lo cual giraron de nuevo para ponerse frente a frente. Luo tuvo que hacer un gran esfuerzo para contener la risa, pero entonces advirtió que aquellos ojos claros volvían a hacer de las suyas, y acto seguido se le encogió el estómago.

Fue así como el vallado y la joven, en mitad de aquella visita nocturna al Louvre y con la *Mona Lisa* de fondo, estuvieron el uno delante del otro y, por fin, se miraron a los ojos.

Una grieta minúscula se abrió en la superficie de la presa a punto de estallar que era el alma de Luo Ji. El chorrito de agua que empezó a fluir de ella la erosionó hasta que se convirtió en fisura y por fin en torrente. Luo sintió pánico y trató como pudo de parar la fuga, pero fue incapaz. El colapso era inminente.

Entonces sintió que se hallaba al borde de un abismo y que este no era otra cosa que los ojos de Zhuang. Estaba cubierto por un mar de nubes del blanco más puro a las que el sol, irradiando su luz en todas direcciones, dotaba de un brillo creciente. Luo notó que empezaba a caer. Si bien al principio fue lenta, resultó ser una caída imposible de frenar. Presa del pánico, agitaba brazos y piernas tratando desesperadamente de agarrarse a algo, pero debajo de su cuerpo no había más que hielo resbaladizo, de modo que su descenso siguió acelerando hasta que al final, anunciado por una brusca sensación de vértigo, sintió que se hundía en aquel abismo y en un instante pasó del dulce placer de la caída al grado más intenso de dolor.

La *Mona Lisa* se estaba deformando. También las paredes; el museo entero se fundía como lo hace el hielo a medida que sus muros de piedra se venían abajo convertidos en rojo magma candente que, al pasar luego por encima de sus cuerpos, les resultaba paradójicamente tan fresco como una primavera despejada. Y mezclados con el museo siguieron hundiéndose, calando a través de una Europa desleída camino del centro de la Tierra, y al alcanzarlo el mundo entero explotó en una maravillosa lluvia de fuegos artificiales cósmica. Después de apagarse el último de sus destellos, en un abrir de ojos el espacio se volvió transparente, las estrellas empezaron a coser lentejuelas de cristal en una manta de plata gigante, y todos los planetas comenzaron a vibrar al tiempo que emitían al unísono una hermosa melodía. Entonces el campo de estrellas se volvió tan denso como la marea creciente, el universo fue contrayéndose hasta colapsar y, al final, absolutamente todo quedó arrasado por la creativa luz del amor.

—¡Tenemos que observar Trisolaris ahora mismo! —exigió el coronel Fitzroy al doctor Ringier. Estaban en la sala de control del telescopio espacial *Hubble II*, cuyo montaje se había completado hacía una semana.

—General, me temo que eso no va a ser posible.

—¿No se deberá a que la observación en curso es, en realidad, uno de esos trabajillos que ustedes los astrónomos suelen hacer a escondidas para sacarse un sobresueldo?

—De haber tenido algún trabajillo, como usted lo llama, lo habría terminado hace rato; en este momento el *Hubble II* se encuentra en estado de pruebas...

—¡Ustedes trabajan para el ejército, así que lo que tienen que hacer es cumplir con lo que se les ordena!

—El único militar que veo aquí es usted... nosotros estamos siguiendo el plan de pruebas de la NASA.

El general adoptó un tono más suave.

—Doctor —imploró—, ¿no podría usar a Trisolaris como objetivo de las pruebas?

—Los objetivos de prueba están rigurosamente seleccionados en función de su distancia y de su tipo de brillo; además, el plan de pruebas se diseñó pensando en el máximo ahorro de recursos y el telescopio completa todas las pruebas en una sola rotación. Ponernos a observar a Trisolaris ahora requeriría que lo rotásemos treinta grados, los mismos que luego habría que volver a rotarlo... ¿sabe usted la cantidad de propelente que gasta el bribón? Le estamos ahorrando un dineral al ejército.

—¡Eso, vamos a ver cómo ahorran, sí! Mire lo que acabo de encontrar en su ordenador —exclamó Fitzroy, con una mano a la espalda.

Sostenía una fotografía impresa en papel, el plano cenital de un grupo de personas mirando hacia arriba con gran alborozo, entre cuyas caras estaban las de todos los trabajadores de aquella misma sala de control, Ringier incluido, junto con tres despampanantes mujeres que podían, o no, ser las novias de alguien. El lugar donde fue tomada era fácilmente reconocible como el techo del edificio donde estaba la sala de control. Además, era una foto muy clara, como si la hubieran tomado a unos diez o veinte metros de altura. Lo único que la diferenciaba de una fotografía ordinaria eran los complicados cálculos sobreimpresionados.

—Doctor —continuó—, parece que en esta foto están ustedes subidos a lo más alto del edificio. Que yo sepa, allí no disponemos de cámaras grúa como en los platós de cine, ¿verdad? Me decía antes que rotar el *Hubble II* treinta grados cuesta mucho dinero... ¿Cuánto debe de costar rotarlo trescientos sesenta grados como ustedes para esta foto? En cualquier caso, unas instalaciones punteras como estas, con un coste de diez millones de dólares, no se hicieron para que usted se sacara fotos desde el espacio con sus ligues. ¿O quiere que ponga la suma en su cuenta?

—A sus órdenes, mi general —dijo raudo Ringier, y de inmediato se puso a trabajar, igual que todos los ingenieros.

Rápidamente, los datos de las coordenadas del objetivo fueron localizados en la base de datos y aparecieron en la gran pantalla de la sala de control. Fuera, aquel enorme cilindro de más de veinte metros de diámetro y más de cien metros de largo comenzó a girar poco a poco, barriendo a lo largo del campo de estrellas que mostraba la pantalla.

—¿Esto es lo que ve el telescopio? —preguntó el general.

—No, esto no es más que la imagen que devuelve el sistema de posicionamiento. Para visualizar las fotos que envía el telescopio, antes hay que procesarlas.

El barrido finalizó a los cinco minutos. El sistema de control informó de que el posicionamiento había sido exitoso. Al cabo de otros cinco minutos, Ringier daba la observación por terminada.

—Muy bien. Ahora, retrocedamos a la anterior posición de prueba.

—¿Cómo? —exclamó Fitzroy, muy sorprendido—. ¿Ya está?

—Sí, señor. Las imágenes están siendo procesadas.

—¿Por qué no saca unas cuantas más?

—Pero, general, ya hemos capturado doscientas diez imágenes a múltiples distancias focales...

Justo en ese momento terminaba de procesar la primera imagen observacional.

—Ahí lo tiene —dijo Ringier, señalando la pantalla—, el mundo enemigo que tanto ansiaba ver...

Lo único que vio Fitzroy fueron tres halos blancos sobre un fondo negro. Su contorno difuso hacía que parecieran la luz de una farola en mitad de la niebla, pero aquellas eras las tres estrellas que iban a decidir el destino de dos civilizaciones.

—Entonces, ¿no podemos ver el planeta? —preguntó Fitzroy, incapaz de ocultar su decepción.

—Pues claro que no. Incluso cuando funcione el *Hubble III*, que será de cien metros, solo podremos observar a Trisolaris cuando se encuentre en unas pocas posiciones determinadas, y así y todo su imagen no será más que un simple punto sin detalle alguno.

—Parece que aquí hay algo más, doctor... ¿qué cree que pueda ser? —le preguntó uno de los ingenieros a Ringier, indicando un punto próximo a los tres halos.

Fitzroy se aproximó, pero no consiguió ver nada. Era tan tenue que solo resultaba detectable para un experto.

—Tiene un diámetro superior al de una estrella —apuntó otro ingeniero.

Después de magnificar la imagen varias veces, el objeto terminó ocupando toda la pantalla.

—¡Es una brocha! —gritó alarmado el general.

Los profanos solían dar con mejores nombres para las cosas que los expertos, de ahí que estos, a la hora de nombrar algo, procurasen tener en cuenta su perspectiva: la palabra «brocha» terminó definiendo aquella nueva forma, pues la descripción del general no podía ser más acertada: realmente parecía una brocha cósmica o, siendo más precisos, un conjunto de cerdas cósmicas sin mango. Aunque uno también podía llegar a pensarse que se trataba de un montón de pelos colocados en horizontal.

—¡Deben de ser arañazos en el recubrimiento de la lente! —dijo Ringier, negando con la cabeza con tristeza—. Ya en el estudio de viabilidad dejé claro que usar una lente superpuesta podía causar problemas...

—Todos los recubrimientos pasaron la prueba de astringentes. Además, son demasiados arañazos. Tampoco creo que se trate de otro tipo de defecto de la lente; es la primera vez que detectamos algo así tras hacer decenas de miles de imágenes de prueba —dijo el experto de Zeiss, fabricante de la lente.

Un profundo silencio descendió sobre la sala de control. Todo el mundo empezó a reunirse en torno a la pantalla hasta que fueron tantos que los rezagados prefirieron ver la señal desde otros terminales. A Fitzroy no se le escapó el cambio que se había producido en la sala: aquella misma gente de mirada somnolienta que hacía escasos minutos arrastraba los pies al andar, agotada a causa de las fatigosas y largas sesiones de prueba, adoptaba ahora una postura tensa que parecía el efecto de algún tipo de maldición que los hubiera enderezado de pies a cabeza. Sus ojos, no obstante, brillaban de emoción.

—¡Cielo santo! —exclamaron varias personas al unísono.

De pronto, todos se pusieron a trabajar en un torbellino de actividad. Los retazos de conversaciones que fueron llegando a oídos de Fitzroy le resultaron demasiado técnicos como para comprenderlos.

—¿Se detecta la presencia de polvo alrededor de la posición del objetivo?

—No hace falta. Yo mismo hice la comprobación de ese punto. La absorción del movimiento radial estelar de fondo observa un pico máximo de doscientos milímetros. Podría tratarse de una micropartícula de carbón, densidad de clase F.

—¿Alguna opinión respecto al efecto del impacto a alta velocidad?

—Todas las estelas se difuminan siguiendo el eje del impacto, pero el alcance que ese difuminado pueda tener... ¿No tendremos un modelo para eso?

—Sí. Un momento... Aquí está. ¿Velocidad del impacto?

—Cien veces la tercera velocidad cósmica.

—¿Tan alta ya?

—Pues te estaba dando una cifra comedida... Para la sección eficaz del impacto usa... Eso es, sí. Algo así, sí. Una estimación aproximada.

Al comprender que los expertos seguirían ocupados durante un tiempo, Ringier se dirigió a Fitzroy, de pie a su lado.

—General —dijo—, ¿por qué no trata de contar las cerdas que tiene esa brocha?

Asintiendo, Fitzroy se agachó de inmediato frente al terminal más cercano y se puso manos a la obra.

El ordenador tardaba entre cuatro y cinco minutos en completar cada cálculo, pero a causa de varios errores los resultados no estuvieron listos hasta pasada media hora.

—La estela extiende el polvo hasta un diámetro máximo de doscientos cuarenta mil kilómetros, el equivalente al doble del tamaño de Júpiter —anunció el astrónomo a cargo del modelo matemático.

—Pues ahí lo tienen —dijo Ringier, tras lo cual alzó los brazos y miró en dirección al techo como si sus ojos pudieran atravesarlo y llegar a los cielos—. Esto lo confirma todo... —anunció con un leve temblor en la voz, y a continuación añadió para sí mismo—: Bueno, pues confirmado queda. Tampoco es que sea algo malo.

El silencio volvió a descender sobre la sala de control. Esta vez era un silencio pesado. Opresivo. Fitzroy ardía en deseos de preguntar qué estaba ocurriendo, pero al ver a todo el mundo tan serio y alicaído fue incapaz de abrir la boca. Al poco, comenzó a oírse un leve sollozo, que resultó ser de un desconsolado joven que intentaba contenerse.

—¡Vale ya, Harris! —le dijo alguien al chico—. No eras el único que mantenía vivo el escepticismo, a todos nos cuesta aceptar la realidad.

El tal Harris levantó una mirada empañada de lágrimas y dijo:

—Yo ya sabía que el escepticismo no era más que un ejercicio de autoengaño... pero necesitaba algo a lo que aferrarme para terminar de vivir mi vida en paz... ¡Oh, Dios, ni para eso hemos tenido suerte!

El silencio regresó.

Ringier se acordó por fin de Fitzroy.

—General —dijo—, permítame que se lo explique: las tres estrellas se encuentran rodeadas de polvo interestelar. En algún momento anterior ese polvo fue atravesado por una serie de objetos que, moviéndose a una gran velocidad, impactaron con él originándose una estela. Las estelas de esos objetos se están expandiendo desde entonces, y ya alcanzan un diámetro equivalente a dos veces el de Júpiter. La diferencia entre ellas y el polvo que las rodea es tan sutil que no pueden detectarse a corta distancia. Solo desde aquí, separados por cuatro años luz, resultan observables.

—Las he contado. Hay alrededor de mil —dijo Fitzroy.

—No podía ser de otro modo. La cifra coincide con los datos de inteligencia de los que disponemos. General, esa imagen que estamos viendo es la de la flota trisolariana.

Ese descubrimiento del *Hubble II*, confirmación definitiva de que la invasión trisolariana era real, acabó con todas las ilusiones de la humanidad. Tras una nueva oleada de pánico, confusión y desesperanza, la raza humana inició de forma oficial una nueva etapa en la que afrontaría la Crisis Trisolariana. Fue entonces cuando los malos tiempos empezaron de verdad. Con aquel brusco volantazo, el curso de la historia tomó un rumbo completamente nuevo.

La única constante de un mundo en perpetua transformación es la celeridad con la que pasa el tiempo. En un abrir y cerrar de ojos, transcurrieron cinco años.

SEGUNDA PARTE

LA MALDICIÓN

Año 8 de la Era de la Crisis

Distancia que separa a la flota trisolariana
de nuestro Sistema Solar: 4,20 años luz

Desde hacía un tiempo, Tyler estaba nervioso. A pesar de las contrariedades, su Plan Miríada de Mosquitos había logrado la aprobación del Consejo de Defensa Planetaria. Ya se había iniciado el desarrollo de los cazas planetarios, pero la falta de avances tecnológicos ralentizaba los progresos. Con la invención de los cohetes a propulsión química, la humanidad seguía perfeccionando las hachas y los garrotes de la Edad de Piedra. El proyecto suplementario de Tyler, dedicado al estudio de Europa, Ceres y distintos cometas, resultaba tan desconcertante que muchos sospechaban que lo había concebido para dotar de misterio al tan directo plan principal. Sin embargo, como podía incorporarse al programa convencional de defensa, también se le permitiría iniciar esos trabajos.

Obligado a esperar, Tyler volvió a casa y, por primera vez en cinco años como vallado, hizo vida normal.

En ese momento los vallados eran objeto de una creciente curiosidad social. Lo deseasen o no, ante los ojos de la multitud se les había presentado como figuras mesiánicas. Lógicamente, surgió un culto a los vallados. Daban igual las explicaciones ofrecidas por Naciones Unidas y el Consejo de Defensa Planetaria, las leyendas sobre sus poderes sobrenaturales circulaban con facilidad y cada vez resultaban más fantasiosas. En las películas de ciencia ficción eran superhéroes, y a ojos de muchos, la única esperanza de la humanidad. Eso incrementaba el capital popular y político de los vallados, que garantizaba las facilidades cuando recurrían al uso de grandes cantidades de recursos.

La excepción era Luo Ji. Se mantenía aislado sin aparecer jamás en público. Nadie conocía su paradero y a qué se dedicaba.

Un día Tyler tuvo visita. Al igual que sucedía con los otros vallados, muchos guardias vigilaban su casa y los visitantes debían superar un estricto control de seguridad. Pero al ver al visitante en su salón, supo de inmediato que ese hombre no había tenido ningún problema, porque resultaba más que evidente que no presentaba ninguna amenaza. En aquel día tan caluroso llevaba un traje arrugado, una corbata igualmente arrugada y, lo más molesto, un bombín que ya no usaba nadie. Era evidente que había encarado la visita deseando mostrar una apariencia más elegante, porque tal vez nunca antes había participado en ninguna reunión formal. Pálido y demacrado, tenía aspecto malnutrido. Las grandes gafas descansaban sobre un rostro pálido y delgado. El cuello parecía incapaz de soportar el peso de la cabeza y el traje daba la impresión de estar vacío, como si todavía colgase de la percha. Con su mente política, Tyler comprendió de un vistazo que el hombre pertenecía a una de esas mezquinas clases sociales que sufrían de una pobreza más espiritual que material, como los cicateros burócratas de Gogol que, a pesar de su muy bajo nivel social, seguían preocupándose por conservar esa posición y malgastaban sus vidas en tareas sin sentido y carentes de imaginación que ejecutaban con toda precisión. Siempre, hiciesen lo que hicieran, temían cometer algún error, causar rechazo en toda persona con la que se encontraban, y no se atrevían ni a dar el más mínimo vistazo al techo de cristal para mirar a un plano social superior. Tyler odiaba a esa gente. Era completamente dispensable, y le dejaba muy mal sabor de boca pensar que formaban la mayoría del mundo que pretendía salvar.

Con cautela, el hombre atravesó la puerta del salón, pero no se atrevió a avanzar más. Parecía temer que sus suelas sucias dejasen manchas en la alfombra. Se quitó el sombrero y a través de las gruesas gafas miró al señor de la casa sin dejar de inclinarse. Tyler decidió despedirle en cuanto abriese la boca, porque por mucho que creyese tener algo importante que decirle, para Tyler no tendría ningún sentido oírlo.

Con voz rota, el hombrecillo lamentable habló. Para Tyler fue como recibir el impacto de un rayo y quedó tan confundido que prácticamente se sentó en el suelo. Cada palabra resonó como un trueno.

—Vallado Frederick Tyler, soy tu desvallador.

—Quién habría podido pensar que algún día nos encararíamos con un mapa de batalla como este —exclamó Chang Weisi al contemplar una imagen a escala uno a un billón del Sistema Solar que se mostraba en un monitor tan grande que bien podría haber sido una pantalla de cine.

La imagen era casi totalmente negra, excepto por un minúsculo punto central de color amarillo: el sol. El radio de la imagen llegaba hasta la mitad del Cinturón de Kuiper. Cuando se mostraba en su totalidad, era como mirar al Sistema Solar desde un punto a cincuenta unidades astronómicas sobre el plano de la eclíptica. Mostraba con total precisión la órbita de planetas y satélites, así como las condiciones de los asteroides conocidos. También podía mostrar la disposición precisa del Sistema Solar en cualquier momento del próximo milenio. En esta ocasión habían desactivado las indicaciones de posición de los cuerpos celestes y la imagen apenas poseía el brillo justo, si te esforzabas, para distinguir Júpiter. Se trataba de un punto brillante e indefinido. El resto de los siete planetas eran invisibles a esa distancia.

—Sí, estamos viviendo grandes cambios —dijo Zhang Beihai. Los militares acababan de concluir la reunión para valorar el primer mapa espacial. Ahora mismo solo quedaban ellos dos en la cavernosa sala de batalla—. Comandante, ¿prestó atención a los ojos de nuestros camaradas al ver el mapa?

—Por supuesto. Es más que comprensible. Lo que esperaban era un mapa espacial como los que aparecen en los libros de divulgación científica. Unas bolas de colores dando vueltas alrededor de una pelota de fuego. La inmensidad del Sistema Solar solo se aprecia al mirar un mapa creado con una escala precisa. Y ya pertenezcan a la marina o a la fuerza aérea, el espacio por el que puede moverse una nave aérea o marítima no es más que un píxel en una enorme pantalla.

—Da la impresión de que contemplar el campo de batalla del futuro no provocó en nuestros camaradas excesivos ánimos por la batalla.

—Y ahora hemos vuelto a la casilla del derrotismo.

—Comandante, ahora mismo no tengo interés en hablar sobre la realidad del derrotismo. Lo que me gustaría valorar es... bien... —vaciló y sonrió. Era un momento muy extraño para alguien que habitualmente no tenía ningún problema para expresarse.

Chang Weisi apartó la vista del mapa y le sonrió.

—Da la impresión de que lo que desea decir no es muy ortodoxo.

—Sí. O quizá sea algo sin precedentes. Voy a dar una recomendación.

—Adelante. Vaya directo al grano. Aunque, por supuesto, no hace falta que nadie se lo diga.

—Sí, comandante. Se ha avanzado poco, durante los últimos cinco años, en la investigación de viajes espaciales y en las defensas planetarias mínimas. Las tecnologías preliminares para ambos programas, la fusión nuclear controlada y el ascensor espacial, siguen en la casilla de salida, sin que tengamos muchas esperanzas. Asimismo, los cohetes de combustible químico y gran empuje dan todo tipo de problemas. De seguir así, me temo que una flota espacial seguirá siendo para siempre una idea de ciencia ficción, aunque sea una de muy bajo nivel tecnológico.

—Escogió usted el nivel tecnológico alto, camarada Beihai. Debería conocer bien las reglas de la investigación científica.

—Por supuesto. Soy consciente. La investigación va a saltos, y el cambio cualitativo es exclusivamente resultado de una acumulación cuantitativa a largo plazo. Las innovaciones importantes tanto en la teoría como en la tecnología se logran sobre todo en ráfagas muy concentradas... Pero aun así, comandante, ¿cuántas personas comprenden el problema en la medida en que lo comprendo yo? Resulta más que probable pensar que dentro de cincuenta años, incluso cien, no habremos logrado ninguna innovación científica o técnica. En esa situación, ¿hasta dónde habrán llegado las ideas derrotistas? ¿Cuál será el estado de ánimo mental y espiritual de la fuerza espacial? Comandante, ¿cree que estoy adelantándome demasiado?

—Beihai, de usted lo que me gusta es que siempre tiene bien presente el largo plazo. Es una cualidad muy poco habitual entre la estructura política de los militares. Por favor, continúe.

—Solo puedo comentar los límites de mi propio trabajo.

Dando por buenas las anteriores suposiciones, ¿a qué dificultades y presiones se enfrentarán los futuros camaradas dedicados al trabajo político e ideológico dentro de la fuerza espacial?

—Una cuestión todavía más lúgubre es preguntarse cuántos cuadros políticos quedarán —añadió Chang Weisi—, para poder contener el derrotismo. Somos nosotros los primeros que debemos demostrar una fe total en la victoria. Pero eso será mucho más complicado en el futuro hipotético que describe.

—Y es justo lo que me preocupa, comandante. Cuando llegue ese momento, la labor política en la fuerza espacial no estará a la altura.

—¿Qué recomienda?

—¡Enviar refuerzos!

Chang Weisi miró fijamente a Zhang Beihai. A continuación, volvió la vista hacia la descomunal pantalla. Desplazó el cursor y amplió el sol hasta que la luz se reflejó en sus charreteras.

—Comandante, me refiero a...

Levantó la mano.

—Sé a qué se refiere —redujo la imagen de nuevo hasta que la pantalla mostró todo el mapa, haciendo que toda la sala se hundiese en la oscuridad. Luego la amplió de nuevo... y mientras pensaba fue repitiendo el ciclo, hasta que al fin dijo—: ¿Ha pensado que si la labor política e ideológica en la fuerza espacial ya es hoy en día una tarea compleja y difícil, quedará muy debilitada si hibernamos a los oficiales políticos más destacados y los enviamos al futuro?

—Lo tengo presente, comandante. Me limitaba a expresar una sugerencia personal. Valorar todos los aspectos de la situación es, por supuesto, una labor de mis superiores.

Chang Weisi se puso en pie y encendió las luces. Toda la sala se iluminó.

—No, camarada Beihai, ahora es su trabajo. Deje todo lo demás. A partir de mañana se centrará en el departamento político de la fuerza espacial. Investigue todas las demás ramas y en cuanto sea posible redacte un informe preliminar para la Comisión Militar Central.

Tyler llegó cuando el sol se ponía tras las montañas. Al salir del coche se encontró con una imagen paradisiaca: la luz más delicada del día iluminando los picos nevados, el lago y el bosque, pero también a Luo Ji y su familia, en la hierba a la orilla del lago, disfrutando de aquella onírica tarde. Lo primero que le llamó la atención fue la madre, de aspecto tan joven, como si fuese la hermana mayor de la niña de un año. Era difícil distinguirla en la distancia, pero al acercarse prestó atención a la hija. De no estar viéndolo con sus propios ojos, habría puesto en duda que una criatura tan adorable pudiera existir. Parecía una célula madre de belleza, el estado embrionario de todo lo hermoso. Madre e hija dibujaban sobre una enorme hoja de papel mientras Luo Ji permanecía a un lado observándolas con interés, como cuando había ido al Louvre, contemplando en la distancia a su amada, ahora madre. Al acercarse todavía más, Tyler vio en los ojos de Luo Ji una alegría infinita, una felicidad que parecía cubrir todo lo que había en ese Jardín del Edén, entre las montañas y el lago...

Al haber llegado desde el tétrico mundo exterior, la escena adquiría a sus ojos unos tonos sobrenaturales. Estaba solo, a pesar de haberse casado dos veces, y las alegrías familiares habían significado muy poco para él frente a las ansias por lograr la gloria. Ahora, por primera vez, le asaltaba la impresión de haber vivido una vida vacía.

Luo Ji, hechizado por su esposa y su hija, solo advirtió la presencia de Tyler cuando este estaba muy cerca. Hasta ese momento, debido a las barreras psicológicas fruto de su situación común, no se había producido contacto personal entre vallados. Pero a Luo Ji no le sorprendió la llegada de Tyler, porque habían hablado por teléfono, y le recibió con amabilidad.

—Señora, disculpe la interrupción —le dijo Tyler, mientras se inclinaba ligeramente ante Zhuang Yan, quien se había acercado con la niña.

—Bienvenido, señor Tyler. No es habitual que tengamos visita, así que nos alegra que haya podido venir —hablaba un inglés forzado, pero la voz conservaba la ligereza de la niñez y su rostro todavía sonreía; sintió como si unas manos de ángel le rozasen el alma cansada—. Esta es mi hija, Xia Xia.

Deseó abrazar a la niña, pero no lo hizo temiendo perder el control de sus emociones. Se limitó a decir:

—Ver a dos ángeles bien compensa el viaje.

—Les dejaremos hablar mientras preparamos la cena —añadió ella con una sonrisa.

—No, no será necesario. Solo deseo cruzar unas palabras con el doctor Luo. No les robaré mucho tiempo.

Zhuang Yan insistió amablemente para que se quedase a cenar y luego se fue con la niña.

Luo Ji le hizo un gesto a Tyler para que se sentase en una silla blanca colocada en la hierba. Al hacerlo, todo su cuerpo se relajó, como si le hubiesen extirpado los tendones. Era un viajero que tras un largo viaje al fin había alcanzado su destino.

—Doctor, parece que ha estado ausente del mundo durante dos años —dijo Tyler.

—Sí. —Luo Ji se quedó de pie. Con las manos hizo un gesto que recorrió toda la escena—. Para mí esto es todo.

—Realmente es un hombre sabio. Y, al menos desde cierta perspectiva, un hombre más responsable que yo.

—¿A qué se refiere? —dijo Luo Ji, acompañando las palabras con una sonrisa de desconcierto.

—Al menos usted no ha malgastado recursos... ¿Así que tampoco ve la tele? Me refiero a su ángel.

—¿Ella? No lo sé. Últimamente siempre acompaña a Xia Xia, así que no tengo la impresión de que vea mucho la televisión.

—Entonces, ¿efectivamente no tiene ni idea de lo que ha sucedido en el mundo exterior en los últimos días?

—¿Qué ha pasado? No tiene buen aspecto. ¿Está cansado? ¿Puedo ofrecerle algo de beber?

—Lo que sea —dijo Tyler, sintiéndose deslumbrado por el espectáculo de los últimos rayos de sol reflejados en el lago—. Hace cuatro días apareció mi desvallador.

Luo Ji dejó de servir el vino. Tras unos segundos de silencio, dijo:

—¿Tan pronto?

Tyler asintió con tristeza.

—Justo eso fue lo primero que le dije.

—¿Tan pronto? —le dijo Tyler al desvallador. Al intentar mantener la calma solo logró que la voz sonase débil.

—Me habría gustado llegar antes, pero consideré necesario reunir pruebas más sólidas, así que me retrasé. Lo siento —dijo el desvallador. Estaba de pie tras Tyler, como si fuese un sirviente, y hablaba con lentitud, demostrando la humildad de un sirviente. La frase final manifestaba incluso minuciosidad y consideración, esa deferencia comprensiva que el verdugo emplea con su víctima.

A continuación, se produjo un silencio agobiante. Al final, Tyler reunió el valor para mirar al desvallador, quien preguntó:

—Señor, ¿continúo?

Tyler asintió con un gesto, pero apartó la vista. Se sentó en el sofá, esforzándose por tranquilizarse.

—Gracias, señor. —Hubo una nueva reverencia por parte del desvallador, con el sombrero todavía en la mano—. En primer lugar, procederé a describir el plan que usted ha revelado al mundo exterior: emplear una flota de ágiles cazas espaciales que portarían superbombas de cientos de megatones. Tales cazas apoyarían a la flota de la Tierra lanzando ataques suicidas contra la flota trisolariana. Quizá lo esté simplificando en exceso, pero la idea fundamental es esa, ¿no es así?

—No tiene mayor sentido discutirlo con usted —dijo Tyler. Se había estado planteando dar por concluida la conversación. En cuanto el desvallador se presentó como tal, la intuición de Tyler como político y estratega le hizo saber que ese hombre ya había ganado. A estas alturas tendría suerte si el contenido de su mente no quedaba totalmente al descubierto.

—Si así es, señor, entonces no es preciso que continúe y puede usted arrestarme. Pero sabrá, por supuesto, que en cualquier caso, su verdadera estrategia, junto con las pruebas que he reunido para verificar mi hipótesis, serán noticia mundial mañana o incluso esta noche. Pongo mi vida en juego presentándome hoy ante usted, y espero que valore mi sacrificio.

—Puede seguir —dijo Tyler, acompañando las palabras con un gesto de la mano.

—Gracias, señor. Sinceramente es un honor y no malgastaré demasiado tiempo. —Otra reverencia. Por sus venas parecía circular cierto respeto, una forma de humildad, que rara vez se encontraba entre la gente moderna. Un respeto que se podía manifestar en cualquier momento como una horca cerrándose alrededor del cuello de Tyler—. Dígame, señor, ¿fue correcta mi caracterización de su estrategia?

—Lo fue.

—No lo fue —dijo el desvallador—. Discúlpeme, señor, por decirlo, pero no fue correcta.

—¿Por qué no?

—Si tenemos en cuenta los conocimientos tecnológicos de la humanidad, las superbombas de hidrógeno son las armas más probables en nuestro futuro. En un entorno de batalla espacial, es preciso detonar las bombas en contacto directo con el objetivo. Si no, sería imposible destruir las naves enemigas. Los cazas espaciales son ágiles y pueden desplegarse en gran número. Por tanto, sin duda, la mejor opción es enviar la flota de cazas en un ataque suicida de enjambre. Por lo cual, su plan es sumamente razonable. También sus demás acciones fueron de lo más razonables. Los viajes a Japón, China e incluso a las montañas de Afganistán en busca de pilotos kamikazes del espacio, personas con el adecuado espíritu de sacrificio. Así como el plan de tener el control directo de la flota mosquito una vez que esa búsqueda fracasó. Muy razonable.

—¿Qué tiene de malo? —preguntó Tyler, acomodándose mejor.

—Nada. Pero eso no fue más que la estrategia que ofreció al mundo exterior. —El desvallador se inclinó, se acercó a la oreja de Tyler y siguió hablando en voz más baja—: La verdadera estrategia contiene pequeñas alteraciones. Durante mucho tiempo me desconcertó. Para mí fue un período muy angustioso. Consideré seriamente la idea de renunciar.

Tyler fue consciente de que agarraba con mucha fuerza el brazo del sofá e hizo lo posible por relajarse.

—Pero entonces usted mismo me proporcionó la clave para resolver el puzle. Todo encajaba tan bien que durante un momento puse en duda haber tenido tanta suerte. Ya sabe de qué hablo: su estudio de distintos cuerpos del Sistema Solar. Europa, Ceres y los cometas. ¿Qué aspecto tienen en común? El agua. Todos contienen agua. ¡Y en grandes cantidades! Combinados, Europa y Ceres poseen más agua de la que hay en todos los océanos de la Tierra...

»Los enfermos de hidrofobia temen al agua y pueden sufrir espasmos simplemente si se pronuncia la palabra. Imagino que ahora mismo lo que usted siente es similar.

El desvallador se acercó más a Tyler y le habló directo al oído. Su aliento no poseía ni la más mínima calidez. Más bien era como un viento fantasmal teñido de los olores de la tumba.

—Agua —susurró como si hablase en sueños—. Agua...

Tyler no habló. Mantenía el rostro como si fuese una estatua.

—¿Es preciso que siga? —preguntó el desvallador mientras se alzaba.

—No —dijo Tyler con apenas fuerza.

—Aun así, seguiré hablando —dijo el desvallador, casi con júbilo—. Para los historiadores dejaré un informe completo, aunque la historia pronto será algo del pasado. Y, evidentemente, también una explicación para nuestro Señor. No todos poseen el agudo intelecto del que disfrutamos usted y yo, que nos permite deducir la totalidad empezando por un fragmento nimio. En especial nuestro Señor, que podría siquiera no comprender una explicación completa. —Levantó la mano, como si reconociese a los oyentes trisolarianos, y soltó una risa—. Pido perdón.

Tyler relajó su expresión facial. Luego se sintió como si los huesos se le fundiesen. Se dejó caer en el sofá. Estaba acabado. Su espíritu ya no ocupaba su cuerpo.

—Bien. Dejemos de lado el agua y hablemos sobre la miríada de mosquitos. El objetivo de su primer ataque no serán los invasores trisolarianos, sino la propia fuerza espacial de la Tierra. Se trata de una hipótesis que se sostiene sobre señales apenas presentes, pero la considero correcta. Usted recorrió el mundo con la intención de crear una fuerza kamikaze para la humanidad. Pero fracasó. Era algo que usted ya había previsto, pero el fracaso le ofreció dos cosas que ansiaba. Una, desesperanza total con la humanidad... algo que obtuvo por completo. La segunda la consideraremos dentro de unos momentos.

Cayó la hoja del hacha.

—Tras recorrer el mundo quedó usted desilusionado con la dedicación de la humanidad moderna. También le quedó claro que por medio del combate estándar la fuerza espacial de la Tierra no tenía ni la más mínima oportunidad de derrotar a la flota trisolariana. Por tanto, concibió una estrategia todavía más extrema. En mi opinión, una esperanza muy remota y un riesgo descomunal. Aun así, en el caso de esta guerra, los principios del Proyecto Vallado indican que la apuesta más segura es arriesgarse.

»Por supuesto, no es más que el comienzo. Su traición a la humanidad sería un proceso largo, pero tenía el tiempo a su favor. Durante los próximos meses o años manipularía los acontecimientos para incrementar el muro que había levantado entre usted y la humanidad. Su desesperación se intensificaría gradualmente y la pena se incrementaría, dejando al mundo humano cada vez más lejos, aproximándose paso a paso a la Organización Terrícola-trisolariana. Es más, hace poco ya dio los primeros pasos por ese camino, al implorar clemencia con la Organización en la sesión del Consejo de Defensa Planetaria. No fue solo una farsa. Realmente necesitaba que resistiesen. Necesita a los miembros de la Organización como pilotos de los cazas espaciales cuando llegue la batalla del Día del Juicio Final. Es una cuestión de tiempo y paciencia, pero al final se saldría con la suya, porque la Organización también le necesita. Precisa de su ayuda y de los recursos que maneja. Siempre que se mantuviese el secreto, no sería difícil entregar la flota mosquito a la Organización. En caso de ser descubierto, siempre podría afirmar que se trataba de una parte del plan.

Tyler no parecía escuchar al desvallador. Permanecía sentado, con los ojos entrecerrados y aspecto agotado, como si ya se hubiese rendido por completo y estuviese relajándose.

—Bien. Ahora trataremos el agua. Durante la batalla del Día del Juicio Final, probablemente la flota mosquito controlada por la Organización lanzaría un ataque sorpresa contra la flota de la Tierra y luego se entregaría a la flota de nuestro Señor. Ya habrían demostrado su deslealtad con la Tierra, por lo que sería posible que Trisolaris estuviese dispuesto a permitirles unirse a su flota. Pero nuestro Señor no se apresuraría en aceptar una fuerza militar traidora. Haría falta un importante regalo. ¿Qué hay en el Sistema Solar que nuestro Señor pueda necesitar? Agua. Tras un viaje de cuatro siglos, gran parte del agua de la flota trisolariana se habría agotado. En su aproximación al Sistema Solar, sería preciso rehidratar a los trisolarianos deshidratados que hubiese a bordo. El agua usada para tal fin acabaría formando parte de sus cuerpos, por lo que con toda seguridad sería preferible agua fresca en lugar de agua reciclada innumerables veces en la nave. La flota mosquito ofrecería a nuestro Señor un iceberg formado por enormes cantidades de agua obtenida de Europa, Ceres y los cometas. No estoy seguro de los detalles, supongo que ahora mismo usted tampoco, pero digamos que diez mil toneladas.

»La flota mosquito impulsaría ese gigantesco trozo de hielo. Probablemente, al presentar el regalo la flota mosquito se acercaría mucho a la flota de nuestro Señor, momento en el que haría uso de la segunda consecuencia de su fracaso al crear la fuerza kamikaze. Ese fracaso fue el origen de su petición, más que lógica, de tener control independiente de toda la flota mosquito. Cuando la flota de la Tierra se acercara a la flota de nuestro Señor, usted retiraría el control de los cazas a los pilotos de la Organización y los pasaría a modo automático, ordenando a los cazas que atacasen sus blancos. Las superbombas detonarían a quemarropa, destruyendo todas las naves de nuestro Señor.

El desvallador se enderezó y, alejándose de Tyler, se acercó al ventanal que miraba al jardín. Así desapareció el viento infernal que había lanzado a la oreja de Tyler, pero no antes de que el frío helado hubiese penetrado en su cuerpo.

—Un plan asombroso. No le miento. Pero hay varios descuidos que resultan inexplicables. ¿Por qué estaba tan dispuesto a iniciar el estudio de los cuerpos celestes con agua? Ahora mismo no se dispone de la tecnología para extraer y transportar el agua en grandes cantidades, y el desarrollo de esa ingeniería requeriría años o incluso décadas. Aunque sintiese la necesidad de empezar de inmediato, ¿por qué no añadir algunos cuerpos sin agua? Por ejemplo, las lunas de Marte. De haberlo hecho, no habría impedido que con el tiempo yo acabase descubriendo su plan, pero habría incrementado enormemente la dificultad. ¿Cómo es posible que un estratega de su calibre pasase por alto esas simples precauciones? Por otra parte, reconozco que actúa bajo presión.

El desvallador agarró el hombro de Tyler con una mano amable. Tyler sintió un ramalazo de afabilidad, como la de un verdugo para con su víctima. Incluso se sintió ligeramente conmovido.

—No sea duro consigo mismo. La verdad es que lo hizo muy

bien. Espero que la historia le recuerde. —El desvallador retiró la mano. En su rostro anteriormente pálido y enfermizo se reflejó una energía renovada. Estiró los brazos—. Bien, señor Tyler, ya he concluido. Llame a los suyos.

Tyler, quien todavía mantenía los ojos cerrados, dijo sin apenas fuerza:

—Puede irse.

Cuando el desvallador abrió la puerta, Tyler logró formular una última pregunta.

—¿Qué más da si lo que ha dicho es verdad?

El desvallador se volvió para mirarlo.

—Nada. Señor Tyler, independientemente de si yo he acabado o no con su plan, a nuestro Señor no le importa nada.

Luo Ji permaneció largo rato en silencio tras escuchar el relato de Tyler.

Cuando una persona corriente hablaba con uno de ellos, siempre pensaba: «Es un vallado, sus palabras no son de fiar», lo que resultaba un obstáculo para la comunicación. Pero cuando los vallados hablaban entre sí, las ideas preconcebidas que moraban en sus mentes multiplicaban en secuencia esos obstáculos para la comunicación. Es más, una interacción de tal naturaleza vaciaba de significado todo lo que dijese cualquiera de los interlocutores, por lo que comunicarse carecía de sentido. Por eso no se daban contactos privados entre vallados.

—¿Cómo valora el análisis realizado por el desvallador? —preguntó Luo Ji para romper el silencio, aunque sabía muy bien que la pregunta carecía de sentido.

—Acertó en todo —dijo Tyler.

Luo Ji deseaba añadir algo. Pero ¿qué? ¿Qué podría decirle? Los dos eran vallados.

—Efectivamente, describió mi verdadera estrategia —añadió Tyler. Quedaba claro que sentía el intenso deseo de hablar y le daba igual si se le creía o no—. Por supuesto, por ahora es tentativa y preliminar. Ya solo la tecnología es un aspecto complicado, aunque yo esperaba que a lo largo de cuatro siglos se fuesen resolviendo gradualmente todos los detalles teóricos y técnicos. Pero si valoro la actitud del enemigo ante el plan, daría igual. No les importa. No se puede expresar más desprecio.

—¿Y eso sucedió...? —interiormente, Luo Ji se sentía como una máquina diseñada para producir diálogos sin sentido.

—El día posterior a la visita del desvallador, se publicó en las redes un análisis completo de mi estrategia. Ocupaba millones de palabras, en su mayoría conseguidas a través de sofones, y provocó un enorme impacto. Anteayer, el Consejo de Defensa Planetaria convocó una sesión para tratar la situación, tras la cual se decidió: «Los planes de los vallados no pueden incluir elementos que pongan en riesgo vidas humanas.» Si mi plan existiese en realidad, entonces ejecutarlo sería un crimen contra la humanidad. Es preciso ponerle fin y su vallado debe recibir todo el castigo de la ley. ¿Ha comprendido el uso del «crimen contra la humanidad»? Es un término que se usa cada vez más. Pero la conclusión de la resolución fue: «Siguiendo los principios fundamentales del Proyecto Vallado, las pruebas a disposición del mundo exterior bien podrían ser una estrategia de engaño por parte del vallado y, por tanto, no se puede emplear para demostrar que el vallado haya desarrollado y ejecutado este plan.» Así que no me acusarán de nada.

—Eso estimé —dijo Luo Ji.

—Y durante la vista declaré que el análisis del desvallador era correcto. Que efectivamente mi estrategia era la miríada de mosquitos. Solicité ser juzgado siguiendo las leyes nacionales e internacionales.

—Me hago una idea de su respuesta.

—Los miembros transitorios del Consejo de Defensa Planetaria y todos los representantes permanentes me miraron con esa sonrisa del vallado colgando de la cara y la presidencia declaró que la vista había terminado. ¡Malditos cabrones!

—Comprendo esa sensación.

—Perdí completamente el control. Salí corriendo de la sala y llegué gritando a la plaza exterior: «¡Soy el vallado Frederick Tyler! ¡Mi desvallador reveló mi estrategia! ¡Tenía razón! ¡Voy a usar la miríada de mosquitos para atacar la flota de la Tierra! ¡Estoy en contra de la humanidad! ¡Soy un demonio! ¡Castigadme y matadme!»

—Eso, señor Tyler, fue un acto sin mayor sentido.

—Lo que más odio es la expresión de la gente al mirarme. En la plaza me rodeó una multitud. Sus ojos dejaban en evidencia las fantasías infantiles, la reverencia de la mediana edad y la preocupación de los ancianos. Sus ojos declaraban: «Mirad, es un vallado. Está trabajando, pero él es el único que sabe lo que hace. ¿Veis lo bien que realiza su labor? Finge tan bien... ¿Cómo sabrá el enemigo cuál es su estrategia real? Esa estrategia tan absolutamente maravillosa y genial que solo él conoce y que salvará al mundo...» ¡Vaya una mierda! ¡Malditos idiotas!

Luo Ji decidió al fin guardar silencio y se limitó a sonreír.

Tyler le miró fijamente y en su rostro pálido se fue agitando una débil sonrisa que acabó convertida en histérica.

—¡Ja, ja, ja! ¡Me sonríe con la sonrisa del vallado! Un vallado le dedica esa sonrisa a otro vallado. Cree que estoy trabajando. ¡Cree que estoy interpretando mi papel y que he salvado al mundo! ¿Cómo nos las hemos arreglado para acabar en una situación tan cómica?

—Se trata de un círculo vicioso, señor Tyler, del que jamás lograremos escapar —dijo Luo Ji con anhelo.

La risa de Tyler se cortó de golpe.

—¿Jamás lograremos escapar? No, doctor Luo, hay una vía de escape. Sí que la hay y he venido a contársela.

—Necesita descanso. Unos días de tranquilidad —dijo Luo Ji.

Tyler le dedicó un lento asentimiento.

—Sí, necesito descanso. Solo nosotros comprendemos el dolor del otro. Por eso he venido. —Alzó la vista. Hacía un buen rato que se había puesto el sol y el crepúsculo había convertido el Jardín del Edén en un paisaje indefinido—. Esto es el paraíso. ¿Puedo dar un paseo a solas junto al lago?

—Aquí puede hacer lo que le plazca. Dé un tranquilo paseo y le llamaré en cuanto esté la cena.

Tyler se fue a pasear junto al lago, permitiendo al fin que Luo Ji se sentase, con la carga de sus intensos pensamientos.

Llevaba cinco años nadando en un océano de felicidad. En concreto, el nacimiento de Xia Xia le había permitido olvidar el mundo exterior. El amor de su mujer y de su hija se combinaban y embriagaban su alma. Y de tal forma, en ese dulce hogar aislado del resto del mundo se había ido sumergiendo cada vez más en una fantasía: quizás el mundo exterior fuese en realidad una forma de estado cuántico y no existiese a menos que lo observase.

Pero era un estado que ya no podía conservar ahora que

el despreciable mundo exterior había irrumpido en su Jardín del Edén para confundirle y aterrarle. Pensó en las últimas palabras de Tyler, que todavía le resonaban en los oídos. ¿Sería realmente posible que un vallado escapase de ese círculo vicioso? ¿Era posible destrozar las cadenas de hierro de la lógica?

Recuperó la cordura y corrió al lago. Le hubiese gustado gritar, pero temía asustar a Zhuang Yan y a Xia Xia. Por tanto, se limitó a correr ante el tranquilo crepúsculo. El único sonido era el roce de sus pies sobre la hierba. Pero un trueno lejano se encajó en ese ritmo.

El sonido de un disparo. Desde el lago.

Esa noche, Luo Ji regresó tarde a casa, cuando la niña ya estaba bien dormida. Zhuang Yan preguntó en voz baja:

—¿El señor Tyler se ha ido?

—Sí. Se ha ido —dijo agotado.

—Parecía estar en peor estado que tú.

—Sí. Porque no optó por un camino sencillo... Yan, ¿has estado viendo la tele?

—No. La verdad... —dejó de hablar y Luo Ji comprendió lo que iba a decir. Cada día que pasaba la situación en el mundo exterior se iba volviendo más grave. Se ensanchaba el abismo que separaba la vida en ese lugar y la vida en el exterior. Y esa diferencia la inquietaba—. ¿Realmente nuestra vida es parte del Proyecto Vallado? —le preguntó, mirándole con la misma expresión de inocencia.

—Por supuesto que lo es. ¿Hay alguna duda?

—Pero ¿podemos ser felices cuando toda la humanidad es infeliz?

—Amor mío, la responsabilidad personal cuando toda la humanidad se siente infeliz es ser feliz. Con Xia Xia, tu felicidad gana un punto y el Proyecto Vallado gana un punto en su camino al éxito.

Zhuang Yan le miró en silencio. El lenguaje de expresiones faciales que cinco años antes había entrevisto frente a la *Mona Lisa* parecía haberse concretado entre ella y Luo Ji. Era cada vez más habitual que él pudiese leer lo que pensaba Zhuang Yan por lo que se manifestaba en sus ojos. Y lo que ahora veía era: «¿Cómo podría creerte?»

Luo Ji dedicó un buen rato a reflexionar y al fin dijo:

—Yan, todo llega a su fin. Un día, también el sol y el universo morirán. En ese caso, ¿por qué debería creer la humanidad en su propia inmortalidad? Presta atención, este mundo se ha sumido en la paranoia. Es una locura luchar en una guerra que no tienes esperanza de ganar. Así que, considera de otra forma la Crisis Trisolariana y despreocúpate. No solo abandona las preocupaciones relativas a la crisis, sino también todo lo sucedido anteriormente. Emplea el tiempo que queda en disfrutar de la vida. ¡Cuatrocientos años! Si nos negamos a participar en la batalla del Día del Juicio Final, entonces son casi quinientos... Es una cantidad razonable. La humanidad empleó un período similar para pasar del Renacimiento a la era informática, y en ese mismo tiempo podrías crear una vida despreocupada y cómoda. Cinco siglos idílicos sin tener que preocuparse del futuro lejano. Nuestra única responsabilidad sería disfrutar de la vida. Qué maravilla...

Comprendió que había sido imprudente. Al afirmar que su felicidad y la de la niña formaban parte del plan simplemente cubría de otra capa de protección la vida de su mujer, convirtiendo su felicidad en una responsabilidad. Era la única forma de garantizar que Zhuang Yan mantuviese un ánimo equilibrado al enfrentarse al cruel mundo. Siempre le resultaba imposible resistirse a sus ojos eternamente inocentes, así que no se atrevía a mirarle siempre que le hacía preguntas. Pero ahora, debido al factor Tyler, había revelado la verdad sin querer.

—Cuando dices eso, ¿estás siendo un vallado? —preguntó.

—Sí, claro que lo soy —dijo, corrigiendo la situación.

Pero los ojos de la mujer decían: «¡Parecías creerlo de verdad!»

Al comienzo de la sesión número 89 del Consejo de Defensa Planetaria sobre el Proyecto Vallado, el presidente de turno manifestó enérgicamente que se exigiese la participación de Luo Ji en la siguiente convocatoria, con el argumento de que negarse a participar no formaba parte del Proyecto Vallado porque la autoridad supervisora del Consejo de Defensa Planetaria sobre los vallados era superior a los planes estratégicos de ellos mismos. Todos los representantes permanentes aprobaron la propuesta por unanimidad. Teniéndolo en cuenta y sumándole la aparición del primer desvallador y el sorprendente suicidio del vallado Tyler, los otros dos vallados que asistían a la reunión no pudieron evitar comprender las implicaciones implícitas en las palabras del presidente.

Hines fue el primero en hablar. Su plan, basado en la neurociencia, estaba todavía en fase muy preliminar, pero describió el equipo que había concebido como base para posteriores investigaciones. Lo llamaba Escáner Total. Tomando como punto de partida la tomografía informática y la resonancia magnética, escaneaba simultáneamente todas las secciones del cerebro, lo que exigía una precisión por sección a la escala de la estructura interna de las células cerebrales y neuronas. De esa forma el número de escaneos simultáneos sería de varios millones, que luego un sistema informático sintetizaría para formar un modelo digital del cerebro. El resto de los requisitos técnicos era todavía mayor. Se precisaba realizar el escaneado a una tasa de veinticuatro imágenes por segundo para producir un modelo dinámico sintético que pudiese capturar toda la actividad cerebral a resolución neuronal, lo que haría posible observar con precisión el pensamiento cerebral, o incluso volver a ejecutar toda la actividad neuronal durante el pensamiento.

A continuación, Rey Díaz describió los avances de su plan. Tras cinco años de investigación, se había completado el modelo estelar digital para armas nucleares de gran capacidad. Ahora lo estaban refinando con sumo cuidado.

Luego, el panel de evaluación científica del Consejo de Defensa Planetaria presentó su informe sobre los estudios de viabilidad de los planes de los dos vallados.

En la estimación del panel de evaluación, a pesar de que en teoría no había problemas para crear el Escáner Total de Hines, las dificultades técnicas superaban con creces el estado tecnológico actual, y el escaneo estaban tan lejos de la tecnología de Escáner Total como una película en blanco y negro de las cámaras de alta definición. Concretamente, el mayor problema técnico se daba en el procesamiento de datos, porque escanear y modelar un objeto del tamaño del cerebro humano con precisión neuronal exigía una capacidad de procesamiento que los ordenadores aún no podían ofrecer.

En el caso de la llamada bomba estelar de hidrógeno de Rey Díaz, la situación era la misma: la capacidad computacional actual no era suficiente. Tras examinar los cálculos requeridos para la porción completada del modelo, la opinión de los expertos era que le llevaría veinte años al más potente de los ordenadores actuales modelar una centésima de segundo del proceso de fusión. La aplicación práctica resultaba imposible si se tenía en cuenta que sería necesario ejecutar el modelo repetidamente a lo largo de la investigación.

El informático jefe del panel tomó la palabra:

—En estos momentos nos acercamos al límite del desarrollo tecnológico en informática, basado en los circuitos integrados tradicionales y la arquitectura Von Neumann. En cualquier momento nos fallará la Ley de Moore. Es evidente que todavía podremos extraer algunas gotas adicionales de limonada de esos limones tradicionales. En mi opinión, incluso si tenemos en cuenta la desaceleración de los avances en supercomputación, todavía podríamos lograr la capacidad informática requerida por los dos planes. Es simplemente cuestión de tiempo. Si somos optimistas, unos veinte o treinta años. De llegar a ese punto, si llegamos, nos encontraremos en la cumbre de la tecnología computacional humana. Es difícil concebir cualquier progreso posterior. Como la física avanzada se encuentra bajo bloqueo sofón, es muy difícil que lleguemos a crear los ordenadores cuánticos y de nueva generación con los que soñamos.

—Hemos alcanzado las barreras que los sofones han levantado en todos nuestros caminos científicos —dijo el presidente.

—Entonces, no podremos hacer nada durante veinte años —replicó Hines.

—Veinte años es una estimación muy optimista. Debe conocer, ya que es usted un científico, la naturaleza impredecible de la investigación avanzada.

—En ese caso, la única opción es hibernar y aguardar la llegada de los ordenadores adecuados —añadió Rey Díaz.

—Yo también he optado por hibernar —afirmó Hines.

—Por tanto, les ruego que dentro de veinte años transmitan a mi sucesor mis mejores saludos —dijo el presidente, sonriendo.

El ambiente de la reunión se relajó. Los participantes suspiraron aliviados al saber que los dos vallados habían optado por hibernar. El impacto sobre el proyecto tras la aparición del primer desvallador y el suicidio de su vallado había sido inmenso. En concreto, el suicidio de Tyler había resultado un acto absurdo. De seguir con vida, la gente todavía tendría dudas sobre si la miríada de mosquitos era su plan real o no. Matarse suponía a todos los efectos confirmar la existencia de tan horrible plan. Había pagado con su vida el hecho de escapar del despiadado ciclo, lo que había provocado en la comunidad internacional críticas mayores al Proyecto Vallado. La opinión pública exigía ahora más restricciones en los poderes de los vallados. Pero evidentemente, dada la naturaleza del Proyecto Vallado, adoptar restricciones excesivas limitaría las opciones de los vallados para realizar sus engaños estratégicos. El proyecto acabaría por no tener ningún sentido. La estructura de mando del Proyecto Vallado no se parecía a ninguna otra en la historia humana. Por tanto, era necesario cierto tiempo para aceptarla y adaptarse a ella. Estaba claro que la hibernación de los dos vallados les ofrecería cierto período de calma para que ese paso pudiese darse.

Unos días más tarde, Rey Díaz y Hines entraron en hibernación en una base subterránea de alto secreto.

Luo Ji se dio cuenta de que tenía un sueño de mal agüero. Soñaba que recorría las salas del museo del Louvre. Nunca antes había tenido ese sueño. Cinco años de felicidad no le habían dado razones para soñar con alegrías del pasado. En el sueño experimentaba toda la carga de una soledad que no había sufrido en cinco años. Cada uno de sus pasos reverberaba por los palaciegos salones. Algo parecía abandonarle con cada reverberación hasta que llegó el momento en que no se atrevió a dar ni un paso más. Frente a él se encontraba la *Mona Lisa*. Ya no sonreía. Más bien, le miraba con compasión. Al detenerse, percibió el sonido de la fuente exterior, que gradualmente fue ganando fuerza. Despertó y se dio cuenta de que era un sonido del mundo real. Llovía.

Luo Ji alargó la mano para tomar la de su amada. Descubrió en ese momento que su sueño se había transformado en realidad.

Zhuang Yan no estaba.

Salió de la cama y fue al cuarto de la niña. Allí había una suave luz, pero Xia Xia tampoco estaba. Sobre la diminuta cama, delicadamente arreglada, se encontraba uno de los cuadros de Zhuang Yan que les gustaba a los dos. Estaba casi en blanco. Es más, en la distancia parecía simplemente una hoja de papel. Pero si te acercabas, en la esquina inferior izquierda aparecían delicados juncos y en la superior derecha, el rastro de un ganso que partía. En el centro en blanco había dos personas infinitesimalmente pequeñas. Pero ahora las acompañaba una delicada línea escrita: «Mi amor, tc esperaremos en el Día del Juicio Final.»

Es algo que iba a pasar tarde o temprano. ¿Tal vida de ensueño podría persistir para siempre? Luo Ji se repitió a sí mismo: «Acabaría pasando, así que no te preocupes. Estás mentalmente preparado.» Pero aun así se sintió mareado. Le temblaban las piernas al recoger la pintura y dirigirse al salón. Era como si flotase.

El salón estaba vacío. Pero las brasas de la chimenea lo teñían todo de un tono rojizo, lo que hacía que la estancia pareciese como hielo que se derretía. Fuera seguía lloviendo. Cinco años antes, con ese mismo sonido de lluvia, ella había surgido de sus sueños. Y ahora había regresado allí, llevándose también a la niña.

Tomó el teléfono para llamar a Kent. En ese momento oyó débiles pasos en el exterior. Pasos de mujer, pero no era Zhuang Yan. Tiró el teléfono y salió.

A pesar de que solo podía ver una silueta, Luo Ji reconoció de inmediato a la figura esbelta que permanecía de pie en el porche, frente a la lluvia.

—Hola, doctor Luo —dijo la secretaria general Say.

—Hola... ¿Dónde están mi mujer y mi hija?

—Le están esperando en el Día del Juicio Final —dijo, repitiendo la información de la pintura.

—¿Por qué?

—Es una decisión del Consejo de Defensa Planetaria. Así podrá trabajar y cumplir con sus responsabilidades como vallado. No sufrirán ningún daño y los niños se adaptan mejor a la hibernación que los adultos.

—¡Los ha secuestrado! ¡Eso es un crimen!

—No hemos secuestrado a nadie.

El corazón de Luo Ji se estremeció al comprender lo que la afirmación de Say daba a entender. Alejó esa idea de su mente para no tener que enfrentarse a la realidad.

—¡Declaré que tenerlas conmigo formaba parte del plan!

—Sin embargo, tras realizar una meticulosa investigación, el Consejo de Defensa Planetaria concluyó que no era así y tomó las medidas necesarias para inducirle a trabajar.

—Aunque no fuese un secuestro, se llevaron a mi hija sin mi consentimiento, y eso va contra la ley. —Su corazón volvió a estremecerse al comprender a quién incluía en ese plural. Se apoyó débilmente contra la columna.

—Eso es cierto, pero entra dentro de lo aceptable. No debe olvidar nunca, doctor Luo, que esto y todos los otros recursos que ha empleado no se encuentran bajo el control de ningún marco legal existente, así que las acciones de Naciones Unidas, dado el momento crítico actual, se pueden justificar legalmente.

—¿Sigue trabajando para Naciones Unidas?

—Sí.

—¿La han reelegido?

—Sí.

Lo único que deseaba era cambiar de tema para no tener que enfrentarse a los crueles hechos. No pudo. «¿Qué haré sin ellas? ¿Qué haré sin ellas?», no dejaba de repetir insistente su corazón. Al final, las palabras escaparon de su boca y se dejó deslizar por la columna para acabar en el suelo. Lo que sentía era que todo se desmoronaba a su alrededor, transformándose en magma desde arriba hacia abajo, solo que en esta ocasión el magma ardía y se acumulaba en el interior de su corazón.

—Todavía siguen aquí, doctor Luo. Le esperan en el futuro, bien protegidas. Usted siempre ha tenido una personalidad serena y debe ahora comportarse con más serenidad todavía. Si no es por la humanidad, al menos por su familia. —Say miró al suelo, allí donde Luo estaba sentado, al pie de la columna. Estaba al borde del colapso nervioso.

A continuación, una ráfaga de viento hizo entrar la lluvia en el porche. El frío refrescante y las palabras de Say lograron, hasta cierto punto, reducir la llama que ardía en el corazón de Luo Ji.

—Este siempre fue el plan, ¿no es así?

—Cierto. Pero este último paso solo se ejecutó cuando no quedó ninguna otra opción.

—Entonces, ella era... Cuando vino, ¿era de verdad una mujer dedicada a la pintura tradicional?

—Sí.

—¿De la Academia de Bellas Artes Central?

—Sí.

—Entonces, ella...

—Todo lo que usted vio era su yo real. Todo lo que sabía de ella era cierto. Todo lo que hacía que ella fuese *ella*: su pasado, su familia, su personalidad y su mente.

—¿Realmente era ese tipo de mujer?

—Sí. ¿De verdad cree que podría haber fingido durante cinco años? Era así en realidad. Inocente y dulce, como un ángel. No fingió nada en absoluto. Ni siquiera su amor por usted, que era más que real.

—Entonces, ¿cómo pudo ejecutar un engaño tan cruel? ¿No dar ninguna indicación durante cinco años?

—¿Cómo sabe que no dio ninguna indicación durante cinco años? Su alma estaba envuelta en la melancolía desde el principio, en aquella noche de lluvia de hace cinco años, cuando la vio por primera vez. No la ocultó. La melancolía la acompañó constantemente durante esos cinco años, como música de fondo que no se detuviese en ningún momento. Por eso no se dio usted cuenta.

Ahora lo entendía. Cuando la vio por primera vez, ¿que era lo que más había resonado en el lugar más tierno de su corazón? ¿Qué le había hecho sentir que el mundo en sí era un ataque contra ella? ¿Qué le había dejado dispuesto a protegerla incluso a costa de su vida? Fue esa dulce tristeza oculta en el interior de sus ojos inocentes y cristalinos. Una tristeza que como la luz de la chimenea iluminaba desde su belleza. En efecto, se trataba de una música de fondo imperceptible que delicadamente había penetrado en su inconsciente y le había arrastrado poco a poco hacia el abismo del amor.

—No podré encontrarlas, ¿no es así? —dijo.

—En efecto. Como ya le he dicho, se trata de una decisión del Consejo de Defensa Planetaria.

—Entonces iré con ellas hasta el Día del Juicio Final.

—Puede hacerlo.

Luo Ji había supuesto que le rechazarían, pero —al igual que cuando había renunciado a su condición de vallado— prácticamente no hubo distancia entre su afirmación y la respuesta de Say. Sabía que nada era tan sencillo.

—¿Hay algún problema? —preguntó.

—No. La verdad es que este es un buen momento. Ya sabe que

desde la creación del Proyecto Vallado siempre ha habido disensiones dentro de la comunidad internacional. Cada uno siguiendo sus propios intereses, la mayoría de los países han apoyado a algunos vallados mientras se oponían a otros, por lo que siempre iba a haber un bando deseoso de deshacerse de usted. Ahora que se ha manifestado el primer desvallador y Tyler ha muerto, las fuerzas que se oponen al proyecto se han vuelto más poderosas y han arrinconado a los que lo apoyan. Si en este momento propone ir directamente al Día del Juicio Final, sería un compromiso aceptable para todas las partes. Pero, doctor Luo, ¿está de verdad dispuesto a tomar ese camino mientras la humanidad lucha por su supervivencia?

—Los políticos como usted mencionan a la humanidad en cuanto les hace falta, pero yo solo veo individuos. Yo soy una persona normal y corriente, y no puedo aceptar la responsabilidad completa de salvar a la humanidad. Lo único que deseo es vivir mi vida.

—Muy bien. Pero Zhuang Yan y Xia Xia son dos de esos individuos que forman parte de la humanidad. ¿No desea cumplir con su responsabilidad? ¿Aunque sea por ella? Aunque le haya hecho daño, está claro que todavía la ama. Y también está su hija. Hay una cosa clara desde el momento en que el *Hubble II* confirmó la invasión trisolariana: la humanidad luchará hasta el final. Cuando su amada y su hija despierten dentro de cuatro siglos, sobre ellas se cernirá el Día del Juicio Final y los fuegos de la guerra. Pero para entonces usted habrá perdido su estatus de vallado y no tendrá ningún poder para protegerlas. Lo máximo que podrá hacer será compartir con ellas una existencia infernal mientras aguardan juntos el fin del mundo. ¿Eso es lo que desea? ¿Es la vida que quiere legar a su mujer y a su hija?

Luo Ji guardó silencio.

—Si no le apetece pensar en nada más, ¡al menos imagine esa batalla del Día del Juicio Final dentro de cuatro siglos y luego mire en el fondo de sus ojos cuando le vean! ¿Qué tipo de persona verán? ¿Un hombre que al abandonar a toda la humanidad también abandonó a la mujer que amaba? ¿Un hombre que no estuvo dispuesto a salvar a todos los niños del mundo? ¿Un hombre incapaz siquiera de salvar a su propia hija? ¿Usted, como hombre, será capaz de soportar esas miradas?

Luo Ji agachó la cabeza, todavía en silencio. El sonido de la lluvia nocturna cayendo sobre la hierba y el lago era como la cacofonía de innumerables ruegos que llegaban desde otro lugar y otro tiempo.

—¿Realmente cree que puedo cambiar ese destino? —preguntó Luo Ji mientras levantaba la cabeza.

—¿Por qué no intentarlo? De todos los vallados, es usted el que cuenta con mayores probabilidades de éxito. De hecho, es lo que he venido a decirle.

—Siga pues. ¿Por qué?

—Porque de entre todos los miembros de la especie humana, es usted el único al que Trisolaris querría ver muerto.

Luo Ji se apoyó mejor contra la columna y miró a Say fijamente. No percibió nada en sus ojos. Se esforzó por recordar.

Say siguió hablando:

—Aquel accidente de coche le tenía por objetivo. Fue una casualidad que diese a su amiga.

—Pero fue un accidente. El coche cambió de dirección por la colisión de aquellos otros dos coches.

—Llevaban mucho tiempo planeándolo.

—En aquella época yo era una persona corriente, sin ningún tipo de protección. Matarme habría sido de lo más sencillo. ¿Por qué tomarse tanto trabajo?

—Para que su asesinato pareciese un accidente que no llamase la atención. Casi lo logran. Ese día, en toda la ciudad se produjeron cincuenta y un accidentes de tráfico con cinco víctimas mortales. Pero un espía en la Organización Terrícola-trisolariana presentó un informe confirmando que la Organización lo había planeado todo. Y lo que es peor: la orden llegó directamente de Trisolaris y fue transmitida a Evans por medio de sofones. Hasta este momento esa ha sido la única orden de asesinato.

—¿Yo? ¿Trisolaris quiere matarme? ¿Por qué razón? —Luo Ji volvía a sentirse desplazado de su propio ser.

—No lo sé. Ahora ya nadie lo sabe. Es posible que Evans lo supiese, pero está muerto. Está claro que él fue el responsable de añadir el detalle de que el asesinato no llamase la atención. Lo que viene a reforzar su importancia, doctor Luo.

—¿Importancia? —Luo Ji negó con la cabeza mientras esbozaba una sonrisa irónica—. Míreme. ¿Acaso tengo superpoderes?

—No posee superpoderes, así que no se desvíe por ese camino. Se perdería —dijo Say, acompañando las palabras de un gesto enfático—. En su anterior investigación no poseía ningún poder especial. Nada de habilidades sobrenaturales o capacidades técnicas extraordinarias que se ajustasen a las leyes conocidas de la naturaleza. O al menos, ninguna que hayamos podido descubrir. El hecho que Evans exigiese que el asesinato no llamase la atención también favorece esa idea. Deja claro que otros pueden adquirir sus mismas habilidades.

—¿Por qué no me lo habían dicho?

—Temíamos influir negativamente en lo que usted está haciendo. Hay demasiados factores desconocidos. Nos pareció mejor dejar que todo fluyese.

—En su día se me ocurrió trabajar en sociología cósmica porque... —en ese momento, una vocecilla en lo más profundo de su ser dijo: «¡Eres un vallado!» Era la primera vez que oía semejante voz. También percibió otro sonido inexistente: el zumbido de los sofones al volar a su alrededor. Incluso tuvo la impresión de que veía unos puntos difusos de luz, como luciérnagas. Por tanto, por primera vez actuó como un vallado y se tragó sus palabras. Se limitó a añadir—: ¿Será relevante?

Say hizo un gesto de negación.

—Lo más probable es que no lo sea. Por lo que sabemos, no fue más que una solicitud de investigación que no se realizó y, por tanto, no obtuvo resultados. Además, incluso de haber investigado, no esperaríamos que usted hubiese logrado resultados más valiosos que los de cualquier otro investigador.

—¿Y eso por qué?

—Doctor Luo, nos estamos sincerando. Por lo que entiendo, usted es un fracaso como académico. No investiga por el deseo de descubrir algo nuevo, ni tampoco porque lo considere su deber o su misión vital. Lo hace para ganarse la vida.

—¿No es así todo hoy en día?

—Evidentemente, esa actitud no tiene nada de malo, pero usted manifiesta toda una serie de comportamientos negativos en un investigador serio y entregado. Realiza investigaciones funcionales, sus técnicas son oportunistas, aspira al sensacionalismo e incluso ha malversado fondos. Como persona, es un cínico y un irresponsable, y, además, en el fondo desprecia la vocación de investigador... La verdad es que somos muy conscientes de que no le importa nada el destino de la especie humana.

—Y por eso se rebajaron a emplear conmigo métodos tan ruines para forzarme. Siempre me han despreciado, ¿no es así?

—En circunstancias normales, un hombre como usted jamás habría recibido una obligación tan importante como esta. Pero hay que contar con este detalle crucial: Trisolaris le teme. Sea su propio desvallador. Descubra la razón.

Al terminar de hablar, Say abandonó el porche, subió al coche que la esperaba y se perdió entre la lluvia.

Allí de pie, Luo Ji perdió el sentido del tiempo. Poco a poco, la lluvia fue parando y el viento se levantó, limpiando de nubes el cielo nocturno, dejando ver los picos nevados y permitiendo a la reluciente luna cubrir el mundo de una luz plateada.

Antes de entrar, Luo Ji dio un último vistazo al Jardín del Edén, y en su corazón les dijo a Zhuang Yan y Xia Xia: «Os quiero. Esperadme en el Día del Juicio Final.»

De pie bajo la enorme sombra del avión espacial *Última frontera* y mirando a su pesado fuselaje, Zhang Beihai recordó, sin pretenderlo, el portaaviones *Dinastía Tang*. Hacía tiempo que lo habían desmantelado y se preguntó si el casco de *Última frontera* contendría alguna placa de acero de *Dinastía Tang*. Tras haber superado más de treinta reentradas, el calor abrasador había marcado el cuerpo del avión espacial. Y la verdad es que se parecía a *Dinastía Tang* cuando estaba en construcción. El fuselaje provocaba la misma sensación de antigüedad, pero los dos impulsores cilíndricos bajo las alas eran nuevos, por lo que la impresión era la de un añadido típico de la antigua arquitectura europea: la novedad de los arreglos contrastaba con el color del edificio original, lo que recordaba a los visitantes que esas zonas eran modernas. Pero si retiraban esos cohetes, *Última frontera* tendría el aspecto de un antiguo y enorme avión de transporte.

El avión espacial era muy moderno, uno de los pocos avances genuinos en tecnología aeroespacial de los últimos cinco años. También probablemente fuese la última generación de naves espaciales con propulsión química. La idea, propuesta el siglo anterior para reemplazar al transbordador espacial, era la de un vehículo que pudiese despegar desde una pista como un avión convencional y volar como un vehículo convencional hasta la capa superior de la atmósfera, momento en el que se activarían los cohetes para el viaje espacial y la entrada en órbita. *Última frontera* era el cuarto de esos aviones en funcionamiento y estaban construyendo muchos más. En el futuro cercano se encargarían de las labores de construcción del ascensor espacial.

—Hubo una época en la que creí que nosotros jamás tendríamos la oportunidad de salir al espacio —le dijo Zhang Beihai a Chang Weisi, quien había venido a despedirle. Él y veinte oficiales más de la fuerza espacial, todos miembros de los tres institutos estratégicos, irían en el *Última frontera* hasta la Estación Espacial Internacional.

—¿Hay oficiales navales que nunca han visto el mar? —le dijo Chang Weisi con una sonrisa.

—Por supuesto que los hay. A montones. En la marina incluso había gente que lo quería así. Pero yo no soy de ese tipo.

—Beihai, recuerde: los astronautas en activo siguen siendo miembros de las fuerzas armadas, por lo que ustedes son los primeros miembros de la fuerza espacial en salir al espacio.

—Es una pena que no tengamos una misión concreta.

—Ganar experiencia en la misión. Un estratega espacial debe tener cierta consciencia del espacio. Eso era imposible antes del avión espacial, ya que subir a una persona cuesta decenas de millones, pero ahora es más barato. Pronto intentaremos llevar más estrategas al espacio, ya que después de todo somos la fuerza espacial. Por ahora más bien somos un club de farsantes. No puede seguir así.

Llegó el aviso de embarque y los oficiales fueron subiendo por la escalerilla hasta el avión. Vestían uniformes, no trajes espaciales, y daba totalmente la impresión de estar subiendo a un vuelo convencional. No dejaba de ser una demostración de progreso: ahora ir al espacio era un poco más normal. Al observar los uniformes, Zhang Beihai fue consciente de que había personal de otros departamentos subiendo al avión.

—Ah, Beihai, otro detalle importante —dijo Chang Weisi cuando Beihai fue a coger su bolsa—. La comisión estudió el informe que preparamos, el referido a enviar personal político al futuro como refuerzos. Los jefes consideran que las condiciones son prematuras.

Zhang Beihai entornó los ojos, como protegiéndose de la luz del sol, aunque seguían a la sombra del avión espacial.

—Comandante, mi impresión es que al planificar debemos tener en cuenta todo el período de cuatro siglos. Hay que tener claro lo que es urgente y lo que es importante... Pero le garantizo que no lo expresaré en ningún entorno formal. Soy muy consciente de que nuestros superiores tienen en cuenta todos los detalles.

—Los superiores reconocen su pensamiento a largo plazo y le felicitan por ello. El documento recalca un detalle: no rechazan la idea de enviar refuerzos al futuro. Se seguirá investigando y planificando, pero la ejecución sigue siendo prematura, dadas las circunstancias actuales. Considero, y voy a expresar mi opinión personal, que antes de plantear algo así necesitamos personal político cualificado entre nuestras filas para aliviar la carga actual de trabajo.

—Comandante, estoy seguro de que comprende el significado de «cualificado» en el contexto del departamento político de la fuerza espacial y cuáles son los requisitos mínimos. Los candidatos cualificados son cada vez menos habituales.

—Pero hay que centrarse en el futuro. Si realizamos avances importantes en las dos tecnologías clave de la fase uno, el ascensor espacial y la fusión controlada, y tenemos esperanzas de que lo veamos, entonces la situación mejorará... Bien. Adelante.

Zhang Beihai saludó y subió por la escalerilla. Al entrar en la cabina, lo primero que pensó es que no era muy diferente a la de un avión comercial, excepto que los asientos eran más anchos, porque los habían diseñado para el tamaño de un traje espacial. Durante los primeros vuelos del avión espacial habían exigido que todos los pasajeros llevasen traje espacial, pero esa precaución ya no era necesaria.

Su asiento era de ventanilla. Y el asiento contiguo también estaba ocupado. Un civil, a juzgar por la vestimenta. Zhang Beihai le hizo un gesto de saludo antes de ajustarse el complicado cinturón de seguridad.

Nada de cuenta atrás. *Última frontera* activó los motores para el vuelo atmosférico y empezó a moverse. Debido al peso, durante el despegue pasaba más tiempo en tierra que un avión convencional, pero acabó elevándose pesadamente y se embarcó en su viaje al espacio.

Una voz por el sistema de megafonía.

—Estamos en el vuelo treinta y ocho del avión espacial *Última frontera*. Se ha iniciado la fase de aviación y su duración será aproximadamente de treinta minutos. Por favor, no se desabrochen el cinturón de seguridad.

Mientras observaba cómo se alejaba el suelo, Zhang Beihai pensó en el pasado. Para convertirse en capitán de portaaviones, había completado el entrenamiento para piloto de aviación naval y había superado el examen de piloto de caza nivel tres. Durante su primer vuelo en solitario había visto la Tierra retroceder como ahora y de pronto se había dado cuenta de que amaba más el cielo que el océano. Ahora lo que ansiaba era el espacio más allá del cielo.

Era un hombre destinado a volar alto y lejos.

—No es muy diferente a la aviación civil, ¿no cree?

Se giró para mirar a su interlocutor, que ocupaba el asiento contiguo. Ahora le reconocía.

—Usted debe de ser el doctor Ding Yi. Deseaba conocerle.

—Pero dentro de poco será más brusco —dijo el hombre, haciendo caso omiso al saludo de Zhang Beihai. Siguió hablando—: La primera vez no me quité las gafas tras la fase de aviación y me aplastaron la cara con el peso de un ladrillo. La segunda vez me las quité, pero se me escaparon volando en cuanto desapareció la gravedad. El operario tuvo problemas para localizarlas en el filtro de aire de la cola del avión.

—Creía que la primera vez había volado usted en el transbordador espacial. En televisión no daba la impresión de que fuese un viaje muy agradable —dijo Zhang Beihai con una sonrisa.

—Oh, hablo del avión espacial. Si contamos el transbordador, esta es mi cuarta vez. En el transbordador me quitaba las gafas antes del despegue.

—¿Por qué va a la estación? Le acaban de asignar la dirección del proyecto de fusión controlada. La tercera rama, ¿no es así?

Se habían establecido cuatro ramas del proyecto de fusión controlada. Cada una seguía una línea de investigación diferente.

Retenido por el cinturón de seguridad, Ding Yi levantó una mano y señaló a Zhang Beihai.

—¿Estudias la fusión controlada y no puedes ir al espacio? Habla como esos tipos. El fin último de este proyecto de investigación es fabricar motores para naves espaciales. Y hoy en día, el verdadero poder en la industria aeroespacial lo siguen teniendo las personas que antes fabricaban motores químicos. Ahora esos mismos individuos nos dicen que se supone que debemos dedicarnos a desarrollar la fusión controlada en la superficie y que a todos los efectos no tenemos nada que opinar sobre la planificación general de la flota espacial.

—Doctor Ding, opina usted exactamente lo mismo que yo —Zhang Beihai se aflojó el cinturón de seguridad y se le acercó—. En el caso de una flota espacial, el viaje espacial es una idea muy diferente a la que se tenía con los cohetes químicos. Incluso el ascensor espacial es muy distinto a las técnicas aeronáuticas actuales. Por desgracia, la industria aeroespacial de antaño todavía tiene demasiado poder. Los que la dirigen están osificados y son demasiado legalistas; tendremos muchos problemas si la situación persiste.

—No podemos hacer nada. Al menos en cinco años han logrado esto —señaló a su alrededor—. Y con ello la capacidad de apartar a los que venimos de fuera.

Se activó el sistema de megafonía.

—Por favor, tengan cuidado: Nos acercamos a una altitud de veinte mil metros. Como ahora volaremos a través de una capa atmosférica muy poco densa, es posible que se produzcan cambios bruscos de altitud que creen una ingravidez momentánea. No se asusten. Repetimos que mantengan el cinturón de seguridad abrochado.

Ding Yi habló:

—Pero en esta ocasión, el viaje a la estación no se debe al proyecto de fusión controlada. El propósito es recoger esos detectores de rayos cósmicos. Es material muy caro.

—¿El proyecto espacial de altas energías se ha detenido? —preguntó Zhang Beihai mientras volvía a apretar el cinturón de seguridad.

—Así es. Es una cierta forma de éxito el saber que no es preciso malgastar esfuerzos en el futuro.

—El sofón ha ganado.

—En efecto. Así que a la humanidad solo le quedan unas pocas teorías en la reserva: la física clásica, la mecánica cuántica y la todavía embriónica teoría de cuerdas. El destino nos dirá hasta qué punto podemos llegar con ellas.

Última frontera siguió ascendiendo, sus motores de aviación se estremecieron por la tensión como si luchasen por subir una montaña muy alta, pero no se dio ninguna caída súbita. Ahora el avión espacial se acercaba a los treinta mil metros, el límite de la aviación. Zhang Beihai miró por la ventanilla y comprobó que el azul del cielo iba perdiéndose al oscurecerse, y eso a pesar de que el sol ahora brillaba más.

—La altitud actual es de treinta mil metros. La fase de aviación ha concluido y la de vuelo espacial está a punto de comenzar. Por favor, ajusten el cinturón de seguridad siguiendo las instrucciones mostradas en pantalla para reducir las incomodidades causadas por la hipergravitación.

En ese momento Zhang Beihai sintió que el avión se elevaba delicadamente, como si hubiese perdido un contrapeso.

—Motores de aviación separados. Cuenta atrás para la ignición del motor aeroespacial: diez, nueve, ocho...

—Para ellos este es el lanzamiento real. Disfrútelo —dijo Ding Yi y cerró los ojos.

Se oyó un rugido al llegar a cero. Era como si todo el cielo estuviese aullando. Y a continuación la hipergravedad, como si fuese un gigantesco puño que se cerrase lentamente. Zhang Beihai, con mucho esfuerzo, logró girar la cabeza para mirar por la ventanilla. No pudo ver las llamas que salían del motor, pero una zona muy amplia del aire rareficado estaba pintada de rojo, como si *Última frontera* flotase sobre una puesta de sol.

Los impulsores se soltaron cinco minutos después y tras cinco minutos adicionales de aceleración, el motor principal paró. *Última frontera* estaba en órbita.

De pronto la mano gigantesca de la hipergravedad lo soltó y el cuerpo de Zhang Beihai rebotó de entre las profundidades del asiento. Sentía que su cuerpo y *Última frontera* ya no formaban parte de la misma unidad, a pesar de que el cinturón de seguridad le impidió salir flotando. La gravedad que los había mantenido unidos había desaparecido, y ahora él y el avión seguían trayectorias paralelas a través del espacio. Por la ventanilla podía disfrutar de las estrellas más brillantes que había visto en toda su vida. Más tarde, una vez que el avión espacial hubo ajustado su inclinación, el sol entró por las ventanillas y una miríada de puntos de luz bailaron en sus rayos: partículas de polvo que la ingravidez había lanzado al aire. Vio la Tierra cuando el avión rotó gradualmente. Desde esa posición orbital baja solo podía ver el arco del horizonte, no toda la esfera, pero distinguía con facilidad la forma de los continentes.

Luego, a sus ojos apareció esa visión que tanto había ansiado, todo el campo de estrellas. Y en su alma se dijo: «Papá, he dado el primer paso.»

Hacía cinco años que el general Fitzroy se sentía como un vallado, en el sentido más estricto de la palabra: una persona plantada frente a una pantalla que mostraba las estrellas entre la Tierra y Trisolaris. Si no prestabas atención daba la impresión de ser totalmente negra, pero si te acercabas un poco veías puntos de luz estelar. Se había hecho a esas estrellas hasta tal grado que el día anterior, cuando quiso dibujarlas en una hoja de papel, durante una reunión de lo más aburrida, y al compararlas con la realidad descubrió que básicamente había acertado. En la visión estándar, las tres estrellas de Trisolaris situadas discretamente en el centro parecían una única estrella, pero en cuanto ampliabas la imagen descubrías que sus posiciones habían cambiado. Ese caótico baile cósmico le fascinaba hasta tal punto que incluso se olvidaba de por qué las vigilaba. La brocha vista cinco años atrás se había disuelto gradualmente sin que apareciese una segunda. La flota trisolariana solo dejaba una estela visible cuando cruzaba las nubes de polvo interestelar. Estudiando la absorción de la luz de las estrellas de fondo, los astrónomos de la Tierra habían comprobado que durante su viaje de cuatro siglos, la flota atravesaría cinco nubes. La gente los llamaba «bancos de nieve», por lo rastros que dejaban los transeúntes sobre el suelo nevado.

Si la flota trisolariana había mantenido una aceleración constante durante los últimos cinco años, hoy pasaría por el segundo banco de nieve.

Fitzroy llegó temprano al centro de control del telescopio espacial *Hubble II*. Al verle, Ringier se rio de él.

—General, ¿por qué me recuerdas a un niño deseoso de recibir otro regalo después de Navidad?

—¿No dijiste que hoy pasaría por el banco de nieve?

—En efecto, pero la flota trisolariana solo ha recorrido 0,22 años luz, así que sigue a cuatro años luz de distancia. La luz reflejada de su paso por la nieve llegará a la Tierra dentro de cuatro años.

—Oh, lo siento. Olvidé ese detalle. —Fitzroy se sentó agitando la cabeza por la vergüenza—. La verdad es que quería volver a verlo. Esta vez podríamos medir su velocidad y aceleración en el momento de tránsito. Muy importante.

—Lo siento. Nos encontramos fuera del cono de luz.

—¿Eso qué es?

—Así es como llaman los físicos a la forma de cono que la luz describe al seguir el eje temporal. A los que están fuera del cono les resulta imposible saber lo que sucede en el interior del cono. Piénselo: la información de incontables fenómenos importantes del universo se acerca en estos momentos hacia nosotros, a la velocidad de la luz. Parte de esa información lleva viajando cientos de millones de años, pero nosotros todavía estamos situados en el exterior del cono de luz de esos sucesos.

—El destino se encuentra en el interior del cono de luz.

Ringier asintió.

—¡General, una analogía de lo más apropiada! Pero los sofones en el exterior del cono de luz pueden ver lo que sucede en el interior.

—Así que los sofones han cambiado el destino —dijo Fitzroy con seriedad y volvió a mirar el terminal de proceso de imágenes. Cinco años antes, el joven ingeniero Harris se había echado a llorar al ver la primera brocha. Luego cayó en una depresión tan profunda que se volvió prácticamente inútil para cumplir con su labor y tuvo que irse. Nadie sabía qué había sido de él.

Por suerte, no había mucha gente como él.

En esa época la temperatura empezaba a bajar con rapidez e incluso ya nevaba. El verde iba desapareciendo de las zonas circundantes y una delgada capa de hielo se iba formando sobre la superficie del lago. La naturaleza perdía sus colores llamativos, como una fotografía en color que poco a poco pasase a blanco y negro. Aquí el tiempo cálido siempre había sido breve, pero ya desde la partida de su mujer e hija, a Luo Ji le parecía que el Jardín del Edén había perdido toda su aura.

El invierno era la estación para reflexionar.

Al ponerse a pensar, a Luo Ji le sorprendió comprobar que sus ideas ya estaban en marcha. Recordó el colegio y una lección del profesor para el examen de artes lingüísticas: primero, leer la pregunta final de desarrollo, luego empezar el examen desde el principio, de tal forma que mientras vas contestando al examen, tu subconsciente vaya trabajando en la pregunta de desarrollo, como un proceso de ordenador en segundo plano. Ahora sabía que desde que era vallado, su cabeza había empezado a pensar y no había parado. Un proceso del todo subconsciente del que no se había percatado.

Recorrió con rapidez los pasos que ya había dado su pensamiento.

Ahora estaba seguro de que todos los aspectos de su situación actual tenían su origen en el encuentro casual, nueve años antes, con Ye Wenjie. Nunca lo había comentado por miedo a ganarse problemas innecesarios, pero con Ye Wenjie muerta, el encuentro era un secreto entre Trisolaris y él. En aquella época solo dos sofones habían llegado a la Tierra, pero estaba seguro de que ese día habían estado junto a la tumba de Yang Dong, escuchando todas sus palabras. Y la fluctuación en su estructura cuántica que atravesaba instantáneamente el espacio de cuatro años luz garantizaba que Trisolaris también había estado escuchando.

Pero ¿qué había dicho Ye Wenjie?

La secretaria general Say había cometido un error. Que Luo Ji no hubiese arrancado con sus investigaciones sobre sociología cósmica *era* muy probablemente la razón directa para que Trisolaris quisiera matarle. Por supuesto, Say no sabía que el proyecto había sido una propuesta de Ye Wenjie, y aunque a Luo Ji le había parecido una estupenda oportunidad para hacer que la investigación fuese entretenida, también es verdad que había estado buscando esa oportunidad. Antes de la Crisis Trisolariana, el estudio de la civilización alienígena era un proyecto llamativo que se habría ganado toda la atención de la prensa.

La investigación ahora abortada no era importante en sí misma. Lo que importaba eran las indicaciones de Ye Wenjie, que era lo que se había fijado en la mente de Luo Ji.

Una y otra vez recordó las mismas palabras: «Supongamos que existe un vasto número de civilizaciones repartidas por el universo en un orden similar al del número de estrellas detectables... La estructura matemática de la sociología cósmica está mucho más clara que la de la sociología humana.

»Las enormes distancias que separan a las distintas sociedades civilizadas del universo se encargan de difuminar los factores de caos y aleatoriedad que puedan hallarse en cada una de sus complejas estructuras, convirtiéndolas en puntos de referencia bastante fáciles de procesar matemáticamente.

»El primero, que la necesidad primordial de toda civilización es su supervivencia. El segundo, que aunque las civilizaciones crecen y se expanden, la cantidad total de materia del universo siempre es la misma.

»Y una cosa más: para poder derivar un esquema general de la sociología cósmica a partir de esos dos axiomas, necesitarás otros dos conceptos importantes: el de "cadenas de sospecha" y el de "explosión tecnológica". Eso no será posible... como si decides olvidarte de todo lo que he dicho. Yo, en cualquier caso, ya he cumplido con mi parte.»

Incontables veces había retomado esas palabras, analizando cada frase desde todos los ángulos posibles y rumiando cada una de las palabras. Las palabras en sí habían acabado convertidas en una oración. Y como si él mismo fuese un monje piadoso, las repasaba una y otra vez, las soltaba, las desperdigaba y las volvía a engarzar en otro orden hasta gastarlas.

Por mucho que lo intentase, de esas palabras le resultaba imposible extraer la pista que le convertía a él en la única persona que Trisolaris deseaba destruir.

Durante su larga reflexión, caminó sin rumbo. Paseó junto al lago inhóspito, anduvo entre el viento que se volvía cada vez más frío, a veces completando una vuelta al lago sin darse cuenta. En dos ocasiones incluso fue hasta el pie del pico nevado, donde la nieve ahora cubría la zona de roca que parecía un paisaje lunar, convirtiéndose así en uno con el pico. Solo entonces su estado de ánimo abandonaba el camino de esos pensamientos. Los ojos de Zhang Yan aparecían frente a los suyos en el infinito plano blanco de la pintura natural. Pero en ese momento ya controlaba su estado de ánimo y podía seguir comportándose como una máquina de pensar.

Sin darse cuenta, pasó un mes. Luego llegó el pleno invierno. Aun así, Luo Ji siguió pensando en el exterior, usando el frío para aguzar su mente.

Para entonces, la mayoría de las cuentas se habían empañado, excepto veintisiete de ellas. Esas en concreto parecían ganar brillo a medida que las pulía y hasta ya emitían una débil luz:

«La necesidad primordial de toda civilización es su supervivencia. Aunque las civilizaciones crecen y se expanden, la cantidad total de material del universo siempre es la misma.»

Se concentró en esas dos frases. Eran los axiomas que Ye Wenjie había propuesto para una civilización cósmica. No conocía sus secretos finales, pero sus extensos períodos de reflexión le señalaban que allí encontraría la respuesta.

Por desgracia, como pistas eran demasiado sencillas. ¿Qué podría sacar de provecho la humanidad de dos reglas tan claramente evidentes?

«No rechaces la simplicidad. La simplicidad implica solidez.» En sí misma, la mansión de las matemáticas se había edificado sobre unos cimientos similares, axiomas tan irreducibles como lógicamente resistentes.

Miró a su alrededor con esa idea en mente.

Todo lo que le rodeaba había caído ante el frío glacial del invierno, pero aun así el mundo rebosaba de vida. Era un mundo vivo con su compleja profusión de océanos, tierra y un cielo tan extenso como el mar incierto. Pero todo eso obedecía a una regla todavía más sencilla que los axiomas ofrecidos para una civilización cósmica: la supervivencia de los mejor adaptados.

Luo Ji comprendió el problema: Darwin había estudiado el incontenible mundo de la vida y lo había resumido en una regla. Luo Ji debía emplear las reglas que conocía para descubrir la naturaleza de la civilización cósmica. Se trataba del camino opuesto al de Darwin. Un camino mucho más difícil.

Empezó a dormir de día y a pensar de noche. Cuando le aterrorizaban los peligros de su camino mental, se reconfortaba mirando a las estrellas. Tal y como le había dicho Ye Wenjie, la distancia ocultaba la compleja estructura de una estrella en concreto, transformando el conjunto en una colección de puntos en el espacio que respetaban una configuración matemática precisa. Para un pensador era el paraíso. Su paraíso. Personalmente, le parecía que el mundo que tenía delante era mucho más preciso y conciso que el de Darwin.

Pero había un enigma en el corazón de ese mundo tan simple: la galaxia en sí era un extenso desierto vacío, pero en la estrella más cercana a nosotros había aparecido una civilización de gran inteligencia. Sus pensamientos encontraron un punto de entrada a través de ese misterio.

Poco a poco, se fueron aclarando las dos ideas que Ye Wenjie había dejado implícitas: las cadenas de sospecha y la explosión tecnológica.

Aquel día hacía más frío de lo normal. Desde el lugar privilegiado que ocupaba a la orilla del lago, el frío simplemente hacía que las estrellas formasen un patrón mucho más puro y plateado contra el cielo negro, mostrándole con toda solemnidad su precisa configuración matemática. De pronto se encontró en un estado absolutamente novedoso. Sintió que todo el universo se detenía, como congelado, todo movimiento cesaba y todo lo que había, desde las estrellas hasta los átomos, alcanzaba el estado de reposo; las estrellas convertidas en incontables puntos fríos y sin dimensiones que reflejaban la fría luz de un mundo exterior... Todo estaba en reposo, aguardando el despertar final.

El lejano ladrido de un perro fue lo que le devolvió a la realidad. Probablemente se tratase de un animal de servicio propiedad de las fuerzas de seguridad.

Luo Ji desbordaba emoción. Aunque en realidad no había visto el misterio final, había sentido su presencia con toda claridad.

Se concentró e intentó volver a ese estado. No lo logró. Las estrellas seguían igual, pero el mundo que le rodeaba producía su interferencia. Le rodeaba la oscuridad, pero en la distancia podía distinguir el pico nevado, el bosque junto al lago y la extensión de hierba, también la casa a su espalda; y a través de la puerta entreabierta de la casa podía observar el resplandor del fuego... En comparación con la sencilla claridad de las estrellas, todo lo que le rodeaba manifestaba tal caos y complejidad que las matemáticas jamás podrías hacerle justicia. Intentó eliminarlo de su percepción.

Entró en la superficie helada del lago. Al principio fue con cuidado y cautela, pero al comprobar que parecía bien sólida, avanzó con más rapidez, hasta llegar al punto donde la oscuridad de la noche le impedía ver la orilla. Lo único que tenía a su alrededor era hielo liso. La situación le distanciaba un poco del caos y la complejidad terrenales. Se imaginó que el llano helado se extendía hasta el infinito en todas las direcciones, conjurando así un mundo sencillo y plano: una plataforma mental fría y horizontal. Las preocupaciones se evaporaron y pronto su mente volvió al estado de reposo, allí donde le aguardaban las estrellas...

Un crujido y el hielo bajo los pies de Luo Ji se rompió. Su cuerpo se hundió directamente en el agua.

Al instante, el agua helada le cubrió la cabeza y vio que la quietud de las estrellas se rompía en mil pedazos. La extensión de estrellas se retorció formando un vórtice y se dispersó en oleadas plateadas turbulentas y caóticas. El frío penetrante, como si fuese un rayo cristalino, atravesó la niebla de su conciencia, iluminándolo todo. Seguía hundiéndose. Por el hueco de hielo podía ver las turbulentas estrellas contrayéndose para formar un halo difuso, lo que le dejaba en la oscuridad profunda y fría. Era como si en lugar de hundirse en aguas heladas hubiese, más bien, saltado a la oscuridad del espacio.

En esa oscuridad muerta, solitaria y fría comprendió la verdad del universo.

Salió con rapidez.

La cabeza rompió la superficie del agua. Escupió. Aunque intentó arrastrarse por el borde del hielo, solo logró sacar la mitad del cuerpo antes de hundirse otra vez. Se arrastraba y el hielo se rompía, dejando un camino en el hielo, pero avanzaba con lentitud y el frío empezaba a robarle las fuerzas. No sabía si el equipo de seguridad comprendería que en el lago pasaba algo anormal antes de que se ahogase o se congelase. Al quitarse la chaqueta térmica para poder moverse mejor, se le ocurrió que si la extendía sobre el hielo era posible que distribuyese la presión y pudiese moverse encima. Así lo hizo y a continuación, con las energías justas para un intento final, empleó hasta las últimas de sus fuerzas para pasar a la chaqueta colocada en el borde de hielo. Esta vez el hielo no cedió y pudo tender todo el cuerpo sobre la chaqueta. Se arrastró con precaución. Solo cuando se hubo alejado lo suficiente del agujero se atrevió a ponerse en pie. En ese momento vio el movimiento de las linternas y los gritos que venían de la orilla.

Se alzó en el hielo. Los dientes le castañeteaban por el frío, que no parecía venir del lago o el viento helado; más bien parecía una transmisión directa desde el espacio exterior. Mantuvo la vista gacha, sabiendo que desde ese momento las estrellas ya no eran las mismas. No se atrevió a mirarlas. De la misma forma que Rey Díaz temía al sol, Luo Ji había desarrollado una intensa fobia a las estrellas. Inclinó la cabeza, y con los dientes castañeando, se dijo:

—Vallado Luo Ji, soy tu desvallador.

—Los años le han puesto el pelo blanco —le dijo Luo Ji a Kent.

—Al menos durante muchos años no se podrá poner más blanco —dijo Kent, riendo. En presencia de Luo Ji siempre había adoptado una expresión cortés y fingida. Era la primera vez que Luo Ji le veía con una sonrisa tan sincera. En sus ojos vio las palabras que no había pronunciado: «Por fin te has puesto a trabajar.»

—Voy a precisar un lugar más seguro —dijo.

—No hay problema, doctor Luo. ¿Algún requisito en particular?

—Ninguno excepto la seguridad. Debe ser del todo seguro.

—Doctor, el lugar absolutamente seguro es un sitio que no existe, pero podemos aproximarnos considerablemente. Aunque debo advertirle que los lugares de esa naturaleza siempre son subterráneos. Y en lo que a comodidades se refiere...

—No importan las comodidades. Sin embargo, mejor si es en China.

—No es problema. Me pondré a ello ahora mismo.

Cuando Kent iba a irse Luo Ji le retuvo. Señaló al Jardín del Edén a través de la ventana. Ahora la nieve lo cubría por completo. Le dijo:

—¿Puede decirme el nombre de este lugar? Lo voy a echar de menos.

Para llegar a su destino, Luo Ji viajó más de diez horas con una seguridad muy estricta. Nada más bajar del coche supo dónde se encontraba: cinco años antes, en aquel mismo lugar, el enorme espacio que parecía un aparcamiento subterráneo, se había embarcado en su nueva vida. Tras cinco años de sueños alternados con pesadillas, había vuelto al punto de partida.

Le recibió un hombre llamado Zhang Xiang, el mismo que, acompañado de Shi Qiang, le había despedido cinco años atrás y que ahora era el encargado de la seguridad. Había envejecido mucho en ese tiempo y ahora tenía el aspecto de un hombre de mediana edad.

Un soldado era todavía el encargado de operar el ascensor. No era, por supuesto, el mismo que cinco años antes, pero Luo Ji sintió cierta alegría interna. Habían reemplazado el antiguo ascensor por uno totalmente automático, por lo que no precisaba operario. El soldado se limitó a pulsar el diez y el ascensor inició el descenso.

Estaba claro que habían renovado hacía poco la estructura subterránea. Habían ocultado los conductos de ventilación de los pasillos, habían recubierto las paredes con losetas resistentes a la humedad y habían eliminado cualquier rastro de los eslóganes de defensa aérea civil.

Las habitaciones de Luo Ji ocupaban todo el décimo sótano. Aunque no igualaba la comodidad de la casa que había abandonado, su espacio venía equipado con sistemas de comunicación total y ordenadores, además de una sala de reuniones provista de un sistema de videoconferencia, lo que hacía que aquel lugar pareciese un centro de control.

El administrador se aseguró de mostrarle unos interruptores en concreto. En cada uno se veía un pequeño dibujo del sol. El administrador los llamó «lámparas solares» y dijo que era preciso encenderlas al menos cinco horas al día. Se habían inventado como producto de seguridad laboral para mineros. Podían simular la luz del sol, incluyendo los rayos ultravioletas, como iluminación solar suplementaria para personas que pasaban largos períodos bajo la superficie.

Al día siguiente, tal y como había solicitado Luo Ji, el astrónomo Albert Ringier visitó el sótano diez.

En cuanto le vio, Luo Ji le dijo:

—¿Fue usted el primero en observar la trayectoria de vuelo de la flota trisolariana?

Al oírlo, Ringier se mostró algo descontento.

—He enviado repetidamente mis declaraciones a la prensa, pero insisten en adjudicarme tal honor. En realidad, le corresponde al general Fitzroy. Él ordenó que el *Hubble II* observase Trisolaris durante las pruebas. En caso contrario podríamos haber perdido la oportunidad, porque el polvo interestelar habría dispersado la estela.

—De lo que quiero hablar no tiene relación. En su día estudié un poco de astronomía, pero no mucho, y ya no estoy familiarizado con esa disciplina. Esta es mi primera pregunta: si en todo el universo hay algún otro observador aparte de Trisolaris, ¿ese observador ha descubierto la posición de la Tierra?

—No.

—¿Está seguro?

—Sí.

—Pero la Tierra se ha comunicado con Trisolaris.

—Tal comunicación de baja frecuencia solo revelaría la dirección general de la Tierra y Trisolaris con respecto a la galaxia de la Vía Láctea y la distancia entre los dos mundos. Es decir, si hay un tercer receptor, el intercambio de comunicación les permitiría saber que hay otros dos mundos civilizados separados 4,22 años luz de distancia en el brazo de Orión de la Vía Láctea. Pero no conocería la posición exacta de esos dos mundos. Es más, determinar la posición mutua por medio de este tipo de intercambio solo es posible si las estrellas están cerca, como el sol y las estrellas de Trisolaris. En el caso de un tercer observador algo más distante, incluso manteniendo una comunicación directa no podríamos determinar nuestras posiciones.

—¿A qué se debe?

—Indicar la posición de una estrella para otro observador en el universo está lejos de ser tan fácil como la gente se imagina. La analogía es la siguiente: sobrevuelas el desierto del Sáhara en avión y en el suelo uno de los granos de arena grita: «¡Aquí estoy!» Oyes el grito, pero ¿desde el avión puedes establecer la posición de ese grano de arena? En la Vía Láctea hay doscientos mil millones de estrellas. A todos los efectos se trata de un desierto de estrellas.

Luo Ji, aparentemente aliviado, asintió.

—Comprendo. Entonces esa es la cuestión.

—¿El qué? —preguntó Ringier, sintiéndose confuso.

Luo Ji no respondió, sino que se limitó a preguntar:

—Teniendo en cuenta nuestro nivel actual de tecnología, ¿tenemos alguna forma de comunicar al universo nuestra posición?

—Sí, empleando ondas electromagnéticas direccionales de alta frecuencia, al menos de la frecuencia o más que la luz visible, y luego aprovechando la energía estelar para transmitir información. Es decir, haces que la estrella destelle, como si fuese un faro cósmico.

—Eso supera con creces nuestra capacidad tecnológica actual.

—Oh, lo siento. Pasé por alto la condición impuesta. Con nuestra tecnología actual, sería muy difícil mostrar la posición de una estrella a las regiones remotas del universo. Sigue habiendo un método, pero interpretar la información de posición exige un nivel de tecnología muy superior al humano e incluso, creo, al de Trisolaris.

—Cuénteme.

—La información clave es la posición relativa de las estrellas. Si especificas una región de la Vía Láctea que contenga una cantidad adecuada de estrellas, yo diría que basta con unas docenas, el conjunto de sus posiciones relativas en el espacio tridimensional sería único, como una huella digital.

—Voy entendiendo. Enviamos un mensaje con la posición de la estrella que queremos indicar, relativa a las estrellas circundantes, y el receptor compara esos datos con su mapa estelar para calcular la posición de la estrella.

—Eso es. Pero no es tan fácil. El receptor debe poseer un modelo tridimensional completo de toda la galaxia que indique con precisión la posición relativa de cien mil millones de estrellas. A continuación, una vez ha recibido el mensaje, debería buscar en esa enorme base de datos para dar con la zona del espacio que se corresponda a las posiciones enviadas.

—No, no es nada fácil. Es como registrar la posición relativa de hasta el último grano de arena de un desierto.

—Todavía más complicado. Al contrario que un desierto, la Vía Láctea está en movimiento y las posiciones relativas de sus estrellas no dejan de cambiar. Cuanto más tarde se reciba la información de posición, mayor será el error producido por los cambios. Es decir, la base de datos debe poder predecir los cambios de posición de cada una de esos cien mil millones de estrellas. En teoría no es problema, pero en la práctica... Dios...

—¿Sería complicado enviar esa información de posición?

—No, porque solo precisaríamos el patrón de posición de un número limitado de estrellas. Y ahora que he tenido tiempo de pensarlo, si consideramos la densidad estelar media de los brazos exteriores de la galaxia, debería bastar con un patrón de posición de no más de treinta estrellas. No es mucha información.

—Bien. Ahora le plantearé una tercera pregunta: más allá del Sistema Solar hay otras estrellas con planetas. Hemos descubierto varios centenares, ¿no es así?

—Más de mil hasta ahora.

—¿Y la más cercana al sol?

—244J2E1, a dieciséis años luz del sol.

—Si recuerdo bien, los números de serie significan: el prefijo numérico representa el orden de descubrimiento; las letras J, E y X indican respectivamente planetas de tipo Júpiter, planetas como la Tierra y otros planetas; y los números tras las letras indican el número de ese tipo de planeta en el sistema.

—Así es. 244J2E1 es una estrella con tres planetas, dos de ellos de tipo Júpiter y uno terrestre.

Luo Ji reflexionó y luego agitó la cabeza.

—Demasiado cerca. Algo más lejos, digamos... ¿cincuenta años luz?

—187J3X1, a 49,5 años luz del sol.

—Vale. ¿Puede establecer el patrón de posición de esa estrella?

—Por supuesto.

—¿Cuánto tiempo le hará falta? ¿Precisa de ayuda?

—Lo puedo hacer aquí mismo si dispone de un ordenador conectado a internet. Un patrón de digamos treinta estrellas lo puedo tener esta noche.

—¿Qué hora es? ¿Todavía no es de noche?

—Yo diría que probablemente sea por la mañana, doctor Luo.

Ringier pasó a la sala de ordenadores adjunta y Luo Ji llamó a Kent y Zhang Xiang. Primero le indicó a Kent que quería que el Consejo de Defensa Planetaria celebrase lo antes posible la siguiente reunión del Proyecto Vallado.

Kent respondió:

—Se están celebrando muchas reuniones del consejo. Una vez que envíe su solicitud, solo se demorará unos días.

—En ese caso tendré que esperar. Pero la verdad es que preferiría que fuese lo antes posible. Otra petición: me gustaría asistir a la reunión desde aquí, por vídeo, en lugar de ir a Naciones Unidas.

Kent se mostró renuente.

—Doctor Luo, ¿no se le antoja un poco inapropiado? En una reunión internacional de ese nivel... Se trata de demostrar respeto al resto de los participantes.

—Forma parte del plan. En el pasado exigí todo tipo de rarezas, pero ¿esta es la que se pasa de la raya?

—Ya sabe... —Kent vaciló.

—Sé que el estatus de un vallado no es el que era, pero insisto. —Al volver a hablar lo hizo con voz más baja, aunque sabía que los sofones que rondaban por las inmediaciones le oirían de todas formas—. Ahora tenemos dos posibilidades: una, si todo fuese como solía ser, no me importaría ir a Naciones Unidas. Pero cabe otra posibilidad: podría tratarse de una situación muy peligrosa y no puedo arriesgarme.

Luego le habló a Zhang Xiang:

—Por eso le he hecho venir. Puede que nos convirtamos en blanco de un ataque enemigo concentrado, por lo que es preciso reforzar la seguridad.

—No se preocupe, doctor Luo. Nos encontramos a doscientos metros bajo la superficie. La zona que tenemos encima está restringida, hemos montado un sistema antimisiles y hemos instalado un sistema avanzado de alarma subterránea para detectar la excavación de túneles desde cualquier dirección. Le garantizo que nuestra seguridad es perfecta.

Una vez se fueron los otros dos hombres, Luo Ji paseó por el pasillo, regresando involuntariamente al Jardín del Edén (ahora conocía el nombre de ese lugar, pero en su corazón todavía lo llamaba así), el lago y el pico nevado. Sabía que muy probablemente pasaría el resto de su vida bajo la superficie.

Miró las lámparas solares instaladas en el techo del pasillo. Esa luz no se parecía en nada a la del sol.

Dos meteoros se desplazaron lentamente por el campo estelar. En el suelo la oscuridad era absoluta y el lejano horizonte se fundía con el límite del cielo nocturno. Unos murmullos atravesaron la noche, aunque era imposible ver a los emisores. Era como si las voces fuesen ellas mismas criaturas invisibles que flotasen en las tinieblas.

Se oyó un chasquido y apareció una pequeña llama. La escasa luz dejó ver tres rostros: Qin Shi Huang, Aristóteles y Von Neumann. Un mechero en la mano de Aristóteles era la fuente de la luz. Al extenderse las antorchas, encendió una y luego pasó el fuego a los otros. Se formó así una luz temblorosa en medio de la naturaleza, que iluminó a un grupo de personas de todas las épocas. Siguieron hablando en susurros.

Qin Shi Huang se subió a una piedra y blandió la espada. La multitud calló.

—Nuestro Señor ha enviado una nueva orden: destruir al vallado Luo Ji —dijo.

—Nosotros también hemos recibido la orden. Es la segunda vez que nuestro Señor ordena el asesinato de Luo Ji —dijo Mozi.

—Pero ahora resultará difícil matarle —añadió alguien.

—¿Difícil? ¡Es imposible!

—Habría muerto hace cinco años si Evans no hubiese añadido aquella condición a la orden de asesinato.

—Quizás Evans tuviese razón. Después de todo, desconocemos por qué llegó a esa conclusión. Luo Ji tuvo la suerte de escapar a un segundo intento en la plaza de Naciones Unidas.

Qin Shi Huang agitó la espada para interrumpir el debate.

—¿No deberíamos hablar de lo que debemos hacer?

—Nada podemos hacer. ¿Cómo podríamos alcanzar un búnker que se encuentra a doscientos metros de profundidad? ¿Y luego entrar? La seguridad es demasiado buena.

—¿Consideramos el uso de armas nucleares?

—Maldita sea, ese lugar es un búnker resistente a las armas nucleares. Un resto de la Guerra Fría.

—La única opción viable es asignarle a alguien la tarea de infiltrarse en el servicio de seguridad.

—¿Se puede? Hemos dispuesto de cinco años. ¿Alguien ha logrado tener éxito en ese tipo de infiltración?

—¡Infiltrémonos en la cocina! —Se oyeron unas risas.

—Basta de tonterías. Nuestro Señor debería decirnos la verdad y quizás así podríamos pensar en una opción mejor.

Qin Shi Huang respondió a ese último comentario.

—Yo también pedí lo mismo. La respuesta de nuestro Señor es que la verdad es el secreto más importante del universo y no podía divulgarse. Nuestro Señor lo habló con Evans creyendo que la humanidad ya la conocía para luego comprender que no era así.

—¡Entonces pídele a nuestro Señor una transferencia de tecnología!

Muchas otras voces se sumaron a esa propuesta. Qin Shi Huang dijo:

—También lo solicité. Para mi sorpresa, en un gesto muy poco habitual, nuestro Señor no la rechazó categóricamente.

Una conmoción recorrió al grupo, pero las siguientes palabras de Qin Shi Huang apagaron la emoción:

—Pero una vez que nuestro Señor conoció la posición del objetivo, rechazó de plano esa propuesta. Dijo que, dada la ubicación del objetivo, cualquier transferencia de tecnología que nos pudiese hacer no serviría de nada.

—¿De verdad es un hombre tan importante? —preguntó Von Neumann, incapaz de ocultar del todo la envidia. Como primer desvallador de éxito, había ascendido rápidamente en la Organización.

—Nuestro Señor le tiene miedo.

Einstein, también presente, dijo:

—Lo he meditado durante mucho tiempo y creo que el miedo que nuestro Señor siente por Luo Ji solo tiene una explicación posible: es el portavoz de cierto poder.

Qin Shi Huang cortó cualquier posible discusión sobre ese tema:

—No nos metamos en ese terreno. En su lugar, pensemos en cómo cumplir la orden de nuestro Señor.

—No es posible.

—Es una misión que no se puede cumplir.

Qin Shi Huang golpeó la espada contra la piedra.

—La misión es vital. Es posible que sea una verdadera amenaza para nuestro Señor. Además, si la cumplimos, ¡la Organización ascenderá enormemente en la estima de nuestro Señor! Aquí nos hemos reunido la élite de todas las disciplinas del mundo, ¿cómo es posible que no se nos ocurra nada? Regresad y meditadlo, y enviadme vuestros planes por medio de otros canales. ¡Tenemos que hacerlo!

Las antorchas se fueron apagando una tras otra y la oscuridad lo cubrió todo. Sin embargo, los susurros no callaron.

Pasaron dos semanas antes de la reunión del Proyecto Vallado del Consejo de Defensa Planetaria. Tras el fracaso de Tyler y la hibernación de los otros dos vallados, el consejo había desviado sus prioridades y atención a la defensa convencional.

Luo Ji y Kent esperaron en la sala de conferencias a que empezase la reunión. Ya se había establecido la conexión por vídeo y la gran pantalla mostraba el auditorio, donde la conocida mesa circular de la época del Consejo de Seguridad seguía desocupada. Luo Ji se había presentado pronto como una especie de disculpa por no ir en persona.

Charló con Kent, mientras aguardaban, y le preguntó cómo le iba. Kent le contó que cuando era joven había vivido tres años en China, por lo que estaba más que acostumbrado, y le iba bien. En cualquier caso, al contrario que Luo Ji, no tenía que pasar todo el día bajo tierra, y su chino había recuperado su fluidez.

—Suena como si estuviese resfriado —dijo Luo Ji.

—He pillado la gripe —respondió.

—¿Gripe aviar? —dijo Luo Ji, alarmado.

—No. Gripe de cama. Así la llama la prensa. Hace una semana empezó en una ciudad vecina. Es una enfermedad infecciosa, pero con síntomas muy ligeros. Nada de fiebre. Moqueo nasal y a algunos pacientes se les irrita la garganta. No precisa medicación y tras un breve descanso en cama desaparece por sí sola a los tres días más o menos.

—Habitualmente la gripe es mucho más grave.

—En esta ocasión, no. Muchos soldados y miembros del personal ya la han superado. ¿No se ha dado cuenta de que han reemplazado a la encargada? También la pilló, pero temía contagiarle. Aunque, siendo su contacto, yo no soy tan fácil de reemplazar.

En la pantalla se inició la entrada de los delegados nacionales. Tras sentarse se pusieron a hablar en voz baja, como si no se hubiesen percatado de la presencia de Luo Ji. El presidente de turno del consejo inició la reunión diciendo:

—Vallado Luo Ji, la Ley de los Vallados fue enmendada en la sesión especial de la Asamblea General de Naciones Unidas que acaba de terminar. ¿Lo sabe?

—Sí —respondió.

—En ese caso, será consciente de que la ley refuerza los controles y restricciones al uso de recursos por parte de un vallado. Espero que hoy el plan que presente se ajuste a las exigencias de la Ley.

—Señor presidente —dijo Luo Ji—, los otros tres vallados tomaron el control de enormes cantidades de recursos para ejecutar sus planes estratégicos. Sería injusto limitar mis propios recursos.

—Los privilegios de asignación de recursos depende del plan concreto, y debe tener en cuenta que los planes de los otros tres vallados no entraban en conflicto con la defensa convencional. Es decir, las investigaciones y desarrollos de ingeniería que realizan se hubiesen ejecutado igualmente de no haber existido el Proyecto Vallado. Tengo la esperanza de que su plan estratégico comparta esa naturaleza.

—Lamento decir que mi plan no es de esa naturaleza. No tiene absolutamente nada que ver con la defensa convencional.

—Entonces, yo también lo lamento. Según la nueva ley, son limitados los recursos que puede dedicar a este nuevo plan.

—Con el antiguo plan apenas podía usar recursos. Por otra parte, no es problema, señor presidente. Mi plan estratégico consume muy pocos recursos.

—¿Al igual que su plan anterior?

El comentario del presidente provocó risitas por parte de algunos delegados.

—Incluso menos. Como he dicho, apenas precisa de recursos —se limitó a añadir.

—En ese caso, veamos —dijo el presidente, asintiendo.

—Será el doctor Albert Ringier el encargado de presentar los detalles del plan, aunque asumo que todos han recibido el dosier correspondiente. Resumiendo: empleando las capacidades del sol para amplificar ondas de radio, enviaremos un mensaje al cosmos con tres imágenes sencillas, junto con información adicional para demostrar que fue una civilización inteligente la que envió esas imágenes, en lugar de ser un suceso natural. El dosier incluye las imágenes.

El auditorio se llenó del sonido del papel en movimiento mientras los asistentes daban con las tres hojas. En la pantalla también aparecieron las imágenes. Eran muy simples. Cada una estaba formada por puntos negros, en apariencia dispuestos al azar, pero todos vieron de inmediato que cada imagen incluía un punto evidentemente más grande, indicado, además, por una flecha.

—¿Qué es? —preguntó el representante de Estados Unidos, quien, al igual que los demás, examinaba las imágenes con atención.

—Vallado Luo Ji, según los principios fundamentales del Proyecto Vallado, no está obligado a responder a esa pregunta —le recordó el presidente.

—Es una maldición —dijo.

Los murmullos y ruidos de papeles se detuvieron de inmediato. Todos miraron en la misma dirección; Luo Ji supo así la posición de la pantalla que mostraba su imagen.

—¿Qué ha dicho? —preguntó el presidente entornando los ojos.

—Dijo que es una maldición —repitió en voz alta alguien sentado en la mesa circular.

—¿Una maldición, contra quién?

Luo Ji respondió:

—Contra los planetas de la estrella 187J3X1. Por supuesto, también podría actuar directamente contra la estrella en sí.

—¿Cuál será su efecto?

—Ahora mismo eso es una incógnita. Pero hay algo seguro: los efectos de la maldición serán catastróficos.

—Díganos, ¿hay alguna posibilidad de que esos planetas alberguen vida?

—Es una cuestión sobre la que he hablado una y otra vez con la comunidad astronómica. Con los datos de las observaciones actuales, la respuesta es no —dijo Luo Ji, entornando los ojos como el presidente. Y pensó: «Por favor, que tengan razón.»

—Una vez enviada la maldición, ¿cuánto tardará en surtir efecto?

—La estrella se encuentra a unos cincuenta años luz del sol, por lo que como muy pronto la maldición se cumplirá dentro de cincuenta años. Pero tardaremos cien años en observar sus efectos. Recalco que se trata de una estimación optimista. En realidad, podría llevar mucho más tiempo.

Tras un momento de silencio, el representante de Estados Unidos fue el primero en actuar. Lanzó a la mesa las tres hojas impresas con sus puntos negros.

—Excelente. Por fin tenemos un dios.

—Un dios que se oculta en un sótano —añadió el representante de Reino Unido, provocando risas.

—Más bien un hechicero —dijo el representante de Japón. Jamás habían aceptado a su país en el Consejo de Seguridad, pero lo hicieron de inmediato una vez formado el Consejo de Defensa Planetaria.

—Doctor Luo, al menos ha tenido éxito en concebir un plan extraño y desconcertante —dijo Garanin, el representante ruso que había sido presidente de turno en varias ocasiones a lo largo de los cinco años de Luo Ji como vallado.

El presidente hizo uso del mazo para acallar la conmoción.

—Vallado Luo Ji, tengo una pregunta. Tratándose de una maldición, ¿por qué no la dirige contra el mundo enemigo?

Luo Ji respondió:

—Se trata de una forma de probar la idea. La implementación real debe esperar a la batalla del Día del Juicio Final.

—¿Trisolaris no puede ser el objetivo de la prueba?

Luo Ji negó seriamente con la cabeza.

—En absoluto. Trisolaris está demasiado cerca. Tan cerca que los efectos de la maldición podrían alcanzarnos. Es por esa razón que rechacé cualquier sistema planetario a menos de cincuenta años luz.

—Una última pregunta: ¿qué planea hacer durante los próximos cien años o más?

—Se habrán librado de mí. Hibernación. Deben despertarme cuando se detecten los efectos de la maldición contra 187J3X1.

Luo Ji sufrió un ataque de gripe de cama mientras se preparaba para la hibernación. Los primeros síntomas no fueron muy diferentes a los de otros. Moqueo nasal y una ligera inflamación de garganta. Ni él ni nadie más le dio la más mínima importancia. Pero a los dos días empeoró y tuvo fiebre. Al médico le resultó muy poco habitual y se llevó una muestra de sangre de vuelta a la ciudad para su análisis.

Aquella noche Luo Ji la pasó envuelto en el estupor de la fiebre, atormentado sin pausa por inquietos sueños donde veía a las estrellas del cielo arremolinarse y bailar como granos de arena sobre la piel de un tambor. Incluso percibía la interacción gravitatoria que se producía entre las estrellas: no era un movimiento de tres cuerpos, ¡sino un movimiento de doscientos mil millones de cuerpos al incluir todas las estrellas de la galaxia! Después las estrellas se acumulaban creando un enorme vórtice, y formando esa espiral desquiciada el vórtice, volvía a transformarse: ahora era una serpiente conjurada a partir de la plata sólida de cada estrella. Un rugido le taladró el cerebro...

El teléfono despertó a Zhang Xiang sobre las cuatro de la mañana. Era el líder del Departamento de Seguridad del Consejo de Defensa Planetaria, quien, empleando un tono de lo más severo, le exigió que le informase de inmediato sobre el estado de Luo Ji y ordenó que la base entera pasase a situación de emergencia. Ya iba de camino con todo un equipo de expertos.

El teléfono volvió a sonar en cuanto colgó. En esta ocasión era el médico desde el sótano diez, quien le comunicó que el paciente había empeorado gravemente y que ahora se encontraba en estado de *shock*. Zhang Xiang tomó de inmediato el ascensor para bajar. El médico y la enfermera, ya los dos en estado de pánico, le comunicaron que en medio de la noche Luo Ji había empezado a escupir sangre y ahora se encontraba inconsciente. Zhang Xiang vio a Luo Ji tendido en la cama. Tenía los labios de color violeta y el cuerpo apenas manifestaba ninguna señal de vida.

Pronto llegó el equipo, compuesto por expertos del Centro Chino para el Control y Prevención de Enfermedades, médicos del hospital general del ejército y todo un grupo de investigación de la Academia de Ciencias Médicas Militares.

Mientras seguían el estado de Luo Ji, un experto de la Academia se llevó a Zhang Xiang y a Kent a un lado y les describió lo que pasaba:

—Hace un tiempo la gripe llamó nuestra atención. Su origen y características nos parecían muy anormales. Ahora tenemos claro que se trata de un arma genética. Un misil dirigido genético.

—¿Un misil dirigido genético?

—Se trata de un virus modificado genéticamente y muy infeccioso. Pero en la mayoría de la gente solo provoca ligeros síntomas de gripe. Sin embargo, el virus posee cierta habilidad de reconocimiento que le permite identificar los detalles genéticos de un individuo en concreto. Una vez ha infectado al objetivo, crea toxinas mortales en su sangre. Ahora conocemos la identidad del objetivo.

Zhang Xiang y Kent se miraron. La incredulidad dejó paso a la desesperación. Zhang Xiang palideció e inclinó la cabeza.

—Acepto toda la responsabilidad.

El investigador, un coronel veterano, le dijo:

—Director Zhang, no diga eso. Algo así no tiene defensa posible. Aunque sospechábamos que el virus tenía algo raro, jamás se nos ocurrió esta posibilidad. La idea de un arma genética se propuso por primera vez a finales del siglo pasado, pero nadie creyó jamás que alguien pudiese llegar a fabricarla. Y aunque es imperfecta, es una aterradora herramienta para asesinar. Basta con extender el virus en las inmediaciones del objetivo. O mejor dicho, ni hace falta saber dónde se encuentra el objetivo: basta con extenderla por todo el planeta y probablemente acabaría afectando al objetivo.

—No, acepto toda la responsabilidad —dijo Zhang, cubriéndose los ojos—. De haber estado aquí el capitán Shi, algo así no habría sucedido. —Bajó la mano y mostró los ojos cubiertos de lágrimas—. Sus últimas palabras antes de hibernar fueron para advertirme de lo que usted ha dicho: sobre no tener defensa. Me dijo, «Xiao Zhang, nuestro trabajo nos exige dormir con un ojo abierto. No tenemos ninguna garantía de éxito y hay ataques de los que no nos podemos defender».

—¿Qué hacemos ahora? —preguntó Kent.

—El virus ha penetrado mucho. El hígado y las funciones cardiovasculares del paciente ya han fallado y la medicina moderna ya no puede hacer nada. Hibérnenle en cuanto sea posible.

Tras un largo tiempo, Luo Ji recuperó un poco de la conciencia que había perdido. Sintió frío, un frío que parecía emanar del interior de su cuerpo y se extendía hacia fuera, como si fuese una luz que congelaba el mundo entero. Vio una zona como nevada que al principio no era más que un blanco infinito. Luego, en su mismo centro apareció un punto negro, y gradualmente pudo distinguir esa forma que conocía tan bien: Zhuang Yan sosteniendo a su hija. Luo Ji recorrió con dificultad una extensión nevada tan vacía que casi carecía de dimensiones. Ella estaba envuelta en una bufanda roja, la misma que llevaba siete años antes, la noche nevada en que la había visto por primera vez. La niña, con el rostro enrojecido por el frío, agitó desde el regazo de su madre las dos manos y gritó algo que fue incapaz de entender. Quiso seguirlas por entre la nieve, pero la joven madre y el bebé desaparecieron totalmente. A continuación, él mismo se esfumó y el mundo nevado se contrajo hasta formar un delgado hilo de plata, que en la ilimitada oscuridad fue todo lo que quedaba de su conciencia. Era el hilo del tiempo, una hebra delgada e inmóvil que se extendía al infinito en ambos sentidos. Su alma, enhebrada en ese hilo, se deslizaba con delicadeza y a velocidad constante hacia el incognoscible futuro.

Dos días más tarde, un potente flujo de ondas de radio de alta frecuencia fue de la Tierra al sol, atravesando la zona de convección para llegar al espejo de energía que era la zona de radiación, donde su reflejo, amplificado cientos de millones de veces, transportó a la velocidad de la luz la maldición del vallado Luo Ji hacia el cosmos.

Año 12 de la Era de la Crisis

Distancia que separa a la flota trisolariana
de nuestro Sistema Solar: 4,18 años luz

En el espacio había aparecido una brocha más. La flota trisolariana había atravesado la segunda acumulación de polvo interestelar, y dado que el *Hubble II* había seguido con atención esa zona, registraron la estela de la flota en cuanto apareció. En esta ocasión no se parecía nada a una brocha. Más bien recordaba a una zona de hierba que hubiese empezado a brotar en los oscuros abismos del espacio. Esas miles de hojas de hierba crecían con una velocidad perceptible a simple vista, y eran mucho más claras que la estela de diez años antes. Eso último se debía a nueve años de aceleración que había incrementado enormemente la velocidad de la flota, haciendo que el choque contra el polvo interestelar fuese todavía más espectacular.

—General, preste atención. ¿Qué ve? —le dijo Ringier a Fitzroy mientras señalaba la imagen ampliada de la pantalla.

—Parece que sigue habiendo unas mil.

—No, preste más atención.

Fitzroy dedicó un momento a mirar con atención y luego señaló al punto medio de la brocha.

—Da la impresión de que... una, dos, tres, cuatro... diez puntas son más largas que las otras. Se extienden.

—Efectivamente. Esas diez estelas son muy tenues. Solo son visibles tras mejorar la imagen.

Fitzroy miró a Ringier con la misma expresión que diez años antes, cuando habían descubierto la flota trisolariana.

—Doctor, ¿entonces esas diez naves de guerra aceleran?

—Todas aceleran. Pero la aceleración de esas diez es mayor. Sin embargo, no son diez naves de guerra. El número de estelas se ha incrementado en diez: de mil a diez mil. Un análisis de la morfología de esas diez estelas indica que son mucho más pequeñas que las naves de guerra que las siguen: como unas diez mil veces menor, o más o menos el tamaño de una camioneta. Pero debido a la gran velocidad, siguen dejando estelas apreciables.

—Tan pequeñas. ¿Son sondas?

—Sí, deben de ser sondas.

Era otro de los estremecedores descubrimientos del *Hubble II*: la humanidad establecería contacto con entidades trisolarianas antes de lo previsto, aunque se tratase de diez pequeñas sondas.

—¿Cuándo llegarán al Sistema Solar? —preguntó Fitzroy con nerviosismo.

—Es imposible estar seguros. Depende de la aceleración, pero está claro que llegarán antes que la flota. Una estimación conservadora diría que medio siglo antes. Es evidente que la aceleración de la flota está al máximo, pero por alguna razón que se nos escapa desean llegar al Sistema Solar lo antes posible, así que lanzaron sondas que pueden acelerar todavía más.

—Si tienen sofones, ¿para qué necesitan sondas? —preguntó un ingeniero.

La pregunta hizo que todos dejasen lo que estaban haciendo y pensasen. Pero Ringier no tardó en romper el silencio.

—Olvidémoslo. No es algo que podamos saber.

—No —dijo Fitzroy mientras levantaba una mano—. Podremos deducir al menos una parte... Estamos contemplando acontecimientos de hace cuatro años. ¿Puede determinar el momento exacto en que la flota lanzó las sondas?

—Tenemos la suerte de que las lanzasen en la nieve... quiero decir, en el polvo... lo que nos permite determinar a partir de las observaciones el momento en el que las estelas de las sondas se cruzan con las de la flota. —Luego Ringier le dio la fecha.

Fitzroy no pudo hablar durante un momento. Encendió un cigarrillo y se sentó a fumar. Pasado un rato, dijo:

—Doctor, usted no es un político. Al igual que yo hubiese sido incapaz de distinguir esas hebras largas, usted no comprende que se trata de un dato crucial.

—¿Qué tiene de especial esa fecha? —preguntó Ringier con incertidumbre.

—Ese mismo día, hace cuatro años, asistí a la reunión del Consejo de Defensa Planetaria donde Luo Ji propuso emplear el sol para enviar una maldición al universo.

Los científicos e ingenieros se miraron.

Fitzroy siguió hablando:

—Y fue más o menos en esa fecha cuando Trisolaris envió una segunda orden a la Organización Terrícola-trisolariana pidiendo la eliminación de Luo Ji.

—¿Él? ¿De verdad es una persona tan importante?

—¿Pensaba que primero fue un *playboy* y luego un falso hechicero pretencioso? Por supuesto. Todos lo pensamos, excepto Trisolaris.

—Bien... ¿qué cree *usted* que es, general?

—Doctor, ¿cree en Dios?

Una pregunta tan directa dejó momentáneamente sin habla a Ringier.

—¿... Dios? Hoy en día esa palabra posee multitud de significados en niveles muy diferentes y no sé a cuál...

—Yo creo. No por disponer de alguna prueba, sino porque es relativamente seguro: si en realidad existe Dios, entonces es correcto creer en Él. Si no existe, entonces no perdemos nada.

Las palabras del general provocaron risas y Ringier dijo:

—La segunda parte no es verdad. Hay algo que se pierde, al menos desde el punto de vista científico... Aun así, ¿qué importa si Dios existe? ¿Qué tiene que ver con esto?

—Si Dios existe, entonces debe disponer de portavoces en el mundo mortal.

Todos le miraron durante una eternidad antes de comprender lo que sus palabras implicaban. Luego un astrónomo dijo:

—General, ¿de qué habla? Dios no escogería un portavoz de un país ateo.

Fitzroy retorció el cigarrillo para apagarlo y extendió las manos.

—Una vez eliminado lo imposible, lo que queda, por improbable que sea, debe de ser cierto. ¿Se le ocurre una explicación mejor?

Ringier reflexionó.

—Si por «Dios» se refiere a una fuerza de justicia en el universo que lo trasciende todo...

Fitzroy levantó una mano para acallarle, como si el poder divino de lo que acababan de descubrir se fuese a ver mermado si se expresaba claramente:

—Por tanto, crean, todos ustedes. Ahora pueden empezar a creer. —Y luego se persignó.

La televisión retransmitía la prueba de *Tianti III*. Cinco años antes se había iniciado la construcción de tres ascensores espaciales, y como *Tianti I* y *Tianti II* ya operaban desde comienzos de año, la prueba de *Tianti III* no llamó tanto la atención. Ahora mismo, los tres ascensores espaciales se construían con solo un raíl primario, detalle que los dotaba de una capacidad de carga mucho más reducida que los modelos de cuatro raíles que todavía se encontraban en la fase de diseño. Pero el mundo ya era muy diferente al de los cohetes químicos. Si se dejaba de lado lo pagado por construirlos, salir al espacio por ascensor tenía un coste mucho más bajo que por avión civil. Lo que a su vez había incrementado la cantidad de cuerpos en movimiento por el cielo nocturno de la Tierra: se trataba de las estructuras a gran escala de la humanidad.

Tianti III era el único ascensor espacial con base en el océano. Estaba situada en el Ecuador, sobre una isla artificial que flotaba en el océano Pacífico y que podía navegar usando energía nuclear. Es decir, si fuese necesario, era posible ajustar la posición del ascensor en el Ecuador. La isla flotante era una versión real de la Isla de Hélice descrita por Julio Verne, por lo que la habían bautizado como «Isla Verne». En la televisión ni siquiera se veía el océano. La imagen que mostraban era la de una base metálica piramidal rodeada de una ciudad de acero y —al pie del raíl— la cabina cilíndrica de transporte lista para el lanzamiento. En la distancia, el raíl guiado que iba al espacio era invisible debido a que tenía un diámetro de sesenta centímetros, aunque, en ocasiones, se podía apreciar el destello de la puesta de sol.

Tres ancianos, Zhang Yuanchao y sus dos vecinos, Yang Jinwen y Miao Fuquan, seguían los acontecimientos por televisión. Los tres ya habían superado los setenta años y aunque nadie los llamaría viejos chochos, sí que eran mayores. Para ellos, mirar al futuro resultaba una carga tan pesada como recordar el pasado, y teniendo en cuenta su incapacidad para influir en el presente, la única opción que les quedaba era vivir sus últimos años sin pensar demasiado sobre lo que sucedía en una época tan extraña.

El hijo de Zhang Yuanchao, Zhang Weiming, entró acompañado de su nieto, Zhang Yan. Venía con una bolsa de papel y le dijo:

—Papá, te he traído la tarjeta de racionamiento y el primer taco de *tickets* de cereales. —A continuación, sacó de la bolsa un mazo arcoíris de *tickets* y se los pasó a su padre.

—Ah, como antaño —dijo Yang Jinwen, contemplando la escena.

—Al final todo vuelve —murmuró Zhang Yuanchao con mucha emoción mientras cogía los *tickets*.

—¿Eso es dinero? —preguntó Yan Yan, mirando a los papeles.

Zhang Yuanchao le dijo a su nieto:

—No es dinero. Pero a partir de ahora, si quieres comprar cereales fuera de la cuota, como pan o pastel, o comer en un restaurante, tienes que usar estos *tickets* junto con el dinero.

—Es un poco diferente a como era antaño —dijo Zhang Weiming, cogiendo una tarjeta con chip—. Esto es una tarjeta de racionamiento.

—¿Cuánto tiene?

—Recibo veintiún kilos y medio, o cuarenta y tres *jin*. Xiaohong y tú recibís treinta y siete *jin*, y Yan Yan recibe veintiuno.

—Más o menos lo mismo que entonces —dijo el más anciano.

—Debería dar para un mes —dijo Yang Jinwen.

Zhang Weiming movió la cabeza en gesto de negación.

—Señor Yang, viviste esa época. ¿No la recuerdas? Ahora puede que todo esté bien, pero pronto habrá menos alimentos básicos y te harán falta números para comprar verdura y carne. ¡Así que esa triste cantidad de cereales no bastará para comer!

—No es tan grave —dijo Miao Fuquan, agitando una mano—. Hace unas décadas pasamos por una situación similar. No nos moriremos de hambre. No te preocupes y mira la tele.

La pantalla mostraba la cabina cilíndrica elevándose desde la base. Subió y aceleró con rapidez para luego desaparecer en el cielo de la tarde. Como el raíl era invisible, parecía subir por su propio impulso. La velocidad máxima de la cabina era de quinientos kilómetros por hora, pero incluso a tal velocidad le harían falta sesenta y ocho horas para llegar al punto final del ascensor espacial situado en órbita geoestacionaria. La escena cambió al punto de vista de la cámara trasera de la cabina. En ese caso el raíl de sesenta centímetros ocupaba gran parte de la pantalla. La superficie lisa hacía imposible detectar el movimiento, exceptuando por indicaciones en la pantalla que mostraban la velocidad de subida de la cámara. El raíl, al perderse hacia abajo, se convertía rápidamente en nada, pero apuntaba a un punto todavía más abajo, donde la Isla Verne, ahora visible en su totalidad, daba la impresión de ser una gigantesca placa suspendida por el extremo inferior del raíl.

A Yang Jinwen se le ocurrió una idea.

—Os voy a mostrar algo muy poco habitual —dijo. Se puso en pie y atravesó, no muy ágilmente, la puerta. Quizá fuese a su casa. Pronto regresó con una lámina delgada de algo que tenía el tamaño de una caja de cigarrillos. Lo colocó sobre la mesa. Zhang Yuanchao lo cogió y le dio un vistazo: era un objeto gris, traslúcido y muy ligero, como una uña—. ¡De este material está hecho *Tianti*!

—Genial. Tu hijo ha robado material estratégico del sector público —dijo Miao, señalando la lámina.

—No es más que un trozo sobrante. Dijo que cuando construían *Tianti*, enviaban al espacio miles y miles de toneladas de este material. Allí lo usaban para formar el raíl que luego descendía desde la órbita... Pronto, el viaje espacial será muy popular. Le he pedido a mi hijo que me conecte con algún negocio en esa área.

—¿Quieres ir al espacio? —preguntó Zhang Yuanchao, sorprendido.

—No es para tanto. He oído que al subir ni siquiera hay hipergravedad. Es como coger un tren dormitorio de larga distancia —dijo Miao Fuquan sin darle importancia.

Su familia lo había declinado en los años que no había podido operar en sus minas. Cuatro años antes había vendido su villa, y ahora esa casa era su única residencia. Yang Jinwen, cuyo hijo trabajaba en el proyecto del ascensor espacial, se había convertido de golpe en el más rico de los tres, situación que en ocasiones provocaba los celos de Miao.

—Yo no iré al espacio —dijo Yang Jinwen, alzando la vista. Volvió a hablar al comprobar que Weiming se había llevado al niño a otro cuarto—. Pero mis restos sí irán. Eh, a ninguno de los dos este tema les resulta tabú, ¿verdad?

—¿De qué tabú hablas? De todas formas, ¿por qué quieres lanzar tus restos al espacio? —preguntó Zhang Yuanchao.

—Ya sabéis que al final de *Tianti* hay un lanzador electromagnético. Cuando llegue la hora, lanzarán mi ataúd a la tercera velocidad cósmica y saldré volando del Sistema Solar. Los llaman enterramientos cósmicos. Una vez muerto no quiero permanecer en una Tierra ocupada por extraterrestres. Imagino que podría considerarse una forma de Escapismo.

—¿Y si derrotamos a los extraterrestres?

—Eso es prácticamente imposible. Aun así, si llega a pasar, tampoco perderé tanto. ¡Me podré pasear por el universo!

Zhang Yuanchao negó con la cabeza.

—Vosotros los intelectuales con vuestras extrañas ideas. No tienen ningún sentido. La hoja caída regresa a la raíz y de esa forma a mí me enterrarán en la Tierra.

—¿No temes que los trisolarianos te saquen de tu tumba?

Al oírlo, Miao Fuquan, que hasta ese momento había guardado silencio, se mostró de pronto emocionado. Les hizo un gesto para que se acercasen y bajó la voz. Era como si temiese que los sofones fuesen a oírle.

—No se lo contéis a nadie, pero se me ha ocurrido una idea. Tengo un buen número de minas vacías, allá en Shanxi...

—¿Quieres enterrarnos allí?

—No, no. No son más que pozos mineros. No podrían ser demasiado profundos. Pero en varios puntos conectan con múltiples minas estatales. Allí es posible llegar a los cuatrocientos metros de profundidad. ¿Os parece una profundidad adecuada? Luego usamos explosivos para derribar las paredes. No me parece que los trisolarianos vayan a ser capaces de excavar hasta ahí abajo.

—Calla. Si los terrícolas pueden llegar a esas profundidades,

¿por qué no iban a poder los trisolarianos? Darán con la lápida y se limitarán a seguir excavando.

Miao Fuquan miró a Zhang Yuanchao y no pudo contener la risa.

—Lao Zhang, ¿te has vuelto tonto? —Al ver que seguía sin comprender, señaló a Yang Jinwen. Este ya se había aburrido de la conversación y miraba otra vez la tele—. Que te lo explique un hombre con educación.

Yang Jinwen lanzó una risita.

—Lao Zhang, ¿para qué quieres una lápida? Las lápidas existen para que la gente las pueda ver. Para entonces ya no quedará gente en el planeta.

El coche de Zhang Beihai discurrió entre la nieve durante todo el camino a la Tercera Base de Prueba de Fusión Nuclear. Sin embargo, la nieve se fundió ya cerca de la base, la carretera quedó cubierta de barro y el aire frío pasó a ser cálido y húmedo, como un soplo de primavera. Vio lugares, en los laterales del camino, donde florecían los melocotoneros, algo muy poco habitual durante un crudo invierno. Ya en el valle, condujo hasta el edificio blanco. Esa estructura no era más que la entrada a gran parte de la base subterránea. En ese momento vio que alguien recogía flores de melocotón. Al prestar más atención comprobó que era justo la persona que había venido a ver. Paró el coche.

—¡Doctor Ding! —gritó. Ding Yi se acercó al coche portando un ramo de flores. Se rio y le dijo—: ¿Para quién son las flores?

—Para mí, es evidente. Han florecido gracias al calor de la fusión. —Sonreía poseído por el influjo de las coloridas flores. Estaba claro que seguía bajo el efecto de la emoción provocada por el recién logrado avance.

—Es una pena disipar tanto calor.

Zhang Beihai salió del coche, se quitó las gafas de sol y dio un buen repaso a la pequeña primavera. No podía ver su aliento en el aire y a pesar de las gruesas suelas, sentía el calor del suelo.

—No hay dinero ni tiempo para construir una planta de energía. Pero no tiene mayor importancia. Desde este momento la

Tierra no se tendrá que preocupar por sus necesidades energéticas.

Zhang Beihai señaló las flores que Ding Yi llevaba en las manos.

—Doctor Ding, tenía la esperanza de que se hubiese desconcentrado. Sin usted tal avance se habría producido más tarde.

—Sin mí aquí, se habría producido incluso antes. En la base hay más de mil investigadores. Yo me limito a indicar el camino correcto. Hace mucho tiempo que considero el tokamak como un callejón sin salida. Partiendo de la aproximación correcta, un avance era previsible. Yo no soy más que un teórico. No entiendo la experimentación. Al señalar a ciegas, probablemente no hiciese más que retrasar el avance de la investigación.

—¿No puede retrasar el anuncio de los resultados? Hablo en serio. También estoy transmitiéndole de forma informal el deseo del Mando Espacial.

—¿Qué podríamos retrasar? Los medios de comunicación siguen de cerca todos los avances de las tres bases de fusión.

Zhang Beihai asintió y suspiró, contrariado.

—Eso es una mala noticia.

—Conozco alguna de las razones, pero ¿por qué no me las explica?

—Al lograr la fusión nuclear controlada, de inmediato se iniciará la investigación en naves espaciales. ¿Es usted consciente, doctor, de los dos caminos de investigación actuales: naves espaciales de propulsión material y naves espaciales de radiación? Son dos direcciones de investigación diferentes y por tanto se han formado dos facciones: la facción aeroespacial defiende investigar en propulsión material, mientras que la fuerza espacial se inclina por la radiación. Ambos proyectos consumirán una cantidad enorme de recursos. Si no fuese posible avanzar por igual en ambas direcciones, entonces una de ellas debe convertirse en la principal.

»Los investigadores de fusión defendemos el impulso por radiación. En mi caso concreto, se me antoja el único plan que permite el viaje cósmico interestelar. Por otra parte, admito que la gente de aeroespacial tiene su lógica. En este momento las naves de propulsión material son una variación de los cohetes químicos solo que empleando energía de fusión, así que en el caso de esa línea de investigación las posibilidades son algo más seguras.

—¡Pero la guerra espacial del futuro no da ninguna seguridad! Como dice usted mismo, las naves de propulsión material no son más que enormes cohetes. El medio de propulsión ocupa ya dos tercios de toda su capacidad de carga y lo consumen con enorme rapidez. Es preciso tener bases planetarias para que naves de ese tipo puedan recorrer el Sistema Solar. Si vamos por ese camino, no haremos más que repetir la tragedia de la Guerra Sino-japonesa, con el Sistema Solar ocupando el lugar de Weihaiwei.

—Muy buena analogía —dijo Ding Yi, levantando el ramo en dirección a Zhang Beihai.

—Es un hecho. La primera línea de defensa marina debe encontrarse en los puertos del enemigo. Claro está, eso es algo que no podemos hacer, pero nuestra línea defensiva debe penetrar todo lo posible en la nube de Oort y debemos garantizar que en las remotas regiones externas al Sistema Solar la flota posea suficiente capacidad para flanquear. Esos son los cimientos de la estrategia de la fuerza espacial.

—Por dentro, el bloque aeroespacial no es monolítico —dijo Ding Yi—. No, simplemente la vieja guardia de la época de los cohetes químicos defiende las naves espaciales de propulsión material. Pero en el sector hay fuerzas de otras disciplinas. Por ejemplo, los que investigan en nuestro sistema de fusión. En general defienden naves de radiación. Son fuerzas casi totalmente igualadas. Lo que hace falta son tres o cuatro personas en posiciones clave. Eso rompería el equilibrio. Sus opiniones decidirán al final lo que haremos. Pero me temo que esas personas son también miembros de la vieja guardia.

—Se trata de la decisión más crítica dentro de toda la estrategia principal. Si nos equivocamos, construiremos la flota espacial sobre unos cimientos equivocados y tal vez malgastaremos un siglo o dos. Y para entonces temo que no podamos cambiar de dirección.

—Pero ni usted ni yo nos encontramos en posición de solucionarlo.

Zhang Beihai abandonó la base de fusión tras almorzar con Ding Yi. No tuvo que alejarse mucho para que el suelo húmedo volviese a cubrirse de una nieve que relucía blanca bajo el sol. El aire fue enfriándose al mismo ritmo que su corazón.

Precisaba con urgencia una nave espacial capaz de realizar un viaje interestelar. Si el resto de los caminos no llevaban hasta ese punto, entonces quedaba uno. Por peligroso que fuese, había que recorrerlo.

Cuando Zhang Beihai entró en el hogar del coleccionista de meteoritos, situado en el patio de una de las casas de un barrio *hutong*, se dio cuenta de que ese hogar viejo y mal iluminado era como un museo geológico en miniatura.

Había expositores de cristal en las cuatro paredes. Unas luces profesionales iluminaban varias rocas que, por lo demás, no parecían tener interés. El propietario era un hombre de unos cincuenta años, robusto de espíritu y aspecto. Estaba sentado en un banco de trabajo, empleando lentes de aumento para examinar una pequeña piedra. Al ver al visitante lo saludó con amabilidad. Zhang Beihai comprendió de inmediato que se trataba de una de esas personas afortunadas que habían logrado vivir en un mundo propio que adoraban. Por grandes que fuesen los cambios sufridos por el mundo exterior, él siempre podría refugiarse en el suyo.

En aquella atmósfera pasada de moda que era la peculiaridad de las casas viejas, Zhang Beihai recordó que mientras él y sus camaradas luchaban por la supervivencia de toda la especie humana, la mayoría de la gente todavía se aferraba a sus vidas pasadas. Esa idea le provocó paz mental y satisfacción interior.

Haber completado el ascensor espacial y haber realizado el descubrimiento en tecnología de fusión controlada daba enormes ánimos al mundo y apaciguaba en cierta forma los sentimientos derrotistas. Pero los líderes más serenos eran conscientes de que apenas estaban empezando: si la analogía para la construcción de una flota espacial era la construcción de una flota naval, la humanidad acababa de llegar a la orilla cargando con las herramientas. Ni siquiera habían construido los astilleros. Dejando de lado la creación de la nave espacial en sí, la investigación en armas espaciales y los ecosistemas cerrados, así como la construcción de puertos espaciales, eran ya unas fronteras tecnológicas sin precedentes para la humanidad. El simple hecho de clavar los cimientos bien podría llevar un siglo.

Además, la humanidad se enfrentaba a otro gran desafío aparte de ese aterrador abismo: la construcción de un sistema espacial de defensa consumiría enormes cantidades de recursos. Lo más probable era que ese consumo retrasase la calidad de vida en un siglo, es decir, que la gran prueba para el espíritu humano estaba por venir. Siendo conscientes de esa situación, los líderes militares habían decidido iniciar la implementación del plan que estipulaba el uso de cuadros políticos de la fuerza espacial como refuerzos futuros. Como él había propuesto inicialmente el plan, a Zhang Beihai le habían nombrado comandante del Contingente Especial de Refuerzos Futuros. Al aceptar la misión, propuso que antes de entrar en hibernación, todos los oficiales pertenecientes a ese contingente especial pasasen por al menos un año de entrenamiento y trabajo en el espacio. De esa forma tendrían la preparación necesaria para realizar su futuro trabajo en la fuerza espacial. «Los jefes no querrán que sus comisarios políticos sean marineros de agua dulce», le dijo a Chang Weisi. La propuesta fue aprobada con toda rapidez. Un mes más tarde, él y el primer contingente especial de treinta camaradas fueron al espacio.

—¿Es usted un soldado? —le preguntó el coleccionista mientras servía el té. Siguió hablando al ver el asentimiento—: Hoy en día los soldados ya no son como antes. Pero en su caso basta con un vistazo.

—Usted también fue un soldado —dijo Zhang Beihai.

—Buen ojo. Empleé mi vida al servicio de la Oficina de Mapas y Topografía del Alto Mando.

—¿Cómo se interesó por los meteoritos? —preguntó Zhang Beihai, mirando con admiración la excelente colección.

—Hará una década fui a la Antártida con un equipo de topografía para buscar meteoritos bajo la nieve y me enganché. Su atractivo radica en que llegan a la Tierra desde el espacio lejano. Cuando cojo uno en la mano me siento como si pasase a un mundo extraño y alienígena.

Zhang Beihai negó con una sonrisa.

—Eso no es más que una sensación. La propia Tierra está formada por la acumulación de materia interestelar, así que básicamente no es más que un gigantesco meteorito. La piedra bajo nuestros pies es meteorito. Esta taza en mi mano es meteorito. Además, dicen que fueron los cometas los que trajeron el agua a la Tierra, por tanto... —levantó la taza— también es meteorito el contenido. Lo que tiene no posee nada de especial.

El coleccionista le señaló con la mano y rio.

—Es usted muy listo. Ya ha empezado a negociar... Aun así, confío en lo que siento.

El coleccionista no se pudo resistir a hacerle una visita guiada. Incluso abrió una caja fuerte para enseñarle el gran tesoro de la casa: una acondrita marciana del tamaño de una uña. Le hizo observar los pequeños huecos redondeados que había en la superficie del meteorito y le dijo que podrían ser microbios fósiles.

—Hace cinco años Robert Haag quiso comprármelo por mil veces el precio del oro, pero no acepté.

—¿Cuántas piezas ha recogido personalmente? —preguntó Zhang Beihai, haciendo un gesto que recorría toda la sala.

—Solo una fracción. La mayoría los adquirí en el sector privado o por intercambios dentro de la comunidad de entusiastas... Bien. ¿Qué tipo quiere?

—Nada demasiado valioso. Debe tener gran densidad, no se debe romper fácilmente bajo un impacto y debe dejarse trabajar con facilidad.

—Comprendo. Quiere grabarlo.

Asintió.

—Podría decirse así. Sería genial si pudiese usar un torno.

—En ese caso, un meteorito de hierro —dijo el coleccionista mientras abría un expositor de cristal y sacaba una piedra oscura del tamaño de una nuez—. Este. Está compuesto sobre todo por hierro y níquel, con cobalto, fósforo, silicio, azufre y cobre. ¿Quiere densidad? Aquí hay ocho gramos por centímetro cúbico. Es fácil de trabajar y muy metálico, así que el torno no debería ser un problema.

—Bien. Pero es un poco demasiado pequeño.

El coleccionista sacó otro trozo del tamaño de una manzana.

—¿Tiene algo todavía más grande?

El coleccionista le miró y dijo:

—No se vende al peso. Los grandes son caros.

—Bien, ¿tiene tres de este tamaño?

El coleccionista sacó tres meteoritos de hierro de aproximadamente el mismo tamaño y empezó a negociar su precio.

—Los meteoritos de hierro no son muy habituales. Son como un cinco por ciento de todos los meteoritos y estos son muy buenas muestras. Mire, este es octahedrita. Observe el patrón cruzado sobre la superficie. Se les llama estructuras de Widmanstätten. Y aquí tenemos una ataxita rica en níquel. Esas líneas paralelas se llaman líneas de Neumann. Este contiene camacita y este otro taenita, un mineral que no se encuentra en la Tierra. Esta pieza la encontré en el desierto, empleando un detector de metales y fue como pescar una aguja en el océano. El vehículo quedó atrapado en la arena y el eje se partió. Por poco muero.

—Diga el precio.

—En el mercado internacional, un ejemplar de este tamaño y calidad valdría unos veinte dólares de Estados Unidos por gramo. Por tanto: ¿sesenta mil yuanes por uno, o tres por ciento ochenta mil?

Zhang Beihai sacó el teléfono.

—Deme el número de cuenta. Pagaré de inmediato.

El coleccionista guardó silencio durante un buen rato. Cuando Zhang Beihai volvió a mirarle, él le dedicó una risa avergonzada.

—La verdad es que esperaba su contraoferta.

—No. Acepto.

—A ver. Ahora que el viaje espacial está al alcance de todos, el precio de mercado ha caído un poco, aunque no es tan fácil conseguir meteoritos en el espacio como en la superficie. Estos bien valen...

Zhang Beihai le hizo callar con un gesto decisivo.

—No. Ese es el precio. Considérelo una muestra de respeto ante esas rocas.

Tras salir de la casa del coleccionista, Zhang Beihai llevó los meteoritos al taller de un instituto de investigación que pertenecía a la fuerza espacial. El trabajo había terminado y el taller, que poseía un torno de control numérico de alta tecnología, estaba vacío. Primero empleó el torno para transformar los tres meteoritos en cilindros del mismo diámetro, como del grueso de una mina de lápiz, y luego los cortó en pequeños segmentos de igual longitud. Trabajó como mucha delicadeza, procurando minimizar todo lo posible el material sobrante, y acabó con treinta y seis pequeñas barras meteóricas. Una vez concluyó, recogió con cuidado los restos, retiró de la máquina la cuchilla especial que había escogido y se fue del taller.

El resto del trabajo lo realizó en un sótano secreto. Sobre la mesa dispuso treinta y seis cartuchos 7,62 mm para pistolas y retiró proyectil tras proyectil. De haber sido cartuchos de latón de los antiguos, el proceso habría requerido mucho esfuerzo, pero dos años antes el ejército al completo había actualizado la pistola reglamentaria para emplear munición sin casquillo, cuyos proyectiles estaban pegados al propelente y por tanto eran fáciles de retirar. A continuación, empleó un adhesivo especial para fijar una barrita meteórica a cada propelente. El adhesivo, desarrollado en un principio para reparar la superficie de cápsulas espaciales, garantizaba que la unión no se rompería una vez enfrentada a los extremos de calor y frío del espacio. Acabó con treinta y seis balas meteóricas.

Metió cuatro balas meteóricas en un cargador, que a su vez encajó en una pistola P224 y disparó contra un saco. En el estrecho sótano el disparo fue ensordecedor y dejó atrás un penetrante olor a pólvora.

Examinó con atención los cuatro agujeros del saco, comprobando que eran pequeños. Es decir, los meteoritos no se habían fragmentado al disparar. Abrió el saco y extrajo un buen trozo de carne fresca de vaca. Con un cuchillo sacó con cuidado los meteoritos. Las cuatro barritas de meteorito se habían fragmentado por completo. Colocó los restos en la mano. Prácticamente no había ninguna indicación de que los hubiesen modificado. Fue un resultado satisfactorio.

El saco de la carne estaba fabricado con el material usado en los trajes espaciales. Para que la simulación fuese todavía más realista, lo había montado por capas separadas por material aislante, tubos de plástico y otros materiales.

Guardó con cuidado las restantes treinta y dos balas meteóricas y se fue del sótano. Debía iniciar los preparativos para visitar el espacio.

Zhang Beihai flotaba en el espacio a cinco kilómetros de la Estación Río Amarillo. Era una estación espacial en forma de rueda que se encontraba a trescientos kilómetros del contrapeso que era el punto final del ascensor espacial. Se trataba de la mayor estructura construida por la humanidad en el espacio y daba cabida a mil residentes a tiempo completo.

La región espacial a un radio de quinientos metros de la estación espacial era el hogar de otras instalaciones espaciales, todas más pequeñas que Río Amarillo. Se encontraban dispersas, como las tiendas de los pioneros cuando se abrió el Oeste Americano. Eran el preludio de la entrada en masa de la humanidad en el espacio. Los astilleros que habían empezado a construir eran los más grandes y con el tiempo acabarían ocupando una zona diez veces mayor que la Estación Río Amarillo, pero ahora mismo simplemente habían construido un andamio que era como el esqueleto de un leviatán. Zhang Beihai había llegado desde la Base I, otra estación espacial a ochenta kilómetros de distancia y que tenía solo una quinta parte del tamaño de Río Amarillo. La Base I era la base de la fuerza espacial en órbita geoestacionaria. Llevaba ya tres meses viviendo y trabajando con los demás miembros del Contingente Especial de Refuerzos Futuros y solo había regresado a la Tierra en una ocasión.

Ahora por fin se presentaba la oportunidad que tanto había estado esperando la facción aeroespacial: se celebraba una conferencia de trabajo de muy alto nivel en la Estación Río Amarillo y a ella asistirían sus tres candidatos a la eliminación. Una vez puesta en servicio, la industria aeroespacial había celebrado bastantes reuniones en Río Amarillo, como si desease compensar el hecho más que lamentable de que la mayor parte del personal del sector aeroespacial jamás hubiese tenido la oportunidad de salir al espacio.

Antes de abandonar la Base I, Zhang Beihai había dejado la unidad de posicionamiento de su traje en su camarote. De esa forma el sistema de vigilancia no sería consciente de que había abandonado la base y no quedarían registros de sus movimientos. Atravesó ochenta kilómetros de espacio, empleando los impulsores del traje, hasta la posición que había elegido.

Y esperó.

La reunión había terminado, pero aguardaba a que los participantes saliesen y se hiciesen una foto de grupo.

La tradición marcaba que todos los participantes de la reunión posaban para una fotografía de grupo en el espacio. Habitualmente la hacían mirando al sol, porque era la única forma de tener una imagen definida de la estación espacial. Como cada persona tenía que hacer que los visores del casco fuesen transparentes para dejar la cara descubierta para la fotografía, tendrían que cerrar los ojos para evitar los intensos rayos del sol si estaban de cara a él, por no mencionar que el interior de los cascos se volvería caliente hasta lo insoportable. Todos esos factores indicaban que el mejor momento para hacer una fotografía de grupo era cuando el sol estaba a punto de salir o ponerse en el horizonte de la Tierra. En órbita geosíncrona, cada veinticuatro horas se producía una salida y una puesta de sol, aunque la noche era muy corta. Ahora Zhang Beihai aguardaba la puesta de sol.

Era consciente de que el sistema de vigilancia de la Estación Río Amarillo podía detectar su presencia, pero no llamaría la atención. Se encontraba en el punto cero de la construcción espacial y la región estaba repleta de material sin usar o abandonado, así como por grandes cantidades de basura. Gran parte de ese material flotante tenía el tamaño aproximado de un ser humano. Es más, el ascensor espacial y las instalaciones circundantes mantenían una relación muy similar a la de una metrópolis con los pueblos circundantes, con los suministros de estos últimos llegando desde la primera, así que había mucho movimiento. A medida que la gente se había acostumbrado al entorno espacial habían ido adoptando la costumbre de atravesar el espacio en solitario. Emplear el traje espacial como si fuese una bicicleta con impulsores que podían obtener velocidades de hasta quinientos kilómetros por hora era la forma más sencilla de viajar en el entorno de unos cientos de kilómetros alrededor del ascensor espacial. Ahora siempre había gente moviéndose entre el ascensor espacial y las estaciones que lo rodeaban.

Zhang Beihai sabía que en ese momento el espacio circundante estaría vacío. Exceptuando la Tierra (que desde la órbita geosíncrona era visible como una esfera completa) y el sol, que estaba a punto de hundirse en el horizonte, lo único que había en todas direcciones era un abismo oscuro. Las innumerables estrellas no eran más que un tenue polvo reluciente incapaz de alterar el vacío del universo. Sabía que el sistema de soporte vital del traje solo aguantaría doce horas y, antes de que se agotase el tiempo, debería recorrer los ochenta kilómetros de vuelta a la Base I, que no era más que un punto informe perdido en el abismo espacial. La propia base no aguantaría demasiado si se cortarse el cordón umbilical que la mantenía unida al ascensor espacial. Ahora mismo, flotando en el vasto espacio vacío, lo que sentía era que había cercenado todo contacto con el mundo azul. En este universo él no era más que una presencia independiente, separada de todo el mundo, flotando en el cosmos sin tener suelo bajo los pies y rodeada por espacio por todas partes, sin origen ni destino, como la Tierra, el sol y la Vía Láctea.

Se limitaba a existir.

Le gustaba esa sensación.

Incluso sintió que el espíritu de su padre podría compartir esa misma emoción.

El sol tocó el borde del mundo.

Zhang Beihai levantó la mano. El guante del traje tenía una mira telescópica que empleó para observar una de las salidas de la Estación Río Amarillo que se encontraba a diez kilómetros de distancia. La puerta redonda de la esclusa, encajada sobre la enorme y curvada superficie exterior, seguía cerrada.

Giró la cabeza para mirar al sol. Ya se había puesto a la mitad y parecía un reluciente anillo coronando la Tierra.

Al volver a mirar a la estación a través de la mira, comprobó que la luz de señalización de la salida había cambiado de rojo a verde. Eso indicaba que habían vaciado el aire de su interior. De inmediato, la puerta se abrió y de ella surgió una hilera de figuras vestidas con traje espacial blanco. Eran unas treinta. Cuando salieron flotando, la sombra que proyectaban sobre el exterior de la estación se amplió.

Debían alejarse una buena distancia para poder encajar toda la estación en una fotografía. Pero no pasó mucho tiempo antes de que redujesen la velocidad e, ingrávidos, fuesen ocupando sus posiciones siguiendo las instrucciones del fotógrafo. Para entonces el sol ya se había hundido dos tercios. Lo que sobresalía del astro parecía un objeto luminoso encajado en la Tierra sobre un liso espejo de mar que era medio azul y medio naranja-rojizo, con la parte superior cubierta por nubes iluminadas que recordaban a plumas rosadas.

Al ir reduciéndose la intensidad de la luz, los miembros del lejano grupo fueron volviendo transparentes sus visores, dejando las caras al descubierto. Zhang Beihai incrementó la distancia focal de la mira y dio con los blancos. Tal y como había esperado, dada su alta jerarquía, ocupaban el punto central de la fila delantera.

Soltó la mira, que flotó delante de él. Empleó la mano izquierda para girar el anillo metálico que retenía el guante derecho. Se soltó. Ahora únicamente un fino guante de tela cubría la mano derecha. Sintió de inmediato la temperatura de menos de cien grados del espacio. Para evitar la congelación, giró el cuerpo de forma que la débil luz del sol iluminase la mano. La metió en un bolsillo del traje y sacó la pistola y dos cargadores. A continuación, empleando la mano izquierda, agarró la mira flotante y la fijó a la pistola. En realidad, se trataba de una mira para rifles, pero le había encajado fijaciones magnéticas para poder usarlas con la pistola.

La mayoría de las armas de fuego de la Tierra podían disparar en el espacio. El vacío no era ningún impedimento, porque el propelente de la bala contenía ya el agente oxidante, pero era preciso tener en cuenta la temperatura del espacio: los dos extremos diferían mucho de las temperaturas atmosféricas y, por tanto, podían afectar al arma y a la munición, así que temía dejar fuera el arma y el cargador durante demasiado tiempo. Para que ese tiempo fuese el menor posible, había dedicado tres meses a practicar repetidamente a sacar el arma, montar la mira y cambiar los cargadores.

Apuntó y tuvo en el punto de mira al primero de los blancos.

Ni el más avanzado rifle de francotirador podría acertar a un blanco a cinco kilómetros de distancia en la atmósfera de la Tierra. Pero en el espacio una pistola normal podía hacerlo. Las balas avanzaban en un vacío a gravedad cero, libres de cualquier interferencia externa. Si apuntabas bien, las balas seguirían una trayectoria de lo más estable hasta dar con el blanco. Además, como no había resistencia del aire, las balas no desaceleraban y daban en el blanco con la velocidad inicial, lo que garantizaba el impacto letal incluso en la distancia.

Apretó el gatillo.

La pistola disparó en silencio, pero vio el destello del cañón y sintió el retroceso. Al primer blanco le disparó diez veces. Reemplazó rápidamente el cargador y descargó otras diez veces en el segundo blanco. Volviendo a cambiar, descargó las últimas diez balas en el tercer blanco. Treinta destellos del cañón. Si alguien en la Estación Río Amarillo hubiese estado mirando, habría visto una luciérnaga contra el fondo del espacio.

Ahora, treinta meteoritos volaban hacia sus blancos. La pistola tipo 2010 poseía una velocidad de salida de quinientos metros por segundo, por lo que harían falta unos diez segundos para atravesar la distancia. Durante ese tiempo Zhang Beihai solo podía rezar para que los blancos no cambiasen de posición. No se trataba de una esperanza infundada, porque las dos filas de atrás todavía no habían ocupado su puesto. E incluso de haberse situado todos, el fotógrafo tendría que esperar a que se disipase la neblina de los impulsores de los trajes. Por tanto, los líderes tenían que esperar. Pero teniendo en cuenta que los blancos flotaban ingrávidos en el espacio, era bien posible que se desplazasen, con lo que las balas podrían no solo fallar sino darle a un inocente.

¿Inocente? Las tres personas que iba a asesinar eran inocentes. En los años anteriores a la Crisis Trisolariana, habían realizado lo que ahora podrían considerarse unas inversiones muy exiguas y habían avanzado lentamente sobre hielo muy poco sólido hasta el amanecer de la era espacial. Esa experiencia había limitado sus formas de pensar. Era necesario destruirles para poder lograr naves espaciales capaces de vuelos interestelares. Sus muertes podrían interpretarse como una última contribución a los esfuerzos humanos en el espacio.

De hecho, Zhang Beihai había enviado algunas balas muy desviadas con la esperanza de darle a alguien que no fuese uno de los blancos. Lo ideal sería herirles, pero no importaba demasiado si mataba a uno o dos más. Como mucho eso lograría reducir cualquier sospecha.

Alzó el arma vacía y frunció el ceño al usar la mira. Era consciente de la posibilidad de fracasar. Si eso sucedía, iniciaría la búsqueda de una segunda oportunidad.

El tiempo pasó segundo a segundo y al final hubo señales de un impacto. Zhang Beihai no vio el agujero en el traje espacial, pero surgió un gas blanco. De inmediato, otro estallido aún mayor de vapor blanco surgió de entre la primera y segunda fila, quizá porque la bala había salido por la espalda del blanco y había atravesado el sistema de impulsores. Confiaba mucho en esas balas: un proyectil meteórico disparado sin prácticamente reducción de velocidad sería como recibir un disparo a quemarropa. En uno de los blancos aparecieron grietas en el visor del casco, dejándolo opaco, pero pudo ver la sangre que lo cubría por dentro antes de que se mezclase con los gases para luego escapar por el agujero de bala, donde enseguida se congeló formando cristales como de nieve. Sus observaciones le permitieron confirmar que cinco personas habían sido impactadas, incluyendo los tres objetivos, habiendo cada uno de ellos recibido al menos cinco disparos.

Vio a través de sus visores que la multitud gritaba de terror, y la forma de los labios le indicó que entre sus palabras estaban las que esperaba: «¡Lluvia de meteoritos!»

Todos los miembros del grupo activaron de inmediato los impulsores y corrieron a la estación, dejando atrás estelas de neblina blanca. Finalmente atravesaron la escotilla y regresaron al interior de la Estación Río Amarillo. Zhang Beihai vio que también se llevaban a los cinco afectados.

Activó sus propios impulsores y aceleró hacia la Base I. Ahora su corazón estaba tan frío y tranquilo como el espacio vacío que le rodeaba. Era bien consciente de que la muerte de las tres figuras clave del sector aeroespacial no garantizaba que el motor de radiación fuese a convertirse en la rama principal de la investigación en naves espaciales, pero había hecho todo lo posible. Ya no importaba lo que pasase a continuación. En cuanto al juicio vigilante de su padre en el más allá, se podía relajar.

Prácticamente al mismo tiempo que Zhang Beihai regresaba a la Base I, en el internet de la Tierra un grupo de personas se congregaba a toda prisa en las extensiones del mundo virtual *Tres Cuerpos* para hablar de lo sucedido.

—En esta ocasión la información transmitida vía sofón fue muy completa o jamás podríamos haberlo creído —dijo Qin Shi Huang mientras agitaba la espada con cierto desasosiego—. Mira lo que ha hecho, y luego comparadlo con nuestros tres intentos contra la vida de Luo Ji. —Hizo un gesto de desesperación—. A veces nos pasamos de cerebritos. Carecemos de semejante capacidad calculadora y fría.

—¿Vamos a quedarnos cruzados de brazos y permitir que se salga con la suya? —preguntó Einstein.

—Obedeciendo las intenciones de nuestro Señor, es todo lo que podemos hacer. Ese hombre es un resistente muy obstinado y un triunfalista, y nuestro Señor no nos quiere interfiriendo innecesariamente con ese tipo de humanos. Debemos concentrarnos en el Escapismo. Nuestro Señor considera que el derrotismo es mucho más peligroso que el triunfalismo —dijo Newton.

—Si nuestra labor al servicio de nuestro Señor debe ser sincera y adoptar la debida seriedad, no podemos aceptar por completo su estrategia. Después de todo, no es más que el consejo de un niño —replicó Mozi.

Qin Shi Huang tiró la espada al suelo.

—Aun así, en este caso no intervenir es lo correcto. Que se dediquen a desarrollar naves espaciales de radiación. Con la física bajo el bloqueo sofón, se encontrarán con un pico tecnológico prácticamente inalcanzable. Por no mencionar un abismo sin fondo en el que la humanidad verterá todo su tiempo y energía para acabar sin nada.

—En ese punto estamos de acuerdo. Pero piensa que se trata de un hombre muy importante. Es peligroso —dijo Von Neumann.

—¡Exacto! —exclamó Aristóteles, asintiendo varias veces—. Le considerábamos un simple soldado, pero ¿es este el comportamiento de un soldado que se rige por la estricta disciplina y por las reglas?

—Es, en efecto, un hombre peligroso. Su fe es inalterable, su visión de las cosas es muy amplia y es implacable y decidido sin dejarse llevar por las emociones. Actúa con tranquila determinación. Por lo general, es un hombre serio y preciso, pero cuando la situación lo requiere, abandona la masa ordenada y emprende acciones extraordinarias —dijo Confucio con tono de anhelo—. Como ha dicho el Primer Emperador, a nosotros nos faltan personas así.

—No será difícil lidiar con él. Nos bastará con dejar al descubierto sus asesinatos —afirmó Newton.

—¡No es tan fácil! —dijo Qin Shi Huang, agitando una de sus mangas—. Es todo culpa tuya. Has estado empleando la información de los sofones para sembrar la discordia en la fuerza espacial y las Naciones Unidas, por tanto ¿cómo ha podido pasar? La denuncia sería un honor, ¡o incluso un símbolo de lealtad!

—Y no tenemos pruebas concluyentes —dijo Mozi—. El plan era muy preciso. Las balas se fragmentaron con el impacto, así que una autopsia solo recuperaría auténticos trozos de meteorito de muertos y heridos. Todos creerán que murieron por una lluvia de meteoritos. La verdad es tan desquiciada que nadie la creería.

—Está bien que se vaya a ir de refuerzo al futuro. Al menos durante un tiempo no nos causará problemas.

Einstein suspiró.

—Irse. Todos se van. Algunos de nosotros también deberíamos ir al futuro.

Aunque repetían que se volverían a encontrar, todos sabían, en lo más profundo, que aquel adiós era definitivo. Cuando el Contingente Especial de Refuerzos Futuros se dirigió al centro de hibernación, Chang Weisi y otros generales de alto nivel de la fuerza espacial fueron al aeropuerto a despedirles. A Zhang Beihai le entregó una carta.

—Es una carta para mi futuro sucesor. En ella le explico sus circunstancias y le recomiendo encarecidamente que le tenga en cuenta para el Mando Espacial. No despertará antes de cincuenta años en el futuro, o incluso más, y podría enfrentarse a un entorno laboral mucho más complicado. Primero deberá adaptarse al futuro, preservando el espíritu de los soldados de nuestra época. Debe ser consciente de nuestros métodos de trabajo actuales, cuáles quedarán obsoletos y cuáles habrá que mantener. Es probable que en el futuro esa sea su mayor ventaja.

Zhang Beihai dijo:

—Comandante, por primera vez lamento un poco ser ateo. De no ser así, podría albergar cierta esperanza de que nos volviésemos a encontrar en algún otro tiempo o lugar.

A Chang Weisi le impactó esa muestra de afecto viniendo de un hombre que era habitualmente tan circunspecto, y las palabras resonaron en los corazones de los demás. Pero siendo soldados, mantuvieron bien ocultos los latidos de sus corazones.

—Me congratula que nos hayamos conocido en esta vida. Transmita nuestros beneplácitos a los camaradas del futuro —dijo Chang Weisi.

Tras un último saludo el contingente especial subió al avión.

Durante un momento, Chang Weisi miró la espalda de Zhang Beihai. Partía un soldado resuelto y era posible que nunca hubiese uno igual. ¿De dónde surgía una fe tan inalterable? Era una pregunta que desde siempre moraba en el fondo de su mente y, en ocasiones, incluso le provocaba cierto ataque de envidia. Afortunado era el soldado que tenía fe en la victoria. Esas personas tan especiales escasearían en la batalla del Día del Juicio Final. Mientras el cuerpo alto de Zhang Beihai se perdía en el interior de la cabina, Chang Weisi debió admitir para sí mismo que hasta ese mismo momento jamás habría comprendido lo que había en el interior de ese hombre.

El avión despegó llevándose a aquellos que quizá tuviesen ocasión de presenciar el destino final de la humanidad. Se perdió bajo nubes difusas y blancas. Se trataba de un feo día de invierno. El sol asomaba tras una cortina de nubes grises y el viento frío que recorría el desierto aeropuerto dotaba al aire de un aspecto a cristal sólido, provocando la sensación de que la primavera se demoraría para siempre. Chang Weisi cerró el cuello de su abrigo militar. Ese día cumplía cincuenta y cuatro años y, sintiendo el deprimente viento del invierno, fue consciente de su propio final y la extinción de la especie humana.

Año 20 de la Era de la Crisis

Distancia que separa a la flota trisolariana
de nuestro Sistema Solar: 4,15 años luz

Rey Díaz y Hines despertaron simultáneamente de la hibernación con la noticia de que la tecnología que aguardaban ya había aparecido.

—¡¿Tan pronto?! —exclamaron al descubrir que solo habían pasado ocho años.

Les informaron de que, debido a una inversión sin precedente, durante los últimos años la tecnología había avanzado a un ritmo inusitado. Pero no todo era optimismo. La humanidad se había limitado a realizar un *sprint* final para cubrir la distancia que la separaba de la barrera sofón, por lo que los avances eran meramente tecnológicos. La física avanzada seguía estancada y la fuente de teorías se iba agotando. El avance tecnológico acabaría desacelerándose y con el tiempo se detendría por completo. Pero por ahora nadie sabía cuándo se llegaría a ese final.

Hines entró en aquella estructura, que era como un estadio, caminando sobre unos pies todavía rígidos por la hibernación. El interior estaba ocupado por una niebla blanca, aunque la sentía seca. No identificaba la sustancia. La niebla estaba iluminada por un delicado resplandor lunar, que era escaso a la altura de una persona, pero hacia arriba se volvía tan denso que no podía ver el techo. Apreció, a través de la niebla, una figura diminuta que reconoció de inmediato: su mujer. Y él cruzó la niebla corriendo en su dirección. Era como perseguir a un fantasma, con la diferencia de que al final se encontraron y se abrazaron.

—Amor mío, lamento haber envejecido ocho años —le dijo Keiko Yamasuki.

—Aun así, sigues siendo un año más joven que yo. —La

miró atentamente. El tiempo no había dejado ninguna señal en el cuerpo de su mujer, pero iluminada por la luz lunar de la niebla tenía un aspecto pálido y débil. En aquel entorno le recordó aquella noche en el bosquecillo de bambú del jardín en Japón—. ¿No acordamos que entrarías en hibernación dos años después que yo? ¿Por qué has esperado tanto tiempo?

—Mi intención era realizar los preparativos para el trabajo posterior a la hibernación. Pero las tareas se acumulaban, así que eso he estado haciendo —dijo, apartándose un mechón de pelo de la frente.

—¿Ha sido complicado?

—Extremadamente. No mucho después de que entrases en hibernación se iniciaron seis proyectos para lograr ordenadores de nueva generación. Tres empleaban la arquitectura tradicional, uno una arquitectura diferente a la de Von Neumann, y de los otros dos, uno era cuántico y el otro biológico. Sin embargo, dos años después, los científicos encargados de esos proyectos me comunicaron que la capacidad de cálculo que requeríamos era imposible. El primero en cerrar fue el proyecto de computación cuántica, por no dar con el suficiente apoyo en la física teórica actual: la investigación se había topado con el bloqueo sofón. Luego le tocó al proyecto biomolecular. Según ellos, no era más que una fantasía. El último en abandonar fue el del ordenador de arquitectura diferente a la de Von Neumann. Su arquitectura era una simulación del cerebro humano, pero me dijeron que se trataba de un huevo informe que jamás se convertiría en pollo. Aunque solo seguían los tres proyectos tradicionales, durante mucho tiempo no hubo ningún tipo de avance.

—Vaya... entonces debería haberme quedado contigo.

—No habría tenido ningún sentido. Te habrías limitado a malgastar ocho años. Fue hace poco, la verdad, cuando ya nos sentíamos totalmente descorazonados, cuando se nos ocurrió una idea desquiciada: simular el cerebro humano con un método que es una barbaridad.

—¿Y cuál es?

—Implementar en *hardware* la simulación de *software* anterior. Se haría empleando un microprocesador por neurona, dejando que los microprocesadores interactuasen y permitiendo cambios dinámicos en el modelo de conexiones.

Hines reflexionó un momento hasta comprender a qué se refería.

—¿Hablas de fabricar cien mil millones de microprocesadores?

La mujer asintió.

—¡Eso es prácticamente la suma total de todos los procesadores fabricados a lo largo de la historia humana!

—No hice las cuentas, la verdad, pero es probable que muchos más.

—Aunque dispusieses de todos esos chips, ¿cuánto llevaría conectarlos todos?

Keiko Yamasuki sonrió con cansancio.

—Sabía que no se podía hacer. No fue más que una idea desesperada. Pero la verdad es que consideramos ponerlo en marcha y fabricar todos los que sean posibles —indicó a su alrededor—. Estamos en uno de los treinta talleres de ensamblado cerebral virtual que planeamos. Pero es el único construido.

—Debería haber estado contigo —repitió Hines todavía con más emoción.

—Por suerte, al menos logramos el ordenador que queríamos. Tiene un rendimiento mil veces superior a los que viste antes de entrar en hibernación.

—¿Una arquitectura tradicional?

—Así es. Unas gotas más extraídas del limón que era la ley de Moore. La comunidad informática quedó patidifusa. Pero en esta ocasión, amor mío, sí que hemos dado con el límite.

«Un ordenador sin parangón. Si la humanidad fracasaba, jamás sería superado», pensó Hines, pero no lo expresó en voz alta.

—Al disponer de este ordenador, investigar sobre el Escáner Total fue mucho más sencillo. —Hizo una pausa y preguntó—: Amor mío, ¿te haces una idea de cuánto es cien mil millones? —A continuación, hizo un gesto con la cabeza y esbozó una sonrisa; luego extendió las manos a su alrededor—. Mira. Aquí tienes cien mil millones.

—¿Cómo? —Sin saber qué decir, Hines miró la niebla blanca que le rodeaba.

—Nos encontramos en medio de la pantalla holográfica del superordenador —afirmó Keiko Yamasuki mientras manipulaba un artilugio que le colgaba del pecho. Hines comprobó que tenía una ruedecilla y pensó que sería algo similar a un ratón.

A medida que Keiko Yamasuki movía la rueda, él fue percibiendo un cambio en la niebla. Se volvió más densa en lo que claramente era una ampliación de una zona concreta. Luego comprendió que estaba formada por un número incontable de partículas relucientes, y eran esas partículas las que emitían la iluminación lunar sin reflejar una fuente externa. A medida que avanzaba la ampliación, las partículas se convirtieron en estrellas brillantes. Pero no se trataba del cielo estrellado sobre la Tierra. Era más bien como estar situado en el corazón de la Vía Láctea, donde el número de estrellas era tan grande que apenas había espacio para la oscuridad.

—Cada estrella es una neurona —dijo. Sus cuerpos relucían, plateados, por efecto del océano formado por cien mil millones de estrellas.

El holograma siguió ampliándose. Vio innumerables tentáculos delgados que se extendían radialmente desde cada una de las estrellas para formar complejas conexiones, eliminado así el campo estelar y dejándole en medio de una estructura en red infinitamente grande.

La imagen se amplió todavía más y cada una de las estrellas fue manifestando una estructura que le resultó familiar por la microscopía electrónica: células y sinapsis del cerebro.

Keiko Yamasuki pulsó el ratón y la imagen volvió al instante al estado de niebla blanca.

—Esta es la imagen global de la estructura cerebral formada por el Escáner Total escaneando a la vez tres millones de secciones. Es evidente que lo que ves es la imagen procesada... para que sea más conveniente, la distancia entre neuronas se ha ampliado en cuatro o cinco órdenes de magnitud, así que tiene el aspecto de un cerebro vaporizado. Sin embargo, se preserva la topología de las conexiones. Ahora, miremos la imagen dinámica.

La niebla mostró alteraciones, puntos relucientes que eran como pellizcos de pólvora salpicados sobre una llama. Keiko Yamasuki amplió la imagen hasta que tuvo el aspecto de un campo de estrellas, y Hines vio surgir olas estelares en un universo-cerebro, las alteraciones en el océano de estrellas, de formas diferentes y en lugares distintos: algunas como corrientes, otras como vórtices y otras como olas amplias, todo extremadamente cambiante y produciendo asombrosas imágenes de auto-organización en medio del caos. La imagen cambió una vez más para parecerse a una red y observó un sinnúmero de señales nerviosas portando ajetreados mensajes por las sinapsis, brillando como perlas en el complejo flujo de una intrincada red de tuberías...

—¿De quién es el cerebro? —preguntó, asombrado.

—Es el mío —respondió ella, mirándole con cariño—. Cuando se tomó esta imagen mental, pensaba en ti.

Atención: al encenderse la luz verde, aparecerá el sexto grupo de proposiciones. Si la proposición es cierta, pulse el botón de la derecha. Si la proposición es falsa, pulse el botón de la izquierda.

Proposición 1: El carbón es de color negro.

Proposición 2: 1 + 1 = 2

Proposición 3: En invierno, la temperatura es más baja que durante el verano.

Proposición 4: Por lo general, la estatura de los hombres es menor que la de las mujeres.

Proposición 5: La línea recta es la distancia más corta entre dos puntos.

Proposición 6: El brillo de la luna es mayor que el del sol.

Las afirmaciones aparecían sucesivamente en una pequeña pantalla situada delante del sujeto de pruebas. Cada proposición aparecía durante cuatro segundos y, siguiendo su propio juicio, el sujeto pulsaba el botón derecho o izquierdo. La cabeza la tenía encajada en una cubierta metálica que permitía al Escáner Total capturar una imagen holográfica del cerebro, que el ordenador convertiría en una red neuronal dinámica para su posterior análisis.

Ahora mismo, en el estado inicial del proyecto de Hines, el sujeto realizaba tareas muy simples relativas al pensamiento crítico y las proposiciones de prueba poseían respuestas concisas y claras. Con pensamientos tan sencillos, era fácil identificar la operación de la red de neuronas del cerebro, lo que ofrecía un punto de partida para luego realizar un estudio más en profundidad sobre la naturaleza última del pensamiento.

El equipo de investigación, bajo la dirección de Hines y Keiko Yamasuki, había realizado algunos avances. Habían descubierto que el pensamiento crítico no se manifestaba en un punto concreto de la red neuronal cerebral, sino que empleaba un modo determinado de transmisión de impulsos nerviosos, y que con la ayuda de un potente ordenador, era posible recuperar y localizar ese modelo de entre toda la vasta red de neuronas. El método era muy similar al de la posición estelar que el astrónomo Ringier había entregado a Luo Ji. Al contrario que dar con un patrón de posición preciso entre las estrellas, en el universo del cerebro dicho patrón era dinámico y solo podía identificarse por medio de sus características matemáticas. Era un poco como dar con un pequeño remolino en medio de un extenso océano, por lo que la capacidad informática requerida era varios órdenes de magnitud mayor que para las estrellas, y solo era posible empleando las máquinas más avanzadas.

Hines y su esposa usaron la pantalla holográfica para recorrer el mapa del cerebro. Cuando el sistema identificaba el pensamiento crítico en el cerebro del sujeto, el ordenador indicaba su posición usando un resplandor rojo parpadeante. En realidad, era una forma de ofrecer un reclamo ocular más intuitivo para el ojo humano, y no una exigencia estricta del estudio. Lo importante era el análisis de la estructura interna de la transmisión de impulsos nerviosos en el origen del pensamiento, porque allí se ocultaba el misterio de la esencia de la mente.

Justo en ese momento entró el director médico del equipo para decir que el sujeto 104 tenía problemas.

Cuando se inició el desarrollo del Escáner Total, escanear tal cantidad de secciones producía grandes cantidades de radiación fatales para cualquier forma de vida. Pero las mejoras sucesivas habían reducido los niveles de radiación por debajo del límite peligroso, y muchas comprobaciones habían demostrado que, mientras el proceso durase menos de cierto tiempo, el Escáner Total no causaría daños en el cerebro.

—Parece haber pillado hidrofobia —dijo el director médico mientras volvían a toda prisa al centro médico.

La sorpresa hizo que Hines y Keiko Yamasuki se parasen de inmediato.

—¿Hidrofobia? ¿De alguna forma ha contraído la rabia?

El director médico alzó una mano e hizo lo posible por ordenar sus ideas.

—Oh, lo lamento. No ha sido exacto. No padece nada físico y no ha sufrido ningún daño en el cerebro u otros órganos. Simplemente le tiene miedo al agua, como si tuviera la rabia. Se niega a beber y tampoco come nada húmedo. Se trata de un efecto psicológico. Solo cree que el agua es tóxica.

—¿Trastorno delirante? —preguntó Keiko Yamasuki.

El director médico lo desechó con un movimiento de la mano.

—No, no. No cree que alguien haya envenenado el agua. Cree que el agua en sí es tóxica.

Una vez más Hines y su esposa se detuvieron. El director médico agitó la cabeza con desesperación.

—En todos los demás aspectos psicológicos está perfectamente bien... no sé explicarlo. Tienen que verlo.

El sujeto 104 era un voluntario, un estudiante de universidad que quería ganar algo de dinero. Antes de entrar en la habitación, el director les dijo:

—Lleva dos días sin beber. Si sigue así, sufrirá una grave deshidratación y tendré que hidratarle a la fuerza. —Junto a la puerta indicó un horno de microondas y añadió—: ¿Lo ven? Antes de comer pan o cualquier otra cosa quieren que lo sequemos por completo.

Hines y su esposa entraron. El sujeto 104 les miró con miedo. Tenía los labios cuarteados y el pelo revuelto, pero por lo demás parecía normal. Tiró de la manga de Hines y habló con voz ronca.

—Doctor Hines, quieren matarme. No sé por qué. —Con el dedo señaló un vaso de agua apoyado en un mueble junto a la cama—. Quieren que beba agua.

Hines miró el vaso de agua cristalina. Estaba convencido de que el sujeto no padecía rabia, porque la verdadera hidrofobia le provocaría espasmos de terror solo de verla. Oírla correr le haría perder la cordura, y su mera mención le produciría miedo.

—A juzgar por los ojos y el habla, su estado psicológico debería ser normal —le dijo Keiko Yamasuki en japonés. Poseía una licenciatura en psicología.

—¿De veras crees que el agua es tóxica? —le preguntó Hines.

—¿Cabe alguna duda? De la misma forma que el sol posee luz y el aire contiene oxígeno. No se pueden negar los hechos fundamentales, ¿no es así?

Hines se apoyó en su hombro y le dijo:

—Joven, la vida surgió del agua y no puede existir en su ausencia. Tu propio cuerpo es agua en un setenta por ciento.

Los ojos del sujeto 104 se oscurecieron. Se echó sobre la cama agarrándose la cabeza.

—Eso es cierto. Es una idea que me tortura. Es el aspecto más increíble del universo.

—Veamos los registros del experimento del sujeto 104 —le dijo Hines al director médico cuando salieron de la habitación.

Una vez en el despacho del director, Keiko Yamasuki dijo:

—Mira primero las proposiciones de prueba.

Aparecieron en pantalla una a una:

Proposición 1: Los gatos tienen tres patas.

Proposición 2: Las piedras no están vivas.

Proposición 3: El sol tiene forma de triángulo.

Proposición 4: Dado el mismo volumen, el hierro pesa más que el algodón.

Proposición 5: El agua es tóxica.

—Alto —dijo Hines, señalando la proposición 5.

—Respondió «falso» —añadió el director.

—Fíjese en los parámetros de operación tras dar la respuesta a la proposición 5.

El registro indicaba que una vez recibida la respuesta a la proposición 5, el Escáner Total incrementó la intensidad del escaneado en el punto de pensamiento crítico de la red neuronal cerebral del sujeto. Para mejorar la precisión del escaneado de esa zona, en esa pequeña región se incrementaba la intensidad de la radiación y el campo magnético. Hines y Keiko Yamasuki repasaron con mucha atención la larga lista de parámetros que aparecían en pantalla.

—¿Ese escaneado mejorado se ha realizado con otros sujetos y con otras proposiciones? —preguntó Hines.

Respuesta del director:

—Dado que el efecto del escaneado mejorado no fue muy bueno, se canceló tras cuatro intentos por temor a una excesiva radiación en un punto concreto. Los tres anteriores... —consultó el ordenador y añadió—: eran proposiciones ciertas sin mayor interés.

—Debemos emplear los mismos parámetros de escáner y repetir el experimento con la proposición 5 —dijo Keiko Yamasuki.

—Pero... ¿con quién? —preguntó el director.

—Conmigo —dijo Hines.

El agua es tóxica.

La proposición 5 apareció en texto negro sobre fondo blanco. Hines pulsó el botón izquierdo, de «falso», pero no sintió nada excepto la ligera sensación de calor producida en la parte posterior de la cabeza por efecto del escaneado intensivo.

Abandonó el laboratorio de Escáner Total y se sentó ante una mesa mientras una multitud, que incluía a Keiko Yamasuki, le observaba. Sobre la mesa había un vaso de agua. Tomó el vaso, lo acercó a los labios y dio un sorbo. Los movimientos eran relajados y la expresión tranquila. Todos los presentes casi suspiraron aliviados, pero se dieron cuenta de que la garganta no se movía para tragar. Los músculos de la cara se pusieron rígidos y luego se agitaron un poco hacia arriba. Sus ojos mostraron el mismo miedo que el sujeto 104, como si su espíritu luchase contra una fuerza informe y muy poderosa. Al final escupió toda el agua y se arrodilló para vomitar, pero no salió nada. La cara se le puso violeta. Abrazándole, Keiko Yamasuki le dio golpecitos en la espalda.

Al recuperarse, Hines alargó una mano.

—Dame toallitas de papel —dijo. Las cogió y con mucho cuidado limpió las gotitas de agua que le habían caído en los zapatos.

—¿De verdad crees que el agua es tóxica, amor mío? —preguntó Keiko Yamasuki con los ojos llenos de lágrimas. Antes del experimento le había rogado una y otra vez que cambiase la proposición por otra que fuese falsa pero totalmente inofensiva. Hines se había negado.

Asintió.

—Lo creo. —Miró a la multitud con confusión e impotencia—. Lo creo. Lo creo de verdad.

—Voy a repetir tus palabras —dijo Keiko, agarrándole el

hombro—. La vida surgió del agua y no puede existir en su ausencia. Tu propio cuerpo es agua en un setenta por ciento.

Hines inclinó la cabeza y miró la mancha de agua en el suelo. A continuación, asintió.

—Eso es cierto, mi amor. Es una idea que me tortura. Es el aspecto más increíble del universo.

Tres años después del avance en fusión nuclear controlada, unos nuevos y extraños cuerpos celestes habían aparecido en el cielo nocturno de la Tierra. Había hasta cinco de ellos visibles a la vez en un hemisferio. Eran cuerpos que cambiaban entre extremos de luminosidad, superando a Venus cuando estaban más brillantes, y a menudo parpadeaban con rapidez. En ocasiones, uno sufría una súbita erupción incrementando rápidamente su brillo, para luego apagarse tras dos o tres segundos. Se trataba de reactores de fusión en pruebas en una órbita geosíncrona.

La propulsión por radiación había ganado la vía de la investigación de las futuras naves espaciales. Era un tipo de propulsión que exigía reactores de gran potencia que solo podían probarse en el espacio. Así es como habían aparecido esos relucientes reactores a treinta mil kilómetros de altura, conocidos como estrellas nucleares. Cada erupción de una estrella nuclear indicaba un fracaso desastroso. Pero al contrario de lo que creía la mayoría de la gente, las erupciones de las estrellas nucleares no eran explosiones en el reactor nuclear, sino la exposición del núcleo cuando el envoltorio exterior del reactor se fundía por el calor producido durante la fusión. El núcleo era como un pequeño sol y, como fundía los materiales terrestres más resistentes al calor como si fuesen de cera, era preciso contenerlo usando un campo electromagnético. Esos campos fallaban con frecuencia.

En el balcón del piso superior del Mando Espacial, Chang Weisi y Hines acababan de ser testigos de una de esas erupciones. El resplandor lunar proyectó sombras sobre la pared antes de desvanecerse por completo. Hines era el segundo vallado que Chang Weisi había conocido. El anterior había sido Tyler.

—Es la tercera vez este mes —dijo Chang Weisi.

Hines contempló el cielo nocturno, ahora a oscuras.

—Esos rectores solo alcanzan un uno por ciento de la potencia requerida para los motores espaciales del futuro y no son estables. E incluso si lográsemos desarrollar los reactores necesarios, la tecnología de motores será todavía más difícil. Seguro que en ese camino nos toparemos con el bloqueo sofón.

—Tiene razón. Los sofones bloquean todas las direcciones —mientras hablaba, Chang Weisi miraba al infinito. Ahora que la luz del cielo había desaparecido, el océano de luces de la ciudad parecía incluso más brillante.

—Tan pronto como aparecen, todo atisbo de esperanza se evapora. Como ha dicho: los sofones bloquean todas las direcciones.

Chang Weisi se rio.

—Doctor Hines, no ha venido a hablarme de derrotismo, ¿verdad?

—Eso precisamente quiero comentarle. La forma de derrotismo que está resurgiendo es ahora diferente. Se sostiene sobre las duras condiciones de vida de la población y su impacto sobre el ejército es mucho mayor.

Chang Weisi apartó la mirada del infinito, pero no dijo nada.

—Comprendo las dificultades de su puesto, general, y deseo ayudarle.

Durante unos segundos, Chang Weisi miró a Hines en silencio. Su expresión era totalmente neutral. A continuación, sin molestarse en responder al ofrecimiento, dijo:

—La evolución del cerebro humano requiere de entre veinte mil a doscientos mil años para mostrar cambios apreciables, pero la civilización humana solo tiene cinco mil años. Por tanto, en estos momentos estamos empleando cerebros de humanos primitivos... Doctor, le congratulo por sus singulares ideas y quizá contengan la respuesta correcta.

—Gracias. En esencia, somos los Picapiedra.

—Pero ¿es realmente posible usar la tecnología para mejorar las capacidades mentales?

Hines se emocionó.

—General, no es usted tan primitivo, ¡al menos en comparación con otras personas! Me he dado cuenta de que ha dicho «capacidades mentales» en lugar de «inteligencia». La primera categoría es mucho más amplia y diversa que la segunda. Por ejemplo, en nuestra lucha contra el derrotismo no podemos depender exclusivamente de la inteligencia. Si se tiene en cuenta el bloqueo sofón, cuanto más inteligente se es, más difícil resultará tener fe en la victoria.

—En ese caso, respóndame. ¿Es posible?

Hines movió la cabeza.

—¿Qué sabe de los trabajos que Keiko Yamasuki y yo realizábamos antes de la Crisis Trisolariana?

—No mucho. Me suena: la esencia del pensamiento no se encuentra en el nivel molecular, sino que se manifiesta en el nivel cuántico. Me pregunto si eso implica...

—Implica que los sofones me esperan. De la misma forma que nosotros les esperamos a ellos. —Hines señaló al cielo—. Sin embargo, en estos momentos nuestras investigaciones están muy lejos de nuestras metas. Pero sí que hemos dado con un resultado adicional inesperado.

Chang Weisi asintió y sonrió, manifestando un cauteloso interés.

—No comentaré los detalles. En esencia, hemos descubierto en la red neuronal del cerebro el mecanismo mental para realizar dictámenes, así como la forma de modificarlo. Si comparamos el proceso que emplea la mente humana para realizar un dictamen o alcanzar una conclusión con el proceso informático, tenemos los datos externos, los cálculos y el resultado final. Lo que hemos logrado es saltarnos el paso del cálculo e ir directamente al resultado. Cuando cierta información llega al cerebro, esta influye en una zona concreta de la red neuronal y nosotros somos capaces de lograr que el cerebro llegue a una conclusión, creer que la información es verdadera, sin tener que pensar.

—¿Ya lo ha hecho? —preguntó Chang Weisi en voz baja.

—Sí. Fue un descubrimiento casual que más tarde sometimos a un intenso estudio. Ya lo hemos completado. Lo llamamos «precinto mental».

—¿Y si el dictamen... o fe, digamos... contradice la realidad?

—Con el tiempo la fe quedará revocada. Sin embargo, se trata de un proceso muy doloroso, porque el dictamen producido en la mente por efecto del precinto mental es muy tenaz. En mi caso, pasé dos meses convencido de que el agua era tóxica, y solo un intenso tratamiento de psicoterapia me permitió volver a beber sin ayuda. Es un proceso que francamente no tengo ganas de recordar. Pero en el caso de la toxicidad del agua, estamos hablando de una proposición falsa muy exagerada. Otras creencias no tienen que compartir esa naturaleza. Como la existencia de Dios o el que la humanidad saldrá victoriosa en la guerra. Ese tipo de creencias carecen de una respuesta clara y definida. El proceso normal para establecer ese tipo de creencias ya viene mentalmente influido por todo tipo de factores. Si es el precinto mental el que establece dicha creencia, el resultado será muy convincente e imposible de eliminar.

—En verdad estamos hablando de un logro asombroso —Chang Weisi se puso serio—. Hablo de la neurociencia. Pero en el mundo real, doctor Hines, su creación plantea muchas inquietudes. Sin duda, se trata del avance más inquietante de la historia.

—¿No desea usar el proceso, el precinto mental, para crear una fuerza espacial que posea una fe inamovible en la victoria? En el ejército tienen comisarios políticos y nosotros tenemos capellanes. En última instancia, el precinto mental no es más que un medio tecnológico para lograr lo mismo de forma más eficiente.

—Las labores políticas e ideológicas crean fe por medio del pensamiento racional y científico.

—Pero ¿resulta posible construir la fe en la victoria por medios racionales y científicos?

—Si no es posible, doctor, preferimos tener una fuerza espacial que no crea en la victoria, pero conserve la capacidad de pensamiento independiente.

—Exceptuando esa creencia, el resto de la mente seguiría siendo autónoma. Nos limitaríamos a ejecutar una minúscula intervención mental, empleando la tecnología para ir directos al establecimiento de una conclusión, solo una, en la mente.

—Pero con una ya basta. La tecnología ha alcanzado el punto en que puede modificar pensamientos con la facilidad con la que se ajusta un programa de ordenador. Tras dicha modificación, ¿una persona sigue siendo una persona o se ha convertido en un autómata?

—Debe de haber leído *La naranja mecánica*.

—Es un libro con múltiples niveles.

—General, me esperaba su reacción —dijo Hines, decepcionado—. Seguiré analizando este campo. Son los esfuerzos que debe realizar un vallado.

Durante la siguiente reunión del Proyecto Vallado, la presentación por parte de Hines del precinto mental desencadenó entre los asistentes reacciones poco habituales. La muy concisa evaluación por parte del representante de Estados Unidos resumió bien la opinión de la mayoría:

—Empleando un talento extraordinario, el doctor Hines y la doctora Yamasuki han abierto a la humanidad una puerta a las tinieblas.

El representante de Francia estaba tan alterado que incluso abandonó su asiento.

—¿Qué resulta más trágico para la humanidad: perder la capacidad y el derecho a pensar con libertad o sufrir la derrota en esta guerra?

—¡Evidentemente, lo último! —respondió Hines mientras se ponía en pie—. Porque en el primer estado la humanidad posee al menos la opción de recuperar la independencia de pensamiento.

—Eso lo dudo. Si ese proceso se acaba usando... ¡Vaya con los vallados! —dijo la representante rusa mientras lanzaba las manos al techo—. Tyler quería robarle la vida a la gente y usted quiere quitarles la mente. ¿Qué quieren lograr?

Esas palabras provocaron un escándalo.

El representante de Reino Unido habló:

—Hoy nos estamos limitando a proponer una moción, pero esperamos que los gobiernos de todos los países serán unánimes en la prohibición de esta tecnología. No importa lo que suceda al final, no hay nada más malvado que el control del pensamiento.

Hines dijo:

—¿Por qué todos se alteran tanto cuando se menciona el control del pensamiento? Está por todas partes en la sociedad moderna, desde la publicidad a la cultura de Hollywood. Por usar una expresión china, se burlan de la gente por retroceder cien pasos cuando ustedes mismos ya han retrocedido cincuenta.

El representante de Estados Unidos respondió:

—Doctor Hines, usted no se ha limitado a retroceder cien pasos. Ha llegado hasta el mismo límite de las tinieblas y amenaza con derribar los cimientos de la sociedad moderna.

Los asistentes volvieron a alborotarse y Hines comprendió que era el momento de tomar el control de la situación. Elevó la voz y dijo:

—¡Aprendamos la lección del chico!

Efectivamente, tras esa frase la conmoción se calmó.

—¿De qué chico habla? —preguntó el presidente de turno.

—Creo que todos conocemos la historia: un chico en el bosque al que se le quedó atrapada la pierna bajo un árbol caído. Estaba solo y la pierna no dejaba de sangrar. Habría muerto, así que tomó una decisión que avergonzaría a todos los delegados hoy aquí presentes: cogió una sierra y se cortó la pierna atrapada, subió a un coche y dio con un hospital. Se salvó a sí mismo.

Con satisfacción, Hines comprobó que al menos nadie había intentado interrumpirle. Añadió:

—Ahora mismo la humanidad se enfrenta a un problema de vida o muerte. La vida o la muerte en conjunto de nuestra especie y civilización. Dadas las circunstancias, ¿cómo no íbamos a renunciar a algo?

Se oyeron dos golpes rápidos. El presidente golpeaba con el mazo, a pesar de que no había mucho ruido. Los asistentes recordaron que durante toda la reunión el alemán había guardado un silencio muy poco habitual. Con voz tranquila, el presidente dijo:

—En primer lugar, espero que cada uno de ustedes eche un buen vistazo a la situación actual. La inversión para construir la defensa espacial no deja de incrementarse y en este momento de transición la economía mundial sufre una tremenda recesión. Es posible que en un futuro muy cercano se cumpla la profecía de que los estándares de vida retrocedan un siglo. Por su parte, todas las investigaciones relacionadas con la defensa espacial se dan de bruces contra el bloqueo sofón, con la consecuente ralentización del desarrollo tecnológico. Esos elementos producirán una nueva oleada de derrotismo en la comunidad internacional. Y en esta ocasión podría provocar el colapso absoluto del Programa de Defensa del Sistema Solar.

Tales palabras tuvieron un efecto balsámico sobre la asamblea. Siguió hablando tras un silencio de casi medio minuto:

—Como todos los demás, cuando supe del precinto mental sentí el mismo miedo y odio que siento al ver una serpiente venenosa. Pero en este momento, lo racional es calmarse y reflexionar. Cuando aparece el diablo, la mejor opción es siempre recurrir a la tranquilidad y la razón. En esta reunión nos limitamos a presentar una moción para su votación.

Hines vio cierta esperanza.

—Señor presidente, representantes, ya que mi propuesta inicial no se puede votar en esta asamblea, quizá podamos dar un paso atrás.

—No importa cuánto retroceda, el control del pensamiento es totalmente inaceptable —dijo el representante francés, pero con un tono de voz un poco menos belicoso.

—¿Y si no se tratase de controlar el pensamiento? ¿Y si fuese algo a medio camino entre el control y la libertad?

—El precinto mental es lo mismo que el control mental —dijo el representante japonés.

—No lo es. En el control del pensamiento, debe haber un controlador y un objeto del control. Si alguien decide voluntariamente crear un precinto en su propia mente, díganme, ¿dónde está el control en ese caso?

La asamblea volvió a quedar en silencio. Sintiendo la proximidad del éxito, Hines no cejó:

—Propongo la apertura del precinto mental, como instalación pública. Solo habrá una proposición: la creencia en la victoria final en esta guerra. Cualquiera que desee adquirir esa fe por medio del precinto mental podrá, de modo voluntario, hacer uso de esta instalación. Por supuesto, todo el proceso se realizará bajo la más estricta supervisión.

La asamblea inició la discusión y añadió a la propuesta mínima de Hines un buen número de restricciones al uso del precinto mental. La más crucial fue limitar su uso a las fuerzas espaciales, porque era más fácil aceptar que los militares pensasen todos de la misma forma. La reunión se prolongó casi ocho horas, la más larga de su historia, y acabó formulando una moción que se votaría en la siguiente convocatoria, y que los representantes permanentes presentarían a sus respectivos gobiernos.

—¿No deberíamos tener un nombre para esa instalación? —preguntó el representante de Estados Unidos.

—¿Qué tal Centros de Alivio para la Fe? —dijo el representante de Reino Unido.

La combinación del humor británico y un nombre tan raro provocó risas.

—Dejen de lado «de alivio» y llámenlo Centro para la Fe —dijo Hines con absoluta seriedad.

A la entrada del Centro para la Fe se hallaba una réplica a escala reducida de la Estatua de la Libertad. No se sabía por qué. Quizá fuese un intento por reducir el impacto de la palabra «control» por medio de la palabra «libertad». En cualquier caso, el aspecto más llamativo de la estatua era el poema modificado que tenía grabado en la base:

> *Dadme vuestras almas desesperadas,*
> *Vuestras multitudes temerosas que ansían la victoria,*
> *Los despreciados de vuestras traicioneras costas.*
> *Enviadme a los desposeídos,*
> *Porque mi lámpara de dorada fe ofrece consuelo.*

La fe dorada a la que se refería el poema ocupaba un lugar destacado y estaba inscrita en distintos idiomas sobre una piedra de granito negro llamada el Monumento a la Fe, que se encontraba junto a la estatua:

> *La humanidad surgirá victoriosa en la guerra de resistencia contra la invasión de Trisolaris. Destruiremos al invasor del Sistema Solar. La Tierra persistirá en el cosmos durante diez mil generaciones.*

El Centro para la Fe llevaba tres días abierto. Keiko Yamasuki y Hines habían pasado ese tiempo aguardando en la majestuosa recepción. Era un edificio más pequeño erigido cerca de la plaza de Naciones Unidas y que ahora se había convertido en la más reciente de las atracciones turísticas. La gente se acercaba continuamente a fotografiar la Estatua de la Libertad y el Monumento a la Fe, pero nadie entraba. Daba la impresión de que la estrategia general era mantener una prudente distancia.

—¿No tienes la impresión de que hemos montado una tienda de barrio a la que no le va demasiado bien? —dijo ella.

—Mi amor, algún día este será un lugar sagrado —afirmó Hines con solemnidad.

Una tarde, durante el tercer día, alguien al fin entró en el Centro para la Fe. Era un hombre calvo y de mediana edad, con aspecto melancólico. Entró tambaleándose y al acercarse olía a alcohol.

—He venido a ganar fe —dijo, arrastrando las palabras.

—El Centro para la Fe solo está abierto a miembros de las fuerzas espaciales. Por favor, muestre alguna identificación —le dijo Keiko Yamasuki mientras hacía una reverencia. A Hines le recordó a una camarera educada en un hotel de lujo de Tokio.

El hombre sacó su identificación.

—Soy miembro de la fuerza espacial. Personal civil. ¿Vale así?

Hines asintió una vez hubo estudiado la identificación.

—Señor Wilson, ¿quiere hacerlo ahora?

—Sería genial —respondió asintiendo—. Lo que... eso que llaman proposición de fe. La tengo apuntada. Esto es lo que quiero creer. —Sacó un papel doblado del bolsillo de la camisa.

Keiko Yamasuki quiso explicarle que, siguiendo la resolución del Consejo de Defensa Planetaria, el precinto mental solo se podía aplicar a una proposición en concreto: la escrita en el monumento de la entrada. Debía ser tal y como estaba escrita y habían prohibido cualquier alteración. Pero Hines se lo impidió con un gesto delicado. Primero quería ver qué proposición traía ese hombre. Desdobló el papel y leyó lo que estaba escrito:

«Katherine me ama. ¡Nunca ha tenido una aventura y nunca la tendrá!»

Keiko Yamasuki contuvo la risa, pero Hines arrugó el papel con furia y se lo lanzó al borracho a la cara.

—¡Salga ahora mismo de aquí!

Después de que Wilson se fuera, otro hombre dejó atrás el Monumento a la Fe, que era el límite tras el que permanecían los turistas habituales. Captó la atención de Hines al pasar por el monumento. Hines llamó a Keiko Yamasuki y le dijo:

—Mira. ¡Debe de ser un soldado!

—Da la impresión de estar agotado tanto física como mentalmente —respondió ella.

—Pero es un soldado, me puedes creer.

Estaba a punto de salir para hablar con él cuando le vio subir los escalones. Parecía tener más o menos la edad de Wilson y a pesar de unos rasgos asiáticos bastante agradables, lo demás era tal y como Keiko Yamasuki había dicho: daba la impresión de estar un poco melancólico, pero de una forma muy diferente al desdichado anterior. Su melancolía parecía menos severa, pero simultáneamente más profunda, como si le acompañase desde hacía muchos años.

—Me llamo Wu Yue. Me gustaría tener la creencia —dijo. Hines se dio cuenta de que había dicho «creencia» en lugar de «fe».

Keiko Yamasuki hizo una reverencia y repitió lo anterior.

—El Centro para la Fe está destinado exclusivamente a miembros de las fuerzas espaciales de cada país. Por favor, muestre una identificación.

Wu Yue permaneció inmóvil, pero dijo:

—Hace dieciséis años serví durante un mes en la fuerza espacial. Luego me retiré.

—¿Sirvió durante un mes? Bien, si no le incomoda la pregunta, ¿cuál fue la razón para dejarlo? —preguntó Hines.

—Soy un derrotista. Mis superiores y yo consideramos que no estaba capacitado para trabajar en la fuerza espacial.

—El derrotismo es una mentalidad muy habitual. Es evidente que es usted un derrotista sincero y expresó sus ideas sin vacilación. Sus colegas que siguieron en el servicio bien podrían tener más ideas derrotistas, pero las ocultaron —dijo Keiko Yamasuki.

—Quizá. Pero he estado perdido durante estos años.

—¿Por dejar el servicio activo?

Wu Yue negó con la cabeza.

—No. Nací en una familia de académicos y la educación que recibí me hizo considerar la humanidad como una única unidad, incluso después de convertirme en soldado. Siempre creí que el mayor honor de un soldado sería luchar por la especie humana. Tuve la oportunidad, pero en una guerra que estábamos destinados a perder.

Hines iba a intervenir, pero Keiko Yamasuki le interrumpió.

—Permítame hacerle una pregunta. ¿Qué edad tiene?

—Cincuenta y un años.

—Si tras obtener fe en la victoria se le permite regresar a la fuerza espacial, ¿no le parece que a su edad es un poco tarde para empezar de nuevo?

Hines comprendió que Keiko sentía demasiada compasión para rechazarle directamente. Sin duda, a ojos de una mujer, un hombre con una melancolía tan profunda debía de ser muy atractivo. Pero no le preocupaba, porque ese hombre estaba tan consumido por su desesperación que para él solo la desdicha tenía sentido.

Wu Yue volvió a negar con la cabeza.

—No me comprende. No quiero ganar la fe en la victoria. Solo busco la paz de mi alma.

Hines quiso intervenir, pero una vez más Keiko Yamasuki se lo impidió.

Wu Yue siguió con la explicación:

—Conocí a mi actual esposa cuando estudiaba en la Academia Naval de Annapolis. Era una cristiana acérrima y se enfrentaba al futuro con una tranquilidad interior que a mí me provocaba envidia. Según ella, Dios lo tenía todo planeado para cada uno de nosotros desde el pasado al futuro. Nosotros, hijos de Dios, no necesitábamos comprender sus planes. Simplemente nos bastaba con la creencia de que ese plan era el más razonable del universo y vivir una vida en paz siguiendo la voluntad de Dios.

—¿Entonces ha venido aquí para creer en Dios?

Wu Yue asintió.

—He escrito mi proposición de creencia. Por favor, léanla —mientras hablaba metió la mano en el bolsillo de la camisa.

Una vez más, Keiko Yamasuki impidió hablar a Hines. A Wu Yue le dijo:

—Si ese es el caso, le basta con seguir con su vida y creer. No es preciso recurrir a medidas tecnológicas tan extremas.

Una sonrisa triste apareció en el rostro del antiguo capitán de la fuerza espacial.

—Mi educación fue totalmente materialista. Soy un ateo irredento. ¿Cree que me resultaría fácil adquirir esa creencia?

—¡Para nada! —dijo Hines colocándose delante de Keiko Yamasuki. Decidió aclarar lo antes posible la situación—. Debe saber que, según la resolución de Naciones Unidas, el precinto mental solo puede operar con una proposición en concreto.

Mientras hablaba tomó una caja grande, exquisitamente trabajada en rojo, y la abrió para que Wu Yue pudiese verla. Sobre el interior de terciopelo negro, escrito con letras doradas, se encontraba el juramento de la victoria que aparecía en el Monumento de la Fe.

Le dijo:

—Este es el libro de la fe —le mostró varias cajas de distintos colores—. Estos son libros de la fe en varios idiomas. Señor Wu, le voy a explicar la estricta supervisión que conlleva la aplicación del precinto mental. Como garantía de una actuación segura y fiable, la proposición no se muestra en pantalla. En su lugar, al voluntario se le da uno de estos libros para que la lea. Para dejar claro su carácter voluntario, es el propio sujeto el que completa el proceso. Para abrir el libro de la fe, debe pulsar el botón de inicio del dispositivo de precinto mental. Pero antes de poder ejecutar el procedimiento, el sistema requiere tres confirmaciones. Antes de cada procedimiento, un panel de diez representantes de la comisión de Derechos Humanos de Naciones Unidas y los estados miembros del Consejo de Defensa Planetaria examina el libro. La supervisión del procedimiento la realiza el panel de diez miembros presentes durante el uso del dispositivo de precinto mental. Por tanto, señor, su petición es imposible de cumplir; puede olvidar su proposición de creencia religiosa. Cambiar una palabra del libro de la fe se considera un crimen.

—En ese caso, lamento la molestia —dijo Wu Yue con un gesto de la cabeza. Daba la impresión de que esperaba esa respuesta. Se giró para irse y de espaldas parecía solitario y mayor.

—El resto de su vida será duro —dijo Keiko Yamasuki en voz baja y cargada de ternura.

—¡Señor! —gritó Hines, obligando a Wu Yue a parar justo al cruzar la puerta. Corrió al exterior, allí donde la luz del sol de la tarde se reflejaba como el fuego en el Monumento a la Fe y el edificio acristalado de Naciones Unidas en la distancia. Entrecerró los ojos por la luz y habló—: Probablemente no me crea, pero yo casi hago lo contrario.

Wu Yue se mostró confundido. Hines miró atrás, comprobó

que Keiko Yamasuki no le había seguido y entonces sacó un papel del bolsillo y se lo entregó a Wu Yue.

—Aquí tiene el precinto mental que pretendía aplicarme a mí mismo. Por supuesto, vacilé y al final no lo hice.

El texto en negrita decía: «Dios ha muerto.»

Wu Yue levantó la cabeza y preguntó:

—¿Por qué?

—¿No le parece evidente? ¿No ha muerto Dios? Que le den al plan de Dios. ¡Que le den a su dulce yugo!

Wu Yue observó a Hines en silencio. A continuación se giró y bajó los escalones.

Hines gritó:

—Señor, me gustaría poder ocultar el desprecio que siento hacia usted, pero no me es posible.

Al día siguiente empezaron a llegar las personas que Hines y Keiko Yamasuki habían estado esperando. Era una mañana soleada. Entraron cuatro individuos. Tres hombres de rasgos europeos y una mujer de rostro asiático. Jóvenes, muy erguidos y con paso firme, daban toda la sensación de poseer confianza y madurez. Pero en sus ojos Hines y Keiko Yamasuki vieron un sentimiento conocido: la misma confusión melancólica de Wu Yue.

Con cuidado dejaron los documentos sobre la mesa de recepción y su líder declaró solemnemente:

—Somos oficiales de la fuerza espacial y hemos venido a obtener fe en la victoria.

El proceso de aplicación del precinto mental era muy rápido. Después de que los diez miembros del panel de supervisión examinasen los libros de la fe, firmaron sus nombres en el certificado notarial. A continuación, bajo su supervisión, el primer voluntario recibió el libro de la fe y se sentó en el escáner del precinto mental. Colocó el libro de la fe en la pequeña plataforma que tenía delante. Esta tenía un botón rojo en la esquina inferior derecha. Al abrir el libro de la fe una voz preguntó:

—¿Está seguro de querer recibir la certidumbre de esta proposición? Si es así, pulse el botón. En caso contrario, abandone la zona de escáner.

Tres veces se repitió la pregunta y tres veces el botón se iluminó en rojo. Un mecanismo de posicionamiento se fue cerrando lentamente para fijar la cabeza del voluntario, y a continuación la voz dijo:

—El procedimiento del precinto mental va a comenzar. Por favor, lea la proposición en silencio y pulse el botón.

Al pulsar, el botón se volvió verde y tras medio minuto se apagó. La voz dijo:

—El procedimiento de aplicación del precinto mental ha concluido.

El dispositivo de posicionamiento se separó. El voluntario se puso en pie y salió.

Una vez que los cuatro oficiales completaron el procedimiento, volvieron a la recepción, donde Keiko Yamasuki los examinó con cuidado, confirmando casi de inmediato que su percepción de una mejora del estado de ánimo no era simplemente imaginaria. En los cuatro pares de ojos ya no había ni melancolía ni confusión. Ahora eran ojos tan serenos como el agua.

—¿Cómo se sienten? —preguntó con una sonrisa.

—Genial —respondió un joven oficial, devolviéndole la sonrisa—. Como debe ser.

Al irse, la mujer asiática se giró y dijo:

—Doctora, me siento de maravilla. Gracias.

El futuro era una pura certidumbre. Al menos en las mentes de esos cuatro jóvenes.

A partir de ese día llegaron sin pausa otros miembros de la fuerza espacial en busca de la fe. Al principio iban solos y vestidos de civiles, pero al final aparecían en grandes grupos vestidos con uniforme militar. Si llegaban más de cinco personas a la vez, el panel de supervisión realizaba una investigación rápida para comprobar que nadie viniese coaccionado.

Una semana más tarde, un centenar de miembros de la fuerza espacial había logrado la fe en la victoria gracias al precinto mental. Sus graduaciones iban desde soldado raso a coronel, la graduación más alta a la que las fuerzas espaciales nacionales permitían usar el precinto mental.

Esa noche, junto al Monumento a la Fe iluminado por la luna, Hines le dijo a Keiko Yamasuki:

—Cariño, debemos irnos.

—¿Al futuro?

—Así es. El estudio de la mente no se nos da mejor que a otros científicos y ya hemos logrado todo lo que precisábamos. Hemos dado un buen empujón a la rueda de la historia, así que vayamos a esperar al futuro.

—¿Cuánto?

—Mucho, Keiko. Mucho. El día en que las sondas trisolarianas lleguen al Sistema Solar.

—Antes, regresemos durante un tiempo a la casa de Tokio. Después de todo, esta época quedará sepultada para siempre.

—Claro que sí, cariño. Yo también lo echo de menos.

Seis meses más tarde, cuando Keiko Yamasuki se hundía en el frío creciente para entrar en hibernación, el frío congeló y filtró todo el ruido de fondo de su mente. De pronto, sus pensamientos más intensos se manifestaron con toda claridad frente a la solitaria oscuridad, igual que aquel momento, diez años antes, cuando Luo Ji se hundió de súbito en las aguas heladas. De pronto, sus pensamientos difusos se volvieron extremadamente definidos, como el cielo frío en el más profundo invierno.

Era demasiado tarde para gritar que interrumpiesen la hibernación; las temperaturas ultra reducidas ya se habían apoderado de todo su cuerpo, y con ello había perdido toda capacidad de emitir sonidos.

Eso sí, justo al pasar a la hibernación, los médicos y operarios se dieron cuenta de que de pronto abría un poco los ojos, con expresión de terror y desesperación. De no ser porque el frío congeló sus pupilas, sus ojos se habrían abierto por completo. Pero la verdad es que se trataba de un reflejo normal que ya habían visto en otros pacientes. No le dieron mayor importancia.

La reunión del Consejo de Defensa Planetaria sobre el Proyecto Vallado discutía sobre la prueba de la bomba estelar de hidrógeno.

El enorme avance en tecnología informática permitía que los ordenadores fuesen por fin capaces de calcular el modelo teórico estelar, desarrollado durante la década anterior, de una explosión nuclear, y, por tanto, se podía dar comienzo de inmediato a la construcción de bombas estelares de hidrógeno de alta capacidad. Se estimaba que la capacidad de la primera sería de 350 megatones de TNT, o unas siete veces más que la bomba de hidrógeno más potente fabricada por la humanidad. Probarla en la atmósfera sería del todo imposible. Y hacerla detonar en las profundidades empleadas hasta entonces no haría más que lanzar roca hacia el aire, por lo que cualquier prueba terrestre exigiría un pozo increíblemente profundo. Pero incluso detonarla en esas condiciones provocaría ondas de choque que se extenderían por todo el mundo y podría causar todo tipo de problemas imprevistos en muchas estructuras geológicas, hasta el punto de quizá llegar a causar terremotos y tsunamis. Por tanto, la única prueba posible sería en el espacio. Aun así, resultaba imposible hacerlo en órbita, porque el pulso electromagnético producido por la explosión sería una catástrofe para las telecomunicaciones y redes eléctricas de la Tierra. La zona ideal de pruebas era en la cara oculta de la luna. Sin embargo, la decisión de Rey Díaz fue otra.

—He decidido realizar la prueba en Mercurio —dijo.

Aquella propuesta sorprendió a todos los asistentes, quienes plantearon muchas preguntas sobre su intención.

—Según los principios fundamentales del Proyecto Vallado, no estoy obligado a explicarme —respondió fríamente—. Las pruebas deben realizarse bajo la superficie. Hay que cavar pozos ultra profundos en Mercurio.

La representante de Rusia dijo:

—Podríamos considerar la idea de hacer pruebas en la superficie. Pero son demasiado caras. Cavar pozos profundos en ese planeta costaría cien veces lo que el mismo proyecto en la Tierra. Además, los efectos de una bomba nuclear en Mercurio no nos darán información útil.

—¡Incluso es imposible realizar una prueba de superficie en Mercurio! —dijo el representante de Estados Unidos—. De todos los vallados, Rey Díaz es el que más recursos ha consumido. ¡Es hora de pararle los pies! —La misma idea expresaron los representantes de Reino Unido, Francia y Alemania.

Rey Díaz rio en voz alta.

—Querrían vetar mi plan incluso si emplease tan pocos recursos como el doctor Luo. —Se volvió hacia el presidente de turno—. Me gustaría recordar a la presidencia y a los representantes que, de todas las estrategias propuestas por los vallados, mi plan es el que mejor combina con la defensa convencional, hasta el punto de poder considerarse totalmente convencional. Es posible que, evaluado en cifras absolutas, el consumo de recursos pueda parecer grande, pero una parte considerable se superpone a la defensa convencional. Por tanto...

En ese punto interrumpió el representante de Reino Unido.

—Aun así, debería explicarnos a qué viene realizar pruebas bajo la superficie en Mercurio. No se nos ocurre ninguna explicación a menos que sea para gastar dinero.

—Presidente, representantes —respondió Rey Díaz con tranquilidad—, quizá sean conscientes de que el Consejo de Defensa Planetaria ya no siente ni el más mínimo respeto por los vallados y los principios del proyecto. Si estamos obligados a explicar hasta el más pequeño detalle de nuestros planes, ¿qué sentido tiene el Proyecto Vallado? —Miró con furia a cada uno de los representantes, obligándoles a apartar la mirada—. Por otra parte, estoy dispuesto a dar una respuesta a la pregunta planteada. El fin último de realizar pruebas en Mercurio muy por debajo de la superficie es crear una enorme caverna que pueda usarse como futura base en Mercurio. Es, evidentemente, la forma más barata de acometer un proyecto de ingeniería de esa magnitud.

Las palabras causaron susurros, y un representante dijo:

—Vallado Rey Díaz, ¿quiere usar Mercurio como base de lanzamiento de las bombas estelares de hidrógeno?

Rey Díaz respondió con toda confianza.

—Sí. La teoría estratégica actual en el campo de la defensa convencional dice que deberíamos concentrarnos en los planetas exteriores, por lo que no hemos dado suficiente atención a los planetas interiores, que se consideran insignificantes para la defensa. La intención de la base en Mercurio que propongo es precisamente corregir ese eslabón débil en la defensa convencional.

—Teme al sol, pero quiere ir al planeta que lo tiene más cerca. ¿No es curioso? —dijo el representante de Estados Unidos. Se oyeron algunas risas seguidas de una advertencia por parte del presidente.

—El presidente no debe molestarse. Ya me he acostumbrado a la falta de respeto. Ya lo había hecho incluso antes de convertirme en vallado —dijo Rey Díaz con un gesto de la mano—. Pero todos ustedes deberían sentir respeto por los acontecimientos. Una vez que los planetas exteriores y la Tierra hayan caído, la base de Mercurio será el último bastión de la humanidad. Defendida por el sol y situada a cubierto de la radiación, ocupará la posición más agreste.

—Vallado Rey Díaz, ¿quiere decir que todo su plan descansa en la defensa final cuando la situación de la humanidad sea ya desesperada? Es más que consistente con su personalidad —dijo el representante de Francia.

—Caballeros, no podemos negarnos a tener en cuenta la resistencia final —dijo Rey Díaz con mucha seriedad.

—Muy bien, vallado Rey Díaz —dijo el presidente—. Teniendo en cuenta sus planes generales de desarrollo, ¿podría indicarnos cuántas bombas de hidrógeno estelares necesitará en total?

—Cuántas más mejor. Hay que tener todas las que la Tierra pueda fabricar. El número definitivo depende de la potencia máxima que se pueda lograr con las bombas de hidrógeno, pero con las estimaciones actuales, la primera fase del plan de despliegue requiere al menos un millón.

Las palabras de Rey Díaz provocaron unas risas que estremecieron el auditorio.

—El vallado Rey Díaz no quiere producir un pequeño sol, eso está claro, ¡quiere toda una galaxia personal! —dijo en voz alta el representante de Estados Unidos. Se inclinó hacia Rey Díaz—. ¿De verdad está convencido de que todo el protio, deuterio y tritio del océano está ahí para su uso? A causa de su perverso afecto por la bomba, ¿la Tierra debe convertirse en una línea de montaje de bombas?

En ese momento, Rey Díaz era el único presente que mantenía el rostro serio. Aguardó pacientemente a que se tranquilizasen los ánimos soliviantados por sus palabras y dijo con cuidado de enunciar cada palabra:

—En la historia de la especie humana, esta es la guerra definitiva, por lo que la cifra que he solicitado no es tan alta. Pero sí que anticipé esta situación. Aun así, les aseguro que construiré todas las bombas que pueda. Trabajaré duro y no me detendré.

La respuesta de los representantes de Estados Unidos, Reino Unido y Francia fue presentar una propuesta conjunta, P269, para dar por terminado el plan estratégico del vallado Rey Díaz.

En la superficie de Mercurio se veían dos colores: el negro y el dorado. La masa terrestre era el negro. Su reducida reflectividad hacía que incluso bajo la cercana luz del ardiente sol siguiese siendo una capa de negro. El dorado era el sol, que ocupaba buena parte del cielo. En su amplia cara podías apreciar el batir de sus mares ardientes y la deriva de las manchas solares como si fueran nubes negras. En los bordes, el elegante baile de las prominencias solares.

Y en ese duro trozo de piedra suspendido sobre un mar ardiente la humanidad construía otro pequeño sol.

Tras completar el ascensor espacial, la humanidad había iniciado la exploración de los otros planetas del Sistema Solar. El aterrizaje de naves tripuladas en Marte y las lunas de Júpiter no había levantado muchas pasiones porque todos sabían que el sentido de esas expediciones estaba mucho más definido y era mucho más práctico que en el pasado: la intención era establecer bases para defender el Sistema Solar. Esos viajes en naves y cohetes de propulsión química no eran más que un pequeño paso inicial hacia ese fin. Los planetas exteriores fueron el objeto de la exploración inicial, pero el valor de los planetas interiores fue creciendo a medida que se profundizaba en el estudio de la estrategia espacial. Se aceleró la exploración de Venus y Mercurio. Y así fue como el Consejo de Defensa Planetaria aprobó por un pequeño margen el plan de Rey Díaz para probar la bomba estelar de hidrógeno en Mercurio.

La excavación del pozo en la roca de Mercurio fue el primer proyecto de ingeniería a gran escala que la humanidad emprendía en otro mundo. Llevó tres años completar el proyecto, debido a que solo podían construir durante la noche de Mercurio, en períodos de ochenta y ocho días terrestres. Al final su profundidad fue solo un tercio de la proyectada, porque descubrieron una capa especialmente dura, una mezcla de metal y roca. Llevaría mucho más tiempo, y dinero, seguir excavando. Al final se decidió dar por concluido el proyecto. Si la prueba se realizaba a la profundidad lograda, la explosión expulsaría toda la roca circundante, por lo que a efectos prácticos no sería más que una prueba atmosférica diluida. Y resultaría mucho más difícil observar el resultado de la prueba debido a la interferencia de la corteza circundante. Pero a Rey Díaz se le ocurrió que si cubrían el cráter resultante, también podría valer como base, así que insistió en realizar la prueba bajo la superficie empleando la profundidad actual.

La prueba se ejecutó al amanecer.

En Mercurio, la salida del sol era un proceso lento de diez horas, y una tenue luz acababa de aparecer en el horizonte. La cuenta atrás de la detonación llegó al final. Se extendieron ondulaciones anulares centradas en el punto de detonación y durante un momento la superficie de Mercurio pareció volverse tan blanda como el satén. A continuación, en el punto de la explosión, una montaña se elevó lentamente como si fuese el lomo de un gigante que se despertase. Explotó por completo cuando el pico alcanzó unos tres mil metros. Miles de millones de toneladas de lodo y rocas volaron en un espectáculo febril, como si fuese la furia del suelo contra el cielo. Y junto con la superficie que desaparecía llegó la luz radiante de la bola de fuego, que iluminó la roca y la tierra que volaban por el cielo, provocando un grandioso espectáculo de fuegos artificiales en el firmamento negro de Mercurio. La esfera ardiente aguantó cinco minutos antes de apagarse, mientras las rocas volvían a caer al suelo iluminadas por el resplandor nuclear.

Los observadores percibieron, diez horas después de la explosión, que Mercurio tenía ahora un anillo. Era el resultado de la gran cantidad de rocas que había alcanzado velocidad cósmica por efecto de la enorme explosión, rocas que habían acabado convertidas en innumerables satélites de distintos tamaños. Se distribuían uniformemente en órbita, convirtiendo a Mercurio en el primer planeta terrestre con un anillo. Era delgado y chispeaba bajo la dura luz del sol; parecía como si alguien hubiese atacado el planeta con un lápiz.

Una parte de las rocas alcanzó la velocidad de escape y dejó a Mercurio atrás, convirtiéndose por derecho propio en satélites del sol y formando en la órbita de Mercurio un cinturón de asteroides extremadamente disperso.

Rey Díaz no vivía bajo tierra porque le preocupase la seguridad, sino debido a su heliofobia. Se sentía algo más cómodo en el entorno claustrofóbico, bien lejos de la luz del sol. En el sótano que era su vivienda fue donde vio la retransmisión en directo de la prueba de Mercurio. No era exactamente en directo; la señal necesitaba siete minutos para llegar a la Tierra. Al concluir la explosión, y mientras las rocas todavía seguían cayendo en la oscuridad posterior a la detonación, recibió la llamada telefónica del presidente de turno del Consejo de Defensa Planetaria.

El presidente le dijo que la enorme potencia de la bomba estelar de hidrógeno había impresionado a los líderes del consejo, y los estados miembro permanentes habían solicitado que la siguiente reunión del Proyecto Vallado se celebrase con la mayor celeridad posible para hablar de la producción y el despliegue de la bomba. También recalcó que la cifra requerida por Rey Díaz era inviable, pero que las grandes potencias estaban más que interesadas en la fabricación del arma.

Más de diez horas después de concluir la prueba, mientras observaba al nuevo anillo de Mercurio centellear en la pantalla de televisión, la voz de un guardia le habló por el interfono. Le dijo que había llegado su psiquiatra para su cita.

—No he solicitado ningún psiquiatra. ¡Que se vaya! —Se sentía insultado.

—No sea así, señor Rey Díaz —dijo otra voz, más tranquila. Claramente era el visitante—. Puedo hacerle ver el sol...

—Salga de aquí —gritó, pero de inmediato cambió de opinión—. No. Arresten a ese idiota y descubran de dónde ha salido.

—... porque conozco la razón de su afección —dijo la voz todavía tranquila—. Señor Rey Díaz, por favor, créame. Usted y yo somos los únicos que lo sabemos.

Al oírlo, Rey Díaz pasó a un estado de alerta y dijo:

—Que pase.

Durante unos segundos miró al techo con ojos cansados. A continuación, se levantó muy despacio y recogió una corbata del sofá lleno de trastos, para luego volver a tirarla. Se acercó al espejo, se ajustó el cuello de la camisa y se peinó con la mano. Parecía que se preparase para un acto solemne.

Sabía bien que lo sería.

El visitante era un hombre atractivo de mediana edad que no se presentó al entrar. Frunció un poco el ceño al notar el olor a puros y alcohol de la estancia. Pero luego se limitó a quedarse de pie con tranquilidad mientras Rey Díaz le miraba de arriba a abajo.

—¿Por qué tengo la sensación de haberle visto antes? —dijo mientras le miraba.

—No tiene nada de raro, señor Rey Díaz. Todos dicen que me parezco al Superman de las viejas películas.

—¿Realmente cree ser Superman? —dijo Rey Díaz. Se sentó en el sofá, agarró un puro, le mordió la parte posterior e inició el proceso de encendido.

—Esa pregunta demuestra que ya sabe qué tipo de hombre soy. No soy Superman, señor Rey Díaz. Tampoco lo es usted. —Dio un paso al frente. Rey Díaz le tenía ahora justo delante, mirándole a través de la nube de humo del puro. Se puso en pie.

El visitante dijo:

—Vallado Manuel Rey Díaz, soy su desvallador.

Rey Díaz asintió, abatido.

—¿Me puedo sentar? —preguntó el desvallador.

—No, no puede —dijo Rey Díaz mientras arrojaba humo a la cara del hombre.

—No se deprima —dijo el desvallador con una sonrisa.

—No me deprimo —dijo Rey Díaz con voz fría y dura.

El desvallador se acercó a la pared y le dio a un interruptor. Ocultos, los ventiladores empezaron a zumbar.

—No toque nada —le advirtió Rey Díaz.

—Necesita aire fresco. Y todavía el sol. Conozco bien esta habitación, vallado Rey Díaz. Las imágenes de sofones me han permitido verle muchas veces recorrerla como una bestia enjaulada. Nadie en este mundo le ha observado tanto tiempo como yo, y créame, tampoco fue fácil para mí.

El desvallador miró directamente a Rey Díaz, que mantenía una expresión tan neutra como la de una escultura de hielo, y luego siguió hablando:

—Comparado con Frederick Tyler, usted es un estratega brillante. Un vallado competente. Por favor, entienda que no son meros elogios. Debo admitir que me tuvo engañado durante mucho tiempo, casi una década. Esa fijación con la superbomba, un arma tan claramente ineficiente en una batalla espacial, sirvió con éxito para ocultar su verdadera dirección estratégica, y durante mucho tiempo no tuve ni la más mínima pista sobre cuál podría ser. Me perdí en el laberinto que levantó, vallado Rey Díaz, y en cierto punto casi abandoné toda esperanza. —El desvallador miró al techo, anegado por el recuerdo de esos momentos tan difíciles—. Más tarde se me ocurrió comprobar la información de antes de que se convirtiese en vallado. No fue fácil, porque los sofones no servían de nada. Ya sabe que en aquella época solo un número limitado de sofones había llegado a la Tierra y usted, como jefe de Estado en Sudamérica, no había llamado su atención. Tuve que recurrir a los métodos convencionales, y eso me llevó tres años. Lo importante es que en todo ese material destacaba un hombre: William Cosmo. En tres ocasiones se reunió usted con él en secreto. Los sofones no registraron esas conversaciones, así que jamás sabré lo que se dijo, pero es muy poco habitual que un jefe de Estado de un pequeño país pobre se reúna en tres ocasiones con un astrofísico occidental. Sabemos que en ese momento usted ya se preparaba para ser vallado.

»Sin duda, lo que le interesaba era el resultado de las investigaciones del doctor Cosmo. Ahora mismo no tengo claro cómo supo esos resultados, pero usted es ingeniero y contaba con la exitosa experiencia de su predecesor tan adepto al socialismo, quien compartía el mismo entusiasmo por levantar una nación dirigida por ingenieros. Esa fue la principal razón para que usted se convirtiese en su sucesor. Por tanto, usted debería poseer los conocimientos y la sensibilidad para comprender el significado potencial de las investigaciones de Cosmo.

»Una vez se inició la Crisis Trisolariana, el equipo de investigación del doctor Cosmo se puso a trabajar sobre la atmósfera del sistema estelar trisolariano. Sostenía que la atmósfera era el resultado de un antiguo planeta que había chocado con una estrella. Al chocar, rompió las capas exteriores, la fotosfera y la cromosfera, haciendo que la materia estelar del interior saliese al espacio y formase una atmósfera. Debido a la irregularidad del movimiento del sistema, había momentos en que las estrellas se acercaban mucho entre sí, y en esas ocasiones, la atmósfera de una estrella se dispersaba por efecto de la gravedad de la otra estrella, para luego recuperarse por las erupciones de la superficie estelar. No eran erupciones constantes, sino más bien como volcanes que sufrían súbitos estallidos. Y esa era la razón para la contracción y expansión constante de la atmósfera de las estrellas. Para demostrar la hipótesis, Cosmo buscó en el universo para dar con otra estrella con una atmósfera expulsada tras la colisión con un planeta. Tuvo éxito en el tercer año de la Era de la Crisis.

»A unos ochenta años luz de la Tierra, el equipo del doctor Cosmo descubrió el sistema planetario 275E1. En ese momento todavía no se disponía del *Hubble II*, así que emplearon el método de oscilación. Tras observar y calcular la frecuencia de oscilación y variaciones de luz, descubrieron que el planeta se encontraba muy cerca de su estrella. Pero entonces el descubrimiento no llamó mucho la atención, porque la comunidad astronómica ya había dado con más de doscientos sistemas planetarios. Sin embargo, las posteriores observaciones manifestaron un hecho sorprendente: la distancia entre planeta y estrella se reducía, y de forma acelerada. Es decir, por primera vez la humanidad podría observar el choque de un planeta contra una estrella. Un año más tarde, o mejor dicho, ochenta y cuatro años antes de observarlo, fue eso lo que pasó. Las condiciones de observación de la época solo permitían determinar la colisión por la oscilación gravitatoria y las variaciones luminosas. Pero a continuación sucedió algo asombroso: alrededor de la estrella apareció una espiral de materia y ese flujo en espiral siguió expandiéndose. Era como un resorte en espiral desenrollándose lentamente con la estrella en su centro. Cosmo y sus colegas se dieron cuenta de que ese flujo de material había surgido del punto de impacto del planeta. El trozo de roca había atravesado la corteza de ese sol lejano y había eyectado materia estelar al espacio, donde, por efecto de la rotación de la propia estrella, formó una espiral.

»Hay varios datos fundamentales. La estrella era un sol amarillo de la clase G2 con una magnitud absoluta de 4,3 y un diámetro de 1,2 millones de kilómetros. Muy parecido a nuestro sol.

El planeta tenía un cuatro por ciento de la masa de la Tierra, es decir, algo más pequeño que Mercurio, y la nube espiral resultado de la colisión tenía un radio de unas tres unidades astronómicas, superior a la distancia entre el sol y el cinturón de asteroides.

»Y en ese descubrimiento encontré el punto de apoyo para revelar su verdadero plan estratégico. Ahora, como su desvallador, le explicaré su grandiosa estrategia.

»Suponiendo que al final pueda conseguir ese millón, o más, de bombas estelares de hidrógeno, las acumulará, como prometió al consejo, en Mercurio. Si las bombas detonan en la roca de Mercurio, sería como un motor turbo frenando el planeta. Con el tiempo su velocidad no podrá mantener su órbita y caerá hacia el sol. A continuación, se repetirá aquí lo que ya sucedió en 275E1 a ochenta y cuatro años luz de distancia: Mercurio rompe la zona convectiva del sol y expulsa al espacio grandes cantidades de materia estelar de la zona de radiación a gran velocidad. La rotación del sol hará que adopte forma de espiral, similar a 275E1. El sol difiere del sistema Trisolaris porque al ser una estrella única jamás se cruzará con otra, y, por tanto, su atmósfera seguirá incrementándose sin problema hasta ser todavía más densa que la atmósfera de esas estrellas. Algo que también se confirmó con las observaciones de 275E1. Cuando el flujo en espiral se expenda a partir del sol como un resorte en espiral desenrollándose, la densidad acabará superando la órbita de Marte, momento en que se inicia una maravillosa reacción en cadena.

»Primero, tres planetas terrestres, Venus, la Tierra y Marte, atraviesan la atmósfera espiral del sol, perdiendo velocidad debido a la fricción atmosférica, convirtiéndose en tres gigantescos meteoros que acabarán chocando contra el sol. Pero antes, la intensa fricción del material solar eliminará la atmósfera de la Tierra. Los océanos se evaporarán, y la atmósfera perdida y los océanos evaporados convertirán a la Tierra en un cometa gigantesco con una cola que se extenderá por toda su órbita para rodear el sol. La superficie de la Tierra volverá a ser el ardiente mar de magma primigenio, donde no puede existir la vida.

»Cuando Venus, la Tierra y Marte choquen contra el sol, la eyección de materia solar al espacio se incrementará. El solitario flujo en espiral se convertirá en cuatro flujos. Dado que la masa total de esos tres planetas es cuarenta veces la de Mercurio, y como sus órbitas son más altas, el impacto contra el sol se producirá a mucha mayor velocidad, y, por tanto, cada nueva espiral surgirá con una potencia decenas de veces superior a la de Mercurio. La atmósfera espiral existente se expandirá con rapidez hasta que sus límites se aproximen a la órbita de Júpiter.

»La fricción producirá una desaceleración muy reducida en la enorme masa de Júpiter. Pasará bastante tiempo antes de que la espiral provoque algún efecto perceptible en la órbita de Júpiter. Pero los satélites de Júpiter sufrirán uno de dos destinos posibles: la fricción los arranca de Júpiter, pierden su velocidad y caen al sol, o pierden velocidad en órbita joviana y caen al planeta líquido.

»A medida que se mantiene la reacción en cadena, la reducción de velocidad por efecto de la atmósfera en espiral sigue presente, aunque sea muy pequeña, por lo que la órbita de Júpiter va degenerando poco a poco. Ese fenómeno hará que el planeta recorra una atmósfera cada vez más densa cuya fricción acelerará la pérdida de velocidad, por lo que la órbita degenerará todavía más rápido. Por tanto, Júpiter también acabará chocando contra el sol y, al tener una masa que es seiscientas veces la de los otros cuatro planetas, su impacto contra el sol produciría, incluso estimando de forma conservadora, una eyección todavía más extrema de material estelar, con lo que la densidad de la atmósfera espiral se incrementará, lo que a su vez exacerbará el frío aterido de Urano y Neptuno. Aunque cabe otra posibilidad: la caída del gigante joviano llevará el borde de la atmósfera espiral hasta la órbita de Urano, incluso posiblemente Neptuno. El efecto de desaceleración de la fricción, a pesar de que la atmósfera es muy poco densa en la parte superior, empujará a esos dos planetas, en compañía de sus satélites, hacia el sol. Es imposible saber en qué estado se encontrará el sol y qué transformaciones habrá sufrido el Sistema Solar una vez concluya la reacción en cadena, y los cuatro planetas terrestres y los cuatro gigantes gaseosos hayan desaparecido. Solo hay una garantía: en cuanto a la vida y la civilización, será un resultado mucho más cruel que el ataque de Trisolaris.

»En cuanto a este último, el Sistema Solar es su única esperanza antes de que las estrellas devoren su planeta. No tienen otro mundo al que emigrar, por lo que su civilización seguirá los pasos de la humanidad hacia la destrucción absoluta.

»He aquí su estrategia: la muerte para ambos bandos. Una vez lo tuviese todo preparado, las bombas estelares de hidrógeno en Mercurio, emplearía esa amenaza para forzar la rendición de Trisolaris y así lograr la victoria final para la humanidad.

»Acabo de ofrecerle el resultado de los años de esfuerzo que yo, su desvallador, he dedicado. No deseo ni la crítica ni la opinión. Sé que todo lo que he dicho es cierto.

Rey Díaz había estado escuchando tranquilamente al desvallador. Ya había desaparecido la mitad del puro. Lo giró como si desease admirar el resplandor de la punta.

El desvallador se sentó en el sofá. Como si se tratase de un profesor empeñado en evaluar el rendimiento de un alumno, siguió sin pausa:

—Señor Rey Díaz, le dije que era un estratega brillante, o mejor digamos que, al formular y poner en marcha este plan, ha demostrado usted muchas notables cualidades.

»Para empezar, supo sacar provecho a su pasado. La gente recuerda perfectamente la humillación que usted y su pueblo sufrieron cuando se les obligó a desmantelar la instalación nuclear Orinoco con la que estaban desarrollando la energía nuclear. El mundo entero fue testigo de su expresión sombría. Se aprovechó de la percepción que tenían los demás de su paranoia contra las armas nucleares para minimizar, o incluso eliminar, cualquier sospecha.

»Pero su talento también queda en evidencia en cada detalle de la ejecución del plan. Voy a limitarme a comentar un ejemplo. Durante la prueba de Mercurio, lo que usted quería era que la roca saltase al cielo. Aun así, insistió en cavar un pozo muy profundo como jugada a largo plazo. Era más que consciente de la poca tolerancia que tienen los estados miembro permanentes del consejo ante el costo de una empresa tan enorme. Resulta admirable.

»Cometió, sin embargo, un importante error. ¿Por qué hacer la primera prueba en Mercurio? Habría tenido tiempo de sobra para llevar allí las bombas. Quizás enfermó de impaciencia y estaba deseoso por ver el resultado de la explosión en ese planeta. Ya lo vio. Cantidades enormes de roca alcanzando la velocidad de escape. Incluso es posible que el resultado fuese mejor de lo que esperaba. Quedó satisfecho, sin duda. Pero me concedió la prueba final de mi hipótesis.

»Sí, señor Rey Díaz, a pesar de todo lo que investigué, fue ese hecho final el que me permitió descubrir su verdadera intención. Era una idea demasiado desquiciada, pero grandiosa e incluso se podría considerar hermosa. Si realmente se llegase a producir la reacción en cadena iniciada por la caída de Mercurio, sería, sin duda, el movimiento más excelso en la sinfonía del Sistema Solar. Por desgracia, la humanidad solo podría disfrutar de la primera parte. Señor Rey Díaz, es usted un vallado con las aspiraciones de un dios. Me honra ser su desvallador.

El desvallador se puso en pie y le dedicó a Rey Díaz una reverencia sincera.

Rey Díaz ni se molestó en mirarle. Dio una calada al puro y exhaló el humo sin dejar de contemplar la punta.

—Vale. Ahora preguntaré lo mismo que Tyler.

El desvallador se adelantó con la pregunta.

—¿Qué más da si lo que he dicho es verdad?

Rey Díaz miró el extremo encendido del puro y se limitó a asentir.

—Responderé lo mismo que el desvallador de Tyler: a nuestro Señor no le importa nada.

Rey Díaz apartó la vista del puro y miró, inquisitivo, al desvallador.

—Parece usted vulgar, pero su mente es avispada. Sin embargo, en lo más profundo de su alma sigue siendo usted vulgar. Posee la naturaleza de un hombre vulgar. Y es la codicia fundamental de su plan estratégico lo que deja en evidencia tal vulgaridad. Incluso si se agotasen todos los recursos industriales de la Tierra, la humanidad carece de la capacidad para fabricar tantas bombas estelares de hidrógeno. Como mucho, podría acabar con una décima parte. Y para lanzar a Mercurio contra el sol, un millón de bombas estelares de hidrógeno está lejos de ser suficiente. Manifestó la imprudencia de un soldado al formular un plan imposible, que luego con obstinación hizo avanzar paso a paso aplicando toda la fina astucia de un estratega de gran nivel. Se trata, vallado Rey Díaz, de una tragedia monumental.

Rey Díaz miraba fijamente al desvallador. Su rostro fue adoptando una dulzura evasiva. Hubo indicios de convulsiones bajo las duras líneas de la cara, que gradualmente fueron incrementándose hasta que surgió con fuerza la risa que había estado conteniendo.

—Ja, ja, ja, ja, ja... —Rio mientras señalaba al desvallador—. ¡Superman! Ja, ja, ja, ja. Ya me acuerdo. Ese Superman de antaño. Podía volar, era capaz de invertir la rotación de la Tierra, pero una vez iba a caballo... ja, ja, ja... iba a caballo, se cayó y se rompió el cuello... ja, ja, ja...

—Eso le pasó a Christopher Reeve, el actor que hacía de Superman. Se cayó y se rompió el cuello —le corrigió tranquilamente el desvallador.

—¿Cree... se cree que su destino será mejor que el suyo? Ja, ja, ja, ja...

—Una vez que me he presentado aquí, no me preocupa nada mi futuro. He tenido una vida plena —dijo el desvallador con tono neutro—. Es usted, señor Rey Díaz, el que debería estar valorando su futuro.

—Tú morirás primero —dijo Rey Díaz, sonriendo de oreja a oreja mientras clavaba el puro entre los ojos del desvallador.

El desvallador se cubrió la cara con las manos y Rey Díaz aprovechó la ocasión para coger un cinturón militar que había en el sofá, rodearle el cuello y estrangularle con todas sus fuerzas. El desvallador era un hombre joven, pero le resultó imposible defenderse de la fuerza de Rey Díaz, y acabó en el suelo empujado desde el cuello.

Rey Díaz aullaba:

—¡Voy a retorcerte el pescuezo! ¡Maldito cabrón! ¿Quién te ha enviado a hacerte el listo? ¿Quién demonios eres? ¡Cabrón! ¡Voy a retorcerte el pescuezo!

Apretó más el cinturón y repetidamente golpeó la cabeza del hombre contra el suelo. Se oyó el sonido de los dientes golpeando la superficie. Cuando entraron los guardias para separarlos, el desvallador tenía el rostro violeta, le salía espuma por la boca y sus ojos sobresalían como pececillos de colores.

Rey Díaz seguía furioso. Se resistió a los guardias sin dejar de gritar:

—¡Retorcedle el pescuezo! ¡Haced un nudo y colgadle! ¡Ahora mismo! ¡La orden es parte del plan! ¿Me oís? ¡Es parte del plan!

Pero los tres guardias no obedecieron. Uno retuvo a Rey Díaz con firmeza mientras los otros dos ayudaban al desvallador, quien había logrado recuperar un poco el aliento, y se lo llevaban.

—Espera y verás, cabrón. No tendrás una muerte fácil —dijo Rey Díaz, dejando de esforzarse por escapar al guardia y lanzarse de nuevo contra el desvallador. Exhaló.

El desvallador miró por encima del hombro del guardia. Su rostro magullado e hinchado mostraba una sonrisa. Abrió la boca, a la que le faltaban varios dientes, y dijo:

—He tenido una vida plena.

Nada más comenzar la reunión del Proyecto Vallado del Consejo de Defensa Planetaria, Estados Unidos, Reino Unido, Francia y Alemania presentaron otra proposición, exigiendo la inmediata suspensión del cargo de vallado de Rey Díaz y que se le juzgase ante el Tribunal Internacional por crímenes contra la humanidad.

El representante de Estados Unidos dijo:

—Tras realizar una completa investigación, creemos que la intención estratégica de Rey Díaz, tal como fue revelada por el desvallador, es creíble. Tenemos delante a una persona cuyos crímenes dejan en nada todos los demás crímenes cometidos en la historia de la humanidad. No hemos podido dar con ninguna ley que se aplique a este caso, así que recomendamos que el crimen de Extinción de la Vida en la Tierra pase a ser parte de la ley internacional y que a Rey Díaz se le acuse de él.

Rey Díaz parecía muy tranquilo. Burlón, le dijo:

—Desde el principio han querido librarse de mí, ¿no es así? Desde el mismo inicio del Proyecto Vallado, han aplicado un doble rasero a los vallados. Yo soy el que peor les cae.

El representante de Reino Unido respondió:

—La acusación del vallado Rey Díaz carece de fundamento. Es más, acusa justo a los países que más invirtieron en su plan, superando con creces el dinero invertido en los otros tres vallados.

—Claro, claro —dijo Rey Díaz asintiendo—, pero la verdadera razón para dicha inversión era poder obtener la bomba estelar de hidrógeno.

—¡Ridículo! ¿Para qué las queremos? —le respondió de inmediato el representante de Estados Unidos—. Para una batalla espacial son armas increíblemente ineficaces. Y en la Tierra no tienen sentido ni siquiera las antiguas bombas de hidrógeno de veinte megatones y menos un monstruo de trescientos megatones.

La respuesta de Rey Díaz fue tranquila:

—Pero las bombas serán el arma más eficaz en batallas en otros planetas, especialmente en guerras entre humanos. En la superficie desierta de otros mundos no hace falta considerar las bajas civiles o los daños medioambientales, por lo que habría libertad total para provocar destrucción a gran escala o incluso devastar toda la superficie. Allí serán muy útiles las bombas estelares de hidrógeno. Es muy posible que ya previesen que la expansión de la humanidad por el Sistema Solar implica también la extensión de sus conflictos. Es un hecho que no cambiará ni siquiera con Trisolaris como enemigo común y ya se están preparando para esa situación. Como ahora mismo no es posible defender políticamente el plan de desarrollar superarmas para atacar a otros seres humanos, se aprovecharon de mí para conseguirlas.

El representante de Estados Unidos dijo:

—Es una lógica demasiado ridícula para que la esté usando un dictador y un terrorista. Rey Díaz es el tipo de persona que una vez ha logrado el estatus y el poder de vallado, convierte el Proyecto Vallado en un peligro tan enorme como la invasión trisolariana. Debe actuar rápido para enmendar semejante error.

—Habla en serio —dijo Rey Díaz volviéndose hacia Garanin, el forzoso presidente de turno—. La CIA tiene agentes en la puerta para arrestarme en cuanto salga de aquí.

El presidente de turno miró al representante de Estados Unidos, que jugaba con la pluma. Al iniciarse el Proyecto Vallado, Garanin había sido el primero en ocupar el cargo. Él mismo había olvidado las veces que había sido presidente durante las últimas dos décadas. Pero esta era la última. Con el pelo ya blanco, su próximo destino era la jubilación.

—Vallado Rey Díaz, si eso es cierto, entonces no es correcto. Si los principios del Proyecto Vallado siguen siendo válidos, los vallados disfrutan de inmunidad legal y sus palabras o acciones no se pueden considerar pruebas para acusarles de ningún crimen —dijo.

—Además, debe recordar que estamos en territorio internacional —dijo el representante de Japón.

—¿Implica eso —preguntó el representante de Estados Unidos, levantando un lápiz— que incluso cuando Rey Díaz esté a punto de detonar el millón de superbombas que ha enterrado en Mercurio, la sociedad no podrá acusarle de ningún crimen?

—Según los artículos aplicables de la Ley de los Vallados, establecer limitaciones y controles en los planes estratégicos de un vallado que manifiesta tendencias peligrosas es una cuestión muy diferente a la inmunidad legal de la que disfruta un vallado —dijo Garanin.

—Los crímenes de Rey Díaz han traspasado los límites de la inmunidad legal. Es nuestro deber castigarle. Es un requisito para que el Proyecto Vallado siga existiendo —afirmó el representante de Reino Unido.

—Recuerdo a la presidencia y a los representantes —dijo Rey Díaz mientras se ponía en pie—, que esto es una reunión del Proyecto Vallado del Consejo de Defensa Planetaria y que no se me está juzgando.

—Pronto estará ante un tribunal —dijo el representante de Estados Unidos con una sonrisa helada.

—Doy la razón al vallado Rey Díaz. Debemos retomar la discusión del plan estratégico —replicó Garanin, aprovechando la oportunidad para saltarse un tema tan espinoso.

Fue el representante japonés el que rompió el silencio.

—Da la impresión de que los representantes han llegado al siguiente consenso: el plan estratégico de Rey Díaz manifiesta tendencias peligrosas que implican violaciones evidentes de los derechos humanos, y siguiendo los principios aplicables establecidos en la Ley de los Vallados, debe ser interrumpido.

—Se puede someter a votación la proposición P269, presentada en la anterior reunión del Proyecto Vallado, que requiere el fin del plan estratégico de Rey Díaz —dijo Garanin.

—Señor presidente, un momento. —Rey Díaz alzó la mano—. Antes de la votación, me gustaría ofrecer una explicación final con respecto a algunos detalles del plan.

—Si son detalles, ¿son realmente necesarias las explicaciones? —preguntó alguien.

—Que se lo guarde para el tribunal —dijo con sorna el representante de Reino Unido.

—No, son detalles importantes —insistió Rey Díaz—. Supongamos por ahora que lo revelado por el desvallador sobre mi estrategia fuese cierto. Un representante mencionó el momento en que haya un millón de bombas de hidrógeno en Mercurio listas para ser detonadas, momento en el que yo hablaré a los omnipresentes sofones y declararé ante Trisolaris que la humanidad tiene la intención de morir con ellos. ¿Qué sucedería a continuación?

—Es imposible predecir la reacción de los trisolarianos, pero en la Tierra es seguro que miles de millones de personas querrán retorcerle el cuello, como usted al desvallador —dijo el representante de Francia.

—Justo. Así que apliqué ciertas medidas para lidiar con esa situación. Miren esto. —Rey Díaz alzó la mano y les mostró el reloj. Era totalmente negro y la esfera el doble de grande y el doble de gruesa que lo normal en un reloj de caballero, aunque en una muñeca tan enorme no parecía tan grande—. Es un transmisor que envía una señal por el espacio hasta Mercurio.

—¿Lo usará para enviar la señal de detonación? —preguntó alguien.

—Justo lo contrario. Envía una señal de no detonar.

Con esas palabras se ganó la atención plena de la asamblea. Siguió hablando:

—El nombre en código del sistema es «cuna», porque cuando la cuna deja de mecerse el bebé despierta. Envía una señal que Mercurio recibe continuamente. Si se interrumpe la señal, de inmediato el sistema detonará la bomba de hidrógeno.

—Es un dispositivo de presencia —dijo con estoicismo el representante de Estados Unidos—. Durante la Guerra Fría se investigó la posibilidad de emplear señales de inhibición y dispositivos de presencia en ciertas bombas nucleares estratégicas. Nunca se implementó. Es algo que solo haría un demente.

Rey Díaz bajó la mano izquierda y cubrió la cuna con la manga.

—Descubrí esa idea tan maravillosa no por medio de un experto en estrategia nuclear sino en una película americana. En ella, un individuo tiene un dispositivo similar que envía una señal continua, pero la señal se interrumpe si su corazón deja de latir. Otro hombre lleva fijada una bomba que no se puede quitar, bomba que explotará si no recibe la señal. Por tanto, a pesar de que a ese segundo individuo no le gusta nada el primero, debe hacer todo lo posible por protegerle... Me gusta ver películas de acción americanas. Incluso hoy puedo todavía reconocer la antigua versión de *Superman*.

—¿Quiere decir que ese dispositivo está conectado con el latido de su corazón? —preguntó el representante japonés. El hombre alargó la mano hacia Rey Díaz, quien estaba a su lado, para tocar el dispositivo bajo la manga. Rey Díaz apartó el brazo y se alejó un poco más.

—Por supuesto. Pero la cuna es mucho más avanzado y refinado. No solo vigila el latido del corazón, sino también otros muchos factores fisiológicos, como la presión arterial, la temperatura corporal y demás, y realiza un análisis exhaustivo de todos esos parámetros. Si no son normales, detiene de inmediato la señal de inhibición del dispositivo de presencia. También es capaz de reconocer muchas de mis órdenes sencillas de voz.

Un hombre, que parecía nervioso, entró en el auditorio y susurró al oído de Garanin. De inmediato este último le dedicó a Rey Díaz una mirada peculiar que los representantes también notaron.

—Hay una forma de desactivar su cuna. Durante la Guerra Fría también se estudiaron las contramedidas contra ese tipo de señales de inhibición —dijo el representante de Estados Unidos.

—No es mi cuna, sino la de esas bombas de hidrógeno. Si la cuna deja de mecerse, despertarán —matizó Rey Díaz.

—Yo he pensado en la misma técnica —dijo el representante de Alemania—. Seguro que la señal debe pasar por un complicado enlace de comunicaciones para ir del reloj hasta Mercurio. El sistema cuna sería inútil si aislamos o destruimos alguno de los nodos y luego empleamos una fuente falsa para seguir transmitiendo la señal de inhibición.

—Efectivamente, he ahí un problema —añadió Rey Diez asintiendo en dirección al representante de Alemania—. Pero es fácil de resolver sin los sofones. Todos los nodos están cargados con idéntico algoritmo de cifrado que genera todas las señales que se envían. Desde el punto de vista del mundo exterior, da la impresión de que los valores de las señales son aleatorios y diferentes cada vez, pero emisor y receptor producen una secuencia idéntica de valores. La señal solo se considera válida cuando el receptor recibe una señal que se corresponde con su propia secuencia. Si no se dispone de ese algoritmo de cifrado, la señal de la fuente falsa no se correspondería con la secuencia del receptor. Por desgracia, los malditos sofones pueden detectar algoritmos.

—¿Es posible que haya pensado en otra opción? —preguntó alguien.

—Una aproximación tosca. En mi caso, todas mis ideas son vulgares y toscas —dijo Rey Díaz, riéndose de sí mismo—. He tenido que incrementar la sensibilidad de cada nodo en un aspecto concreto: el seguimiento de su propio estado. Concretamente, cada nodo de comunicación está formado por distintas unidades que pueden estar separadas por una gran distancia, pero que la comunicación continua permite comportarse como una unidad. Si cualquiera de las unidades falla, el nodo al completo emitirá una orden dando por terminada la señal de inhibición. Si después la fuente falsa de señal vuelve a emitir al siguiente nodo, este no la reconocerá. El seguimiento del estado de cada unidad puede hacerse con una precisión de un microsegundo. Por tanto, para poder ejecutar el plan de Alemania, habría que destruir cada unidad del nodo en un espacio de tiempo de un microsegundo y la señal falsa debería emitirse durante ese microsegundo. Cada nodo está compuesto por al menos tres unidades, pero podrían ser docenas. Las unidades están separadas por una distancia de unos trescientos kilómetros. Cada unidad está fabricada para ser extremadamente resistente y emitirá su señal de alarma en caso de cualquier interacción externa. Es posible que los trisolarianos pudieran hacer que todas las unidades fallasen en un microsegundo, pero ahora mismo esa capacidad supera la habilidad tecnológica de la humanidad.

Todos se alarmaron.

—Acaban de comunicarme que eso que Rey Díaz lleva en la muñeca ha estado emitiendo una señal electromagnética —dijo Garanin. Al oírlo, la tensión en la asamblea fue palpable—. Me gustaría hacerle una pregunta al vallado Rey Díaz: ¿la señal del reloj va a Mercurio?

Rey Díaz ahogó la risa un par de veces y dijo:

—¿Para qué querría enviarla a Mercurio? No hay más que un hoyo gigantesco. Además, todavía no se ha establecido el enlace para la comunicación espacial de cuna. No, no, no. No tienen que preocuparse. La señal ni se acerca a Mercurio. Va a un punto de la ciudad de Nueva York. Cerca de aquí.

El aire se congeló y todos los presentes, exceptuando a Rey Díaz, quedaron tan inmóviles por la conmoción como pollos de madera.

—Si la señal de cuna se interrumpe, ¿qué sucederá? —preguntó bruscamente el representante de Reino Unido, sin ni siquiera molestarse en ocultar la tensión.

—Oh, pasará algo, eso es verdad —le respondió Rey Díaz, acompañando las palabras de una amplia sonrisa—. Llevo más de veinte años como vallado y siempre me las he arreglado para conseguir algunas cosas para mí.

—Dado el caso, señor Rey Díaz, ¿podría responder una pregunta todavía más directa? —dijo el representante de Francia. Daba la impresión de mantener una tranquilidad perfecta, pero le temblaba la voz—. ¿De cuántas vidas será usted o nosotros responsables?

Rey Díaz abrió bien los ojos, como si la pregunta se le antojase totalmente fuera de lugar.

—¿Cómo? ¿La cantidad de personas importa? Tenía la impresión de que todos ustedes eran personas respetables que valoran los derechos humanos por encima de todo lo demás. ¿Qué diferencia hay entre una vida y 8,2 millones? ¿Si es solo una no merece respeto?

El representante de Estados Unidos se puso en pie y dijo:

—Ya dejamos clara la naturaleza de este hombre hace veinte años, en el comienzo del Proyecto Vallado. —Escupía saliva al hablar y señalaba a Rey Díaz con el dedo. Aspiraba a contenerse, pero acabó perdiendo el control—. Es un terrorista. ¡Un terrorista asqueroso y malvado! ¡Un demonio! ¡Quitaron el tapón de la botella y le liberaron, y ahora deben aceptar la responsabilidad! ¡Naciones Unidas debe aceptar la responsabilidad! —gritó histérico, lanzando sus papeles por los aires.

—Tranquilidad, señor representante —dijo Rey Díaz con una leve sonrisa—. La cuna es muy sensible a mis índices fisiológicos. Si me pusiera tan histérico como usted, si me cambiase el estado de ánimo, de inmediato dejaría de enviar la señal de inhibición. Así que los aquí presentes no deberían incordiarme en exceso. Sería mucho mejor que intentasen tenerme contento.

—¿Cuáles son sus condiciones? —preguntó Garanin en voz baja.

En la sonrisa de Rey Díaz se manifestó algo de tristeza. Se volvió hacia Garanin e hizo un gesto de negación.

—Señor presidente, ¿qué condiciones podría tener? Irme de aquí y volver a mi país. Un avión me espera en el aeropuerto Kennedy.

Silencio en la reunión. Inconscientemente, todos fueron pasando su atención al representante de Estados Unidos. Este, incapaz de soportar el peso de todas las miradas, se tiró sobre su silla y murmuró:

—Que se largue de aquí.

Rey Díaz asintió, se puso en pie y salió.

—Señor Rey Díaz, le acompañaré a casa —dijo Garanin, abandonando el estrado.

Rey Díaz esperó a que Garanin, que se movía con menos agilidad que antaño, se le acercase.

—Gracias, señor presidente. Ya había pensado que quizás a usted también le gustaría salir de aquí.

Se encontraban ya en la puerta cuando Rey Díaz agarró a Garanin y los dos se volvieron hacia la asamblea.

—Caballeros, no les echaré de menos. He malgastado dos décadas sin lograr que ustedes me comprendan. Deseo regresar a mi hogar, con mi gente. Sí, mi hogar y mi gente. Los echo de menos.

Para sorpresa de todos, había lágrimas en los ojos de aquel hombre achaparrado. Por último, añadió:

—Deseo regresar a mi país. Esto no es parte del plan.

Al cruzar la entrada del edificio de la Asamblea General de Naciones Unidas, Rey Díaz abrió los brazos al sol y proclamó con alivio:

—¡Ah, mi sol!

Su heliofobia de dos décadas había desaparecido.

El vuelo despegó y atravesó la costa del este para volar sobre el Atlántico.

Garanin le dijo:

—El vuelo es seguro por mi presencia. Por favor, indíqueme la localización del dispositivo conectado al dispositivo de presencia.

—No hay tal dispositivo. No hay nada. No fue más que una artimaña para escapar. —Rey Díaz se quitó el reloj y se lo pasó a Garanin—. No se trata más que de un transmisor reconvertido a partir de un teléfono Motorola. Ni siquiera está conectado al latido de mi corazón. Lo he desconectado. Quédeselo como recuerdo.

Guardaron silencio durante un buen rato. Al fin Garanin hizo un gesto de decepción y dijo:

—¿Cómo hemos podido llegar a esto? La intención era que el privilegio de pensamiento estratégico reservado a un vallado se emplearía contra los sofones y Trisolaris. Pero tanto usted como Tyler lo emplearon contra la humanidad.

—No tiene nada de raro —le dijo Rey Díaz. Iba sentado junto a la ventanilla, para poder disfrutar del sol—. En estos momentos, es la propia humanidad el mayor obstáculo para la supervivencia de la misma.

El avión aterrizó seis horas después en el aeropuerto internacional de Caracas, en la costa del Caribe. Garanin no bajó. Volvía de inmediato a Naciones Unidas.

Al despedirse, Rey Díaz le dijo:

—No acaben con el Proyecto Vallado. Es realmente una esperanza en medio de esta guerra. Todavía quedan dos vallados. Por favor, transmítales mis mejores deseos.

—Yo tampoco les veré —dijo Garanin emocionado. Cuando Rey Díaz salió de la cabina, el otro hombre lloraba.

El cielo sobre Caracas estaba tan despejado como el de Nueva York. Rey Díaz descendió la escalerilla y olió la tan familiar atmósfera tropical. Se arrodilló y le dio un beso largo al suelo de su país. A continuación, protegido por un gran destacamento de policía militar, fue a la ciudad en un convoy de coches. Entraron en la capital tras media hora de sinuosas carreteras de montaña y se dirigieron al centro de la ciudad y a la plaza Bolívar. Rey Díaz bajó del coche y se situó bajo la estatua de Simón Bolívar. Sobre él se alzaba a caballo el gran héroe vestido para la batalla que había derrotado a los españoles y había intentado crear en Sudamérica la república unificada de Gran Colombia. Delante de

Rey Díaz se encontraba una multitud frenética que se cocía bajo el sol. La multitud intentaba avanzar, pero se enfrentaba a la resistencia de la policía militar. Dispararon al aire, pero al final la oleada humana pasó por encima de la línea policial y corrió hacia el Bolívar vivo que se encontraba al pie de la estatua.

Rey Diez levantó las manos y con lágrimas en los ojos gritó con voz cargada de emoción.

—¡Ah, mi pueblo!

La primera piedra que le lanzó su pueblo le dio en la mano izquierda. La segunda en el pecho. La tercera le hirió en la frente, dejándolo casi inconsciente. Pronto fue una lluvia continua de piedras y al final prácticamente habían enterrado su cuerpo muerto. Fue una anciana la que lanzó la última piedra que golpeó al vallado Rey Díaz. Se había esforzado por cargar con el proyectil lo más cerca posible. A continuación, gritó en español:

—¡Malvado! Nos habrías matado a todos. Mi nieto habría estado allí. ¡Habrías matado a mi nieto!

Luego, haciendo uso de todas sus fuerzas, lanzó la piedra contra el cráneo roto de Rey Díaz, expuesto bajo el montón de rocas.

El tiempo no se puede detener. Como si de una hoja afilada se tratase, lo corta todo, blando o duro, sin ralentizar su avance. Nada lo altera ni lo más mínimo, pero el tiempo es capaz de cambiarlo todo.

Chang Weisi se jubiló el mismo año de la prueba de Mercurio. En su última aparición ante los medios de comunicación, admitió con sinceridad que él mismo no confiaba en la victoria, pero tal declaración no afectó a la valoración histórica del trabajo realizado por el primer comandante de la fuerza espacial. Tantos años trabajando bajo un enorme estado de ansiedad había dañado su salud, y murió a los sesenta y ocho años. En su lecho de muerte estuvo lúcido y muchas veces mencionó el nombre de Zhang Beihai.

Tras cumplir con su segundo mandato, la secretaria general Say inició el Proyecto de la Memoria Humana, con la intención de crear una colección completa de datos y artefactos conmemorativos de la civilización humana. Con el tiempo se lanzaría al espacio en una nave espacial no tripulada. El aspecto más influyente del proyecto se llamaba el Diario de la Humanidad, una web creada para que tantas personas como fuese posible registrasen su vida diaria, tanto con textos como con imágenes, convirtiéndose así en parte de los datos de la civilización. Esta creció y acabó teniendo más de dos mil millones de usuarios, siendo el conjunto de información más grande de internet. Posteriormente, al creer que el Proyecto de Memoria Humana contribuía al derrotismo, el Consejo de Defensa Planetaria aprobó una resolución para impedir su desarrollo posterior y llegó a compararlo con el Escapismo. Pero Say siguió dedicando todos sus esfuerzos individuales al proyecto hasta morir a los ochenta y cuatro años.

Tras su jubilación, Garanin y Kent tomaron la misma decisión: recluirse en el Jardín del Edén, en el norte de Europa, donde Luo Ji había vivido durante cinco años. El mundo exterior no volvió a verles y nadie supo la fecha exacta de sus muertes. Pero había algo seguro: vivieron durante mucho tiempo. Algunos afirmaban que los dos habían superado los cien años antes de fallecer por causas naturales.

Tal y como había predicho Keiko Yamasuki, Wu Yue sufrió una depresión el resto de su vida. Durante más de una década trabajó en el Proyecto de Memoria Humana pero sin hallar consuelo y murió solo a los setenta y siete años. Al igual que Chang Weisi, en sus momentos finales Wu Yue también tuvo el nombre de Zhang Beihai en sus labios. Habían concentrado todas sus esperanzas sobre el futuro en el guerrero fiel que ahora hibernaba a través del tiempo.

El doctor Albert Ringier y el general Fitzroy vivieron hasta más de los ochenta años y pudieron presenciar cómo se terminaba el telescopio espacial *Hubble III* de cien metros, que emplearon para observar el planeta Trisolaris. Pero nunca más volvieron a ver la flota trisolariana ni las sondas que iban por delante. No vivieron lo suficiente como para ver cómo atravesaban el tercer banco de nieve.

Las vidas de las personas corrientes continuaron y también terminaron. De los tres viejos vecinos de Beijing, Miao Fuquan fue el primero en partir, muriendo a los setenta y cinco años. Efectivamente hizo que su hijo le enterrase a doscientos metros de profundidad en una mina abandonada, y su hijo cumplió con su último deseo: volar la entrada de la mina y colocar una piedra sepulcral para recordarle. Según el testamento de su padre, la última generación antes de la batalla del Día del Juicio Final debería retirar la piedra. En caso de victoria de la humanidad podrían devolverla a su sitio. Sin embargo, menos de medio siglo después de su muerte, la zona sobre la mina se convirtió en un desierto. La piedra sepulcral desapareció, se perdió la mina y los descendientes de la familia Miao no tuvieron mayor intención de buscarla.

Zhang Yuanchao falleció a los ochenta años, de una enfermedad, como una persona corriente. Y al igual que una persona corriente, lo incineraron. Depositaron sus cenizas en un nicho normal y corriente, uno de muchos en un cementerio público.

Yang Jinwen vivió hasta los noventa y dos años. El contenedor de aleación con sus restos se dirigió fuera del Sistema Solar a la tercera velocidad cósmica. Con ese gesto agotó todos sus ahorros.

Pero Ding Yi vivió. Tras el avance en la tecnología de fusión controlada, pasó a interesarse por la física teórica, buscando una forma de escapar a la interferencia de los sofones en los experimentos de partículas de altas energías. No tuvo éxito. A los setenta años, al igual que otros físicos había abandonado toda esperanza de avanzar. Pasó a hibernación, planeando despertarse en la batalla del Día del Juicio Final. Su único deseo era contemplar con sus propios ojos la tecnología superior de Trisolaris.

Durante el siglo posterior al comienzo de la Crisis Trisolariana, murieron todos los que habían vivido durante la Edad Dorada. Fue una era recordada continuamente, y los viejos que habían vivido ese momento tan espléndido roían sus recuerdos como si fuesen rumiantes, saboreándolos. Siempre terminaban diciendo lo mismo: «Ah, si en aquella época hubiese sabido valorar lo que teníamos.» Los jóvenes oían sus historias con una combinación de envidia y escepticismo. Esa paz, prosperidad y felicidad de leyenda, esa despreocupada utopía ideal, ¿existió de verdad?

A medida que morían los más ancianos, la desaparecida Costa Dorada se elevó acompañando al humo de la historia. La nave de la civilización humana flotaba solitaria en medio de un inmenso océano, rodeada por sus cuatro costados por olas infinitas y maliciosas, y nadie sabía si habría otra costa en la que atracar.

TERCERA PARTE

EL BOSQUE OSCURO

Año 205, Era de la Crisis

Distancia de la flota trisolariana
al Sistema Solar: 2,10 años luz

Oscuridad. Antes de la oscuridad no había nada excepto la nada y la nada carecía de color. Nada había en la nada. Al menos la oscuridad implicaba la presencia de espacio. Pronto apreció alteraciones en la oscuridad del espacio, penetrando como una suave brisa. Era la sensación del paso del tiempo, porque en la nada no existía el tiempo, pero ahora el tiempo adoptaba la forma de un glacial derritiéndose. Solo más tarde llegó la luz. Primero como una masa informe de simple brillo y luego, tras otra larga espera, se fue manifestando la forma general del mundo. La consciencia recién resucitada se esforzó por comprenderlo, distinguiendo primero unos pocos tubos delgados y transparentes, luego un rostro humano que desapareció con rapidez, dejando al descubierto la cremosa luz blanca del techo.

Luo Ji despertó de la hibernación.

Volvió el rostro. Un hombre de rasgos amables miró a Luo Ji:

—Bienvenido a nuestra época.

Un campo de rosas llamativas destelló en la bata blanca para luego difuminarse hasta desaparecer. Mientras hablaba, la bata mostraba una selección continua de imágenes agradables que se correspondían con sus expresiones y emociones: mares, puestas de sol y llovizna sobre bosques. Le contó a Luo Ji que le habían curado durante la hibernación y que su despertar había ido perfectamente. La recuperación llevaría unos tres días y así volvería a disfrutar de todas las funciones corporales normales...

La mente de Luo Ji, que todavía estaba espesa y no había despertado del todo, se centró en un detalle concreto de lo que le había dicho el doctor: estaba en el año 205 de la Era de la Crisis y había pasado 185 años en hibernación.

Al principio le llamó la atención el acento del médico, pero pronto descubrió que si bien el sonido del mandarín estándar no había cambiado mucho, sí que ahora venía acompañado de grandes cantidades de palabras en inglés. Mientras el médico hablaba, en el techo aparecía el texto de lo que decía, aparentemente por acción de algún sistema de reconocimiento de voz. Quizá para que el recién despertado comprendiese mejor, los caracteres chinos sustituían las palabras en inglés.

Al final el médico concluyó que Luo Ji podía pasar de la sala de revitalización al pabellón general. A modo de despedida, su bata mostró una escena de tarde con un sol poniente que pronto se transformó en un cielo nocturno. Mientras tanto, Luo Ji sintió el movimiento de la cama. Ya en la puerta, oyó al médico decir:

—Siguiente.

Girando la cabeza para mirar, vio entrar a otra cama con alguien acostado. Alguien que era evidente que acababa de salir de la cámara de hibernación. La cama se acercó rápidamente al banco de monitores y el médico, ahora con una bata toda blanca, tocó la pared con un dedo, haciendo que un tercio mostrase curvas y datos complejos que se puso a manipular con atención.

Luo Ji comprendió que lo más probable era que su despertar no tuviese mayor importancia, sino que más bien fuese parte de la rutina diaria de ese lugar. El doctor había sido amistoso, pero a sus ojos Luo Ji no era más que un hibernado del montón.

Al igual que en la sala de revitalización, no había lámparas en el pasillo. Eran las propias paredes las que emitían luz, y aunque no era intensa, Luo Ji tuvo que cerrar los ojos. Pero justo al hacerlo, las paredes de la zona donde se encontraba redujeron el brillo y ese segmento atenuado siguió el movimiento de la cama. Una vez que sus ojos se acostumbraron a la luz, volvió a abrirlos, momento en el que el pasillo volvió a estar iluminada, permaneciendo en la zona cómoda. Quedaba claro que el sistema de ajuste de brillo de las paredes podía seguir los cambios de sus pupilas.

De ese hecho dedujo que se encontraba en una época personalizada.

Y eso superaba con creces lo que había esperado.

Al pasar poco a poco junto a las paredes vio en ellas muchas pantallas activas de distintos tamaños y distribuidas aleatoriamente. Muchas mostraban imágenes en movimiento a las que no pudo prestar atención y que los usuarios anteriores debían de haber dejado sin molestarse en desactivarlas.

En algunas ocasiones la cama automática se cruzaba con gente por el pasillo. Se dio cuenta de que las suelas de los zapatos y las ruedas de la cama emitían ondas acuosas y luminosas en el punto de contacto con el suelo, como sucedía en su época al presionar una pantalla LCD con el dedo. El largo pasillo le provocaba una intensa sensación de limpieza, como si se tratase de una animación 3D, aunque sabía perfectamente que todo era real. Se dejaba llevar con una sensación de tranquilidad y comodidad como no había conocido antes.

Lo que más le impresionó de esa gente era que todos, ya fuesen doctores, enfermeras o visitantes, se veían limpios y elegantes, le sonreían con sinceridad y le saludaban con la mano. Las ropas mostraban imágenes hermosas, un estilo diferente para cada persona, algunas abstractas, otras concretas. Pero lo que le ganó de verdad fueron las miradas, porque sabía que los ojos de una persona normal son el mejor reflejo del nivel de civilización de una época o lugar. En una ocasión había visto las imágenes tomadas por fotógrafos europeos a finales de la dinastía Qing y su recuerdo más claro era la expresión apagada de aquellos ojos. Los ojos de los funcionarios y de las personas corrientes expresaban insensibilidad y estupidez. No se apreciaba ni la más mínima vitalidad. Cuando la gente de esa nueva época miraba a los ojos de Luo Ji, podría ser que pensasen lo mismo de él. Las miradas que le dirigían eran de firme sabiduría, de sinceridad, comprensión y amor, cualidades que rara vez había visto en su propio tiempo. Pero sobre todo le impresionaba la confianza demostrada en sus expresiones. Era evidente que la soleada confianza que habitaba en cada par de ojos era el fondo espiritual de las gentes de esa nueva era.

No daba la impresión de ser una era de desesperación.

Otra sorpresa inesperada.

La cama de Luo Ji entró sin hacer ruido en el pabellón general, donde había otros dos hibernados recién despertados. Uno estaba tendido en su cama. El otro, junto a la puerta, recibía la ayuda de una enfermera para recoger sus cosas y parecía estar listo para irse. Por la mirada de sus ojos, Luo Ji supo que los dos pertenecían a su época. Sus ojos eran como ventanas al tiempo, y a través de ellos recibió otra impresión de la época gris de la que había venido.

—¿Cómo pueden portarse así? ¡Soy su tatara-tatarabuelo! —se quejaba el hibernado que estaba a punto de irse.

—No puede usar su antigüedad. A efectos legales, la hibernación no cuenta como edad, en presencia de un anciano, usted pertenece a la generación más joven... Vamos. Llevan ya bastante tiempo esperando en la recepción —dijo la enfermera. Hacía lo posible por evitar las palabras inglesas, pero en ocasiones trastabillaba con las chinas, como si hablase una lengua antigua, y se veía obligada a usar la lengua moderna. En ese momento la pared mostraba la traducción al chino.

—Ni siquiera les entiendo cuando hablan. ¡Mezclan todos esos sonidos de pájaros! —dijo el hibernado mientras él y la enfermera cogían cada uno una bolsa y salían por la puerta.

—En esta época debe seguir aprendiendo. En caso contrario, tendrá que ir a vivir a lo alto —le oyó decir Luo Ji a la enfermera. Ya era capaz de seguir la lengua moderna sin dificultad, pero no tenía claro a qué se refería con esa última frase.

—Hola. ¿Hibernaste por enfermedad? —le preguntó el hibernado de la cama contigua. Era joven, de unos veintipocos años.

Luo Ji abrió la boca, pero sin producir sonido. El joven le sonrió dándole ánimos.

—Puedes hablar. ¡Prueba otra vez!

—Hola —logró decir Luo Ji con voz ronca.

El joven asintió.

—El que acaba de irse hibernó por enfermedad. Yo no. Yo lo hice para escapar de la realidad. Oh, me llamó Xiong Wen.

—Aquí... ¿cómo es? —preguntó Luo Ji ahora con mucha más facilidad.

—No lo tengo muy claro. Solo llevo cinco días. Es evidente que se trata de una buena época. Pero lo vamos a tener difícil para integrarnos en la sociedad. Sobre todo, porque hemos despertado demasiado pronto. Habría sido mejor dentro de unos años.

—¿No sería más difícil?

—No. La sociedad ahora mismo no se puede ocupar de nosotros porque sigue en estado de guerra. Pero dentro de unas décadas habrá paz y prosperidad. Después de las conversaciones de paz.

—¿Conversaciones de paz? ¿Con quién?

—Evidentemente, con Trisolaris.

Luo Ji intentó sentarse, conmocionado, tras oír la última frase de Xiong Wen. Entró una enfermera que le ayudó a incorporarse en la cama.

—¿Han dicho que quieren mantener conversaciones de paz? —preguntó con inquietud.

—Todavía no. Pero tampoco tienen muchas otras opciones —le respondió Xiong Wen, quien salió con agilidad de su cama y fue a sentarse en la de Luo Ji. Era evidente que llevaba días pensando en el placer de presentarle esa época a otro recién despertado—. ¿No lo sabes? Ahora la humanidad es impresionante. ¡Impresionante!

—¿En qué?

—Tenemos naves espaciales de una potencia increíble, mucho más poderosas que las naves de Trisolaris.

—¿Cómo es posible?

—¿Por qué no iba a serlo? Si nos concentramos en la velocidad, sin contar las superarmas, ¡cada una de ellas puede alcanzar un quince por ciento de la velocidad de la luz! ¡Son mucho más rápidas que las de Trisolaris!

Luo Ji miró a la enfermera con escepticismo y se dio cuenta de que era especialmente guapa. En esa época todos parecían ser muy atractivos. La mujer asintió con una sonrisa.

—Es cierto.

Xiong Wen no pudo parar.

—¿Y sabes cuántas naves tiene la flota espacial? ¡Dos mil! ¡El doble que Trisolaris! ¡Y el número sigue creciendo!

Luo Ji volvió a mirar a la enfermera. Otro asentimiento.

—¿Sabes que ahora la flota de Trisolaris está en un estado penoso? En dos siglos ha pasado tres veces por el polvo estelar que llaman bancos de nieve. Alguien comentó que la última vez fue hace tres años y los telescopios confirmaron que la formación es ahora más dispersa. No logran mantener la flota junta. Hace mucho tiempo que la mitad de la flota dejó de acelerar y desaceleraron considerablemente al pasar por el polvo. A estas alturas se van arrastrando y pasarán más de ochocientos años antes de que lleguen al Sistema Solar. Es posible que ahora mismo no sean más que cascos rotos. Estimando a partir de su velocidad actual, no más de trescientas naves llegarán a tiempo dentro de dos siglos. Por otra parte, pronto llegará una sonda trisolariana al Sistema Solar. Este mismo año. Las otras nueve la siguen de cerca y llegarán tres años después.

—La sonda... ¿Qué es eso? —preguntó Luo Ji, confundido.

Fue la enfermera la que habló:

—No alentamos el intercambio de información práctica. El anterior hibernado descubrió todo esto y le llevó muchos días volver a tranquilizarse. No ayuda a la mejoría.

—A mí me hace feliz, por tanto, qué más te da —dijo Xiong Wen, encogiéndose de hombros. Volvió a su cama y se acostó. Contemplaba la luz delicada que surgía del techo—. Los críos están bien. La verdad es que lo han hecho bien.

—¿Quiénes son los críos? —bufó la enfermera—. La hibernación no cuenta como edad. Ustedes son los críos.

Por lo que Luo Ji podía valorar, la enfermera parecía más joven que Xiong Wen, aunque sabía que en esa era lo de juzgar la edad en base a la apariencia probablemente no sería lo más exacto.

La enfermera le dijo:

—Los de su época cargan todos con una buena dosis de desesperación. Pero la situación está lejos de ser tan grave.

A Luo Ji le pareció la voz de un ángel. Tuvo la sensación de haberse transformado en un niño que acabara de despertar de una pesadilla y la sonrisa de un adulto se hubiera encargado de todo lo que le había dado miedo. Al hablar, el uniforme de la enfermera mostró un sol que salía del horizonte, y bajo su luz dorada, la amarillenta y seca tierra se volvía verde y todo florecía a su alrededor.

Una vez se hubo ido la enfermera, Luo Ji le preguntó a Xiong Wen:

—¿Qué hay del Proyecto Vallado?

Xiong Wen negó con la cabeza en gesto de confusión.

—¿Vallado...? No me suena de nada.

Luo Ji le preguntó a Xiong Wen cuándo había pasado a hibernación. Había sido antes del inicio del Proyecto Vallado, cuando la hibernación era muy cara; debía de venir de una familia de dinero. Pero si en los cinco días que llevaba despierto no había oído hablar del Proyecto Vallado, era que o bien se habían olvidado o bien ya no era importante.

A continuación, Luo Ji sintió el nivel tecnológico de la época en dos aspectos triviales.

Poco después de entrar en el pabellón, la enfermera le trajo su primera comida tras despertar: un poco de leche, pan y jamón. Era limitada porque las funciones del estómago seguían recuperándose. Le dio un mordisco al pan y le pareció que masticaba serrín.

—El sentido del gusto también se tiene que recuperar —dijo la enfermera.

—Una vez que lo recuperes te sabrá todavía peor —dijo Xiong Wen.

La enfermera rio.

—Por supuesto, no es tan rica como la comida de su época, la que crecía en la superficie.

—¿De dónde sale esta comida? —preguntó Luo Ji con la boca llena.

—De una fábrica.

—¿Saben sintetizar cereales?

Xiong Wen respondió por la enfermera.

—No les queda más opción que sintetizarlos. En la tierra ya no se puede hacer crecer nada.

Luo Ji sintió verdadera lástima por Xiong Wen. Había gente en su época inmune a la tecnología y que sentía indiferencia ante cualquier maravilla tecnológica. Daba la impresión de que Xiong Wen pertenecía a ese grupo. Le resultaba imposible apreciar adecuadamente esa nueva época.

El siguiente descubrimiento fue para Luo Ji una gran fuente de asombroso, aunque el hecho en sí fue de lo más sencillo. La enfermera señaló la taza y le indicó que habían puesto la leche en una taza térmica pensada para hibernados, porque la gente de su época rara vez bebía líquidos calientes. Incluso tomaban el café frío. Si no le apetecía beber leche fría, podía calentarla con facilidad desplazando el control de la parte inferior de la taza hasta la temperatura que quisiera. Al terminar de beber examinó la taza con mucha atención. Parecía perfectamente normal, de vidrio, con una base gruesa y opaca que debía contener la fuente de calor. Pero por mucho que miraba, no daba con ningún otro control aparte del que había usado. Al intentar retorcer la base descubrió que estaba toda integrada con el resto.

—No juegue con los suministros. Todavía no comprende cómo funcionan. Es peligroso —dijo la enfermera al presenciar los esfuerzos de Luo.

—Me gustaría saber cómo se recarga.

—¿Re... carga? —La enfermera no supo bien cómo pronunciar la palabra. Era evidente que la escuchaba por primera vez.

—*Cargar*. *Recargar* —dijo Luo Ji en inglés.

Aun así, la enfermera negó con la cabeza, confundida.

—¿Qué sucede cuando se le acaba la batería?

—¿Batería?

—*Batería* —dijo en inglés—. ¿Ya no hay baterías? —La enfermera volvió a negar—. Entonces, ¿de dónde sale la electricidad para la taza?

—¿Electricidad? Hay electricidad por todas partes —respondió la enfermera con tono de desaprobación.

—¿La electricidad de la taza no se agota?

—No se agota.

—¡¿Es inagotable?!

—Inagotable. ¿Cómo podría agotarse la electricidad?

La enfermera se fue.

Luo Ji fue incapaz de olvidarse de la taza, así que obvió los comentarios de desprecio de Xiong Wen. Sus emociones le decían que sostenía un objeto sagrado, ese antiguo sueño de la humanidad: una máquina de movimiento perpetuo. Si era cierto que la humanidad había conseguido energía inagotable, entonces podía hacerlo todo. Ahora sí que creía las palabras de la guapa enfermera: era posible que las cosas no fuesen tan graves.

Cuando el doctor vino a hacerle una revisión rutinaria, Luo Ji le preguntó por el Proyecto Vallado.

—Lo conozco. Una ridiculez antigua —respondió el médico sin darle mayor importancia.

—¿Qué fue de los vallados?

—Me parece que uno se suicidó y al otro lo lapidaron... sucedió en la primera época del proyecto y ya han pasado casi dos siglos.

—¿Y los otros dos?

—Ni idea. Probablemente sigan hibernados.

—Uno era chino. ¿Le recuerda? —se aventuró a decir Luo Ji mientras miraba al médico con nerviosismo.

—¿Se refiere al que maldijo una estrella? Creo que lo mencionaron en la clase de historia premoderna —intervino la enfermera.

—Cierto. Y ahora él... —dijo Luo Ji.

—No tengo ni idea de dónde está. Creo que sigue en hibernación. No presto mucha atención a esas cosas —dijo el doctor sin darle mayor importancia.

—¿Y la estrella? ¿La estrella maldita, la que tenía un planeta? ¿Qué fue de ella? —preguntó, sintiendo tensión en el corazón.

—¿Qué cree que pasó? Lo más seguro es que siga en su sitio. ¡Vaya una broma esa maldición!

—¿Así que a la estrella no le pasó nada?

—Al menos, nada que yo sepa. ¿Usted? —dijo a la enfermera.

—Yo tampoco —respondió con un gesto de negación—. En aquella época el mundo se moría de miedo y cometieron muchas tonterías.

—¿Y luego? —añadió Luo Ji, acompañando las palabras de una exhalación.

—Se produjo el Gran Cataclismo —contestó el doctor.

—¿El Gran Cataclismo? ¿Qué es eso?

—Ya lo descubrirá. Ahora toca descansar —dijo el doctor con amabilidad—. Pero quizá sea mejor que no lo sepa. —Al girarse para salir, la bata blanca mostró nubes negras y agitadas y el uniforme de la enfermera mostró muchos pares de ojos, algunos asustados, otros rebosantes de lágrimas.

El médico se fue y Luo Ji permaneció mucho tiempo inmóvil en la cama. Murmuraba para sí.

—Una ridiculez. Una ridiculez de la antigüedad.

A continuación, se echó a reír. Primero en silencio, luego a grandes carcajadas, estremeciéndose en la cama y dando un susto a Xiong Wen, quien insistía en llamar al médico.

—Estoy bien. Vete a dormir —le dijo Luo Ji. Luego se acomodó mejor y se quedó dormido por primera vez desde su reanimación.

Soñó con Zhuang Yan y la niña. Como en la vez anterior, Zhuang Yan caminaba sobre la nieve cargando con la niña dormida en brazos.

Al despertar, la enfermera entró y le dio los buenos días. Habló en voz baja para no despertar a Xiong Wen.

—¿Ya es la mañana? ¿Por qué no hay ventanas? —preguntó Luo Ji mientras miraba a su alrededor.

—Cualquier punto de la pared se puede volver transparente. Pero a los médicos les parece que no están preparados para mirar fuera. Es demasiado diferente. Le desconcertaría y afectaría a su descanso.

—Llevo reanimado un tiempo, pero todavía no sé cómo es el mundo exterior. Eso sí que afecta a mi descanso. —Luo Ji señaló a Xiong Wen—. Yo no soy ese tipo de persona.

La enfermera rio.

—No hay problema. Estoy a punto de terminar mi turno. ¿Quiere que le lleve a ver el exterior? Al regresar puede tomar el desayuno.

Emocionado, Luo Ji siguió a la enfermera a la sala de personal. Dando un vistazo por encima, pudo deducir qué era la mitad de lo que había allí, pero no tenía ni idea sobre el resto. No había ordenadores ni nada parecido, algo comprensible considerando que podían invocar una pantalla en cualquier parte de la pared. Le llamaron la atención los tres paraguas situados al otro lado de la puerta. Los estilos eran diferentes, pero por la forma eran claramente paraguas. Lo que le sorprendía era la masa. ¿En esa época ya no había paraguas plegables?

La enfermera salió del vestuario vestida con su ropa de calle. Obviando la tela que mostraba películas, los cambios en la moda femenina encajaban bien en la imaginación de Luo Ji. En comparación con su época, el cambio más llamativo era la asimetría, tan evidente. Le gustó descubrir que, después de 185 años, la ropa de mujer le seguía pareciendo bonita. La enfermera agarró uno de los paraguas, que debía de ser muy pesado, porque tuvo que llevarlo apoyado en el hombro.

—¿Está lloviendo?

Hubo un gesto negativo.

—¿Cree que llevo un... paraguas? —dijo, pronunciando con dificultad una palabra tan extraña.

—Si no es un paraguas, ¿qué es? —Luo Ji lo señaló, suponiendo que tendría algún nombre nuevo.

Pero no.

—Es mi bicicleta —dijo.

Al llegar al pasillo, Luo Ji preguntó:

—¿Su hogar está lejos?

—Si me pregunta por mi residencia, no está lejos. A diez o veinte minutos en bicicleta —Luego, se quedó inmóvil, le miró con esos ojos encantadores y dijo algo que le conmocionó—. Ya no hay hogares. El matrimonio, la familia, todo desapareció tras el Gran Cataclismo. Es lo primero a lo que deberá acostumbrarse.

—Eso es algo a lo que no podré acostumbrarme.

—Oh, no sé. En la clase de historia aprendí que ya en su época el matrimonio y la familia empezaban a desintegrarse. Había mucha gente que no quería ataduras. Querían vivir en libertad. —Era la segunda vez que mencionaba la clase de historia.

«Yo fui así, pero luego...», pensó Luo Ji. No había pasado ni un momento desde que había despertado que no pensase en Zhuang Yan y la niña. Eran el fondo de pantalla de su mente, siempre presente. Pero allí nadie le reconocía y, dado lo incierto de la situación, no iba a cometer le temeridad de preguntar por ellas, aunque le atormentaban las ganas de verlas.

Recorrieron el pasillo. Luego, tras dejar atrás una puerta automática, los ojos de Luo Ji se iluminaron al ver una estrecha plataforma que se extendía en la distancia y sentir el aire fresco dándole en la cara. Tuvo la sensación de estar en el exterior.

—¡Qué cielo tan azul! —fue lo primero que gritó al mundo exterior.

—¿De verdad? Ni se compara con los cielos azules de su época.

«Claramente más azul. Mucho más.» Luo Ji no lo dijo en voz alta. Se limitó a deleitarse con ese infinito abrazo azul y dejó que su alma se fundiese con él. A continuación, tuvo una duda: ¿estaba en el cielo? Por lo que recordaba, solo en una ocasión había visto un cielo de un azul tan puro durante los cinco años que pasó aislado del mundo, refugiado en el Jardín del Edén. Pero en ese cielo azul había menos nubes blancas, apenas unos rizos en la parte oeste del cielo, como si alguien intencionadamente hubiese dejado una mancha. El sol que acababa de salir por el este relucía como el cristal en el aire totalmente transparente, con su borde bordeado de rocío.

Luo Ji bajó la vista y se mareó al instante. Desde lo alto, le llevó un momento darse cuenta de que lo que veía era la ciudad. Al principio tuvo la impresión de mirar a un bosque gigantesco, los esbeltos troncos elevándose al cielo, cada uno con sus ramas perpendiculares de distintas longitudes. Los edificios de la ciudad eran las hojas que colgaban de esas ramas. La disposición de la ciudad parecía aleatoria y los distintos árboles tenían densidades diferentes de hojas. El Centro de Hibernación y Reanimación formaba parte de uno de esos grandes árboles y la hoja que contenía su cama colgaba de la estrecha plataforma que tenía delante.

Miró atrás. El tronco al que conectaba esa rama se extendía tan a lo alto que desaparecía de la vista. La rama en la que se encontraba estaba situada en medio de la sección superior del árbol. Por encima y por debajo se veían otras ramas y sus hojas. Al prestar más atención, comprendió que las ramas formaban una compleja red de puentes en el espacio, que tenían un extremo flotando en el aire.

—¿Dónde estamos? —preguntó Luo Ji.

—En Pekín.

Miró a la enfermera. Ahora, bajo el sol matutino, estaba todavía más guapa. Volviendo a mirar al lugar que ella había llamado Pekín, dijo:

—¿Dónde está el centro de la ciudad?

—En esa dirección. Estamos en el exterior del Cuarto Anillo Oeste, en el Árbol 179, Rama 23, Hoja 18, así que se puede ver casi toda la ciudad.

Luo Ji miró a la distancia que ella le indicaba y exclamó:

—¡Imposible! ¿Cómo es que no queda nada?

—¿Qué debería quedar? ¡Aquí no había nada en su época!

—¿Nada? ¿El palacio Imperial? ¿El parque Jingshan? ¿Tiananmen? ¿La torre mundial? No han pasado doscientos años. No puede ser que lo hayan derribado todo.

—Todo eso sigue donde estaba.

—¿Dónde?

—En la superficie.

Al ver la cara de terror de Luo Ji, se echó a reír con tanta fuerza que tuvo que agarrarse a la barandilla.

—Ah, ja, ja. Me olvidé. Lo siento de veras. Lo he olvidado tantas veces. Mire, ahora estamos bajo la superficie. A dos mil metros por debajo. Si alguna vez viajo en el tiempo hasta su época, me la puede devolver olvidándose de contarme que la ciudad está en la superficie. Me aterrará tanto como a usted. Ja, ja, ja.

—Pero... todo esto... —Levantó las manos.

—El cielo y el sol son falsos —dijo la mujer, intentando contener la sonrisa—. Por otra parte, no es muy exacto decir que son falsos, porque se trata de una imagen tomada a una altitud de diez mil metros y mostrada aquí abajo. Es posible que cuente como real.

—¿Por qué construir una ciudad subterránea? Y dos mil metros... es muy profundo.

—Por la guerra, por supuesto. Piénselo un momento. Cuando llegue la batalla del Día del Juicio Final, ¿la superficie no será un océano de fuego? Sí, ahora esa batalla es otra idea desfasada, pero tras el Gran Cataclismo, todas las ciudades del mundo pasaron al subsuelo.

—¿Así que ahora todas las ciudades son subterráneas?

—La mayoría.

Luo Ji miró de nuevo al mundo. Ahora comprendió que los grandes árboles eran a la vez las columnas que sostenían la bóveda del mundo subterráneo y también el apoyo para los edificios de la ciudad.

—No sentirá claustrofobia. ¡Mire ese cielo! En la superficie el cielo no es ni de lejos tan esplendoroso.

Luo Ji observó el cielo azul, o mejor dicho, a su proyección. Percibió entonces unos pequeños objetos, al principio simples fragmentos dispersos, pero una vez que se acostumbró a verlos se dio cuenta de que cubrían todo el cielo. Curiosamente, esos objetos celestes le recordaron algo que no tenía nada que ver: el expositor de una joyería. Antes de convertirse en vallado, al enamorarse de la Zhuang Yan de su imaginación, había pasado un tiempo obsesionado con qué comprarle a su ángel imaginario. Fue a la joyería y miró todos los colgantes de platino que exhibían. Cada uno de ellos era magnífico, tendido sobre el terciopelo negro y reluciendo bajo las luces. Si el terciopelo en lugar de ser negro hubiese sido azul, el cielo que veía habría sido idéntico.

—¿Eso es la flota espacial? —preguntó, emocionado.

—No. La flota se encuentra más allá del cinturón de asteroides, no es visible desde aquí. Eso es... bien, lo es todo. Los que tienen forma visible son ciudades espaciales y los puntos de luz son naves espaciales civiles. Pero en ocasiones también hay naves de guerra en órbita. Sus motores emiten mucho brillo, así que no las puedes mirar fijamente... Bien, tengo que irme. Usted debería regresar ya. Aquí suele hacer mucho viento.

Luo Ji se volvió para decir adiós, pero su sorpresa fue tan mayúscula que no pudo hablar. La mujer llevaba la bicicleta, lo que antes había tomado por un paraguas, colocada a la espalda como si fuese una mochila. Luego se elevó y se abrió por la parte superior para formar dos rotores coaxiales que se pusieron silenciosamente en marcha, girando en sentido contrario para compensar el momento angular. A continuación, se elevó poco a poco en el aire y saltó por encima de la barandilla para pasar al abismo que tanto le había deslumbrado.

Allí suspendida, le dijo:

—Comprobará que esta es una época bastante aceptable. Considere que su pasado fue un sueño. ¡Nos vemos mañana!

Las dos pequeñas hélices dispersaban la luz del sol mientras se alejaba y acabó convertida en una diminuta libélula entre dos gigantescos árboles lejanos. Por entre los árboles de la ciudad volaban enjambres de esas libélulas. Era todavía más llamativo: unas corrientes de coches voladores como si fuesen bancos de peces moviéndose sin parar por entre las algas del fondo marino. El sol matutino alumbró la ciudad. Los árboles cortaban la luz en rayos que iluminaban el tráfico de un color dorado.

Luo Ji lloró al contemplar ese glorioso mundo. La sensación de una vida totalmente nueva penetró hasta en la última de sus células.

En efecto, el pasado era un sueño.

Cuando vio al europeo en recepción, a Luo Ji le pareció que tenía un aire diferente. Más tarde comprendió que se debía a que su traje formal no emitía destellos ni mostraba imágenes, sino que se parecía a la ropa de una era pasada. Quizás intentase dar solemnidad.

El visitante se presentó después de que Luo Ji le diese la mano.

—Soy el comisionado especial Ben Jonathan de la Asamblea Conjunta de la Flota Solar. Activé su reanimación a petición de la Asamblea y ahora asistiremos a la última reunión del Proyecto Vallado. Oh, ¿me comprende? El inglés ha cambiado mucho.

Luo Ji *entendía* lo que le decía. Pero al oírle hablar desapareció la sensación que había tenido los últimos días de invasión de la cultura occidental debido a los cambios del chino moderno; el inglés de Jonathan estaba salpicado de vocabulario chino. Por ejemplo, dijo «Proyecto Vallado» en chino. El inglés, que había sido la lengua más usada del mundo, y el chino, hablado por la mayor población, se habían combinado para formar la lengua más potente del planeta. Más tarde Luo Ji descubriría que el mismo proceso lo sufrían los otros idiomas.

«El pasado no es un sueño —pensó Luo Ji—. El pasado acaba alcanzándote.» Pero recordó que Jonathan había dicho «última» y se preguntó si podría sentir la esperanza de una resolución rápida.

Jonathan miró atrás, como si quisiera asegurarse de que la puerta se hubiese cerrado, y luego se acercó a la pared y activó un interfaz. Tocó un par de veces la superficie, y las cuatro paredes y el techo se desvanecieron para convertirse en una pantalla holográfica.

Ahora Luo Ji se encontraba en un auditorio. Aunque se habían producido grandes cambios, y las paredes y mesas relucían un poco, estaba claro que sus diseñadores habían intentado imitar el estilo de una era pasada. Todos los detalles, desde la enorme mesa circular y el estrado hasta la disposición general, exudaban nostalgia y le permitían comprender dónde se encontraba. Estaba totalmente vacío, excepto por dos ayudantes que colocaban documentos sobre las mesas. Luo Ji se asombró al comprobar que todavía se usaba papel. Era un caso parecido al de las ropas de Jonathan: una señal de solemnidad.

—Ahora son habituales las reuniones remotas. Esta forma de participación no tiene ningún impacto sobre su seriedad o importancia —dijo Jonathan—. Nos queda algo de tiempo antes de empezar y da la impresión de no saber mucho sobre el mundo exterior. ¿Quiere que repasemos lo básico?

Luo Ji asintió.

—Por supuesto. Gracias.

Jonathan indicó el auditorio y dijo:

—Seré breve. Primero, hablemos de los países. Europa es un único país, llamada la Mancomunidad Europa, que incluye todo el este y el oeste de Europa, excepto Rusia. Rusia y Bielorrusia se unificaron para formar un país que todavía se llama Federación Rusa. Canadá se dividió en dos países, uno de habla francesa y otro de habla inglesa. Eso son los cambios importantes. Ha habido otros en otras regiones.

Luo Ji quedó conmocionado.

—¿Son los únicos cambios? Han pasado casi dos siglos. Daba por supuesto que los cambios serían tales que el mundo resultaría irreconocible.

Jonathan volvió a mirar a Luo Ji y asintió, solemne.

—Irreconocible, doctor Luo. Así es, el mundo es irreconocible.

—No, esos cambios ya se manifestaban de forma incipiente en mi época.

—Pero hay aspectos que no anticiparon. Ya no queda ninguna gran potencia. El poder político de todos los países se ha reducido.

—¿De todos los países? Entonces, ¿quién ha ascendido?

—Una entidad supranacional: la flota espacial.

Luo Ji reflexionó un momento antes de comprender a qué se refería Jonathan.

—¿Quiere decir que la flota espacial es independiente?

—Sí. Las flotas no pertenecen a ningún país. Forman entidades políticas y económicas independientes que, al igual que los países, son miembros de Naciones Unidas. Ahora mismo hay tres flotas importantes en el Sistema Solar: la Flota Asiática, la Flota Europea y la Flota Norteamericana. Los nombres simplemente indican las principales regiones de origen, ya que las flotas en sí ya no están subordinadas a esas regiones. Son absolutamente independientes. Cada una posee la capacidad política y económica de una superpotencia de su época.

—Dios mío... —exclamó Luo Ji.

—Sin embargo, no debe hacerse una idea equivocada. El gobierno de la Tierra no es militar. La zona territorial y de soberanía de las flotas espaciales es el espacio, y muy rara vez interfieren con los asuntos internos de la sociedad terrestre. Eso viene detallado en el acta de Naciones Unidas. Por tanto, en estos momentos el mundo humano se divide en dos esferas internacionales: la tradicional de Coalición Tierra y la nueva de Coalición Flota. La Coalición Flota (las flotas asiáticas, europeas y norteamericana) compone la Flota Solar. El antiguo Consejo de Defensa Planetaria se transformó en la Asamblea Conjunta de la Flota Solar, que es nominalmente la mayor autoridad de la Flota Solar. Sin embargo, al igual que sucede con Naciones Unidas, no posee poder real y su función es principalmente de coordinación. De hecho, Flota Solar no es más que un nombre. El verdadero poder de las fuerzas armadas humanas en el espacio recae en los comandantes supremos de las tres flotas.

»Bien, ya sabe lo suficiente para participar en la reunión de hoy. La convoca la Asamblea que es la heredera del Proyecto Vallado.

En el holograma se abrió una ventana que mostró la imagen de Bill Hines y Keiko Yamasuki. Estaban igual que siempre. Hines le dedicó una sonrisa a Luo Ji, pero Yamasuki permaneció sentada a su lado, impasible, ofreciendo la mínima inclinación de cabeza para aceptar el saludo de Luo Ji.

Hines habló:

—Acabo de despertar, doctor Luo. Lamenté mucho saber que el planeta que maldijo sigue orbitando alrededor de esa estrella a cincuenta años luz de la Tierra.

—Ja, ja. Un chiste antiguo —dijo Luo Ji, burlándose de sí mismo mientras agitaba una mano.

—Pero en comparación con Tyler y Rey Díaz, ha tenido usted mucha suerte.

—Parece que usted es el único vallado con éxito. Es posible que su estrategia elevase la inteligencia humana.

Hines imitó la misma sonrisa de burla hacia sí mismo que había mostrado Luo Ji segundos antes. Hizo un gesto negativo con la cabeza.

—No, la verdad es que no. Hemos sabido que tras pasar a hibernación, la investigación sobre la mente humana se topó con un obstáculo insuperable. Para avanzar hubiese sido preciso estudiar los mecanismos cuánticos de la mente humana, pero eso, como sucede en todas las ciencias, significaba estrellarse contra la barrera sofón. No incrementamos la inteligencia humana. Como mucho logramos aumentar la confianza de algunas personas.

Luo Ji no comprendió ese último detalle, porque el precinto mental no existía cuando entró en hibernación. Pero sí percibió que cuando Hines lo había dicho, una sonrisa misteriosa apareció brevemente en el rostro por lo demás hierático de Keiko Yamasuki.

La ventana desapareció y Luo Ji se dio cuenta de que el auditorio ahora estaba repleto de personas. La mayoría vestía con uniformes militares que no habían cambiado demasiado. Nadie llevaba ropa que mostrase imágenes, pero galones y charreteras sí que relucían.

La Asamblea todavía empleaba una presidencia por turnos, que ahora mismo ocupaba un civil. A Luo Ji le recordó a Garanin. Pensó que él no era más que un hombre de la antigüedad, de doscientos años en el pasado, pero afortunado en comparación con aquellos aniquilados por el río del tiempo.

El presidente tomó la palabra en cuanto empezó la reunión.

—Representantes, durante esta reunión votaremos finalmente la proposición 649, presentada por la Flota Norteamericana y la Flota Europea durante la cuarenta y siete Asamblea Conjunta de este año. Empezaré leyendo el texto de la proposición.

»En el segundo año de la Crisis Trisolariana, el Consejo de Defensa Planetaria de Naciones Unidas estableció el Proyecto Vallado. Los miembros permanentes de Naciones Unidas lo aprobaron por unanimidad y se activó al año siguiente. En esencia, el Proyecto Vallado aspiraba a desarrollar estrategias ocultas para resistirse a la invasión trisolariana. Lo haría asignando a cuatro vallados, propuestos por los miembros permanentes, la formulación y ejecución de planes estratégicos en sus mentes, lejos de la vigilancia continua de los sofones. Naciones Unidas aprobó la Ley de los Vallados para garantizar los privilegios de los mismos durante la creación y ejecución de sus planes sus planes.

»El Proyecto Vallado lleva activo doscientos cinco años, un período que incluye una pausa de más de un siglo. Durante ese tiempo, el liderazgo del proyecto pasó del antiguo Consejo de Defensa Planetaria a la actual Asamblea.

»Los orígenes del Proyecto Vallado se encuentran en una situación histórica singular. La Crisis Trisolariana acababa de empezar y, enfrentados a un peligro como no había habido otro en la historia humana, la comunidad internacional sufrió unos niveles de desesperación y miedo desconocidos hasta entonces. En ese clima se gestó el Proyecto Vallado. No se trató de una decisión racional sino de una reacción desesperada.

»Los hechos históricos demuestran que, como plan estratégico, el Proyecto Vallado ha resultado ser un fracaso sin paliativos. Sin exagerar, podemos afirmar que se trató de la acción más ingenua y estúpida tomada jamás por la sociedad humana en su conjunto. A los vallados se les concedieron poderes sin precedentes y sin ningún tipo de control legal, e incluso disponían de la libertad de engañar a la comunidad internacional. Esa situación violentaba las normas morales y legales de la sociedad humana.

»La ejecución del Proyecto Vallado implicó malgastar enormes cantidades de recursos sin razón de ningún tipo. La Miríada de Mosquitos del vallado Frederick Tyler resultó no tener ninguna importancia estratégica. La reacción en cadena en Mercurio del vallado Manuel Rey Díaz era imposible incluso disponiendo de los recursos tecnológicos de la actualidad. Es más, ambos planes eran criminales. La idea de Tyler consistía en atacar y eliminar la flota terrestre. El objetivo de Rey Díaz era todavía más siniestro: usar de rehén a toda la vida del planeta.

»Los otros dos vallados fueron decepciones similares. El vallado Hines todavía no ha revelado la verdadera intención estratégica de su plan de mejora mental, pero el uso en las fuerzas armadas de uno de sus resultados preliminares, el precinto mental, es también un crimen. Se trata de una violación muy grave de la libertad de pensamiento, el fundamento último de la supervivencia y el progreso de la civilización humana. En cuanto al vallado Luo Ji, fue primero un irresponsable malgastando dinero público para mantener un tren de vida hedonista, y luego decidió congraciarse con la multitud jugando a un misticismo ridículo.

»Entendemos que ahora el Proyecto Vallado carece de sentido teniendo en cuenta el gran crecimiento de la potencia humana y su control de la iniciativa bélica. Ha llegado el momento de resolver el problema que la historia nos ha legado. Proponemos que la Asamblea dé inmediatamente por concluido el Proyecto Vallado y también que se derogue la Ley de los Vallados de Naciones Unidas.

»Así concluye la proposición.

Lentamente el presidente bajó el documento y tras mirar al auditorio, añadió:

—Comenzamos la votación de la proposición 649 de la Asamblea Conjunta de la Flota Solar. ¿Votos a favor?

Todos los representantes levantaron la mano.

En esa época las votaciones todavía se realizaban empleando los métodos primitivos. El personal recorría el auditorio registrando con solemnidad el número de votos. Tras informar a la presidencia del resultado, dijo:

—La proposición 649 queda aprobada por unanimidad con efectos inmediatos.

El presidente levantó la cabeza. Luo Ji no sabía si le miraba a él o a Hines, porque al igual que en la primera reunión remota a la que había asistido 185 años antes, seguía sin saber dónde se mostraban en el auditorio su imagen y la de Hines.

—Ahora que el Proyecto Vallado ha concluido, la Ley de los Vallados queda derogada con él. En nombre de la Asamblea, comunico a los vallados Bill Hines y Luo Ji que su estatus como vallado ha sido revocado. Todos los derechos asociados conferidos por la Ley de los Vallados, así como la correspondiente inmunidad legal, ya no tienen efecto. Han recuperado sus identidades como ciudadanos corrientes de sus respectivos países.

El presidente declaró el fin de la sesión. Jonathan se puso en pie y desactivó la imagen holográfica, haciendo desaparecer la pesadilla de dos siglos de Luo Ji.

—Doctor Luo, por lo que entiendo, este es el fin que deseaba —le dijo Jonathan, acompañando las palabras de una sonrisa.

—Sí. Es justo lo que deseaba. Gracias, señor comisionado. Y gracias a la Asamblea por devolverme mi condición de ciudadano corriente —dijo Luo Ji desde el fondo de su corazón.

—La reunión fue sencilla, no más que el voto de una proposición. Se me ha autorizado para hablar con usted en más detalles de otras cuestiones. Puede empezar con su principal preocupación.

—¿Qué hay de mi mujer y de mi hija? —preguntó Luo Ji, incapaz de contener la pregunta que le atormentaba desde que le habían reanimado. Era lo único que le había querido decir incluso antes del comienzo de la reunión.

—No debe preocuparse, las dos están bien. Siguen en hibernación. Le entregaré los informes y podrá solicitar su reanimación en cualquier momento.

—Gracias, gracias. —A Luo Ji se le humedecieron los ojos, sintiendo de nuevo que llegaba al cielo.

—Debo, sin embargo, darle un consejo —añadió Jonathan, acercándose a Luo Ji en el sofá—. Para un hibernado no es fácil acostumbrarse a vivir en esta época. Le aconsejo que primero estabilice su propia situación antes de despertarlas. Los fondos de Naciones Unidas son suficientes para mantenerlas en hibernación durante otros doscientos treinta años.

—¿Y cómo se supone que debo vivir?

El comisionado rio al oír la pregunta.

—Tampoco debe preocuparse de eso. Es posible que no esté acostumbrado a esta época, pero la vida no será un problema. En nuestro tiempo la asistencia social es excelente y una persona puede disfrutar de una vida cómoda incluso sin realizar ningún trabajo. La universidad para la que trabajaba sigue aquí, en esta ciudad. Han dicho que valorarán su ocupación y se pondrán en contacto con usted.

De pronto a Luo Ji se le ocurrió una idea que casi le hizo estremecerse.

—¿Qué hay de mi seguridad? ¡La Organización Terrícola-trisolariana quiere matarme!

—¿La Organización Terrícola-trisolariana? —Jonathan no pudo evitar echarse a reír—. La Organización fue eliminada por completo hace un siglo. En este mundo no hay fundamento social para su existencia. Evidentemente, todavía hay gente con esas tendencias ideológicas, pero no pueden organizarse. Su seguridad es total.

Una vez que estaba a punto de irse, Jonathan abandonó la pose oficial y su traje mostró una imagen muy exagerada del cielo. Sonrió y le dijo:

—Doctor, de todas las figuras históricas con las que he tratado, usted es la que tiene el mejor sentido del humor. Una maldición. Una maldición contra una estrella. Ja, ja, ja...

Luo Ji se quedó a solas en la recepción. Reflexionaba sobre la realidad que se abría ante él. Tras dos siglos ejerciendo de mesías, ahora volvía a ser una persona normal y le esperaba una vida nueva.

—Eres un tipo corriente, colega. —Una potente voz ronca rompió los pensamientos de Luo Ji. Al levantar la mirada descubrió a Shi Qiang en la puerta—. Eh, se lo he oído decir al tipo que se acaba de ir.

Fue una reunión feliz. Compartieron sus experiencias y Luo Ji descubrió que Shi Qiang había despertado dos meses antes. Le habían curado la leucemia. También supo que corría un riesgo enorme de padecer del hígado, probablemente debido al consumo de alcohol, así que también se lo habían arreglado.

A ninguno de los dos les pareció que llevasen mucho tiempo separados. Como mucho, cuatro o cinco años. La hibernación no producía sensación de paso del tiempo. Pero lo de encontrarse en una nueva época doscientos años en el futuro hacía que la amistad fuese más intensa.

—He venido a recogerte. No tiene sentido quedarse aquí —dijo Shi Qiang. Sacó ropa de la mochila e hizo que Luo Ji se la pusiese.

—¿No me queda... un poco grande? —preguntó Luo Ji, mirando la chaqueta.

—Mírate, te despiertas con dos meses de retraso y te conviertes en un patán comparado conmigo. Póntela.

Shi Qiang señaló un objeto en la parte delantera y le dijo que podía usarlo para ajustar el tamaño. Cuando Luo Ji se la puso, oyó un zumbido y la ropa se contrajo para ajustarse a las dimensiones de su cuerpo. Lo mismo pasó con los pantalones.

—Oye, ¿llevas la misma ropa que hace dos siglos? —preguntó Luo Ji. Recordaba claramente que la chaqueta de cuero que Shi Qiang llevaba puesta era la misma que la última vez que le había visto.

—La mayoría de mis pertenencias se perdió durante el Gran Cataclismo, pero mi familia me guardó esa ropa. Aunque ya no servía para vestir... A ti también te quedan algunas cosas de esa época y cuando te instales las podrás recoger. Ya te digo, tío, cuando veas hasta qué punto han cambiado las cosas, comprenderás que doscientos años no es para nada poco tiempo. —Al hablar, Shi Qiang pulsó algo en la chaqueta y la prenda quedó totalmente blanca. La textura de cuero no había sido más que una imagen—. Me gusta verla como en el pasado.

—¿La mía también lo hace? ¿También puedo poner imágenes? —preguntó Luo Ji, mirándose.

—Se puede, pero configurarlo es un poco complicado. Vamos.

Luo Ji y Shi Qiang cogieron el ascensor del tronco para bajar a la planta baja, cruzaron el enorme vestíbulo del árbol y salieron al nuevo mundo.

En realidad, la reunión todavía no había terminado cuando el comisionado desactivó la imagen holográfica. De hecho, Luo Ji había sido consciente de haber oído una voz después de que la presidencia hubiese dado por concluida la reunión. Fue una voz de mujer, y aunque no entendió lo que decía, todos los asistentes se volvieron en cierta dirección. Luego Jonathan había apagado. También debió de darse cuenta, pero una vez concluida la reunión por parte del presidente, Luo Ji era un ciudadano normal sin posición de vallado y, por tanto, no podría participar si continuaba.

Fue Keiko Yamasuki la que habló:

—Señor presidente, tengo algo que decir.

El presidente dijo:

—Doctora Yamasuki, usted no es un vallado. Se le ha permitido asistir debido a su posición especial, pero no tiene el derecho a hablar.

Nadie parecía estar interesado en oírla. Se ponían en pie para salir. Para ellos, el Proyecto Vallado no era más que una nota al pie histórica con la que debían molestarse en lidiar. Pero lo que añadió a continuación les hizo detenerse de inmediato. Se volvió hacia Hines y dijo:

—Vallado Bill Hines. Soy tu desvalladora.

Hines se había levantado para salir. Pero le fallaron las piernas al oír las palabras de Yamasuki y volvió a sentarse. Los presentes en el auditorio se miraron y luego empezaron a susurrar. El rostro de Hines se iba poniendo cada vez más blanco.

—Espero que no hayan olvidado el significado de ese título —dijo Yamasuki imperiosamente.

El presidente respondió.

—Sí, sabemos lo que es un desvallador. Pero su organización ya no existe.

—Lo sé. —Daba la impresión de estar tranquila—. Pero como último miembro de la Organización Terrícola-trisolariana, cumpliré con mi deber para con nuestro Señor.

—Debería haberlo sabido, Keiko, debería haberlo sabido. —A Hines le temblaba la voz. Su aspecto era débil. Había sido consciente de que su mujer estaba dedicada a las ideas de Timothy Leary y había sido testigo de su fanático deseo por alterar la mente humana usando tecnología, pero jamás se le había ocurrido relacionarlo con un odio profundo contra la humanidad.

—En primer lugar, me gustaría decir que el verdadero fin de su plan estratégico no era incrementar la inteligencia humana. Usted más que nadie sabe que es un logro imposible para la tecnología humana en el futuro cercano, porque fue usted el que descubrió la estructura cuántica del cerebro. Sabe bien que cuando el estudio de la mente llegue al nivel cuántico, el bloqueo sofón de la física fundamental implica que tal investigación científica será como agua sin fuente: carece de fundamento y no tendrá éxito. El precinto mental no fue un efecto secundario del estudio de la mente. Fue siempre el fin deseado. Tal era la meta última de sus investigaciones. —Se volvió hacia la Asamblea—. Ahora hay algo que me gustaría saber: en los años que hemos pasado en hibernación, ¿qué ha sido del precinto mental?

—No tuvo mucha historia —dijo el representante de la Flota Europea—. Casi cincuenta mil personas de las fuerzas espaciales nacionales se ofrecieron voluntarias para aceptar la fe en la victoria por medio del precinto mental y formaron una clase especial dentro de los militares llamado los «Marcados». Más tarde, unos diez años después de que entrasen en hibernación, el Tribunal Internacional de Justicia declaró que el precinto mental era un crimen, una violación de la libertad de pensamiento y el único dispositivo de precinto mental existente, el que estaba instalado en el Centro para la Fe, pasó a un almacén. Se declaró una prohibición internacional de fabricación y uso de tales equipos, una prohibición casi tan estricta como la de no proliferación nuclear. Es más, el precinto mental era más difícil de conseguir que las armas nucleares, especialmente por el ordenador usado. Para cuando ustedes pasaron a hibernación, la tecnología informática había dejado de avanzar. El ordenador empleado en el precinto mental sigue siendo hoy en día un superordenador y no está disponible para organizaciones o gente corriente.

En ese punto Keiko Yamasuki reveló la primera información vital:

—Lo que no saben es que había más de un dispositivo de precinto mental: cinco en total, cada uno con su propio superordenador. Hines entregó los otros cuatro a personas que ya habían aceptado el precinto, los que ustedes llaman Marcados. En aquel momento eran unos tres mil, pero ya habían creado una organización supranacional muy secreta en el seno de las organizaciones militares de cada país. Hines no me lo contó. Lo supe por los sofones. A nuestro Señor no le importa el triunfalismo acérrimo, así que no hizo nada.

—¿Y qué importancia tiene? —preguntó el presidente.

—Elucubremos. El dispositivo de precinto mental no es un artefacto que opere continuamente. Solo se activa cuando es necesario. Cada dispositivo puede usarse durante mucho tiempo y si se les cuida, cada uno puede usarse durante medio siglo. Empleado en secuencia, uno se activa después de que el anterior quede inservible, podrían durar doscientos años. Es decir, es posible que los Marcados no hayan desaparecido, sino que hayan persistido generación tras generación hasta el presente. Se trata de una religión con una fe reforzada por el precinto mental, y su ceremonia de aceptación en el grupo es el uso del precinto mental en tu propia mente.

Habló el representante de la Flota Norteamericana:

—Doctor Hines, ha perdido su posición de vallado y carece por tanto del poder legal para engañar al mundo. Tendría la amabilidad de decir la verdad: ¿su esposa o, mejor dicho, su desvalladora dice la verdad?

—Dice la verdad —respondió Hines, asintiendo con fuerza.

—¡Eso es un crimen! —exclamó el representante de la Flota Asiática.

—Puede que lo sea —añadió Hines, asintiendo otra vez—. Pero al igual que usted, no sé si los Marcados han sobrevivido hasta ahora.

—Ese detalle carece de importancia —dijo el representante de la Flota Europea—. Considero necesario dar con esos dispositivos de precinto mental y aislarlos o destruirlos. En cuanto a los Marcados, si aceptaron voluntariamente el precinto mental no da la impresión de que hubiesen violado las leyes de su momento. Si aplicaron el precinto mental a otros voluntarios, entonces ya estaban bajo el dominio de la creencia obtenida por medios técnicos y, por tanto, no deberían recibir castigo. Así que nuestra única labor es localizar los precintos mentales. Es posible que no tengamos que preocuparnos de los Marcados.

—Así es. Tampoco está mal tener en la Flota Solar a algunas personas con una fe inquebrantable en la victoria. Al menos, no hace daño. Debería seguir siendo una cuestión privada y nadie precisa saberlo. Aunque resulta difícil comprender por qué alguien ahora mismo iba a someterse al precinto mental considerando que la victoria de la humanidad parece evidente.

Keiko Yamasuki sonrió con desprecio, manifestando así una expresión rara vez conjurada que a los presentes les recordó a la luz de la luna reflejándose en las escamas de una serpiente que serpentea entre la hierba.

—Son unos ingenuos —dijo.

—Son unos ingenuos —repitió Hines, y agachó mucho la cabeza.

Keiko Yamasuki se volvió hacia su marido.

—Hines, siempre me ocultaste tus pensamientos. Incluso antes de convertirte en vallado.

—Temía que me despreciases —dijo con la cabeza todavía gacha.

—¿En cuantas ocasiones nos miramos a los ojos, en silencio, en el bosquecillo de bambú durante una agradable noche de Kioto? En tus ojos apreciaba la soledad del vallado y tus deseos de hablar. ¿En cuántas ocasiones estuviste a punto de revelarme la verdad? Ansiabas hundir la cabeza en mis brazos, emitir palabras entre las lágrimas y lograr así la liberación total. Pero te lo impedía el deber del vallado. Una de tus responsabilidades era el engaño, incluso si debías engañar a tu ser más querido. Así que solo podía mirar en tus ojos por si encontraba algún rastro de tus verdaderos pensamientos. No eres consciente de las muchas noches que pasé despierta a tu lado, mientras tú dormías profundamente, esperando que hablases en sueños. Todavía más veces te observé con atención, estudié todos tus movimientos y registré todas tus expresiones, incluyendo los años de tu primera hibernación. Recuerdo hasta el último detalle de tu cara, no por anhelo sino por el deseo de conocer tus verdaderos pensamientos. Fallé incontables veces. Sabía que llevabas puesta una máscara, pero no lo que había debajo. Pasaron los años, hasta que finalmente, cuando despertaste y recorriste conmigo la nube de red neuronal, miré en tus ojos y comprendí. Yo había madurado ocho años mientras que tú seguías ocho años en el pasado. Así fue como quedaste expuesto.

»Desde ese momento tuve conocimiento de tu yo real: un derrotista hasta la médula y un escapista acérrimo. Antes y después de convertirte en vallado, tu único fin era lograr el éxodo de la humanidad. En comparación con los otros vallados, tu genio no radicaba en el engaño estratégico, sino en ocultar y disfrazar por completo tu forma de ver el mundo.

»Pero seguía sin saber cómo aspirabas a lograrlo por medio de tus investigaciones sobre el cerebro y el pensamiento. Estaba confundida incluso desde el primer uso del precinto mental hasta el instante de pasar a hibernación. Pero justo en ese momento recordé los ojos. Los ojos de las personas que habían recibido el precinto mental. Tenían tus ojos. De pronto comprendí una de tus expresiones que hasta entonces me había resultado inaccesible. Y fue entonces cuando adiviné tu verdadera estrategia. Pero ya era demasiado tarde para divulgarlo.

El representante de la Flota Norteamericana habló:

—Señora Keiko Yamasuki, no da la impresión de que la situación tenga nada de raro. Conocemos la historia del precinto mental. El primer grupo de cincuenta mil voluntarios recibió el procedimiento bajo la supervisión más estricta.

—Así es —respondió—. Pero tal supervisión solo era totalmente efectiva sobre el contenido de la proposición de fe. El precinto mental en sí era mucho más difícil de supervisar.

—Pero la literatura indica que también era muy estricta la supervisión de los detalles técnicos del precinto mental. Además, antes de entrar en servicio superó muchas pruebas —dijo el presidente.

Yamasuki hizo un gesto de negación.

—El precinto mental es un artilugio increíblemente complicado. Ningún grado de supervisión puede ser total. En concreto, un humilde signo menos en cientos de millones de líneas de código. Ni siquiera los sofones lo detectaron.

—¿Un signo menos?

—Cuando se descubrió el modelo del circuito neuronal para decidir si una proposición es cierta, Hines también descubrió el modelo para determinar si una proposición es falsa. Ahí tenía lo que le hacía falta. Ocultó ese descubrimiento al mundo, incluyéndome a mí. No le resultó difícil: ambos modelos son muy similares. Se manifiesta como la dirección de flujo de una señal clave en el modelo de transmisión neuronal y en el modelo matemático del precinto mental se representaba con un signo. Positivo para cierto, negativo para falso. Actuando con el más absoluto secreto, Hines manipuló la señal en el *software* de control del precinto mental. La señal era negativa en los cinco dispositivos.

El auditorio guardó un pesado silencio, un silencio que solo se había manifestado una vez en una reunión del Proyecto Vallado del Consejo de Defensa Planetaria. Había sucedido dos siglos antes, cuando Rey Díaz había mostrado la «cuna» que llevaba en la muñeca y le había dicho a los reunidos que el dispositivo receptor de la señal estaba muy cerca.

—Doctor Hines, ¿qué ha hecho? —El presidente le habló con furia.

Hines levantó la cabeza. Todos comprobaron que su rostro había recobrado el color normal. Habló con voz serena.

—Admito haber subestimado el poder de la humanidad. Los

avances que han logrado son realmente increíbles. Los he visto y los creo, y también creo que la victoria pertenece a la humanidad. Es una fe tan absoluta como si hubiese sido grabada por el precinto mental. El derrotismo y el Escapismo de hace dos siglos son posiciones muy ridículas. Aun así, señor presidente y representantes, debo comunicar al mundo que me resulta imposible arrepentirme de lo que he hecho.

—¿Sigue opinando que no debe arrepentirse? —dijo con furia el representante de la Flota Asiática.

Hines levantó la cabeza.

—No hablo de «deber». Hablo de imposibilidad. Empleé el precinto mental para marcar esta proposición en mi propia mente: todos los detalles de mi Proyecto Vallado son del todo correctos.

Los asistentes se miraron con asombro. Incluso la propia Yamasuki miró a su marido con la misma expresión.

Hines mostró una breve sonrisa y asintió.

—Sí, mi amor, si me permites que te llame así. Solo de esa forma logré la fuerza espiritual que requería la ejecución del plan. En efecto, ahora mismo creo firmemente que todo lo que he hecho ha sido lo correcto. Lo creo con convicción total, por mucho que la realidad insista en lo contrario. Empleé el precinto mental para convertirme en mi propio dios, y Dios no se arrepiente.

—En el futuro no tan lejano, cuando los invasores trisolarianos se rindan ante una civilización humana mucho más poderosa, ¿lo seguirá creyendo? —preguntó el presidente, con una expresión más de curiosidad que de asombro.

Hines asintió.

—Seguiré pensando que tengo razón. Todos los detalles de mi Proyecto Vallado son correctos. Evidentemente, enfrentado a los hechos sufriré una agonía inmensa. —Se giró hacia su mujer—. Mi amor, ya sufrí esa agonía, cuando creí que el agua era tóxica.

—Volvamos al presente —dijo el representante de la Flota Norteamericana, interrumpiendo los susurros de los congregados—. La idea de que los Marcados siguen existiendo no es más que una suposición. Después de todo, ya han pasado más de ciento setenta años. Si existe una clase u organización con una fe tan absoluta en el derrotismo, ¿por qué no hay indicios de su presencia?

—Caben dos posibilidades —dijo el representante de la Flota Europea—. La primera es que el precinto mental hace tiempo que dejó de surtir efecto y, por tanto, nos enfrentamos a una falsa alarma...

Fue el representante de la Flota Asiática quien completó la idea:

—Pero cabe otra opción: lo más aterrador de la situación es que no hay ningún indicio.

Mientras Luo Ji y Shi Qiang cruzaban la ciudad subterránea, les cubría la sombra de las estructuras arbóreas y los coches fluían entre los huecos del cielo. Como los edificios eran «hojas» que colgaban del aire, el suelo estaba totalmente despejado. Dado que los enormes árboles estaban muy espaciados, no había sensación de calles, sino más bien el conjunto era una vibrante plaza salpicada de troncos. Era un entorno de ensueño: las grandes zonas de hierbas, los bosques de árboles de verdad y el aire limpio ofrecían la impresión inicial de una hermosa escena campestre. Los peatones lo recorrían destellando ropas como si fuesen hormigas relucientes. A Luo Ji le impresionaba ese diseño urbano que elevaba el ruido y las aglomeraciones al aire y permitía que el suelo fuese natural. Aquí no se manifestaba para nada la guerra, solo había comodidades y placeres humanos.

No pudo avanzar mucho antes de oír una amable voz de mujer.

—¿Se trata del señor Luo Ji? —Se giró y descubrió que la voz provenía de una valla publicitaria colocada sobre la hierba a un lado del camino. Desde la imagen en movimiento le miraba una mujer atractiva vestida con un uniforme.

—Lo soy —dijo asintiendo.

—Hola. Soy la consejera financiera 8065 del Sistema General de Banca. Bienvenido a nuestra época. Le voy a informar de su situación financiera actual. —Los datos iban apareciendo a medida que hablaba—. Aquí tiene los apuntes financieros del año 9 de la Era de la Crisis, incluyendo los depósitos en el Banco Industrial y Comercial de China y el Banco de la Construcción de China. Había inversiones en títulos de valor cotizante, pero es posible que se perdieran parcialmente durante el Gran Cataclismo.

—¿Cómo sabe que estoy aquí? —susurró.

—Te han implantado un chip en el brazo izquierdo —le dijo Shi Qiang—. Pero no te preocupes, que hoy en día es muy habitual. Es como una tarjeta de identificación. Todas las vallas publicitarias te pueden reconocer. Ahora la publicidad es personal, lo que muestran las vallas es siempre para ti, no importa adónde vayas.

La consejera intervino tras oír las palabras de Shi Qiang.

—Señor, no se trata de un anuncio. Es un servicio del Sistema General de Banca.

—¿Cuánto tengo en depósito? —preguntó Luo Ji.

Junto a la consejera apareció una gráfica muy complicada.

—Esta es la situación de todas sus cuentas con intereses desde el año 9 de la Era de la Crisis. Es muy compleja, pero a partir de ahora puede consultarla en la zona de información personal. —Apareció una gráfica más simple—. Aquí tiene su situación financiera actual en todos los subsistemas del Sistema General de Banca.

Luo Ji no entendía el sentido de ninguna de las cifras y preguntó directamente.

—¿Cuánto... tengo?

—¡Colega, eres rico! —dijo Shi Qiang dándole una palmada—. Es posible que yo no tenga tanto como tú, pero tengo dinero. Vaya, dos siglos de intereses. Una verdadera inversión a largo plazo, de mendigo a millonario. Solo lamento no haber ahorrado más.

—Bien... ¿seguro que no hay ningún error? —preguntó Luo Ji con escepticismo.

—¿Eh? —Los grandes ojos de la consejera miraron interrogativos a Luo Ji.

—Han pasado más de ciento ochenta años. ¿No hubo inflación? ¿Debo creer que el sistema financiero siguió funcionando sin ningún bache?

—Estás pensando de más —dijo Shi Qiang mientras sacaba una cajetilla de cigarrillos del bolsillo. Luo Ji descubrió entonces que el tabaco seguía existiendo. Pero Shi Qiang se llevó uno a la boca y pudo expulsar humo sin encenderlo.

—Durante el Gran Cataclismo se produjeron muchos momentos de inflación —explicó la consejera—. Los sistemas financieros y crediticios estuvieron al borde del colapso. Pero según la ley actual, los intereses en los depósitos de hibernados se calculan según una fórmula que excluye el Gran Cataclismo. En su lugar, traslada las cantidades al nivel financiero del período posterior al Gran Cataclismo y sigue calculando intereses desde ese punto.

—¡Vaya un tratamiento preferente! —exclamó Luo Ji.

—Tío, esta es una gran época —dijo Shi Qiang, exhalando humo. Luego, levantando el cigarrillo todavía encendido, añadió—: Aunque los cigarrillos son horribles.

—Señor Luo Ji, esto no ha sido más que una oportunidad de conocernos. En cuanto le resulte conveniente, podremos hablar de la administración de su posición financiera y de planes de inversión. Si no tiene más preguntas, me despido. —La consejera sonrió y le hizo adiós con la mano.

—Tengo una pregunta —dijo con rapidez. No sabía cómo dirigirse a las jóvenes de esa época y no quería arriesgarse a no hacerlo correctamente. Se limitó a lo siguiente—: no estoy muy familiarizado con esta época, así que por favor discúlpeme si la pregunta le resulta ofensiva.

La consejera sonrió.

—No es ningún problema. Nuestra responsabilidad es lograr que se acostumbre lo antes posible.

—¿Es usted una persona real o un robot? ¿O un programa?

La pregunta no alteró a la consejera.

—Por supuesto que soy una persona real. ¿Podría un ordenador ocuparse de servicios tan complejos?

Después de que la mujer desapareciese, Luo Ji le habló a Shi Qiang.

—Da Shi, algunas cosas me resultan complicadas de entender. Estamos en una época que ha inventado el movimiento perpetuo y que puede sintetizar cereales, pero no da la impresión de que la tecnología informática haya avanzado nada. ¿Una inteligencia artificial ni siquiera puede ocuparse de las finanzas de una persona?

—¿Qué movimiento perpetuo? ¿Te refieres a las máquinas de movimiento perpetuo? —dijo Shi Qiang.

—Sí. Significa energía ilimitada.

Shi Qiang miró a su alrededor.

—¿Dónde?

Luo Ji señaló al tráfico.

—Esos coches voladores. ¿Consumen gasolina o baterías?

Shi Qiang negó con la cabeza.

—Nada de eso. El petróleo de la Tierra se agotó por completo. Esos coches vuelan para siempre sin baterías y jamás se quedarán sin energía. Son impresionantes. Estoy pensando pillarme uno.

—¿Cómo pueden no impresionarte estos milagros tecnológicos? Energía ilimitada para la humanidad. ¡Es un acontecimiento tan monumental como la creación de los cielos y la Tierra por parte de Pangu! ¿No comprendes lo impresionante que es esta época?

Shi Qiang tiró la colilla. Luego se lo pensó mejor, la recogió de entre la hierba y la tiró en una papelera cercana.

—¿No me impresiona? Eres un intelectual al que se le ha disparado la imaginación. Esa tecnología ya la teníamos en nuestra época.

—Es una broma.

—No tengo muchos conocimientos tecnológicos, pero sé un poco sobre esta en concreto porque resulta que tuve la oportunidad de usar un micro policial que no tenía batería, pero nunca se quedaba sin energía. ¿Sabes cómo funcionaba? Recibía la energía por sistema remoto por medio de microondas. Hoy en día la electricidad es así, aunque los métodos difieren ligeramente de los de nuestra época.

Luo Ji se detuvo y durante un buen rato no dejó de mirar a Shi Qiang. Luego observó los coches voladores. Pensó en el vaso calentador y comprendió al fin: era una fuente de energía inalámbrica; emitía electricidad en forma de microondas o alguna otra radiación electromagnética para formar un campo eléctrico en cierta región del espacio. Cualquier dispositivo colocado en esa región podía obtener energía por medio de una antena o un resonador. Como le había dicho Shi Qiang, incluso dos siglos antes esa tecnología era perfectamente normal. No se había extendido porque las pérdidas de energía eran demasiado grandes. Solo podía usarse una fracción de la energía emitida, el resto se perdía. Pero en esa época, la tecnología avanzada de fusión controlada hacía que las fuentes de energía fuesen mucho mayores, por lo que las pérdidas de la energía inalámbrica resultaban aceptables.

—¿Y el cereal sintético? ¿No pueden sintetizar cereales? —preguntó Luo Ji.

—No estoy muy seguro. El cereal todavía crece a partir de semillas y en fábricas, en tanques de cultivo. Los cultivos han sido modificados genéticamente. Por lo que he oído, el trigo crece en macollos, sin tallo. Y lo hace con mucha rapidez por efecto de la potente luz solar artificial y otros métodos, como una potente radiación para estimular el crecimiento. Se puede tener una cosecha de trigo y arroz en una semana. Visto desde fuera da la impresión de haber salido de una línea de producción.

—Oh... —Luo Ji recalcó la palabra con una exhalación. Las hermosas burbujas que tenía frente a los ojos reventaron y descubrió el verdadero aspecto del mundo. Supo que en esa nueva era tan maravillosa los sofones todavía pululaban por todas partes y la ciencia humana seguía limitada. La tecnología existente jamás superaría la línea delimitada por los sofones.

—¿Y la nave espacial que alcanza un quince por ciento de la velocidad de la luz?

—Bien, eso es cierto. Cuando se ponen en marcha son como pequeños soles en el cielo. Y las armas espaciales... Antes de ayer vi en la tele la noticia de un ejercicio de la Flota Asiática. Un cañón láser dio con una nave tan grande como un portaaviones. La mitad se evaporó como si fuese hielo y la otra mitad reventó formando fuegos artificiales de acero fundido. Y tenemos cañones de riel que pueden disparar cien esferas de hierro por segundo, cada una del tamaño de un balón, a decenas de kilómetros por segundo. En unos minutos aplastan una montaña de Marte... Por lo que aun sin disponer de movimiento perpetuo, con esas tecnologías la humanidad tiene la capacidad total de acabar con la flota trisolariana.

Shi Qiang le pasó un cigarrillo y le enseñó a encenderlo retorciendo el filtro. Fumaron y contemplaron cómo se elevaba el humo blanco.

—Pero, tío, esta es una buena época.

—Sí. En efecto.

Luo Ji apenas había terminado de hablar cuando Shi Qiang se lanzó contra él. Los dos rodaron sobre la hierba apartándose unos metros. Detrás oyeron el estruendo de un coche volador estrellándose justo donde habían estado. Luo Ji sintió el golpe. Los restos de metal volaron sobre sus cabezas, eliminando la mitad de la valla publicitaria y lanzando los tubos transparentes de la pantalla contra el suelo. Con la cabeza mareada y el ojo a la funerala, Shi Qiang se puso en pie de un salto y corrió hacia el vehículo. El cuerpo en forma de disco estaba destrozado y deformado, pero no se había incendiado al no llevar combustible. Solo se oían las chispas saltando en el metal retorcido.

—No hay nadie —le dijo Shi Qiang a Luo Ji, quien se acercaba cojeando.

—Da Shi, me has vuelto a salvar la vida —dijo Luo Ji mientras se apoyaba en su hombro para masajearse la pierna herida.

—No sé cuántas veces más tendré que hacerlo. La verdad es que deberías desarrollar algo más de sentido del peligro y algunos ojos extra. —Señaló al coche destrozado—. ¿A qué te recuerda?

Luo Ji se estremeció al rememorar aquel momento doscientos años antes.

Se habían congregado muchos peatones. En sus ropas no dejaban de mostrarse escenas de horror. Aterrizaron dos vehículos policiales, con las sirenas a toda potencia, y varios agentes salieron para formar una línea alrededor del vehículo siniestrado. Sus uniformes parpadeaban como la luz policial, usando su brillo para ahogar las ropas de la multitud. El agente que se acercó a Shi Qiang y Luo Ji llevaba ropa tan brillante que tuvieron que cerrar los ojos.

—Estaban aquí cuando cayó el coche. No están heridos, ¿verdad? —dijo preocupado. Estaba claro que los había identificado como hibernados, porque se esforzaba por hablar «chino antiguo».

Antes de que Luo Ji pudiese decir nada, Shi Qiang apartó al agente para alejarlo de la multitud. Una vez se alejaron, el uniforme dejó de parpadear.

—Deben investigar. Podría ser un intento de asesinato —dijo.

El agente se rio.

—¿De verdad? No ha sido más que un accidente de tráfico.

—Queremos presentar una denuncia.

—¿Está seguro?

—Claro que estoy seguro. Vamos a denunciar.

—Está exagerando. Comprendo la sorpresa, pero no ha sido más que un accidente de tráfico. Sin embargo, la ley dice que si insisten en denunciar...

—Insistimos.

El agente presionó sobre una zona de pantalla de la manga. Mostró una ventana de información, que miró para decir:

—Denunciado. La policía les seguirá durante las próximas cuarenta y ocho horas. Pero precisa su consentimiento.

—Aceptamos. Es posible que todavía corramos peligro.

El agente volvió a reír.

—De verdad que sucede habitualmente.

—¿Habitualmente? Voy a hacerle una pregunta: de media, ¿cuántos accidentes como este se producen en esta ciudad en un mes?

—¡En todo el año pasado hubo seis o siete!

—Debo hacerle saber, agente, que en nuestra época se producían todavía más accidentes cada día.

—En su época los coches iban por la superficie. Ni me hago una idea de lo peligroso que debía ser. Bien, ya participan en el sistema de vigilancia de la policía. Se les notificará de cualquier descubrimiento sobre su caso, pero por favor, créame, es un simple accidente de tráfico. Denuncien o no, seguirán recibiendo su compensación.

Una vez que dejaron a la policía y el accidente, Shi Qiang le dijo a Luo Ji:

—Volvamos a mi casa. No me siento cómodo fuera. No está lejos. Será mejor que caminemos. Los taxis son autónomos, así que no me fío.

—Pero ¿no han eliminado a la Organización? —preguntó Luo Ji, mirando alrededor.

En ese tiempo un coche volador de mayor tamaño había levantado al siniestrado. La multitud ya se había dispersado y el coche policial se había ido. Ya había llegado un vehículo municipal, del que habían bajado varios trabajadores para recoger los restos y reparar el terreno dañado por el impacto. Tras la breve conmoción, la ciudad regresó a su tranquilidad habitual.

—Quizá. Pero, tío, debo confiar en mi intuición.

—Ya no soy un vallado.

—El coche parecía tener otra opinión sobre ese punto... mientras caminamos, presta atención a los coches.

En la medida de lo posible, se quedaron a la «sombra» de los edificios arbóreos y corrían para cruzar los espacios abiertos. Pronto llegaron a una plaza grande y Shi Qiang le dijo:

—Mi sitio está al otro lado. La plaza es demasiado grande para rodearla, así que tendremos que correr.

—¿No estamos pasándonos de paranoicos? Quizá solo fuese un accidente de tráfico.

—Pero eso es un «quizá». No hay nada de malo en tener cuidado... ¿Ves esa escultura en medio de la plaza? En caso necesario podemos usarla para ocultarnos.

En el centro de la plaza había una especie de desierto en miniatura, una zona cuadrada de arena. La escultura que había dicho Shi Qiang, situada justo en el centro, era un grupo de objetos como columnas, cada uno de dos o tres metros de alto. En la distancia tenía el aspecto de un bosquecillo de árboles negros y consumidos.

Luo Ji corrió siguiendo a Shi Qiang. Al acercarse a la zona de arena, Shi Qiang le gritó:

—Deprisa. ¡Entra ahí!

Sintió que tiraban de él y le obligaba a meterse de cabeza en el bosquecillo consumido. Tendido sobre la arena cálida del bosquecillo, miró entre las columnas negras y vio a un coche volador descender y zumbar frente a las columnas antes de volver a subir y alejarse. El soplo de viento que dejó lanzó arena al aire, que golpeó las columnas.

—Quizá no fuese a por nosotros.

—No sé. Quizá —dijo Shi Qiang. Se sentó y se limpió la arena de los zapatos.

—¿Se reirán de nosotros por todo esto?

—No temas a esa mierda. ¿Quién va a reconocerte? Además, somos de hace dos siglos, así que la gente se seguirá riendo incluso si somos totalmente normales. Tío, no se pierde nada teniendo cuidado. ¿Y si venía a por nosotros?

Solo en ese momento Luo Ji prestó atención a la escultura en la que se encontraban. Se dio cuenta de que las columnas no eran árboles consumidos, sino brazos que surgían del desierto. Los brazos delgados no eran más que piel y huesos, por lo que la primera impresión era de árboles muertos. Las manos en lo alto formaban gestos distintos y distorsionados hacia el cielo y daban la impresión de expresar un dolor infinito.

—¿Qué escultura es esta? —A pesar de estar sudando por la carrera, Luo Ji sintió un estremecimiento dentro de la escultura. En el límite de la misma vio un obelisco solemne, donde unos caracteres grabados en dorado decían: DEDICA TIEMPO A LA CIVILIZACIÓN, PORQUE LA CIVILIZACIÓN NO TE DARÁ TIEMPO.

—El monumento al Gran Cataclismo —dijo Shi Qiang. No parecía tener interés en dar más explicaciones, pero sacó a Luo Ji de la escultura y lo llevó rápidamente al otro lado de la plaza—. Bien, chico. Vivo en ese árbol. —Apuntó al pesado árbol arquitectónico que tenían delante.

Al acercarse Luo Ji fue mirando. De pronto oyó un chasquido en el suelo, la superficie se abrió y cayó. Shi Qiang le agarró cuando ya tenía el pecho al nivel del suelo y tiró de él. Tras recuperar el equilibrio los dos miraron al agujero del suelo. Era una alcantarilla y habían retirado la tapa justo cuando Luo Ji iba a pisar.

—¡Dios mío! ¿Está bien, señor? ¡Ha sido muy peligroso! —dijo una voz desde una pequeña valla cercana. El anuncio estaba pegado a un pequeño pabellón que contenía máquinas de venta de bebidas y demás. Le había hablado un joven vestido con un uniforme azul. Tenía el rostro blanco y parecía más asustado que el propio Luo Ji—. Pertenezco a la Oficina de Evacuación y Drenaje de la Tercera Compañía de Administración Municipal. La tapa se ha abierto automáticamente. Es posible que sea un error de *software*.

—¿Sucede a menudo? —preguntó Shi Qiang.

—Oh, no, no. Al menos, es la primera vez que lo veo.

Shi Qiang cogió una piedrecilla cercana y la tiró alcantarilla abajo. Pasó un buen rato hasta oírla chocar.

—Maldición. ¿Qué profundidad tiene? —preguntó.

—Unos treinta metros. ¡Así que muy peligroso! He examinado el sistema de drenaje de la superficie. Las alcantarillas de su época no eran muy profundas. Hemos registrado el accidente. Usted... —mientras hablaba se miró la manga—. Ah, señor Luo. Puede ir a la Compañía para recibir su compensación.

Al final llegaron al vestíbulo del árbol de Shi Qiang, el número 1863. Había comentado que vivía en la rama 106, cerca de la parte superior, y a Luo Ji le aconsejó comer abajo antes de subir. Fueron a un restaurante que había a un lado de la entrada. Aparte de que todo estaba tan limpio como en una imagen generada por ordenador, una de las características de esa época era cada más evidente, mucho más que la primera vez que lo presenció en el centro de reanimación: había ventanas dinámicas de información por todas partes. En las paredes, sobre las mesas, en las sillas, en suelo y techo, e incluso en objetos pequeños como vasos y servilleteros. Todo poseía un interfaz y una pantalla que mostraba textos o imágenes en movimiento. Como si todo el restaurante fuese una gigantesca pantalla de ordenador que representase un esplendor variado y brillante.

No había mucha gente. Se acercaron a la ventana y se sentaron. Shi Qiang tocó la superficie de la mesa para activar el interfaz y pidió unos platos.

—No puedo leer la escritura extranjera, así que solo pido platos chinos.

—El mundo parece levantado empleando ladrillos fabricados con pantalla —dijo Luo Ji, melancólico.

—Así es. Todo lo liso se puede iluminar —Sacó la cajetilla y se la pasó a Luo Ji—. Mira esto. Una cajetilla de cigarrillos baratos. —Tan pronto como Luo Ji lo tuvo en la mano se puso a mostrar imágenes animadas en lo que parecía un menú de opciones.

—Esto... no es más que una lámina que puede mostrar imágenes —dijo Luo Ji, mirando la cajetilla.

—¿Una lámina? ¡Con eso puedes conectarte a la red! —Shi Qiang alargó la mano y tocó la cajetilla. Una de las pequeñas imágenes se hundió como un botón. A continuación, el anuncio seleccionado ocupó toda la cajetilla.

La imagen le mostró a Luo Ji una familia con un niño sentada en un salón. Era evidentemente una imagen del pasado. Una voz aguda surgió de la cajetilla:

—Señor Luo, usted antes vivía en esa época. Sabemos que en

ese momento poseer una casa en la capital era el gran sueño de todos. Hoy, el Grupo Hojaverde le puede ayudar a hacerlo realidad. Como habrá comprobado, la nuestra es una época asombrosa. Las casas son ahora hojas de árboles, y el Grupo Hojaverde le puede conseguir el tipo de hoja que desee. —La imagen pasó a mostrar una escena de hojas añadidas a una rama, y luego una increíble variedad de hogares colgantes, uno de los cuales era incluso totalmente transparente, con mobiliario que parecía flotar en el aire—. Por supuesto, también podemos construirle un hogar tradicional en la superficie para que regrese a la calidez de la Edad Dorada, y crearle una cálida... familia... —En la pantalla apareció una casa individual con jardín, quizás otra imagen del pasado. El locutor del anuncio hablaba «chino antiguo» fluido, pero hizo una breve pausa al dar con la palabra «familia», para luego emplear un tono especial de énfasis. Después de todo, era algo desconocido para el actor, una idea del pasado.

Shi Qiang retiró la cajetilla de la mano de Luo Ji, sacó los dos cigarrillos que quedaban, le dio uno y luego arrugó la cajetilla vacía y la tiró sobre la mesa. Las imágenes todavía cambiaban en la bola arrugada, pero no se oía nada.

—Allí adonde voy, lo primero que hago es apagar todas las pantallas a mi alrededor. Me molestan —dijo Shi Qiang, desactivando la mesa y el suelo empleando manos y pies—. Pero la gente de esta época no puede vivir sin ellas. —Señaló a su alrededor—. Ya no hay ordenadores. Cuando alguien quiere conectarse, se limita a tocar una superficie lisa. También puedes usar la ropa y los zapatos como ordenadores. Te lo creerás o no, pero también he visto papel higiénico con el que te puedes conectar.

Luo Ji tomó una servilleta. Era totalmente normal, de papel sin conexión, pero el servilletero se activó y una mujer guapa intentó venderle vendas, consciente de lo que le había sucedido ese día y suponiendo que tendría los brazos y las piernas dañados.

—Dios... —exclamó Luo Ji, y volvió a guardar la servilleta.

—Esta es la era de la información. Nuestra época, en comparación, era primitiva —dijo Shi Qiang, riéndose.

Mientras esperaban la comida, Luo Ji le preguntó a Shi Qiang cómo le iba la vida. Se sentía un poco culpable por no haber preguntado hasta entonces, pero todo había sido un poco como un mecanismo de relojería, avanzando inexorablemente. Solo ahora sentía tener algo de tiempo libre.

—Me han jubilado. No es mal plan —se limitó a decir Shi Qiang.

—¿Fue el Departamento de Seguridad Pública o la unidad en la que participaste más tarde? ¿Siguen existiendo?

—Existen. Y el Departamento sigue siendo el Departamento. Pero yo ya no mantenía ninguna relación incluso antes de entrar en hibernación. Mi unidad posterior ahora pertenece a la Flota Asiática. Ya sabes que la flota es como un gran país, así que ahora soy extranjero —lo dijo mientras exhalaba una larga humareda. La observó elevarse, como si estuviese dedicando todos sus esfuerzos en desentrañar un misterio.

—El mundo ha cambiado, los países ya no tienen la importancia de antes. Es muy confuso. Por suerte, Da Shi, tú y yo pertenecemos a esa clase de personas indiferentes que pueden vivir, y vivir bien, por mucho que cambien las cosas.

—Luo, tío, si te digo la verdad, en algunos aspectos no tengo la mente tan abierta como tú. No me desapego. Hace mucho tiempo que me habría venido abajo si hubiese tenido que pasar por todo lo que has sufrido.

Luo Ji recogió la cajetilla arrugada. La desdobló para mostrar la imagen que, aunque algo descolorida, todavía persistía. Era el anuncio del Grupo Hojaverde.

Habló:

—Ya sea como mesías o como refugiado, siempre puedo intentar aprovechar los recursos disponibles para vivir feliz. Es posible que me consideres egoísta, pero de todos los rasgos de mi personalidad, es el único que valoro positivamente. Da Shi, deja que te cuente. Parece no preocuparte nada, pero en el fondo valoras la responsabilidad. Ahora, deja atrás esa responsabilidad y presta atención a esta época. ¿Quién necesita de nosotros? Aprovechar cada día es nuestro deber más sagrado.

—Fácil de decir, pero si hubiese renunciado a mis responsabilidades ahora no tendrías mucho apetito. —Shi Qiang lanzó el cigarrillo al cenicero, lo que activó un anuncio de tabaco.

Luo Ji comprendió que no se había expresado bien.

—Oh, no, Da Shi, todavía tienes que cumplir con tus responsabilidades conmigo. Moriré si me abandonas. Este mismo día ya me has salvado una... dos... tres veces. O al menos, ¿dos y media?

—Quieres decir que no puedo simplemente permitir que alguien muera. Esa es mi vida ahora: una vida salvándote —dijo Shi Qiang mientras miraba a su alrededor. Probablemente buscase dónde comprar cigarrillos. Luego se le acercó y susurró—: Pero, colega, durante un tiempo tú sí que fuiste un mesías.

—Es imposible que una persona en esa posición esté en sus cabales. Por suerte, ahora he recuperado la normalidad.

—¿Cómo se te ocurrió la idea de lanzar una maldición contra una estrella?

—En aquel momento sentía una enorme paranoia. No quiero pensarlo. Lo creerás o no, Da Shi, pero estoy seguro de que mientras dormía no solo me curaron de mi enfermedad física, sino que también realizaron un tratamiento psicológico. De verdad que ya no soy la misma persona que en esa época. ¿Cómo pude ser tan estúpido para concebir semejante idea? ¿Una fantasía así?

—¿Qué fantasía? Cuéntame.

—Resulta difícil de resumir. Además, no tiene sentido. Dada la naturaleza de tu trabajo, te habrás encontrado con pacientes delirando o confundidos, gente que no podía evitar pensar que alguien quería matarlos. ¿Tiene sentido escuchar lo que dice esa gente? —Metódicamente, Luo Ji despedazó la cajetilla. La pantalla quedó así destruida, pero los fragmentos siguieron destellando formando un grotesco montón de colores.

—Vale. Hablemos de algo bueno. Mi hijo sigue vivo.

—¿Qué? —preguntó Luo Ji mientras casi daba un salto de sorpresa.

—Lo acabo de descubrir, hace dos días. Me buscó. Todavía no nos hemos visto. Solo hemos hablado por teléfono.

—No está...

—No sé cuánto tiempo pasó en prisión, pero luego entró en hibernación. Dijo que lo hizo para venir al futuro y verme. Cualquiera sabe de dónde sacó el dinero. Ahora está en la superficie y ha dicho que vendrá mañana.

Luo Ji se puso en pie presa de la emoción, lanzando al suelo los trozos brillantes de papel.

—Oh, Da Shi, eso es... Es algo que debemos celebrar con una copa.

—El alcohol de esta época es horrible, pero todavía tiene la misma graduación.

Llegó la comida. Luo Ji no reconoció nada.

—Nada es bueno —le dijo Shi Qiang—. Hay algunos restaurantes que reciben directamente de granjas tradicionales, pero son sitios muy caros. Cuando venga Xiaoming iremos a uno.

Pero Luo Ji prestaba atención a la camarera. La cara y el cuerpo eran hermosos hasta lo imposible y comprobó que las otras camareras tenían el mismo aspecto angelical.

—No te quedes pasmado como un bobo. Son falsas —dijo Shi Qiang sin molestarse en mirar.

—¿Robots? —preguntó Luo Ji. Al menos el futuro contenía algo que reconocía de sus lecturas infantiles de ciencia ficción.

—Algo así.

—¿Qué significa «algo así»?

Shi Qiang señaló la camarera robótica.

—Esa chica tonta solo sabe servir comida. Sigue un camino predefinido. ¿Se puede ser más estúpido? En una ocasión vi que trasladaban temporalmente una mesa. Pero la máquina seguía trayendo la comida al lugar original, así que todo chocaba con el suelo.

La camarera dejó la comida, les sonrió con dulzura y les deseó que la disfrutasen. La voz no sonó robótica, pero sí que era asombrosamente encantadora. A continuación, alargó una mano esbelta y cogió el cuchillo situado frente a Shi Qiang...

A la velocidad del rayo los ojos de Shi Qiang pasaron del cuchillo a Luo Ji. Se puso en pie de golpe, volcó la mesa y tiró a Luo Ji al suelo. Casi al mismo tiempo, el robot apuñaló al punto donde habría estado el corazón de Luo Ji. El cuchillo atravesó la silla y activó el interfaz de información. El robot retiró el cuchillo y se quedó inmóvil junto a la mesa con la bandeja en la otra mano y con esa dulce sonrisa. Luo Ji se esforzó por ponerse en pie presa del pánico y luego se ocultó tras Shi Qiang. Pero este se limitó a desestimar al robot con una mano y le dijo:

—No te preocupes, no es tan ágil.

El robot permanecía inmóvil, sosteniendo el cuchillo y sonriendo. Una vez más les deseó que disfrutasen de la comida.

Los sorprendidos comensales se habían reunido a su alrededor y contemplaban la escena con absoluto asombro. Luego llegó la encargada a toda prisa. Hizo un gesto negativo al oír que Shi Qiang acusaba al robot de intento de asesinato.

—¡Señor, eso es imposible! Sus ojos no ven personas. ¡Solo perciben los sensores de mesas y sillas!

—Yo testificaré que agarró un cuchillo e intentó matar a ese hombre. ¡Lo vimos con nuestros propios ojos! —dijo un hombre en voz alta. Los otros espectadores lo confirmaron.

Mientras la encargada pensaba en cómo refutar esa idea, el robot apuñaló la silla por segunda vez, atravesando con exactitud el agujero que había dejado la primera vez.

Algunos espectadores gritaron.

—Disfrute de su comida —dijo con una sonrisa el robot.

Llegaron más personas, entre ellas el ingeniero del restaurante. Al presionar la parte posterior de la cabeza del robot, la sonrisa desapareció de la cara y dijo:

—Apagado forzado. Datos de ejecución guardados. —Y se quedó inmóvil del todo.

—Probablemente se trate de un fallo de *software* —dijo el ingeniero, limpiándose el sudor frío.

—¿Sucede a menudo? —preguntó Shi Qiang, mostrando una sonrisa sarcástica.

—No, no, se lo juro. Ni siquiera he oído jamás algo parecido —dijo el ingeniero. Le indicó a dos ayudantes que se llevasen el robot.

La encargada explicó a los clientes que hasta que no se identificase la causa del fallo el restaurante usaría camareros humanos. Aun así, la mitad de los clientes se fueron.

—Los dos reaccionaron muy rápido —dijo un espectador, empleando un tono de admiración.

—Hibernados. En su época la gente experimentaba todo tipo de imprevistos —comentó alguien. Su ropa mostraba a un espadachín.

La encargada les dijo a Luo Ji y Shi Qiang:

—Señores, sinceramente ha sido... En cualquier caso les garantizo que recibirán la compensación.

—Bien. Comamos.

Shi Qiang le indicó a Luo Ji que se sentase y una camarera humana les trajo nuevos platos.

Sintiéndose todavía conmocionado, al sentarse Luo Ji notó el incómodo agujero en el respaldo de la silla.

—Da Shi, parece como si el mundo entero viniese a por mí. Mi impresión era antes más favorable.

Antes de hablar, Shi Qiang examinó uno de los platos que tenía delante.

—Se me han ocurrido algunas ideas. —Alzó la vista y le sirvió una bebida a Luo Ji—. Por ahora no te preocupes. Más tarde te contaré los detalles.

—Brindemos: por vivir la vida día a día. Incluso de hora en hora —dijo Luo Ji, levantando la copa—. Brindemos por tu hijo, que todavía vive.

—¿De verdad estás bien? —Shi Qiang le dedicó una sonrisa.

—He sido un mesías. No le tengo miedo a nada. —Se encogió de hombros y vació la copa. Hizo una mueca al saborear el alcohol—. Eso es combustible de cohetes.

—Esa actitud tuya siempre me ha maravillado —le dijo mientras le mostraba un pulgar hacia arriba.

Shi Qiang vivía en una hoja en la parte superior del árbol. Tenía un hogar muy espacioso, completamente equipado para vivir con comodidad. Disponía de gimnasio e incluso un jardín interior con fuente.

—La flota me cedió este alojamiento temporal. Dicen que con el dinero de mi jubilación me podré comprar una hoja mejor.

—¿Hoy en día todos disponen de tanto espacio para vivir?

—Es probable. Este tipo de estructura permite el mejor uso del espacio. Una hoja grande es el equivalente a todo un edificio de nuestra época. Pero sobre todo porque hay menos gente desde el Gran Cataclismo.

—Pero Da Shi, tu país está en el espacio.

—No iré al espacio. Ya sabes que me he jubilado.

Los ojos de Luo Ji se sentían más cómodos en este lugar, más que nada porque en la casa de Shi Qiang todas las ventanas de información estaban cerradas, aunque en paredes y techos se apreciaban destellos dispersos. Shi Qiang usó el pie para activar un interfaz del suelo. Una pared se volvió completamente transparente, desplegando ante sus ojos la ciudad nocturna. Se trataba de un gigantesco y extraordinario bosque de árboles de Navidad conectados entre sí por las luces del tráfico.

Luo Ji se acercó al sofá, que al tacto era tan duro como el mármol.

—¿Es para sentarse? —preguntó.

Shi Qiang asintió y él se sentó con cuidado para sentir que se hundía en una arcilla blanda. Los cojines y soportes se ajustaban al cuerpo de una persona, formando un molde totalmente sincronizado con la forma del cuerpo, con la presión al mínimo.

Su visión en el enorme bloque de hierro de la sala de meditación del edificio de Naciones Unidas se había hecho realidad.

—¿Tienes pastillas para dormir? —preguntó. Ahora que se sentía en un lugar seguro le invadió el agotamiento.

—No, pero puedes comprarlas desde aquí —le respondió, y volvió a tocar la pared—. Mira. Pastillas para dormir sin receta. Esta, Flujo de Sueños.

Luo Ji pensó que sería testigo de alguna forma de alta tecnología para enviar objetos por la red. Pero la realidad fue mucho más sencilla. A los pocos minutos, un pequeño furgón de entrega volador se situó junto a la pared transparente y, usando un esbelto brazo mecánico, entregó la medicina a través de un portal abierto para la ocasión. Luo Ji cogió la medicina de manos de Shi Qiang. Se trataba de una caja convencional sin pantalla. Según las instrucciones, había que tomar una. Así que la sacó y fue a coger un vaso de agua de la mesilla.

—Un momento —dijo Shi Qiang, cogiendo la caja y leyéndola con mucha atención antes de devolvérsela—. ¿Qué dice aquí? La que pedí se llamaba Flujo de Sueños.

Luo Ji vio una larga y complicada lista de nombres de medicinas en inglés.

—No lo reconozco. Pero está claro que no es Flujo de Sueños.

Shi Qiang activó una pantalla en la mesilla y buscó una consulta médica. Completó la tarea con ayuda de Luo Ji. Un médico vestido de blanco examinó la caja y luego miró con expresión extraña de la caja a Shi Qiang.

—¿De dónde ha salido? —preguntó con recelo.

—La compré. Aquí mismo.

—Imposible. Es una medicina con receta. Solo se debe usar en centros de hibernación.

—¿Qué tiene que ver con la hibernación?

—Es una medicina para hibernación a corto plazo. Hace que alguien hiberne entre diez días a un año.

—¿La tragas?

—No. Requiere de todo un conjunto de sistemas externos para mantener las funciones de circulación corporal y lograr la hibernación a corto plazo.

—¿Y si se toma sin esos sistemas?

—Entonces mueres. Pero será una muerte agradable. Así que a menudo se usa para suicidios.

Shi Qiang cerró la ventana y arrojó la caja sobre la mesa. Durante un rato miró a Luo Ji a los ojos para decir al final:

—Maldita sea.

—Maldita sea —repitió Luo Ji, tirándose en el sofá. En ese momento sufrió el último intento de atentar contra su vida de ese día.

Cuando su cabeza tocó el sofá, el apoyo duro se adaptó con rapidez a la parte posterior de su cabeza y fue adoptando una impresión de su forma. Pero no acabó ahí. Cabeza y cuello siguieron hundiéndose, hasta que el apoyo desarrolló tentáculos que se cerraron alrededor del cuello. No le dio tiempo a gritar. Se limitó a abrir la boca y los ojos y agitar las manos.

Shi Qiang saltó a la cocina y volvió con un cuchillo. Lo usó para atacar un par de veces los tentáculos, para luego usar las manos y separarlos del cuello de Luo Ji. Cuando Luo Ji se apartó del sofá y cayó al suelo, la superficie del mueble se iluminó y mostró varios mensajes de error.

—Colega, ¿cuántas veces te he salvado hoy la vida? —preguntó, frotándose las manos.

—Esta es... la... sexta —dijo Luo Ji, hablando entrecortadamente. Vomitó en el suelo.

Luego se echó atrás y se apoyó contra el sofá, para retirarse de inmediato como si le hubiesen dado una descarga. No sabía dónde colocar las manos.

—¿Cuánto tiempo tendría que pasar para ser tan ágil como tú y salvar mi propia vida?

—Probablemente no suceda nunca —dijo Shi Qiang. Apareció una máquina con una aspiradora para limpiar el vómito.

—Entonces me puedo dar por muerto. Este mundo es muy retorcido.

—No está tan mal. Al menos tengo una idea sobre todo este asunto. El primer intento fracasó y luego hubo cinco más. Es estupidez, no un comportamiento profesional. En algún lugar algo ha salido mal. Tenemos que hablar de inmediato con la policía. No podemos esperar a que resuelvan el caso.

—¿Quién cometió un error y dónde? Da Shi, han pasado dos siglos. No uses conceptos de nuestro tiempo.

—Es siempre lo mismo, tío. Hay cosas que no cambian de una época a otra. Pero no sé quién ha cometido el error. Incluso me pregunto si el «quién» existe.

Llamaron al timbre. Shi Qiang abrió la puerta para ver a varias personas esperando. Iban vestidos de civil, pero Shi Qiang supo quiénes eran incluso antes de que el líder le mostrase la identificación.

—Vaya, en esta sociedad sigue habiendo policías que investigan en la calle. Pasen, agentes.

Tres entraron en la casa y dos esperaron fuera vigilando. El agente al mando, que parecía tener unos treinta años, miró a su alrededor. Al igual que Shi Qiang y Luo Ji, las pantallas de su ropa estaban apagadas, lo que les hizo sentirse cómodos. Además, hablaba un «chino antiguo» fluido y sin palabras en inglés.

—Soy el agente Guo Zhengming del Departamento de Realidad Digital del Departamento de Seguridad Pública. Lamento que hayamos llegado tan tarde. Fue una negligencia. Han pasado cincuenta años desde el último caso como este. —Le hizo una reverencia a Shi Qiang—. Ofrezco mis respetos a mi oficial superior. Hoy en día, habilidades como las suyas son muy poco habituales en el cuerpo.

Mientras el agente Guo hablaba, Luo Ji y Shi Qiang se dieron cuenta de que todas las pantallas de la casa se habían apagado. Estaba claro que habían cortado el acceso de la hoja al mundo de hiperinformación del exterior. Los otros dos agentes estaban enfrascados en su trabajo. Sostenían algo que hacía mucho tiempo que no veía: un ordenador portátil. Pero el aparato era tan delgado como una hoja de papel.

—Están instalando un cortafuegos en esta hoja —les explicó el agente Guo—. Ahora están seguros, se lo garantizo. Y también les garantizo que recibirán compensación por el Departamento de Seguridad Municipal.

—Hoy —dijo Shi Qiang, contando con los dedos— nos han garantizado compensaciones en cuatro ocasiones.

—Lo sé. Y muchas personas en muchos departamentos han perdido su trabajo por este asunto. Les solicito su cooperación para no ser una de esas personas. Se lo agradezco por adelantado —dijo, haciendo una reverencia.

—Eso lo comprendo —dijo Shi Qiang—. Yo mismo he estado en esa posición. ¿Precisa que hagamos un resumen de la situación?

—No. La verdad es que les hemos estado siguiendo continuamente. Ha sido pura negligencia.

—¿Sabe lo que está pasando?

—Homicida 5.2.

—¿Qué?

—Es un virus de red. La Organización lo liberó originalmente más o menos un siglo después del comienzo de la Era de la Crisis, y más adelante hubo muchas variantes y mejoras. Es un virus para matar. En primer lugar, emplea distintos métodos, incluyendo el chip implantado, para determinar la identidad del objetivo. Una vez localizado, el virus Homicida manipula todo el *hardware* externo que le es posible para ejecutar el asesinato. Hoy han experimentado su manifestación concreta. Da la impresión de que todos los objetos del mundo van a por ti. Por esa razón hubo un tiempo en que lo llamaron «maleficio moderno». Incluso durante un tiempo el *software* Homicida se comercializó en el mercado negro *online*. Te bastaba con indicar el número de identificación personal del blanco y subir el virus. Desde ese momento, incluso si esa persona lograba evadir a la muerte, vivir en sociedad le resultaría muy difícil.

—¿La industria se desarrolló hasta ese punto? ¡Increíble! —exclamó Shi Qiang.

—¿El *software* de hace un siglo todavía se puede ejecutar? —Luo Ji se mostraba incrédulo.

—Por supuesto que sí. Hace tiempo que la tecnología informática dejó de avanzar. Cuando el virus Homicida apareció por primera vez, logró matar a mucha gente, incluyendo a un jefe de Estado, pero con el tiempo lo acorralaron empleando cortafuegos y *software* de antivirus. Poco a poco desapareció. Esa versión de Homicida está programada ex profeso para atacar al doctor Luo. Pero como el blanco estaba en hibernación, nunca pudo actuar. Permaneció inerte y el sistema de seguridad no lo detectó ni lo registró. Homicida 5.2 solo se activó para ejecutar su misión cuando el doctor Luo salió al mundo. Simplemente sus creadores desaparecieron hace un siglo.

—¿Hace un siglo todavía pretendían matarme? —dijo Luo Ji. Había vuelto una sensación que creía desaparecida y se esforzó por volver a deshacerse de ella.

—Sí. Lo importante en este caso es que esta versión del virus Homicida se programó específicamente para usted. Al no activarse jamás, pudo ocultarse hasta hoy.

—¿Qué se supone que debemos hacer ahora? —preguntó Shi Qiang.

—Limpiaremos Homicida 5.2 de todo el sistema, pero llevará su tiempo. Antes de que eso suceda, tienen dos opciones. La primera es dar al doctor Luo una identidad falsa temporal. Pero eso no podrá garantizar su seguridad y podría tener consecuencias todavía más graves. Si tenemos en cuenta la complejidad tecnológica del *software* de la Organización, es posible que Homicida 5.2 haya registrado otros detalles de su objetivo. Hace un siglo hubo un caso sonado. Se asignó una identidad falsa a un individuo protegido. Lo que hizo Homicida fue emplear reconocimiento de lógica difusa para matar a la vez a más de cien personas, incluyendo al blanco. La otra opción, y la que recomiendo encarecidamente, es vivir durante un tiempo en la superficie. Allí Homicida 5.2 no dispondrá de *hardware* que manipular.

—Estoy de acuerdo —dijo Shi Qiang—. Incluso si no estuviésemos en esta situación, tengo ganas de subir a la superficie.

—¿Qué hay en la superficie? —preguntó Luo Ji.

—La mayoría de los hibernados reanimados viven en la superficie. Adaptarse a esto de aquí abajo les resulta difícil.

—Así es. Por lo que de todas formas debería pasar algún tiempo ahí arriba —dijo el agente Guo—. Muchos aspectos políticos, económicos, culturales, de estilo de vida y relación entre sexos de la sociedad moderna han cambiado enormemente en los últimos dos siglos. Nos lleva tiempo adaptarnos.

—Pero usted se ha adaptado bastante bien —dijo Shi Qiang mirándole. Tanto él como Luo Ji se habían dado cuenta de que había dicho «nos».

—Entré en hibernación a causa de la leucemia y me reanimaron muy joven, hace solo trece años —dijo Guo Zhengming, riendo—. Pero la gente sigue sin comprender lo difícil que fue. Ni recuerdo las veces que tuve que ir a tratamiento psicológico.

—¿Y hay muchos hibernados como usted que se hayan adaptado a la vida moderna? —preguntó Luo Ji.

—Muchos. Pero también se puede vivir muy bien en la superficie.

—Contingente Especial de Refuerzos Futuros, se presenta el comandante Zhang Beihai —dijo Zhang Beihai y saludó.

La Vía Láctea fluía tras el comandante de la Flota Asiática. El Mando de Flota se encontraba en órbita de Júpiter y giraba sin parar para producir gravedad artificial. Zhang Beihai se dio cuenta de que la iluminación de la sala resultaba relativamente baja, y las amplias ventanas parecían tener como función integrar en la medida de lo posible el espacio interior con el exterior.

El comandante le devolvió el saludo.

—Saludos, antecesor.

Daba la impresión de ser muy joven. El resplandor de las charreteras y la insignia de la gorra iluminaban sus rasgos asiáticos. A Zhang Beihai le habían entregado un uniforme al sexto día y había visto el emblema tan familiar de la fuerza espacial: una estrella de plata enviando rayos en cuatro direcciones, los rayos con forma de espada. Habían pasado doscientos años y, aunque la insignia no había cambiado mucho, la flota se había convertido en un país independiente con un presidente como líder máximo. El comandante simplemente estaba al cargo de la parte militar.

—Eso es excesivo, comandante. Ahora todos somos nuevos reclutas con todo por aprender —respondió Zhang Beihai.

El comandante sonrió e hizo un gesto de negación con la cabeza.

—No puede decir eso. Aquí ya han aprendido todo lo que se puede aprender. Y el conocimiento que poseen, nosotros no hubiésemos podido aprenderlo. Por eso le hemos despertado.

—El comandante Chang Weisi de la fuerza espacial de China me pide que le transmita sus saludos.

Las palabras de Zhang Beihai emocionaron al comandante. Se giró y miró por el ventanal al río de estrellas, como si fuese el nacimiento de una gran corriente.

—Fue un general excepcional, uno de los fundadores de la Flota Asiática. La estrategia espacial de hoy emplea los parámetros generales que él estableció hace dos siglos. Desearía que hubiese podido ser testigo de este día.

—Los logros de hoy superan con creces lo que él llegó a soñar.

—Pero todo comenzó en su... en la época de ustedes.

En ese momento apareció Júpiter como una parte de arco que rápidamente ocupó todo el campo de visión del ventanal, llenando el despacho de luz naranja. Las oníricas formas de hidrógeno y helio sobre el vasto océano gaseoso poseían una escala impresionante y una riqueza fascinante de detalles. Apareció la Gran Mancha Roja. Sobre el mundo difuminado, la supertormenta que podía contener dos planetas como la Tierra parecía un enorme ojo sin pupila. Las tres flotas habían establecido la base principal en Júpiter porque el océano de hidrógeno y helio contenía un suministro inagotable de combustible de fusión.

La escena joviana paralizó a Zhang Beihai. En incontables ocasiones había soñado con esa nueva región que ahora tenía frente a los ojos. Antes de hablar esperó a que Júpiter hubiese desaparecido tras el ventanal.

—Comandante, los grandes logros de esta época convierten en innecesaria nuestra misión.

El comandante se volvió hacia él y dijo:

—No, eso es no cierto. El Plan de Refuerzo Futuro fue una iniciativa visionaria. Durante el Gran Cataclismo, cuando las fuerzas armadas espaciales estuvieron al borde del colapso, el contingente de refuerzo especial fue fundamental para estabilizar la situación global.

—Pero nuestro contingente en concreto llegó demasiado tarde para ser de ayuda.

—Lo lamento, pero así son las cosas —dijo el comandante. Las líneas de la cara se relajaron—. Tras su partida, enviaron más contingentes de refuerzos especiales al futuro, y los últimos en dormir fueron los primeros en despertar.

—Resulta comprensible, comandante, ya que sus conocimientos estaban más cerca de los de esa época.

—En efecto. Con el tiempo, su contingente fue el único que permanecía en hibernación. El Gran Cataclismo terminó y el mundo pasó por un período de rápido desarrollo. El derrotismo prácticamente había desaparecido y no hubo necesidad de reanimarles. En ese momento, la flota tomó la decisión de reservarlos para la batalla del Día del Juicio Final.

—Comandante, eso es justo lo que deseábamos —dijo Zhang Beihai, emocionado.

—Y es también el máximo honor para todos los soldados que sirven en el espacio. Eran muy conscientes de ese hecho cuando tomaron la decisión. Pero como ya sabe, las circunstancias actuales son diferentes. —El comandante señaló el río de estrellas que tenía a su espalda—. Es bien posible que la batalla del Día del Juicio Final no se produzca nunca.

—Excelente, comandante. Mi pequeño lamento como soldado no es nada en comparación con la gran victoria que la humanidad está a punto de lograr. Simplemente espero que puedan concedernos nuestra única petición: unirnos a la flota con la graduación más baja, como soldados, para colaborar en lo que podamos.

El comandante negó con la cabeza.

—El tiempo de servicio de todos los miembros del contingente especial volverá a contar desde el momento de la reanimación y las graduaciones se incrementarán en uno o dos niveles.

—Comandante, no debería ser así. No queremos pasar los años que nos quedan encerrados en un despacho. Queremos estar en primera línea de la flota. Nuestro sueño, hace dos siglos, era la fuerza espacial. Nuestras vidas carecen de sentido sin ella. Pero ni siquiera con nuestra graduación actual estamos capacitados para trabajar en la flota.

—Jamás he dicho que quisiera que abandonasen la flota. Es

justo lo contrario. Trabajarán en la flota para completar una misión de gran importancia.

—Gracias, comandante. Pero ¿qué misión podría haber para nosotros en el mundo de hoy?

El comandante no respondió. En su lugar, como si acabase de pensarlo, comentó.

—¿Lo pasa bien de pie? —El despacho del comandante no tenía silla y la mesa estaba diseñada con la altura adecuada para trabajar en ella de pie. La rotación del Mando de Flota producía un sexto de la gravedad terrestre, por lo que, en realidad, no había tanta diferencia entre estar de pie o sentado.

Zhang Beihai sonrió y asintió.

—No es ningún problema. Pasé un año en el espacio.

—¿Y el idioma? ¿Tiene problemas de comunicación en la flota?

El comandante estaba usando el chino estándar, pero las tres flotas habían formado un lenguaje propio, similar al chino moderno y el inglés moderno de la Tierra, pero con las dos lenguas todavía más unidas. El chino y el inglés aportaban cada uno la mitad del vocabulario.

—Al principio, especialmente porque era incapaz de distinguir entre el vocabulario chino y el inglés, pero acabé comprendiéndolo con rapidez. Hablarlo es más complicado.

—Eso no importa. Si usa inglés o chino al hablar podremos entenderle. Por tanto, ¿la División de Personal Militar ya le ha informado de todo?

—Así es. Durante los primeros días en la base nos dieron una introducción muy completa a todo.

—Entonces, debe conocer el precinto mental.

—Así es.

—Investigaciones recientes no han dado con ningún indicio de los Marcados. ¿Qué opina?

—Creo que una posibilidad es que los Marcados hayan desaparecido. Otra opción es que estén muy bien escondidos. Si una persona posee una mentalidad derrotista convencional, la comentará con otros. Pero una fe totalmente inamovible reforzada por la tecnología producirá de modo inevitable una sensación de misión vital igualmente enorme. El derrotismo y el Escapismo están muy relacionados, y si los Marcados existen de verdad, entonces su misión última es lograr una forma de escapar al universo. Pero para lograr ese fin es preciso que oculten muy bien sus verdaderas ideas.

El comandante asintió para manifestar su aprobación.

—Un análisis excelente. Se trata justo de la opinión de la División de Personal Militar.

—Comandante, la segunda alternativa resulta muy peligrosa.

—Sí, lo es, sobre todo con la sonda trisolariana tan cerca del Sistema Solar. La flota se divide en dos grandes grupos según el sistema de mando. El primero, un sistema de mando distribuido, es similar a la estructura tradicional de una nave como la que usted mandó. Distintos miembros del personal ejecutan las órdenes del capitán. El segundo es un sistema de mando centralizado. El ordenador de la nave ejecuta de modo automático las órdenes del capitán. Las naves espaciales más avanzadas construidas recientemente, al igual que las que están en construcción, caen dentro de ese grupo. Es, sobre todo, en esa categoría de naves donde el precinto mental presenta un mayor peligro, porque el capitán posee enormes poderes en su sistema de mando. Puede decidir unilateralmente la entrada y salida del puerto, la velocidad y el rumbo, así como grandes aspectos del sistema de armamento. Según ese sistema de mando, podría decirse que la nave es una extensión del cuerpo del capitán. Ahora mismo, en la flota, 179 de las 695 naves de guerra de clase estelar poseen sistemas de mando centralizados. Debemos hacer pasar revisión a los oficiales al mando de esas naves. La idea original era que todas las naves bajo revisión estuviesen atracadas y selladas. Pero eso no es posible dadas las circunstancias, porque las tres flotas se preparan para interceptar la sonda trisolariana. Se tratará del primer encuentro real entre la flota espacial y los invasores trisolarianos, por lo que todas las naves militares deben estar disponibles.

—Por tanto, comandante, la autoridad para las naves de control central debe asignarse a individuos de fiar —dijo Zhang Beihai. Había especulado sobre la misión, pero todavía no sabía cuál era.

—¿Quién es de fiar? —preguntó el comandante—. No sabemos cómo de extendido está el precinto mental y no tenemos información sobre los Marcados. Así que nadie es de fiar, ni siquiera yo.

El sol apareció al otro lado de la ventana. Aunque a esa distancia la luz era mucho más débil que en la Tierra, el cuerpo del comandante quedó oculto por el resplandor. Solo se le oía:

—Pero ustedes son todos de fiar. El precinto mental no existía cuando pasaron a hibernación. Y hace dos siglos, uno de los criterios más importantes para seleccionarles fue la lealtad y la fe. Ahora mismo, ustedes forman el único grupo de fiar del que disponemos. Por tanto, la flota ha decidido poner en sus manos la autoridad del sistema centralizado de mando, nombrarles capitanes en funciones, que revisarán todas las órdenes de los antiguos capitanes antes de enviarlas al sistema de mando.

Dos soles diminutos se encendieron en los ojos de Zhang Beihai.

—Comandante, me temo que no es posible.

—No es parte de nuestra tradición negarse a cumplir una orden.

Que el comandante usase «nuestra» y «tradición» emocionó a Zhang Beihai. Sabía ahora que la línea de sangre de los militares de dos siglos antes persistía en la flota espacial de la actualidad.

—Comandante, después de todo venimos de dos siglos en el pasado. En el contexto de la marina de nuestro tiempo, es como emplear a un oficial de la flota Beiyang para mandar un destructor del siglo veintiuno.

—¿De verdad cree que los almirantes de la dinastía Qing, Deng Shichang y Liu Buchan, no podrían comandar su destructor? Eran hombres educados que hablaban un buen inglés. Habrían aprendido. Hoy en día, ser capitán de una nave de guerra espacial no implica detalles técnicos. Los capitanes dan órdenes generales, pero para ellos la nave es una caja negra. Además, las naves estarán atracadas en la base mientras sean capitanes en funciones. No estarán navegando. Su obligación consistirá en transmitir las órdenes de los antiguos capitanes al sistema de control una vez que hayan determinado si la orden es normal o no. Lo podrán aprender sobre la marcha.

—Tendríamos demasiado poder en nuestras manos. Podrían permitir que los antiguos capitanes conservasen una parte de ese poder y nosotros podríamos supervisar sus órdenes.

—Si lo piensa dos veces, comprenderá que no saldría bien.

Si realmente los Marcados ocupan posiciones de batalla importantes, harán lo posible por evitar su supervisión, incluso hasta el punto de asesinar a los supervisores. Cuando está en espera, una nave con control central solo precisa de tres órdenes para despegar, momento en el que ya es demasiado tarde para actuar. El sistema solo debe admitir órdenes del capitán en funciones.

Mientras la nave de personal volaba junto a la base joviana de la Flota Asiática, Zhang Beihai tuvo la impresión de deslizarse sobre una cadena de altas montañas, excepto que cada montaña era, en realidad, una nave de guerra atracada. La base naval había entrado en la zona nocturna de su órbita alrededor de Júpiter, y el grupo de montañas de acero dormía plácidamente bajo la superficie fosforescente y la plateada luz de luna de Europa. Un momento más tarde, del borde de la cadena montañosa surgió una bola de luz blanca, iluminando por un instante las naves atracadas. A Zhang Beihai le recordó la salida del sol sobre las montañas, proyectando una sombra móvil de la flota sobre la turbulenta atmósfera de Júpiter. Pero cuando una segunda luz se elevó por el otro lado de la flota comprendió que no se trataba del sol, sino de dos naves que atracaban, y que para desacelerar dirigían sus motores de fusión hacia la base.

El jefe de personal militar de la flota, que llevaba a Zhang Beihai hasta su nuevo puesto, le dijo que más de cuatrocientas naves de guerra, es decir, dos tercios de la Flota Asiática, habían atracado en la base. Se esperaba que el resto de las naves de la flota, que ahora mismo recorrían el Sistema Solar y más allá, también regresasen a puerto.

Zhang Beihai se vio obligado a dejar de lado el grandioso espectáculo de la flota y regresar a la realidad.

—Señor, ¿hacer venir a todas las naves no provocará que los Marcados entren en acción?

—No, la orden de traer las naves tiene otro sentido... uno real, no una excusa, aunque suena un poco ridículo. ¿Debo suponer que no ha estado siguiendo las noticias?

—No. He estado leyendo material sobre *Selección natural.*

—Bien, no importa. A juzgar por la última fase de la preparación básica, manifiesta usted una buena compresión de la situación actual. Ahora mismo su tarea consiste en familiarizarse con el sistema hasta el punto de que, una vez suba a bordo, todo se desarrolle ordenadamente. No es tan complicado como piensa. La competición entre las tres flotas por interceptar la sonda trisolariana acabó degenerando en pelea, pero ayer la Asamblea Conjunta logró un acuerdo preliminar. Las naves de la flota volverán a puerto. Un comité especial supervisará la ejecución de la maniobra para evitar el envío de cualquier nave para interceptar sin autorización.

—¿Por qué hacerlo así? En cualquier caso, toda información obtenida tras una interceptación se compartiría con el resto.

—Sí, pero estamos hablando de honor. La flota que realice el primer contacto tiene mucho que ganar políticamente. ¿Por qué dije que era ridículo? Porque no cuesta nada y no conlleva ningún riesgo. Lo peor que podría pasar es que la sonda se autodestruyese durante el proceso de interceptación, así que todos van a por ella. Si se tratase de una batalla contra la flota trisolariana, entonces cada bando estaría intentando conservar sus fuerzas. La política en esta época no es muy diferente a la política en la suya... Mire, ahí está *Selección natural*.

A medida que la nave de personal se acercaba a *Selección natural* y la masa de la montaña de hierro se iba definiendo gradualmente, Zhang Beihai recordó la imagen de *Dinastía Tang*. *Selección natural*, compuesta por un cuerpo en forma de disco y un motor cilíndrico separado, tenía un aspecto muy distinto al del portaaviones de dos siglos atrás. Cuando *Dinastía Tang* encontró su destino final, para él fue como haber perdido un hogar espiritual, aunque nunca había llegado a entrar en él. Ahora, esa gigantesca nave espacial le ofrecía una renovada sensación de hogar. En el leal casco de *Selección natural*, su espíritu halló un lugar donde morar tras dos siglos errando, como si fuera un niño dejándose abrazar por un inmenso poder.

Selección natural era la nave insignia del tercer escuadrón de la Flota Asiática, y tanto en tonelaje como en desempeño era la segunda de toda la flota. Al contar con el más avanzado sistema de propulsión por radiación, podía acelerar hasta un quince por ciento de la velocidad de la luz, y su sistema ecológico interno le permitía emprender un viaje a largo plazo. De hecho, setenta y cinco años antes, en la luna, habían puesto en marcha una versión experimental de ese mismo sistema y seguía sin dar señales de taras o fallos. Las armas de *Selección natural* eran también las más poderosas de la flota. Sus láseres de rayos gamma, sus cañones de riel, rayos de partículas de alta energía y torpedos estelares conformaban un sistema de armamento de cuatro partes que podía arrasar con toda la superficie de un planeta como la Tierra.

Ahora *Selección natural* ocupaba todo el campo de visión de Zhang Beihai de tal forma que solo una parte era visible desde la nave de personal. Se dio cuenta de que las superficies exteriores de la nave eran como espejos, un espejo que reflejaba el océano atmosférico de Júpiter, así como la aproximación regular de la nave de personal.

En la nave apareció una abertura oval. La nave de personal la atravesó directamente y se detuvo. El jefe de personal militar abrió la portezuela de la cabina y fue el primero en salir. Zhang Beihai se encontraba algo nervioso por no haber visto que la nave de personal hubiese pasado por alguna esclusa de aire, pero de inmediato sintió la entrada de aire del exterior. Esa tecnología para permitir que espacios presurizados se abriesen al espacio vacío sin perder el aire no era algo que hubiese visto antes.

Zhang Beihai y el jefe de personal militar se encontraban en el interior de una gigantesca esfera del tamaño de un campo de fútbol. Era habitual que los espacios de una nave espacial adoptasen la estructura esférica, porque durante la aceleración, la desaceleración o un cambio de dirección, cualquier punto de la esfera podía hacer de suelo o techo, y durante la ingravidez, el centro de la esfera era el punto principal de actividad para la tripulación. En la época de Zhang Beihai, esos mismos espacios seguían la estructura de los edificios terrestres, así que no estaba nada acostumbrado a esa forma completamente nueva. El jefe de personal militar le dijo que se encontraban en el hangar de cazas, pero como entonces no había cazas, lo que flotaba en el centro de la esfera era una formación de los dos mil oficiales y soldados de *Selección natural*.

Antes de que Zhang Beihai pasara a hibernación, las fuerzas espaciales nacionales habían iniciado las prácticas de ejercicios en ingravidez. Por tanto, habían creado especificaciones y libros, pero la implementación había sido especialmente complicada. El personal podía usar los microimpulsores para moverse por el exterior de la cabina, pero como en el interior no tenían sistemas de propulsión, la única forma de maniobrar era empujarse contra mamparos y dando paletadas en el aire. En esas circunstancias, resultaba complicado hacer filas rectas. Por eso le asombró tanto contemplar a más de dos mil personas flotando en el espacio en una formación tan perfecta sin ningún tipo de apoyo. Al parecer, ahora el personal se desplazaba por la ingravidez empleando sobre todo cinturones magnéticos. Estaban fabricados con superconductores y contenían circuitos que generaban un campo magnético, que a su vez interaccionaba con el campo magnético siempre presente en las cabinas y pasillos de la nave. Dentro de la nave se movían con libertad haciendo uso de un diminuto controlador que llevaban en la mano. Zhang Beihai se estaba poniendo un cinturón de ese tipo, pero le haría falta habilidad para adaptarse.

Observó la formación de soldados espaciales, todos de una generación que había crecido en la flota. Sus cuerpos altos y esbeltos carecían totalmente de la torpeza rígida de las personas que habían crecido bajo la gravedad de la Tierra; es más, poseían la agilidad liviana de los espaciales. Había tres oficiales delante de la formación, y su vista acabó centrada en la joven que ocupaba la posición central con sus cuatro relucientes estrellas en los hombros. Sin duda, se trataba de la capitana de *Selección natural*. La representante de la nueva humanidad espacial era más alta incluso que Zhang Beihai, quien ya era bastante alto. Se alejó perfectamente de la formación, su cuerpo esbelto flotando a través del espacio como si fuese una elegante nota musical. Se detuvo al llegar hasta Zhang Beihai y el jefe de personal militar, y el cabello que había llevado flotando hacia atrás se arremolinó alrededor de la delicada piel de su cuello. Sus ojos eran todo luz y vitalidad, y Zhang Beihai confió en ella de inmediato, porque un Marcado jamás hubiese podido tener esa expresión.

—Dongfang Yanxu, capitana de *Selección natural* —le saludó. En sus ojos se manifestó cierto desafío juguetón—. En nombre de toda la tripulación, ofrezco un regalo a mi antepasado. —Alargó la mano. Zhang Beihai comprobó que, aunque el objeto que sostenía en la mano había cambiado mucho, todavía era reconocible como una pistola—. Si descubre que tengo ideas derrotistas y fines escapistas, puede usarla para matarme.

Fue fácil llegar a la superficie. El tronco de todos los árboles gigantes era una columna que sostenía la bóveda de la ciudad subterránea. Y desde el tronco podías coger un ascensor que te llevaba directamente a la superficie, atravesando más de trescientos metros de roca. Luo Ji y Shi Qiang se sintieron nostálgicos al salir del ascensor, sentimiento provocado por un detalle: las paredes y el suelo del vestíbulo de salida no mostraban ventanas de datos. La información aparecía en pantallas físicas que colgaban del techo. Tenía el aspecto de una vieja estación de metro y la mayoría de las personas allí presentes, no muchas, llevaba ropa que no mostraba nada.

Al cruzar la esclusa de aire del vestíbulo se encontraron con un viento caliente que movía el aire polvoriento.

—¡Ahí está mi chico! —gritó Shi Qiang mientras señalaba a un hombre que subía los escalones. A Luo Ji le sorprendió un poco la seguridad de Shi Qiang, porque en la distancia, solo podía distinguir que era un hombre de unos cuarenta años. Mientras Shi Qiang bajaba rápidamente para recibir a su hijo, Luo Ji concentró la mirada en el mundo de la superficie.

El cielo era amarillo. Comprendía ahora que la imagen del cielo que se mostraba en la ciudad subterránea se tomaba a diez mil metros de altura, porque desde el suelo el sol era apenas un perfil difuso. En la superficie todo estaba cubierto de arena y los coches recorrían las calles dejando atrás estelas de polvo. Para Luo Ji fue otra visión del pasado: unos coches que viajaban sobre la superficie. No daba la impresión de que usasen gasolina. Tenían todo tipo de formas extrañas, algunos eran nuevos y otros viejos, pero compartían la misma característica: todos llevaban una lámina plana en el techo, como un toldo. Al otro lado de la calle vio un edificio de estilo antiguo con alféizares llenos de arena y ventanas que invariablemente estaban cubiertas de tablas o eran agujeros negros sin cristales. Sin embargo, resultaba evidente que había gente viviendo en algunas de esas habitaciones, porque también veía ropa tendida y plantas en macetas colocadas en los alféizares. Aunque la cantidad de arena y polvo en el aire reducía mucho la visibilidad, en la distancia pronto dio con un par de edificios conocidos y tuvo la seguridad de encontrarse en la misma ciudad donde, dos siglos antes, había pasado la mitad de su vida. Bajó las escaleras para llegar al lugar donde los dos hombres se abrazaban y se daban golpecitos de emoción. Al ver de cerca al hombre de mediana edad, supo que Shi Qiang no se había equivocado.

—Papá, cuando lo piensas, solo tengo cinco años menos que tú —dijo Shi Xiaoming, limpiándose las lágrimas.

—No está mal, niño. Temía que un anciano de barba blanca me viniese a llamar papá. —Shi Qiang reía. Luego le presentó a Luo Ji.

—Oh, doctor Luo. Usted fue famoso en todo el mundo. —Shi Xiaoming miró a Luo Ji de arriba abajo.

Los tres fueron al coche, aparcado a un lado de la carretera, de Shi Xiaoming. Antes de subir, Luo Ji le preguntó por la lámina del techo.

—Es una antena. En la superficie tenemos que conformarnos con la electricidad que se filtra desde la ciudad subterránea, así que la antena debe ser más grande y la energía basta solo para mover los coches por la superficie. No pueden volar.

El coche, fuese por la energía o la arena de la carretera, no era rápido. A través de la ventanilla Luo Ji contempló la ciudad arenosa. Lo único que tenía eran preguntas, pero Shi Xiaoming y su padre no dejaban de hablar y apenas podía intervenir.

—Mamá murió en el año 34 de la Era de la Crisis. Tu nieta y yo la acompañamos.

—Oh, bien... ¿No trajiste a mi nieta?

—Tras el divorcio fue a vivir con su madre. Miré su informe. Vivió hasta los ochenta y tantos y murió en el año 105.

—Es una pena no haberla conocido... ¿Qué edad tenías al terminar tu sentencia?

—Diecinueve.

—¿Qué hiciste luego?

—De todo. Al principio, sin mayor salida, seguí con los timos, pero luego me pasé al negocio legítimo. Tras tener el dinero, vi los indicios del Gran Cataclismo y entré en hibernación. En ese momento no sabía que luego las cosas mejorarían. Solo quería verte.

—¿Nuestra casa sigue en pie?

—Los derechos de uso del terreno se extendieron más allá de los setenta y cinco años originales, pero yo solo pude usarla brevemente antes de que la demoliesen. La que compramos después sigue en pie, pero no he ido a verla. —Shi Xiaoming señaló al exterior—. La población de la ciudad ni siquiera alcanza un uno por ciento de la de nuestra época. ¿Sabes que esa casa no tiene ningún valor? Le dedicaste toda una vida, papá, pero ahora hay sitio por todas partes. Puedes vivir donde te dé la gana.

Al fin Luo Ji pudo aprovechar un hueco en la conversación para preguntar:

—¿Todos los hibernados reanimados viven en la ciudad antigua?

—¡Para nada! Viven en el exterior. En la ciudad hay demasiada arena. Pero sobre todo porque no hay nada que hacer. Por otra parte, no te puedes alejar demasiado de la ciudad subterránea o te quedas sin electricidad.

—¿A qué os dedicáis? —preguntó Shi Qiang.

—Piensa: ¿qué sabemos hacer que los críos no sepan? ¡Granjas! —Shi Xiaoming, como otros hibernados independientemente de la edad, tenía la costumbre de llamar «críos» a la gente moderna.

El coche abandonó la ciudad y fue en dirección este. A medida que la arena fue cediendo para mostrar la autopista, Luo Ji la identificó como la que en su día había unido Pekín con Shijiazhuang, aunque ahora ambos lados estaban bordeados de mucha arena. Allí seguían los viejos edificios, entre la arena, pero lo que dotaba de cierta chispa vital a esta llanura desierta del norte de China eran los pequeños oasis rodeados de unos pocos árboles. Shi Xiaoming les dijo que eran asentamientos de hibernados.

Entraron en uno de los oasis, una pequeña comunidad residencial rodeada de árboles que la protegían de la arena. Shi Xiaoming les dijo que se llamaba Pueblo Nueva Vida #5. Al salir del coche, Luo Ji sintió que el flujo del tiempo se invertía: filas de apartamentos de seis pisos con espacio vacío delante, hombres mayores jugando al ajedrez sobre mesas de piedra, madres empujando carritos de bebés y algunos niños jugando al fútbol sobre un triste césped que crecía en la arena...

Shi Xiaoming, junto con una esposa nueve años más joven que él, vivía en el sexto piso. Ella había entrado en hibernación en el año 21 debido a un cáncer de hígado, pero ahora estaba completamente sana. Tenían un hijo de cuatro años que llamó «abuelo» a Shi Qiang.

Habían preparado un suntuoso almuerzo para dar la bienvenida a Luo Ji y Shi Qiang: productos de las huertas locales, pollo y cerdo de otras granjas cercanas e incluso alcohol casero. Llamaron a tres vecinos para que les acompañasen; eran tres hombres que, al igual que Shi Xiaoming, habían entrado relativamente jóvenes en hibernación, en la época en la que era caro y solo estaba disponible para los ricos y sus hijos e hijas. Ahora, reunidos en ese lugar tras más de un siglo, no eran personas normales. Shi Xiaoming presentó a uno de los vecinos como Zhang Yan, el nieto de Zhang Yuanchao, el hombre al que había engañado.

—¿Recuerdas que me hiciste devolverle el dinero que le había estafado? Empecé el día que salí, y así conocí a Yan. Él acababa de terminar la universidad. Inspirándose en sus dos vecinos, nos dedicamos al negocio funerario y a la empresa la llamamos Alto y Profundo. «Alto» por los sepulcros espaciales. Lanzamos cenizas por el Sistema Solar y más tarde incluso cuerpos enteros. Por dinero, claro. «Profundo» por los enterramientos en minas. Al principio usamos pozos abandonados y más tarde excavamos los nuestros, ya que como tumbas anti-trisolarianas harían el mismo servicio.

El hombre llamado Yan tenía unos cincuenta años. Shi Xiaoming les explicó que a Yan ya lo habían reanimado una vez antes y había vivido más de treinta años antes de volver a hibernación.

—¿Cuál es nuestra situación legal aquí? —preguntó Luo Ji.

—Totalmente equivalente a las zonas residenciales modernas —le explicó Shi Xiaoming—. Nos consideran como suburbios lejanos de la ciudad y disponemos de nuestro propio gobierno de distrito. Aquí no solo viven los hibernados. También tenemos a personas modernas y la gente de la ciudad viene a menudo a pasarlo bien.

Zhang Yan intervino.

—A los modernos los llamamos «tocaparedes», porque cuando vienen siempre están tocando las paredes por pura costumbre, intentando activar esto o aquello.

—¿Así que la vida os trata bien? —preguntó Shi Qiang.

Todos respondieron que bastante bien.

—Pero de camino vi los campos que plantáis. ¿De verdad se puede vivir de cultivar?

—¿Por qué no? En las ciudades de hoy en día los productos agrícolas son un lujo. La verdad es que el gobierno se porta muy bien con los hibernados. Incluso si no trabajas, los subsidios gubernamentales te permiten vivir con comodidad. Pero es importante tener una actividad. Es una estupidez la idea de que todos los hibernados saben llevar una granja. Nadie empezó siendo granjero, pero es todo lo que podemos hacer.

Rápidamente la conversación se desvió a la historia de los dos últimos siglos.

—Decidme, ¿qué fue eso del Gran Cataclismo? —Luo Ji al fin planteó la pregunta que llevaba tanto tiempo deseando hacer.

Las caras de los demás se pusieron serias al instante. Shi Xiaoming, teniendo en cuenta que la comida casi había terminado, permitió que se hablase del tema.

—Es probable que durante los últimos días haya aprendido un poco. Se trata de una larga historia. La vida fue bastante bien durante más de una década después de que usted pasase a hibernación. Pero más tarde, al acelerarse el ritmo de la transformación económica, los estándares de vida cayeron y el clima político se volvió más angosto. Fue, en efecto, como estar en guerra.

Un vecino añadió:

—No solo unos países. Toda la Tierra se volvió así. La sociedad estaba desquiciada y si decías algo que no gustaba te acusaban de ser de la Organización Terrícola-trisolariana, un traidor a la humanidad, por lo que nadie se sentía a salvo. Se inició la restricción de las películas y televisión de la Edad Dorada y al final se prohibieron en todo el mundo. Por supuesto, había tanto material que la prohibición no podía ser totalmente efectiva.

—¿Por qué?

—Temían mermar el espíritu de lucha —dijo Shi Xiaoming—. De todas formas, podías vivir siempre que hubiese comida. Pero más tarde todo empeoró y el mundo empezó a pasar hambre. Sucedió unos veinte años después de que el doctor Luo entrase en hibernación.

—¿Fue debido a la transición económica?

—Así es. Pero el deterioro ecológico fue también un factor importante. Había leyes de protección del medio ambiente, pero en una época tan pesimista, la impresión general era: «¿Para qué demonios sirve la protección ecológica? Aunque la Tierra fuese un vergel, ¿no acabará todo en manos trisolarianas?» Con el tiempo, la protección del medio ambiente acabó siendo considerada tan traidora como la Organización. A las asociaciones como Greenpeace se les trató como ramas de la Organización y fueron reprimidas. Las labores de construcción de la fuerza espacial aceleraron el desarrollo de industrias pesadas muy contaminantes, por lo que la contaminación se volvió imparable. Efecto invernadero, anomalías climáticas, desertificación... —Hizo un gesto de exasperación.

—Cuando yo entré en hibernación la desertificación se estaba iniciando —dijo otro vecino—. No es lo que se imagina. No fue como un desierto avanzando desde la Gran Muralla. ¡No! Era una erosión a trozos. Zonas de tierras perfectas del interior empezaban simultáneamente a convertirse en desierto. Y el desierto se extendía desde esos puntos, de la misma forma que un trapo mojado se seca el sol.

—Lo siguiente fue el colapso de la producción agrícola. Se agotaron las reservas de cereal. Y luego... luego llegó el Gran Cataclismo.

—¿Acabó cumpliéndose la predicción de que los estándares de vida retrocederían cien años? —preguntó Luo Ji.

Shi Xiaoming no pudo evitar reír de amargura.

—Ah, doctor Luo. ¿Cien años? ¡Ni en sus sueños! Cien años desde esa época habría sido... como los años treinta del siglo veinte o así. ¡Un paraíso comparado con el Gran Cataclismo! Nada podría ser más diferente. Para empezar, había muchas más personas que durante la Gran Depresión: ¡8.300 millones! —Hizo un gesto hacia Zhang Yan—. Presenció el Gran Cataclismo cuando despertó. Cuéntalo tú.

Zhang Yan se acabó la bebida antes de decir con ojos inexpresivos:

—He visto la gran marcha del hambre. Millones de personas huyendo del hambre en las grandes llanuras, cruzando la arena que tapaba el cielo. Un cielo caliente, una tierra caliente, un sol caliente. Al morir, los dividían allí mismo... Era el infierno. Si le apetece, hay innumerables vídeos que puede ver. Piensas en esa época y te sientes afortunado de seguir con vida.

—El Gran Cataclismo persistió como durante medio siglo, y en esa cincuentena de años la población mundial cayó de 8.300 millones a 3.500 millones. ¡Piénselo!

Luo Ji se puso en pie y se acercó a la ventana. Desde allí podía observar el desierto situado al otro lado de los árboles protectores. Bajo el cielo del mediodía, la cubierta amarilla de arena se extendía hasta el horizonte. La mano del tiempo lo había alisado todo.

—¿Y luego? —preguntó Shi Qiang.

Zhang Yan exhaló con tranquilidad, como si el mero hecho de poder dejar de hablar de ese período le hubiera quitado un peso de encima.

—Bien, primero algunas personas lo fueron aceptando. Luego fueron muchas más. Se preguntaban si en realidad les compensaba pagar un precio tan alto, aunque fuese por la victoria en la batalla del Día del Juicio Final. Hay que decidir qué es más importante: ¿un niño muriendo de hambre en tus brazos o la persistencia de la civilización humana? Ahora mismo es posible que crea que la segunda opción es la realmente importante, pero no fue así. Da igual lo que traiga el porvenir, el presente es siempre más importante. Por supuesto, al principio fue indignante, las ideas de un traidor a la humanidad, pero era imposible que la gente no lo pensase. Y pronto todo el mundo estuvo de acuerdo. En aquella época había un eslogan popular que se convirtió en una cita histórica famosa.

—«Dedica tiempo a la civilización, porque la civilización no te dará tiempo» —dijo Luo Ji sin dejar de mirar por la ventana.

—Exacto, esa misma. El fin último de la civilización somos nosotros.

—¿Y luego? —preguntó Shi Qiang.

—Una segunda Ilustración, un segundo Renacimiento, una segunda Revolución francesa... está todo en los libros de historia.

La sorpresa hizo que Luo Ji se girase. Se habían cumplido las predicciones que había hecho a Zhuang Yan dos siglos antes.

—¿Una segunda Revolución francesa? ¿En Francia?

—No, no. Es una forma de hablar. ¡Fue en todo el mundo! Tras la revolución, los nuevos gobiernos nacionales dieron por terminadas sus estrategias espaciales y dedicaron toda su atención a la mejora de las condiciones de vida de la población. Y entonces surgieron tecnologías críticas: la ingeniería genética y la fusión nuclear se usaron para la producción de comida a gran escala, dando así carpetazo a la época de una comida que dependía del tiempo y la atmósfera. A partir de ese momento el mundo ya no pasaría hambre. Todo se aceleró; había menos personas, y en unas dos décadas la vida volvió a ser lo que era antes del Gran Cataclismo, recuperando los niveles de la Edad Dorada. La población había optado por el camino de la comodidad. Nadie quería volver atrás.

—Hay otro término que podría resultarle interesante, doctor Luo. —El primer vecino se le acercó más. Había sido economista antes de la hibernación y, por tanto, comprendía mejor los detalles—. Es el siguiente: inmunidad de la civilización. Es decir, cuando el mundo ha sufrido una importante enfermedad, el sistema inmune de la civilización se activa, para que no vuelva a suceder nada como la temprana Era de la Crisis. Lo primero es el humanismo, perpetuar la civilización queda en segundo lugar. Sobre esas ideas se sostiene la sociedad moderna.

—¿Y luego? —preguntó Luo Ji.

—Luego vino lo raro. —Shi Xiaoming se emocionó—. La idea inicial era que los países del mundo vivirían en paz y dejarían la Crisis Trisolariana desatendida, pero ¿qué cree que pasó? Se produjeron avances rápidos en todos los campos. La tecnología se desarrolló deprisa y rompió todos los obstáculos que antes del Gran Cataclismo habían impedido el desarrollo de la estrategia espacial. ¡Cayeron uno tras otro!

—No tiene nada de raro —dijo Luo Ji—. La emancipación de la naturaleza humana viene inevitablemente acompañada del progreso científico y tecnológico.

—Al igual que tras unos cincuenta años de paz tras el Gran Cataclismo, el mundo volvió a pensar en la invasión trisolariana y estimó que debería volver a preocuparse de la guerra. Ahora el poder de la humanidad se encontraba en un nivel muy diferente al de antes del Gran Cataclismo. Se volvió a declarar un estado de guerra global y se inició la construcción de una flota espacial. Pero al contrario que la primera vez, las constituciones nacionales eran claras: el gasto en la estrategia espacial debía mantenerse dentro de ciertos límites y no podía ejercer un efecto desastroso en la economía o la vida de la comunidad. Y fue entonces cuando las flotas espaciales se independizaron...

—Pero no hay que recordar nada de eso —dijo el economista—. A partir de ahora no tiene más que pensar en vivir una buena vida. El antiguo eslogan revolucionario no es más que una adaptación de un antiguo dicho de la Edad Dorada: «Dedica tiempo a la vida o la vida no te dará tiempo.» ¡Por una nueva vida!

Al acabar el último vaso, Luo Ji elogió al economista por expresarlo tan bien. Ahora en su mente solo había espacio para Zhuang Yan y la niña. Aspiraba a establecerse lo antes posible y luego despertarlas.

«Dedica tiempo a la civilización, dedica tiempo a la vida.»

Tras subir a *Selección natural*, Zhang Beihai descubrió que el sistema de mando moderno había evolucionado mucho más allá de lo que se había imaginado. La gigantesca nave espacial, de un volumen equivalente al de tres de los grandes portaaviones del siglo XXI, era a todos los efectos una pequeña ciudad. Pero carecía de puente o módulo de mando. Ni siquiera había sala del capitán o sala de operaciones. Es más, carecía de compartimentos funcionales concretos. No eran más que esferas idénticas y regulares que solo se distinguían por el tamaño. En cualquier punto de la nave podías usar un guante de datos para activar una pantalla holográfica, que debido a su alto coste eran poco habituales incluso en la sociedad hiperconectada de la Tierra, y en cualquier punto, siempre que tuvieses los adecuados permisos del sistema, podías invocar una consola de mando completa, incluyendo un interfaz del capitán, cosa que convertía la nave entera, incluyendo baños y pasillos, ¡en puente, módulo de mando, sala del capitán y sala de operaciones! A Zhang Beihai le recordó la evolución sufrida en las redes de finales del siglo XX desde el modelo cliente-servidor al modelo de navegador-servido. En el primer modelo solo podías acceder al servidor si tenías instalado el *software* específico. Pero en el segundo, accedías al servidor desde cualquier ordenador conectado siempre que dispusieras de los permisos adecuados.

Zhang Beihai y Dongfang Yanxu se encontraban en una cabina normal que, al igual que las demás, carecía de pantallas o instrumentos. No era más que un compartimento esférico con mamparos que casi siempre eran blancos, por lo que uno tenía la impresión de encontrarse en el interior de una pelota de ping pong. Cuando la aceleración de la nave producía gravedad, cualquier parte de la superficie esférica podía transformarse para adoptar una forma adecuada para sentarse.

Para Zhang Beihai era otro aspecto de la tecnología moderna que muy pocos habían imaginado: la eliminación de las instalaciones de un único fin. En la Tierra solo se manifestaba ocasionalmente, pero era lo normal en el mundo mucho más avanzado de la flota; también mucho más desnudo y sencillo. Ya no había dispositivos instalados de forma permanente, sino que aparecían cuando eran necesarios y allí donde se les necesitara. El mundo, que la tecnología había vuelto complejo, volvía a simplificarse: era la tecnología oculta tras el rostro de la realidad.

—Alcanzamos ahora su primera lección a bordo —dijo Dongfang Yanxu—. Por supuesto, no debería enseñársela una capitana que está pasando una revisión, pero en la flota no hay nadie más de confianza que yo. Hoy le mostraré cómo lanzar *Selección natural* y situar la nave en modo de navegación. Es más, mientras recuerde lo que aprenda hoy, habrá dado el cierre a la principal estrategia de los Marcados —mientras hablaba usó el guante de datos para invocar en el aire un mapa estelar—. Puede que le resulte algo diferente a los mapas espaciales de su época, pero el sol sigue siendo el punto de origen.

—Lo estudié durante el entrenamiento. Sé leerlo —respondió Zhang Beihai, mirando la carta estelar. Recordaba bien el mapa del Sistema Solar frente al que había hablado con Chang Weisi dos siglos antes. Sin embargo, esa carta registraba con precisión la posición de todos los cuerpos celestes en un radio de cien años luz alrededor del sol, una escala más de cien veces superior a la del antiguo mapa.

—En realidad, hay poco que entender. En el estado actual,

se ha prohibido la navegación a cualquier punto del mapa. Si fuese una Marcada y quisiera secuestrar *Selección natural* para huir al cosmos, primero debería escoger un destino, como este. —Activó un punto del mapa que se volvió verde—. Por supuesto, ahora mismo estamos en modo de simulación, porque ya no dispongo de permisos. Cuando usted tenga los permisos del capitán, tendré que solicitarle que ejecute la orden. Pero si realmente se lo pidiera, sería peligroso hacerlo, por lo que debe negarse. También debería denunciarme.

En el aire apareció un interfaz en cuanto hubo activado la dirección. El entrenamiento había familiarizado a Zhang Beihai con su aspecto y uso, pero aun así prestó atención mientras Dongfang Yanxu le mostraba cómo pasar la enorme nave de completo bloqueo a hibernación, luego a espera y al final a impulso lento.

—Si la operación fuese real, ahora mismo *Selección natural* abandonaría el puerto. ¿Qué le parece? ¿Más sencillo que el modo de operar de una nave espacial de su época?

—Sí. Mucho más sencillo. —Él y el resto de los miembros del Contingente Especial, al ver el interfaz por primera vez, quedaron muy sorprendidos por la sencillez y la ausencia de detalles técnicos.

—La operación está totalmente automatizada, por lo que el capitán no ve los detalles técnicos.

—Esta pantalla solo muestra los parámetros generales. ¿Cómo comprueba el estado operativo de la nave?

—Del estado operativo se encargan oficiales y suboficiales de menor nivel. Esas pantallas son más complejas. Cuanto más se desciende en la cadena de operaciones, más complejo es el interfaz. En los cargos de capitán y oficiales de puente, debemos concentrarnos en asuntos más importantes. Muy bien, sigamos. Si yo fuese una Marcada... Ya estoy otra vez con esa suposición. ¿Qué opina?

—Dada mi posición actual, responder sería una irresponsabilidad por mi parte.

—Muy bien. Si yo fuese una Marcada, entonces aceleraría directamente a impulso cuatro. Ninguna otra nave de la flota puede alcanzar a *Selección natural* en impulso cuatro.

—Pero no podría hacerlo, incluso si tuviese los permisos, porque el sistema solo pasa a impulso cuatro si detecta que todos los pasajeros están en estado abisal.

Con su propulsión máxima, la aceleración de la nave podía llegar a los 120 g, pero eso producía una fuerza que superaba en más de diez veces lo que un ser humano podía tolerar. Para alcanzar el máximo había que pasar a «estado abisal». Todos los espacios se llenaban de un «fluido abisal de aceleración» rico en oxígeno que el personal entrenado podía respirar directamente. Al respirarlo, les llenaba los pulmones y el resto de los órganos. Lo habían concebido durante la primera mitad del siglo XX como una forma de facilitar las inmersiones a gran profundidad. La presión se mantenía en equilibrio en el exterior y el interior de un cuerpo humano lleno de fluido abisal de aceleración, por lo que podría soportar grandes presiones, igual que un pez abisal. Por tanto, ahora se usaba para proteger a los seres humanos durante las aceleraciones extremas del viaje espacial. De ahí el término «estado abisal».

Dongfang Yanxu asintió.

—Pero debe saber que hay una forma de evitarlo. Si pasa la nave a control remoto, entonces dará por supuesto que no hay nadie a bordo y no realizará la comprobación. Es una opción que forma parte de los permisos del capitán.

—Déjeme intentarlo y dígame si lo hago bien. —Zhang Beihai activó el interfaz e inició el modo remoto de la nave, consultando ocasionalmente un pequeño cuaderno.

Dongfang sonrió al ver el cuaderno.

—Ahora tenemos mejores métodos para tomar notas.

—Oh, no es más que una costumbre. Siempre me resulta mucho más tranquilizador apuntar a mano, sobre todo lo importante. Solo que ahora no soy capaz de dar con una pluma. Me traje una y un lápiz en la hibernación, pero solo el lápiz aguantó.

—Ha aprendido con rapidez.

—Eso es porque el sistema de mando conserva muchos aspectos de la marina. Después de tantos años, hay muchos nombres que no han cambiado. Las órdenes del motor, por ejemplo.

—La flota espacial se originó en la marina... Vale, pronto recibirá permisos del sistema como capitán en funciones de *Selección natural*. La nave se encuentra en espera de clase A, o, como decían en su época, «encendida y lista para avanzar». —Extendió los brazos esbeltos y se giró en el aire.

Zhang Beihai todavía no había descubierto cómo hacerlo empleando el cinturón superconductor.

—En aquella época no se «encendía» nada. Pero es evidente que conoce bastante historia naval. —Cambió de tema intentando alejarse de la hostilidad que pudiera sentir hacia él.

—Una antigua y muy importante rama de las fuerzas armadas.

—¿La flota espacial no ha heredado esa grandeza?

—Sí. Pero la voy a abandonar. Planeo renunciar.

—¿Por la revisión?

Se volvió para mirarle. Su espeso pelo negro quedaba suspendido por la falta de gravedad.

—En aquella época, cosas así sucedían muchas veces, ¿no es cierto?

—No siempre. Pero en caso de ocurrir, todos lo entendíamos, porque sufrir una revisión es parte del deber de todo soldado.

—Han pasado dos siglos. Esta ya no es su época.

—Dongfang, no amplíe la brecha deliberadamente. Entre nosotros hay puntos en común. Los soldados de todas las épocas deben soportar la humillación.

—¿Me aconseja que me quede?

—No.

—Trabajo ideológico. Esa es la palabra, ¿no? ¿No fue su obligación?

—Ya no lo es. Ahora tengo otros deberes.

La mujer flotó con tranquilidad a su alrededor, como si le examinase con atención.

—¿Es que para ustedes somos niños? Hace medio año estuve en la Tierra y en uno de los distritos de hibernados un niño de seis o siete años me llamó «cría».

Zhang Beihai rio.

—¿Somos críos para ustedes?

—En nuestra época, la antigüedad era muy importante. En el campo había adultos que se dirigían a los niños como tía o tío por antigüedad familiar.

—Pero a mí no me importa su antigüedad.

—Lo compruebo en sus ojos.

—Su hija y su esposa... ¿no vinieron con usted? Por lo que sé, a los familiares de los miembros del Contingente Especial también se les permitía hibernar.

—No vinieron y no querían que yo viniese. Ya sabe, las tendencias de esa época indicaban un futuro muy poco halagüeño. Me criticaron por mi irresponsabilidad. Ella y su madre se marcharon. Y en medio de la noche del día que se fueron el Contingente Especial recibió la orden. No pude volver a verlas. Salí de casa, con mis bolsas, muy tarde, una noche fría de invierno... Por supuesto, no espero que lo entienda.

—Lo entiendo... ¿Qué fue de ellas?

—Mi mujer murió el año 47. Mi hija en el año 81.

—Vivieron el Gran Cataclismo. —Bajó los ojos y durante un rato guardó silencio. Luego activó una ventana holográfica y cambió a un modo externo.

Las paredes de la esfera blanca se fundieron como la cera y *Selección natural* desapareció, dejándoles flotando en el espacio infinito, enfrentados al lechoso campo de estrellas de la Vía Láctea. Ahora eran dos seres independientes del universo, sin conexión con ningún mundo, rodeados exclusivamente por el abismo. Ocupaban el universo de la misma forma que la Tierra, el sol y la galaxia, sin origen y sin destino. Solo existían...

Zhang Beihai ya había experimentado esa sensación, 190 años antes, cuando flotaba en el espacio ataviado con un traje espacial, sosteniendo un arma cargada con balas meteóricas.

—Me gusta así. Para no tener en cuenta la nave, la flota, ni nada fuera de mi propia mente —dijo.

—Dongfang —dijo él en voz baja.

—¿Hum? —La capitana se giró. Los ojos le brillaban por la luz de las estrellas de la Vía Láctea.

—Si llega el día en que tenga que matarla, por favor, perdóneme —susurró.

Ella aceptó esas palabras con una sonrisa.

—¿Le doy la impresión de ser una Marcada?

La miró bajo la luz que llegaba desde una distancia de cinco unidades astronómicas. Era como una pluma flexible que flotase contra el fondo de estrellas.

—Nosotros pertenecemos a la Tierra y el mar, usted pertenece a las estrellas.

—¿Eso está mal?

—No. Está muy bien.

—¡La sonda se ha apagado!

Para el doctor Kuhn y el general Robinson, el informe del oficial de guardia fue una sorpresa. Sabían que una vez que la noticia se divulgase provocaría revuelos en Coalición Tierra y Coalición Flota, sobre todo teniendo en cuenta que las últimas observaciones indicaban que la sonda tenía tal velocidad que atravesaría la órbita de Júpiter en seis días.

Kuhn y Robinson se hallaban en la estación Ringier-Fitzroy, en órbita alrededor del sol en el límite externo del cinturón de asteroides. Flotando a cinco kilómetros de la estación se encontraban los objetos más peculiares del Sistema Solar: un conjunto de seis lentes enormes, la superior de 1.200 metros de diámetro y las cinco inferiores algo más pequeñas. Se trataba de la última versión del telescopio espacial. Pero al contrario que las cinco encarnaciones anteriores del *Hubble*, ese telescopio espacial carecía de tubo o cualquier otro material que uniese las seis lentes. Cada una flotaba de forma independiente. El borde de cada lente contenía múltiples impulsores iónicos que podía ajustar con precisión la distancia de una lente a otra o cambiar la orientación del conjunto. La estación Ringier-Fitzroy era el centro de control del telescopio. Pero incluso tan cerca, las lentes eran casi invisibles. Cuando los técnicos e ingenieros volaban entre ellas, el universo al otro lado quedaba increíblemente distorsionado. Y si se encontraban en el ángulo adecuado, el iris protector de la superficie reflejaba la luz del sol y dejaba ver toda la lente, cuya superficie curva se asemejaba entonces a un planeta cubierto de endemoniados arcoíris. El telescopio había roto con la tradición de llamarse *Hubble* y lo habían bautizado como telescopio Ringier-Fitzroy, en honor a los dos hombres que habían descubierto el rastro de la flota trisolariana. Aunque había sido un descubrimiento sin importancia científica, el nombre era adecuado, porque el propósito principal del enorme telescopio, un proyecto en conjunto de las tres flotas, era seguir la flota trisolariana.

Un equipo como el de Ringier y Fitzroy —un científico jefe

de la Tierra y un encargado de asuntos militares de la flota— se ocupaba siempre del telescopio. Y en cada uno de esos equipos se manifestaban las mismas diferencias de opinión que entre Ringier y Fitzroy. Ahora mismo, Kuhn aspiraba a obtener algo de tiempo para su estudio del cosmos, mientras que Robinson hacía lo posible por impedírselo, y así preservar los intereses de la flota. También discutían por otras cosas. Por ejemplo, Kuhn se ponía a recordar aquella época maravillosa en la que las superpotencias de la Tierra, con Estados Unidos a la cabeza, lideraban el mundo, en contraste con la actual burocracia ineficiente de las flotas. Pero cuando lo hacía, Robinson desmontaba sin piedad las ridículas fantasías históricas de Kuhn. Con todo, las discusiones más acaloradas se debían a la velocidad de rotación de la estación. El general insistía en una rotación lenta, incluso llegando al punto de mantener toda la estación en ingravidez sin rotación, mientras que Kuhn defendía una rotación rápida y una gravedad terrestre.

Sin embargo, lo que ahora sucedía superaba todas esas preocupaciones. Que la sonda se hubiese «apagado» significaba que había parado sus motores. La sonda había empezado a desacelerar dos años antes, muy lejos de la nube de Oort, lo que indicaba que los motores miraban al sol, permitiendo al telescopio espacial seguir la sonda empleando la luz de su impulso. Ahora que ya no había luz, ya no era posible seguirla, porque la sonda en sí era demasiado pequeña, probablemente no mucho más que una camioneta si su tamaño se estimaba a partir de la estela que dejaba al pasar por el polvo interestelar. Un objeto de esas dimensiones, en la periferia del Cinturón de Kuiper, que ya no emitía luz y reflejando de manera muy tenue la de por sí débil luz del lejano sol... ni siquiera un telescopio tan potente como el Ringier-Fitzroy podía dar con un objeto tan diminuto y oscuro perdido a tal distancia en las profundidades oscuras del espacio.

—Lo único que se le da bien a las tres flotas es pelearse por el poder. Vamos, que perfecto, hemos perdido el blanco... —Kuhn refunfuñaba, enfatizando sus palabras con rápidos movimientos de los brazos. Olvidó el estado de ingravidez de la estación y los movimientos le hicieron dar una vuelta de campana.

Por primera vez, el general Robinson no defendió a la flota. En un principio, la Flota Asiática había enviado tres naves ligeras de alta velocidad para seguir de cerca a la sonda, pero, tras desatarse una disputa entre las tres flotas sobre el derecho a interceptar la sonda, la Asamblea Conjunta había emitido una resolución ordenando el regreso de todas las naves a su base. Una y otra vez la Flota Asiática repitió que las tres naves espaciales, modelos caza, no llevaban armas ni equipo externo y que cada una solo contaba con una tripulación de dos personas para así lograr la aceleración máxima que permitiese seguir al objetivo, y que ni aun así podrían interceptarlo. Sin embargo, no lograron convencer a la Flota Norteamericana ni a la Flota Europea. Insistieron en que todas las naves debían regresar y ser sustituidas por tres naves enviadas por Coalición Tierra como cuarta parte. De no haber ocurrido eso, las naves de la flota ya habrían establecido contacto con la sonda y la estarían siguiendo. Las naves de la Tierra, enviadas por la Mancomunidad Europea y China, ni siquiera habían pasado todavía de la órbita de Neptuno.

—Tal vez vuelva a encender los motores —le ofreció el general—. Todavía viaja muy rápido y si no pierde velocidad no podrá situarse en órbita solar. Dejaría atrás el Sistema Solar.

—¿Es usted el comandante trisolariano? ¡Quizá la sonda no tuviese intención de quedarse en el Sistema Solar y el plan era atravesarlo! —le respondió Kuhn. De pronto se le ocurrió una idea—. ¡Si tiene los motores apagados no puede cambiar de trayectoria! ¿La flota no puede calcular dónde va a estar y enviar una nave a esperarla?

Hubo un gesto de negación por parte del general.

—No daría la suficiente precisión. No es como una búsqueda en la atmósfera de la Tierra. Basta con cometer un minúsculo error para acabar a cientos de miles o incluso millones de kilómetro de su posición real. En esas distancias, la nave de seguimiento no podría dar con un objetivo tan diminuto y oscuro... Pero nosotros debemos encontrar la forma de lograrlo.

—¿Qué podríamos hacer? Que lo resuelva la flota.

El general se puso serio.

—Doctor, debe comprender la situación. A pesar de que no es culpa nuestra, a los medios ese detalle no les va a importar. Después de todo, la responsabilidad del sistema Ringier-Fitzroy era seguir la sonda en el espacio profundo, así que buena parte del agua sucia nos va a caer sobre la cabeza.

Kuhn no respondió, sino que se quedó un rato con el cuerpo perpendicular al general. Luego preguntó:

—¿Hay algo más allá de la órbita de Neptuno que nos podría ser útil?

—De la flota, probablemente nada. De la Tierra... —El general se volvió para preguntarle al oficial de guardia y pronto supieron que la Organización de Protección Medioambiental de Naciones Unidas tenía cuatro grandes naves cerca de Neptuno, trabajando en las primeras fases del Proyecto Parasol de Niebla. Las tres pequeñas naves recién asignadas con la tarea de seguir la sonda habían salido de esas naves.

—¿Y están ahí para recoger lámina oleosa? —preguntó Kuhn.

La respuesta fue afirmativa.

La lámina oleosa era una sustancia que se hallaba en los anillos de Neptuno. A altas temperaturas se convertía en un gas que se dispersaba con rapidez y luego se condensaba en el espacio en forma de nanopartículas, creando polvo espacial. Su nombre se debía a que cuando se evaporaba se volvía extremadamente difusa, por lo que una pequeña cantidad de esa sustancia podía crear una enorme zona de polvo, como una diminuta gota de aceite que se extiende para formar una lámina de grosor molecular sobre una enorme extensión de agua. Ese polvo tenía otra propiedad adicional: al contrario que otras formas de polvo estelar, el viento solar no era capaz de dispersar con facilidad el «polvo de lámina oleosa».

Fue el descubrimiento de la lámina oleosa lo que hizo posible el Proyecto Parasol de Niebla. El plan consistía en emplear explosiones nucleares en el espacio para evaporar y extender la lámina oleosa, formando así una nube de polvo entre el sol y la Tierra, reduciendo de tal forma la radiación solar contra la Tierra para aliviar el calentamiento global.

—Recuerdo que se suponía que había una bomba estelar cerca de la órbita de Neptuno, de antes de las guerras —dijo Kuhn.

—La hay. Y las naves espaciales de Parasol de Niebla se llevaron algunas más, para golpear Neptuno y sus satélites. No conozco la cantidad exacta.

—Yo diría que vale con una —dijo Kuhn, emocionándose.

Como había predicho el vallado Rey Díaz dos siglos antes, al desarrollar la bomba estelar de hidrógeno para su Proyecto

Vallado, aunque el arma tendría usos muy limitados en la batalla del Día del Juicio Final, las grandes potencias las querían como preparativo en caso de estallido de posibles guerras interplanetarias entre seres humanos. Se habían fabricado más de cinco mil bombas, en su mayoría durante el Gran Cataclismo, cuando las relaciones internacionales se volvieron muy tensas debido a la escasez de recursos que situó a la humanidad al borde de la guerra. Al comienzo de la nueva era, esas armas horribles se convirtieron en un peligro innecesario y las almacenaron en el espacio exterior, aunque todavía pertenecían a países de la Tierra. Algunas se detonaban en proyectos de ingeniería planetaria y otras se enviaron a orbitar en lo más remoto del Sistema Solar, con la idea de que su material de fusión pudiera ser combustible suplementario para naves espaciales de gran distancia. Sin embargo, las dificultades de desmontar las bombas hicieron imposible poner en práctica esa idea.

—¿Cree que saldrá bien? —preguntó Robinson con ojos radiantes. Le entristecía que a él mismo no se le hubiera ocurrido una idea tan simple y que Kuhn hubiese entrado en los libros de historia.

—Vamos a probar. Es nuestra única posibilidad.

—Si esa idea sale bien, doctor, entonces le prometo que la estación Ringier-Fitzroy siempre girará a la velocidad suficiente para generar gravedad terrestre.

—Es lo más grande construido jamás por la humanidad —dijo el comandante de *Sombra azul* al mirar por la ventana de la nave hacia el negro absoluto del espacio. No se veía nada, pero hizo lo posible por convencerse de que era capaz de distinguir la nube de polvo.

—¿Por qué no la ilumina el sol como a la cola de un cometa? —preguntó el piloto. Él y el comandante formaban toda la tripulación de *Sombra azul*. Sabía que la nube de polvo tenía la densidad de una cola cometaria, aproximadamente la misma que la de un vacío creado en un laboratorio de la Tierra.

—Quizá la luz del sol sea demasiado débil. —El comandante volvió a mirar al sol, que, en el solitario espacio entre la órbita de Neptuno y el Cinturón de Kuiper, parecía una estrella grande, con la forma de disco apenas reconocible. Aun así, incluso la débil luz solar proyectaba sombras sobre los mamparos—. Además, una cola cometaria solo es visible a cierta distancia. Nosotros nos encontramos en el borde mismo de la nube.

El piloto intentó hacerse una imagen mental de la delgada pero gigantesca nube. Unos días antes, el comandante y él habían comprobado con sus propios ojos lo pequeña que era cuando estaba comprimida en un sólido. En aquel momento, la gigantesca nave espacial *Pacífico* había llegado desde Neptuno y había dejado cinco objetos en esa sección del espacio. En primer lugar, el brazo mecánico de *Sombra azul* recogió una bomba estelar de hidrógeno de principios de la guerra, un cilindro de cinco metros de largo y un metro y medio de diámetro. A continuación, recogió cuatro esferas grandes de entre treinta y cincuenta metros de diámetro. Colocaron las cuatro esferas y la lámina oleosa recogida en los anillos de Neptuno en puntos a varios cientos de metros de la bomba. Una vez que *Pacífico* abandonó esa zona, hicieron estallar la bomba, formando un pequeño sol cuya luz y calor atravesó el frío abismo espacial para vaporizar las esferas. La lámina oleosa gaseosa se difuminó rápidamente movida por el tifón de radiación de la bomba de hidrógeno, para luego enfriarse dejando incontables partículas de polvo que formaron una nube. El diámetro de la nube era de dos millones de kilómetros, mayor que el sol.

La nube de polvo estaba situada en la región por donde se suponía que pasaría la sonda trisolariana, según las observaciones realizadas antes de que apagase los motores. La esperanza del doctor Kuhn y el general Robinson era poder calcular la trayectoria precisa de la sonda y su posición a partir del rastro que dejase en la nube de polvo creada por la humanidad.

Tras la formación de la nube, *Pacífico* volvió a la base de Neptuno, dejando atrás tres pequeñas naves que tenían por misión seguir de cerca la sonda en cuanto apareciese su rastro. *Sombra azul* era una de ellas. A la pequeña nave de alta velocidad la habían bautizado «bólido espacial». Su única zona de carga era una pequeña cápsula donde podían ir cinco personas. El resto del volumen consistía en su totalidad en el motor de fusión, lo que le ofrecía una aceleración enorme y una gran maniobrabilidad. Una vez formada la nube de polvo, *Sombra azul* la recorrió por completo para comprobar el tipo de estela que se formaría, con resultados muy satisfactorios. Claro está, las estelas solo serían observables por un telescopio espacial a más de cien unidades astronómicas de distancia. Para *Sombra azul*, su propia estela resultaba invisible, y el espacio circundante seguía tan vacío como siempre. Aun así, al atravesar la nube, el piloto insistió en que el sol parecía algo más apagado, que su circunferencia antes perfectamente definida se había difuminado un poco. Las observaciones con instrumentos confirmaron la única impresión visual que tenían de esa gigantesca creación.

—Quedan menos de tres horas —dijo el comandante mirando el reloj. En realidad, la nube de polvo no era más que un gigantesco y delgado satélite en órbita alrededor del sol, con una posición que no dejaba de cambiar. Cuando después se alejase de la zona por donde podría pasar la sonda, sería preciso crear otra nube justo detrás.

—¿De verdad cree que la atraparemos? —preguntó el piloto.

—¿Por qué no? ¡Estamos haciendo historia!

—¿No nos atacará? No somos soldados. Es la flota la que debería estar ocupándose de todo esto.

Luego la nave recibió un mensaje de la estación Ringier-Fitzroy informándoles de que la sonda trisolariana había entrado en la nube de polvo dejando una estela, por lo que habían podido calcular los parámetros exactos de su trayectoria. Se le ordenaba a *Sombra azul* que se acercase al objetivo y lo siguiese de cerca. La estación se encontraba a más de cien unidades astronómicas de *Sombra azul*, por lo que el viaje había retrasado el mensaje más de diez horas, pero la llave había dejado la impresión en el molde. Los cálculos orbitales se habían realizado teniendo en cuenta incluso el efecto de la delgada nube de polvo, por lo que el encuentro era cuestión de tiempo.

Sombra azul fijó el rumbo de acuerdo con la trayectoria de la sonda y volvió a entrar en la nube de polvo invisible, dirigiéndose ahora hacia la sonda trisolariana. Esta vez el vuelo fue largo, y durante sus más de diez horas el piloto y el comandante tuvieron sueño. Pero la distancia que se iba reduciendo entre su nave y la sonda los mantenía despiertos.

—¡La veo! ¡La veo! —gritó el piloto.

—¿De qué hablas? ¡Quedan todavía catorce mil kilómetros! —le riñó el comandante. Era imposible que a simple vista se pudiera ver una camioneta a catorce mil kilómetros, aun contando con la transparencia del espacio. Pero pronto él mismo la distinguió: había un punto en movimiento que, contra el silencioso fondo del espacio, seguía la trayectoria descrita por los parámetros.

Tras pensarlo un momento, acabó comprendiendo. La nube de polvo más grande que el sol había sido totalmente innecesaria, ya que la sonda trisolariana había vuelto a encender sus motores y seguía desacelerando. No tenía intención de pasarse el Sistema Solar. Quería quedarse aquí.

Al tratarse de una medida temporal de las flotas, la ceremonia de traspaso de los permisos de capitán de *Selección natural* fue sencilla y discreta, a la que solo asistieron la capitana Dongfang Yanxu, el capitán en funciones Zhang Beihai, el primer oficial Levin y el segundo oficial Akira Inoue, así como un equipo especial de la División de Personal Militar.

A pesar de los avances tecnológicos de la época, seguían sin superar el estancamiento de la teoría fundamental, así que los permisos de *Selección natural* se transmitieron, usando métodos que Zhang Beihai conocía: los tres factores de retina, huellas digitales y frase clave como identificación.

Una vez que el personal terminó con el proceso de cambiar los datos de pupila y las huellas que identificaban al capitán ante el sistema, Dongfang Yanxu entregó su clave a Zhang Beihai.

—Los hombres siempre recuerdan el amor exclusivamente por el romance.

—Usted no fuma —respondió él con calma.

—Y la marca se perdió durante el Gran Cataclismo —añadió ella con cierta decepción, y bajó los ojos.

—Pero la clave es buena. No mucha gente la conocía ni siquiera en su época.

La capitana y los oficiales de puente se fueron, dejando a Zhang Beihai a solas para actualizar la clave y obtener el control de *Selección natural*.

—Es listo —dijo Akira Inoue cuando desapareció la puerta de la cabina esférica.

—Sabiduría de antaño —dijo Dongfang Yanxu, observando el punto donde había desaparecido la puerta como si quisiera ver a través de ella—. Nunca podremos aprender lo que él se ha traído de dos siglos en el pasado, pero él podrá aprender lo nuestro.

Luego aguardaron en silencio.

Pasaron cinco minutos.

Claramente era demasiado tiempo para cambiar una contraseña, sobre todo considerando que el nuevo capitán Zhang Beihai había superado su entrenamiento como el más habilidoso operario del sistema de todos los miembros del Contingente Especial. Pasaron cinco minutos más. Los dos oficiales se pusieron a nadar, impacientes, por el pasillo. Dongfang Yanxu permaneció inmóvil y en silencio.

Por fin la puerta se abrió. Para su sorpresa, la cabina esférica se había vuelto negra. Zhang Beihai había activado el mapa estelar holográfico omitiendo las etiquetas, de modo que solo eran visibles las estrellas. Desde la puerta parecía estar flotando en el exterior de la nave, con el interfaz a su lado.

—He terminado —dijo.

—¿Por qué tanto tiempo? —refunfuñó Levin.

—¿Saboreaba la emoción de controlar *Selección natural*?

Zhang Beihai no respondió. No miraba al interfaz, sino a una estrella en una parte lejana del mapa. Dongfang Yanxu se dio cuenta de que una luz verde parpadeaba en la dirección de su mirada.

—Eso sería una ridiculez —le respondió Levin, continuando la idea de Akira Inoue—. ¿Debo recordarte que la coronel Dongfang sigue siendo la capitana? El capitán en funciones no es más que un cortafuegos. Lamento ser tan descortés, pero es la verdad.

Akira Inoue dijo:

—Y es una situación que no durará mucho. La investigación de la flota se acerca a su fin y básicamente ha venido a demostrar que los Marcados no existen.

Estaba a punto de continuar cuando le detuvo un gemido de la capitana.

—¡Oh, dios!

Los dos oficiales siguieron su mirada y vieron el estado de *Selección natural* en el interfaz de Zhang Beihai.

La nave de guerra había pasado a modo de control remoto, saltándose así la comprobación abisal antes de impulso cuatro. Se había cortado toda comunicación externa. Y, finalmente, la mayor parte de los ajustes del capitán para colocar la nave en propulsión máxima estaban activados. Pulsando un botón más, *Selección natural* se dirigiría a máxima velocidad hacia el blanco mostrado en el mapa.

—No, no puede estar pasando —dijo Dongfang Yanxu en una voz tan baja que solo ella podía oírla. Estaba destinado a sus oídos, en respuesta a su exclamación anterior invocando a «dios». Jamás había creído en Dios, pero ahora sus oraciones eran sinceras.

—¿Está loco? —gritó Levin. Akira y él se lanzaron hacia la cabina para golpear contra el mamparo. No había puerta. Lo que había era una forma ovalada transparente en la pared.

—*Selección natural* va a pasar a impulso cuatro. Toda la tripulación debe entrar inmediatamente al estado abisal —dijo Zhang Beihai. Cada una de las palabras de su voz tranquila y solemne se demoró en el aire como un ancla resistiéndose al viento.

—¡Es imposible! —dijo Akira Inoue.

—¿Es usted un Marcado? —preguntó Dongfang Yanxu tranquilizándose con rapidez.

—Sabe bien que eso no es posible.

—¿Organización Terrícola-trisolariana?

—No.

—Entonces, ¿qué es?

—Un soldado que cumple con su obligación de luchar por la supervivencia de la humanidad.

—¿Por qué hace esto?

—Me explicaré tras el final de la aceleración. Repito: todo el personal debe pasar de inmediato al estado abisal.

—¡Es imposible! —repitió Akira Inoue.

Zhang Beihai se giró y, sin prestar la más mínima atención a los dos oficiales, miró directamente a Dongfang Yanxu. La capitana pensó que los ojos de aquel hombre le recordaban el emblema de la fuerza espacial china, mostrando a la vez espadas y estrellas.

—Dongfang, dije que lamentaría tener que matarla. No queda mucho tiempo.

En ese momento el líquido de aceleración abisal apareció en el espacio esférico de Zhang Beihai, acumulándose en el entorno ingrávido. Los globos líquidos, cada uno reflejando una imagen distorsionada del interfaz y el mapa estelar, se fueron combinando para formar esferas mayores. Los dos oficiales miraron a Dongfang Yanxu.

—Obedezcamos. Toda la nave pasará al estado abisal —dijo la capitana.

Los dos oficiales la miraron fijamente. Eran bien conscientes de lo que sucedería si pasaban a impulso cuatro fuera del estado protector abisal: el cuerpo quedaría aplastado contra el mamparo por una fuerza 120 veces superior a la de la gravedad terrestre. Bajo el peso inmenso, lo primero en reventar sería la sangre, extendiéndose para formar una capa delgada de enormes y radiales manchas de sangre. A continuación, saldrían los órganos, formando otra delgada capa que junto con el cuerpo acabaría formando una desagradable pintura daliniana.

Mientras iban a sus camarotes daban órdenes para que todos pasaran al estado abisal.

—Es usted una capitana bien cualificada. —Zhang Beihai asintió con un gesto en dirección a Dongfang—. Demuestra madurez.

—¿Adónde vamos?

—Vayamos a donde vayamos, será una opción más responsable que permanecer aquí.

A continuación, quedó sumergido en el fluido abisal de aceleración y Dongfang Yanxu apenas pudo distinguir un cuerpo impreciso por entre el líquido que ahora llenaba la esfera.

Mientras flotaba en el líquido traslúcido, Zhang Beihai recordó su experiencia de submarinismo en la marina, dos siglos antes. Nunca se le había ocurrido que a apenas unas docenas de metros de profundidad el océano pudiese estar tan oscuro, pero el mundo subacuático le provocó la misma sensación que más tarde volvería a experimentar en el espacio. El océano era un espacio en miniatura sobre la Tierra.

Probó a respirar, pero los reflejos le obligaron a expectorar con fuerza líquido y gas residual, y el cuerpo se desplazó por el retroceso. Pero no sentía que se ahogase, que era lo que había esperado, y mientras el frío líquido le llenaba los pulmones, el oxígeno que portaba llegaba a la sangre. Podía respirar libremente, como un pez.

En el interfaz comprobó que el fluido abisal de aceleración estaba llenando todos los espacios ocupados de la nave. El proceso continuó durante más de diez minutos. Empezó a perder la conciencia. El líquido para respirar contenía un componente hipnótico para que toda la tripulación durmiese, y evitar así los daños al cerebro por efecto de la alta presión y la hipoxia relativa producida por la aceleración en impulso cuatro.

Zhang Beihai sintió que el espíritu de su padre venía del más allá y se manifestaba en la nave, convirtiéndose en uno con el suyo. Pulsó el botón del interfaz, dando en su mente la orden por la que había trabajado toda su vida.

—¡*Selección natural*, impulso cuatro!

En órbita joviana apareció un pequeño sol. Era una brillante luz anegando la fosforescencia de la atmósfera del planeta. Arrastrando dicho sol, la nave de guerra estelar *Selección natural* abandonó la base de la Flota Asiática y aceleró con rapidez, proyectando las sombras de las otras naves —cada una de ellas formaba una zona oscura tan grande como para contener la Tierra— sobre la superficie de Júpiter. Diez minutos más tarde, una sombra mayor cayó sobre Júpiter como quien cierra una cortina sobre el gigantesco planeta. *Selección natural* lo dejaba atrás.

Fue en ese punto cuando el alto mando de la Flota Asiática confirmó el increíble hecho de que *Selección natural* había desertado.

Las Flotas Europea y Norteamericana enviaron protestas y advertencias a la Flota Asiática, creyendo inicialmente que había sido una maniobra no autorizada para ir al encuentro de la sonda trisolariana, pero pronto comprendieron que ese no era el destino de *Selección natural*. Iba en dirección opuesta.

Los distintos sistemas que intentaban comunicarse con *Selección natural* fueron renunciando poco a poco al no recibir respuesta. El alto mando inició el despliegue de naves de persecución e interceptación, aunque pronto comprendieron que no había mucho que pudieran hacer en el caso de la nave desertora. Las bases en cuatro de las lunas de Júpiter poseían suficiente capacidad de fuego como para destruir *Selección natural*, pero era una orden que no estaban dispuestos a dar, porque muy probablemente solo había desertado una pequeña minoría de la tripulación, o incluso un único individuo, y los dos mil soldados en estado abisal no eran más que rehenes. Los mandos de la base del láser de rayos gamma de Europa se limitaron a mirar mientras el pequeño sol cruzaba el cielo y pasaba al espacio profundo, salpicando las vastas capas de hielo de Europa con una luz que era como el fósforo en ignición.

Selección natural atravesó la órbita de dieciséis lunas jovianas y para cuando llegó a Calisto había alcanzado la velocidad de escape. Desde el punto de vista de la base de la Flota Asiática, el pequeño sol se fue contrayendo de grado a grado, para acabar convertido en una estrella brillante que fue poco visible durante una semana. Un recordatorio entre las estrellas del persistente dolor de la Flota Asiática.

Como la fuerza de persecución debía pasar a estado abisal, esas naves tardaron en volar cuarenta y cinco minutos después de la partida de *Selección natural*, iluminando Júpiter con varios soles.

En la comandancia de la Flota Asiática, que había dejado de girar, el comandante contemplaba en silencio el enorme lado oscuro de Júpiter justo cuando un rayo destellaba en la atmósfera a diez mil kilómetros de él. La potente radiación de los motores de fusión de *Selección natural* y de las naves que habían salido tras ella había provocado inonización atmosférica y rayos. Los fugaces rayos iluminaban la atmósfera circundante, visible en la distancia en forma de halos que cambiaban continuamente de posición, convirtiendo la superficie de Júpiter en un estanque salpicado por una lluvia fluorescente.

Selección natural aceleró en silencio hasta una centésima parte de la velocidad de la luz, el punto de no retorno en lo que a consumo de combustible de fusión se refería. Ahora era incapaz de regresar al Sistema Solar usando su propio motor, por lo que se había convertido en una nave solitaria destinada a vagar por siempre por el espacio exterior.

El comandante de la Flota Asiática contempló las estrellas

aspirando infructuosamente hasta dar con una en concreto. En esa dirección solo se veía la tenue luz de los motores de fusión de las naves perseguidoras. Pronto llegó un informe: *Selección natural* había dejado de acelerar. Poco después esta restableció la comunicación con la flota. Y entonces se produjo el siguiente intercambio con retrasos de más de diez segundos entre transmisiones, porque la nave se encontraba ya a más de cinco millones de kilómetros de distancia:

SELECCIÓN NATURAL: ¡*Selección natural* llamando a la Flota Asiática! ¡*Selección natural* llamando a la Flota Asiática!

FLOTA ASIÁTICA: *Selección natural*, Flota Asiática le recibe. Informe de situación.

SELECCIÓN NATURAL: Habla el capitán en funciones Zhang Beihai. Hablaré directamente con el comandante de la flota.

COMANDANTE DE LA FLOTA: A la escucha.

ZHANG BEIHAI: Asumo toda la responsabilidad por la partida no autorizada de *Selección natural*.

COMANDANTE DE LA FLOTA: ¿Algún otro responsable?

ZHANG BEIHAI: No. La responsabilidad es completamente mía. La situación no tiene nada que ver con ninguna otra persona a bordo de *Selección natural*.

COMANDANTE DE LA FLOTA: Quiero hablar con la capitana Dongfang Yanxu.

ZHANG BEIHAI: Ahora no.

COMANDANTE DE LA FLOTA: ¿Cuál es la situación actual de la nave?

ZHANG BEIHAI: Todo está bien. Todos los miembros de la tripulación, excepto yo, siguen en estado abisal. Los sistemas de energía y soporte vital operan con normalidad.

COMANDANTE DE LA FLOTA: ¿Y su razón para esta traición?

ZHANG BEIHAI: Es posible que haya desertado, pero no soy un traidor.

COMANDANTE DE LA FLOTA: ¿Su razón?

ZHANG BEIHAI: Es seguro que la humanidad perderá en el campo de batalla. Mi único deseo es salvar una de las naves estelares de la Tierra para preservar una semilla de la civilización humana en este universo. Una pequeña esperanza.

COMANDANTE DE LA FLOTA: Eso le convierte en un escapista.

ZHANG BEIHAI: No soy más que un soldado que cumple con su deber.

COMANDANTE DE LA FLOTA: ¿Ha recibido el precinto mental?

ZHANG BEIHAI: Sabe que eso es imposible. La tecnología no se había inventado cuando entré en hibernación.

COMANDANTE DE LA FLOTA: En ese caso, sus creencias extrañamente firmes en el derrotismo son incomprensibles.

ZHANG BEIHAI: No necesito el precinto mental. Soy dueño absoluto de mis creencias. Mi fe es firme porque no se deriva de mi propio intelecto. Al comienzo de la Crisis Trisolariana, mi padre y yo nos dedicamos a valorar concienzudamente las cuestiones básicas de la guerra. Poco a poco, un grupo de grandes pensadores, que incluía a científicos, políticos y estrategas militares, se concentró alrededor de mi padre. Se hacían llamar historiadores del futuro.

COMANDANTE DE LA FLOTA: ¿Se trataba de una organización secreta?

ZHANG BEIHAI: No. Analizaban los aspectos fundamentales y toda discusión se realizaba en abierto. Incluso el gobierno y los militares organizaron varias conferencias académicas sobre historia del futuro. Y fue a partir de esas investigaciones cuando comprendí que la humanidad está condenada.

COMANDANTE DE LA FLOTA: Pero desde esa época ya se ha demostrado que las teorías de la historia del futuro eran incorrectas.

ZHANG BEIHAI: Señor, les subestima. No solo predijeron el Gran Cataclismo, sino también la Segunda Ilustración y también el Segundo Renacimiento. Lo que predijeron para la presente era de prosperidad es virtualmente indistinguible de la realidad. Y, por último, anticiparon la derrota absoluta de la humanidad y su desaparición en la batalla del Día del Juicio Final.

COMANDANTE DE LA FLOTA: ¿Ha olvidado que se encuentra en una nave espacial capaz de viajar a un quince por ciento de la velocidad de la luz?

ZHANG BEIHAI: La caballería de Gengis Khan era capaz de atacar con la velocidad de las unidades acorazadas del siglo veinte. Los arcos de la dinastía Song poseían un alcance de mil quinientos metros, comparable a un rifle de asalto del siglo veinte. Pero es imposible que la caballería antigua o los arcos compitan con las armas modernas. Esa teoría fundamental lo determina todo. Fue un aspecto que los historiadores del futuro comprendieron bien. Ustedes, sin embargo, se han dejado cegar por el brillo mortecino de la tecnología de bajo nivel y se entretienen en el jardín de infancia que es la civilización moderna, sin tener ningún tipo de preparación mental para la batalla final donde se decidirá el destino de la humanidad.

COMANDANTE DE LA FLOTA: Usted viene de un gran ejército, que triunfó sobre un enemigo que disponía de equipo mucho más avanzado. Logró la victoria en una de las guerras terrestres más grandes del mundo, disponiendo solo de las armas confiscadas. Su comportamiento deshonra a ese ejército.

ZHANG BEIHAI: Mi estimado comandante, yo estoy más cualificado que usted para hablar de ese ejército. En él sirvieron tres generaciones de mi familia. Durante la Guerra de Corea, mi abuelo atacó un tanque Pershing armado con una granada. La granada dio al tanque y rodó por su lateral antes de explotar. El blanco apenas sufrió unos rasguños. Sin embargo, mi abuelo recibió el fuego de la ametralladora del tanque, perdió las dos piernas bajo las orugas y pasó el resto de su vida como un inválido. Pero en comparación con dos de sus camaradas, aplastados hasta dejar una masa informe, podría considerarse afortunado... Es la historia de ese ejército lo que nos demuestra con tanta claridad la importancia de una diferencia tecnológica para la guerra. La gloria que usted conoce es la que ha leído en los libros de historia, pero nuestros traumas se fraguaron con la sangre de nuestros padres y abuelos. Conocemos el significado de la guerra mejor que ustedes.

COMANDANTE DE LA FLOTA: ¿Cuándo concibió este traicionero plan?

ZHANG BEIHAI: Me repito. Es posible que haya desertado, pero no soy un traidor. Concebí el plan la última vez que vi a mi padre. En sus ojos comprendí lo que debía hacer y me ha llevado dos siglos cumplirlo.

COMANDANTE DE LA FLOTA: Y para lograrlo se hizo pasar por un triunfalista. Fue un disfraz casi perfecto.

ZHANG BEIHAI: El general Chang Weisi casi me descubre.

COMANDANTE DE LA FLOTA: Sí. Era muy consciente de que jamás había descubierto el fundamento de su fe triunfalista, y su entusiasmo poco habitual por los sistemas de propulsión por radiación capaces de realizar viajes interestelares no hizo más que reforzar sus sospechas. Siempre se opuso a que formase usted parte del Contingente Especial de Refuerzos Futuros, pero no podía desobedecer a sus superiores. Nos advirtió en la carta que envió, pero lo hizo siguiendo el estilo sutil de su época. Simplemente no lo comprendimos.

ZHANG BEIHAI: Maté a tres personas para poder tener una nave capaz de huir al espacio.

COMANDANTE DE LA FLOTA: De eso no teníamos constancia. Quizá no lo supo nadie. Pero puede estar seguro de que el camino elegido en ese momento para la investigación resultó crucial para el desarrollo posterior de la tecnología del vuelo espacial.

ZHANG BEIHAI: Gracias por decirlo.

COMANDANTE DE LA FLOTA: También le diré que su plan fracasará.

ZHANG BEIHAI: Quizá. Pero todavía no ha fracasado.

COMANDANTE DE LA FLOTA: El combustible de fusión de *Selección natural* se encuentra solo a un quinto de su capacidad.

ZHANG BEIHAI: Pero debía actuar de inmediato. No iba a tener ninguna otra oportunidad.

COMANDANTE DE LA FLOTA: Me refiero a que ahora solo habrá podido acelerar a un uno por ciento de la velocidad de la luz. No puede consumir demasiado combustible porque los sistemas de soporte vital de la nave deben disponer de la energía necesaria para operar durante un período de tiempo que podría ser de unas pocas décadas, o varios siglos. Pero a esa velocidad, la fuerza que le persigue le alcanzará pronto.

ZHANG BEIHAI: Sigo controlando *Selección natural*.

COMANDANTE DE LA FLOTA: Cierto. Y, por supuesto, comprende nuestra preocupación. La persecución le forzará a seguir acelerando, gastando combustible hasta que el sistema de soporte vital falle y *Selección natural* se convierta en una nave muerta a casi el cero absoluto. Es por eso que por ahora los que le persiguen no se acercarán a *Selección natural*. Confiamos en que el comandante y los soldados a bordo resolverán los problemas de su propia nave de guerra.

ZHANG BEIHAI: Yo también estoy convencido de que todos los problemas se resolverán. Cargaré con mi responsabilidad, pero sigo creyendo firmemente que *Selección natural* avanza en la dirección correcta.

Cuando Luo Ji despertó de golpe, reconoció algo más que había persistido desde el pasado: los petardos. Amanecía y bajo las primeras luces de la mañana el desierto brillaba de color blanco al otro lado de la ventana, iluminado por estallidos de petardos y fuegos artificiales. A continuación, alguien llamó a la puerta. Sin esperar respuesta, Shi Xiaoming la abrió y entró a toda prisa. Tenía el rostro enrojecido por la emoción y animó a Luo Ji a ver las noticias.

Luo Ji solo veía la televisión de vez en cuando. Desde su llegada a Pueblo Nueva Vida #5, había vuelto a una existencia en el pasado. Para él era una sensación valiosa tras el impacto de enfrentarse a la nueva época después de la reanimación, y no quería alterarla con información sobre el presente. Se pasaba la mayor parte del día sumergido en los recuerdos de Zhuang Yan y Xia Xia. Había presentado todo el papeleo necesario para la reanimación, pero como era el gobierno el que controlaba a los hibernados, tendría que esperar todavía dos meses.

El reportaje televisivo decía:

> Hace cinco horas, el telescopio Ringier-Fitzroy observó una vez más a la flota trisolariana cruzar una nube de polvo interestelar. Es la séptima vez desde su lanzamiento hace dos siglos que la flota se manifestaba de ese modo, aunque había perdido su formación rigurosa y la figura de brocha al pasar por la primera nube era ya irreconocible. Pero al igual que la segunda vez, se observó una cerda adelantándose. En esta ocasión era diferente, ya que la forma de la trayectoria indicaba que no se trataba de una sonda sino de una de las naves de guerra de la flota. Al haber completado las fases de aceleración y crucero de su viaje al Sistema Solar, quince años atrás se observó cómo algunas naves de la flota trisolariana desaceleraban. Hace diez años, la mayoría reducían su velocidad. Ahora está claro que esta nave en concreto jamás redujo su velocidad. Es más, a juzgar por su trayectoria a través de la nube de polvo, se ve que sigue acelerando. Dada su aceleración actual, podría llegar al Sistema Solar medio siglo antes que el resto de la flota.

En caso de tratarse de una invasión, sería un suicidio que una solitaria nave se internara en el territorio del Sistema Solar al alcance del poderoso armamento de la flota. Por tanto, la única conclusión posible era que venía a negociar. Las observaciones de la flota trisolariana a lo largo de dos siglos habían determinado la aceleración máxima de cada nave, y las proyecciones indicaban que esa nave avanzada no podría desacelerar lo suficiente, por lo que al cabo de ciento cincuenta años atravesaría el Sistema Solar. Aquello solo dejaba dos posibilidades: la primera era que los trisolarianos querían que la Tierra ayudase con la desaceleración. Pero lo más probable era que, al pasar por el Sistema Solar, liberaría una nave más pequeña que desaceleraría con más facilidad y traería a la delegación negociadora de los trisolarianos.

—Pero si quisiesen negociar, ¿no lo notificarían a la humanidad vía sofón? —preguntó Luo Ji.

—¡Eso resulta fácil de explicar! —respondió Shi Xiaoming, emocionado—. Es una forma de pensar diferente. Los trisolarianos tienen mentes totalmente transparentes, ¡así que imaginan que ya sabemos lo que están pensando!

No era una explicación muy convincente, pero Luo Ji compartió le emoción de Shi Xiaoming mientras el sol se elevaba en el exterior.

Cuando hubo salido definitivamente, el júbilo llegó a su punto álgido. Ese lugar no era más que una pequeña esquina del mundo, y el centro de la actividad se encontraba en las ciudades subterráneas, donde la gente salía de los árboles y ocupaba calles y plazas con sus ropas ajustadas a su máximo brillo para crear un reluciente mar de luz. En las bóvedas se veían fuegos artificiales virtuales, y, en ocasiones, un estallido colorista cubría todo el cielo igualando con su luz la del sol.

Siguieron llegando noticias. Al principio el gobierno se mostró cauteloso y los portavoces afirmaron una y otra vez que no había pruebas concluyentes que demostrasen que los trisolarianos querían negociar. Pero al mismo tiempo, Naciones Unidas y la Asamblea Conjunta de la Flota Solar convocaron una cumbre de urgencia para formular las estrategias sobre los procedimientos y términos de la negociación...

En Pueblo Nueva Vida #5, un breve interludio dividió la fiesta: un legislador de la ciudad vino a dar un discurso. Era un defensor fanático del llamado Proyecto Radiante y aprovechaba la oportunidad para ganarse el apoyo de los hibernados.

El Proyecto Radiante era una propuesta de Naciones Unidas cuyo punto principal decía que, en caso de victoria de la humanidad en la batalla del Día del Juicio Final, a los trisolarianos derrotados se les debería ceder espacio en el Sistema Solar. Había varias versiones del proyecto. El Plan Mínimo de Supervivencia establecía a Plutón, Caronte y las lunas de Neptuno como reserva trisolariana que solo admitiría a los que estuviesen a bordo de las naves trisolarianas derrotadas. En esas reservas las condiciones de vida serían muy duras y para su subsistencia deberían recurrir a la energía de fusión y el apoyo de la sociedad humana. El Plan Máximo de Supervivencia usaría Marte para los trisolarianos y con el tiempo admitiría a todos los inmigrantes trisolarianos, además de a los miembros de la flota. Así pues, concedería a la civilización trisolariana las mejores condiciones de vida del Sistema Solar aparte de la Tierra. Las otras versiones encajaban más o menos entre esas dos, pero también había algunas más extremas, tal como aceptar a los trisolarianos en la sociedad terrestre. El Proyecto Radiante había ganado un amplio apoyo en Coalición Tierra y Coalición Flota, y ya se habían iniciado la planificación y los estudios iniciales, con muchas fuerzas no gubernamentales de ambas coaliciones defendiéndolo. Sin embargo, había encontrado una resistencia feroz en la comunidad de hibernados, que incluso habían creado un nombre para los que apoyaban el proyecto: «Dongguo», por el estudioso de tierno corazón de la famosa fábula que cometía el error de salvar la vida de un lobo que luego pretendía devorarle.

En cuanto empezó a hablar, el legislador se enfrentó a la extrema resistencia del público, que le lanzó tomates. Agachándose, dijo:

—Me gustaría recordarles que tras el Segundo Renacimiento vivimos en una era humanitaria. Se concede el máximo respeto a la vida y la civilización de todos los pueblos. Ustedes mismos disfrutan de la luz de esta época, ¿no es así? En la sociedad moderna, los hibernados disfrutan de ciudadanía en total igualdad y no sufren ningún tipo de discriminación. Es un principio que reconoce la Constitución y la Ley, pero lo que es más importante, está también presente en el corazón de todos. Confío en que lo aprecien en su justa medida. Trisolaris es también una gran civilización. La sociedad humana debe reconocer su derecho a la existencia. El Proyecto Radiante no es un acto de caridad. ¡Es reconocer y manifestar los valores mismos de la humanidad! Si nosotros... eh, imbéciles. ¡Centraos en el trabajo!

Eso último se lo había gritado a su equipo, que estaba muy atareado recogiendo los tomates del suelo; después de todo, eran muy caros en el subsuelo. Al darse cuenta de lo que pasaba, los hibernados se pusieron también a lanzar pepinos y patatas al escenario. Y así un enfrentamiento menor se resolvió en medio del regocijo mutuo.

A mediodía, hubo festines en todas las casas. Sobre la hierba dispusieron productos agrícolas naturales para la gente de ciudad que había venido a unirse a la diversión, incluyendo al legislador señor Dongguo y su séquito. Las festividades, con sus dosis de alcohol, se extendieron toda la tarde hasta la puesta de sol, que ese día fue excepcionalmente hermosa. Bajo el sol rojo y anaranjado, las planicies de arena del exterior del poblado tenían un aspecto cremoso y delicado. Las dunas redondeadas parecían los cuerpos de mujeres dormidas...

Por la noche, cuando empezaban a sentirse cansados, una noticia adicional llevó las emociones a nuevos máximos: ¡Coalición Flota había tomado la decisión de combinar las naves de guerra de tipo estelar de la Flota Asiática, la Flota Europea y la Flota Norteamericana en una única flota de 2.015 naves para salir al unísono e interceptar a la sonda trisolariana en su tránsito por la órbita de Neptuno!

La noticia llevó la fiesta hasta nuevos niveles y los fuegos artificiales llenaron el cielo nocturno. Pero también provocó desdén y burla.

—¿Movilizar dos mil naves de guerra por una diminuta sonda?

—¡Es como usar dos mil cuchillos de carnicero para matar a un pollo!

—¡Así es! ¡Dos mil cañones para darle a un mosquito! ¡No son tan resistentes!

—Eh, todos deberíamos ser más comprensivos con Coalición Flota. Ya sabéis, puede que sea su única oportunidad para luchar contra Trisolaris.

—Cierto. Si a esto se le puede llamar luchar.

—Está bien. Hay que pensarlo como un desfile militar para la humanidad. Veamos de qué es capaz la superflota. ¡Dará un susto de muerte a los trisolarianos! Tendrán tanto miedo que ni podrán orinar. Si orinan.

Siguieron unas risas.

Cerca de medianoche llegaron más noticias: ¡la flota combinada había salido de la base de Júpiter! Se informó a los espectadores que la flota era visible en el cielo meridional. Al oírlo, muchos se tranquilizaron por primera vez y buscaron a Júpiter en el cielo. No resultó fácil, pero con la guía de los expertos que salían en la televisión pronto localizaron el planeta en el sudoeste. Para entonces, la luz de la flota combinada se movía en la dirección de la Tierra desde una distancia de cinco unidades astronómicas. Cuarenta y cinco minutos más tarde, el brillo de Júpiter se incrementó de pronto, superando a Sirio, para convertirse en el objeto más brillante del cielo nocturno. A continuación, una estrella muy intensa se separó de Júpiter, como el alma que abandona su cuerpo. El planeta regresó paso a paso a su brillo original mientras la estrella se alejaba lentamente. Había sido el lanzamiento de la flota combinada.

Casi al mismo tiempo llegaron a la Tierra imágenes en directo de la base de Júpiter. La gente pudo presenciar en televisión la súbita aparición de dos mil soles en medio de la negrura del espacio. Allí, épicamente destacada frente a la eterna noche del espacio, la definida formación rectangular hizo que todos pensasen lo mismo: «Dios dijo, hágase la luz, y la luz se hizo.» Era como si Júpiter y sus lunas se hubiesen incendiado bajo la intensidad de esos dos mil soles. La atmósfera del planeta, ionizada por la radiación, produjo rayos que ocuparon todo el hemisferio que daba a la flota, cubriéndolo con una gigantesca capa de luz eléctrica.

La flota aceleró sin alterar la formación, su rotundidad tapando el sol, y luego avanzó, majestuosa, hacia el espacio con la potencia de un trueno, declarando ante el universo la dignidad e invencibilidad de la especie humana. El espíritu humano, reprimido desde la aparición dos siglos antes de la flota trisolariana, por fin se había liberado. En ese momento, todas las estrellas de la galaxia contuvieron su luz, y la humanidad y Dios avanzaron con orgullo hacia el universo como si fuesen uno.

Lloraron y vitorearon, y muchos lanzaron potentes aullidos. Nunca en la historia se había dado un momento similar en el que todos se sentían afortunados de ser miembros de la misma especie.

Pero algunos conservaron la calma. Y entre ellos, Luo Ji. Al examinar la multitud se dio cuenta de que alguien más se mantenía sereno: Shi Qiang estaba solo, apoyado contra el lateral de un gigantesco televisor holográfico, fumando y observando la fiesta con indiferencia.

Luo Ji se le acercó y preguntó:

—¿Qué...?

—Ah, colega. Tengo un deber que cumplir. —Señaló a la entusiasta multitud—. La alegría extrema se convierte fácilmente en pena y este es el mejor caldo de cultivo para los problemas. Como con el señor Dongguo esta mañana. Si no se me hubiese ocurrido a tiempo lo de los tomates, habrían usado piedras.

Hacía poco que habían nombrado a Shi Qiang jefe de policía de Pueblo Nueva Vida #5. Para los hibernados, resultaba un poco extraño el hecho de que alguien que pertenecía a la Flota Asiática, alguien que ya no era ciudadano chino, recibiese un puesto oficial en el gobierno nacional. Sin embargo, los ciudadanos habían alabado unánimemente su labor.

—Además, no soy de los que se dejan llevar —añadió dándole una palmada entre los hombros a Luo Ji—. Ni tú tampoco, colega.

—No, no me dejo llevar —admitió Luo Ji—. Siempre buscaba la gratificación instantánea. El futuro no me importaba, a pesar de que durante un tiempo estuve obligado a ser un mesías. Quizá mi estado actual sea una compensación por todo el daño que me causó esa situación. Me voy a la cama. Lo creas o no, Da Shi, esta noche podré dormir sin problemas.

—Vete a hablar con tu colega que acaba de llegar. Para él, la victoria de la humanidad puede que no sea tan buena noticia.

A Luo Ji el comentario le pilló por sorpresa. Miró al hombre que Shi Qiang le indicaba y le sorprendió descubrir al antiguo vallado Bill Hines. Tenía el rostro ceniciento y parecía encontrarse en estado de trance. Había estado de pie no lejos de Shi Qiang y no se había percatado de la presencia de Luo Ji. Cuando se abrazaron para saludarse, Luo Ji sintió un cuerpo débil y tembloroso.

—He venido a verte —le dijo a Luo Ji—. Solo nosotros, la basura de la historia, nos comprendemos. Pero ahora temo que ni siquiera tú me comprendas.

—¿Qué hay de Keiko Yamasuki?

—¿Recuerdas la sala de meditación del edificio de la Asamblea General de Naciones Unidas? —preguntó Hines—. Nunca había nadie. Solo pasaba algún turista de vez en cuando... ¿Recuerdas el trozo de hierro? Allí realizó el *seppuku*.

—Oh...

—Me maldijo antes de morir. Me dijo que mi vida sería peor que la muerte, porque estoy mancillado por el precinto mental del derrotismo justo cuando la humanidad sale victoriosa. Tenía razón. Ahora sufro mucho dolor. Por supuesto, me alegra la victoria, pero a mí me resulta imposible creerla. Es como si tuviese a dos gladiadores peleándose en mi mente. Creer que el agua se podía beber era mucho más fácil.

Después de que acomodasen a Hines en una habitación, Luo Ji regresó a su cuarto y se quedó dormido de inmediato. Volvió a soñar con Zhuang Yan y la niña. Cuando despertó, el sol entraba por la ventana y en el exterior la fiesta seguía.

Selección natural volaba a un uno por ciento de la velocidad de la luz siguiendo una ruta entre Júpiter y la órbita de Saturno. Detrás, el sol ahora era pequeño, aunque todavía era la estrella más brillante, mientras que, por delante, la Vía Láctea relucía con un brillo todavía mayor. La nave iba más o menos en dirección a la constelación del Cisne, pero dadas las extensiones del espacio, su velocidad resultaba imperceptible. Para un observador cercano hubiera sido como si *Selección natural* estuviese suspendida en el espacio. De hecho, desde su punto de vista, todo el movimiento habría desaparecido del universo, dejando a la nave en un estado aparentemente estático, con la Vía Láctea por delante y el sol por detrás. El tiempo parecía haberse detenido.

—Ha fracasado —le dijo Dongfang Yanxu a Zhang Beihai. Toda la tripulación, excepto ellos dos, seguía en el estado de sueño abisal.

Zhang Beihai seguía encerrado en el interior de la esfera, y Dongfang Yanxu, sin poder entrar, debía hablarle por medio del sistema de comunicación. A través de la sección transparente del mamparo podía ver al hombre que había secuestrado la nave de guerra más potente de la humanidad flotar tranquilamente en el centro del espacio, con la cabeza gacha, concentrado en escribir en un cuaderno. Frente a él, el interfaz mostraba que la nave se encontraba a la espera de impulso cuatro, lista para partir si pulsaba un botón. Varios pegotes de líquido para la aceleración abisal flotaban a su alrededor, el que no se había evacuado. Se le había secado el uniforme, pero las arrugas le hacían parecer mayor.

Él la obvió y siguió escribiendo con la cabeza gacha.

—Nuestros perseguidores se encuentran a solo 1,2 millones de kilómetros —dijo.

—Lo sé —dijo sin levantar la vista—. Tuvo razón en mantener a toda la nave en el estado abisal.

—Era necesario. En caso contrario, los oficiales y soldados habrían atacado la cabina. Y si usted llevase a *Selección natural* a impulso cuatro, los mataría a todos. Por eso la fuerza de persecución no se acerca.

Zhang Beihai no dijo nada. Siguió escribiendo tras pasar la página.

—No lo haría, ¿verdad? —preguntó en voz baja.

—Jamás imaginé que llegaría a hacer algo así. —Dejó de hablar unos segundos y añadió—: Las personas de nuestra época tenemos una forma propia de pensar.

—Pero no somos enemigos.

—No hay camaradas y enemigos permanentes, solo el deber permanente.

—En ese caso, su pesimismo con respecto a la guerra carece totalmente de fundamento. Trisolaris acaba de dar señales de querer hablar y la flota solar combinada ha salido a interceptar la sonda. El conflicto acabará con la victoria de la humanidad.

—He visto las noticias...

—¿Y, sin embargo, insiste en el derrotismo y el Escapismo?

—Así es.

Dongfang Yanxu hizo un gesto de frustración.

—Su forma de pensar es, en efecto, muy diferente a la nuestra. Por ejemplo, desde el principio sabía que su plan no saldría bien, porque *Selección natural* solo tiene un quinto de combustible y la atraparán con toda seguridad.

Zhang Beihai dejó el lápiz y la miró con expresión calmada.

—Somos soldados, pero ¿sabe cuál es la mayor diferencia entre los soldados de mi época y los actuales? Ustedes deciden sus acciones según los resultados posibles. Pero nosotros debemos cumplir con nuestro deber independientemente del resultado. Era mi única oportunidad, así que la aproveché.

—Lo dice para consolarse.

—No. Es parte de mi naturaleza. No espero que lo comprenda, Dongfang. Después de todo, nos separan dos siglos.

—Bien, ha cumplido con su deber, pero su empresa escapista no tiene ninguna posibilidad. Ríndase.

Zhang Beihai le sonrió y volvió a mirar al cuaderno.

—Todavía no es el momento. Debo escribir todo lo que he vivido. Es preciso apuntar todo lo sucedido durante doscientos años para que durante los dos próximos siglos pueda ser de ayuda a algunas mentes serenas.

—Puede dictarle al ordenador.

—No, estoy acostumbrado a escribir a mano. El papel perdura más que un ordenador. No se preocupe. Aceptaré toda la responsabilidad.

Ding Yi miró por la amplia portilla de *Cuántica*. Aunque la pantalla holográfica de la cabina esférica ofrecía mejor visión, seguía prefiriendo mirar las cosas con sus propios ojos. Lo que vio es que se encontraba situado en un plano enorme compuesto por dos mil pequeños y deslumbrantes soles, cuya luz parecía encender su pelo gris. Se había familiarizado con esa visión en los días anteriores al lanzamiento a la flota combinada, pero su grandeza le conmovía siempre que la observaba. La configuración adoptada por la flota no era una simple cuestión de demostrar fuerza o majestuosidad. En la configuración tradicional naval de columnas escalonadas, la radiación producida por el motor de una de las naves afectaría a las naves que tuviese detrás. Adoptando esta formación rectangular, las naves estaban separadas por unos veinte kilómetros. A pesar de que cada una de ellas tenía de media tres o cuatro veces el tamaño de un portaaviones naval, vistas desde la distancia eran casi puntos. Solo el resplandor del motor de fusión en el espacio demostraba su existencia.

La flota combinada había adoptado una formación densa, una que solo antes se había usado en revistas de la flota. En una formación normal, las naves habrían estado espaciadas a unos trescientos o quinientos kilómetros, así que veinte kilómetros de separación era casi como navegar casco contra casco en el océano. Muchos de los generales de las tres flotas estaban en desacuerdo con dicha formación, pero las formaciones convencionales tenían muchos problemas. Primero, estaba la cuestión de ser justos en las oportunidades de batalla. Si se acercasen a la sonda en una formación estándar, entonces las naves en los límites se habrían encontrado a decenas de miles de kilómetros del objetivo una vez que la formación hubiese alcanzado la distancia mínima. Si se producía algún combate, se habría considerado que un buen número de naves no habrían participado en él, lo que no les dejaría nada en los libros de historia excepto una decepción eterna. Pero era imposible dividir las tres flotas en formaciones menores al no poder coordinar cuál de ellas ocuparía la posición más ventajosa dentro de la formación global. Así que esta debía ser lo más densa posible, una formación de revista que colocaba a todas las naves a distancia de combate de la sonda. Una segunda razón para seleccionar esa formación era que tanto Coalición Flota como Naciones Unidas ansiaban obtener imágenes impactantes, no tanto para los trisolarianos como para ofrecer a las masas algo que mirar. Para los dos grupos, el impacto visual era de una importancia política enorme. Con la fuerza principal del enemigo todavía a dos años luz de distancia, la formación densa no ofrecía ningún peligro.

Cuántica se encontraba en la esquina de la formación, lo que permitía a Ding Yi observar la mayor parte de la flota. Al pasar la órbita de Saturno, todos los motores de fusión se habían vuelto hacia la dirección de avance y la flota había iniciado la desaceleración. Ahora, a medida que la flota se acercaba a la sonda trisolariana, su velocidad era negativa: se movía hacia el sol mientras acortaba la distancia que la separaba del objetivo.

Ding Yi se llevó una pipa a los labios. Como en esa época no había tabaco suelto, se trataba simplemente de una pipa vacía que le colgaba de los labios; los sabores persistentes del tabaco de hacía dos siglos ya eran lejanos y poco definidos, como un recuerdo del pasado.

Le habían reanimado siete años antes y desde entonces había dado clases en el Departamento de Física de la Universidad de Pekín. El año anterior había solicitado a la flota ser una de las personas que examinarían de cerca la sonda trisolariana una vez que fuese interceptada. Aunque Ding Yi era un hombre que disfrutaba de mucha estima, rechazaron su petición. Declaró que, en ese caso, se suicidaría frente a los tres comandantes de las flotas. Entonces le dijeron que se lo pensarían. De hecho, escoger a la primera persona que entraría en contacto con la sonda era un problema complicado, al convertirse en el primer contacto con Trisolaris. Según el principio de imparcialidad que debía regir la interceptación, ninguna de las tres flotas podría tener ese honor por sí sola, pero mandar un representante de cada una ofrecía problemas operativos y podría complicar las cosas. Así que el encargado de la misión debía ser alguien que no perteneciese a Coalición Flota. Ding Yi era de forma natural el candidato más adecuado, aunque otra razón implícita había inclinado la balanza: ni Coalición Flota ni Coalición Tierra tenían la más mínima confianza en obtener la sonda, porque era casi totalmente seguro que se autodestruiría durante o tras la interceptación. Antes de que eso sucediese, era clave realizar observaciones cercanas y mantener contacto si deseaban obtener la mayor cantidad posible de datos. Como descubridor del macroátomo e inventor de la fusión controlada, el veterano físico estaba más que cualificado para la misión. En cualquier caso, la vida de Ding Yi le pertenecía a él, y a los ochenta y tres años, sus cualificaciones le daban el poder de hacer lo que quisiera.

En la reunión final del mando de *Cuántica* antes del inicio de la interceptación, Ding Yi vio una imagen de la sonda trisolariana. Las tres flotas habían enviado tres naves de seguimiento para sustituir a *Sombra azul* de Coalición Tierra. Habían obtenido una imagen a quinientos kilómetros del objetivo, lo más cerca que una nave humana había estado de la sonda. Esta tenía el tamaño esperado, 3,5 metros de largo, y al verla, Ding Yi tuvo la misma impresión que todos los demás: parecía una gotita de mercurio. La sonda tenía una forma perfecta de lágrima, redondeada en la parte delantera y afilada en la cola, con una superficie tan lisa que lo reflejaba todo. La Vía Láctea se reflejaba en su superficie como un patrón delicado de luz que confería una belleza absoluta a la gotita de mercurio. La forma de gota resultaba tan natural que los observadores la imaginaban en estado líquido, por lo que cualquier estructura interna era imposible.

Ding Yi guardó silencio tras ver las imágenes de la sonda. No habló durante la reunión y mantuvo una expresión abatida.

—Maestro Ding, da la impresión de que algo le abruma —comentó el capitán.

—Me inquieta —susurró, y usó la pipa para indicar la gota holográfica.

—¿Por qué? Parece una obra de arte inofensiva —dijo un oficial.

—Y es por eso que me inquieta —replicó Ding Yin, agitando la cabeza gris—. Tiene el aspecto de una obra de arte, no de una sonda interestelar. No es buena señal cuando algo se aleja tanto de nuestros conceptos mentales.

—Es curiosa, sí. La superficie está sellada por completo. ¿Dónde está la tobera del motor?

—Y, sin embargo, enciende su motor. Es algo que hemos visto. Al encenderse por segunda vez, *Sombra azul* no estaba lo suficientemente cerca como para capturar una imagen a tiempo, así que no sabemos por dónde sale la luz.

—¿Qué masa tiene? —preguntó Ding Yi.

—Ahora mismo no disponemos de un valor exacto. Una estimación inicial, obtenida empleando instrumentos gravitatorios de gran precisión, indica que menos de diez toneladas.

—En ese caso al menos no está fabricada con materia de una estrella de neutrones.

El capitán interrumpió la discusión de los oficiales y siguió con la reunión. Le dijo a Ding Yi:

—Maestro Ding, voy a contarle cómo ha planeado la flota su visita. Después de que la nave autónoma complete la captura del objetivo y realice una observación durante un tiempo, si no se encuentra nada fuera de lo común, usted entrará en la nave de captura por medio de un transbordador y realizará observaciones de cerca. No puede permanecer más de quince minutos. Esta es la mayor Xizi. Será la representante de la Flota Asiática y le acompañará mientras realiza su examen.

Una joven oficial saludó a Ding Yi. Al igual que las otras mujeres de la flota, era alta y esbelta, la personificación de la Nueva Humanidad Espacial.

Dando apenas un vistazo a la mayor, Ding Yi se volvió hacia el capitán.

—¿Por qué debe acompañarme alguien? ¿No puedo ir solo?

—Claro que no, señor. No está usted familiarizado con el entorno espacial y requerirá ayuda durante todo el proceso.

—En ese caso, prefiero no ir. No es necesario que nadie me siga hasta... —dejó de hablar sin decir «la muerte».

El capitán habló:

—Maestro Ding, es cierto que se trata de una empresa peligrosa, pero no del todo. Si la sonda se autodestruye, lo más probable es que eso suceda durante la interceptación. Es muy poco probable que se autodestruya dos horas después, siempre que el proceso de examen no emplee instrumentos destructivos.

De hecho, la principal razón de Coalición Tierra y Coalición Flota para enviar a un humano a la sonda no era la inspección. Cuando el mundo vio la sonda por primera vez, a todos les cautivó su espléndido exterior. La gota de mercurio era tan hermosa, de una forma tan simple pero tan magistralmente ejecutada, con cada punto de su superficie justo donde debería estar. Poseía un dinamismo grácil, como si en cada momento estuviese goteando sin pausa en la noche cósmica. Uno diría que incluso si los artistas humanos probasen con todas las superficies cerradas lisas, jamás lograrían recrear la de la sonda. Trascendía toda posibilidad. Ni siquiera en la República de Platón moraba una forma tan perfecta: más recta que la línea más recta, más circular que un círculo perfecto, un delfín espejado que saltaba desde el mar de los sueños, la cristalización de todo el amor del universo... La belleza siempre es prueba de bondad, por lo que, si el universo contenía una demarcación definida entre lo bueno y lo malo, este objeto se encontraba claramente en el lado de lo bueno.

Por tanto, una hipótesis se manifestó con rapidez. Era bien posible que el objeto ni siquiera fuese una sonda. Posteriores observaciones confirmaron la hipótesis hasta cierto punto. En primer lugar, su exterior, la superficie tan lisa, que era un reflector total. La flota usó una enorme cantidad de equipo para realizar un experimento con la sonda: irradiaron toda su superficie con ondas electromagnéticas de alta frecuencia en distintas longitudes de onda y midieron la reflectancia. Para su sorpresa, descubrieron que la reflectancia era prácticamente del cien por cien en todas las frecuencias, incluyendo la luz visible. No detectaron ningún tipo de absorción. Es decir, la sonda era incapaz de detectar ondas de alta frecuencia o, expresado de forma más simple, estaba ciega. Un diseño ciego debía tener su sentido. La explicación más razonable era que se trataba de un gesto de buena voluntad de Trisolaris a la humanidad, manifestado como un diseño que no servía para nada y una forma hermosa. Una aspiración sincera de paz.

Así que la sonda recibió un nuevo nombre inspirado por su forma: «la gota». Tanto en la Tierra como en Trisolaris el agua era la fuente de la vida y un símbolo de paz.

La opinión pública exigía que el primer contacto con la gota lo realizase una delegación formal, en lugar de una expedición compuesta por un físico y tres oficiales. Pero después de valorar la idea, Coalición Flota decidió seguir con el plan original.

—¿No podríamos al menos poner a otra persona? Que esta joven... —dijo Ding Yi, señalando a Xizi.

Xizi le sonrió y dijo:

—Maestro Ding, soy la oficial científica de *Cuántica*. En nuestros viajes me ocupo de las expediciones científicas fuera de la nave. Este es mi trabajo.

—Y las mujeres conforman la mitad de la flota —añadió el capitán—. Le acompañarán tres personas. Las otras dos son oficiales científicos enviados por las Flotas Europea y Norteamericana. Vendrán pronto. Maestro Ding, déjeme que me repita: obedeciendo la decisión de la Asamblea Conjunta de la Flota Solar, usted debe ser el primero en establecer contacto directo con el objetivo. Solo entonces se les permitirá a los otros establecer contacto.

—No tiene sentido. —Ding Yi volvió a agitar la cabeza en un gesto de negación—. La humanidad no ha cambiado en nada. Siempre persiguiendo la vanidad... Pero bien, les garantizo que cumpliré sus deseos. Lo único que quiero es echar un vistazo, solo eso. Lo que realmente me interesa es la teoría que hay detrás de esa supertecnología. Pero me temo que esta vida...

El capitán flotó para colocarse a su lado y habló con preocupación.

—Maestro Ding, ya puede ir a descansar. Pronto se iniciará la interceptación y debe conservar las energías antes de partir.

Ding Yi alzó la vista y miró al capitán. Durante un segundo no fue consciente de que la reunión continuaría después de su partida. Luego volvió a mirar la imagen de la gota, viendo que la cabeza redonda reflejaba una fila regular de luces que se iba deformando gradualmente hacia la parte posterior, combinándose con el patrón reflejado de la Vía Láctea. Era la flota. Volvió a mirar a los mandos de *Cuántica* que flotaban frente a él. Eran tan jóvenes... Tenían un aspecto tan noble y perfecto, desde el capitán a los tenientes, y sus ojos manifestaban tal sabiduría divina... El vidrio que se oscurecía por sí solo teñía de oro la luz de la puesta de sol que entraba por las portillas, dotando a los presentes de un tono dorado. Detrás de ellos flotaba la imagen de la gota como un símbolo plateado y sobrenatural, dotando a ese lugar de una sensación trascendente, convirtiéndoles en un grupo de dioses en lo alto del Olimpo...

Algo se agitó en su interior.

—Maestro Ding, ¿desea añadir algo más? —preguntó el capitán.

—Hum, me gustaría decir... —agitó las manos aleatoriamente y la pipa flotó en el aire—. Me gustaría decir que vosotros, niños, os habéis portado muy bien conmigo durante los últimos días...

—Es usted el hombre al que más admiramos —afirmó un oficial de puente.

—Oh... así que hay algunas cosas que me gustaría decir. No son más que... las tonterías de un viejo. No las tenéis que tomar en serio. De todas formas, niños, como alguien que ha atravesado dos siglos, he vivido algo más que vosotros... Por supuesto, como he dicho, no hay que tomárselo en serio...

—Maestro Ding, si tiene algo que decir, dígalo sin más. De veras que nuestro respeto por usted no podría ser mayor.

Ding asintió lentamente. Luego señaló hacia arriba.

—Si esta nave debe pasar a la máxima aceleración, todos debéis... sumergiros en un líquido.

—Así es. El estado abisal.

—Sí, cierto. El estado abisal —Ding Yi vaciló una vez más y reflexionó un momento antes de seguir hablando—: Cuando salgamos a realizar nuestro examen, ¿podría esta nave, *Cuántica*, pasar al estado abisal?

La sorpresa hizo que los oficiales se mirasen unos a otros. Habló el capitán:

—¿Por qué?

Ding Yi se puso a agitar las manos otra vez. Bajo la luz de la flota su pelo canoso brillaba. Como había comentado alguien cuando subió a bordo por primera vez, se parecía bastante a Einstein.

—Hum... bien, como mínimo no tendría nada de malo hacerlo, ¿no? Ya sabéis que tengo un mal presentimiento.

Tras hablar, guardó silencio observando el infinito. Al final alargó la mano, atrapó la pipa en el aire y se la guardó en el bolsillo. Sin despedirse operó con torpeza el cinturón superconductor para flotar hacia la puerta bajo la mirada atenta de los oficiales.

Cuando casi había salido, se giró lentamente.

—Niños, ¿sabéis a qué me he dedicado durante estos años? He enseñado Física en una universidad y he dirigido tesis doctorales. —Una sonrisa inescrutable se manifestó en su cara al mirar a la galaxia... una sonrisa, vieron los oficiales, con cierto tono de tristeza—. Niños, un hombre de hace dos siglos todavía puede enseñar física universitaria hoy en día.

Dicho lo cual se giró y se fue.

El capitán quiso hablarle, pero al haberse ido no dijo nada. Se quedó reflexionando. Algunos oficiales miraron la gota, pero muchos observaron al capitán.

—Capitán, no se lo va a tomar en serio, ¿verdad? —dijo un teniente.

—Se trata de un científico sabio, pero sigue siendo un hombre de la antigüedad. Sus ideas sobre cuestiones modernas siempre son... —añadió alguien más.

—Pero la humanidad no ha avanzado nada en su campo. Sigue encajonada en el nivel de su tiempo.

—Se refería a la intuición. Creo que su intuición debe haber descubierto algo —afirmó un oficial con voz cargada de respeto.

—Además... —soltó Xizi. Pero al mirar al resto de los oficiales, de mayor graduación que ella, se tragó el resto.

—Mayor, por favor, siga —le dijo el capitán.

—Además, como dijo él mismo, no tiene nada de malo hacerlo.

—Considerémoslo de esta forma —intervino un oficial—. Según el plan de batalla actual, si la captura falla y la gota escapa inesperadamente, entonces la flota solo puede enviar cazas como fuerza de persecución. Pero la persecución a larga escala solo la pueden realizar naves de clase estelar, por lo que la flota debería tener naves de guerra preparadas. Es un aspecto que el plan no contempla.

—Informemos a la flota —dijo el capitán.

La aprobación de la flota no se hizo esperar: cuando el equipo de contacto saliese, *Cuántica* y la nave de guerra vecina *Edad de bronce* entrarían en el estado abisal.

Para realizar la captura de la gota, la formación de la flota se mantuvo a una distancia de mil kilómetros del objetivo, una cifra a la que habían llegado tras realizar cuidadosos cálculos. Se habrían ofrecido distintas hipótesis sobre la forma en que la gota podría autodestruirse, pero sería la autodestrucción por antimateria la que liberaría la mayor cantidad de energía. Dado que la gota poseía una masa de unas diez toneladas, el mayor estallido energético que había que considerar era el resultante de la aniquilación de cinco toneladas de materia con cinco toneladas de antimateria. Tal combinación, de producirse en la Tierra, bastaría para destruir toda la vida en la superficie del planeta. Pero en el espacio la energía se liberaría completamente en forma de radiación luminosa. En el caso de las naves de guerra de clase estelar, con sus enormes protecciones contra la radiación, mil kilómetros era suficiente para garantizar un buen margen de seguridad.

La captura la realizaría *Mantis*, una pequeña nave no tripulada que se había usado para recoger muestras minerales en el cinturón de asteroides. Su característica clave era un brazo robot extra-largo.

Al iniciarse la operación, *Mantis* cruzó la línea de quinientos kilómetros establecida por la anterior nave de seguimiento y se acercó lentamente al objetivo, volando despacio y deteniéndose durante varios minutos cada cincuenta kilómetros de forma que el complejo sistema de detección omnidireccional pudiese realizar un análisis exhaustivo del objetivo. Solo avanzaba tras verificarse que no sucedía nada anormal.

La flota combinada, situada a mil kilómetros de distancia, había igualado la velocidad de la gota y la mayoría de las naves de guerra habían apagado los motores de fusión para derivar en silencio por el abismo del espacio, mientras sus gigantescos cascos metálicos reflejaban la débil luz del sol. Eran como ciudades espaciales abandonadas, el conjunto como un silencioso y prehistórico Stonehenge. Mientras *Mantis* realizaba su corto viaje, los 1,2 millones de personas de la flota contenían la respiración.

Las imágenes de lo que veía la flota viajaban a la velocidad de la luz para llegar tres horas después a la Tierra, donde eran a su vez transmitidas a los ojos de tres mil millones de personas que también contenían el aliento. El mundo humano había cesado toda su actividad. De entre los grandes árboles habían desaparecido los coches voladores y la quietud se había adueñado de las metrópolis subterráneas. Incluso la red de información global, tan atareada desde su nacimiento tres siglos antes, quedó vacía. La mayor parte de la transmisión de datos eran imágenes que llegaban desde veinte unidades astronómicas de distancia.

El avance entrecortado de *Mantis* necesitó media hora para recorrer una distancia que en el espacio apenas era un paso. Finalmente, quedó colgada a cincuenta metros del objetivo. Ahora resultaba posible ver la imagen distorsionada de *Mantis* reflejada en la superficie azogada de la gota. Los múltiples instrumentos de la nave iniciaron un análisis cercano del objeto, confirmando primero observaciones anteriores: la temperatura superficial de la gota era todavía menor que la del espacio circundante, muy cerca del cero absoluto. Los científicos habían elucubrado con un potente sistema de enfriamiento en el interior, pero los instrumentos de *Mantis* no pudieron detectar nada sobre la estructura interna del objetivo.

Mantis extendió el brazo extra-largo hacia el objetivo, avanzando y deteniéndose a lo largo de los cincuenta metros. Pero el potente sistema de seguimiento no detectó nada fuera de lo normal. El riguroso proceso llevó media hora antes de que la punta del brazo llegase hasta el objetivo y lo tocase; era un objeto que había llegado desde una distancia de cuatro años luz y tras casi dos siglos de viaje por el espacio. Cuando al fin los seis dedos del brazo robótico agarraron la gota, un millón de corazones de la flota latieron como si fuesen uno, en un momento repetido tres horas después en los corazones de la Tierra.

Una vez agarrada la gota, el brazo esperó inmóvil. Cuando tras diez minutos el objetivo siguió sin responder o manifestar alguna anormalidad, empezó a tirar.

En ese punto la gente notó un curioso contraste: era evidente que el brazo mecánico se había diseñado como objeto funcional, con un armazón resistente y sistemas hidráulicos expuestos, que se manifestaba como tecnológicamente complicado. Pero la gota era una forma perfecta, una masa sólida y reluciente de líquido, cuya exquisita belleza hacía desaparecer de un plumazo todo sentido funcional o técnico y manifestaba toda la ligereza y desapego de la filosofía y el arte. La garra de acero del brazo robótico aprisionaba la gota como si fuese la mano peluda de un australopiteco agarrando una perla. La gota parecía tan frágil, como una delicada copa, que todos temían que la garra fuese a romperla. Pero eso no sucedió y el brazo inició el retroceso.

Pasó media hora más antes de que se recogiera por completo y metiese la gota en la cabina principal de *Mantis*, momento en que los dos mamparos se unieron gradualmente. Si el blanco iba a autodestruirse, este sería el momento más probable. Más allá, la flota y la Tierra aguardaron en silencio, como si así pudieran oír el sonido del tiempo fluyendo por el espacio.

Pasaron dos horas sin que nada sucediera.

Que la gota no se hubiese autodestruido era la prueba final de lo que la gente había supuesto: si se trataba de una sonda militar, sin duda se habría autodestruido tras caer en manos enemigas. Ahora estaba claro que era un regalo de Trisolaris a la humanidad, una muestra de paz enviada empleando la desconcertante forma de expresarse de aquella civilización.

Una vez más la alegría se hizo en el mundo. En esa ocasión, las festividades no fueron tan alocadas y desenfrenadas porque la victoria de la humanidad y el final de la guerra ya no eran hipotéticos. Retrocediendo un millar de pasos, incluso si las próximas negociaciones fracasaban y la guerra continuaba, la humanidad acabaría igualmente obteniendo la victoria; tras la presencia en el espacio de la flota combinada, las masas se habían quedado con la impresión visual del poder de la humanidad. La Tierra poseía ahora esa confianza tranquila capaz de enfrentarse a cualquier enemigo.

Con la llegada de la gota, la actitud de la gente hacia Trisolaris había empezado a cambiar lentamente. Cada vez más aceptaban que la especie que avanzaba hacia el Sistema Solar era una gran civilización. Una cultura que había experimentado catástrofes cíclicas cada doscientos años y había aguantado con una tenacidad increíble. Su arduo viaje de cuatro años luz por entre los abismos del espacio tenía como propósito final dar con una estrella estable, un hogar en el que vivir sus vidas... Los sentimientos públicos hacia Trisolaris iban pasando de enemistad y odio a comprensión y respeto. También habían comprendido algo más: dos siglos antes Trisolaris había enviado diez gotas, pero la humanidad hacía poco que había comprendido su verdadero significado. Sin duda, tal situación se debía a que el comportamiento de Trisolaris era demasiado sutil, así como el hecho de que la sangrienta historia de la humanidad había distorsionado su actitud mental. En un referéndum *online* global, el apoyo al Proyecto Radiante se incrementó con rapidez, inclinándose cada vez más hacia el Plan Máximo de Supervivencia que ofrecía Marte como reserva trisolariana.

Naciones Unidas y las flotas aceleraron los preparativos para las negociaciones y las dos coaliciones iniciaron el proceso de organización de la delegación.

Todo eso sucedió el día después de la captura de la gota.

Pero lo que más emocionaba a la gente no eran los hechos que tenían frente a sus ojos, sino la visión parcial y rudimentaria de un futuro feliz: ¿qué paraíso fantástico sería el Sistema Solar tras la unión de la tecnología trisolariana con la capacidad humana?

A la misma distancia al otro lado del sol, *Selección natural* avanzaba en silencio a un uno por ciento de la velocidad de la luz.

—Acabamos de recibir un mensaje: tras su captura, la gota no se autodestruyó —le dijo Dongfang Yanxu a Zhang Beihai.

—¿Qué es la gota? —preguntó. Se miraron a través del mamparo transparente.

—La sonda trisolariana. Hemos confirmado que se trata de un regalo a la especie humana, una expresión del deseo trisolariano de paz.

—¿De veras? Muy bien.

—No parece importarle demasiado.

No respondió. En su lugar, usó ambas manos para levantar el cuaderno.

—He terminado. —Luego se lo guardó en un bolsillo ajustado.

—Entonces, ¿ya puede traspasar el control de *Selección natural*?

—Puedo, pero primero me gustaría saber qué planea hacer tras recuperar el control.

—Desacelerar.

—¿Para encontrarse con la fuerza que nos persigue?

—Sí. El combustible de *Selección natural* no es suficiente para volver, así que debe repostar antes de volver al Sistema Solar. Pero la fuerza de persecución no dispone de combustible suficiente para nosotros. Esas naves combinadas tienen la mitad del tonelaje de *Selección natural*, y al perseguirnos han acelerado a un cinco por ciento de la velocidad de la luz y han desacelerado una cantidad similar. Disponen de combustible suficiente para volver. Por tanto, el personal de *Selección natural* debería regresar en esas naves. Más tarde enviarán a por *Selección natural* una nave con suficiente combustible para que vuelva al Sistema Solar, pero para eso hará falta tiempo. Para que ese tiempo sea mínimo debemos desacelerar lo antes posible.

—No desacelere, Dongfang.

—¿Por qué?

—La desaceleración consumirá el resto del combustible que le queda a *Selección natural*. No podemos convertirnos en una nave sin energía. Nadie sabe lo que sucederá en el futuro. Como capitana, es algo que debería tener en cuenta.

—¿Qué podría pasar? El futuro está claro: la guerra acabará, la humanidad ganará, ¡y se demostrará que usted estaba totalmente equivocada!

Zhang Beihai sonrió al oír sus emociones, como si intentase calmarla. Al mirarla, los ojos de Zhang Beihai expresaban una delicadeza que nunca antes habían mostrado. Conmocionó las emociones de Dongfang Yanxu. Su derrotismo le resultaba increíble y sospechaba que sus razones para desertar eran otras. Incluso se había cuestionado la cordura de aquel hombre. Pero por alguna razón se sentía unida a él. Ella había dejado a su padre cuando era muy joven, nada raro en una niña de su época. El amor paternal era una antigualla. Pero había acabado comprendiéndolo en la figura de ese antiguo soldado del siglo XXI.

Zhang Beihai le dijo:

—Dongfang, vengo de una época problemática, soy un realista. Solo sé que el enemigo sigue ahí fuera y que continúa acercándose al Sistema Solar. Como soldado que conoce esos hechos, no puedo ser feliz hasta no tener paz absoluta... No desacelere. Entregaré el control bajo esa condición. Por supuesto, mi única garantía es la fortaleza de su carácter.

—Le prometo que *Selección natural* no desacelerará.

Zhang Beihai se volvió y flotó hasta el panel del interfaz, donde invocó el sistema de transferencia de permiso y escribió su contraseña. Tras pulsar varias veces, la desactivó.

—Los privilegios de capitán de *Selección natural* le han sido transferidos. La contraseña sigue siendo Marlboro —dijo sin mirarla.

Dongfang invocó el interfaz y lo confirmó rápidamente.

—Gracias. Pero por ahora le ruego que no salga de esa cabina o abra esa puerta. El personal de la nave está despertando del estado abisal y temo que se muestren agresivos con usted.

—¿Me harán caminar por la tabla? —Se rio al ver su expresión confundida—. Era una forma de pena de muerte en las naves de la antigüedad. Si se ejerciese en la actualidad, estaría obligada a lanzar a un criminal como yo al espacio... Vale, no hay problema, me apetece estar a solas.

En comparación con su nave nodriza, el transbordador que salió de *Cuántica* parecía tan pequeño como un coche. La luz de su motor solo iluminaba una parte del casco de la nave, como una vela al pie de un acantilado. Salió de la sombra de *Cuántica* para entrar en la luz, la tobera del motor reluciendo como una luciérnaga, para volar hacia la gota situada a mil kilómetros de distancia.

El equipo expedicionario estaba compuesto por cuatro personas: un mayor y un teniente coronel de las Flotas Europea y Norteamericana, Ding Yi y Xizi.

Ding Yi miró por la portilla hacia la flota que se alejaba. *Cuántica*, en una esquina, seguía pareciendo grande, pero su vecina más cercana, la nave de guerra *Nube*, era tan pequeña que apenas resultaba posible distinguir su forma. Más lejos, las naves no eran más que filas de puntos sobre su campo de visión. Ding Yi sabía que la disposición rectangular tenía cien naves de longitud por veinte de ancho, con otras quince naves moviéndose fuera de la formación. Pero se puso a contar y dejó de poder ver con claridad al llegar a treinta, que eran apenas seiscientos kilómetros de distancia. Era igual mirando hacia arriba, donde el lado corto se extendía verticalmente. Las naves que se podían distinguir a esa distancia no eran más que puntos difusos bajo la débil luz del sol, casi indistinguibles del fondo de estrellas. La flota solo sería visible a simple vista cuando encendiesen los motores. La flota combinada era una matriz en el espacio de cien por veinte. Se imaginó otra matriz multiplicada con la primera, los elementos horizontales de una multiplicados a su vez con los elementos verticales de la otra para formar una matriz todavía mayor, aunque, en realidad, la única constante importante para la matriz era el diminuto punto formado por la gota. No le gustaban las asimetrías extremas en matemáticas, así que sus intentos de tranquilizarse por medio de la gimnasia mental fueron un fracaso.

Cuando la fuerza de aceleración se redujo, entabló conversación con Xizi, que iba sentada a su lado.

—Niña, ¿eres de Hangzhou?

Xizi miraba directamente al frente, como si intentase localizar *Mantis,* que se encontraba todavía a cientos de kilómetros de distancia. Luego se recuperó y negó con la cabeza.

—No, maestro Ding. Nací en la Flota Asiática. No sé si mi nombre tiene alguna relación con Hangzhou. Pero sí lo he visitado. Es bonito.

—En nuestra época era un buen lugar. Aunque el lago se ha secado y el resto es un desierto... Aun así, a pesar de que hoy en día el desierto está por todas partes, el mundo actual me sigue recordando el sur y la época en que las mujeres eran tan gráciles como el agua —mientras hablaba, miró a Xizi. La luz suave del lejano sol que entraba por la portilla destacaba su encantadora silueta—. Niña, al mirarte recuerdo a alguien a quien amé. Al igual que tú, era mayor. Aunque no tan alta como tú, era igual de hermosa...

—En el pasado muchas mujeres debieron de enamorarse de usted —le dijo Xizi a Ding Yi, mirándole.

—Habitualmente no molestaba a las chicas que me gustaban. Creía en aquel comentario de Goethe: «Si te amo, ¿a ti qué podría importarte?»

Xizi rio.

Ding Yi siguió hablando:

—¡Oh, si hubiese tenido esa misma actitud con la física! El gran lamento de mi vida es haber sido cegado por los sofones. Pero hay una forma más positiva de considerarlo: ¿qué le importa a las leyes de la naturaleza que las estemos explorando? Algún día, quizá la humanidad, o alguna otra especie, explorará las leyes hasta tal punto de precisión y detalle que podrá no solo modificar su propia realidad sino todo el universo. Podrán llegar a transformar cualquier sistema estelar dándole la forma que requiera, como quien modela arcilla. Pero ¿qué importará? Las leyes seguirán sin cambiar. Sí, seguirán ahí, la única presencia constante e invariable, siempre jóvenes, como recordamos a nuestros amores... —mientras hablaba señaló a la reluciente Vía Láctea—. Y cuando pienso así, dejo de preocuparme.

Los dos guardaron silencio. Pronto vieron *Mantis*, aunque como un punto de luz a doscientos kilómetros de distancia. El transbordador giró 180 grados y la tobera del motor, ahora apuntando hacia su destino, inició la desaceleración.

Ahora la flota se encontraba delante del transbordador, a unos ochocientos kilómetros de distancia, una distancia trivial en el espacio, pero que convertía a las enormes naves de guerra en puntos apenas visibles. De hecho, la flota en sí solo era distinguible del fondo estrellado por su disposición tan perfecta. La disposición rectangular parecía una rejilla que cubría la Vía Láctea, su regularidad contrastando en extremo con el caos de las estrellas. El poder de la formación se hacía patente por su enorme tamaño a pesar de la distancia. Muchas personas de la flota y la lejana Tierra que miraban esa imagen tenían la impresión de que se trataba de una representación visual de lo que Ding Yi acababa de decir.

El transbordador llegó hasta *Mantis* y la desaceleración desapareció. Los pasajeros, debido a la velocidad total del proceso, tuvieron la impresión de que *Mantis* aparecía de pronto.

Atracaron con rapidez. Al ser *Mantis* una nave no tripulada, no había aire, así que los cuatro miembros de la expedición tuvieron que ponerse trajes espaciales ligeros. Tras recibir las últimas instrucciones de la flota, atravesaron de uno en uno la esclusa de atraque y llegaron a *Mantis*.

La gota flotaba justo en el centro de la cabina esférica de *Mantis*. Los colores eran totalmente diferentes a la imagen vista a bordo de *Cuántica*, más tenues y más suaves, debido a las diferencias en las escenas reflejadas sobre su superficie... la reflectancia total de la gota implicaba que carecía de color propio. Allí también estaba el brazo robótico plegado, el equipo diverso y varios montones de muestras de asteroides. Flotando en aquel entorno mecánico y rocoso, la gota una vez más dejaba en evidencia el contraste entre exquisitez y crudeza, estética y tecnología.

—Es la lágrima de la santa madre —dijo Xizi.

Sus palabras salieron de *Mantis* a la velocidad de la luz, para llegar primero a la flota y luego resonar tres horas más tarde por todo el mundo humano. Xizi, el teniente coronel y el mayor de la Flota Europea, personas corrientes situadas por inesperadas circunstancias en posición central del gran momento de la historia de la civilización, compartían los mismos sentimientos ahora que estaban tan cerca de la gota: toda extrañeza ante el distante mundo de Trisolaris se evaporó y fue sustituida por la intensa necesidad de aceptarlo. Sí, en las fría extensiones del universo, todas las formas de vida basadas en el carbono compartían un destino común, un destino que podría requerir miles de millones de años de desarrollo, pero que provocaba sentimientos de amor que trascendían el tiempo y el espacio. Y ahora sentían ese amor por la gota, un amor que podía sanar cualquier enemistad. Los ojos de Xizi se anegaron de lágrimas y tres horas más tarde, los ojos de tres mil millones de personas también lloraban.

Pero Ding Yi lo observó todo desde atrás, desapasionadamente.

—Yo veo algo más —dijo—. Algo mucho más sublime. Un lugar donde tanto el yo y lo otro quedan olvidados, un intento de abarcarlo todo aislándose de todo.

—Eso es demasiado filosófico para mi entendimiento. —Xizi rio entre lágrimas.

—Doctor Ding, no tenemos mucho tiempo. —El teniente coronel le hizo un gesto para que se acercarse y fuese el primero en tocar la gota.

Ding Yi flotó lentamente hacia la gota y presionó la mano contra la superficie. Para evitar la congelación por efecto de la fría superficie espejada, la tocó con guantes. Luego los tres oficiales hicieron lo mismo.

—Da la impresión de ser tan frágil. Temo romperla —dijo Xizi en voz baja.

—No siento nada de fricción. —Se asombró el teniente coronel—. Es tan lisa...

—¿Cómo de lisa? —preguntó Ding Yi.

Para responder a la pregunta, Xizi sacó del bolsillo del traje espacial un instrumento cilíndrico: un microscopio. Colocó la lente contra la gota y en la pequeña pantalla del dispositivo pudieron ver la imagen ampliada de la superficie. Lo que miraban era un espejo totalmente liso.

—¿Qué amplificación? —preguntó Ding Yi.

—Cien. —Xizi indicó un número en una esquina de la pantalla para luego cambiar la ampliación a mil.

La imagen ampliada seguía siendo el mismo espejo liso.

—El aparato está roto —dijo el teniente coronel.

Xizi retiró el microscopio de la gota y lo colocó contra el visor del traje. Los otros tres se acercaron para mirar a la pantalla donde el visor —una superficie que a simple vista parecía tan lisa como la gota— era en la pantalla ampliada mil veces tan desigual y rocosa como una playa. Xizi volvió a colocar el microscopio contra la superficie de la gota y la pantalla volvió a mostrar un espejo liso, no muy diferente al resto de la superficie sin ampliar.

—Auméntalo otro factor de diez —dijo Ding Yi.

Aquello no era posible con la ampliación óptica, así que Xizi ejecutó una serie de pasos para cambiar el microscopio de modo óptico a modo electrónico de efecto túnel. Ahora ampliaba a diez mil.

La imagen seguía siendo tan lisa como un espejo. La superficie más lisa que se podía crear con tecnología humana se manifestaba como rugosa a una ampliación de mil, como la impresión de Gulliver de la cara de la hermosa gigante.

—Cien mil —dijo el teniente coronel.

Una superficie lisa de espejo.

—Un millón.

Un espejo liso.

—Diez millones.

A esa ampliación sería posible ver las macromoléculas, pero en la pantalla solo apareció una superficie espejada y lisa sin la más mínima indicación de desigualdad, sin ninguna diferencia con el resto de la superficie.

—¡Más!

Xizi hizo un gesto de negación con la cabeza. Esa era la ampliación máxima del microscopio electrónico.

Más de dos siglos antes, Arthur C. Clarke, en la novela *2001: Una odisea del espacio*, había descrito un monolito negro que una civilización alienígena avanzada había situado en la luna. Los investigadores habían medido sus dimensiones con reglas normales y habían descubierto un ratio de uno a cuatro a nueve. Al volver a comprobarlos empleando las tecnologías de mayor precisión disponibles en la Tierra, el ratio siguió siendo el de uno a cuatro a nueve, sin ningún error. Clarke lo describió como «una demostración pasiva pero casi arrogante de perfección geométrica».

Ahora la humanidad se enfrentaba a una demostración mucho más arrogante de habilidad.

—De verdad puede existir una superficie absolutamente lisa? —dijo Xizi.

—Sí —dijo Ding Yi—. La superficie de una estrella de neutrones es casi absolutamente lisa.

—¡Pero esto es materia normal!

Ding Yi lo pensó y luego miró a su alrededor.

—Conéctese al ordenador de la nave y busque el punto exacto donde la agarró el robot durante la captura.

Un oficial de vigilancia de la flota lo hizo en remoto. El ordenador de *Mantis* proyectó un fino rayo rojo de láser para indicar el punto de la superficie donde el brazo la había agarrado.

Xizi examinó uno de los puntos y con una ampliación de diez millones seguía siendo un espejo liso y sin tara.

—¿Cuál era la presión en el punto de contacto? —preguntó el teniente coronel, y pronto recibió la respuesta desde la flota: aproximadamente doscientos kilos por centímetro cuadrado.

Era fácil rayar superficies lisas, pero la fuerte tenaza de metal no había dejado ningún rastro sobre la superficie de la gota.

Ding Yi flotó por la cabina en busca de algo. Regresó con un pico pequeño, que quizás alguien hubiese dejado después de recoger muestras de rocas. Antes de que alguien pudiera impedírselo, golpeó con fuerza la superficie espejada. Se oyó un sonido metálico, preciso y melódico, como si el pico hubiera roto un suelo pavimentado de jade. El sonido recorrió su cuerpo, pero el vacío impidió que los otros lo oyesen. Usó el mango del pico para señalar el punto donde había golpeado y Xizi lo comprobó con el microscopio.

Con una ampliación de diez millones seguía siendo un espejo liso.

Decepcionado, Ding Yi tiró el pico a un lado y apartó la vista de la gota, perdiéndose en sus pensamientos. Le miraban los ojos de los tres oficiales y los de millones de personas en la flota.

—Solo podemos hacer suposiciones —dijo, alzando la vista—. Las moléculas de este objeto están cuidadosamente dispuestas, como una guardia de honor, y se solidifican entre ellas. ¿Saben hasta qué punto es sólido? Es como si hubiesen clavado las moléculas en su sitio. Incluso han perdido sus propias vibraciones.

—¡Por eso está a cero absoluto! —exclamó Xizi.

Ella y los otros oficiales entendían lo que Ding Yi decía: a las densidades habituales de la materia, la separación entre núcleos atómicos era muy grande. Fijarlos en su sitio sería tan difícil como unir al sol con sus otros planetas usando barras para crear un bastidor estacionario.

—¿Qué fuerza permitiría algo así?

—Solo cabe una opción: la interacción nuclear fuerte. —Si mirabas por su visor era evidente que Ding Yi tenía la frente empapada de sudor.

—Pero... ¡sería como disparar a la luna con arco y flecha!

—Sí, han disparado a la luna con arco y flecha... ¿La lágrima de la santa madre? —Una risa helada, un sonido apenado que les hizo estremecerse, y los tres oficiales sabían lo que expresaba: la gota no era frágil como una lágrima.

Más bien todo lo contrario; era cien veces más resistente que el material más fuerte del Sistema Solar. En comparación, todas las sustancias conocidas eran frágiles como el papel. Podría cruzar la Tierra como una bala a través del queso, sin sufrir ni el más mínimo daño en su superficie.

—Entones... ¿qué hace aquí? —soltó el teniente coronel.

—¿Quién sabe? Es posible que sea un mensajero. Pero está aquí para entregar a la humanidad un mensaje bien diferente —dijo Ding Yi, apartando la vista de la gota.

—¿Qué?

—Si os destruyo, ¿a vosotros qué podría importaros?

En el breve silencio los otros tres miembros de la fuerza expedicionaria y el millón de la flota combinada valoraron el significado de sus palabras. Luego, de pronto, Ding Yi dijo:

—Corred —lo dijo en voz baja, pero luego alzó las manos y gritó con voz ronca—: Niños estúpidos, ¡corred!

—¿Correr adónde? —preguntó Xizi, ya asustada.

El teniente coronel comprendió la verdad segundos después que Ding Yi. Gritó desesperadamente:

—¡La flota! ¡Evacuad la flota!

Pero fue demasiado tarde. Las potentes interferencias ya habían acabado con sus canales de comunicación. La imagen transmitida desde *Mantis* desapareció y la flota no pudo oír el ruego final del teniente coronel.

De la punta de la cola de la gota surgió un halo azul. Al principio era pequeño, pero muy brillante, y teñía de azul todo lo que le rodeaba. A continuación, se expandió vertiginosamente, pasando del azul al amarillo para acabar en rojo. Casi era como si la gota no estuviese produciendo el halo, sino que de alguna forma surgiese a la fuerza de su interior. Al expandirse, el halo fue perdiendo luminosidad hasta desaparecer al alcanzar el doble de diámetro que la parte más ancha de la gota. Justo en ese mismo instante, un segundo halo azul salió de la punta. Al igual que el primero, se expandió, cambió de color, se debilitó y desapareció con rapidez. Fueron siguiendo una secuencia; los halos surgían de la cola de la gota cada dos o tres segundos. Y bajo su propulsión, esta empezó a acelerar rápidamente hacia delante.

Pero los cuatro miembros de la expedición no pudieron presenciar el surgimiento del segundo halo, porque el primero vino acompañado de temperaturas ultra altas, similares a las del núcleo del sol, y se vaporizaron al instante.

El casco de *Mantis* brillaba en rojo. Desde fuera se parecía a una linterna de papel con una vela encendida dentro. El cuerpo metálico de la nave se fundió como la cera, pero tan pronto como empezó a fundirse estalló, dispersando por el espacio un líquido incandescente sin apenas dejar ningún fragmento sólido.

A mil kilómetros de distancia, la flota presenció perfectamente la explosión de *Mantis*. Pero su análisis preliminar concluía que la sonda se había autodestruido. Lo que sintieron, sobre todo, fue pena por el sacrificio de los cuatro miembros de la expedición, para luego pasar a la decepción de saber que la gota no era un emisario de paz. Pero la especie humana carecía de la más mínima preparación psicológica para soportar lo que iba a suceder a continuación.

El ordenador de vigilancia espacial identificó la primera anomalía. Al procesar imágenes de la explosión de *Mantis* descubrió que uno de los fragmentos no era normal. La mayoría de los fragmentos eran metal fundido que se movían uniformemente por el espacio siguiendo la explosión. Pero el anormal aceleraba. Por supuesto, solo un ordenador podría haber dado con un diminuto objeto entre la inmensa cantidad de fragmentos en movimiento. Tras una búsqueda inmediata en sus bases de datos y bancos de conocimientos, que incluían enormes cantidades de información sobre *Mantis*, construyó varias docenas de explicaciones posibles para un resto tan peculiar.

Ninguna era correcta.

Ni el ordenador ni ningún humano comprendió que la explosión había destruido solo a *Mantis* y a los cuatro miembros de la expedición. Pero no a la gota.

Y en cuanto al fragmento acelerado, el sistema de vigilancia espacial de la flota se limitó a emitir una alarma de ataque de nivel tres, porque el objeto que se aproximaba no era una nave de guerra y se dirigía a una esquina de la formación rectangular. Su trayectoria le haría pasar bien lejos de la formación sin tocar a ninguna nave. Como el número de alarmas de nivel uno emitidas tras la explosión de *Mantis*, nadie hizo caso de la alarma de nivel tres. Sin embargo, el ordenador también había registrado la gran aceleración del fragmento. A los trescientos kilómetros ya había pasado la tercera velocidad cósmica y seguía acelerando. La alerta pasó a nivel dos. Pero tampoco nadie hizo caso.

Para cuando el fragmento se había alejado unos mil quinientos kilómetros del punto de la explosión, de camino a la esquina de la formación, no habían pasado más que cincuenta y un segundos. Al llegar a la esquina, se movía a 31,7 kilómetros por segundo. Ahora se encontraba en la periferia de la formación, a ciento sesenta kilómetros de *Frontera infinita*, la primera nave de guerra en esa esquina. El fragmento no dejó atrás la formación, sino que ejecutó un giro de treinta y tres grados y, sin reducir la velocidad, fue directo a por *Frontera infinita*. En los aproximadamente dos segundos que le llevó recorrer esa distancia, el ordenador redujo el nivel de la alerta de dos a tres, tras llegar a la conclusión de que el fragmento no era un objeto físico, dado que su movimiento era imposible a ojos de la mecánica aeroespacial. Desplazarse a la tercera velocidad cósmica y ejecutar un giro cerrado sin perder velocidad era como chocar contra una pared de hierro. En caso de tratarse de un vehículo conteniendo un bloque de metal, el cambio de dirección habría creado una fuerza capaz de aplanar el bloque metálico hasta dejar una lámina delgada. Por tanto, el fragmento debía ser un espejismo.

Así pues, la gota golpeó *Frontera infinita* a dos veces la velocidad cósmica, siguiendo una trayectoria que la haría atravesar la primera fila del rectángulo de la flota.

La golpeó por la parte posterior y la atravesó sin resistencia, como si penetrase en una sombra. La velocidad extrema del impacto hizo que en el casco de la nave apareciesen agujeros de entrada y salida aproximadamente del diámetro de la parte más gruesa de la gota. Pero tan pronto como aparecieron, los agujeros se deformaron y desaparecieron al fundirse el resto del casco debido al calor producido por el impacto a gran velocidad y la temperatura ultra alta del halo de la gota. La parte de la nave que sufrió el impacto se puso al rojo vivo y el color se extendió desde el punto del impacto hasta cubrir la mitad de la nave, como un trozo de hierro recién sacado de la forja.

Después de atravesar *Frontera infinita*, la gota siguió avanzando a treinta kilómetros por segundo. Recorrió noventa kilómetros en tres segundos, atravesando primero *Yuanfang*, la nave vecina de *Frontera infinita* en esa primera fila, y luego *Sirena*, *Antártida* y *Destino*, dejando los cascos al rojo vivo, como si las naves de guerra fuesen enormes lámparas dispuestas en línea.

A continuación, *Frontera infinita* estalló. La nave y las cuatro posteriores habían recibido el impacto en los tanques de combustible de fusión. Pero al contrario que la convencional a alta temperatura de *Mantis*, esta fue una reacción de fusión provocada en el combustible de *Frontera infinita*. Nadie llegó nunca a saber si el responsable de la explosión había sido el halo propulsor de ultra alta temperatura de la gota o algún otro factor. La esfera ardiente termonuclear apareció en el punto de impacto en el tanque de combustible y se expandió con rapidez hasta iluminar toda la flota contra el fondo sedoso del espacio, superando en brillo a la Vía Láctea.

Las explosiones nucleares se produjeron luego en *Yuanfang*, *Sirena*, *Antártida* y *Destino*.

Ocho segundos después, la gota había atravesado otras diez naves de guerra de clase estelar.

Para entonces, el fuego nuclear en expansión ya se había tragado por completo a *Frontera infinita* y había iniciado la contracción, mientras otras explosiones aparecían y se expandían en el resto de las naves afectadas.

La gota siguió recorriendo la formación, penetrando en sucesivas naves de guerra estelar a un ritmo de menos de un segundo.

La explosión de fusión de *Frontera infinita* se apagó dejando el casco congelado. A continuación, explotó, lanzando un millón de toneladas de líquido metálico brillante y de un rojo oscuro como una floración, el metal fundido dispersándose en todas direcciones como una tormenta ardiente de magma metálico.

La gota siguió avanzando, atravesando en línea recta más naves y dejando atrás una sucesión de diez explosiones nucleares. La flota entera estaba iluminada por las llamas de esos pequeños soles nucleares como si se hubiese incendiado y se hubiese convertido en un mar de luz. Tras la línea de explosiones, las naves fundidas continuaban lanzando metal caliente al espacio, como si fuesen gigantescas rocas golpeadas contra un mar de magma.

Tras un minuto y dieciocho segundos, la gota había completado el camino de dos mil kilómetros, atravesando cada una de las cien naves en la primera línea de la formación rectangular de la flota combinada.

Para cuando la explosión nuclear devoró la última nave de la línea, *Adán*, los estallidos de magma metálico al otro lado se habían dispersado, enfriado y extendido, dejando el corazón de la explosión —el lugar donde un minuto antes se había hallado *Frontera infinita*— casi vacío. *Yuanfang*, *Sirena*, *Antártida*, *Destino*... todas las naves desaparecieron una tras otra, convertidas en magma metálico. En cuanto la última de las explosiones nucleares se apagó y una vez más la oscuridad cubrió el espacio, el magma que se enfriaba gradualmente y que apenas había sido perceptible reapareció como luces de un rojo oscuro sobre el fondo oscuro del espacio, como si fuese un río de sangre de dos mil kilómetros de largo.

Después de atravesar *Adán*, la gota recorrió unos cortos ochenta kilómetros de espacio vacío. A continuación, ejecutó otro giro brusco que la mecánica aeroespacial conocida por la humanidad no podía explicar de ninguna forma. En esa ocasión, el ángulo fue todavía menor: solo quince grados de giro total, en una operación ejecutada casi instantáneamente y manteniendo una velocidad constante. Luego realizó un pequeño ajuste de trayectoria para situarse en línea con la segunda fila de naves de la formación —o lo que era ahora la primera fila teniendo en cuenta la destrucción recién sucedida—, y corrió hacia la primera nave de la fila, *Ganges*, a treinta kilómetros por segundo.

Hasta ese momento la comandancia de la flota no había respondido de ninguna forma.

El sistema de información de batalla de la flota había cumplido fielmente con su cometido y había empleado su vasta red de seguimiento para realizar un registro completo de toda la información de batalla generada durante ese minuto y dieciocho segundos. Por ahora, la cantidad de información era tan grande que el sistema de decisión computarizado podía analizarla, llegando a la siguiente conclusión: una potente fuerza enemiga había aparecido en las inmediaciones y había lanzado su ataque contra la flota. Sin embargo, el ordenador no ofreció datos sobre la fuerza enemiga. Solo cabían dos hechos seguros: 1. La fuerza enemiga se encontraba en la posición ocupada por la gota y 2. La fuerza era invisible a todos los medios de detección empleados por la humanidad.

Para entonces, los comandantes de la flota se encontraban en un estado de bloqueo y conmoción. Desde hacía dos siglos, los investigadores dedicados a las estrategias y tácticas espaciales habían soñado con todo tipo de condiciones extremas de batalla, pero ser testigos de la explosión de cien naves de guerra como si fuesen petardos, y todo en menos de un minuto, les resultaba absolutamente inconcebible. La oleada de información que salía del sistema de batalla les obligaba a depender del análisis y la valoración del sistema de decisión de batalla, y también a concentrarse en detectar a un enemigo invisible que ni siquiera existía. Toda la potencia de seguimiento de batalla se dirigía a regiones distantes del espacio, obviando el peligro que tenían justo delante. Incluso un buen número de personas creía que la poderosa e invisible fuerza enemiga era un tercer bando alienígena distinto de la humanidad y Trisolaris, porque sus mentes inconscientes insistían en que Trisolaris era el bando más débil y, por tanto, perdedor.

El sistema de seguimiento de batalla de la flota no dio antes con la presencia de la gota, sobre todo, porque era invisible al radar en todas las longitudes de onda y solo era posible localizarla analizando imágenes en el espectro visible. Pero a las imágenes visibles se les daba mucha menos importancia que a los datos del radar. La mayoría de los fragmentos dispersos por el espacio, en forma de tormentas de restos de explosión, eran de metal líquido fundido por las altas temperaturas de las explosiones nucleares —hasta casi un millón de toneladas fundidas en la destrucción de cada una de las naves. Una buena proporción de esas enormes cantidades de restos fundidos tenían aproximadamente el mismo tamaño y forma que la gota, lo que dificultaba la tarea del sistema informático de análisis de imágenes para distinguir la gota de los restos. Además, prácticamente todos los mandos creían que la gota se había autodestruido en el interior de *Mantis*, por lo que nadie dio la orden explícita de ejecutar ese análisis.

También había más circunstancias que elevaban la confusión de la batalla. Los restos expulsados por las explosiones de la primera fila no tardaron en llegar a la segunda, haciendo que los sistemas de defensa de batalla respondiesen con láseres de alta energía y cañones de riel para interceptar los restos. Esos fragmentos metálicos volantes, compuestos en gran parte por metal fundido por los fuegos nucleares, tenían un tamaño irregular, y aunque las bajas temperaturas del espacio los había enfriado parcialmente, solo eran sólidos en la capa exterior. El interior seguía estando en un estado líquido ardiente, y al recibir un impacto se dispersaban dejando atrás un reluciente espectáculo de fuegos artificiales. No pasó mucho tiempo antes de que la segunda fila se convirtiese en una barrera ardiente paralela al apagado «río de sangre» dejado por las naves destruidas de la primera fila, una explosión tras otra como si la recorriesen una oleada de fuego, originada desde la dirección del enemigo invisible. Los restos parecían granizo, en mayores cantidades de las que podían bloquear los sistemas defensivos, y cuando los fragmentos se escapaban y daban contra las naves, los impactos de esos chorros de metal líquido y sólido poseían un enorme poder de destrucción. Varias naves de la segunda fila de la flota sufrieron importantes daños en el casco y algunas tuvieron fugas. Empezaron a sonar las alarmas de descompresión...

Aunque la deslumbrante batalla con los restos recibió su parte de atención, teniendo en cuenta las circunstancias, resultaba difícil que los ordenadores y los humanos del sistema de mando evitasen el error de creer que la flota se enfrentaba a un violento intercambio de fuego con una fuerza espacial enemiga. Ni una sola persona ni una sola máquina fue consciente de la diminuta figura de la muerte que había iniciado la destrucción de la segunda fila de naves.

Por tanto, cuando la gota cargó contra *Ganges*, las cien naves de la segunda fila seguían dispuestas en línea recta. Era la formación de la muerte.

La gota apareció como el rayo y en cuestión de diez segundos atravesó doce naves: *Ganges*, *Colombia*, *Justicia*, *Masada*, *Protón*, *Yandi*, *Atlántico*, *Sirio*, *Acción de gracias*, *Avance*, *Han* y *Tempestad*. Al igual que durante la destrucción de la primera fila, cada nave se puso al rojo vivo tras la penetración, antes de quedar envuelta por la bola de fuego nuclear que dejó atrás un millón de toneladas de magma metálico y brillante. Luego explotó. A la luz de una destrucción tan brutal, las naves de guerra alineadas fueron como una mecha de dos mil kilómetros de largo que ardió con tal intensidad que solo dejó atrás muchas cenizas que relucían de un rojo mate y oscuro.

Un minuto y veinte segundos después, todas las naves de la segunda fila habían sido totalmente destruidas.

Tras pasar por la última nave, *Meiji*, la gota alcanzó el final de la fila y volvió a ejecutar un ángulo agudo para ir a por la primera nave de la tercera fila, *Newton*. Los restos de la destrucción de la segunda fila ya habían ido a por la tercera. El asalto de restos incluía el metal fundido lanzado por la explosión de la segunda fila y también los fragmentos metálicos casi completamente fríos de las naves de la primera fila. A esas alturas casi todas las naves de la tercera fila habían activado los motores y sistemas defensivos y habían iniciado las maniobras, por lo que ahora las naves no ocupaban una línea recta, como había pasado en las dos primeras ocasiones. Aun así, las cien naves ocupaban más o menos una línea. Una vez que la gota atravesó *Newton*, ajustó rápidamente la dirección y en un parpadeo recorrió los veinte kilómetros que separaban *Newton* de *Ilustración*, alejada tres kilómetros de la recta. Desde *Ilustración* volvió a virar para correr hacia *Cretáceo*, que avanzaba hacia el otro lado, y la atravesó. Siguiendo esa trayectoria entrecortada, la gota atravesó una tras otra las naves de la tercera fila, sin reducir en ningún momento la velocidad por debajo de los treinta kilómetros por segundo.

Más tarde, cuando los analistas examinaron la ruta de la gota, se asombraron al comprobar que cada giro era una esquina definida, no la curva suave de una nave espacial humana. Esa trayectoria diabólica era la prueba de un motor espacial que resultaba incomprensible para los humanos, como si la gota fuese una sombra sin masa, sin la obligación de contar con los principios de la dinámica, moviéndose libremente como la punta del lápiz de Dios. Durante el ataque contra la tercera fila de la flota, los cambios bruscos de la gota se produjeron a un ritmo de dos o tres por segundo, una aguja mortal guiando su hilo de destrucción a través de cien naves.

A la gota le llevó dos minutos y treinta segundos destruir la tercera fila de naves.

Para entonces, todas las naves de la flota habían encendido los motores. Aunque la formación era ya informe, la gota siguió atacando a las naves que huían. El ritmo de destrucción se redujo, pero en todo momento había entre tres y cinco explosiones nucleares. Sus llamas mortales ahogaban el resplandor de los motores, convirtiéndolas en grupos de libélulas aterradas.

La comandancia de la flota seguía sin tener ni idea sobre cuál era la verdadera fuente del ataque y siguió concentrando sus energías en la búsqueda de esa imaginaria flota enemiga invisible. Aun así, el análisis posterior de la enorme cantidad de información poco precisa transmitida por la flota demostró que en ese momento de la batalla dos oficiales de bajo nivel de la Flota Asiática fueron los primeros en acercarse a la verdad. Uno fue el alférez Zhao Xin, un ayudante de selección de blancos a bordo de *Beifang*, y el otro el capitán Li Wei, un controlador de grado medio del sistema de armas electromagnéticas a bordo de *Wannian Kunpeng*. Y esta fue parte de su conversación:

ZHAO XIN: ¡Al habla *Beifang TR317* llamando a *Wannian Kunpeng EM986*!

LI WEI: Al habla *Wannian Kunpeng EM986*. Debo recordarle que transmitir comunicaciones de voz con este nivel de información es una violación de las regulaciones de batalla.

ZHAO XIN: ¿De verdad, Li Wei? ¡Soy Zhao Xin! ¡Contigo quería hablar!

LI WEI: ¡Hola! Me alegra saber que sigues con vida.

ZHAO XIN: Capitán, he aquí el problema. He descubierto algo que me gustaría transmitir al mando compartido, pero no tengo privilegios suficientes. ¿Podrías ayudarme?

LI WEI: Mis privilegios también son bajos. Pero ahora mismo el mando compartido posee mucha información. ¿Qué quieres transmitir?

ZHAO XIN: He analizado una imagen visual de la batalla...

LI WEI: ¿No deberías estar analizando la información del radar?

ZHAO XIN: Eso no es más que una falacia del sistema. Al analizar la imagen visual y extraer la velocidad característica, ¿sabes que descubrí? ¿Sabes lo que está pasando?

LI WEI: Tú pareces saberlo.

ZHAO XIN: No pienses que me he vuelto loco... me conoces, somos amigos.

LI WEI: Eres un animal de sangre fría. Serías el último en volverte loco. Sigue.

ZHAO XIN: Escucha, la flota es la que se ha vuelto loca. ¡Nos estamos atacando a nosotros mismos!

LI WEI: ...

ZHAO XIN: *Frontera infinita* atacó a *Yuanfang*, y *Yuanfang* atacó a *Sirena*, *Sirena* atacó a *Antártida* y *Antártida*...

LI WEI: ¡Has perdido la cabeza!

ZHAO XIN: Eso es lo que está pasando. A ataca a B; y después de que B sea atacada, pero antes de explotar, ataca a C; y después de que C sea atacada, ataca a D... Es como si cada nave de guerra que recibiera un impacto atacase a la siguiente nave de la fila... como si fuese una maldita infección o un juego de pasar la bomba, pero mortal. ¡Es una locura!

LI WEI: ¿Qué arma usan?

ZHAO XIN: Ni idea. En la imagen di con un proyectil, pero diminuto y mucho más rápido que el cañón de riel. E increíblemente preciso. ¡En todas las ocasiones dio contra el tanque de combustible!

LI WEI: Envíame el análisis.

ZHAO XIN: Enviaré el análisis y los datos originales. Échale un vistazo, ¡maldita sea!

El análisis del alférez Zhao Xin, aunque extraño, estaba muy cerca de la verdad. Li Wei dedicó medio minuto a estudiar la información enviada. En ese tiempo se produjo la destrucción de otras treinta y nueve naves.

LI WEI: Hay un detalle sobre la velocidad.

ZHAO XIN: ¿Qué velocidad?

LI WEI: La velocidad del pequeño proyectil. Su velocidad al ser lanzado desde cada nave es ligeramente menor. Luego durante el vuelo acelera hasta los treinta kilómetros por segundo. A continuación, da a la siguiente nave, y cuando sale de esa nave, justo antes de la explosión, su velocidad es algo menor. Luego acelera...

ZHAO XIN: ¿Eso significa...?

LI WEI: Es como una especie de resistencia.

ZHAO XIN: ¿Resistencia? ¿Cómo?

LI WEI: Cada vez que el proyectil atraviesa un objetivo, la resistencia reduce su velocidad.

ZHAO XIN: Comprendo lo que dices. No soy estúpido. Has dicho «el proyectil» y «atraviesa un objetivo»... ¿Es un único objeto?

LI WEI: Echa un vistazo fuera. Otras cien naves han reventado.

La conversación no se desarrolló en la lengua moderna de la flota, sino en mandarín del siglo XXI. Por la forma de hablar, quedó claro que los dos eran hibernados. En la flota servían muy pocos hibernados. A pesar de que muchos habían despertado mientras todavía eran jóvenes, carecían de la capacidad de una persona moderna para absorber información, por lo que la mayoría se dedicaba a tareas de relativamente poco nivel. Más tarde se descubrió que durante la destrucción, la gran mayoría de los oficiales y soldados que recuperaron antes el juicio y el sentido común eran hibernados. Por ejemplo, esos dos oficiales, a pesar de ocupar una posición que ni siquiera les permitía emplear los sistemas avanzados de la nave, fueron, sin embargo, capaces de realizar un gran análisis.

La información de Zhao Xin y Li Wei no llegó al sistema de mando de la flota, pero el análisis de la batalla realizado por el sistema iba en la dirección correcta. Al comprender que el enemigo invisible sugerido por el ordenador no existía en realidad, se concentraron en analizar la batalla como un todo. Tras una búsqueda e identificación entre enormes cantidades de datos, el sistema descubrió al fin la existencia continuada de la gota. Su imagen extraída de las grabaciones de la batalla era la misma excepto por el halo de propulsión en la cola. Seguía teniendo una forma perfecta, solo que esta vez lo que reflejaba mientras avanzaba era el resplandor de los fuegos nucleares y el magma metálico, el brillo cegador alternándose con el rojo oscuro. Era como una gota de sangre ardiente. Un análisis posterior identificó la trayectoria de ataque de la gota.

Dos siglos de estudio de estrategia espacial habían dejado varios escenarios posibles para la batalla del Día del Juicio Final. Pero en la mente de los estrategas, el enemigo siempre había sido grande. La humanidad se enfrentaría al grupo principal de la poderosa fuerza trisolariana en el campo de la batalla espacial, donde cada nave de guerra sería una fortaleza mortal del tamaño de una pequeña ciudad. Habían imaginado todo tipo de armas y tácticas que podría emplear el enemigo. La más aterradora consistía en la flota trisolariana, lanzando un ataque con armas de antimateria y destruyendo una nave de guerra de clase estelar, y empleando así antimateria del tamaño de una bala.

Pero ahora la flota combinada no tenía más remedio que enfrentarse a los hechos: su único enemigo era una sonda diminuta, una gota de agua en el enorme océano de la potencia de guerra trisolariana, y dicha sonda atacaba empleando una de las tácticas más antiguas y primitivas conocidas en los barcos humanos: la embestida.

Pasaron aproximadamente trece minutos desde el inicio del ataque de la sonda hasta el momento en el que la comandancia de la flota llegó a la valoración correcta. Teniendo en cuenta que las condiciones del campo de batalla eran complejas y horribles, fue un proceso rápido. Pero la gota fue todavía más rápida. Durante una batalla naval del siglo XX, desde el momento en que el enemigo aparecía en el horizonte podría quedar tiempo para reunir a los mandos en el buque insignia para una reunión estratégica. Pero las batallas espaciales se medían en segundos, y en esos trece minutos la sonda destruyó más de seiscientas naves. Solo entonces comprendió la humanidad que el mando de una batalla espacial era imposible para un ser humano. Y gracias al bloqueo sofón, también resultaba imposible para las inteligencias artificiales. En cuestiones de mando y control, era bien posible que la humanidad *jamás* tuviera la capacidad para enfrentarse en una batalla espacial contra Trisolaris.

La velocidad de ataque de la gota y su invisibilidad al radar hicieron que los sistemas defensivos de las primeras naves no llegasen a responder. Pero a medida que se incrementó la distancia entre naves y, por tanto, aumentaba la distancia de ataque de la sonda, los sistemas de defensa fueron recalibrándose teniendo en cuenta las características de la sonda como blanco. Por tanto, fue *Nelson* la primera nave que intentó la interceptación, empleando armas láser para mejorar la precisión de fuego contra un pequeño blanco de gran velocidad. Al recibir el impacto de varios rayos, la gota emitió una potente luz visible, aunque *Nelson* había disparado láseres de rayos gammas que eran invisibles al ojo humano. No habían logrado entender cómo la sonda podía ser imperceptible al radar, teniendo en cuenta que poseía una superficie perfectamente reflectora y difusa, pero quizá la capacidad de modificar la frecuencia de las ondas electromagnéticas reflejadas fuese el secreto de dicha invisibilidad. La luz emitida por la sonda al recibir los impactos fue tan intensa que ahogó los fuegos nucleares que la rodeaban y obligó a los sistemas de seguimiento a atenuar las imágenes para no dañar los componentes ópticos ni cegar para siempre a cualquiera que los estuviese mirando directamente. En otras palabras, desde el punto de vista de sus efectos, esa luz superpotente era indistinguible de la oscuridad. La gota, envuelta en esa luz, entró en *Nelson* y se apagó, haciendo la oscuridad en el campo de batalla. Momentos después las llamas nucleares recuperaron la importancia y la gota salió de *Nelson* sin haber sufrido ningún daño para ir a por *Verde*, a ochenta kilómetros de distancia.

Para interceptar la gota atacante, el sistema defensivo de *Verde* pasó a armas cinéticas electromagnéticas. Los proyectiles que disparaban los cañones de riel poseían una enorme capacidad destructiva y la energía cinética inherente a su gran velocidad hacía que cada proyectil golpease el blanco con la fuerza de una bomba. En caso de disparar contra un blanco en la superficie, podrían aplastar una montaña casi de inmediato. La velocidad relativa de la gota simplemente incrementaba la energía de los proyectiles. Pero al golpear, la sonda redujo un poco la velocidad antes de ajustar la propulsión y recuperarla. Siendo atacada por una granizada de proyectiles, voló directamente hacia *Verde* y penetró. Vista bajo un microscopio de enorme aumento, la superficie de la gota todavía sería un espejo liso sin la más mínima mácula.

El material de interacción nuclear fuerte difería de la materia normal como un sólido difiere de un líquido. Los ataques realizados por las armas humanas contra la gota eran como las olas golpeando un arrecife. Era imposible dañarla, es decir, no había nada en el Sistema Solar que pudiese destruirla. Era intocable.

El sistema de mando de la flota se había estabilizado para volver a hundirse en el caos casi de inmediato. Esta vez, su desesperación por haber perdido todas las armas disponibles indicaba que no llegaría a recuperarse de su colapso.

En el espacio continuó la despiadada matanza. A medida que aumentaba la distancia entre naves, la gota aceleró y pronto había doblado su velocidad hasta los sesenta kilómetros por segundo. Manifestando durante su ataque sin tregua una inteligencia fría y precisa, resolvió el problema del viajante en regiones locales con una precisión perfecta, sin tener que volver casi nunca sobre sus pasos. Con los blancos en constante movimiento, la gota logró una enorme amplitud de medidas precisas y ejecutó sin esfuerzo y a gran velocidad sus cálculos. Durante su obstinada masacre, ocasionalmente se desviaba a los bordes del grupo de naves para encargarse de algunos rezagados y limitar las inclinaciones de la flota a huir en esa dirección.

Como norma, la gota ejecutaba ataques de precisión contra los tanques de combustible de las naves. No se sabía si los localizaba en tiempo real o si gracias a los sofones poseía una base de datos con los datos estructurales de todas las naves. Sin embargo, en un diez por ciento de los casos la gota no le daba al tanque. La destrucción de esas naves no se produjo por efecto de la fusión nuclear, sino que a las naves al rojo vivo les llevaba un tiempo comparativamente largo en estallar. Una situación brutal que hacía sufrir a la tripulación muy altas temperaturas antes de morir por el calor.

La evacuación de las naves no fue un proceso fluido. Era demasiado tarde para pasar al estado abisal, así que las naves solo podían evacuar a aceleración impulso tres, lo que impedía la dispersión. Como si fuese un perro ovejero dando vueltas alrededor de un rebaño, a veces la gota ejecutaba ataques de bloque en distintos puntos de los límites de la flota para obligarla a permanecer junta.

El espacio estaba lleno de fragmentos enfriados o todavía fundidos y grandes trozos de naves, por lo que los sistemas defensivos de las naves se veían obligados a usar láseres y cañones de riel para despejar el camino. Los fragmentos formaban arcos ardientes que envolvían a cada una de las naves con una cubierta brillante. Aun así, algunos fragmentos escapaban a los sistemas de defensa y provocaban daños en los cascos e incluso en ocasiones destruían la capacidad de navegar de una nave cuando daban directamente en ella. La colisión con los fragmentos de mayor tamaño era fatal.

A pesar del colapso del sistema de mando de la flota, durante la evacuación el Alto Mando siguió funcionando, pero la densidad de la formación inicial hacía imposible evitar las colisiones entre naves. *Himalaya* y *Thor* chocaron de frente a gran velocidad y quedaron hechas añicos. *Mensajero* golpeó a *Génesis* por detrás, y el aire que escapó como un huracán por entre los cortes atravesó ambas naves y lanzó al espacio al personal y otros objetos, formando colas que se extendieron tras los dos gigantescos naufragios espaciales.

Lo más horrible de todo fue el destino de *Einstein* y *Xia*. Sus capitanes usaron el control remoto para saltarse las protecciones del sistema y pasar a la aceleración impulso cuatro. Ningún miembro del personal había entrado en estado abisal. Las imágenes transmitidas desde *Xia* mostraban un hangar sin cazas, ocupado por más de cien personas aplastadas contra la cubierta por la enorme aceleración. Los observadores presenciaron cómo unas flores carmesíes de sangre florecían en el espacio blanco del tamaño de un campo de fútbol, formando capas extremadamente delgadas que se extendieron y acabaron unidas bajo la fuerza inmensa... Las cabinas esféricas eran el horror final. Al iniciarse la hiperaceleración, todos sus ocupantes cayeron al fondo y a continuación la pesada mano del demonio los aplastó para formar una masa, como si aplastase un montón de hombrecitos de plastilina. No les dio ni tiempo a gritar. Solo se oía cómo los huesos se rompían y las vísceras salían del cuerpo. A continuación, la carne y los huesos se hundieron en un líquido sanguinolento que pronto se volvió extrañamente claro —la enorme aceleración forzaba el precipitado de todos los sólidos—, su superficie, estática y plana como un espejo por efecto de la fuerza que sufría. Daba la impresión de ser un sólido y los montones informes de carne, huesos, y órganos, ocupaban su interior como rubís encapsulados en cristal.

Más tarde, muchos creyeron que el paso de *Einstein* y *Xia* a impulso cuatro había sido el resultado de un error cometido en medio del caos. Pero análisis posteriores rechazaron tales ideas. Activar el control remoto y saltarse los estrictos controles requeridos para que el sistema activase impulso cuatro, incluyendo confirmar que todo el personal estaba en estado abisal, implicaba una serie tan compleja de operaciones que era muy poco probable que pudiese suceder por error. La información transmitida por las dos naves reveló que antes de pasar a impulso cuatro, *Einstein* y *Xia* había usado los cazas y otras naves pequeñas para llevar al personal fuera. Solo pasaron a impulso cuatro cuando se acercó la gota y otras naves vecinas fueron destruidas. Con eso se deducía que su intención había sido escapar a la gota, empleando la aceleración más grande para preservar las naves de guerra de la humanidad, pero ni siquiera *Einstein* y *Xia* lograron escapar de ella. El dios de la muerte de ojos certeros se dio cuenta de que esas dos naves aceleraban más rápido que el resto, les dio caza rápidamente y acabó con ellas y su carga muerta.

Pero otras dos naves lograron acelerar con éxito a impulso cuatro y huyeron del ataque de la gota: *Cuántica* y *Edad de bronce*, que antes de la batalla ya se encontraban, por petición de Ding Yi, en estado abisal. Tan pronto como se produjo la destrucción de la tercera fila, las dos pasaron a impulso cuatro y ejecutaron una huida de emergencia en la misma dirección. Tuvieron tiempo de sobra para escapar a las profundidades del espacio porque en un principio estaban situadas en una esquina de la formación separadas de la gota por toda la flota.

Tras veinte minutos, más de mil naves, más de la mitad de la flota, habían sido destruidas.

El espacio, en un radio de diez mil kilómetros, estaba lleno de restos; era una nube metálica que se expandía con rapidez. De modo intermitente, las explosiones nucleares de las naves destruidas iluminaban los límites de ese cúmulo de restos, como si un gigantesco rostro pétreo parpadease en la noche cósmica. Entre explosiones, el resplandor del magma metálico convertía la nube en una puesta de sol hecha de sangre.

Las naves restantes estaban muy dispersas, pero la mayoría seguía dentro de los límites de la nube metálica. Ya habían agotado los cañones de riel y debían recurrir a los láseres para abrirse paso entre la nube. Por desgracia, los requerimientos energéticos no permitían mantener los láseres a plena potencia y, por tanto, las naves debían recorrer un camino tortuoso y lento por entre los restos. La mayoría se movía a una que a todos los efectos era la misma que la velocidad de expansión de la nube, lo cual la convertía en una trampa mortal de la que era imposible escapar.

La velocidad de la gota era ahora diez veces la tercera velocidad cósmica, aproximadamente 170 kilómetros por segundo. Su trayectoria la hacía atravesar restos que se licuaban al recibir el impacto, saltando a gran velocidad para dar contra otros restos y dotando a la gota de una cola brillante. Al principio parecía un cometa erizado de furia, pero a medida que la cola se alargaba, se iba transformando en un enorme dragón plateado de diez mil kilómetros de largo. Toda la nube metálica relucía por efecto de la luz del dragón a medida que se agitaba de un lado a otro, ejecutando su ballet demencial. Las naves atravesadas por la cabeza del dragón iban explotando a lo largo de su cuerpo, de modo que continuamente estaba marcado por las explosiones nucleares de cuatro o cinco pequeños soles. Luego, las naves de guerra fundidas se convertían en un millón de toneladas de magma metálico que teñía la cola de un rojo sangre sobrenatural...

Treinta minutos después el reluciente dragón seguía con su vuelo, pero las explosiones nucleares de su cuerpo ya no estaban y la cola ya no tenía el color de la sangre. En la nube metálica no quedaba ni una nave.

Cuando el dragón salió de la nube, su cuerpo desapareció en el mismo límite, la cabeza seguida de la cola. A continuación, se ocupó del resto de la flota. Solo veintiuna naves habían escapado de la nube. La mayoría había sufrido tantos daños que su aceleración era mínima o se limitaban a derivar sin energía. La gota las atrapó y destruyó con rapidez. Las nubes metálicas que resultaron de las nuevas explosiones se expandieron y se combinaron con la nube principal.

La gota tuvo que invertir algo más de tiempo en destruir las cinco naves prácticamente intactas. Ya habían logrado suficiente velocidad y huían en distintas direcciones. La última nave que destruyó, *Arca*, se había alejado mucho de la nube, por lo que cuando su explosión iluminó el espacio durante unos segundos fue como una lámpara solitaria en medio del viento y la inmensidad.

Las fuerzas armadas humanas en el espacio habían sido aniquiladas por completo.

La gota aceleró en dirección a *Cuántica* y *Edad de bronce*, pero pronto lo dejó. Los dos objetivos estaban demasiado lejos y habían conseguido demasiada velocidad. Así fue como *Cuántica* y *Edad de bronce* se convirtieron en las únicas supervivientes de aquella formidable destrucción.

La gota abandonó entonces el campo de la matanza y se dirigió hacia el sol.

Además de esas dos naves, algunos miembros de la flota habían sobrevivido al holocausto al subir a cazas y naves pequeñas antes de la destrucción de sus naves de guerra. Aunque la gota podría haber dado cuenta de ellas sin problema, no le interesaban las naves pequeñas. La mayor amenaza para estas últimas, sin sistema de defensa y sin capacidad para soportar un impacto, eran los fragmentos metálicos rápidos. Los restos destruyeron más de una nave pequeña después de que abandonasen las naves nodriza. Las mayores posibilidades de sobrevivir se daban al comienzo y el final del ataque, porque al inicio todavía no existía la nube metálica y al final la nube al expandirse había reducido su densidad.

Las pequeñas naves supervivientes derivaron durante unos días más allá de la órbita de Urano. Las rescataron naves civiles que recorrían esas regiones. Había unos sesenta mil supervivientes, incluyendo a los dos oficiales hibernados que habían realizado la primera valoración correcta del ataque de la gota: el alférez Zhao Xin y el capitán Li Wei.

Con el tiempo esa zona del espacio se tranquilizó. La nube metálica perdió su brillo en el frío del cosmos y desapareció en la oscuridad. Con el paso de los años, sufriendo el tirón de la gravedad solar, la nube dejó de expandirse y fue alargándose, para formar al fin una larga cinta que se convirtió en un cinturón metálico extremadamente delgado alrededor del sol, como si un millón de almas inquietas flotasen para siempre en los fríos límites del Sistema Solar.

Una única sonda trisolariana logró destruir toda la fuerza espacial humana. Otras nueve más llegarían en tres años. Las diez juntas no alcanzaban ni a la décima parte del tamaño de una única nave de guerra y Trisolaris disponía de mil de esas naves que ahora mismo se dirigían hacia el Sistema Solar.

«Si os destruyo, ¿a vosotros qué podría importaros?»

Tras despertar de un largo sueño, Zhang Beihai miró el reloj: había dormido quince horas seguidas, probablemente el sueño más largo de su vida exceptuando los doscientos años de hibernación. Ahora sentía una emoción nueva. Al prestar atención a su propia mente, comprendió el origen de esa sensación.

Estaba solo.

En el pasado, incluso al flotar por sí mismo en el espacio infinito, nunca había tenido la sensación de estar realmente solo. Desde el más allá le observaban los ojos de su padre con una mirada presente en todos los momentos del día. Como la luz del sol durante el día y la luz de las estrellas de noche, esa mirada era una parte de su mundo. Ahora la mirada de su padre había desaparecido.

«Hora de salir», se dijo mientras se arreglaba el uniforme. Había dormido en ingravidez, por lo que el pelo y la ropa no se le habían descolocado. Dando un último vistazo a la cabina esférica donde había pasado más de un mes, abrió la puerta y salió flotando, preparado para enfrentarse estoicamente a la furia de la multitud, para enfrentarse a las incontables expresiones de desprecio y condena, al juicio final... y para enfrentarse, como sabía todo soldado, a una vida cuya duración desconocía. Pasase lo que pasara, el resto de su vida lo viviría con tranquilidad.

El pasillo estaba vacío.

Avanzó despacio, dejando atrás compartimentos a cada lado, todos abiertos. Eran idénticos a su cabina esférica, sus paredes blancas como la nieve, tan similares a ojos sin pupila. El entorno estaba limpio y no vio ventanas de información abiertas. Probablemente hubiesen reiniciado y reformateado el sistema de información de la nave.

Recordó una película que había visto de joven. Los personajes ocupaban un mundo como un cubo de Rubik compuesto por incontables habitaciones cúbicas idénticas entre sí, donde cada una contenía un mecanismo mortal diferente. Pasaban de una habitación a la siguiente, sin parar...

Le sorprendió la libertad de sus pensamientos. Antes era un lujo dejar vagar la mente de esa forma, pero ahora que se acercaba el final de su misión de dos siglos, su cerebro podía recorrer de nuevo ese camino.

Giró una esquina y delante de él se abrió otro largo pasillo tan vacío como el primero. Los mamparos emitían una luz suave y uniforme que le hacía perder la sensación de profundidad. El mundo se le antojaba compacto. Una vez más, las puertas de las cabinas esféricas a cada lado estaban abiertas, y cada una de ellas era un espacio blanco idéntico.

Era como si hubiesen abandonado *Selección natural*. A ojos de Zhang Beihai, la enorme nave que ocupaba era un símbolo enorme pero conciso, la representación metafórica de alguna ley subyacente a la realidad. Tuvo la ilusión de que esos espacios esféricos, blancos e idénticos, se extendían interminablemente a su alrededor, repitiéndose por todo el universo infinito.

Una idea le vino a la cabeza: holografía.

Cada una de las cabinas esféricas podía obtener el control y manipulación completa de *Selección natural*, por lo que, al menos desde el punto de vista de la informática, cada una de las cabinas era la totalidad de *Selección natural*. Por tanto, *Selección natural* era holográfica.

La nave en sí era una semilla metálica y portadora de toda la información de la civilización humana. Si germinaba en algún punto del universo, podría acabar creciendo para convertirse en una civilización plena. La parte contenía el todo: por tanto, la civilización humana también era holográfica.

Había fracasado. No había logrado dispersar esas semillas y se lamentaba por ello. Pero no sentía tristeza. Y no era simplemente por haber hecho todo lo posible por cumplir con su deber. Su mente, ahora liberada, se envalentonó e imaginó todo el universo como holográfico, cada punto conteniendo el conjunto; el universo persistiría mientras quedase un único átomo. De pronto, poseía una concentración universal, la misma sensación que Ding Yi había tenido diez horas antes al otro extremo del Sistema Solar, durante la última fase de la aproximación a la gota, y mientras Zhang Beihai todavía dormía.

Llegó al final del pasillo y abrió la puerta para entrar en la sala esférica más grande de la nave, la primera donde había estado al llegar a *Selección natural* tres meses antes. Al igual que aquella primera vez, una formación de oficiales y soldados flotaba en el centro de la esfera, pero su número era varias veces mayor y formaban tres capas. Los dos mil tripulantes de *Selección natural* formaban la capa central, que ahora comprendía era la única real. Las otras dos eran hologramas.

Al prestar más atención, comprobó que las formaciones holográficas estaban compuestas por los soldados y oficiales de las cuatro naves que les perseguían. Justo en el centro de la formación de tres capas había una fila de cuatro coroneles: Dongfang Yanxu y los capitanes de las otras cuatro naves. Todos eran hologramas, evidentemente transmitidos desde sus naves, menos Dongfang Yanxu. Al entrar en la sala, los ojos de cinco mil personas se concentraron en él con una expresión que no dirigirían a un desertor. Los capitanes le dedicaron un saludo militar.

—¡*Espacio azul*, de la Flota Asiática!

—¡*Enterprise*, de la Flota Norteamericana!

—¡*Espacio profundo*, de la Flota Asiática!

—¡*Ley final*, de la Flota Europea!

Dongfang Yanxu fue la última en saludarle.

—¡*Selección natural*, de la Flota Asiática! Señor, las cinco naves de guerra de clase estelar que usted ha logrado preservar para la humanidad es todo lo que queda de la flota espacial de la Tierra. ¡Por favor, acepte el mando!

—Todo ha colapsado. ¡Es un ataque de nervios colectivo! —Shi Xiaoming hizo un gesto de desesperación. Acababa de volver de la ciudad subterránea—. Toda la ciudad está descontrolada. Es un caos.

Los administradores habían convocado una reunión del gobierno del vecindario. Los hibernados eran dos tercios, con la gente moderna ocupando el resto. Ahora eran fáciles de distinguir: a pesar de su estado de absoluta depresión, los administradores hibernados mantenían la compostura a pesar de la falta de ánimos, mientras que los modernos daban señales de haber perdido los nervios en distintos grados, e incluso el control durante la reunión. Las palabras de Shi Xiaoming les volvió a alterar. Los ojos del administrador jefe del vecindario estaban llenos de lágrimas, y al cubrirse el rostro para llorar fue como dar permiso a otros funcionarios modernos para que hiciesen lo mismo. El funcionario encargado de educación reía histéricamente, y otros modernos empezaron a rugir, antes de lanzar los vasos al suelo...

—¡Tranquilidad! —dijo Shi Qiang. No habló alto, pero la voz poseía cierta dignidad y calmó a los funcionarios modernos. Los que lloraban hicieron lo posible por controlar las lágrimas.

—No son más que niños —dijo Hines, haciendo un gesto negativo con la cabeza.

Asistía a la reunión como representante de la gente. Posiblemente fuese la única persona que se había beneficiado de la destrucción de la flota combinada, porque había recuperado la normalidad ahora que la realidad se correspondía con su precinto mental. Antes de eso, el precinto mental le había atormentado día y noche al enfrentarse a lo que parecía una victoria segura; casi logró volverlo loco. Le habían enviado al mejor hospital de la ciudad, donde los psiquiatras más expertos no habían podido ayudarle. Aun así, habían ofrecido una idea novedosa que Luo Ji y los funcionarios suburbanos habían puesto en marcha. Como en «El asedio de Berlín» de Daudet, o la vieja película de la Edad Dorada *Good Bye, Lenin!*, ¿por qué no fabricar un entorno ficticio en el que la humanidad hubiese fracasado? Por suerte, dado los enormes avances en tecnologías virtuales, no fue complicado crear ese entorno. Cada día, en su residencia, Hines recibía noticias creadas especialmente para él, acompañadas de imágenes tridimensionales perfectamente creíbles. Vio una porción de la flota trisolariana acelerar y llegar antes al Sistema Solar, y la flota combinada de la humanidad sufrir enormes pérdidas en la batalla del Cinturón de Kuiper. A continuación, las tres flotas no lograron contener el frente en la órbita de Neptuno y se vieron obligadas a resistir en la órbita de Júpiter...

El funcionario del vecindario encargado de crear ese mundo ficticio se quedó bastante inmerso en él y cuando la aplastante derrota se dio en la realidad, fue el primero en sufrir un colapso nervioso. Había agotado su imaginación pintando la derrota de la humanidad en los términos más desastrosos posibles, tanto para ayudar a Hines como por su propio placer personal, pero la cruel realidad superaba con creces todo lo que había imaginado.

Cuando las imágenes de la destrucción de la flota, a veinte unidades astronómicas de distancia, llegaron a la Tierra tres horas más tarde, el público se comportó como un grupo de niños desesperados, convirtiendo al mundo en un jardín de infancia plagado de pesadillas. Los colapsos mentales se extendieron con rapidez y todo se descontroló.

En el vecindario de Shi Qiang, todos sus superiores renunciaron o se limitaron a rendirse y no hacer nada, así que las autoridades de todavía mayor nivel le concedieron un nombramiento de emergencia para que se encargase de las obligaciones del administrador jefe local. Puede que no fuese un puesto muy importante, pero durante la crisis el destino de aquel vecindario de hibernados estaba en sus manos. Por suerte, al contrario que la ciudad subterránea, las sociedades de hibernados se mantenían relativamente estables.

—Me gustaría que todos recordasen la situación en la que nos encontramos —dijo Shi Qiang—. Si se da algún problema en el entorno artificial de la ciudad subterránea, ese lugar se convertirá en un infierno y todos saldrán a la superficie. Dado ese caso, no podremos sobrevivir. Será mejor que pensemos en emigrar.

—¿Emigrar adónde? —preguntó alguien.

—A algún lugar no muy poblado, como al noroeste. Aunque, claro está, primero tendríamos que mandar gente a examinarlo. Ahora mismo es imposible predecir qué será del mundo y si se producirá otro Gran Cataclismo. Debemos prepararnos para la posibilidad de sobrevivir únicamente de la agricultura.

—¿La gota atacará la Tierra? —preguntó otro.

—¿Qué sentido tiene preocuparse de eso? —Shi Qiang hizo un gesto de negación—. Nadie puede hacer nada al respecto. Y tendremos que seguir viviendo hasta el momento en que atraviese la Tierra, ¿no es así?

—Así es. Es mejor no preocuparse. Eso es algo que tengo muy claro —respondió Luo Ji, rompiendo así el silencio.

Las siete naves de guerra de la humanidad huían del Sistema Solar divididas en dos grupos: cinco naves, formadas por *Selección natural* y sus perseguidoras, y otro grupo de dos naves, *Cuántica* y *Edad de bronce*, que habían sobrevivido a la devastación de la gota. Las dos flotillas se encontraban en puntos opuestos del Sistema Solar, separadas por el sol. Llevaban trayectorias opuestas y cada vez se separaban más.

A bordo de *Selección natural*, Zhang Beihai no cambió la expresión tras escuchar el relato de la aniquilación de la flota combinada. Sus ojos siguieron expresando una calma absoluta y dijo sin darle importancia:

—Una formación densa es un error imperdonable. Todo lo demás era de esperar.

»Camaradas —paseó la mirada entre los cinco capitanes y las tres capas de soldados y oficiales—. He empleado ese antiguo título porque quiero que desde este día compartamos la misma voluntad. Cada uno de nosotros debe comprender la realidad a la que nos enfrentamos y debe tener presente el futuro que nos espera. Camaradas, no podemos volver.

Efectivamente, no había regreso posible. La gota que había destruido la flota combinada seguía en el Sistema Solar, y en tres años llegarían otras nueve. Para esta pequeña flota, su antiguo hogar era una trampa mortal. Según la información de la que disponían, la civilización humana se desmoronaría por completo incluso antes de que llegase la flota principal trisolariana, así que el final de la Tierra no estaba lejos. Las cinco naves debían aceptar la responsabilidad de conservar la civilización, pero su única opción era seguir avanzando y llegar lejos. Las naves espaciales serían sus hogares para siempre, y el espacio, el escenario de su descanso final.

En su conjunto, los 5.500 tripulantes eran como un bebé al que le hubieran cortado el cordón umbilical y cruelmente hubiesen lanzado al abismo del espacio. Al igual que ese bebé, su única opción era llorar. Pero, sin embargo, los ojos tranquilos de Zhang Beihai eran un potente campo de fuerza que mantenía la estabilidad de la formación y les ayudaba a mantener su porte militar. Los niños lanzados a la noche eterna necesitaban sobre todo un padre, y ahora, al igual que Dongfang Yanxu, habían encontrado la energía de ese padre en la figura del antiguo soldado.

Zhang Beihai siguió hablando:

—Siempre formaremos parte de la humanidad. Pero ahora somos una sociedad independiente y debemos liberarnos de nuestra dependencia psicológica de la Tierra. Debemos elegir un nuevo nombre para este nuestro mundo.

—Venimos de la Tierra y es posible que seamos los únicos herederos de la civilización terrestre; por tanto, que nuestro nombre sea Nave Tierra —dijo Dongfang Yanxu.

—Excelente. —Zhang Beihai hizo un gesto de aprobación para luego volverse hacia la formación—. A partir de ahora, cada uno de nosotros es ciudadano de Nave Tierra. Este momento bien podría ser el segundo punto de inicio de la civilización humana. Tenemos mucho por hacer, así que les pido que ahora vuelvan a sus puestos.

Las dos formaciones holográficas desaparecieron y la de *Selección natural* empezó a dispersarse.

—Señor, ¿nuestras cuatro naves deben encontrarse? —preguntó el capitán de *Espacio profundo*. Los capitanes no se habían ido.

Zhang Beihai negó firmemente con la cabeza.

—No será necesario. Ahora mismo se encuentran a unos doscientos mil kilómetros de *Selección natural*, y aunque estamos cerca, gastaríamos combustible nuclear en esa maniobra. La energía es la base de nuestra supervivencia y debemos conservar toda la que podemos de la poca que tenemos. Somos los únicos seres humanos en esta zona del espacio, así que comprendo el deseo de reunirnos, pero doscientos mil kilómetros es una pequeña distancia. Desde este momento nuestra única forma de pensar debe ser a largo plazo.

—Sí, debemos pensar a largo plazo —repitió Dongfang Yanxu en voz baja. Todavía miraba al horizonte, como si contemplase los largos años que tenían por delante.

Zhang Beihai volvió a tomar la palabra.

—Debemos convocar de inmediato una asamblea ciudadana para decidir los detalles más básicos. A continuación, la mayor cantidad de personas posibles debe pasar a hibernación para que el sistema de soporte vital pueda operar bajo mínimos... Pase lo que pase, hoy se inicia la historia de Nave Tierra.

Una vez más los ojos del padre de Zhang Beihai surgieron del más allá, como unos rayos llegados desde los límites del cosmos que lo atravesaban todo. Sintió la mirada y en su corazón dijo: «No, padre. No puedes descansar. No ha terminado. Acaba de empezar de nuevo.»

Al día siguiente, guiándose todavía por el tiempo de la Tierra, Nave Tierra convocó su primera Asamblea Ciudadana plenaria, celebrada en la combinación de cinco espacios holográficos. Asistían unos tres mil ciudadanos y los demás, que no podían abandonar sus puestos, se conectaron por red.

En primer lugar, la asamblea dedicó su atención a una cuestión urgente: el destino final de Nave Tierra. Por votación unánime se decidió mantener el rumbo actual. El objetivo era el fijado por Zhang Beihai, en dirección a la constelación del Cisne... o, para ser más exactos, la estrella NH558J2, uno de los sistemas planetarios más cercanos al Sistema Solar. Poseía dos planetas, los dos gigantes gaseosos que no permitían la vida humana pero que casi seguro podrían ofrecer combustible. Al parecer, el destino se había elegido tras cuidadosas reflexiones, porque en otra dirección, a simplemente 1,5 años luz más que su destino actual, había otro sistema planetario que, según las observaciones, contenía un planeta con un entorno natural similar a la Tierra. Pero ese sistema solo poseía un planeta, que si resultaba ser un mundo inhóspito —y las condiciones de habitabilidad eran mucho más precisas de lo que se podía descubrir observando un mundo a varios años luz de distancia—, entonces Nave Tierra no tendría oportunidad de repostar. Tras llegar a NH558J2 y repostar, podrían volar a todavía más velocidad hacia el siguiente destino.

NH558J2 se encontraba a dieciocho años luz del Sistema

Solar. Dada su velocidad actual, y teniendo en cuenta varias incertidumbres del viaje, Nave Tierra llegaría allí en dos mil años.

Dos milenios. Ese número sombrío ofrecía otra imagen precisa de su presente y del futuro que les aguardaba. Aun contando con la hibernación, la mayoría de los ciudadanos de Nave Tierra no vivirían para ver su destino. Sus vidas no serían más que una breve fracción del viaje de veinte siglos. Es más, incluso para sus descendientes, NH558J2 no sería más que un punto de parada. Nadie sabía cuál sería, en efecto, su destino final, y mucho menos cuándo lograría Nave Tierra llegar al fin a su verdadero y hospitalario hogar.

De hecho, Zhang Beihai se había mostrado asombrosamente racional en sus reflexiones. Era evidente que sabía que la capacidad de la Tierra para sostener vida humana no era una simple coincidencia, y mucho menos un resultado del efecto antrópico, sino más bien el producto de la interacción a lo largo de grandes períodos entre la biosfera y el entorno natural (situación que muy probablemente no se repetiría en otro planeta alrededor de alguna estrella lejana). Elegir NH558J2 daba a entender otra posibilidad: quizá fuese imposible encontrar un mundo habitable y que la nueva civilización humana tuviese siempre que viajar en una nave espacial.

Pero no lo dijo de forma explícita. Tal vez la próxima generación nacida en Nave Tierra fuese capaz de aceptar una civilización espacial viviendo en una nave. La generación actual tendría que vivir apoyándose en la idea de dar con un hogar en un planeta como la Tierra.

La asamblea también decidió la posición política de Nave Tierra. Las cinco naves formarían siempre parte del mundo humano, pero dadas las circunstancias en las que se encontraban, era imposible que Nave Tierra se subordinase políticamente a la Tierra o las tres flotas, por lo que se convertiría en un país del todo independiente.

Cuando transmitieron esa resolución al Sistema Solar, Naciones Unidas y la Asamblea Conjunta de la Flota Solar tardaron mucho tiempo en responder. Sin posicionarse de forma abierta, se limitaron a enviar su beneplácito tácito.

Y así fue como el mundo humano quedó dividido en tres colaciones: la antigua Coalición Tierra, la Coalición Flota de la nueva era y la Coalición Nave que viajaba por el insondable cosmos. Ese último grupo contenía algo más de cinco mil personas, pero llevaba con él todas las esperanzas de la civilización humana.

Durante la segunda reunión de la Asamblea Ciudadana, se iniciaron las discusiones sobre la estructura de liderazgo de Nave Tierra.

Al comienzo de la reunión, Zhang Beihai dijo:

—Creo que es demasiado pronto para tratar este tema. Primero debemos decidir la forma que adoptará la sociedad de Nave Tierra antes de pensar en los órganos de gobierno que vamos a necesitar.

—Es decir, primero debemos redactar un borrador de constitución —dijo Dongfang Yanxu.

—Al menos los principios básicos de una constitución.

Fue la línea seguida por la reunión. Dado que Nave Tierra era un ecosistema extremadamente frágil que viajaba por el cruel entorno espacial, la mayoría se inclinaba por establecer una sociedad disciplinada que garantizase la voluntad colectiva de sobrevivir en esas condiciones. Alguien propuso mantener el sistema militar actual, idea que recibió el apoyo mayoritario.

—Quieren decir una sociedad totalitaria —aclaró Zhang Beihai.

—Señor, debería tener un nombre aceptable. Después de todo, somos militares —dijo el capitán de *Espacio azul*.

—No creo que salga bien. —Zhang Beihai hizo un decisivo gesto negativo—. Seguir con vida no es suficiente para garantizar la supervivencia. La mejor forma de garantizarla es el desarrollo. Para ampliar el tamaño de nuestra flota, sería preciso que durante el viaje desarrollemos ciencia y tecnología propias. Los hechos históricos de la Edad Media y el Gran Cataclismo demuestran que un sistema totalitario es la mayor barrera para el progreso humano. Nave Tierra va a requerir nuevas ideas e innovaciones brillantes, cosa que solo se puede lograr en una sociedad que respete la libertad y el individuo.

—Señor, ¿habla de establecer una sociedad como la actual Coalición Tierra? Nave Tierra tiene varias limitaciones intrínsecas —dijo un oficial de bajo rango.

—Así es. —Dongfang asintió en dirección a la persona que había hablado—. Es posible que Nave Tierra tenga pocos ciudadanos, pero dispone de un sistema informático muy refinado. Con él es muy fácil que todos los ciudadanos discutan y voten cualquier problema. Estamos en posición de establecer la primera sociedad humana verdaderamente democrática.

—Eso tampoco saldrá bien. —Zhang Beihai volvió a negar con la cabeza—. Como ya han dicho otros ciudadanos, Nave Tierra viaja a través del cruel entorno espacial, donde en cualquier momento se puede producir una catástrofe que amenace nuestro mundo. La historia de la Tierra durante la Crisis Trisolariana ha dejado claro que, al enfrentarse a desastres de esa magnitud, sobre todo cuando nuestro mundo debe realizar sacrificios en aras de preservar el todo, ese tipo de sociedad humanitaria es especialmente frágil.

Todos los asistentes se miraron unos a otros. En sus ojos tenían la misma pregunta: «Entonces, ¿qué hacemos?»

Sonriendo, Zhang Beihai dijo:

—Mis ideas son demasiado simples. La historia humana jamás ha dado una respuesta a esta pregunta, por tanto, ¿cómo podríamos responderla en una única reunión? Tengo la impresión de que será necesario un largo proceso de práctica y exploración antes de que demos con el modelo social más adecuado para Nave Tierra. Tras la reunión se debería abrir la discusión de este aspecto... Por favor, acepten mis disculpas por haber alterado la agenda. Deberíamos continuar con el punto original.

Dongfang nunca había visto a Zhang Beihai sonreír de esa forma. Las pocas veces que lo hacía, era una sonrisa de confianza e indulgencia. Pero esta vez mostraba una timidez pesarosa que no había visto nunca antes. A pesar de que interrumpir la reunión no tenía mayor importancia, era un hombre con una mente particularmente discreta y esta era la primera vez que había expresado una opinión para luego retirarla. Se dio cuenta de que estaba distraído. No había tomado notas durante la reunión, al contrario que durante la primera. Era el único a bordo que todavía usaba papel y pluma, que se habían convertido en su sello distintivo.

Por tanto, ¿en qué estaba pensando?

La reunión pasó a tratar la cuestión de los órganos de gobierno. El sentimiento general era que todavía no se daban las condiciones adecuadas para celebrar elecciones, por lo que la cadena de mando de las naves no cambiaría por ahora. Los capitanes dirigirían sus respectivas naves y un Comité de Gobierno de Nave Tierra formado por los cinco discutirían los asuntos importantes y tomarían decisiones. A Zhang Beihai se le eligió unánimemente como presidente del comité, en su papel de comandante supremo de Nave Tierra. La resolución se presentó a la asamblea y se aprobó con el cien por cien de los votos.

Pero él rechazó el cargo.

—Señor, es su responsabilidad —dijo el capitán de *Espacio profundo*.

—En Nave Tierra es usted el único con el prestigio suficiente para comandar todas las naves —afirmó Dongfang Yanxu.

—Tengo la impresión de haber cumplido con todas mis obligaciones. Estoy cansado y he llegado a la edad de jubilación —respondió Zhang Beihai en voz baja.

Una vez concluida la reunión, Zhang Beihai le pidió a Dongfang Yanxu que se quedase. Una vez que salieron todos, le dijo:

—Dongfang, quiero recuperar mi puesto como capitán en funciones de *Selección natural*.

—¿Capitán en funciones? —lo miró sorprendida.

—Sí. Vuelva a darme permisos operativos sobre la nave.

—Sí, le puedo entregar la silla de capitán de *Selección natural*. Lo digo totalmente en serio. Y el Comité de Gobierno y los ciudadanos no se opondrán.

Hizo un gesto negativo acompañado de una sonrisa.

—No, usted seguirá siendo la capitana, con todos sus poderes. Por favor, confíe en mí. No daré ningún tipo de problema.

—Entonces, ¿por qué quiere los privilegios de capitán en funciones? ¿Los necesita en su situación actual?

—Simplemente me gusta la nave. Fue nuestro sueño durante dos siglos. ¿Sabe lo que he hecho para que esta nave esté hoy aquí?

Al mirarla, la dureza pétrea que antes se había manifestado en sus ojos había desaparecido. Solo quedaba el vacío del cansancio y una profunda pena que le hacía parecer otra persona. Ya no era el superviviente tranquilo y adusto que pensaba profundamente y actuaba con decisión, sino más bien un hombre que soportaba el peso del tiempo. Al mirarle, Dongfang Yanxu sintió una preocupación nueva.

—Sí, no piense en eso. Los historiadores han alcanzado una valoración objetiva de sus acciones en el siglo veintiuno: escoger la investigación en la propulsión por radiación fue un paso importante en la dirección correcta para lograr avanzar la tecnología espacial de la humanidad. Quizás, en su momento... fuese la única opción, de la misma forma que huir era la única opción para *Selección natural*. Además, según la ley moderna, cualquier delito prescribió hace tiempo.

—Pero no puedo liberarme de mi cruz. No lo comprendería... Siento esta nave, la siento más de lo que la siente usted. Es como si fuese una parte de mí. No puedo abandonarla. Además, en el futuro debo tener algún tipo de ocupación. Las tareas hacen que se me calme la cabeza.

Después se volvió y se fue; era una figura cansada que se alejaba flotando, convirtiéndose en un pequeño punto negro en medio de la enorme esfera blanca. Dongfang lo observó hasta que se perdió en el blanco. Una soledad como no había experimentado antes llegó desde todos los rincones de su ser.

En futuras reuniones de la Asamblea Ciudadana, la gente de Nave Tierra se embarcó con pasión en la creación de un nuevo mundo. Mantuvieron animados debates sobre la constitución y la estructura social del mundo, esbozaron distintas leyes y planearon las primeras elecciones... Se produjo un exhaustivo intercambio de puntos de vista entre oficiales y soldados de distinta graduación y entre las diversas naves. La gente aceptaba su futuro y aspiraba a convertir Nave Tierra en un núcleo que acabase siendo el germen de una futura civilización, incrementando el tamaño de la flota a medida que pasaban de un sistema estelar a otro. Un número cada vez mayor de personas empezó a referirse a Nave Tierra como «segundo Edén», un segundo punto de partida para la civilización humana.

Pero ese estado de júbilo no duró mucho, porque efectivamente Nave Tierra no era un Jardín del Edén.

El teniente coronel Lan Xi dirigía, al ser el psicólogo jefe de *Selección natural*, el Segundo Departamento de Servicios Civiles, una agencia de oficiales militares con conocimientos de psicología y que tenía como objetivo la salud psicológica de la nave durante los viajes espaciales largos y durante la batalla. Lan Xi y sus subordinados se pusieron en estado de alerta, como guerreros enfrentándose al ataque de un enemigo formidable, en cuanto Nave Tierra inició su viaje de no retorno. Los planes que habían estudiado en muchas ocasiones anteriores les habían preparado para todo un abanico de posibles crisis psicológicas.

Estaban de acuerdo en que el peor enemigo era el mismísimo «Problema N»: la nostalgia. Después de todo, esta era la primera ocasión en la que la humanidad se había embarcado en un viaje sin fin, por lo que el Problema N podría potencialmente provocar un desastre psicológico masivo. Lan Xi ordenó al Segundo Departamento que tomase todas las precauciones posibles, hasta el punto de establecer canales exclusivos para comunicarse con la Tierra y las tres flotas. Así, todas las personas de Nave Tierra podían mantener contacto constante con sus familiares y amigos en la Tierra y la flota, y les permitía seguir la mayoría de las noticias y otros programas de las dos coaliciones. Aunque Nave Tierra se encontraba a setenta unidades astronómicas del sol, por lo que el retraso de las señales era de nueve horas, la calidad de la comunicación era excelente.

Además de realizar intervenciones y ajustes cuando se daban señales del Problema N, los oficiales psicólogos del Segundo Departamento también tenían preparado un mecanismo de último recurso para tratar un desastre psicológico a gran escala: la cuarentena de la multitud incontrolable usando la hibernación.

Los futuros acontecimientos acabarían demostrando que tales preocupaciones eran superfluas. El Problema N se extendió por toda Nave Tierra, pero quedó bastante lejos de descontrolarse, y jamás llegó a alcanzar los niveles de otros viajes normales de larga distancia realizados anteriormente. Al principio, ese hecho dejó perplejo a Lan Xi, pero no tardó en encontrar la explicación: tras la destrucción de la flota principal de la humanidad, la Tierra había perdido toda esperanza. A pesar de que la batalla final seguía estando a dos siglos de distancia (si se aceptaban las estimaciones más optimistas), las noticias llegadas de la Tierra les transmitían que el mundo, tras haberse hundido en el caos por efecto de la gran derrota, ya se sentía como muerto. No había nada en la Tierra o el Sistema Solar que pudiese alentar a Nave Tierra. Ante un hogar así, la nostalgia alcanzaba sus límites.

Sin embargo, sí que apareció un enemigo, todavía más ominoso que el Problema N. Para cuando Lan Xi y el Segundo Departamento se dieron cuenta, ya no había nada que pudiesen hacer.

Lan Xi sabía por experiencia que en un viaje espacial largo, el Problema N solía aparecer primero en soldados y oficiales de bajo nivel, ya que sus puestos y responsabilidades exigían menos atención que en el caso de oficiales de alto nivel, y su acondicionamiento mental era relativamente peor. Así que el Segundo Departamento se concentró primero en los niveles inferiores. Por desgracia, la sombra cubrió de entrada a los niveles superiores.

Más o menos al mismo tiempo, Lan Xi se topó con un hecho curioso. Se iban a celebrar las primeras elecciones para los cuerpos de gobierno de Nave Tierra. Estarían abiertas a toda la población, por lo que la mayor parte de los mandos de alto rango se enfrentaban a la situación de dejar de ser oficiales militares y pasar a ser funcionarios de gobierno. Habría que hacer cambios en sus puestos y a muchos de ellos los sustituirían competidores de menor nivel. A Lan Xi le sorprendió descubrir que a ninguno de los mandos de mayor nivel de *Selección natural* les preocupaban las elecciones, a pesar de que sus resultados determinarían el resto de sus vidas. No vio que ningún oficial de alto rango intentase hacer campaña, y cuando mencionaba las elecciones, ninguno mostraba ni el más mínimo interés. No pudo evitar recordar el aire distraído de Zhang Beihai durante la segunda reunión de la Asamblea Ciudadana.

Posteriormente detectó señales de desequilibrios psicológicos entre los oficiales de graduación superior a teniente coronel. Muchos se iban volviendo cada vez más introvertidos, pasando mucho tiempo a solas con sus pensamientos y reduciendo radicalmente el contacto social. En las reuniones cada vez hablaban menos, y en ocasiones guardaban completo silencio. Lan Xi se dio cuenta de que ya nada les iluminaba los ojos y sus rostros solo transmitían pesimismo. No se atrevían a mirar a los demás a los ojos por temor a que la otra persona detectase su tristeza. En aquellas ocasiones en que las miradas se cruzaban, apartaban la vista de inmediato como si hubiesen recibido una descarga... Cuanto mayor era la graduación, más evidentes eran los síntomas. Y algunos indicios apuntaban a que se iban extendiendo por el resto de los oficiales de menor rango.

Era posible realizar sesiones psicológicas. Todos se negaban en redondo a tener cualquier charla con los oficiales psicólogos, por lo que el Segundo Departamento se vio obligado a invocar su prerrogativa especial que le permitía imponer terapias obligatorias. Aun así, la mayoría guardó silencio.

Lan Xi decidió que tenía que hablar con la comandante suprema, Dongfang Yanxu. Aunque Zhang Beihai había poseído un estatus y un insólito prestigio en *Selección natural* y el resto de Nave Tierra, lo había rechazado todo. Se había retirado de cualquier competición e insistía en ser una persona normal. Solo había conservado las obligaciones de capitán en funciones: transmitía las órdenes de la capitana al sistema de control de la nave. El resto de su tiempo vagaba por *Selección natural*, aprendiendo todos los detalles posibles directamente de oficiales y soldados de toda graduación, y demostrando un afecto constante por el arca espacial. Por lo demás, se mostraba tranquilo e indiferente, sin sufrir en nada la enorme sombra psicológica de la nave. Sin duda, aspiraba a mostrarse distante, pero Lan Xi conocía una muy buena razón para su inmunidad: los antiguos no eran tan sensibles como los modernos, y dadas las circunstancias actuales, la insensibilidad poseía excelentes funciones de autoprotección.

—Capitana, debe darnos algún indicio de lo que está pasando —dijo.

—Teniente coronel, son ustedes los que nos deberían estar aconsejando.

—¿Quiere decir que no es consciente para nada de su estado actual?

En los ojos de la mujer asomó una tristeza infinita.

—Solo sé que somos los primeros humanos en salir al espacio.

—¿A qué se refiere?

—Esta es la primera vez que la humanidad ha salido realmente al espacio.

—Oh, ya comprendo. Antes, por muy lejos que los seres humanos viajasen por el espacio, seguía siendo una cometa enviada a los cielos por la Tierra. Había un hilo espiritual que conectaba a los viajeros con la Tierra. Ahora el hilo se ha roto.

—En efecto. Aunque el cambio esencial no es que hayan soltado el hilo, sino que la mano al otro lado ha desaparecido. La Tierra se dirige a su destrucción. Es más, en nuestras mentes ya está muerta. Nuestras cinco naves no mantienen conexión con ningún mundo. A nuestro alrededor la única presencia es el abismo del espacio.

—Así es. Nunca antes la humanidad se había enfrentado a un entorno psicológico como este.

—Sí. En un entorno así el espíritu humano sufrirá cambios muy importantes. La gente se volverá... —dejó de hablar de pronto y la tristeza de los ojos se esfumó, dejando simplemente pesimismo, como un cielo cubierto de nubes una vez ha terminado de llover.

—¿Quiere decir que en este entorno la gente se convertirá en nueva gente?

—¿Nueva gente? No, teniente coronel. La gente se convertirá en... no-gente.

Lan Xi se estremeció al oír eso último. Miró a Dongfang Yanxu y esta le devolvió la mirada. En el vacío de esos ojos solo vio que las ventanas al alma se habían cerrado completamente.

—Lo que quiero decir es que no será gente en el antiguo sentido... teniente coronel, eso es todo lo que puedo decir. Haga lo que pueda. Y... —las siguientes palabras sonaron como si hablase en sueños—. Pronto le tocará a usted.

La situación siguió empeorando. Un día después de que Lan Xi hablase con Dongfang Yanxu, se produjo un caso de violencia en *Selección natural*. Un teniente coronel asignado al sistema de navegación de la nave le había disparado a otro oficial con el que compartía alojamiento. Según la víctima, el oficial se había despertado de pronto en medio de la noche y al ver que la víctima también estaba despierta, le había acusado de escuchar a escondidas lo que decía en sueños. En la pelea posterior, las emociones le habían quitado todo el control y había disparado el arma.

De inmediato, Lan Xi fue a visitar al teniente coronel detenido.

—¿Qué temía que le oyese decir en sueños? —le preguntó.

—¿Entonces lo oyó? —preguntó a su vez el aterrorizado atacante.

Lan Xi negó con la cabeza.

—Dice que no oyó nada.

—¿Y qué pasa si dije algo? Lo que se dice en sueños no se puede considerar verdad. Mi mente no cree realmente nada de eso. ¡No voy a ir al infierno por algo que dije en sueños!

Al final, Lan Xi fue incapaz de lograr que le contase lo que creía haber dicho en sueños. Le preguntó si le importaría que usasen hipnoterapia. La propuesta no hizo más que enfurecer, extrañamente, al atacante, quien se lanzó contra Lan Xi e intentó estrangularlo hasta que llegó la policía militar a separarlos. Al irse, uno de los guardias que había oído la conversación le dijo:

—Teniente coronel, no vuelva a mencionar la hipnoterapia a menos que quiera que el Segundo Departamento se convierta en el grupo más odiado de la nave. No durarían mucho.

De modo que Lan Xi se puso en contacto con el coronel Scott, psicólogo en *Enterprise*. Scott también ocupaba el puesto de capellán de la nave, puesto que no existía en la mayoría de las naves de la Flota Asiática. *Enterprise* y las otras tres naves del grupo de persecución todavía se encontraban a doscientos mil kilómetros.

—¿Por qué está tan oscuro? —dijo Lan Xi al recibir la señal de vídeo de *Enterprise*.

Scott se encontraba en una cabina tenue que habían ajustado de forma que las paredes curvas emitían un resplandor amarillo, y mostraban una imagen de las estrellas, lo que ofrecía la impresión de encontrarse en un cosmos neblinoso. El rostro estaba oculto entre las sombras, pero aun así Lan Xi fuese consciente de que los ojos de Scott escapaban rápidamente de los suyos.

—Las tinieblas se ciernen sobre el Jardín del Edén. La oscuridad se lo tragará todo —dijo Scott con voz cansada.

Lan Xi quería hablar con él porque como capellán de *Enterprise* era posible que durante la confesión la gente le confiase la verdad. Quizá tuviese algún consejo que darle. Pero al oír esas palabras y ver los ojos del coronel entre las sombras, Lan Xi supo que no lograría sacar nada en limpio. Reprimió la primera pregunta y le hizo otra que incluso le sorprendió a él mismo:

—¿Lo sucedido en el primer Jardín del Edén se repetirá en el segundo?

—No lo sé. Lo que sé es que las víboras campan a sus anchas. Las serpientes del segundo Edén trepan en estos mismos momentos por las almas de la gente.

—¿Quiere decir que ha consumido el fruto del conocimiento?

Scott asintió lentamente. Luego agachó la cabeza y no la volvió a levantar, como si desease ocultar los ojos que le traicionarían.

—Se podría expresar así.

—¿A quién se expulsará del Jardín del Edén? —La voz de Lan Xi se estremecía y le sudaban las palmas.

—Muchos serán expulsados. Pero al contrario que la primera vez, es posible que algunas personas permanezcan.

—¿Quiénes? ¿Quiénes se quedarán?

Scott exhaló.

—Teniente coronel Lan, ya he hablado de más. ¿Por qué no busca usted mismo el fruto del conocimiento? Todos deben dar ese paso. ¿No es así?

—¿Dónde debo buscar?

—Deje su trabajo y piense. Conecte con los sentimientos y lo encontrará.

Tras hablar con Scott, Lan Xi, sintiendo emociones contradictorias, detuvo sus trabajos y se puso a pensar, siguiendo el consejo del coronel. Más rápido de lo que había supuesto, las víboras frías y escurridizas del Edén se agitaron en su mente. Dio con el fruto del conocimiento, lo devoró y los últimos rayos de luz de su alma se apagaron, dejándole en una eterna oscuridad.

En Nave Tierra, una cuerda invisible se tensaba cada vez más, amenazando con romperse.

Dos días después, el capitán de *Ley final* se suicidó. Se había situado en una plataforma rodeada de una bóveda transparente que parecía estar en contacto directo con el espacio. La popa de la nave miraba al Sistema Solar, donde a esas alturas el sol no era más que una estrella amarilla algo más brillante que el resto. Las estrellas dispersas del brazo periférico de la Vía Láctea se encontraban también en esa dirección. La profundidad y extensión del espacio profundo manifestaba una arrogancia que no ofrecía ningún apoyo a mente u ojos.

—Está todo tan oscuro... —murmuró el capitán. Luego se disparó.

Cuando Dongfang Yanxu recibió la noticia del suicidio del capitán de *Ley final*, tuvo la premonición de que se había acabado el tiempo, por lo que convocó una reunión de emergencia con los dos oficiales de puente. La celebraron en el enorme hangar para cazas.

Mientras recorría el pasillo de camino al hangar, oyó a alguien decir su nombre. Era Zhang Beihai. Dado su estado pesimista, hacía unos días que prácticamente se había olvidado de él. Zhang Beihai la observó de arriba abajo, expresando con los ojos una preocupación paternal que a ella le resultó agradable de una forma que no creía posible, porque en Nave Tierra ya resultaba difícil encontrar un par de ojos que no estuviesen ensombrecidos.

—Dongfang, creo que no está usted bien. No entiendo la razón, pero parece ocultar algo. ¿Qué pasa?

No respondió. Se limitó a preguntar:

—Señor, ¿cómo ha estado?

—Muy bien. He estado estudiando y visitando todos los puntos de la nave. Me estoy familiarizando con el sistema de armamento de *Selección natural*. Por supuesto, es un estudio superficial, pero me resulta fascinante. Imagínese lo que habría sentido Colón si visitase un portaaviones. Pues igual.

Viéndole tan tranquilo y relajado, Dongfang Yanxu se sintió algo celosa. Sí, había completado su gran misión y por tanto tenía derecho a disfrutar de la tranquilidad. Aquel gran hombre capaz de hacer historia había vuelto a ser un hibernado ignorante. Ahora solo requería protección. Con esa intención, dijo:

—Señor, no haga las preguntas que acaba de plantearme. No pregunte.

—¿Por qué? ¿Por qué no debo preguntar?

—Preguntar es peligroso. Además, es algo que no necesita saber. Créame.

Zhang Beihai asintió.

—Muy bien, no preguntaré. Gracias por tratarme como a una persona normal. Era lo que he estado esperando.

Ella le lanzó un adiós apresurado, pero al avanzar oyó a su espalda la voz del fundador de Nave Tierra:

—Dongfang, independientemente de lo que suceda, deje que las cosas sigan su curso. Todo saldrá bien.

Vio a los dos oficiales en el centro de la sala esférica. Había escogido ese lugar porque su tamaño les ofrecía la sensación de estar en una extensión ilimitada. Los tres flotaban en el centro de un universo de un blanco puro, como si todo el universo, excepto por ellos, estuviese vacío. Así la conversación ganaba cierta sensación de seguridad.

Cada uno miraba en una dirección diferente.

—Debemos aclarar las cosas —dijo Dongfang Yanxu.

—Sí. Hasta un segundo de retraso es peligroso —dijo el primer oficial Levine.

Luego él y Akira Inoue se giraron para mirar a Dongfang Yanxu. El sentido era evidente: «Usted es la capitana, usted habla primero.»

Pero no tenía valor.

Lo que sucediese ahora, durante el segundo amanecer de la civilización humana, podría ser la base de una nueva épica homérica o una Biblia. Judas se transformó en quien era al ser el primero en besar a Jesús, lo que le convirtió en alguien fundamentalmente diferente a la segunda persona que le besó. Ahora la situación era la misma. El primero en hablar marcaría un hito en la historia de la segunda civilización. Quizás esa persona se convirtiese en Judas, o quizás en Jesús, pero las opciones daban igual, Dongfang Yanxu no tenía el valor.

Sin embargo, debía cumplir con su misión, así que tomó una decisión inteligente. No evitó la mirada de los oficiales. Ahora ya no era necesario el lenguaje. Bastaba con los ojos para comunicarse. Mientras se observaban, sus miradas entrelazadas eran como conductos de información uniendo sus tres almas y comunicándose a gran velocidad.

Combustible.

Combustible.

Combustible.

La ruta sigue sin estar clara, pero han encontrado al menos dos nubes de polvo interestelar.

Fricción

Por supuesto. Al atravesarlas, por efecto del arrastre del polvo, las naves reducirán su velocidad a un 0,03 por ciento de la velocidad de la luz.

Todavía nos encontramos a más de diez años luz de NH558J2. Harán falta sesenta mil años para llegar al destino.

En ese caso no llegaremos nunca.

Es posible que las naves lleguen, pero la vida a bordo no. Ni siquiera la hibernación puede persistir tanto tiempo.

A menos...

A menos que mantengamos la velocidad al atravesar las nubes de polvo o aceleremos después.

No hay suficiente combustible.

El combustible de fusión es la única fuente de energía en la nave y es necesario en otras áreas: sistemas ambientales, posibles correcciones de trayectoria...

Y para la desaceleración una vez llegados a destino. NH558J2 es mucho más pequeña que el sol. No podremos situarnos en órbita dependiendo exclusivamente de la gravedad para lograr la desaceleración. Tendremos que consumir grandes cantidades de combustible o nos pasaremos el sistema.

Todo el combustible de Nave Tierra es más o menos suficiente para dos naves.

Pero si tenemos cuidado, es suficiente para una.

Combustible.

Combustible.

Combustible.

—Y luego está la cuestión de los repuestos —dijo Dongfang Yanxu.

Repuestos.

Repuestos.

Repuestos.

Sobre todo, repuestos para los sistemas más críticos: motores de fusión, sistemas de información y control, sistemas ambientales.

Puede que no sea un problema tan apremiante como el del combustible, pero es la base de la supervivencia a largo plazo. NH558J2 no dispone de un planeta habitable para asentamientos o industria. Ni siquiera los recursos para crearlos. No es más que un lugar donde repostar antes de ir al siguiente sistema, donde podrían crearse industrias para producir repuestos.

Selección natural *solo posee dos niveles de redundancia en los repuestos importantes.*

Muy poco.

Muy poco.

Exceptuando los motores de fusión, la mayor parte de los repuestos clave de Nave Tierra son interoperables.

Con las modificaciones adecuadas los repuestos de motores se pueden usar.

—¿Se puede reunir a todo el personal en una o dos naves? —dijo Dongfang en voz alta, pero su voz sencillamente pretendía indicar la dirección de la comunicación ocular.

Imposible.

Imposible.

Imposible. Somos demasiados. Los sistemas de hibernación y medio ambiente no pueden hacerse cargo de todos. Si se les recarga, aunque sea un poco, las consecuencias serían fatales.

—Bien, ¿ya está claro? —La voz de Dongfang Yanxu resonó en el espacio vacío como los murmullos de alguien profundamente dormido.

Cristalino.

Cristalino.

Algunos deben morir o en caso contrario todos morirán.

Luego los ojos guardaron silencio. Sintieron el incontrolable deseo de apartarse, como si un trueno surgido de las profundidades del universo hubiese hecho que sus almas se estremeciesen de terror. Dongfang Yanxu fue la primera en estabilizar su mirada.

—Alto —dijo.

Alto.

No nos rindamos.

¿No nos rindamos?

¡No nos rindamos! Porque nadie más se ha rendido. Si nos rendimos, entonces seremos expulsados del Jardín del Edén.

¿Por qué nosotros?

Por supuesto, tampoco deberían ser ellos.

Pero es necesario expulsar a alguien. La capacidad del Jardín del Edén es limitada.

No queremos abandonar el jardín.

¡Entonces no podemos rendirnos!

Tres pares de ojos, tan a punto de distanciarse, volvieron a confluir.

Bomba de hidrógeno infrasónica.

Bomba de hidrógeno infrasónica.

Bomba de hidrógeno infrasónica.

Las hay en todas las naves.

Es difícil defenderse contra un ataque por sorpresa.

Las miradas se separaron temporalmente. Sus mentes estaban al borde del colapso. Necesitaban descanso. Cuando los tres pares de ojos volvieron a encontrarse, se manifestaban inciertos y vacilantes, como velas agitándose frente al viento.

¡Maldad!

¡Maldad!

¡Maldad!

¡Nos hemos convertido en demonios!

¡Nos hemos convertido en demonios!

¡Nos hemos convertido en demonios!

—Pero... ¿qué están pensando ellos? —preguntó Dongfang en voz baja. A oídos de los dos oficiales, aunque la voz había sido baja, permanecía interrumpida en aquel espacio blanco, como el zumbido de un mosquito.

Sí. No queremos convertirnos en demonios, pero quién sabe lo que están pensando.

Entonces ya somos demonios, o si no, ¿cómo podríamos considerarlos a ellos demonios sin que hayan hecho nada?

Muy bien, entonces no los consideraremos demonios.

—Eso no resuelve el problema —dijo Dongfang Yanxu con un elegante movimiento de cabeza.

Sí. Aunque no sean demonios, tenemos el mismo problema.

Porque no saben lo que nosotros estamos pensando.

Supongamos que saben que no somos demonios.

El problema persiste.

Ellos no saben lo que pensamos sobre ellos.

No saben lo que estamos pensando sobre lo que ellos están pensando sobre nosotros.

Lo que nos conduce a una cadena de sospecha sin fin: no saben lo que estamos pensando sobre lo que ellos están pensando sobre lo que nosotros estamos pensando sobre lo que ellos están pensando sobre lo que nosotros...

¿Cómo puede romperse tal cadena de sospecha?

¿Comunicación?

En la Tierra, quizá. Pero no en el espacio. Alguien debe morir o todos morirán. Es la mano mortal imposible de ganar que el espacio le ha repartido a Nave Tierra para su supervivencia. Es un muro imposible de escalar. Por tanto, la comunicación no tiene sentido.

Solo queda una opción. La duda es quién toma esa decisión.

Oscuro. Está tan jodidamente oscuro.

—No podemos demorarlo más —dijo Dongfang Yanxu con decisión.

No más demora. En esta oscura región del espacio los duelistas contienen el aliento. La cuerda está a punto de romperse.

El peligro crece exponencialmente con cada segundo que pasa.

Dado que el resultado es el mismo decida quien decida, ¿por qué no lo hacemos nosotros?

En ese momento Akira Inoue de pronto rompió el silencio.

—¡Hay otra opción!

Nos sacrificamos.

¿Por qué?

¿Por qué nosotros?

Nosotros tres podríamos, pero ¿tenemos la autoridad para tomar esa decisión en nombre de las dos mil personas a bordo de Selección natural*?*

Los tres se encontraban en el borde de una navaja. Aunque el filo cortaba con dolor, saltar a cualquiera de los lados sería caer en un abismo sin fondo. Tales eran los dolores del parto que predecía al nacimiento de los nuevos humanos espaciales.

—¿Qué tal esto? —dijo Levine—. Primero fijamos los objetivos y luego lo pensamos mejor.

Dongfang Yanxu asintió. Levine invocó el interfaz de control del sistema de armas y abrió la ventana para las bombas de hidrógeno infrasónica y los misiles portadores. En un sistema de coordenadas esférico, con *Selección natural* en el origen, *Espacio azul*, *Enterprise*, *Espacio profundo* y *Ley final* eran cuatro puntos de luz a doscientos mil kilómetros de distancia. La distancia ocultaba la estructura de los blancos, porque a la escala del espacio, todo era un punto.

Pero los cuatro puntos de luz estaban rodeados por cuatro halos rojos, cuatro lazos mortales que indicaban que el sistema de armamento ya tenía esos blancos asignados.

Asombrados, los tres se miraron y cada uno negó con la cabeza para indicar que no era cosa suya.

Aparte de ellos tres, el privilegio de fijar objetivos lo tenían también los oficiales de control de armamento y objetivos, pero sus decisiones debían recibir la autorización del capitán o un oficial de puente. Por tanto, solo quedaba otra persona con privilegios directos para fijar objetivos y lanzar ataques.

Somos estúpidos. ¡Es una persona que ha cambiado la historia dos veces!

¡Fue el primero en darse cuenta de que esto pasaría!

¿Quién sabe cuándo lo comprendió? Quizá durante la fundación de Nave Tierra, o incluso antes, al conocer la destrucción de la flota combinada. Es el último en mostrar preocupación. Como los padres de su época, siempre busca lo mejor para sus hijos.

Dongfang Yanxu cruzó la sala esférica todo lo rápido que pudo, seguida de los dos oficiales. Recorrieron el pasillo hasta llegar a la entrada del camarote de Zhang Beihai. Delante de él estaba suspendido un interfaz idéntico al que acababan de ver. Corrieron, pero se repitió la escena de la huida de *Selección natural*: chocaron contra el mamparo. No había puerta, solo una zona oval transparente.

—¿Qué hace? —gritó Levine.

—Niños —dijo Zhang Beihai, usando el término por primera vez. A pesar de que les daba la espalda les resultó fácil imaginar que sus ojos estaban tan tranquilos como el agua—. Dejad que lo haga.

—Es decir, «Si yo no voy a ir al infierno, ¿quién irá?» como

Ksitigarbha, el bodhisattva —dijo Dongfang Yanxu en voz alta.

—Cuando me convertí en soldado también acepté ir adonde fuese necesario —afirmó siguiendo con el procedimiento anterior al lanzamiento de las armas. Desde fuera los tres comprobaron que si bien no era muy ágil, todos los pasos eran correctos.

Las lágrimas anegaron los ojos de Dongfang Yanxu, quien gritó:

—Vayamos juntos. Déjeme pasar. ¡Le acompañaré al infierno!

No respondió. Se limitó a seguir con la operación. Fijó los misiles guiados a autodestrucción manual, para que la nave nodriza los pudiese detonar en cualquier momento. Solo al terminar el último paso dijo:

—Piense, Dongfang: ¿podríamos haber tomado antes esta decisión? No, claro que no. Pero ahora lo podemos hacer, porque el espacio nos ha convertido en nuevos humanos. —Estableció que las bombas de los misiles estallasen a cincuenta kilómetros de los objetivos. Así evitarían provocar daños internos en estos, pero a pesar de la distancia seguirían estando dentro del límite fatal para la vida a bordo—. El nacimiento de una nueva civilización incluye la formación de una nueva moral. —Retiró el primer control de seguridad de las bombas de hidrógeno—. Cuando desde el futuro repasen todo lo que hemos hecho, les podría resultar perfectamente normal. Por tanto, niños, no iremos al infierno. —Retiró el segundo mecanismo de seguridad.

De pronto sonaron las alarmas por toda la nave, como si diez mil fantasmas aullasen en la oscuridad del espacio. Por todas partes aparecieron pantallas, mostrando enormes cantidades de información que los sistemas de defensa de *Selección natural* habían recibido sobre los misiles entrantes. Pero nadie tuvo tiempo de leerla.

Solo pasaron cuatro segundos desde que la alarma empezó a sonar hasta la detonación de las bombas de hidrógeno infrasónicas.

Las imágenes transmitidas a la Tierra desde *Selección natural* mostraron que ya en el primer segundo Zhang Beihai bien podría haber comprendido lo que estaba pasando. Él mismo había creído que el arduo proceso de dos siglos había dejado su corazón tan duro como el hierro. Pero no había prestado atención a un elemento oculto en lo más profundo de su alma, por lo que vaciló antes de tomar la decisión final. Hizo lo posible por controlar el estremecimiento de su corazón y fue esa debilidad momentánea la que le mató junto con todos los pasajeros de *Selección natural*. Tras el largo mes de enfrentamiento cara a cara con la oscuridad, fue unos segundos más lentos que la otra nave.

Tres pequeños soles, a una distancia media de cuarenta kilómetros, se encendieron en la oscuridad del espacio, dibujando un triángulo equilátero con *Selección natural* en el centro. Las explosiones de fusión duraron veinte segundos y brillaron con frecuencias infrasónicas invisibles al ojo humano.

Las imágenes enviadas mostraron que, en los tres segundos restantes, Zhang Beihai se volvió hacia Dongfang Yanxu, le dedicó una sonrisa y le dijo:

—No importa. Es igual.

Las palabras exactas fueron una suposición, porque no tuvo tiempo de terminar de hablar antes de que un potente pulso electromagnético llegase desde tres direcciones, haciendo vibrar el enorme casco de *Selección natural* como vibran las alas de la cigarra. La energía de esas vibraciones se convirtió en ondas infrasónicas, que en las imágenes se manifestó como una niebla de sangre que lo envolvió todo.

El ataque lo había realizado *Ley final*, que había disparado contra las otras cuatro naves doce misiles ocultos armados con bombas de hidrógeno infrasónica. Los tres misiles disparados contra *Selección natural*, que se encontraba a doscientos mil kilómetros, los habían lanzado antes, de forma que todos detonasen al mismo tiempo. Tras el suicidio del capitán de *Ley final*, un oficial había tomado el mando, pero no se sabía quién había decidido lanzar el ataque. Y jamás se sabría.

Ley final no sería una de las afortunadas que se quedaría en el Jardín del Edén.

De las otras tres naves, *Espacio azul* había sido la mejor preparada en caso de que sucediese algo inesperado. Antes del ataque había hecho el vacío en su interior y todo su personal llevaba trajes espaciales. Nadie sufrió daño, porque las ondas infrasónicas eran imposibles en el vacío. La nave en sí sufrió daños mínimos por efecto del pulso electromagnético.

Justo antes de la detonación de las bombas nucleares, *Espa-*

cio azul inició el contraataque empleando láseres, la respuesta más rápida posible. Iluminó *Ley final* con cinco láseres de rayos gamma y le abrió cinco enormes agujeros en el casco. Su interior ardió de inmediato y hubo explosiones menores, lo que hizo que la nave perdiese todo su poder de combate. *Espacio azul* siguió con ataques más duros, empleando continuamente misiles nucleares y cañones de riel, por lo que al final *Ley final* explotó violentamente sin dejar supervivientes.

Casi al mismo tiempo que la batalla de la Oscuridad de Nave Tierra, al otro lado del Sistema Solar se producía una tragedia similar. *Edad de bronce* lanzó un ataque sorpresa contra *Cuántica*, empleando las mismas bombas infrasónicas para matar la vida en el interior del objetivo, pero conservar la nave en sí. Como las dos naves solo habían enviado una información mínima de vuelta a la Tierra, nadie sabía qué había sucedido entre ellas. Las dos habían adoptado una enorme aceleración para huir del ataque de la sonda, pero no habían desacelerado como habían hecho los perseguidores de *Selección natural*, por lo que el combustible que les quedaba debería haber dado de sobra para regresar a la Tierra.

El interminable espacio daba en su oscuro seno nacimiento a una nueva humanidad igualmente oscura.

En medio de la nube metálica producida por la explosión de *Ley final*, *Espacio azul* se encontró con *Enterprise* y *Espacio profundo*, que no daban señales de vida, y recogió todo su combustible de fusión. Tras llevarse todo el *hardware* posible, *Espacio azul* voló doscientos mil kilómetros hasta *Selección natural* y repitió el proceso. Nave Tierra era ahora como un solar en construcción, los enormes cascos de las tres naves muertas marcados por los destellos de los soldadores láser. Si Zhang Beihai hubiese estado vivo, con toda seguridad la escena le habría recordado al portaaviones *Dinastía Tang*, dos siglos antes.

Espacio azul tomó fragmentos de las tres naves de guerra derrelictas y las dispuso en formación Stonehenge, creando así una tumba en el espacio exterior. Allí celebraron un funeral por todas las víctimas de la batalla de la Oscuridad.

Vestidos con traje espacial, los 1.273 miembros de la tripulación de *Espacio azul* se reunieron flotando en el centro de la tumba. Ellos eran ahora los únicos ciudadanos de Nave Tierra. A su alrededor, enormes fragmentos de naves espaciales se alzaban como un anillo montañoso. Los grandes cortes en los cascos eran como enormes cavernas. Los cuerpos de las 4.247 víctimas permanecían en el interior de los restos, que proyectaban sombras sobre todos los vivos como un valle montañoso a mediodía. La única luz presente era el frío helado de la Vía Láctea allí donde aparecía en el espacio entre los restos.

Se mantuvo la calma durante el funeral. La nueva humanidad espacial había superado su infancia.

Encendieron una pequeña lámpara votiva. Era una bombilla de cincuenta vatios con cien bombillas de repuesto a su lado que se cambiarían automáticamente. Alimentada por una pequeña batería nuclear, la devota lámpara permanecería siempre encendida durante diez mil años. Su débil luz era como una vela en medio del valle de montaña, proyectando un pequeño halo sobre el elevado acantilado de restos e iluminando un trozo de mamparo de titanio donde habían grabado los nombres de las víctimas. No había epitafio.

Una hora más tarde, la luz producida por la aceleración de *Espacio azul* iluminó por última vez la tumba espacial, que se movía a un uno por ciento de la velocidad de la luz. A lo largo de varios cientos de años acabaría desacelerando a un 0,03 por ciento de la velocidad de la luz por efecto de la fricción de las nubes de polvo interestelar. En sesenta mil años llegaría a NH558J2, pero más de cincuenta mil años antes *Espacio azul* ya se habría dirigido a su siguiente sistema estelar.

Espacio azul se internó en el espacio profundo cargando con suficiente combustible de fusión y ocho piezas de repuesto por cada elemento crítico. Había tanto material que resultaba imposible meterlo todo dentro de la nave, por lo que habían fijado al casco varios compartimentos externos de almacenamiento, modificando por completo el aspecto de la nave, convirtiéndola en un cuerpo enorme, irregular y feo. De hecho, daba la impresión de haberse preparado para un largo viaje.

El año anterior, al otro lado del Sistema Solar, *Edad de bronce* aceleró para alejarse de los restos de *Cuántica*. Iba en dirección a Tauro.

Espacio azul y *Edad de bronce* habían venido de un mundo de luz, pero se habían transformado en dos naves de la oscuridad.

En su época, el universo también había sido luminoso. Durante un breve período tras el Big Bang, toda la materia había existido en forma de luz y solo después de que el universo se convirtiese en ceniza quemada, la oscuridad produjo los elementos más pesados para generar planetas y vida. La oscuridad era la madre de la vida y la civilización.

Desde la Tierra, toda una avalancha de maldiciones e insultos recorrió el espacio hacia *Espacio azul* y *Edad de bronce*, pero ninguna de las naves respondió. Cercenaron todo contacto con el Sistema Solar, porque desde el punto de vista de esos dos mundos, la Tierra ya había muerto.

Las dos naves se fundieron con la oscuridad, separadas del Sistema Solar y alejándose cada vez más. Cargando con todos los pensamientos y recuerdos de la humanidad, y aceptando toda la gloria y sueños de la Tierra, se hundieron en silencio en la noche eterna.

—¡Lo sabía!

Fue la primera respuesta de Luo Ji al enterarse de la batalla de la Oscuridad que se había producido en los límites del Sistema Solar. Dejando atrás a un confundido Shi Qiang, salió corriendo de la sala y se apresuró por el vecindario hasta quedarse mirando al desierto del norte de China.

—¡Tenía razón! ¡Tenía razón! —le gritó al cielo.

Era muy de noche y, quizá debido a la lluvia recién caída, la visibilidad atmosférica era excepcional. Las estrellas eran visibles, aunque no se manifestaban ni de lejos tan claramente como en el siglo XXI y había menos, ya que solo eran visibles las más brillantes. Aun así, sintió lo mismo que aquella noche fría, dos siglos antes, en aquel lago helado: Luo Ji, la persona normal, había desaparecido y se había vuelto a convertir en vallado.

—Da Shi, ¡tengo en mis manos la clave de la victoria humana! —le dijo a Shi Qiang, quien le había seguido.

Este rio:

—¿Y eso?

La risa algo burlona de Shi Qiang frustró parte de la alegría de Luo Ji.

—Sabía que no me creerías.

—¿Qué harás ahora? —preguntó Shi Qiang.

Luo Ji se sentó en la arena y su estado de ánimo se hundió con rapidez.

—¿Qué debería hacer? Da la impresión de que no *puedo* hacer nada.

—Al menos podrías buscar una forma de comunicárselo a los de arriba.

—No sé si serviría de algo, pero lo intentaré. Aunque solo sea para cumplir con mi responsabilidad.

—¿Hasta dónde llegarás?

—Lo más alto que pueda. La secretaría general de Naciones Unidas. O la presidencia de la Asamblea Conjunta de la Flota Solar.

—Me temo que no va a ser fácil. Ahora somos personas corrientes... Pero debes intentarlo. Podrías dirigirte primero al gobierno municipal. Hablar con el alcalde.

—Muy bien. Primero iré a la ciudad. —Se puso en pie.

—Iré contigo.

—No. Iré solo.

—A pesar de mi posición, sigo siendo un funcionario. Me será más fácil hablar con el alcalde.

Luo Ji miró al cielo y preguntó.

—¿Cuándo llegará la gota a la Tierra?

—Las noticias hablan de entre diez y veinte horas.

—¿Sabes a qué ha venido? Su misión no era destruir la flota combinada. Tampoco atacar la Tierra. Ha venido a matarme a mí. No quiero que estés conmigo cuando lo haga.

Shi Qiang volvió a soltar la misma risa burlona de antes.

—Todavía nos quedan diez horas, ¿no es así? A partir de ese momento me mantendré bien lejos de ti.

Luo Ji movió la cabeza acompañando el gesto de una sonrisa irónica.

—No me tomas nada en serio. ¿Por qué quieres ayudarme?

—Colega, son los de arriba los que deben creerte o no. Yo siempre juego sobre seguro. Si hace dos siglos te escogieron entre miles de millones de personas, debió ser por algo, ¿no? Si te dejo ahora, ¿no caerá sobre mí el oprobio de los siglos? Si los de arriba no te toman en serio, yo no habré perdido nada. No es más que un viaje a la ciudad. Pero una cosa: dices que ese objeto viene a la Tierra a matarte. No me lo creo para nada. Conozco bien el asesinato, y eso es muy excesivo, incluso para los trisolarianos.

A primera hora de la mañana llegaron al paso desde la ciudad vieja a la ciudad subterránea. Comprobaron que los ascensores que bajaban seguían funcionando con normalidad. Mucha gente subía cargando con mucho equipaje. Muy pocos descendían y por tanto en su ascensor solo había otras dos personas.

—¿Sois hibernados? Todos suben. ¿Por qué bajáis? La ciudad es un caos —les dijo un joven. Su ropa mostraba continuos estallidos sobre un fondo negro. De cerca se veía que eran imágenes de la destrucción de la flota combinada.

—Entonces, ¿a qué bajas tú? —preguntó Shi Qiang.

—En la superficie ya he encontrado dónde vivir. Bajo a recoger unas cosas. —Hizo un gesto con la cabeza—. Los de la superficie os vais a enriquecer. Allí no tenemos casa y la mayoría de los derechos de propiedad os pertenecen. Tendremos que comprároslo.

—Si la ciudad subterránea se desmorona y todos corren a la superficie, probablemente no haya ningún tipo de compraventa —dijo Shi Qiang.

Un hombre de mediana edad acurrucado en una esquina escuchaba con atención. De pronto se tapó la cara con las manos y emitió un gemido.

—No. Oh... —Se quedó en cuclillas y se echó a llorar. Su ropa mostraba una escena conocida de la Biblia: Adán y Eva, desnudos, bajo un árbol en el Jardín del Edén mientras una serpiente cautivadora serpenteaba entre ellos. Tal vez simbolizaba la reciente batalla de la Oscuridad.

—Hay mucha gente así —dijo el joven, señalando con desdén al hombre que lloraba—. No están bien de la cabeza. —Sus ojos se mostraron vivaces—. En realidad, el juicio final es el momento más maravilloso. Es el único momento de la historia donde la gente tiene la opción de abandonar sus preocupaciones y cargas para ser ellos mismos. Es estúpido comportarse como él. Ahora mismo la forma más responsable de vivir es disfrutar mientras podamos.

Al llegar abajo, Luo Ji y Shi Qiang salieron al exterior y notaron de inmediato el olor fuerte y extraño de algo quemándose. La ciudad subterránea era más luminosa que nunca, pero se trataba de una irritante luz blanca. Al mirar, lo que Luo Ji vio entre los huecos de los gigantescos árboles no fue el cielo azul, sino un enorme vacío. Ya no se proyectaba el cielo en la bóveda de la ciudad subterránea. La extensión blanca le recordó las cabinas esféricas de las naves espaciales tal y como habían salido en las noticias. Los espacios abiertos estaban cubiertos de elementos caídos desde los enormes árboles. No muy lejos se veían los restos de varios coches voladores estrellados, uno de los cuales ardía. A su alrededor, una multitud recogía del suelo otros restos inflamables y los lanzaba al fuego. Uno incluso tiró su ropa mientras todavía mostraba imágenes. Una cañería subterránea rota escupía una muy alta columna de agua, mojando a un grupo de personas que bailaban a su alrededor como si fuesen niños. De vez en cuando todos juntos gritaban emocionados y se dispersaban para evitar los restos que caían de los árboles, para luego reagruparse y seguir divirtiéndose. Luo Ji alzó la vista y vio incendios en varios puntos de los árboles. Las sirenas de los vehículos antiincendios aullaban al pasar, ocupándose de las hojas incendiadas...

Comprendió que las personas de la calle encajaban en dos grupos, muy similares a las dos del ascensor. Un tipo era el depresivo que se movía con ojos apagados o se limitaba a quedarse sentado en el parque sufriendo el tormento de la desesperación; ya no se preocupaba de la derrota de la humanidad sino de las dificultades para vivir. El otro tipo sufría una especie de excitación maniaca y se emborrachaba de indulgencia.

El tráfico era un caos. A Luo Ji y Shi Qiang les llevó media hora conseguir un taxi. Cuando el vehículo volador autónomo se movió entre los árboles, Luo Ji recordó su primer y horrible día en la ciudad y sintió la tensión de una montaña rusa. Por suerte, el coche pronto llegó al ayuntamiento.

Shi Qiang había venido varias veces por trabajo y lo conocía más o menos. Tras superar una cantidad considerable de pasos, recibieron por fin permiso para verse con el alcalde, pero tendrían que esperar hasta la tarde. Luo Ji había supuesto que habría problemas, por lo que el sí del alcalde le pilló totalmente por sorpresa, dado que eran momentos extraordinarios y ellos no eran nadie. Durante el almuerzo, Shi Qiang le contó a Luo Ji que el alcalde había ocupado el cargo el día anterior. Antes era el funcionario municipal encargado de todo lo relacionado con los hibernados y, en cierta forma, el superior de Shi Qiang, así que le conocía bien.

—Es uno de nuestros compatriotas —dijo Shi Qiang.

La palabra «compatriota» había mutado su significado de la geografía al tiempo. No se usaba en relación con todos los hibernados. Solo se consideraban compatriotas aquellos que habían entrado en hibernación más o menos al mismo tiempo. Al juntarse tras largos años, los compatriotas del tiempo compartían una afinidad mucho mayor que los compatriotas geográficos de su época.

Esperaron hasta las cuatro y media para ver al alcalde. Los políticos de esa época desprendían cierto aire de estrellas, solo los más atractivos eran elegidos, pero el actual alcalde era un hombre del montón. Tendría más o menos la edad de Shi Qiang, pero era mucho más delgado y poseía unos rasgos que de inmediato le identificaba como hibernado. Llevaba gafas. Eran claramente antigüedades de dos siglos antes, porque incluso las lentes de contacto habían desaparecido hacía mucho. Pero la gente que había llevado gafas tenía la tendencia a considerar que había algo raro en su apariencia si no las llevaban, así que muchos hibernados las usaban incluso después de haber corregido su visión.

El alcalde ofrecía una imagen de total agotamiento y pareció tener problemas para levantarse de la silla. Cuando Shi Qiang se disculpó por la interrupción y le felicitó por el ascenso, se limitó a hacer un gesto con la cabeza y decir:

—Es un momento vulnerable. Nosotros, los duros salvajes, volvemos a ser útiles.

—Usted es el hibernado de mayor nivel de la Tierra, ¿no es así?

—¿Quién sabe? A medida que la situación se desarrolle, es bien posible que algunos de nuestros compatriotas asciendan a posiciones todavía más elevadas.

—¿Y el antiguo alcalde? ¿Colapso nervioso?

—No, no, para nada. En esta época también hay gente fuerte. Era un hombre muy competente, pero murió en un accidente de tráfico. Hace dos días, en una de las zonas con disturbios.

El alcalde fue consciente de la presencia de Luo Ji detrás de Shi Qiang y de inmediato extendió la mano.

—Oh, doctor Luo, hola. Claro que le reconozco. Le adoraba hace dos siglos, porque de aquellas cuatro personas usted era el que más parecía un vallado. Nunca pude descubrir qué tramaba. —Se entristecieron al oír lo siguiente—: Es usted el cuarto mesías que recibo en los últimos dos días. Y hay docenas esperando y para los que no tengo energías.

—Alcalde, él no es como ellos. Hace dos siglos...

—Por supuesto. Hace dos siglos fue escogido entre miles de millones de personas y por esa razón he decidido recibirles. —El alcalde hizo un gesto hacia Shi Qiang—. Le necesito para algo más, pero ya lo veremos luego. Primero hablemos de usted, doctor Luo Ji. Pero una pequeña petición: ¿podría no comentar su plan para salvar el mundo? Siempre son muy largos. Primero dígame lo que necesita de mí.

Después de que Luo Ji y Shi Qiang dijesen lo que querían, el alcalde hizo un gesto inmediato de negativa.

—Incluso de querer ayudarles, no podría hacerlo. Tengo montones de asuntos propios sobre los que informar a mis superiores. Pero ese nivel es más bajo de lo que imaginan. No son más que líderes provinciales y nacionales. Es una situación complicada para todos. Deben saber que los superiores están ocupándose de asuntos todavía mayores.

Luo Ji y Shi Qiang habían seguido las noticias, por lo que sabían a qué problemas se refería el alcalde.

La aniquilación de la flota combinada había propiciado el rápido resurgimiento del Escapismo tras dos siglos de silencio. La Mancomunidad Europea incluso había redactado un borrador de plan para elegir a cien mil candidatos por medio de una lotería nacional, y el plan había obtenido la aprobación popular. Sin embargo, tras anunciar los resultados de la lotería, la mayoría de los no elegidos se enfurecieron, lo que provocó disturbios por todas partes. El público en masa decidió que el Escapismo era un crimen contra la humanidad.

Tras la batalla de la Oscuridad entre las naves supervivientes, la acusación de Escapismo adoptó un nuevo significado: los acontecimientos habían demostrado que si el vínculo espiritual con la Tierra se rompía, la gente en el espacio sufría una completa alienación cultural. Por lo tanto, aunque fuese posible escapar, lo que sobreviviese ya no sería la civilización humana, sino algo nuevo y oscuro. Y al igual que Trisolaris, el resultado sería la antítesis de la civilización humana y su enemigo. Incluso tenía nombre: Negacivilización.

A medida que la gota se acercaba a la Tierra, la sensibilidad popular ante el Escapismo alcanzó un máximo. Los medios advirtieron que era probable que alguien intentase escapar antes del ataque de la gota. Las multitudes se congregaban en los espaciopuertos y en las bases de los ascensores espaciales con la intención de cortar todo acceso al espacio. Y podían hacerlo. En esa época, los ciudadanos del mundo tenían libertad de poseer armas, y la mayoría contaba con pequeñas armas láser. Por supuesto, una pistola láser no era una amenaza para la cabina de un ascensor espacial o para una nave, pero, al contrario que una pistola tradicional, muchos láseres podían concentrar su luz en un único punto. Sería imposible evitar diez mil pistolas láser disparando simultáneamente al mismo sitio. Multitudes entre los diez mil y el millón se reunían en los puntos base y en los lugares de lanzamiento, y al menos un tercio llevaba armas. Cuando veían subir una cabina o una nave salir, disparaban todos a la vez. Que el rayo láser fuese tan recto ayudaba a apuntar con increíble precisión, de modo que la mayoría de los rayos se centraban en el blanco y lo destruían. Así se cortaron casi todas las conexiones de la Tierra con el espacio.

El caos empeoró. Durante los últimos días los objetivos de los ataques habían cambiado a las ciudades espaciales en órbita geosíncrona. Hubo rumores *online* que decían que algunas de las ciudades habían sido convertidas en naves de huida, por lo que también se convirtieron en blancos de la gente de la Tierra. Debido a las grandes distancias, los rayos láser se disipaban y debilitaban cuando llegaban al objetivo, y teniendo en cuenta el factor adicional de la rotación de las ciudades espaciales, no hubo daños materiales. Pero en los últimos días esa actividad se había convertido en una especie de entretenimiento colectivo. Esa tarde, la tercera ciudad espacial de la Mancomunidad Europea, Nueva París, había sufrido la irradiación simultánea de diez millones de rayos láser desde el hemisferio norte, provocando el rápido incremento de la temperatura en la ciudad, lo que requirió su evacuación. Desde la ciudad especial, la Tierra había sido más brillante que el sol.

Luo Ji y Shi Qiang no tenían nada más que decir.

—Me impresionó su trabajo en el Departamento de Inmigración de Hibernados —le dijo el alcalde a Shi Qiang—. Y Guo Zhengming... Le conoce, ¿no? Le acaban de nombrar director del Departamento de Seguridad Pública y le ha recomendado. Espero que vuelva usted a la administración de la ciudad. Ahora mismo nos hacen falta personas como usted.

Shi Qiang lo pensó y asintió.

—Tan pronto como deje resuelta la situación del vecindario. ¿Cómo están las cosas en la ciudad?

—La situación se está deteriorando, pero todavía la tenemos controlada. Ahora mismo nos concentramos en mantener en funcionamiento el sistema de suministro eléctrico por campo de inducción. Si desaparece, la ciudad caerá con él.

—Los disturbios son diferentes a los de nuestra época.

—Sí, lo son. Primero, el origen es diferente. La chispa es la desesperación absoluta sobre el futuro, y eso es muy difícil de controlar. Al mismo tiempo, tenemos disponibles muchos menos medios que en aquella época —mientras hablaba, el alcalde hizo aparecer una imagen en la pared—. Esta es la plaza central desde una altura de cien metros.

La plaza central era el lugar donde Luo Ji y Shi Qiang se habían protegido del coche volador. Desde esa altura, el monumento al Gran Cataclismo y su desierto circundante eran invisibles. La plaza entera era blanca, con puntos blancos agitándose como arroz en un caldo.

—¿Son personas? —preguntó Luo Ji, asombrado.

—Personas desnudas. Es una tremenda orgía, con más de cien mil personas, y sigue creciendo.

La aceptación de las relaciones heterosexuales y homosexuales en esa época superaba todo lo que Luo Ji había imaginado, y muchas cosas ya no llamaban la atención. Aun así, la imagen asombró a los dos. Luo Ji recordó la escena de depravación de la Biblia antes de que la humanidad recibiese los Diez Mandamientos. Una situación habitual antes del desastre.

—¿Por qué no lo impide el gobierno? —preguntó Shi Qiang bruscamente.

—¿Cómo íbamos a impedirlo? Es legal. Si actuamos, sería el gobierno el que estaría violando la ley.

Shi Qiang hizo un gesto de desesperación.

—Sí, lo sé. Ahora la policía y los militares no pueden hacer casi nada.

El alcalde dijo:

—Hemos comprobado la ley y no hemos dado con nada aplicable a esta situación.

—Con la ciudad así, sería mejor si la gota la destroza.

Las palabras de Shi Qiang despertaron a Luo Ji. Se apresuró a preguntar:

—¿Cuánto falta para que la gota llegue a la Tierra?

El alcalde cambió la imagen de absoluta promiscuidad por un canal de noticias en directo que mostraba una simulación del Sistema Solar. La llamativa línea roja que indicaba el camino de la gota parecía la órbita de un cometa, solo que terminaba cerca de la Tierra. En la esquina inferior derecha había una cuenta atrás que indicaba que si no reducía su velocidad, la gota llegaría a la Tierra al cabo de cuatro horas y cincuenta y cuatro minutos. El texto del tercio inferior mostraba un análisis de la gota realizado por expertos. A pesar del horror que atenazaba al mundo, la comunidad científica se había recuperado con rapidez tras el impacto inicial de la derrota, y el análisis era tranquilo y sobrio. A pesar de que la humanidad no sabía nada sobre la fuente de la energía de la gota o sobre su mecanismo de impulso, el analista creía que se había topado con un problema de consumo de energía, pero, tras destruir la flota combinada, su aceleración hacia el sol había sido especialmente indolente. Había pasado junto a Júpiter, pero, haciendo caso omiso de las tres naves de guerra en la base, empleó la gravedad del planeta para acelerar, una acción que demostraba que la energía de la gota estaba limitada hasta el agotamiento. Los científicos creían que la idea de que la sonda chocaría contra la Tierra era absurda, pero no tenían ni idea de a qué venía.

Luo Ji dijo:

—Debo irme o la ciudad será destruida.

—¿Por qué? —preguntó el alcalde.

—Porque cree que la sonda ha venido a matarle —dijo Shi Qiang.

El alcalde rio, pero la sonrisa era rígida. Por lo visto hacía tiempo que no se reía.

—Doctor Luo, es usted la persona más egocéntrica que he conocido en mi vida.

Luo Ji y Shi Qiang se alejaron de inmediato tras regresar a la superficie. Los habitantes de la ciudad subían en grandes cantidades, por lo que el tráfico de superficie era tan denso que les llevó media hora abandonar la ciudad y alcanzar la velocidad máxima por la autopista que llevaba al oeste.

En la televisión del coche vieron que la gota se acercaba a la Tierra con una velocidad de setenta y cinco kilómetros por segundo y no daba muestras de reducir. Si se mantenía, llegaría en tres horas.

El campo de inducción se fue debilitando y el coche fue parando, de modo que Shi Qiang tuvo que recurrir a una batería de almacenamiento para mantener la velocidad. Llegaron a la gran zona residencial de hibernados, pero dejaron atrás Pueblo Nueva Vida #5 y siguieron en dirección oeste. Guardaron silencio durante el trayecto, hablando muy poco y concentrándose en las noticias de la televisión.

La gota atravesó la órbita de la luna sin reducir la velocidad. Si se mantenía, llegaría a la Tierra en media hora. Nadie sabía cuál sería su comportamiento, así que, para evitar el pánico, las noticias se abstenían de predecir un punto de impacto.

Luo Ji decidió aceptar el momento que tanto deseaba posponer y dijo:

—Da Shi, para aquí.

Él paró el coche y bajaron. El sol, ahora cerca del horizonte, proyectó en el desierto las largas sombras de los dos hombres. Luo Ji sintió que la tierra bajo sus pies se reblandecía tanto como su corazón. Casi ni tenía fuerzas para permanecer de pie.

Dijo:

—Haré lo posible por llegar a una zona poco poblada. Delante tenemos una ciudad, por lo que me voy a desviar por aquí. Tú regresa y aléjate todo lo posible de mi dirección.

—Colega, te esperaré aquí. Cuando todo acabe, volveremos

juntos. —Shi Qiang sacó un cigarrillo del bolsillo y se puso a buscar un encendedor antes de recordar que no le hacía falta. Como tantas otras cosas que se había traído del pasado, sus costumbres personales no habían cambiado.

Luo Ji sonrió con tristeza. Esperaba que Shi Qiang creyese de verdad lo que acababa de decir, porque así la despedida sería algo más fácil de aceptar.

—Espera si quieres. Cuando llegue el momento, será mejor que pases al otro lado del terraplén. Desconozco la potencia del impacto.

Shi Qiang sonrió e hizo un gesto de negación.

—Me recuerdas a un intelectual que conocía hace dos siglos. Tenía el mismo aspecto abatido que tú. Le recuerdo sentado a primera hora de la mañana delante de la iglesia de Wangfujing, llorando... Pero no le pasó nada. Lo comprobé tras la reanimación: vivió hasta los cien años.

—¿Qué hay de la primera persona que tocó la gota, Ding Yi? Creo que también le conocías.

—Era un temerario. No había nada que hacer. —Shi Qiang miró al cielo teñido con la puesta de sol, como si intentase recordar la cara del físico—. Aun así, era realmente un hombre de mente abierta, uno de esos capaces de aceptar cualquier situación. En toda mi vida no he conocido a nadie como él. De verdad, una mente genial. Colega, deberías aprender de él.

—Y una vez más te digo: tú y yo no somos más que personas normales. —Miró la hora, siendo consciente de que no podía retrasarse más. Le ofreció una mano serena a Shi Qiang—. Gracias por todo lo que has hecho por mí en estos dos últimos siglos. Adiós. Quizá nos volvamos a ver en algún otro lugar.

Shi Qiang no aceptó la mano. Se limitó a hacer un gesto de despedida.

—¡Déjate de tonterías! Créeme, colega. ¡No va a pasar nada! Vete y cuando todo acabe, vuelve corriendo a recogerme. Y no me eches en cara si esta noche, tomando unas copas, me burlo de ti.

Luo Ji entró deprisa en el coche porque no quería que Shi Qiang viese que estaba llorando. Allí sentado, se esforzó por grabar en su mente la imagen de Shi Qiang que se veía en el retrovisor, y luego partió a su viaje final.

Quizá volviesen a verse en algún otro lugar. La última vez habían hecho falta dos siglos, ¿cuánto duraría ahora esa separación? Al igual que Zhang Beihai dos siglos antes, Luo Ji acabó descubriendo que odiaba ser ateo.

El sol ya se había puesto, y el desierto a ambos lados parecía nieve al estar iluminado por la luz del crepúsculo. De pronto se dio cuenta de que aquella era la misma carretera que había recorrido dos siglos antes, en el Accord acompañado de su amante imaginaria, cuando las llanuras del norte de China estaban cubiertas de nieve real. Sintió el pelo de la mujer agitándose al viento, sus mechones haciéndole cosquillas a Luo Ji en la mejilla derecha.

«¡No me digas dónde estamos! En cuanto uno lo sabe, el mundo se vuelve tan estrecho como un mapa. En cambio, cuando no lo sabes, el mundo se expande hasta que parece no tener límite.

»Está bien, hagamos lo posible por perdernos.»

Luo Ji siempre había tenido la sensación de que Zhuang Yan y Xia Xia existían en el mundo gracias a su imaginación. Sintió una punzada en el corazón al pensarlo, porque ahora el amor y el anhelo eran las sensaciones más dolorosas del mundo. Intentó no pensar en nada mientras las lágrimas empañaban su visión. Pero los encantadores ojos de Yan Yan se manifestaban tercamente, acompañados por la embriagadora risa de Xia Xia. Apenas pudo concentrarse en las noticias de la televisión.

La gota había dejado atrás el punto de Lagrange, pero seguía en dirección a la Tierra a velocidad constante.

Luo Ji paró el coche en el lugar que le pareció más adecuado para la ocasión, el límite entre la llanura y las montañas, donde no había ni personas ni edificios. El coche se encontraba en un valle rodeado por un semicírculo montañoso, que disiparía parte de la onda expansiva del impacto. Sacó el televisor del coche y lo llevó a una zona abierta de arena, donde se sentó.

La gota atravesó la órbita geosíncrona de 34.000 kilómetros y pasó junto a la ciudad espacial de Nueva Shanghai, cuyos habitantes observaron con claridad el paso del brillante punto de luz. En los noticiarios dijeron que el impacto se produciría al cabo de ocho minutos. Predijeron al fin la latitud y longitud del impacto: al noroeste de la capital de China.

Luo Ji ya la sabía.

Ahora el crepúsculo había caído definitivamente y los colores del cielo se limitaban a una pequeña zona al oeste, como un ojo sin pupila que observara el mundo con indiferencia.

Quizá como forma de pasar el tiempo, Luo Ji se puso a repasar su vida.

Había quedado dividida en dos secciones distintas. La parte que venía después de ser vallado había ocupado dos siglos, pero le daba la impresión de haber sido extremadamente compacta. La repasó con rapidez como si hubiese sido un día antes. Esa parte de su vida no parecía pertenecerle, incluyendo el amor que llevaba grabado en los huesos. Lo sentía como un sueño pasajero. No se atrevió a pensar en su mujer y en su hija.

Al contrario de lo que esperaba, sus recuerdos de antes de convertirse en vallado eran casi inexistentes. Del océano de la memoria apenas podía pescar algunos fragmentos, y cuando más retrocedía, menos eran. ¿Realmente había ido al instituto? ¿A primaria? ¿Había tenido un primer amor? Algunos de esos fragmentos presentaban rasguños, lo que indicaba que habían sucedido. Los detalles estaban frescos, pero las emociones habían desaparecido sin dejar rastro. El pasado era como un puñado de arena que creías estar aferrando con fuerza, pero que ya se había escapado entre los dedos. La memoria era un río largo tiempo seco, dejando solo guijarros dispersos en su lecho sin vida. Siempre había vivido la vida pensando en la siguiente experiencia, y todo lo ganado lo había perdido también, quedándose así con poco.

Miró a las montañas del crepúsculo, recordando aquella noche de invierno, más de doscientos años antes, que había pasado allí mismo, en las montañas que se habían cansado de mantenerse erguidas durante cientos de millones de años, y al fin se habían tumbado «aquellos abuelos que pasan la tarde al sol», como había dicho su amante imaginaria. Los campos y las ciudades del norte de China hacía tiempo que se habían transformado en desiertos, pero las montañas parecían estar iguales. Seguían siendo normales y vulgares en su forma, y los hierbajos y enredaderas todavía crecían tercamente en las grietas de la roca gris, ni más vistosos ni más escasos que dos siglos antes. Era demasiado poco tiempo para que el cambio se manifestase en esas montañas rocosas.

¿Cómo era el mundo humano a ojos de las montañas? Quizás algo que contemplaban durante una tarde ociosa. Primero aparecían algunos diminutos seres vivos en la pradera. Tras un rato, se multiplicaban, y tras otro rato, levantaban estructuras similares a hormigueros que rápidamente llenaban toda la región. Las estructuras estaban iluminadas por dentro y algunas emitían humo. Tras otro rato, las luces y el humo desaparecían, y los pequeños seres también se iban. A continuación, las estructuras se desmoronaban y la arena las devoraba. Eso era todo. Entre los incontables acontecimientos de los que habían sido testigos las montañas, esos momentos pasajeros no eran necesariamente los más interesantes.

Al final Luo Ji dio con su recuerdo más antiguo. Le sorprendió descubrir que la vida también empezaba en la arena. Se trataba de su propia época prehistórica, en un lugar que no podía recordar, y con gente que no reconocía, pero recordaba claramente la orilla arenosa de un río. En el cielo colgaba una luna redonda y el río ondulaba bajo su luz. Excavaba en la arena. Tras cavar un pozo, la arena entró por el fondo y en el agua apareció una pequeña luna. Siguió cavando, creando muchos pequeños pozos y conjurando muchas pequeñas lunas.

Era su recuerdo más antiguo. Antes no había nada.

En la oscuridad de la noche, solo la luz de la televisión iluminaba la arena que le rodeaba.

Mientras Luo Ji intentaba mantener la mente en blanco, sintió tensión en el cuero cabelludo. Una mano enorme había cubierto todo el cielo y le presionaba desde arriba.

Pero luego esa mano gigantesca se retiró poco a poco.

A una distancia de veinte mil kilómetros de la superficie, la gota había cambiado de dirección y se había dirigido hacia el sol.

El presentador de televisión gritó:

—¡Atención hemisferio norte! ¡Atención hemisferio norte! ¡El brillo de la gota se ha incrementado y es visible a simple vista!

Luo Ji alzó la vista. La podía ver: no era tan brillante, pero su gran velocidad hacía que fuese fácil de distinguir al moverse por el cielo como un meteoro y perderse en el oeste.

Al final la gota redujo su velocidad relativa a la Tierra hasta cero y descansó en un punto a 1,5 millones de kilómetros. Un punto de Lagrange. Es decir, en los siguientes días permanecería inmóvil en relación tanto con la Tierra como con el sol, colocada justo entre los dos.

Luo Ji tuvo la corazonada de que pasaría algo más y se quedó sentado esperando. A su lado y a su espalda, las montañas que eran como abuelos le acompañaron en la espera y le ofrecieron seguridad. Por ahora no había más noticias importantes en la televisión. Un mundo incierto que no sabía si había escapado o no a la catástrofe aguardaba, nervioso.

Pasaron diez minutos, pero no sucedió nada. El sistema de seguimiento mostraba a la gota inmóvil, el halo de propulsión ahora ausente y su cabeza redonda apuntando al sol. Reflejaba la brillante luz del sol, de forma que su tercio delantero parecía estar en llamas. Desde el punto de vista de Luo Ji, entre el sol y la gota se estaba produciendo una misteriosa inducción.

De pronto la imagen de la televisión se nubló y el sonido se volvió entrecortado. Luo Ji sintió conmoción en el entorno circundante. Una bandada asombrada de pájaros echó a volar desde las montañas y en la distancia oyó ladrar a un perro. Puede que fuese una falsa impresión, pero notó escozor en la piel. Durante un momento la imagen y el sonido de la televisión quedaron alterados, para luego volver a aclararse. Más tarde se descubrió que la interferencia seguía presente, pero el sistema global de telecomunicaciones había usado sus opciones contra las interferencias para filtrar rápidamente el ruido. Sin embargo, las noticias reaccionaron despacio debido a la gran cantidad de datos de seguimiento que era preciso reunir y analizar. Pasaron diez minutos o más antes de tener información precisa.

La gota enviaba una onda electromagnética continua y potente directamente al sol, con una intensidad que superaba con mucho el límite de amplificación del sol y con frecuencias que ocupaban todas las bandas que el sol podía amplificar.

Luo Ji se echó a reír hasta casi ahogarse. Era cierto que era un egocéntrico. Hacía tiempo que se le debería haber ocurrido.

Luo Ji era irrelevante; lo que importaba era el sol. A partir de entonces la humanidad no podría emplear el sol como potente antena para transmitir mensajes al universo.

La gota lo había sellado.

—¡Ja! Colega, ¡no pasó nada! Deberíamos haber apostado. —En cierto momento Shi Qiang había llegado hasta Luo Ji. Había parado un coche para llegar hasta allí.

Luo Ji se sintió agotado. Se tendió sin vigor en la arena, que seguía caliente del sol. Se sentía cómodo.

—Sí, Da Shi. Ahora podemos vivir nuestras vidas. Todo ha terminado.

—Colega, esta es la última vez que te ayudo con tus rollos de vallado —dijo Shi Qiang en el camino de vuelta—. Ese puesto debe provocar problemas mentales y acabas de sufrir otro episodio.

—Espero que así sea —añadió Luo Ji.

Fuera, las estrellas visibles el día anterior habían desaparecido y el desierto negro y el cielo negro se unían como uno en el horizonte. Frente a ellos se manifestaba la carretera iluminada por los faros. El mundo se correspondía con el estado de ánimo de Luo Ji: oscuridad por todas partes, con un punto increíblemente definido.

—¿Sabes?, te resultará fácil volver a la normalidad. Es hora de reanimar a Zhuang Yan y a Xia Xia. Aunque con el caos reciente no sé si habrán suspendido las reanimaciones. Pero, aunque así sea, no será por mucho tiempo. La situación se estabilizará pronto. Tengo esa impresión. Después de todo, todavía queda tiempo para varias generaciones. ¿No dijiste que podías vivir tu vida?

»Mañana iré a preguntar al Departamento de Inmigración de Hibernados. —Las palabras de Shi Qiang le recordaron a Luo Ji el pequeño fragmento de color que todavía existía en su mente aturdida. Quizá reunirse con su mujer e hija era su única oportunidad de redimirse.

Pero no había ninguna esperanza para la humanidad.

Al acercase al Pueblo Nueva Vida #5, Shi Qiang de pronto redujo la marcha.

—Algo no va bien —dijo con la vista al frente. Siguiendo su mirada, Luo Ji vio un resplandor en el cielo producido por una luz en el suelo, pero el alto terraplén de la carretera les impedía ver la fuente. El resplandor se movía. No parecían las luces de la zona residencial.

Cuando el coche abandonó la autopista se encontraron con un extraño espectáculo: el desierto entre Pueblo Nueva Vida #5 y la autopista se había convertido en una reluciente manta de luces, como un océano de luciérnagas. A Luo Ji le llevó un momento comprender que se trataba de una multitud. Eran todos de la ciudad y la luz venía de sus ropas.

Al acercarse el coche, los que estaban por delante se llevaron las manos a los ojos para bloquear el destello de los faros, por lo que Shi Qiang los apagó, dejándoles así frente a una extraña y chillona barrera humana.

—Parece que esperen a alguien —dijo Shi Qiang mirando a Luo Ji, quien se tensó al verle la cara. El coche se detuvo y Shi Qiang siguió hablando—. Quédate aquí y no te muevas. Iré a echar un vistazo. —Salió del coche y se acercó a la multitud. Frente a la brillante barrera humana, la figura corpulenta de Shi Qiang destacaba como una silueta negra. Luo Ji le observó acercarse a la gente, cruzar unas palabras y luego girarse para volver—. Resulta que te esperan a ti. Vamos —dijo apoyado en la puerta. Al ver la expresión de Luo Ji le tranquilizó—. No pasa nada. Todo está bien.

Luo Ji bajó del coche y se acercó a la multitud. Se había acostumbrado a la ropa conectada de la gente moderna, pero en aquel desierto desolado todavía tenía la sensación de dirigirse a lo extraño. Al acercarse y ver sus expresiones, el corazón se le aceleró.

Lo primero que había descubierto tras despertar de la hibernación era que las multitudes de cada época tienen cada una su expresión facial característica. Sorprendían las diferencias con esa época lejana: era muy fácil distinguir a los modernos de los hibernados recién reanimados. Sin embargo, las expresiones que vio no eran modernas, pero tampoco del siglo XXI. No sabía a qué época se correspondían. El miedo casi le paralizó, pero confiaba en Shi Qiang, así que siguió avanzando mecánicamente.

Se detuvo al acercarse más, porque al fin pudo distinguir lo que mostraban las ropas.

Mostraban imágenes de Luo Ji... fotografías estáticas algunas, otras de vídeo.

En muy pocas ocasiones se había presentado Luo Ji ante los medios de comunicación desde que se convirtiese en vallado, por lo que no había mucho archivo visual sobre su persona, pero ahora la ropa de la gente mostraba un conjunto razonablemente completo de esos vídeos e imágenes. Incluso en algunos casos vio imágenes de antes de convertirse en vallado. La ropa tomaba las imágenes de internet, por lo que debían de estar circulando por todo el mundo. También reparó en que las imágenes estaban en su estado original y no habían sufrido las deformaciones artísticas que tanto gustaban a los modernos. Es decir, eran imágenes que habían aparecido hacía poco.

Al ver que se detenía, la multitud avanzó hacia él. Al encontrarse a dos o tres metros, la gente que iba al frente hizo parar al resto y luego se arrodilló. Los de atrás se fueron arrodillando en oleadas de gente brillante que se perdían en la arena.

—¡Señor, sálvenos! —oyó decir.

Las palabras zumbaron en sus oídos.

—¡Oh, dios, salve al mundo!

—¡Gran portavoz, haga cumplir la justicia del universo!

—¡Ángel de la justicia, salve a la humanidad!

Dos personas se acercaron a Luo Ji. Reconoció al que llevaba ropa que no brillaba: era Hines. El otro era un soldado con insignias y galones relucientes.

Hines habló con toda seriedad:

—Doctor Luo, me acaban de nombrar su enlace con la Comisión del Proyecto Vallado de Naciones Unidas. Mi deber es anunciarle que el Proyecto Vallado ha sido restablecido y a usted se le ha nombrado único vallado.

El soldado dijo:

—Soy el comisionado especial Ben Jonathan de la Asamblea Conjunta de la Flota Solar. Nos conocimos justo después de su reanimación. Mi deber es informarle de que la Flota Asiática, la Flota Europea y la Flota Norteamericana han aceptado la nueva aprobación de la Ley de los Vallados y que han reconocido su posición como vallado.

Hines señaló a la multitud que se arrodillaba en la arena y dijo:

—A ojos del público, usted ahora posee dos identidades. Para los teístas, es usted el ángel de la justicia. Para los ateos, es usted el representante de una civilización justa y superior que habita en la Vía Láctea.

Hubo un silencio. Todos los ojos miraban a Luo Ji. Él reflexionó un rato, pero solo se le ocurrió una posibilidad.

—¿La maldición surtió efecto? —aventuró a decir.

Hines y Jonathan asintieron y Hines añadió:

—187J3X1 ha sido destruida.

—¿Cuándo?

—Hace cincuenta años. La observación se realizó hace un año, pero nadie prestaba atención a esa estrella, así que se descubrieron esta tarde. Algunas personas desesperadas de la Asamblea Conjunta ansiaban dar con una inspiración histórica. Recordaron el Proyecto Vallado y su maldición. Así que miraron a 187J3X1 y vieron que ya no estaba. En su lugar había una nebulosa formada por restos. Repasaron todos los registros de observaciones sobre la estrella hasta su destrucción hace un año y analizaron todos los datos sobre 187J3X1 en el momento de su explosión.

—¿Cómo saben que fue destruida?

—Usted sabe que 187J3X1 se encontraba en un estado estable, como el sol, y era imposible que se convirtiese en nova. Y se registró su destrucción: un cuerpo que viajaba casi a la velocidad de la luz impactó contra 187J3X1. Ese diminuto objeto, lo llamamos «fotoide», dejó una estela visible al entrar en la periferia de la atmósfera estelar. A pesar de su pequeño volumen, su velocidad tan cercana a la luz hizo que en el momento del impacto su enorme masa relativista fuese la de un octavo de la de 187J3X1. Destruyó la estrella de inmediato. La explosión también destruyó los cuatro planetas de la estrella.

Luo Ji miró al oscuro cielo nocturno donde las estrellas eran casi invisibles. Avanzó. La gente se puso en pie y en silencio le dejó un camino, cerrándose de inmediato en cuanto pasaba. Todos intentaban acercársele, como si ansiaran la luz del sol en medio del frío, pero le dejaban un círculo abierto, un punto oscuro en medio del océano fluorescente, como el ojo de una tormenta. Un hombre avanzó y se dejó caer delante de Luo Ji, obligándole así a parar para luego besarle los pies. Otros hicieron lo mismo.

Justo cuando parecía que no podría controlar la situación, se oyeron gritos críticos desde la multitud, lo que obligó a la gente a retirarse.

Luo Ji siguió avanzando, pero se dio cuenta de que no sabía adónde iba. Se detuvo, vio con Hines y Jonathan en medio de la multitud, y fue hacia ellos.

—Bien, ¿qué hacemos ahora? —preguntó al llegar.

—Es usted un vallado, por lo que puede hacer lo que quiera dentro de los límites de la Ley de los Vallados —le dijo Hines acompañando las palabras de una inclinación—. A pesar de que la ley tiene restricciones, básicamente puede hacer uso de todos los recursos de Coalición Tierra.

—Lo que incluye también los recursos de Coalición Flota —añadió Jonathan.

Luo Ji pensó durante un momento y dijo:

—Ahora mismo no preciso de recursos. Pero si he recuperado los poderes descritos en la Ley de los Vallados...

—De eso no hay duda —afirmó Hines. Jonathan asintió.

—En ese caso tengo dos peticiones. Primero, el orden debe restaurarse en todas las ciudades y la vida debe volver a la normalidad. Es una petición sin mayor misterio. Estoy seguro de que es comprensible.

Todos asintieron.

—El mundo está prestando atención, o dios.

—Sí, el mundo presta atención —dijo Hines—. Hará falta tiempo para recuperar la estabilidad, pero gracias a usted tenemos fe en lograrlo. —La multitud repitió las palabras.

—Segundo: todos deben volver a casa. Que este lugar quede tranquilo. ¡Gracias!

Al oírlo la gente guardó silencio, pero pronto murmuraron para transmitir lo que había dicho. La multitud fue dispersándose, primero despacio y sin ganas, pero pronto coche tras coche salió en dirección a la ciudad. Las muchas personas que caminaban por la carretera parecían una larga colonia de hormigas brillantes.

Una vez más el desierto quedó vacío. En la arena marcada por pisadas caóticas solo estaban Luo Ji, Shi Qiang, Hines y Jonathan.

—Me avergüenza sinceramente mi antiguo yo —dijo Hines—.

La historia de la civilización humana solo cubre cinco mil años, pero, sin embargo, valoramos tanto la vida y la libertad. En el universo debe haber civilizaciones con miles de millones de años de historia. ¿Qué tipo de moral aplican? ¿Tiene sentido esa pregunta?

—Yo también me avergüenzo de mí mismo. Durante los últimos días incluso he dudado de Dios —dijo Jonathan. Cuando vio que Hines iba a interrumpirle, levantó la mano para impedírselo—. No, amigo. Es posible que estemos hablando de lo mismo.

Se abrazaron. Las lágrimas les corrían por las mejillas.

—Bien, caballeros —dijo Luo Ji mientras les daba palmaditas en la espalda—. Pueden volver. Si les necesito, les llamaré. Gracias.

Los vio alejarse, apoyado uno en el otro como dos amantes felices. Solo quedaron Shi Qiang y él.

—Da Shi, ¿ahora tienes algo que decir? —Se volvió hacia él con una sonrisa.

Shi Qiang quedó clavado donde estaba, tan asombrado como si acabase de presenciar un impresionante truco de magia.

—Colega, estoy tan confuso...

—¿Qué dices? ¿No te parece que yo sea el ángel de la justicia?

—Tendrías que darme una paliza de muerte antes de oírme decir tal cosa.

—¿Y portavoz de una civilización superior?

—Algo mejor que lo de ángel, pero si te digo la verdad, tampoco me lo trago. Nunca me pareció que fuese así.

—¿No crees en la justicia del universo?

—Ni idea.

—Pero eres policía.

—He dicho que ni idea. Estoy sinceramente confundido.

—En ese caso, eres el más sereno de todos nosotros.

—Vale, ¿me puedes hablar de la justicia en el universo?

—Muy bien. Ven conmigo. —Luo Ji caminó hacia el desierto, con Shi Qiang siguiéndole de cerca. Anduvieron en silencio durante un buen rato y luego cruzaron la autopista.

—¿Adónde vamos? —preguntó Shi Qiang.

—Al lugar más oscuro.

Atravesaron la autopista hasta el punto donde el terraplén bloqueaba las luces de la zona residencial. Moviéndose a tientas en la oscuridad, Luo Ji y Shi Qiang se sentaron sobre el suelo arenoso.

—Empezamos. —La voz de Luo Ji sonaba ominosa.

—Que sea la versión simple. Dado mi nivel, no entendería nada más complicado.

—Todos lo pueden entender, Da Shi. La verdad es muy sencilla. Es de esas cosas que en cuanto las oyes te preguntas por qué no lo pensaste tú primero. ¿Sabes qué son los axiomas matemáticos?

—Di geometría en el instituto. «Entre dos puntos solo puede pasar una línea recta.» Ese tipo de cosas.

—Correcto. Bien, ahora vamos a establecer dos axiomas para las civilizaciones cósmicas. Primero, la necesidad primordial de toda civilización es su supervivencia. Segundo, aunque las civilizaciones crecen y se expanden, la cantidad total de materia del universo siempre es la misma.

—¿Y?

—Eso es todo.

—¿Qué se puede deducir de algo tan simple?

—De la misma forma que tú puedes resolver un caso a partir de una bala o una gota de sangre, la sociología cósmica puede describir una imagen completa de las civilizaciones galácticas y cósmicas a partir de esos dos axiomas. Así es la ciencia, Da Shi. Los puntos de apoyo de todas las disciplinas son muy sencillos.

—Bien, derivemos conclusiones.

—Primero, hablemos de la batalla de la Oscuridad. ¿Me creerías si te digo que Nave Tierra era un microcosmo de civilización cósmica?

—No. Nave Tierra carecía de recursos como los repuestos y el combustible, pero ese no es el caso del universo. El universo es demasiado grande.

—Te equivocas. El universo es grande, ¡pero la vida es todavía mayor! A eso se refiere el segundo axioma. La cantidad de materia del universo permanece constante, pero la vida crece exponencialmente. Las exponenciales son los demonios de las matemáticas. Si en un océano hay una bacteria microscópica que se divide cada media hora, en unos pocos días sus descendientes ocuparán todo el océano siempre que dispongan de suficientes nutrientes. Que ni la humanidad ni Trisolaris te ofrezcan una impresión equivocada. Son dos civilizaciones diminutas, pero están en su infancia. Una vez que una civilización supera cierto nivel tecnológico, la expansión de la vida por el universo se produce a un ritmo aterrador. Por ejemplo, considera la velocidad de navegación actual de la humanidad. En un millón de años la humanidad podría ocupar toda la galaxia. Y en contraste con el universo, un millón de años es un parpadeo.

—Quieres decir que, dado el suficiente espacio de tiempo, todo el universo podría tener ese tipo de... ¿cómo lo llaman? ¿«Mano con la que es imposible ganar»?

—No hace falta considerar mucho tiempo. Ahora mismo todo el universo carga con esa mano de cartas imposibles de jugar. Como dice Hines, es posible que el universo tuviese sus primeras civilizaciones hace miles de millones de años. Es posible que el universo ya esté abarrotado. ¿Cuánto espacio libre sigue habiendo en la Vía Láctea, o en el universo, y cuántos recursos quedan?

—Pero no es correcto, ¿no? El universo parece vacío. No conocemos más extraterrestres que los de Trisolaris, ¿no es así?

—De eso hablaremos ahora. Dame un cigarrillo. —Luo Ji tanteó un momento en la oscuridad antes de coger el cigarrillo de la mano de Shi Qiang. Cuando Luo Ji volvió a hablar, Shi Qiang se dio cuenta de que se había alejado tres o cuatro metros—. Hay que aumentar la distancia para que parezca más el espacio exterior —añadió. Luego giró el filtro y encendió el cigarrillo. Shi Qiang hizo lo propio. En la oscuridad, los dos diminutos planetas se encontraban en oposición—. Bien. Para ilustrar el problema, debemos establecer el modelo más elemental de civilización cósmica. Estos dos puntos de luz representan dos planetas civilizados. El universo está compuesto únicamente por estos dos planetas, y no hay nada más. Borra todo lo que te rodea. ¿Tienes esa sensación?

—Sí. Resulta fácil en un lugar tan oscuro.

—Pongamos que esos dos mundos son tu civilización y mi civilización. Están separadas por una gran distancia; por ejemplo, cien años luz. Tú puedes detectar mi existencia, pero no conoces los detalles. Sin embargo, yo no sé nada de tu presencia.

—Correcto.

—Ahora es preciso definir dos ideas: la «benevolencia» y la «malicia» entre civilizaciones. Las palabras en sí mismas no son muy rigurosas en un contexto científico, así que vamos a limitar su significado. «Benevolencia» significa no ser el primero en atacar y erradicar a otras civilizaciones. «Malicia» es lo contrario.

—Es muy fácil cumplir la condición de benevolencia.

—A continuación, valoremos tus opciones para tratar conmigo. Por favor, durante todo el proceso es preciso tener presentes los axiomas de las civilizaciones cósmicas, así como la distancia y el entorno espacial.

—Podría escoger comunicarme contigo.

—Si lo haces, debes ser consciente del precio que vas a pagar: me habrá dejado clara tu existencia.

—Correcto. En el universo eso no es poco.

—Se dan distintos grados de exposición. La forma más fuerte es cuando conozco tus coordenadas estelares precisas. Lo siguiente es cuando sé más o menos tu dirección, y la forma más débil es simplemente saber que existes. Pero incluso esa forma débil me deja la posibilidad de buscarte, ya que si tú has detectado mi existencia, yo podré también dar contigo. Es solo cuestión de tiempo desde el punto de vista del desarrollo tecnológico.

—Pero colega, todavía podría arriesgarme a hablar contigo. Si eres malicioso, pues mala suerte. Pero si eres benévolo, entonces charlaremos y con el tiempo nos uniremos para formar una civilización benévola.

—Vale, Da Shi. Ya hemos llegado a la cuestión. Ahora volvamos a los axiomas: incluso si yo soy una civilización benévola, al comienzo de nuestra comunicación, ¿yo puedo determinar si tú también eres benévolo?

—No, claro que no. Eso violaría el primer axioma.

—Por tanto, una vez recibo tu mensaje, ¿qué debo hacer?

—Pues deberías descubrir si soy benévolo o malicioso. Malicioso, me eliminas. Benévolo, podemos seguir hablando.

La llama junto a Luo Ji se elevó y se movió de un lado a otro. Estaba claro que se había puesto en pie y caminaba.

—Eso vale en la Tierra, pero no en el universo. Así que ahora introduciremos una idea importante: las cadenas de sospecha.

—Qué término más extraño.

—Al principio la formulación era lo único que tenía. No se me explicó. Pero posteriormente, pude deducir su significado a partir de las palabras.

—¿Quién no te lo explicó?

Luo Ji vaciló.

—Te lo contaré más tarde. Sigamos. Si me consideras benévolo, esa no es razón para sentirte seguro, porque según el primer axioma, una civilización benévola no puede predecir que cualquier otra civilización será benévola. No sabes si yo pienso que eres benévolo o malicioso. A continuación, incluso si sabes que yo pienso que eres benévolo, y yo también sé que tú piensas que *yo* soy benévolo, no sé lo que piensas sobre lo que pienso sobre lo que tú piensas sobre mí. Retorcido, ¿no? Eso es en esencia el tercer nivel, pero la lógica se extiende indefinidamente.

—Entiendo a qué te refieres.

—Es una cadena de sospecha. Algo que no se manifiesta en la Tierra. La humanidad es una única especie, comparte similitudes culturales, tiene ecosistemas conectados y las distancias son cortas, por lo que en ese entorno las cadenas de sospecha no pasan de uno o dos niveles antes de revolverse por medio de la comunicación. Pero en el espacio una cadena de sospecha puede ser muy larga. Antes de que la comunicación pueda resolverla, ya se habrá producido algo como la batalla de la Oscuridad.

Shi Qiang inhaló el cigarrillo y durante un momento su rostro contemplativo se manifestó en la oscuridad.

—Supongo que podemos aprender mucho de la batalla de la Oscuridad.

—Así es. Las cinco naves de Nave Tierra formaban una civilización semi-cósmica, no una real, porque estaba compuesta de una única especie, seres humanos, que se encontraban muy cerca. Pero incluso así jugaban con esa mano de cartas imposibles de jugar y la cadena de sospecha se manifestó. En una civilización cósmica real, las diferencias biológicas entre varios grupos pueden incluso darse al nivel biológico de reino, y las diferencias culturales ya son imposibles de imaginar. Si a eso le añades las grandes distancias, acabas con cadenas de sospecha casi indestructibles.

—¿El resultado es el mismo independientemente de que seamos civilizaciones benévolas o maliciosas?

—Eso es. Es el aspecto más importante de la cadena de sospecha. No tiene ninguna relación con la moral de la civilización en sí o con su estructura social. Basta con considerar a cada civilización como el punto final de una cadena. Con independencia de que las civilizaciones sean benévolas o maliciosas, al penetrar en la red tejida por las cadenas de sospecha, todas son idénticas.

—Pero si eres mucho más débil que yo, no eres una amenaza. Así que siempre me podría comunicar contigo, ¿no?

—Eso tampoco funcionaría. En este punto es preciso introducir otra idea importante: la explosión tecnológica. Tampoco me lo explicaron, pero fue mucho más sencillo de entender que la cadena de sospecha. La civilización humana tiene cinco mil años de historia y la vida en la Tierra unos miles de millones de años. Pero la tecnología moderna se ha desarrollado en los últimos tres siglos. Visto desde la escala del universo, eso no es desarrollo, ¡es una explosión! El potencial de dar saltos tecnológicos es el explosivo oculto en el interior de toda civilización, y si algún factor interno o externo lo dispara, revienta. En la Tierra llevó trescientos años, pero no hay ninguna razón para creer que la humanidad es la civilización cósmica más rápida. Quizás haya otras que han pasado por explosiones tecnológicas todavía más veloces. Yo soy más débil que tú, pero en cuanto reciba tu mensaje y conozca tu existencia, queda establecida la cadena de sospecha entre nosotros. Si en cualquier momento experimento una explosión tecnológica que de pronto me ponga por delante de ti, entonces yo soy más fuerte. Desde el punto de vista de la escala del universo, unos pocos cientos de años es como chasquear los dedos. Y podría ser que saber de tu existencia y tener la información que he recibido de ti fuesen la chispa perfecta para provocar la explosión. Por tanto, a pesar de ser una civilización recién nacida, todavía supongo un gran peligro.

Shi Qiang pensó durante unos segundos mientras contemplaba la llama de Luo Ji en la oscuridad. Luego miró su propio cigarrillo.

—Así que tengo que callarme.

—¿Crees que con eso vale?

Fumaron. Las esferas de llamas ganaban en brillo y sus caras se manifestaban en la oscuridad como los dioses de ese sencillo universo, meditando profundamente.

Shi Qiang dijo:

—No, no vale. Si eres más fuerte que yo y yo he podido dar contigo, algún día tú darás conmigo. Y entonces se establecerá la cadena de sospecha. Si eres más débil que yo, en cualquier momento podrías pasar por una explosión tecnológica y volveríamos a la primera situación. Resumiendo: uno, hacerte saber de mi existencia y dos, permitir que sigas existiendo, son dos opciones igualmente peligrosas y violan el primer axioma.

—Da Shi, tu mente es diáfana.

—Mi cerebro puede seguirte hasta cierto punto, pero apenas hemos empezado.

Luo Ji guardó silencio en la oscuridad durante un buen rato. Su rostro apareció dos o tres veces bajo la débil luz de la llama antes de decir:

—Da Shi, esto no es un comienzo. Ya hemos llegado a la conclusión del razonamiento.

—¿Conclusión? ¡No hemos dado con nada! ¿Dónde está la imagen de las civilizaciones cósmicas que me prometiste?

—Si una vez que sabes de mi existencia no vale con el silencio ni con la comunicación, solo queda una opción.

Se hizo un largo silencio. Las dos llamas se apagaron. No había viento, y el oscuro silencio se volvió denso como el asfalto, convirtiendo el cielo y el desierto en un todo turbio. Al fin Shi Qiang soltó una palabra a la oscuridad.

—¡Mierda!

—Extrapola esa opción a los miles de millones de miles de millones de estrellas y cientos de millones de civilizaciones, y ahí tienes tu imagen —dijo Luo Ji, asintiendo en la oscuridad.

—Es... es una imagen oscura de verdad.

—El universo real es así de oscuro. —Luo Ji agitó la mano, palpando la oscuridad como si acariciase terciopelo—. El universo es un bosque oscuro. Cada civilización es un cazador armado que recorre el bosque como un fantasma, apartando delicadamente las ramas que le impiden el paso, intentando moverse sin emitir sonido. Incluso respira con mucho cuidado. El cazador debe ser precavido, porque el bosque está lleno de otros cazadores secretos como él. Si da con otra forma de vida, otro cazador, un ángel, o un demonio, un infante delicado o un anciano tambaleante, un hada o un semidiós, solo tiene una opción: abrir fuego y eliminarlo. En este bosque, el infierno son los otros. La amenaza eterna de que cualquier vida que revele su existencia será exterminada con rapidez. Esa es la imagen de las civilizaciones cósmicas. Es la explicación de la Paradoja de Fermi.

Shi Qiang encendió otro cigarrillo, aunque solo fuese para tener algo de luz. Luo Ji siguió:

—Pero en ese bosque oscuro hay un niño estúpido llamado humanidad, que ha encendido una hoguera y está de pie a su lado gritando: «¡Aquí estoy! ¡Aquí estoy!»

—¿Alguien nos ha escuchado?

—Seguro. Pero los gritos por sí mismos no bastan para dar con el niño. La humanidad todavía no ha transmitido ninguna información sobre la posición exacta de la Tierra y el Sistema Solar en el universo. Por la información que hemos enviado solo pueden conocer la distancia entre la Tierra y Trisolaris y más o menos la dirección dentro de la Vía Láctea. La posición precisa de los dos mundos sigue siendo un misterio. Al estar situados en el territorio salvaje de la periferia de la galaxia, estamos un poco más seguros.

—Entonces, ¿qué fue la maldición?

—Usé el sol para transmitir al cosmos tres imágenes. Cada una estaba compuesta por treinta puntos que representaban la proyección sobre el plan de un sistema de coordenadas de tres dimensiones con las posiciones de treinta estrellas. Al combinar las tres imágenes para obtener coordenadas tridimensionales, se formaba un espacio cúbico ocupado por esos treinta puntos. Representaban la posición relativa de 187J3X1 y las veintinueve estrellas circundantes. Había una etiqueta que señalaba a 187J3X1.

»Piénsalo con atención y lo comprenderás. Un cazador en un bosque oscuro, persiguiendo mientras respira con ansiedad, de pronto da con un trozo de corteza arrancada del árbol que tiene delante. En el trozo de madera clara se encuentra una posición en el bosque indicada con caracteres que el cazador puede comprender. ¿Qué pensará? Está claro que no imaginará que se trata de suministros para él. De todas las posibilidades, la más probable es que informe de la presencia de una presa viva en ese punto que debe ser eliminada. No importa las motivaciones para dejar esa indicación. Lo importante es que la mano de cartas imposibles ha tensado los nervios del bosque oscuro hasta el punto de la ruptura, y es el nervio más sensible el que tiene más probabilidades de moverse. Supongamos que hay un millón de cazadores en el bosque... el número real de civilizaciones en los miles de millones de miles de millones de estrellas de la Vía Láctea podría ser mil veces mayor. Es posible que novecientos mil cazadores pasen de la indicación. De los otros cien mil, quizá noventa mil sondearán esa posición y la obviarán al comprobar que no hay vida. Pero uno de los restantes diez mil tomará la decisión de disparar a esa posición, porque para las civilizaciones con cierto nivel de desarrollo tecnológico, atacar puede ser más seguro y más fácil que sondear. No se pierde nada si al final allí no había nadie.

»Ahora —concluyó Luo Ji—, ese cazador ha aparecido.

—Esa maldición ya no se puede volver a enviar, ¿no es así?

—En efecto, Da Shi. Es preciso enviar la maldición a toda la galaxia, pero han bloqueado el sol, así que ya no se puede enviar.

—¿La humanidad se retrasó un paso? —Shi Qiang tiró la colilla. La llama al caer trazó un arco en la oscuridad, iluminando momentáneamente un pequeño círculo de arena.

—No, no. Piénsalo: si no hubieran sellado el sol y yo hubiese amenazado a Trisolaris con enviar otra vez la maldición, esta vez contra ellos, ¿qué habría pasado?

—Te habrían lapidado como a Rey Díaz. Y luego habrían aprobado leyes para prohibir que otros siguiesen por ese camino.

—Así es, Da Shi. Como ya hemos revelado la distancia entre el Sistema Solar y Trisolaris, así como nuestra dirección general dentro de la Vía Láctea, revelar la posición de Trisolaris equivale a revelar la posición del Sistema Solar. Es una estrategia mortal. Quizá nos hayamos retrasado un paso, pero es un paso que la humanidad jamás estaría dispuesta a dar.

—Debiste amenazar a Trisolaris en su momento.

—La situación era muy extraña. Entonces no estaba seguro de la idea, así que precisaba confirmación. Después de todo, había tiempo de sobra. Pero la razón real es que, en lo más profundo de mi corazón, carecía de la fuerza mental suficiente. Creo que a cualquiera le hubiese pasado igual.

—Ahora que lo pienso, hoy no deberíamos haber ido a ver al alcalde. Esta situación, si el mundo llega a conocerla, es todavía más desesperada. Recuerda cómo acabaron los dos primeros vallados.

—Tienes razón. Lo mismo me ocurrirá a mí, así que espero que ninguno de los dos contemos nada. Pero tú puedes, si lo deseas. Como me dijo alguien una vez: en cualquier caso, he cumplido con mi parte.

—No te preocupes, colega, no diré nada.

Caminaron siguiendo el terraplén y llegaron a la autopista, donde la oscuridad era algo menor. Las luces lejanas de la zona residencial bastaron para cegarles.

—Hay algo más. ¿La persona que mencionaste?

Luo Ji vaciló.

—Olvídalo. Lo único que debes saber es que yo no inventé los axiomas de las civilizaciones cósmicas ni la teoría del bosque oscuro.

—Mañana iré a la ciudad para trabajar con el gobierno. Si en el futuro precisas de ayuda, llámame.

—Da Shi, tu ayuda ha sido más que suficiente. Yo también iré mañana a la ciudad, al Departamento de Inmigración de Hibernados, para ocuparme de despertar a mi familia.

Al contrario de lo que esperaba Luo Ji, el Departamento de Inmigración de Hibernados respondió que la reanimación de Zhuang Yan y Xia Xia seguía bloqueada, y el director dejó claro que sus poderes de vallado no valían de nada a ese respecto. Habló con Hines y Jonathan, que no conocían los detalles de la situación, pero que le dijeron que la Ley de los Vallados revisada contenía un artículo que decía que Naciones Unidas y la Comisión del Proyecto Vallado podría dar todos los pasos necesarios para garantizar que el vallado se concentraba en su trabajo. Es decir, después de dos siglos, Naciones Unidas volvía a aprovecharse de la situación de Luo Ji para intentar forzarle y controlarle.

Luo Ji solicitó que su asentamiento de hibernados conserva-se su actual estado y que no hubiese acoso del exterior. La petición se ejecutó con toda precisión. Mantuvieron a distancia a los medios de comunicación y a las masas de peregrinos, y tras restablecer la calma en Pueblo Nueva Vida #5, fue como si no hubiera pasado nada.

Dos días más tarde, Luo Ji asistió a la primera reunión del renovado Proyecto Vallado. No fue al cuartel general subterráneo de Naciones Unidas en Norteamérica, sino que participó por medio de una conexión de vídeo desde su espartana residencia en Pueblo Nueva Vida #5, donde las escenas de la asamblea aparecieron en un televisor.

—Vallado Luo Ji, nos habíamos preparado para enfrentarnos a su furia —dijo el presidente de la comisión.

—Mi corazón ha ardido para convertirse en cenizas. He perdido la habilidad de enfurecerme —respondió Luo Ji, cómodamente sentado en el sofá.

El presidente asintió.

—Es una gran actitud. Sin embargo, la comisión considera que debe abandonar su pueblo. Ese pequeño lugar no es un centro de mando digno para la defensa del Sistema Solar.

—¿Conocen Xibaipo? Es un pueblo todavía más pequeño, no muy lejos de aquí. Hace más de dos siglos, desde ahí los fundadores de nuestra nación dirigieron una de las ofensivas más grandes de la historia.

El presidente negó con la cabeza.

—Está claro que no ha cambiado usted en nada. Muy bien. La comisión respeta sus hábitos y decisiones. Debe ponerse a trabajar. No va a ser como antaño, ¿no?, afirmando que siempre estaba trabajando.

—No puedo trabajar. Las condiciones para realizar mi trabajo ya no existen. ¿Pueden hacer uso de la potencia estelar para transmitir mi hechizo al universo?

La representación de la Flota Asiática dijo:

—Sabe que eso es imposible. La supresión del sol por parte de la gota es continua. Y no parece que vaya a parar en los próximos tres años, cuando otras nueve sondas lleguen al Sistema Solar.

—Entonces no puedo hacer nada.

El presidente dijo:

—No, vallado Luo Ji. Hay algo muy importante que no ha hecho. No ha revelado a Naciones Unidas y a la Asamblea Conjunta de la Flota Solar el secreto de su maldición. ¿Cómo la empleó para destruir una estrella?

—No lo puedo revelar.

—¿Y si fuese una condición para reanimar a su esposa e hija?

—Es despreciable decir algo así en un momento como este.

—Esta reunión es secreta. Además, el Proyecto Vallado no tiene lugar en la sociedad moderna. La recuperación del Proyecto Vallado implicaba que todas las decisiones tomadas por la Comisión del Proyecto Vallado de Naciones Unidas hace dos siglos siguen siendo válidas. Y según dichas resoluciones, Zhuang Yan y su hija despertarán en la batalla del Día del Juicio Final.

—¿No acabamos de pasar por la batalla del Día del Juicio Final?

—Las dos coaliciones no lo ven así, considerando que la flota principal trisolariana todavía no ha llegado.

—Mantener el secreto de la maldición es mi responsabilidad como vallado. En caso contrario, la humanidad perdería su última esperanza, aunque es posible que esta ya haya desaparecido.

En los días posteriores a la reunión, Luo Ji no salió. Bebía mucho y pasaba casi todo el tiempo borracho. En ocasiones alguien le veía salir con las ropas sucias y la barba larga. Parecía un vagabundo.

Luo Ji volvió a asistir desde su casa a la siguiente reunión del Proyecto Vallado.

—Vallado Luo Ji, su estado nos preocupa —dijo el presidente al ver su aspecto sucio. Hizo que la cámara tomase una panorámica del salón de Luo Ji y la asamblea comprobó que estaba cubierta de botellas.

—Debería ponerse a trabajar, aunque solo sea para recuperar la salud mental —dijo la representación de la Mancomunidad Europea.

—Ya saben lo que me devolvería la normalidad.

—La reanimación de su esposa e hija no es tan importante —añadió el presidente—. No queremos usarlas para controlarle. Sabemos que no podemos forzarle. Pero es una resolución tomada por la comisión anterior, así que tratar ese asunto plantea sus dificultades. En resumen: debe haber una condición.

—Rechazo la condición.

—No, no, doctor Luo. La condición ha cambiado.

La mirada de Luo Ji se iluminó al oír las palabras del presidente.

—¿Y ahora la condición es...?

—No podría ser más sencilla. Debe hacer *algo*.

—Si no puedo enviar una maldición al universo, no hay nada que pueda hacer.

—Debe pensar en algo que hacer.

—¿Quiere decir que podría ser algo sin sentido?

—Siempre que el público lo considere significativo. A sus ojos, usted es el portavoz de la fuerza de la justicia cósmica o un ángel de justicia enviado por el cielo. Como poco, es posible usar esas identidades para estabilizar la situación. Pero si no hace nada, con el tiempo perderá la fe del público.

—La estabilidad lograda de esa forma es peligrosa. Causaría todo tipo de problemas.

—Pero ahora mismo lo que precisamos es estabilizar la situación global. Dentro de tres años las nueve gotas llegarán al Sistema Solar y debemos prepararnos.

—La verdad es que no quiero malgastar recursos.

—En ese caso, la comisión le asignará una tarea. Una que no malgastará recursos. Le pediré al presidente de la Asamblea Conjunta que se la explique. —El presidente hizo un gesto al presidente de la Asamblea Conjunta, que también asistía por vídeo. Estaba claro que se encontraba en algún tipo de instalación espacial, porque a través del enorme ventanal que tenía a su espalda las estrellas se movían lentamente.

Dijo:

—Nuestra estimación de la llegada de las nueve gotas al Sistema Solar se basa en las medidas tomadas cuando atravesaron, hace cuatro años, la última nube de polvo interestelar. La diferencia con la que llegó primero es que sus motores operan sin emitir luz. No emiten ningún tipo de radiación electromagnética que nos podría indicar su posición. Creemos que es un ajuste realizado después de que la humanidad lograse seguir la primera gota. Resulta increíblemente difícil localizar y rastrear objetos tan pequeños y oscuros, y ahora que no sabemos dónde están, no sabemos cuándo llegarán al Sistema Solar. Ni siquiera tenemos claro cómo detectarlas cuando lleguen.

—¿Y qué puedo hacer yo? —preguntó Luo Ji.

—Queremos que dirija el Proyecto Nevado.

—¿Eso qué es?

—Usar bombas estelares de hidrógeno y lámina oleosa de Neptuno para fabricar nubes de polvo espacial donde las gotas dejarán marcas al pasar.

—Debe de ser una broma. Son conscientes de que no sé nada sobre el espacio.

—Fue usted astrónomo. Lo que le cualifica todavía más para dirigir el proyecto.

—La última vez, fabricar una nube de polvo salió bien porque se conocía la trayectoria aproximada del objetivo. Pero ahora no sabemos nada. Si las gotas aceleran o cambian de dirección mientras no son visibles, ¡podrían entrar en el Sistema Solar por otro lugar muy diferente! ¿Por dónde van a extender la nube de polvo?

—En todas direcciones.

—¿Quiere decir que van a fabricar una nube de polvo para rodear todo el Sistema Solar? Si es así, entonces es usted el enviado de Dios.

—Una bola de polvo es imposible, pero podemos crear un anillo de polvo en el plano de la eclíptica, entre Júpiter y el cinturón de asteroides.

—¿Y si las gotas no entran por el plano de la eclíptica?

—Sobre eso no podemos hacer nada. Pero desde el punto de vista de la astrodinámica, si el grupo de gotas desea localizar todos los planetas del Sistema Solar, entonces la mayor probabilidad se da entrando por el plano de la eclíptica. Eso es lo que hizo la primera gota. De esa forma, la nube de polvo podrá seguir sus estelas y, una vez conocidas, el sistema de seguimiento óptico del Sistema Solar será capaz de seguirlas.

—Pero ¿qué sentido tiene?

—Al menos sabremos cuándo las gotas han entrado en el Sistema Solar. Es posible que ataquen blancos civiles en el espacio, por lo que todas las naves deberían volver, o al menos las que estén en el camino de las gotas. Y habría que evacuar a los ocupantes de las ciudades espaciales, porque esos son blancos débiles.

—Hay otra cuestión todavía más importante —dijo el presidente de la Comisión del Proyecto Vallado—. Identificar rutas seguras para las posibles retiradas de naves espaciales al espacio profundo.

—¿Retirada al espacio profundo? No estaremos hablando de Escapismo, ¿verdad?

—Si es preciso usar ese nombre...

—¿Por qué no escapar ahora?

—Las condiciones políticas actuales no lo permiten. Pero cuando las gotas se aproximen a la Tierra, es posible que la comunidad internacional autorice un vuelo a escala limitada. Claro está, no es más que una posibilidad. Pero Naciones Unidas y las flotas deben prepararse.

—Comprendo. Pero no es que el Proyecto Nevado me necesite.

—Sí le necesita. Incluso dentro de la órbita de Júpiter, crear una nube de polvo es una empresa enorme y exigirá el despliegue de casi diez mil bombas estelares de hidrógeno, más de diez millones de toneladas de lámina oleosa y la formación de una enorme flota espacial. Hacer todo eso en tres años requiere aprovecharse de su prestigio actual para organizar y coordinar los recursos de las dos coaliciones.

—Si acepto ejecutar esa misión, ¿cuándo las despertarán?

—Una vez puesto en marcha el proyecto. Ya he dicho que no será un problema.

Pero el Proyecto Nevado nunca arrancó del todo.

A las dos coaliciones no les interesaba el proyecto. Lo que el público ansiaba era una estrategia para la salvación global, no un plan que se limitase a informarles de la llegada del enemigo para poder escapar. Además, sabían que no era idea del vallado. No era más que un plan de Naciones Unidas y la Asamblea Conjunta que se aprovechaba de su autoridad. El lanzamiento completo del Proyecto Nevado paralizaría toda la economía espacial y provocaría una recesión económica generalizada en la Tierra y la flota. Además, al contrario que las predicciones de

Naciones Unidas, a medida que se acercaban las gotas, el Escapismo se volvió más repugnante en la estimación del público, así que las dos coaliciones no estaban dispuestas a pagar un precio tan alto por un plan tan impopular. Por tanto, avanzó muy lentamente tanto la construcción de la flota para recoger la lámina oleosa en Neptuno, como la fabricación de las suficientes bombas estelares de hidrógeno para añadirlas a las poco más de mil del Gran Cataclismo que todavía eran útiles.

Pero Luo Ji se entregó al proyecto. Inicialmente, la única intención de Naciones Unidas y la Asamblea Conjunta había sido explotar su prestigio para movilizar los recursos requeridos, pero Luo Ji supervisó todos sus detalles, pasando noches sin dormir codo con codo con los científicos e ingenieros del comité técnico y proponiendo muchas ideas de su cosecha. Por ejemplo, insistió en que cada bomba llevase instalado un pequeño motor iónico interestelar para permitir cierto grado de movilidad en su órbita, lo que dejaría realizar ajustes precisos en la densidad de distintas regiones de la nube estelar. Lo que era más importante, las bombas de hidrógeno podrían emplearse como armas de ataque. Las llamaba «minas espaciales» y argumentaba que, a pesar de la incapacidad de las bombas estelares de hidrógeno para destruir gotas, a la larga bien podrían ser útiles contra las naves trisolarianas, porque no había pruebas de que esas naves estuvieran fabricadas con material de interacción fuerte. Calculó personalmente la órbita de cada bomba. Desde una perspectiva tecnológica moderna, puede que sus ideas rebosasen de la ignorancia y la ingenuidad del siglo XXI, pero su prestigio y posición de vallado les hizo adoptar la mayor parte de sus propuestas.

Luo Ji trataba al Proyecto Nevado como una vía de escape. Sabía que deseaba huir de la realidad, y la mejor forma de lograrlo en el presente era implicarse al máximo en ello. Pero cuanto más tiempo pasaba, más se decepcionaba el mundo con él. Todos sabían que se había unido a un proyecto en gran parte insignificante para poder ver a su mujer e hija lo antes posible. El mundo esperó por un plan de salvación que no llegó nunca. Luo Ji declaró una y otra vez a los medios que sin la opción de enviar una maldición usando el sol, no había nada que pudiera hacer.

Tras año y medio, el Proyecto Nevado se detuvo por completo. En ese momento en Neptuno solo habían recogido 1,5 millones de toneladas de lámina oleosa. Incluso sumadas a las 600.000 toneladas recogidas para el Parasol de Niebla, la cantidad total quedaba muy lejos de la exigida por el proyecto. Al final, desplegaron en órbita a dos unidades astronómicas del sol, 3.614 bombas estelares de hidrógeno envueltas en lámina oleosa. No llegaba ni a la quinta parte del número exigido. Al detonar, formarían varias nubes de polvo independientes alrededor del sol, en lugar de un cinturón de polvo continuo, con la consecuente reducción de su efectividad como sistema de alarma.

Era una época en la que la esperanza se lograba a la misma velocidad que la decepción, y tras aguardar ansiosamente durante año y medio, el público perdió la paciencia y también la fe en Luo Ji, el vallado.

En la reunión general de la Unión Astronómica Internacional, una organización que había llamado por última vez la atención mundial en 2006 cuando decidió que Plutón no era un planeta, una gran cantidad de astrónomos y astrofísicos decidieron que la explosión de 187J3X1 había sido una casualidad. Al ser astrónomo, Luo Ji bien podría haber dado con indicios de que la estrella explotaría. La teoría hacía aguas por todas partes, pero mucha gente acabó creyéndola, lo que aceleró el declive del prestigio del propio Luo. A ojos del público, su imagen cambió gradualmente de mesías a tipo vulgar, y luego a fraude. Todavía disfrutaba del estatus de vallado concedido por Naciones Unidas, y la Ley de los Vallados seguía en vigor, pero ya carecía de todo poder real.

Año 208, Era de la Crisis

Distancia que separa a la flota trisolariana
de nuestro Sistema Solar: 2,07 años luz

Una tarde fría y lluviosa de otoño, una reunión del Consejo de Residentes de Pueblo Nueva Vida número 5 llegó a la siguiente decisión: expulsarían a Luo Ji del vecindario escudándose en que su presencia afectaba a la vida de los otros residentes. Mientras el Proyecto Nevado se desarrollaba, Luo Ji había asistido a muchas reuniones, pero la mayor parte del tiempo lo pasaba en la zona y se mantenía en contacto con distintas entidades del proyecto desde su casa. Los altercados habían empeorado al caer su prestigio, ya que de vez en cuando una multitud se reunía al pie de su edificio para insultarle y lanzar piedras a su ventana. El interés de los medios de comunicación por ese espectáculo hacía que los periodistas fuesen tan numerosos como los detractores. Pero la razón real para expulsar a Luo Ji era que había sido una absoluta humillación para todos los hibernados.

Al concluir la reunión, la directora del comité vecinal fue a casa de Luo Ji a informarle de la decisión. Tras llamar al timbre una y otra vez, empujó la puerta que no estaba cerrada con llave y prácticamente se quedó sin aire al recibir el impacto de la combinación de alcohol, humo y sudor que llenaba aquel lugar. Vio que habían cubierto las paredes con superficies informáticas como las que usaban en la ciudad y que permitían abrir pantallas en cualquier lugar dando un simple toque. Las paredes estaban ocupadas por un pandemonio de imágenes, en su mayoría curvas y datos complejos, pero la mayoría mostraba una esfera suspendida en el espacio: una bomba estelar de hidrógeno recubierta de lámina oleosa. A la directora, la película transparente con la bomba claramente visible dentro le recordó a una canica, como las que los niños de la época de Luo Ji usaban para jugar. La esfera giraba muy despacio. En un polo había un pequeño saliente —el motor iónico— y sobre la lisa superficie de la esfera se apreciaba el reflejo de un sol diminuto. Todas aquellas deslumbrantes pantallas convertían la sala en un espectáculo estridente y chillón. Como las luces estaban apagadas, las pantallas eran la única fuente de luz, disolviéndolo todo en colores difusos; resultaba difícil distinguir lo real de lo que solo era una imagen.

Una vez que sus ojos se acostumbraron, la directora comprobó que aquel lugar tenía el aspecto del sótano de un adicto a las drogas. El suelo estaba lleno de botellas y colillas, los montones de ropa estaban cubiertos de cenizas como si fuesen pilas de basura. Al final logró dar con Luo Ji entre la basura. Estaba acurrucado en una esquina, negro contra el fondo de imágenes como una rama consumida y descartada. Al principio creyó que dormía, pero luego se dio cuenta de que miraba sin ver a los montones de basura del suelo. Tenía los ojos inyectados en sangre, el rostro macilento, el cuerpo flaco y parecía incapaz de sostener su propio peso. Saludó a la directora al oírla y se volvió lentamente hacia ella. A continuación, con la misma lentitud, le hizo un gesto, por lo que supo que seguía con vida. Los dos siglos de tormento que se habían cebado sobre su cuerpo al fin habían logrado derrotarle.

La directora no mostró la más mínima piedad por aquel hombre consumido. Como otras muchas personas de su época, siempre había creído que por muy horrible que pareciese el mundo, en algún lugar invisible todavía persistía la justicia definitiva. Al principio, Luo Ji había validado tal creencia, para luego romperla sin misericordia, y la decepción que ella sentía se había convertido en vergüenza y luego en furia. Con absoluta frialdad le anunció el resultado de la reunión.

Luo Ji asintió en silencio por segunda vez. Luego se esforzó por hablar usando la garganta hinchada.

—Me iré mañana. Debo irme. Si he hecho algo mal, le ruego su perdón.

Tuvieron que pasar dos días para que la directora comprendiese el significado de esas últimas palabras.

La verdad era que Luo Ji había planeado irse esa misma noche. Tras despedir a la directora, se puso en pie con esfuerzo y fue al dormitorio a por la bolsa de viaje, que llenó con algunos artículos, entre ellos una pala de mango corto que había encontrado en un almacén. El agarre triangular de la pala sobresalía de la bolsa. Recogió una chaqueta sucia del suelo, se la puso, se echó la bolsa al hombro y salió. A su espalda, las paredes de información siguieron destellando.

El pasillo estaba vacío, pero al pie de la escalera se topó con un niño, que probablemente volvía a casa después de la escuela. El chico miró a Luo Ji salir del edificio con una expresión extraña e ininteligible. Fuera descubrió que todavía llovía, pero no quería regresar a por un paraguas.

No fue a su coche porque eso llamaría la atención de los guardias. Siguió la calle y abandonó el vecindario sin encontrarse con nadie. A continuación, cruzó el cinturón boscoso que protegía al vecindario de la arena y acabó en el desierto. La llovizna le caía sobre la cara como el roce ligero de un par de manos frías. En el crepúsculo, cielo y desierto estaban difusos, como el espacio blanco de una pintura tradicional. Se imaginó como un elemento más de ese espacio vacío, como la imagen que Zhuang Yan le había dejado.

Llegó a la autopista y tras unos minutos pudo hacer parar un coche con una familia de tres miembros, que le recibieron con amabilidad. Eran hibernados que volvían a la ciudad vieja. El niño era pequeño y la madre joven, e iban encajados con el padre en el asiento delantero, susurrándose. De vez en cuando el niño hundía la cabeza en el pecho de la madre y cuando lo hacía los tres se echaban a reír. Luo Ji los observó hipnotizado, pero no podía oír lo que decían porque sonaba la música, viejas canciones del siglo XX. La escuchó mientras avanzaban y tras cinco o seis canciones, incluyendo a *Katyusha* y *Kalinka*, anheló escuchar *Tonkaya Ryabina*. Le había cantado esa canción a su amante imaginaria en aquel pueblo dos siglos antes, y más tarde con Zhuang Yan en el Jardín del Edén, a orilla del lago que reflejaba los picos nevados.

Luego los faros de un coche en sentido contrario iluminaron el asiento trasero justo cuando el niño miraba hacia atrás. Se giró por completo para fijarse en Luo Ji y gritó:

—¡Eh, se parece al vallado!

Los padres se giraron para mirarle y Luo Ji tuvo que admitir quién era.

Justo en ese momento empezó a sonar *Tonkaya Ryabina*.

El coche se detuvo.

—Fuera —dijo con frialdad el padre, mientras madre e hijo le miraban con una expresión tan desconcertada como la lluvia de otoño del exterior.

Luo Ji no se movió. Quería escuchar la canción.

—Por favor, fuera —dijo el hombre y Luo Ji pudo leer las palabras en sus ojos: «No es culpa suya no haber sido capaz de salvar el mundo, pero ofrecer esperanza para luego destrozarla es un pecado imperdonable.»

Así que tuvo que bajar del coche. Le tiraron la bolsa fuera. Mientras el automóvil se alejaba, lo persiguió durante unos pasos, con la esperanza de poder escuchar un poco más *Tonkaya Ryabina*, pero la canción desapareció en medio de la noche fría y lluviosa.

Ahora ya se encontraba en los límites de la vieja ciudad. En la distancia se veían los viejos rascacielos del pasado, erguidos en negro contra la noche lluviosa. Las pocas luces dispersas de cada edificio parecían ojos. Alcanzó a una parada de bus y esperó protegido de la lluvia durante una hora hasta que al fin llegó un bus público sin conductor que iba en la dirección que quería. Estaba casi totalmente vacío y las otras seis o siete personas parecían ser hibernados de la vieja ciudad. Nadie hablaba, se limitaban a estar sentados en silencio en medio de la oscuridad de la noche otoñal. El viaje no dio problemas hasta poco más de una hora después, cuando alguien le reconoció y todos le pidieron que se bajase. Él argumentó que habiendo pagado el billete tenía derecho a un asiento, pero un anciano de pelo gris sacó dos monedas de dinero en efectivo —muy poco habituales en esa época— y se las lanzó. Así que al final se vio obligado a bajar del bus.

Cuando el bus se puso en marcha, alguien sacó la cabeza por la ventanilla y preguntó:

—Vallado, ¿para qué quieres una pala?

—Voy a cavar mi propia tumba —dijo Luo Ji y provocó risas en el bus.

Nadie sabía que decía la verdad.

Seguía lloviendo. Ya no habría más coches, pero por suerte no estaba lejos de su destino. Se echó la bolsa al hombro y partió. Tras caminar una media hora, abandonó la carretera y tomó un sendero. Lejos de las farolas estaba todo más oscuro, así que sacó una linterna para iluminar sus pasos. El camino se volvió más complicado y sus zapatos mojados hacían ruido al pisar el suelo. Resbaló una y otra vez, cayendo al barro que ya le cubría el cuerpo, y tuvo que usar la pala para ayudarse a caminar. Delante solo veía niebla y lluvia, pero sabía que caminaba más o menos en la dirección buena.

Llegó al cementerio tras caminar una hora más bajo la noche lluviosa. La mitad del camposanto estaba enterrado bajo la arena, mientras que la otra mitad, situada sobre un terreno algo más elevado, seguía visible. Usó la linterna para buscar entre las tumbas, dejando de lado los imponentes monumentos y solo prestando atención a las inscripciones en losas más pequeñas. El agua de lluvia sobre las piedras reflejaba la luz como ojos brillantes. Se dio cuenta de que todas las tumbas eran de finales del siglo XX y principios del XXI. Eran todas personas afortunadas: en sus momentos finales creyeron que el mundo en el que vivían existiría para siempre.

No tenía muchas esperanzas de dar con la tumba que buscaba, pero la encontró con rapidez. Lo curioso fue que a pesar de que habían pasado dos siglos, la reconoció sin tener que leer la inscripción. Quizá la lluvia la había limpiado, pero no parecía que por ese monolito hubiese pasado el tiempo. La inscripción, TUMBA DE YANG DONG era como si la hubiesen grabado el día anterior. La tumba de Ye Wenjie estaba junto a la de su hija, las dos idénticas exceptuando la inscripción. La de Ye Wenjie solo indicaba su nombre y las fechas de nacimiento y muerte, recordándole la pequeña losa en las ruinas de la base de Costa Roja, un homenaje a los olvidados. Las dos columnas de piedra se alzaban en silencio bajo la lluvia nocturna, como si hubiesen estado aguardando la llegada de Luo Ji.

Se sentía cansado, así que se sentó junto a la tumba de Ye Wenjie, pero pronto empezó a estremecerse por la lluvia fría. Agarró la pala, se puso en pie y se puso a cavar su tumba junto a las tumbas de madre e hija.

Al principio fue fácil cavar en el suelo mojado, pero al ir bajando la tierra se volvió dura y había muchas piedras. Era como cavar en la montaña. Luo Ji sintió al mismo tiempo la potencia y la impotencia del tiempo: quizá dos siglos solo hubiesen depositado una delgada capa de arena, pero la larga era geológica anterior a los humanos había producido una montaña que ahora era el hogar de esas tumbas. Cavó con gran esfuerzo, descansando con frecuencia. La noche avanzó sin darse cuenta.

En algún punto tras la medianoche, la lluvia paró y luego las nubes se apartaron para mostrar el cielo estrellado. Eran las estrellas más brillantes que había visto desde que llegara a esa época. Aquella noche, 210 años antes, él y Ye Wenjie habían mirado las mismas estrellas.

Ahora solo veía las estrellas y las estelas fúnebres, los dos mayores símbolos de la eternidad.

Al fin se quedó sin fuerzas y no pudo seguir cavando. Al examinar lo excavado le pareció poco profundo para ser una tumba, pero tendría que valer. De todas formas, cavarla no era más que un recordatorio para los demás que deseaba que le enterrasen en ese lugar. Su lugar de descanso casi seguro sería el crematorio, donde le convertirían en cenizas para luego tirarle por ahí. Pero daba igual. Era muy probable que poco después de su muerte sus restos mortales se uniesen a los del mundo en un fuego todavía mayor para acabar convertido en átomos individuales.

Apoyado contra el monolito de Ye Wenjie, se quedó dormido de inmediato. Quizá fuera por el frío, pero volvió a soñar con un campo nevado. Allí vio a Zhuang Yan sosteniendo a Xia Xia, su bufanda como una llama. Ella y la niña le llamaban sin emitir ningún sonido. Les gritó desesperadamente que abandonasen aquel lugar porque la gota atacaría justo aquí, pero sus cuerdas vocales no emitían nada. Era como si el mundo en sí hubiese enmudecido y todo guardara absoluto silencio. Sin embargo, Zhuang Yan pareció comprender su intención y sosteniendo a la niña se alejó del campo nevado, dejando sobre la nieve una línea de pisadas que eran como las marcas de tinta sobre una pintura tradicional. La nieve era toda blanca y las marcas de tinta eran lo único que demostraba la existencia del suelo, la existencia del mundo. La destrucción por llegar sería total, pero era una destrucción que no guardaba ninguna relación con la gota...

Una vez más, el corazón de Luo Ji se conmocionó por el dolor y sus manos quisieron agarrar en vano el aire, pero en la quietud de la nieve solo se apreciaba la forma lejana de Zhuang Yan, ahora convertida en un pequeño punto negro. Miró a su alrededor, ansiando dar con algo real en aquel mundo blanco. Lo encontró: fueron dos piedras funerarias negras una junto a la otra, surgiendo de la nieve. Al principio llamaban la atención en la nieve, pero de inmediato empezaron a cambiar. Sus superficies se volvieron espejadas, lo que recordaba el acabado de la gota, y las inscripciones desaparecieron. Él se inclinó hacia una de ellas, queriendo mirarse en el espejo, pero no vio ningún reflejo. El campo de nieve del espejo no contenía la figura de Zhuang Yan, solo la línea de tenues pisadas. Giró la cabeza con rapidez y comprobó que el campo nevado fuera del espejo no era más que una extensión blanca; las pisadas ya no estaban. Al girarse de nuevo hacia los espejos vio que reflejaban el mundo blanco y prácticamente eran invisibles. Pero con la mano todavía podía sentir su superficie lisa y fría...

Despertó justo cuando rompía el día. Bajo la primera luz de la mañana el cementerio estaba más claro, y desde su posición elevada, los monolitos que le rodeaban le hacían sentirse como en Stonehenge. Tenía mucha fiebre y los temblores de su cuerpo hacían que le castañetearan los dientes. Su cuerpo era como una mecha que hubiese ardido por completo y se consumía a sí misma. Supo que había llegado el momento.

Apoyado contra la columna de Ye Wenjie, quiso ponerse en pie, pero en ese momento un pequeño punto negro en movimiento le llamó la atención. En esa época del año las hormigas debían ser muy poco habituales, pero en efecto se trataba de una hormiga que subía por la piedra. Como su congénere de dos siglos antes, sentía atracción por la inscripción y se dedicaba a explorar los misterios de las trincheras entrecruzadas. Al mirarla, el corazón de Luo Ji sintió un último espasmo de dolor, esta vez por toda la vida sobre la Tierra.

—Si he hecho algo mal, lo siento —le dijo a la hormiga.

Se puso en pie con dificultad, temblando un poco. Para poder levantarse tuvo que apoyarse en la estela. Alargó una mano y se enderezó la ropa mojada y manchada de barro. También se colocó el pelo antes de meter la mano en el bolsillo. Sacó un tubo de metal: una pistola cargada.

Luego, mirando al amanecer en el este, dio inicio a la confrontación final entre la civilización de la Tierra y la civilización de Trisolaris.

—Me dirijo a Trisolaris —dijo Luo Ji. No hablaba en alto. Pensó en repetirse, pero sabía que le habían escuchado.

No pasó nada. Las piedras permanecieron inmóviles. Los charcos del suelo reflejaban el cielo brillante como incontables espejos, como si la Tierra fuera una esfera espejada donde el suelo y el mundo se convertían en una delgada capa superior. La erosión de la lluvia había expuesto pequeñas partes de la superficie de espejo de la esfera.

Era un mundo que todavía no había despertado, y no sabía que ahora era una ficha colocada sobre una mesa de apuestas cósmicas.

Luo Ji levantó la mano izquierda mostrando que en la muñeca llevaba un objeto del tamaño de un reloj.

—Esto es un monitor de signos vitales que por medio de un transmisor está conectado a un sistema cuna. Recordaréis al vallado Rey Díaz de hace dos siglos, por lo que seguro que conocéis el sistema cuna. La señal enviada por este monitor recorre los enlaces del sistema cuna hasta las 3.614 bombas del Proyecto Nevado, que ahora mismo se encuentran en órbita solar. La señal se envía cada segundo para evitar que las bombas se activen. Si muero, la señal de mantenimiento del sistema desaparecerá y las bombas detonarán, convirtiendo la lámina oleosa que las recubre en 3.614 nubes de polvo interestelar alrededor del sol. En la distancia, la luz visible y otras frecuencias del sol darán la impresión de parpadear a través de la cubierta de nubes de polvo. La posición en órbita solar de cada una de las bombas se ha escogido con toda precisión para que ese parpadeo genere una señal que transmitirá tres imágenes sencillas, como las que envié hace dos siglos: cada imagen es un conjunto de treinta puntos, con uno bien destacado, para que combinadas produzcan un diagrama de coordenadas tridimensionales. Pero al contrario que la última vez, la transmisión contiene la posición de Trisolaris en relación con las veintinueve estrellas que la rodean. El sol será el faro galáctico enviando la señal, de modo que el proceso también revelará la posición del sol y la Tierra. Recibir la transmisión completa en un punto concreto de la galaxia llevará más de un año, pero habrá varias civilizaciones con la tecnología para observar el sol desde múltiples puntos de vista. Si es así, es posible que solo requieran unos días, e incluso unas horas, para recibir toda la información que necesiten.

A medida que se hacía de día las estrellas iban desapareciendo poco a poco, como si alguien cerrara gradualmente un número inmenso de ojos, mientras el cielo de la mañana se abría muy despacio como un único y gigantesco ojo. La hormiga siguió subiendo, recorriendo el laberinto del nombre de Ye Wenjie. Su especie llevaba cien millones de años viviendo en la Tierra antes de la aparición de ese hombre que se apoyaba contra la piedra. A pesar de que no le importaba nada de lo que estaba pasando, sufriría sus efectos.

Luo Ji abandonó el monolito y se detuvo junto a la tumba que había cavado. Se colocó el cañón de la pistola contra el corazón y dijo:

—Ahora voy a detener el latido de mi corazón. Al hacerlo, cometeré el mayor crimen de la historia de nuestros dos mundos. A nuestras dos civilizaciones les expreso mis más sinceras disculpas por el crimen que voy a cometer, pero no lo lamento, porque es la única opción. Sé que los sofones andan cerca, pero habéis ignorado las peticiones de comunicación de la humanidad. El silencio es la forma más abyecta de desprecio, y llegamos dos siglos soportándolo. Bien, ahora si lo deseáis podéis seguir guardando silencio. Os doy treinta segundos.

Midió el tiempo con el pulso, contando dos latidos por segundo, pues tenía el corazón acelerado. Pero estaba tan ansioso que se equivocó y tuvo que empezar de nuevo. Cuando aparecieron los sofones no estaba seguro de cuánto tiempo había pasado. Seguro que menos de diez segundos de tiempo objetivo, aunque pareció una vida entera. Vio el mundo que tenía delante dividido en cuatro partes: una parte era el mundo real que le rodeaba; las otras tres, imágenes deformadas en tres esferas que aparecieron de pronto sobre su cabeza, con superficies espejadas idénticas a las de las tumbas de su sueño. No sabía cuál de los despliegues dimensionales de los sofones era, pero las tres esferas eran tan grandes como para cubrir la mitad del cielo, bloqueando su luz brillante. En el reflejo del cielo occidental sobre las esferas podía ver las pocas estrellas que quedaban y la parte inferior de las esferas reflejaban un cementerio deformado, y a él mismo. Lo que más deseaba saber era por qué había tres. Pensó que simbolizaban Trisolaris, igual que la obra de arte que Ye Wenjie había visto en el último encuentro de la Organización Terrícola-trisolariana. Pero al observar el reflejo de las esferas —una imagen de la realidad deformada pero extremadamente precisa—, tuvo la impresión de que eran las entradas a tres mundos paralelos, dando a entender tres posibles opciones.

Sin embargo, lo que vio a continuación negó esa posibilidad, porque las tres esferas mostraron la misma palabra:

¡Alto!

—¿Podemos establecer las condiciones? —preguntó Luo Ji, mirando a las tres esferas.

Primero aparte la pistola, luego podemos negociar las condiciones.

Las palabras aparecieron simultáneamente en las esferas con letras que brillaban de un rojo chillón. No vio que el texto estuviese deformado. La línea era recta y parecía estar a la vez en la superficie y en el interior de las esferas. Se recordó que estaba viendo la proyección de un espacio de muchas dimensiones en su mundo tridimensional.

—No estamos negociando. Son mis condiciones si voy a seguir con vida. Y deseo saber si las aceptáis o no.

Exprese sus condiciones.

—Que la gota, o mejor dicho la sonda, deje de transmitir hacia el sol.

Se ha cumplido como ha solicitado.

Las esferas respondieron con más rapidez de la que había esperado. Por el momento no podía confirmarlo, pero le pareció apreciar un cambio sutil en su entorno, como si hubiese desaparecido un ruido continuo de fondo del que no se hubiese percatado. Aunque bien podría ser una fantasía, ya que los humanos no podían sentir la radiación electromagnética.

—Que las cinco gotas que se dirigen al Sistema Solar cambien inmediatamente de trayectoria y se alejen.

En esta ocasión la respuesta se retrasó unos segundos.

Se ha cumplido como ha solicitado.

—Por favor, que la humanidad tenga una forma de comprobarlo.

Las nueve sondas emitirán luz visible. Su telescopio Ringier-Fitzroy podrá detectarlas.

No tenía forma de comprobarlo, pero creyó lo que le decía Trisolaris.

—La condición final: la flota trisolariana no puede pasar de la nube de Oort.

La flota se encuentra ahora mismo usando la propulsión para obtener la máxima desaceleración. Es imposible lograr que su velocidad relativa al sol sea cero antes de llegar a la nube de Oort.

—Entonces, al igual que con las sondas, que se desvíen del Sistema Solar.

Sería la muerte cambiar la trayectoria a cualquier otra dirección. Eso haría que la flota se saltase el Sistema Solar y acabase en las desolaciones del espacio. El sistema de soporte vital de la flota no aguantará lo suficiente para regresar a Trisolaris o buscar otro sistema estelar viable.

—La muerte no es una certidumbre. Quizá las naves humanas o trisolarianas puedan rescatarlas.

Para eso hace falta una orden superior.

—Si cambiar la trayectoria es un proceso largo, que se inicie ahora mismo. Eso nos dará la oportunidad de seguir viviendo.

Hubo un silencio de tres minutos. Luego:

Dentro de diez minutos de la Tierra, la flota iniciará el cambio de trayectoria. Dentro de dos años, los sistemas de observación humana del espacio podrán verificar el cambio.

—Bien —dijo Luo Ji, y apartó la pistola del pecho. Con la otra se apoyó en la tumba para no caerse—. ¿Ya erais conscientes de que el universo es un bosque oscuro?

Sí. Lo sabemos desde hace mucho tiempo. Lo extraño es que usted lo comprendiese tan tarde... Su estado de salud nos preocupa. Esto no interrumpirá sin querer el sistema que mantiene la señal de la cuna, ¿verdad?

—No. Este dispositivo es mucho más avanzado que el de Rey Díaz. Mientras siga con vida, la señal persistirá.

Debería sentarse. Eso le ayudará en su estado.

—Gracias —dijo Luo Ji, y se sentó apoyado contra la piedra—. No os preocupéis, no voy a morir.

Estamos en contacto con los niveles superiores de las dos coaliciones. ¿Necesita que llamemos a una ambulancia?

Sonrió y negó con la cabeza.

—No. No soy un salvador. Solo quiero salir de aquí como una persona normal y volver a casa. Descansaré un poco y me pondré en camino.

Dos de las tres esferas desaparecieron. El texto de la que quedaba, que ya no relucía, parecía oscuro y sombrío.

Al final, nuestro fallo fue la estrategia.

Luo Ji asintió.

—La idea de bloquear el sol para enviar una señal interestelar no es mía. Los astrónomos del siglo XX ya lo habían pensado. Y tuvisteis muchas oportunidades de comprender mi plan. Por ejemplo, durante todo el Proyecto Nevado me preocupé continuamente de la posición exacta de las bombas en órbita solar.

Pasó dos meses enteros en la sala de control operando remotamente los motores iónicos para ejecutar ajustes minúsculos en su posición. En ese momento no nos importaba porque creíamos que aprovechaba la insignificancia de su trabajo para escapar de la realidad. Nunca comprendimos el verdadero sentido de la distancia entre las bombas.

—Otra oportunidad fue cuando consulté a un grupo de físicos sobre el despliegue de sofones en el espacio. Si la Organización siguiese existiendo, se habrían dado cuenta de inmediato.

Sí. Fue un error abandonarles.

—Además, también solicité que el Proyecto Nevado fabricase este curioso sistema de cuna.

Nos recordó a Rey Díaz, pero no seguimos por esa vía. Hace dos siglos Rey Díaz no era una amenaza, ni tampoco los otros dos vallados. Transferimos a usted el desprecio que sentíamos por los otros tres.

—Ese desprecio era más que injusto. Esos tres vallados eran grandes estrategas. Veían con claridad el hecho inevitable de la derrota humana en la batalla del Día del Juicio Final.

Quizá podamos iniciar las negociaciones.

—Eso no es asunto mío —dijo Luo Ji, y suspiró desde el fondo de su corazón. Se sentía tan relajado y cómodo como si hubiese acabado de nacer.

Sí, ha cumplido con su cometido como vallado. Pero seguro que tiene propuestas.

—Sin duda, lo primero que propondrán los negociadores humanos es que nos ayudéis a construir un mejor sistema de transmisión de señales, de forma que en cualquier momento podamos lanzar una maldición al espacio. Por mucho que la gota haya levantado su bloqueo del sol, el sistema actual es demasiado primitivo.

Podemos ayudarles a construir un sistema de transmisión de neutrinos.

—Es posible, por lo que sé, que prefieran un sistema de ondas gravitatorias. Tras la llegada de los sofones, ese fue el campo donde la física humana avanzó más rápido. Claro está, querrán un sistema que opere sobre principios que puedan comprender.

Las antenas para ondas gravitatorias son inmensas.

—Eso queda para vosotros y ellos. Es curioso. Ahora mismo no me siento como parte de la especie humana. Mi mayor deseo es despojarme de todo lo antes posible.

Luego nos pedirán que levantemos el bloqueo sofón y que transmitamos ciencia y tecnología al completo.

—Algo importante también para vosotros. La tecnología de Trisolaris se ha desarrollado a una velocidad constante y dos siglos después todavía no habéis enviado otra flota más rápida. Para poder rescatar a los trisolarianos desviados, debéis confiar en el futuro de la humanidad.

Tengo que irme. ¿De verdad podrá regresar solo? La supervivencia de dos civilizaciones depende de su vida.

—No es problema. Ahora ya me encuentro mucho mejor. Al volver entregaré de inmediato el sistema cuna, y esto ya dejará de ser asunto mío. Por último, me gustaría daros las gracias.

¿Por qué?

—Porque me habéis dejado vivir. O, visto desde otro punto de vista: habéis dejado que todos vivamos.

La esfera desapareció, volviendo a su estado microscópico en once dimensiones. Al este se apreciaba una esquina del sol, tiñendo de dorado un mundo que había sobrevivido a la destrucción.

Luo Ji se puso en pie muy despacio. Tras mirar por última vez las tumbas de Ye Wenjie y Yang Dong, recorrió lentamente el camino de vuelta.

La hormiga había llegado a lo más alto del monolito y agitó con orgullo las antenas ante el sol que salía. De toda la vida en la Tierra, había sido el único testigo de todo lo que acababa de suceder.

Cinco años más tarde

En la distancia, Luo Ji y su familia podían ver la antena de ondas gravitatorias, pero quedaba todavía media hora en coche. Solo al llegar se hicieron una idea real de su inmenso tamaño. La antena, un cilindro horizontal de kilómetro y medio de largo y cincuenta metros de diámetro, flotaba por completo a dos metros del suelo. La superficie era un espejo perfecto, una mitad reflejando el cielo y la otra la llanura del norte de China. A la gente les recordaba cosas diferentes: a los gigantescos péndulos del mundo de *Tres Cuerpos*, al despliegue en menos dimensiones de los sofones y a la gota. Los objetos espejados dejaban entrever un concepto trisolariano que la humanidad todavía intentaba entender. En las palabras de un conocido dicho trisolariano: «ocultar el yo por medio de una correspondencia precisa con el universo es el único camino a la eternidad.»

La antena estaba rodeada por una pradera verde que formaba un pequeño oasis en el desierto del norte de China, pero no la habían plantado deliberadamente. Una vez completado el sistema de ondas gravitatorias, ese empezó a producir emisiones continuas y sin modular que resultaban indistinguibles de las ondas gravitatorias emitidas por supernovas, estrellas de neutrones y agujeros negros. La densidad del artefacto gravitatorio provocaba un efecto curioso en la atmósfera: como por encima se acumulaba el vapor de agua, en las inmediaciones de la antena llovía con frecuencia. En ocasiones, la lluvia solo caía en un radio de tres o cuatro kilómetros, y una pequeña nube circular colgaba en el aire sobre la antena como un enorme ovni, dejando que la fuerte luz del sol que caía sobre los aledaños fuese visible a través de la lluvia. Por todo ello esa zona mostraba una vegetación tan exuberante. Pero hoy, Luo Ji y su familia no contemplaron ese espectáculo. En su lugar, vieron cómo las nubes blancas se acumulaban sobre la antena, para luego alejarse con el viento. En todo momento se formaban nubes nuevas, haciendo que esa zona redonda del cielo fuera como un agujero de gusano que diese con otro universo nuboso. Xia Xia dijo que le recordaba al pelo blanco de un anciano.

Mientras la niña corría por la hierba, Luo Ji y Zhuang Yan la siguieron hasta llegar a la antena. Los dos primeros sistemas de onda gravitatorias los habían construido en Europa y Norteamérica, y usaban levitación magnética para elevarse a unos centímetros del suelo. Esa antena, sin embargo, usaba antigravedad y de haberlo querido podrían haberla elevado hasta el espacio. Los tres permanecieron junto a la antena, mirando al inmenso cilindro que se elevaba hacia el cielo sobre sus cabezas. Su gran radio hacía que la parte inferior tuviese poca curvatura, por lo que no había distorsión en la imagen reflejada. El sol que se iba poniendo brillaba ahora bajo la antena y, en el reflejo, Luo Ji pudo ver el largo pelo y el vestido blanco de Zhuang Yan agitándose iluminado por la dorada luz, como un ángel que mirara desde lo alto.

Levantó a la niña y Xia Xia tocó la lisa superficie de la antena, haciendo fuerza en una dirección.

—¿Puedo hacer que gire?

—Es posible, si empujas durante el tiempo suficiente —dijo Zhuang Yan... luego, mirando a Luo Ji con una sonrisa, preguntó—: ¿No es cierto?

Él asintió.

—Con tiempo suficiente, Xia Xia podría mover la Tierra.

Tal y como había sucedido muchas veces antes, sus ojos se encontraron y entrelazaron, una continuación de la mirada que habían mantenido dos siglos antes frente a la *Mona Lisa*. Habían descubierto que el lenguaje de los ojos que Zhuang Yan había concebido era ahora una realidad, o quizá los humanos enamorados siempre habían poseído tal lenguaje. Al mirarse, una cornucopia de significados surgía de sus ojos del mismo modo como brotaban nubes del pozo nuboso, imparable y continuo, creado por el cilindro gravitatorio. Pero no era una lengua de este mundo: creaba un mundo que a su vez le dotaba de sentido, y solo en ese mundo perfecto las palabras de ese lenguaje encontraban sus referentes. En ese mundo todos eran dios, y todos poseían la capacidad de contar y recordar instantáneamente todos los granos de arena del desierto; todos podían engarzar estrellas en un collar de cristal para colocarlo alrededor del cuello de un ser amado...

¿Esto es el amor?

El texto se mostró en un despliegue, en menos dimensiones, del sofón que de pronto había aparecido a su lado. La esfera espejada parecía una gota que hubiera caído de alguna zona fundida del cilindro. Luo Ji conocía a pocos trisolarianos y no sabía quién les hablaba, ni tampoco si se comunicaban desde Trisolaris o desde la flota que cada vez más se alejaba del Sistema Solar.

—Probablemente —dijo Luo Ji, y esbozó una sonrisa.

Doctor Luo, he venido a protestar.

—¿Y eso?

En su discurso de anoche, dijo que la humanidad había tardado tanto en reconocer la naturaleza de bosque oscuro del universo no porque un estado inmaduro de evolución cultural les hiciese no ser conscientes de la verdadera naturaleza del universo, sino porque la humanidad posee amor.

—¿No es así?

Así es, aunque la palabra «amor» sea algo vaga en el contexto de una discusión científica. Pero lo que añadió a continuación sí que es incorrecto. Dijo que probablemente la humanidad fuera la única especie del universo que conoce el amor, y que fue esa idea la que le dio fuerzas durante el período más difícil de su misión como vallado.

—No es más que una expresión. Una analogía sin rigor...

Debe saber que como mínimo Trisolaris conocía el amor. Pero como no contribuía a la supervivencia de la civilización al completo, fue reprimido cuando apenas había germinado. Pero era una semilla poseedora de una vitalidad muy obstinada, y todavía se desarrolla en ciertos individuos.

—¿Puedo preguntar quién eres?

No nos conocemos. Soy el operador que hace dos siglos y medio transmitió la advertencia a la Tierra.

—Dios mío, ¿sigue vivo? —exclamó Zhuang Yan.

No por mucho más tiempo. He permanecido en estado deshidratado, pero con los años incluso un cuerpo deshidratado envejece. Sin embargo, he sido testigo del futuro que aspiraba a ver, y por eso estoy feliz.

—Por favor, acepta mis respetos —dijo Luo Ji.

Solo deseaba comentarle una posibilidad: quizás en otros lugares del universo se den las semillas del amor. Debemos alentarlas para que broten y crezcan.

—Es una meta por la que vale la pena arriesgarse.

Sí, podemos arriesgarnos.

—Mi sueño es que algún día la luz del sol ilumine todo el bosque oscuro.

El sol se iba poniendo. Ahora solo una mínima parte era visible más allá de las lejanas montañas, que parecían tener incrustaciones de piedras preciosas. Al igual que la hierba, la niña que corría en la distancia estaba bañada por la luz dorada del atardecer.

Pronto se pondrá el sol. ¿Su hija no tendrá miedo?

—Claro que no. Sabe que mañana el sol volverá a salir.

Índice